letras mexicanas

OBRAS COMPLETAS DE ALFONSO REYES

XVI

OBRAS COMPLETAS DE
ALFONSO REYES
XVI

ALFONSO REYES

Religión griega

Mitología griega

letras mexicanas

FONDO DE CULTURA ECONÓMICA

Primera edición, 1964

NOTA PRELIMINAR

En una lista manuscrita de volúmenes en proyecto, destinados a la edición de estas *Obras Completas*, Alfonso Reyes pensaba reunir en "otro" volumen futuro sus libros principales sobre la cultura griega, posteriores a *La crítica en la edad ateniense* (1941) y a *La antigua retórica* (1942), a saber: *Junta de sombras* (1949), *Estudios helénicos* (1957) y *La filosofía helenística* (1959), ya publicados, y los tratados inéditos sobre la *Religión griega* y la *Mitología griega*, en los que trabajaba a últimas fechas. Ante la imposibilidad editorial de reunirlos todos en un solo volumen, como era su deseo, hemos preferido adelantar juntos los tratados desconocidos, aunque ya por sí exceden el número de páginas acostumbrado en la serie.

Los originales mecanográficos de ambas obras se encontraban ya casi listos para la imprenta cuando sobrevino la muerte del Maestro. Aun los índices de nombres propios que figuran en cada uno alcanzó a levantar personalmente, con la diligencia y cuidado de siempre. Esto nos hace suponer que ya había quizá pospuesto del todo la redacción de la prometida segunda parte de la *Mitología*, consagrada a los Héroes. O tal vez se daba una tregua en sus empeños, o quiso limpiar la mesa, como él decía. El caso es que no llegó a redactar ni una sola página, a pesar de la reiteración de su promesa en la nota final de *La jornada aquea* (1958). Entretanto, llegó a "soñar en la posibilidad de referir algún día ciertas fábulas completas con un estilo más suelto y narrativo", como dice el prólogo manuscrito de unas *Apuntaciones mitológicas*, también discontinuadas, que luego se transcribe en su integridad.

Las páginas mecanografiadas de la *Religión* y de la *Mitología* muestran numerosas correcciones, tachaduras y adiciones de puño y letra de su autor, prueba del constante perfeccionamiento a que sometía sus originales. En algunas ocasiones agregó notas manuscritas al pie de página; en otras, "banderillas" que ampliaban el texto. Todo se aprovecha en la presente edición, con la norma de no perder rasgo de su pluma. Únicamente una nota bibliográfica preliminar en borrador manuscrito se utiliza aquí sin mayor fidelidad textual, como que se trata de la nómina de publicaciones periódicas donde aparecieron anticipadamente algunos capítulos de la *Religión griega*, registro bibliográfico que hemos reordenado y ampliado hasta lo posible. Se aprovechan los datos de Reyes en su totalidad, pero se ha renunciado al uso de comillas, como al de corchetes en el caso de los que nuestra investigación agregó, para no recargar con signos inútiles una simple lista bibliográfica. También nos hemos desentendido de algunas anotaciones de carácter puramente personal que no ayudaban a precisar la ubicación bibliográfica de los textos publicados con anticipación.

Ciertas omisiones evidentes de la lista de Reyes nos llevaron a investigar todos los libros de recortes periodísticos del Archivo del propio Reyes y a repasar las revistas y diarios en que colaboró frecuentemente los últimos años, con el objeto de precisar con toda exactitud qué piezas de este volumen habían sido publicadas y cuáles permanecían inéditas. El resultado de nuestra investigación fue más bien negativo: pocas inserciones o reproducciones en la prensa periódica, no registradas antes por Reyes, pudimos localizar; entre ellas, cuatro piezas sueltas procedentes de la *Mitología*, varias reproducciones y traducciones, algunas de éstas ya póstumas. Por otra parte, el resultado también es halagüeño: podemos afirmar con toda seguridad que sólo una mínima parte de este volumen llegó a conocimiento del público, y ninguna persona, ciertamente, puede identificarse con ese "público", ya que nadie es capaz de tener acceso a la diversidad de publicaciones en que vieron tan pasajera luz. Para darnos cuenta cabal de esta circunstancia tenemos que describir la organización de las obras y pormenorizar el registro bibliográfico de lo publicado.

El original de la *Religión griega* se halla dividido en dos grandes partes: *1ª)* "La creencia", y *2ª)* "Las instituciones religiosas"; precedidas de una "Introducción": *A)* "Objeto de esta obra", y *B)* "Grecia en sus documentos religiosos". De acuerdo con la nota bibliográfica manuscrita, antes citada, agregamos el texto *C)* "Grecia en el tiempo y en el espacio", proyecto que tuvo Reyes, pero que desechó momentáneamente, quizá al poner en limpio los originales; una revisión final sin duda lo hubiera vuelto al plan primitivo de incluir este ensayo entre los preliminares, a fin de dar una pauta cronológica y geográfica del mundo griego a los lectores sólo versados en su religión y mitología. Juzgamos de toda necesidad su inclusión en este volumen, y hasta puede ser descontado de los *Estudios helénicos*, donde apareció en 1957, cuando éstos se reimpriman en las *Obras Completas*.

La primera parte ("La creencia") está dividida en dos capítulos de desigual extensión, divididos a su vez en subcapítulos de número desigual. La segunda parte ("Las instituciones religiosas") se divide en ocho capítulos (del III al X), todos también de muy diversa extensión, como podrá verse en el índice. De los treinta y tres artículos que forman la totalidad de la obra, sólo nueve han llegado al público, y eso, en varios casos, de manera fragmentaria:

1) Del "Objeto de esta obra" ("Introducción", A), con el título "De la religión griega", se publicaron los párrafos 2, 3 y 4 en *Letras Peruanas*, de Lima, abril de 1951. No debe confundirse este fragmento con el artículo "De religión griega", título casi idéntico del Nº 203 de *Las burlas veras*, 3ª serie, que Reyes dejó inconclusa, publicado en *Vida Universitaria*, Monterrey, 14 de enero de 1959, y en *El Co-*

mercio, Lima, 1º de marzo de 1959, p. 3 ("Quien pretenda trazar para sí un bosquejo. . . dichosa edad").

2) De "Grecia en sus documentos religiosos" ("Introducción", B), con el mismo título, los párrafos 5 a 12 en *Asomante*, de San Juan, Puerto Rico, enero-marzo de 1953, vol. IX, Nº 1, pp. 19-25, ahí numerados del 1 al 7, y con la indicación siguiente al pie: "De un libro en preparación". En el original mecanográfico, Reyes agregó el párrafo 13 final, donde se lee la fecha de "México, noviembre de 1950".

3) "Grecia en el tiempo y en el espacio" ("Introducción", C), se publicó en la *Memoria de El Colegio Nacional*, México, 1956, tomo III, Nº 3, pp. 23-30. Se hizo un sobretiro fechado en MCMLVII y se reimprimió sin variantes en *Estudios helénicos*, México, El Colegio Nacional, 1957, pp. 19-27. En el último impreso lleva fecha al pie de "1950".

4) "Trayectoria de la religión griega" (Iª parte, cap. I, I, §§ 1-10), en *Sur*, Buenos Aires, octubre-diciembre de 1950, año XIX, Nº 192-194 (conmemorativo), pp. 25-31.

5) "La heterogeneidad religiosa" (Iª parte cap. I, I, §§ 1-9), con el título amplificado de "La heterogeneidad de la antigua religión griega", en *Cuadernos Americanos*, México, enero-febrero de 1955, año XIV, vol. LXXIX, Nº 1, pp. 83-98.

6) "Las supervivencias en la religión griega" (Iª parte, cap. I, III, §§ 1-13, en *Filosofía y Letras*, México, enero-diciembre de 1958, tomo XXXII, Nº 63-69 (último de la publicación), pp. 25-36.

7) "De la magia a los dioses" (Iª parte, cap. II, III, §§ 1-8), con el subtítulo de: "O escala mística de los griegos", fue enviada como la colaboración Nº 25 a la ALA (American Literary Agency, de Nueva York), 28 de julio de 1958, y publicada por primera vez en *México en la Cultura* (Suplemento de *Novedades*), México, 17 de agosto de 1958, 2ª época, Nº 492, pp. 3 y 10; reproducido por la ALA en *El Tiempo*, de Bogotá, 24 de agosto de 1958; en *El Universal*, de Caracas, 4 de septiembre; en *La Prensa*, de Buenos Aires, 14 de septiembre; en *El Porvenir*, de Monterrey, N. L., México, 23 de septiembre; y en *El Comercio*, de Lima, 28 de enero de 1962. Hay una traducción portuguesa, aparecida en *A Tribuna*, de Santos, Brasil (recorte sin fecha en el Archivo de A. R.).

8) "Los sacros lugares" (IIª parte, cap. III, III, §§ 1-14), en la *Memoria de El Colegio Nacional*, México, 1957, tomo III, Nº 4, pp. 79-90. Hay sobretiro fechado en MCMLVIII. En ambos impresos lleva al pie esta indicación: "Ofrecido a los setenta años de Diego Rivera, en prenda de admiración y afecto", en diciembre de 1956.

9) "La danza" (IIª parte, cap. IV, IV, §§ 1-12), con el título de "La danza griega" en la *Revista Mexicana de Literatura*, México, noviembre-diciembre de 1955, año I, Nº 2, pp. 99-111. Y en la *Miscelánea de estudios dedicados al Dr. Fernando Ortiz por sus discípulos*, *colegas y amigos*, La Habana, 1956, pp. 1255-1265. Hay sobretiro de 13 páginas.

El original de la *Mitología griega*, consagrado a los Dioses, se halla distribuido del modo siguiente: un "Prólogo" y una "Introducción", dividida ésta en tres artículos: I) "Naturaleza de los mitos", II) "Origen de los mitos", y III) "Heterogeneidad de los mitos", fechada "México, diciembre de 1950". Y de cuatro capítulos de extensión desigual, divididos en artículos de número diverso: I) "Los orígenes", seis artículos; II) "La familia olímpica: primer generación", 7 artículos; III) "La familia olímpica: segunda generación", cuatro artículos, el tercero dividido en VII partes y el cuarto en dos; y IV) "Deidades menores y forasteras", un solo capítulo de 16 extensos parágrafos. De todo el material únicamente vieron luz pública los fragmentos que se describen a continuación:

1) De la "Introducción", I) "Naturaleza de los mitos", los párrafos 1 a 6, con el título "Sobre los mitos griegos", se publicaron en *Studium*, de Bogotá, enero- abril de 1958, tomo II, Nº 4-5, pp.3-7. En una copia al carbón Reyes escribió estas notas: "El 23-VII-1958 se copió en esta forma para *Studium* de Bogotá. A. R." Más abajo: "La copia amarilla es la preferible", indicación que hemos tomado en cuenta. Al fin: "La revista acepta el resto", anotación corroborada por su correspondencia con *Studium*, pero que no hemos podido comprobar bibliográficamente.

2) Del cap. I) "Los orígenes" se publicó el artículo 4 ("La creación del hombre. Erictonio-Erecteo. Los mitos de Prometeo. Epimeteo. Pandora. Tetis y Peleo"), bajo el título de "El mito de Prometeo", en *México en la Cultura* (Suplemento de *Novedades*), México, 28 de diciembre de 1952, 1ª época, Nº 197, pp. 1-2, con la anotación siguiente: "De la *Mitología griega* en preparación".

3) Del cap. II) "La familia olímpica: primer generación" se publicó el artículo 3 ("Las mansiones de ultratumba"), bajo el título de "Los infiernos helénicos", en *Humanitas*, Monterrey, N. L., 1960, año I, Nº 1, pp. 397-408. Una nota manuscrita en la copia al carbón dice: "Copia a Monterrey, 15 julio 1959".

4) Del cap. III) "La familia olímpica: segunda generación" se publicaron los párrafos 1 a 4 del artículo 2 ("Persona, nombre y funciones de Hermes..."), con el título de "Un saludo a Hermes", en *El Tiempo*, de Bogotá, 22 de noviembre de 1959, y en *El Porvenir*, de Monterrey, N. L., 6 de diciembre de 1959. Una copia mecanográfica del fragmento enviado a esos periódicos lleva una anotación marginal manuscrita: "Pedazo de la *Mitología*. 28 de oct. 1959". Una traducción portuguesa se publicó póstumamente: "Uma saudação a Hermes", en *O Primeiro de Janeiro*, Oporto, Portugal, 9 de febrero de 1960.

Por esta vez nuestra labor voluntariamente ha renunciado a la anotación al pie de los textos, no tanto por lo arduo de sus temas, extraños en verdad a las disciplinas que acostumbramos, sino por

10

presentarlos con fiel escrúpulo, tal cual los dejó su autor, sin que pierdan su nitidez y agilidad primordiales con nuestros borrones, porque se trata de obras inéditas de hecho, no contaminadas aún por la opinión ajena. Fácil o más o menos trabajoso hubiera sido relacionar los temas, dioses y mitos de este volumen con los idénticos que figuran en el resto de la obra de Reyes, pero para eso bastan los índices, a los que confiaba su autor tareas aún más sutiles, como lo declara francamente en el "Prólogo" y la "Introducción" de la *Mitología*: "Para abarcar, pues, la imagen cabal de cada mito, lo mejor es acudir a los índices alfabéticos que aparecen al final de cada volumen" (Prólogo), y "Como es fuerza volver varias veces a la misma historia y es cansado llenar de notas las páginas, conviene referirse siempre al índice alfabético" (Introducción). Véase además la p. 523.

A nadie escapará la relación de semilla a fruto que hay entre aquel "Panorama de la religión griega" de 1947 (*Estudios helénicos*, 1957, pp. 115-169) con el tratado definitivo de *Religión griega* que aquí publicamos, donde llegó a utilizarlo textualmente (Iª parte, cap. II, IV, § 6). Igual sucede con ensayos más laterales como "Algo sobre la religión y los mitos" (1948) de *El triángulo egeo* (1958) y "En torno al estudio de la religión griega" (1950) de *Estudios helénicos* (1957), posterior al primer "Panorama". "Las Edades Hesiódicas", artículo 5 del cap. I de la *Mitología* deben colacionarse con el ensayo sobre la "Interpretación de las Edades Hesiódicas" (1951), de *Estudios helénicos*. Las páginas dedicadas a Asclepio en la *Mitología* (cap. III, art. 1, § 12) pueden ampliarse con el ensayo sobre "Hipócrates y Asclepio" (1951), de *Estudios helénicos*, y aun con "Los médicos en la *Ilíada*" (1956), una de *Las burlas veras*, 2º ciento, Nº 135 (México, Tezontle, pp. 82-84).

Otras páginas de tema mitológico no llegaron a tener posterior desarrollo en ninguno de los presentes tratados: "Un dios del camino" (Anfiarao), de *Junta de sombras* (1949), fechado ahí en 1944, a pesar de la simpatía que Reyes le tuvo, sufrió una reducción en la *Religión griega*; y "El cuento de Proteo", publicado en *México en la Cultura*, 5 de julio de 1959, Nº 538, pp. 3 y 4, por tratarse, quizá, de figura menor, no halló adecuado lugar, o estaba destinado a aparecer en las fallidas *Apuntaciones mitológicas*. Nada de esto sabemos con seguridad; en el caso de Reyes todo entraba en el reino de lo posible.

No queremos, sin embargo, prescindir de una nota bien reveladora del trabajo intelectual de Reyes, a pesar de nuestra promesa de imprimir su texto sin interrupciones al pie. Valga que lo hacemos por anticipado. Pone de manifiesto una peculiaridad de su espíritu muy poco reconocida y nunca señalada: la franca aceptación de yerros o inexactitudes en su labor y la consiguiente corrección. Al final del artículo 6 del cap. II de la *Mitología* se le deslizó un error en la atribución de una frase, desliz en que incurrió también en *El deslinde* (IIIª parte, § 23; *Obras Completas*, XV, p. 385). Se trata

11

de la cita *Credo quia absurdum*, que Reyes, mecánicamente consideraba atribuida a San Agustín; a la publicación de *El deslinde* (1944), Alfonso Méndez Plancarte, en el segundo artículo que le dedicó, dijo que la frase era, "más o menos textual", de Tertuliano (cf. "El 'ente religioso' en *El deslinde* de Reyes", en *El Universal*, México, 27 de noviembre de 1944, pp. 3 y 10). Reyes, al revisar el original mecanográfico de la *Mitología*, recordó la puntualización de Méndez Plancarte: rápidamente tachó el nombre de San Agustín y lo sustituyó, de puño y letra, por el de Tertuliano (p. 459). Igual corrección debió sufrir la cita en los "Epílogos" (1952) de *Marginalia*, 2ª serie, México, Tezontle, 1954, p. 180. Su ánimo, siempre dispuesto a la corrección y mejora de lo impreso y lo inédito, no conocía desfallecimiento, antes se empeñaba en llevar la higiene de la palabra a los extremos ortográficos. Los nombres propios griegos le dieron aquí no pocos trabajos de adaptación. En el original mecanográfico sistemáticamente corrigió a última hora: *Artemisa,* por *Ártemis*; *Dionysos,* por *Dióniso*; *Cora,* por *Kora*; *Hermafrodita,* por *Hermafrodito,* etc. Una nota manuscrita con indicaciones para la editorial y la imprenta asienta en primer lugar: "Suprimir acentos en monosílabos (si es que aparecen), pues esta copia es ya anticuada en la grafía." Nada escapaba a su cuidado.

La historia de la redacción de los tratados que forman este volumen no deja de ser compleja a la vez que unitaria, como hija de una mente pródiga de sus dones y fértil a toda incitación del saber. Que sepamos, las primeras páginas de Reyes dedicadas a un motivo religioso de Grecia fueron las que tituló "Un dios del camino" (1944) en *Junta de sombras* (1949); referidas a un "modesto diosecillo", Anfiarao, ya revelan una rica concepción de la religión y de la mitología griegas. No tardó en llegar el afán de sistematización del "Panorama de la religión griega" (1947) de *Estudios helénicos* (1957) y de otros ensayos complementarios de 1948 y 1950, que antes hemos registrado. De esos años debe datar el encargo de una *Mitología griega* que le hizo el Fondo de Cultura Económica, para su colección de Breviarios, encargo al que se refiere en unas *Apuntaciones mitológicas,* declaradas "acaso ya inútiles [el] 24. III. 1957", cuando dio por concluida la Iª parte de la *Mitología,* única que hoy conocemos.

"El Fondo de Cultura Económica —escribe Reyes— me encargó hace tiempo, para su preciosa colección de Breviarios, una *Mitología griega* en que me vengo ocupando estos últimos años y que seguramente va a superar con mucho las dimensiones habituales de los dichos Breviarios. Con muy buen sentido, se me ha recomendado que yo siga mi trabajo conforme a las exigencias de mi asunto, y ya veremos lo que se hace después. Entretanto, el programa que me he impuesto me obliga a veces, para cubrir en lo posible zonas mitológicas completas, a fraccionar la historia de un dios o de un héroe en varias porciones

12

que hallan acomodo en distintos sitios de la obra. Pero, sobre todo, me veo en el caso —aunque procuro sintetizar los temas resumiendo sus complejísimos y variados perfiles— de sacrificar en buena parte las investigaciones que preceden a la redacción definitiva y que, en rigor, no podían destinarse al mismo público general a que se destinan los manuales, sino a otra clase de lectores a la vez más preparados y más curiosos. La primera exigencia me hace soñar en la posibilidad de referir algún día ciertas fábulas completas con un estilo más suelto y narrativo. De la segunda, de las páginas sacrificadas, van brotando desde luego estas *Apuntaciones mitológicas,* de que hoy quiero dar algunas muestras."

Mientras tanto surgió en su espíritu la necesidad de elaborar un tratado completo de *Religión griega,* como antecedente obligado del de *Mitología.* Aunque el texto B de la "Introducción" del primero lleva fecha de "noviembre de 1950" y la IIIª parte de la "Introducción" del segundo, la de "diciembre de 1950", la verdad es que ambas obras se escribían a la vez, y que todavía en 1954 ninguna de las dos estaba concluida. Ya andaban en la prensa periódica, para esta fecha, algunos fragmentos de la *Religión* y aun llegó a leer personalmente en el Instituto Francés de la América Latina, agosto de 1952, toda la "Introducción" de la *Mitología,* lectura que fue grabada en 12 discos fonográficos de 78 r.p.m., que se conservan en la Biblioteca Alfonsina. "El mito de Prometeo", ya lo hemos dicho, se publicó en diciembre de 1952, con la advertencia de ser parte "De la *Mitología griega* en preparación". Lo cierto es que las páginas se multiplicaban casi sin la voluntad de su dueño, al extremo que el propio Reyes quiso dejar razón escrita en 1954 de cómo y por qué crecían sus trabajos en marcha (cf. la "Noticia" preliminar a *La filosofía helenística,* México, Fondo de Cultura Económica, 1959, pp. 7-8):

"No es la primera vez que nos acontece escribir uno o dos libros como preparación de otro: para *El deslinde* (1944), tuvimos antes que proceder a ciertos esclarecimientos, de que surgieron los ya citados volúmenes sobre la *Edad ateniense* y *La antigua retórica.* Y, a la hora en que trazamos estas líneas [14 de marzo de 1954], la necesidad de dar su sitio a cierta *Mitología griega* en elaboración nos ha obligado a escribir antes una *Religión griega,* también en trama."

Así, al escribir el capítulo II de la *Religión* (Iª parte, VII, §§ 1 y 5), sobre "La escatología griega", ya podía referirse a "Las mansiones de ultratumba" de la *Mitología* (cap. II, art. 3). Una portada autógrafa para los dos tratados, por desgracia sin fecha, nos da una idea del crecimiento que iban alcanzando entre 1954 y 1957. En cierta etapa creyó Reyes que ambos formarían un solo volumen: "Religión y mitología griegas"; más tarde decidió separarlos sin dividirlos, para lo cual tachó en la portada "y mitología" y la "s" del plural de "griegas" y agregó el artículo, para que al fin se leyera: "La religión griega", solamente. Después hizo portadas separadas para cada una: en ellas lleva la *Religión* fecha de 1956, y la *Mitología*, de 1957. El forro de cartón, que repite la portada de esta última, tiene una nota manuscrita, luego tachada, que dice: "Enviada al Fondo el 23 de febrero de 1957".

Entre 1954 y 1957 sólo vieron la luz tres artículos nuevos de la *Religión*, dos de ellos ofrecidos como homenaje a ilustres amigos: "Los sacros lugares", homenaje a Diego Rivera, y "La danza", enviado a la *Miscelánea* dedicada al doctor Fernando Ortiz (cf. los Núms. 8 y 9 del registro bibliográfico anterior), y otro, publicado en *Cuadernos Americanos* (cf. el Nº 5). "Grecia en el tiempo y en el espacio" (texto C de la "Introducción"), redactado en 1950, se imprimió tres veces (cf. el Nº 3), entre 1956 y 1957.

El año 1958, en vista de que los volúmenes sobrepasaban "las dimensiones habituales" de los Breviarios, Reyes decidió guardarlos inéditos para incluirlos en sus *Obras Completas*. Fueron sometidos a nuevas correcciones, y algunos artículos desglosados, aparecieron en revistas y periódicos, tal como señalamos en el registro bibliográfico. Todavía el proyecto de redactar la IIª parte de la *Mitología* se mantenía en pie, tal como Reyes lo declaraba en el "Prólogo" de la Iª parte: "El presente tomo se consagra a los Dioses; el segundo se *consagrará* a los Héroes." El ensayo final de *La jornada aquea*, publicada en 1958, lleva una nota sobre las leyendas heroicas de que trata en último término: "En este punto se suspende la ofrecida narración de las leyendas heroicas referentes a los orígenes aqueos, pues todo el material hasta aquí reunido anteriormente, reelaborado y con mayor extensión, pasa a la segunda parte de mi *Mitología griega*, que se *consagra* a los héroes.—1958."

El original de la *Mitología* nos confirma la preocupación por la promesa incumplida. Hasta en trece ocasiones escribió Reyes con lápiz y al margen la palabra "Promesa" o una abreviatura convencional. Parecería que de un momento a otro asistiéramos al tránsito de los tiempos verbales que hemos subrayado en las anteriores citas, que el futuro se vuelve presente: *consagrará, consagra*, como quería el empeñoso espíritu de Reyes. A fin de no suprimir los textos señalados con la anotación marginal, se enumeran y trascriben a continuación, indicando las páginas del presente volumen en que figuran. Nadie se llame a engaño: de las trece "promesas", sólo dos llegaron a cumplirse; las otras quedaron en la región de los buenos deseos.

1) ". . . el [mito] de Galatea es de larga tradición poética y ha inspirado el más cabal y rotundo entre los poemas de Góngora. Pero no ha llegado aún la hora de referir estas fábulas" (p. 375). Recuérdese que Reyes había editado el texto del *Polifemo* (Madrid, Biblioteca Índice, 1923) y que a última hora trabajó en una "libre interpretación" de esa fábula gongorina, titulada *El "Polifemo" sin lágrimas*, impresa póstumamente (Madrid, Aguilar, 1961), donde da las fuentes griegas y latinas de Góngora.

14

2) "Veremos las consecuencias de esta relación [de Posidón con los carneros y el potrillo] al tratar de los Argonautas y el Vellocino de Oro" (p. 409). Véase el N° 4.

3) "Laomedonte, poco puntual en sus contratos... se negó a pagar a los dioses el salario debido, lo que explicaremos al contar la saga de Troya" (p. 411). Sólo unas páginas tituladas "La poesía de los dioses.—Las antiguas sagas.—Saga Troyana, Ciclo Épico y Poemas Homéricos" hemos podido localizar en el Archivo de Reyes; pero nada de Laomedonte figura en ellas.

4) "Los amores de Posidón con Teofane serán referidos a propósito de los Argonautas" (p. 415). Narración también prometida en *La jornada aquea*, México, 1958, p. 27, *n.*, y en una lista de títulos que acompaña las *Apuntaciones mitológicas* de que antes se habló.

5) "... el Minotauro, el hombre cornúpeta cuya fábula, relacionada con Teseo, conoceremos más tarde" (p. 416). Reyes pensaba narrar completa la leyenda de Teseo (cf. el N° 12).

6) "El juicio de Paris ha sido mencionado, de paso, en la Introducción [II, a, p. 359], y hallará su verdadero sitio al contar la saga troyana" (p. 440). Véase N° 3.

7) "Yalemo era un canto fúnebre, y Lino [cuya historia encontraremos después], un canto melancólico que, al parecer, lloraba la muerte de los racimos de uvas. (Véase 'Lino' en la Segunda parte.)" (P. 488). El texto entre corchetes fue tachado por Reyes; el que va entre el paréntesis fue agregado manuscrito. Véase una breve referencia a Lino en la p. 568.

8) "Véase adelante la historia de Isis en Biblos" (p. 508). Cf. pp. 560 y 574.

9) "En otros pasajes de su historia, Ino se relaciona con la saga de los Argonautas, que a su tiempo referiremos" (p. 508). Véase el N° 4.

10) "En cuanto al motivo del cofre, lo encontramos de nuevo a propósito de Arsinoe la arcadia y también de Dánae y Perseo..." (p. 508). Otra de las leyendas heroicas, igualmente prometida en *La jornada aquea* (1958).

11) "(Véase más adelante la historia de Dáctilo Kelmis)" (página 510). Efectivamente figura en el texto, pp. 531, 544-545 y 548.

12) "Volveremos sobre esta aventura de Dióniso al tratar de Teseo" (p. 522). Se trata de los amores de Dióniso con la abandonada Ariadna (cf. el N° 5). Pero véase *Ancorajes*, México, Tezontle, 1951, pp. 108-109.

13) "Glauco, de quien hablaremos más adelante" (p. 560). Última promesa que tampoco cumplió.

A esta lista de promesas podemos agregar la del proyecto de *Apuntaciones mitológicas*: El rey Atamas (cuya historia esbozó Reyes en página y media), Protesilao, Los Gigantes, Las Mujeres de Lemnos, Glauco, Los Argonautas... Queden ambas aquí registradas

15

como testimonio de la ambición de su genio o como sugestiones para quien aspire a seguir sus pasos. Unas palabras suyas cumplen la misión autocrítica que siempre se impuso, al tiempo que sirven de consejo para ajeno provecho: "La tarea del mitólogo es por fuerza más árida. Tiene que andar de prisa, fijar los hitos, cerrar los ojos a muchos encantos del camino, y a veces exhibir las incoherencias de las versiones. Ni se limita al sencillo dibujo estético, ni tampoco puede recoger todos los rasgos, particularidades y variantes de cada historia cuando ellos no interesan a la pintura general, o cuando basta un solo ejemplo para dar idea de un motivo que se repite como en los espejos conjugados" (*La jornada aquea*).

Sin embargo, siempre se le pasaba la mano en el juicio propio y en la valoración de sus tareas. A pesar del gran esfuerzo de sistematización, de la erudición acumulada sin descanso, y de las considerables dimensiones que ambos tratados llegaron a alcanzar, no se puede decir con justicia que éstos hayan resultado áridos, descuidados de gracia estilística o carentes de originalidad interpretativa. Nada más lejos en verdad. Nada tiene aquí Reyes que envidiar "a ciertos modernos novelistas de la mitología que, ateniéndose a los perfiles fundamentales de cada personaje, lo enriquecen con los rasgos de mayor atractivo estético y le dan así nueva trascendencia y vigor", que eran los de su mayor estimación. Nada desmerece ante Kingsley o Schwab, en quienes "la sencilla apariencia esconde tanto conocimiento, tanta práctica de los temas y tanta sensibilidad poética". A esto hay que agregar sus peculiares virtudes: dominio de las fuentes griegas y latinas, la información de los especialistas al día, la cita oportuna o la reminiscencia intencionada de autores predilectos: Góngora, Goethe Coleridge, Mallarmé, Darío, Nervo o Santayana; decoro y adecuación del estilo; a flor de piel, como caricia recatada, la poesía en cada momento.

Por nuestra reiterada intención de servir las *Obras Completas* del maestro mexicano, que se nos perdone ahora el rescate y usufructo de unos renglones suyos, tachados al final de su "Introducción" a la *Mitología griega*; ya que fueron preteridos y aun mejorados por él, los tomamos del cesto y los ofrecemos para justificar nuestra labor, leyendo la palabra 'hombre' (Alfonso Reyes) donde aparecía el nombre del "pueblo" griego, que él tanto amó: "No ha sido fácil contar los sueños de aquel hombre, cuya fantasía se ahoga en su misma fertilidad. Si, por nuestra parte, hemos logrado un poco de amenidad y de orden —pues la letra con sonrisa entra—, tal vez seamos leídos. No aspiramos a mejor palma."

Ernesto Mejía Sánchez

Instituto Bibliográfico Mexicano

16

I

RELIGIÓN GRIEGA

INTRODUCCIÓN

A) Objeto de esta obra

1. Este libro se propone trazar un bosquejo de la religión griega y de sus prácticas, animado con las figuras de sus leyendas. Nada enseña al especialista; informa al lector general y recoge las actuales conclusiones de los estudios.

2. *La religión griega no es sistemática.* No fue una religión revelada. No tuvo Iglesia ni definidores teologales. Es un acarreo popular e inconsciente de tradiciones inconexas, de orígenes étnicos distintos, de épocas y lugares diversos. Careció de literatura hierática. Sus sacerdotes no tenían derecho a fijarla ni lo pretendieron. Los poetas y los filósofos la interpretan con una libertad hoy inconcebible. El pueblo se apega a sus rutinas que, aun en la edad clásica, datan a veces de la prehistoria. El olimpismo oficial, la determinación más excelsa, es sólo un pequeño coágulo en aquella sangre derramada.

En punto a religión helénica, la literatura está llena de documentos contradictorios. Aunque Esquilo declaró su deuda para Homero, ni él ni los demás trágicos, ni los historiadores, ni los mitógrafos se atuvieron a las leyendas homéricas, y ellos mismos muestran la superabundancia de los materiales religiosos. Heródoto, aunque rico en informaciones preciosas, es arbitrario en cuanto —como todos los griegos— ignora la prehistoria, y también por haber dado mucho crédito a los egipcios, novelistas temperamentales. Los egipcios —adelantándose en esto a los judíos alejandrinos y a algunos ilusos contemporáneos— querían que el universo procediese de ellos. Tres autores de la decadencia —el geógrafo Estrabón, y singularmente el moralista Plutarco y ese turista religioso que fue Pausanias— han dejado noticias sin las cuales nuestra imagen de la religión griega sería exigua y abstracta; y ellos son los mejores testigos sobre la pasmosa variedad de los ritos y las creencias. En las artes y en las letras, la estupenda imaginación plástica del griego logró precisar las figuras. Pero eso no enjuga la humedad subjetiva que las envuelve. Pretender otra cosa hubiera parecido entonces una intromisión enfermiza en el mundo sobrenatural. Tal era la índole de aquel pueblo. Respetémosla, sin pretender resecar y momificar la fluidez de imágenes y conceptos. La extrema variabilidad fue la regla. Y como decía Pausanias, los griegos nunca se han puesto de acuerdo sobre un mito. Un escritor de nuestros días, C. D. Lewis, en cierta novela alegórica, se encuentra con dos divinidades paganas. Y aunque tenían forma y figura —dice— parecían hechas de un viento en marcha. La descripción no puede ser más feliz.

3. *Los griegos eran muy religiosos.* Los deberes de la piedad ocupaban buena parte de su vida privada y pública. Muchos actos que hoy son profanos eran entonces actos rituales. La moral implícita en su religión era distinta de la nuestra. Pero no en las normas fundamentales de la conducta, que ellos trasmitieron al Occidente, sino en costumbres accesorias. Hay que borrar esa sandia imagen de un pueblo de placer, sólo ocupado en divertirse; que no es así como se fundan las civilizaciones. Tal imagen todavía estuvo de moda entre nosotros a principios de siglo, por obra de Crisóstomos cortesanos. Pero nuestros hombres de la Reforma, que en su empeño por edificar una patria estaban más cerca de los griegos, hubieran podido calar mucho más hondo en la antigüedad clásica. Por suerte los griegos no adoraron la austeridad ni admiraban el dolor inútil. Eso es todo. Y aunque más puntuales en sus prácticas religiosas que mucha gente de hoy en día, tachaban de *deisidaímones* a los afligidos del mal de escrúpulo.

4. *También eran supersticiosos.* No tanto como los romanos (gente de creencias distintas aunque parecidas a las griegas por obvios parentescos étnicos), cuya grosería llegó a imaginar *indigitamenta* o diosecillos para todos los incidentes de la vida diaria y aun para los dolores de muelas y el catarro. La superstición es maleza que acompaña la infancia y la

vejez de las religiones. Ya los *Caracteres* de Teofrasto —que no retratan la buena época— acusan la presencia de esta vegetación viciosa. San Pablo se queja de lo mismo, desde sus alturas de cristiano. Y Luciano de Samosata, un siglo después, en plena decadencia del gentilismo, tenía sin duda buenas razones para burlarse de semejantes miserias. ¿Qué más? Al propio Pericles, el hombre de la Ilustración, no lo dejaron morir —abuso de alevosía y ventaja— sin colgarle un amuleto al cuello.

La superstición no es nuestro tema. Es estudio folklórico que no nos incumbe aquí en sí mismo. Pero irremediablemente la tropezaremos a pocas vueltas, sin detenernos en ella más de lo indispensable. La frontera entre la patraña y la verdadera religión era entonces más incierta que en esta nuestra edad dichosa.

Nota importante. Dijo un humorista antiguo que en Grecia había más dioses que hombres. Esta exagerada apreciación, la enorme lista de celebraciones que enumeraremos más adelante —Panegirias y Festivales— y los cuidados religiosos de cumplimiento diario, pudieran causar una falsa impresión: se diría que el griego no tenía otra cosa que hacer. Pero conviene tener en cuenta estas circunstancias: *1)* no todos los cultos se celebraban en todas partes; *2)* los griegos no practicaban el descanso dominical, no contaban con nuestros 52 domingos; *3)* si a estos 52 domingos sumamos nuestras fiestas cívicas, fácilmente llegamos a la cifra de 70 días por año; *4)* en Atenas, donde los actos del culto eran más abundantes, ocupaban más o menos 70 días. La proporción es equivalente. (Ver cap. ix, Nº 2 y cap. x, Nº 1, *n.*.1.)

B) Grecia en sus documentos religiosos

5. *Las fuentes para el estudio de la religión griega* son tres: la arqueología prehelénica y helénica, las artes ya helénicas y las letras. Primero aparece la arqueología, que nos lleva desde la prehistoria a la historia, aunque el tránsito es todavía oscuro y conjetural. Su destino es convertirse en historia del arte, a cuya valoración se aplican ya otros métodos. Las

artes y las letras nos importan aquí hasta donde expresan las creencias gentiles. Las artes asumen fisonomía helénica hacia el siglo VII a. c. y, mientras no se cristianizan, proveen los documentos de la mitología figurada y contribuyen poderosamente a la determinación visual de las deidades. Podemos considerar que las letras van desde el alba homérica —siglo VIII— hasta la clausura de la Academia Ateniense bajo Justiniano, siglo VI de nuestra era.

La etnología, que no es una fuente, sino una interpretación de las fuentes, ha contribuido al estudio de las supervivencias primitivas, cuajadas en el seno de la religión clásica como ha cuajado en el ámbar el insecto de una especie desaparecida. Conviene empezar por la etnología, la más hipotética reconstrucción de un pasado que es, en sustancia, anterior a Grecia.

6. *La etnología* suele ser considerada con recelo por los puristas de la arqueología y por los retardatarios del humanismo. Los primeros quieren describir sin interpretar, privándose de todo derecho a la inferencia, al punto que podrían hacer suya la declaración de Goldenweiser sobre la antropología,* y resumir su credo asegurándonos que la arqueología no se ocupa del pasado, sino del presente: de la piedra que se descubre y no de lo que ella significa. Los segundos se manifiestan personalmente ofendidos cuando se los enfrenta con algún residuo de salvajismo en las costumbres de Grecia. ¡Como si no los hubiera en cualquier pueblo contemporáneo! También las gentes que formaron a Grecia fueron un día salvajes, y el estudio de la etnología primitiva permite entender lo que. la razón griega no explica. Algunos, ante las costumbres y prácticas que hasta pueden parecernos aberraciones y que un día fueron moneda corriente, prefieren la exposición sin comentario. Y si el etnólogo les propone una interpretación, tuercen el gesto pudibundo y hablan de "curiosidades ociosas" cuando no de "indecencias". El primitivo no es tan diferenciado como el hombre histórico, ni ha atenuado aun con las técnicas la influencia del medio natural. Bajo provocaciones análogas reacciona de modo análo-

* A. Goldenweiser, *Anthropology*, Londres, 1937.

go, por la sola semejanza específica. Entre los ritos griegos más conservadores y ciertas representaciones afrocubanas de lejana raíz prehistórica todavía se advierte el parecido.*

El tipo de la familia actual, por ejemplo —y la familia es, en mucho, un brote de la religión—, ha cruzado por varias formas tentativas, monstruosas a nuestros ojos (comunidad, incesto, etc.), antes de llegar a su forma actual. Y si, como parece, al prescindir de la etnología lo que se desea es salvar "el honor del ario", con recordar que el griego es mezcla de arios y mediterráneos —entre los cuales pudo pasar de todo sin que nadie se ofenda— ya estamos en paz.

¿Que no hay matriarcado entre los arios históricos, y seguramente no se conoció el *totem* entre los mismos arios prehistóricos? Bien está. Pero la tradición de los pueblos que se sumaron a los arios para crear el pueblo helénico pudo ser muy distinta, y dejó residuos que ya no comprendían los griegos.

Hilemos un poco este enigma del matriarcado. El recién nacido llega por obra de la mujer. La noción de la paternidad es tardía. Por lo pronto, la mujer aparece como la obvia trasmisora del *mana* o virtud vital. Bien puede ser éste el origen de algunas ideas matriarcales. A lo que se suman la cría del hijo, los eminentes servicios de la mujer en el cuidado de la tienda, durante las inevitables ausencias del cazador o del guerrero, la mano femenina en los orígenes de la agricultura doméstica, los cultos lunares engendrados por el horror y asombro ante la sangre periódica.

Por otra parte, los varones son guardia guerrera de la tribu y aseguran su subsistencia con el fruto de las cacerías. Lo cual, unido a su superioridad física, explica también su definitivo predominio familiar y político.

Ni el matriarcado ni el patriarcado se consideran ya como el primer grado indispensable e igual para todas las sociedades humanas, ni para todas se admite idéntico desarrollo. La *ginecocracia*** o matriarcado absoluto es una noción lími-

* Fernando Ortiz, "La 'tragedia' de los ñáñigos", en *Cuadernos Americanos*, México, julio-agosto de 1950, IX, nº 4, pp. 79-101. Ensayo recogido después en el libro: *Los bailes y el teatro de los negros en el folklore de cuba*. [Prólogo de Alfonso Reyes.] Habana [Dirección de Cultura], 1951.
** Página 231: otro sentido del término (nota de A. R.).

te, útil para el análisis, y acaso nunca se haya dado en toda su pureza teórica. ¿Y en qué nos estorba esto para admitir diversas combinaciones de rasgos patriarcales y matriarcales entre los primitivos? (Pensemos en las Amazonas y en las Diosas Madres asiáticas.)

Junto a estas primeras configuraciones aparecen otras disyuntivas, cuyos términos son igualmente aceptables en distintos casos de evolución. Por ejemplo, el asesinato piadoso de los viejos —estorbo económico de la tribu— y la veneración de los viejos; por ejemplo, la endogamia y la exogamia, etcétera.

Cuanto a lo primero, el viejo es tesoro de experiencia y memoria, conservador de las costumbres benéficas, las prohibiciones, los *tabús* —germen de las leyes—, y es maestro consumado en las ceremonias que mantienen la figura externa de la tribu, su cuerpo mismo. Tal puede ser el origen de la *gerontocracia* o mando de la edad respetable. Pero es obvio que tal respeto reconoce como límite el extremo de la senilidad.

Cuanto a lo segundo, la tribu, que no se distingue bien de su ambiente, ha creído resolver el enigma de sus orígenes suponiéndose hija común de una especie animal, vegetal, mineral, o hasta de alguna portentosa fuerza física como el trueno. Este antecesor común, a quien se reverencia y preserva en lo posible, es el *totem*. Ahora bien, los distintos ayuntamientos entre varones y mujeres, dentro o fuera de la comunidad —endogamia y exogamia de varios grados— se enlazan mediante una sutil dialéctica con esta preservación del *totem* que es, en suma, la preservación mística de la tribu. Este contrato social de la exogamia permite, asimismo, conjugar un *totem* y otro *totem*, y por aquí, multiplica los alimentos accesibles o autorizados. Pues, originalmente y salvo en casos excepcionales y prescritos, quien cultiva un *totem* no lo prueba, pero puede trocarlo por el *totem* de su vecino.

Además, la exogamia, consciente o inconscientemente, resuelve el crimen de la prehistoria: la lucha a muerte entre el viejo y los jóvenes ya facultados, en quienes aquél sólo ve rivales para su trato con las hembras del grupo, sin te-

24

ner la menor noción, unos ni otros, del vínculo carnal que los une.

En tanto, la piedad materna ha velado como centinela en la frontera de la iniquidad primitiva. ¿Lo ignora la fábula griega? No, ciertamente. Gea ha ocultado a Cronos, hijo menor de Urano, que al fin mutila a Urano y le arranca el mando. Más tarde, Rea oculta a Zeus, hijo menor de Cronos, que a su vez habrá de desposeer a su padre. Siempre el hijo menor: el que se enfrenta con la caducidad del padre, quien ha dado muerte a los mayores o los ha expulsado del grupo. Sin el pacto de la exogamia, bien pudo la humanidad destrozarse o atajarse en un nivel muy cercano a la animalidad.

En torno a todos estos motivos —y el lector lo irá percibiendo sin necesidad de advertencia— giran mil prácticas y observancias, contratos de servicio y honras que el hombre rinde a los enigmas y a las necesidades de su existencia. Larvas del convenio solemne, del sacramento y del Derecho Formulario, ellas se apegan a sus rutinas y las repiten de siglo en siglo. Las encontramos en Grecia, como en todas partes. Sin la hipótesis de la etnología parecerían meras locuras.

7. *La arqueología de la prehistoria* aporta los residuos físicos de las culturas abolidas: alfarería, utensilios, armas, gemas, sellos, anillos, alhajas, ornamentos diversos, imágenes y estatuillas, decoraciones y pinturas, ruinas arquitectónicas. A partir de las excavaciones de Schliemann (1870-90), el conocimiento de la era prehelénica se ha renovado de tal suerte que invalida en mucho todos los estudios anteriores.

No sólo hay que tomar en cuenta el suelo griego, como la Tebas helénica, Micenas, Tirinto, sino además la Creta prehelénica y cuanto aparece en todos los pueblos del mismo campo histórico que participaron de algún modo en la preparación de la religión griega: el Delta, Siria, Mesopotamia, Asia Menor, Tracia, Tesalia. Se descifran ya los pictogramas, jeroglifos e inscripciones de Egipto y de Asia, también —a última hora— los de la zona egea. Las colecciones de sellos minoico-micénicos —la "sigilaria"— son, como dice Persson, la Biblia prehelénica y puede considerárselas como un libro de estampas sin texto. Este acervo arranca del Neolítico —del Paleolítico hay escasos vestigios— y permite algunos atisbos plausibles sobre las nociones religiosas de los egeos. La prudencia aconseja no avanzar demasiado en las conclusiones mientras la escritura no se traduzca plenamente. Sin las explicaciones verbales poco averiguamos ante un cuadro histórico cuyo episodio desconocemos. El habitante de la Luna podría figurarse que nuestros cocheros son unos príncipes victoriosos, los cuales arrastran en su carro de triunfo a una familia derrotada. Así los arqueólogos rompen lanzas para averiguar el verdadero sentido de la escena representada en algún sarcófago de Haguia Tríada.

8. *La arqueología de la protohistoria* nos muestra desde el siglo IX el primer ensayo del templo, cuyo florecimiento encontraremos al hablar de los lugares sacros. Esta época ha padecido singularmente por las invasiones y los consiguientes destrozos. Entre los pueblos mejor librados —amén de aquellos mediterráneos refugiados por el archipiélago y la Anatolia— cuentan los atenienses y los arcadios. Los atenienses de la edad clásica aún se jactan de ser autóctonos, se tienen por descendientes directos del mítico Erictonio (que Homero confunde ya con su descendiente Erecteo, terrígena brotado del suelo como los árboles; y sus leyendas sobre Codro, el joven monarca, conservan el remotísimo recuerdo de cierto arrepentimiento y repliegue de la invasión doria. Por su parte, los arcadios se daban por "anteriores al nacimiento de la Luna". Pero hay un hueco documental. De lejos, y a cuatro siglos de distancia, apenas lo ilumina Homero, faro en el eclipse, sin que el carácter poético de su obra —a pesar de los arcaísmos conscientes y los inconscientes anacronismos— nos permita reconstruir cabalmente el siglo VIII en que vive ni el siglo XII que cantaba y al que ha dirigido su mirada trascendental de "ciego". Ante esta pérdida, acaso irremediable, los griegos fraguaron todo un pasado mitológico.

9. *La arqueología de la edad arcaica* contribuye con dos novedades: la numismática y la estatuaria.

Con respecto a la numismática, recordemos que desde los tiempos minoicos aparecen lingotes con marcas y pesos aproximados; pero la verdadera moneda se estima, si no como invención lidia del siglo VIII, como imitación popularizada por los lidios de las acuñaciones griegas algo anteriores.* Las imágenes religiosas de las monedas poseen un alto valor artístico y documental. La numismática no fue un arte menor: sumos maestros se ejercitaban en ella, labrando cuidadosamente y por su mano hasta los detalles más nimios, sin poder confiar lo accesorio a los ayudantes y artesanos, como acontecía en la escultura y en la arquitectura.**

La estatuaria comienza por tallar la piedra en cono, pilar cuadrangular o columna que se va aguzando hacia arriba y lentamente se humaniza con signos fisonómicos y sexuales, brazos pegados al tronco y pies esbozados. Era mucha la tentación de ver la apariencia humana hecha deidad y de imitar la postura erguida, singularidad de la naturaleza. Pero la iconografía, con los instrumentos primitivos, hallaba más fácil labrar las vigas toscamente. De aquí los *xoana* que dejan de ser meros fetiches y encaminan la estatuaria del "período geométrico" (Hera de Samos, Ártemis de Delos, etc.). Las deidades empiezan a abrir los ojos y a separar los miembros imitando el rígido canon de los egipcios. La piedra, que remedaba al rudo *xoanón* (Atenea del Erectión ateniense), arriesga un discreto paso con el pie izquierdo y ensaya una sonrisa (los *Kouroi* o efebos; el Apolo de Tenea). Aparece la escultura "dedálica", así llamada por referencia al minoico Dédalo, a quien los griegos, con manifiesto anacronismo, atribuían estas primeras palpitaciones vitales de la estatua. Oímos los primeros nombres de artistas, Teodoro y Telecles (Apolo Pitio, de Samos). El espectáculo de los juegos atléticos, taller al aire libre, permite observar las elasticidades, flexiones y agilidad del cuerpo, y en conquistarlas se agota el esfuerzo del Arcaico (Atenea del Tesoro Sifnio).

10. *La arqueología de la edad clásica* ofrece como primer fruto la epigrafía: grabación de letras monumentales en ma-

* *British Museum Excavations at Ephesus*, 1908.
** Ch. Seltman, *Masterpieces of Greek Coinage*, Oxford, B. Cassirer, 1949.

terial resistente —monedas, gemas, sellos, anillos, pesas, lápidas—, y excepcionalmente en madera, como algunas inscripciones egipcias. Aunque el alfabeto ronda de siglos atrás el Mediterráneo, la epigrafía griega sólo cuenta del siglo VI en adelante. Aún no podemos pedir a la epigrafía lo que pedimos a un texto literario explícito: los letreros "Calle de Don Juan Manuel" en México o "Calle del Hombre de Palo" en Toledo no nos informan sobre la leyenda respectiva y menos sobre la vida y costumbres de los vecinos. Pero a la epigrafía debemos ya noticias sobre fastos ceremoniales, reglamentos religiosos, decretos de corporaciones y ciudades, ordenanzas de fratrías, normas del orfismo —una secta mística—, curas milagrosas, ritos, exorcismos y hasta maldiciones rituales.

La epigrafía, en la edad helenística, se completará en cierto modo con la papirología: textos en papiro del Egipto ya helenizado que, entre otras cosas, ilustran sobre la magia de la época.

11. *Las artes* de Grecia fueron eminentemente religiosas. La verdadera estatuaria helénica comienza en el siglo VII (estatua ofrecida por Nicandra; imágenes votivas de piedra, bronce, terracota y marfil; la Dama de Auxerre, del Louvre). Pues el Apolo de Amiclea descrito por Pausanias es más bien obra micénica atribuible al siglo VIII. De 480 en adelante el progreso es ya incontenible (Apolo Olimpio en el frontón del templo de Zeus; Zeus crisoelefantino de Fidias, también en Olimpia, que, según Quintiliano, "añadió algo a la religión establecida"; Atenea crisoelefantina de Fidias en el Partenón ateniense; Hera de Polícleto en Argos; escenas de muros y vasos del siglo V, al estilo de Polignoto). Dioses y héroes han cobrado forma definitiva.* En el siglo IV, la idealidad evoluciona hacia el realismo (Hermes de Olimpia, Afrodita de Cnido, obras ambas de Praxiteles). Se multiplican las deidades menores y las alegorías. Con la edad helenística, Grecia recibe y devuelve ciertas influencias orientales (Serapis, Isis, Harpócrates-Horus). Las figuras infantiles, que antes sólo eran adultos pequeños, adquieren

---

* Héroes, entidades mitológicas; no en el sentido moderno.

carácter propio. El arte se teatraliza un tanto (Afrodita de Melos, Apolo de Belvedere; Deméter y Ártemis de Demofonte, en Mesenia; Tyché de Eutícides, en Antioquía). La Batalla de Dioses contra Gigantes en el altar de Zeus y Atenea, de Pérgamo, nos muestra ya un arte erudito.

(De paso: el gran arte imita y sublima la auténtica religión del pueblo. Así como el humilde creyente de nuestros días se encariña con su estampita mal pintada, la sencilla gente de Grecia bien pudo vincular su fe, más que en la majestuosa Atenea de Fidias, en la tosca imagen de olivo que, en el Erecteón, parecía esperar sus plegarias desde el tiempo de sus abuelos.)

12. *Las letras* nos sitúan en la plena luz de la historia. En calidad de documentos para el estudio de la religión griega, ellas dominan el tesoro de las artes plásticas. Si en la prehistoria teníamos una colección de imágenes sin texto, ahora contamos con textos profusamente ilustrados.

Las referencias literarias a la religión son, por su carácter mismo, incidentales e incompletas. Los testimonios de la poesía son involuntarios y libremente imaginativos. No sabemos hasta dónde llega el dato popular y admitido, y dónde empieza la subjetividad poética. Los humanistas se formaron una idea muy artificial de la religión griega mientras sólo se fundaron en los monumentos de la poesía.

Con todo, el mayor caudal de nuestras informaciones procede de los autores griegos: Homero y Hesíodo, los Himnos Órficos más antiguos, Heródoto, los trágicos, Aristófanes, Teofrasto, Apolonio de Rodas, tal fragmento de Calímaco, el *Asno de oro* del latino Apuleyo sobre los Misterios decadentes, Estrabón, Plutarco, Pausanias, etc.

Entre los primeros escritores cristianos, algunos iniciados en los Misterios gentiles antes de optar por su vocación, y todos situados en la hora de los destinos, ofrece singular interés San Clemente de Alejandría.

13. *Las últimas investigaciones* han permitido progresos considerables que fueron precedidos por verdaderas adivinaciones del genio. Karl Otfried Müller, a comienzos del pasado

siglo, quiso, con los elementos escasos de que entonces se disponía, reconstruir una Grecia anterior a Homero. A fines del propio siglo, y también sin los recursos actuales, Erwin Rohde echó una mirada tentativa sobre una posible religión antehomérica, cuyas consecuencias se dejaban sentir en los rasgos de la Grecia histórica.* La hora no había llegado aún, pero no es posible esperar los avisos providenciales.

¿Ha llegado ya esa hora? Toda síntesis es provisional, todo estudio es inacabable. Todos nuestros empeños mañana parecerán prematuros. La *Philosophía secreta* del Br. Juan Pérez de Moya —resumen del conocimiento que la España del siglo XVI logró alcanzar sobre las religiones de la antigüedad greco-romana— duerme hoy en las colecciones de "clásicos olvidados", junto con otras reliquias del erudito. ¡Si al menos nos esperara esta suerte!

México, noviembre de 1950.

C) Grecia en el tiempo y en el espacio

A. *En el tiempo*

1. *La prehistoria* griega, de la edad neolítica hasta el siglo XII, abarca la cultura egea.** Los egeos eran una raza anterior a los indoeuropeos y a los semitas, cuyo enigma se disimula llamándolos "mediterráneos". La prehistoria se divide en dos épocas: la cretense o minoica, así nombrada porque su foco es Creta y en recuerdo de su fabuloso rey Minos, del siglo XL al XV; y la micénica, con centro en Micenas, siglos XV a XII.

Si la vida en Egipto, en Mesopotamia, en China, en la India está gobernada por el régimen fluvial —el Nilo, el Éufrates y el Tigris, el Río Amarillo, el Ganges—, la vida cretense es de orden marítimo. El palacio de Cnoso, capital de Creta, crece por agregación irregular, laberíntica, y abre sus patios y sus circos al pueblo y al fácil acceso de la costa, pues sus barcos lo defendían suficientemente. Ya en Mice-

---

* Erwin Rohde, *Psique*, trad. de W. Roces, México, Fondo de Cultura Económica, 1948.
** Salvo advertencia u obvio sentido en contrario, todas nuestras fechas remiten a la era anterior a Cristo.

nas y en Tirinto los palacios son fortalezas en alturas, que atisban el cruce de los caminos.

Los micenios aprenden de los cretenses las artes y la navegación. Después, acaso aliados con los egipcios, derriban el poderío de Creta, estorbo para sus tratos directos con el vasto Imperio africano, y entran a competir con los fenicios en el Mediterráneo Oriental. La caída de Cnoso puede haber sido más trascendente que la de Troya, pero no hubo Homero que la cantara.

Durante la etapa egea crece la cultura troyana, algo apartada en su órbita. Por 1180, cae Troya al ataque de los aqueos, que se han mezclado con los micenios y otros autóctonos de Grecia. Troya se levantaba junto al río Janto o Escamandro, riberas del Helesponto, probablemente en el sitio de la actual Hissarlik, y embarazaba el ensanche de los occidentales desde el norte del Egeo hasta el Ponto Euxino o Mar Negro.

Se han descubierto en Troya nueve ciudades superpuestas. La más antigua data de la Edad de Piedra. La sexta, habitada por frigios, será el asunto de la *Ilíada*. Las tres ciudades ulteriores carecen de interés histórico, a excepción de la Troya VIII o Troya griega, que alcanza cierto auge entre los sucesores de Alejandro y en las primeras centurias de la Roma imperial.

Entretanto, la cultura egea se ha desenvuelto por las islas, acaso en suerte de confederación comercial bastante laxa. Pero tal cultura se desvanece ante las invasiones de los danubianos —aqueos y dorios, pueblos ya indoeuropeos— quienes, al confundirse con los primitivos habitantes, formarán la masa del pueblo helénico.

A fines del siglo XII, los aqueos se encuentran sólidamente establecidos en varios puntos de Grecia, sobre todo en la Argólide; y así se ve que Homero llama más tarde, a los pueblos confabulados contra Ilión o Troya, aqueos o argivos indistintamente. También los llama dánaos, por referencia a la leyenda de Dánao, que fue a refugiarse en Argos, con sus cincuenta hijas, huyendo de sus parientes egipcios. Los dorios, hacia el año 1000, comienzan a asentarse en los territorios de sus conquistas. Dicho sumariamente —y aunque no

31

debe olvidarse la desintegración interior del antiguo régimen y su economía claudicante—, las superiores armas de hierro que esgrimían los dorios pusieron fin a la llamada era del bronce.

2. *La protohistoria*, del siglo XII al siglo VIII, es época de turbulencias, desbandadas, mezclas y colonizaciones inciertas que a veces proceden de la fuga, sobre todo hacia el archipiélago y el Asia Menor, fuga en que participaron en ocasiones los mismos invasores. Los elementos que han de integrar a la población helénica están ya todos presentes y luchan por estabilizarse.

Se organizan comunidades tribales más o menos elásticas, bajo reyes hereditarios, que son a la vez jefes militares y religiosos, a quienes asiste un consejo consultivo de nobleza terrateniente —el *basileús* y la *gerousía*—, y a quienes corean las asambleas del pueblo: *agorá* y *ekkleesía*.

La estructura social y la relación entre sus diversos grupos —de mayor a menor, *phyleé*, *phratría* y *genos*— son algo confusas. *Genos*, por ejemplo, es la familia en el más amplio sentido, pero parece que sólo comprende a las clases nobles, y que, por entonces, la mayoría de los ciudadanos no pertenecía a ningún *genos*. Lo que tampoco significa que todos los miembros de los *gene* fueran ricos, pues siempre hay la "familia pobre". Los reyes no poseían mucha autoridad, ni eran capaces de evitar las luchas internas. Guerras interminables y saqueos de forasteros contribuían al sobresalto permanente. Faltaba la base para una verdadera cultura.

3. *La historia propiamente tal*, del siglo VIII hasta la consumación de la conquista romana en 146, se cuenta a partir de los primeros Juegos Olímpicos, año 776, base de la cronología griega. Hacia el siglo VIII, Homero canta la caída de Troya. En la historia se distinguen cuatro periodos:

   a) Edad arcaica, siglos VIII al VII (aunque la historia del arte reserva el nombre de "estilo arcaico" al que predomina entre 600 y 480).
   b) Edad clásica o ateniense, siglos VI al IV, iluminada por el fulgor de Atenas.

c) Edad helenística o alejandrina, cuando un nuevo espíritu se elabora en Alejandría, y que ya considera la obra de la edad anterior como materia de análisis y de crítica, como un pasado.

d) Edad romana o decadente, dominada por la administración de Roma, del siglo II en adelante.

La edad arcaica arrastra oscuramente las formas de la protohistoria y se apresura hacia nuevas formas. La aceleración se opera en dos movimientos simultáneos, relacionados con el auge de la agricultura patriarcal y doméstica, la inalienabilidad de los bienes y el mayorazgo. A saber: la creación de las ciudades y la creación de las repúblicas. Estos movimientos enlazan la edad arcaica y la clásica.

4. *En la edad clásica*, el crecimiento de la población determina, para la mayor parte de Grecia, el paso de las agrupaciones rústicas a las ciudades. El Estado-Ciudad o *polis* sustituye a la organización tribal o *ethnos*, por una concentración llamada "sinecismo". La asamblea del pueblo, el consejo de la nobleza y las diversas magistraturas que se han ido diferenciando se combinan diversamente, con predominancia de unos u otros según las respectivas índoles y constituciones. Llegó a haber cientos de Estados-Ciudades; algunos, diminutos.

La creación de la Polis acarrea el cambio de las monarquías a las repúblicas. Las censuras de Tersites a Agamemnón, en la *Ilíada*, revelan ya el hábito de ciudad, en que los reyes tienen verdaderos vecinos que los observan.

El origen antimonárquico teñirá definitivamente a los nuevos Estados, a pesar de las transitorias tiranías. Y cuando tales Estados se derrumben por su propia corrupción y por la conquista macedónica, aún sobrevivirán de cierta manera simbólica. El ideal queda grabado en la mente helénica. Los estoicos llamarán *Cosmópolis* a su fraternidad de los hombres.

5. *El paréntesis de las tiranías merece explicarse.* La *tyrannís* es el gobierno de usurpación que se produjo en los Estados oligárquicos durante la "edad de los tiranos", siglos VII

a VI. Pocas veces duró más allá de dos generaciones y no era necesariamente un reinado del terror.

La palabra adquirió sentido peyorativo por los desmanes de algunos tiranos. Este mal sentido se generalizó en las ciudades democráticas del siglo V, que glorificaron al tiranicida por amor a la ley. También contribuyeron a ello los filósofos políticos, para quienes la tiranía, como dirá Platón, es "la peor constitución posible".

Los tiranos más famosos fueron Fedón el Teménida (Argos), Polícrates (Samos), Periandro (Corinto), Clístenes el de Sición (no el demócrata de Atenas) y Pisístrato el ateniense. La antigua tiranía promovió, a veces, la democracia, y siempre, el adelanto económico. Sus últimos representantes fueron Gelón y Hierón, ambos de Siracusa. Con otro siracusano, Dionisio I, aparece ya una tiranía imperialista y aventurera.

6. *Dan nuevo impulso a las colonizaciones* —del 750 al 500— el descontento político, la penuria, la escasez de tierras cultivables. Pues la población siguió en aumento, y el mismo auge de la agricultura doméstica determinó su ruina.

La historia de la colonización helénica ofrece tres fases casi sucesivas: primera, el refugio, el escape bajo el peso de las invasiones, típico de la protohistoria; segunda, la colonia agrícola, que ahora vemos nacer; tercera —y sigue de cerca a la anterior—, la colonia mercante.

Los colonizadores se derraman por varios lugares del Mediterráneo, al Oriente y al Occidente, donde ya había antiguas factorías comerciales como en Paflagonia y en Cumas. Aun habrá poblaciones griegas colonizadas por otros griegos. Tal ese emprendedor "Imperio corintio", algo despótico, que se atrevió con las islas del Mar Jónico y ocasionó, entre Corinto y Corcira (Corfú), la primera gran batalla naval de la Grecia histórica (664).

En los orígenes de la cultura descuellan los centros coloniales: Al Oriente, Jonia, por la épica y la filosofía. Al Occidente, por la filosofía, Crotona y Elea; y por la retórica, Sicilia. Chipre, secularmente disputada a los fenicios, contribuyó al menos con su sistema de escritura, que todavía se usaba comúnmente en Grecia por los años de 400.

La mayoría de las colonias se hizo independiente; las más importantes a su vez fundaron colonias. Como consecuencia de este inmenso desarrollo, la evolución de la Polis tomó el paso revolucionario.

7. *La historia griega puede concentrarse en varios sucesos eminentes:*

a) *De la edad arcaica a la clásica*

1. Desarrollo de Esparta, sus guerras contra los vecinos de Mesenia, fabulesca legislación de Licurgo, predominio espartano en el Peloponeso.
2. Auge de la cultura jonia en Asia Menor (épica y filosofía), conquista de Jonia por los lidios y, después, por los persas.
3. Reformas orgánicas de Solón en Atenas, tiranía de Pisístrato (recopilaciones homéricas), expulsión de su hijo Hipias, y reformas democráticas del tirano Clístenes.
4. Guerras Persas: victorias griegas en Maratón, Salamina, Platea, etc.; hegemonía de Atenas, Liga delia, Pericles, Imperio ateniense.
5. Guerra Peloponesia entre Atenas y Esparta, el Ática invadida, la peste en Atenas, derrotas de Atenas en Sicilia, Bizancio, Egos Pótamos.
6. Hegemonía de Esparta, los Treinta Tiranos en Atenas.
7. Fugaz hegemonía de Tebas.

b) *De la edad clásica a la helenística*

8. Guerras Filípicas y conquista de Grecia por Macedonia.
9. Victorias y expediciones de Alejandro en Persia, Egipto y la India; división, a su muerte, de los cinco reinos que integraban su imperio:

> Macedonia y Grecia;
> Siria;
> Tracia;
> Bactria;
> Egipto.

c) *De la edad helenística a la decadente*

10. Discordia entre los reinos alejandrinos: intervenciones de Roma; Grecia, provincia romana.

8. *Los sucesivos emporios de la cultura griega*, después de la prehistórica Cnoso (Creta), han sido: Mileto (Jonia), Atenas (Grecia continental) y Alejandría (Egipto).

B. *En el espacio*

9. *Grecia se divide en tres cuerpos*: El continental, el insular y el colonial.

El cuerpo continental es la península, desde la articulación balcánica hasta los mares del Sur, "la Grecia continua" que decía Éforo en el siglo IV. Conforme se baja, los litorales se van haciendo más sinuosos. Prácticamente, se divisa el mar de todos los sitios; menos en la hoya de Esparta, cosa funesta. La Grecia continua se reparte en septentrional, central y meridional.

La Grecia septentrional llega hasta la cintura del Golfo Ambrácico al Oeste y del Golfo Malíaco al Este. De Norte a Sur y de Poniente a Levante, se acentúa el carácter helénico: Iliria, Epiro, Macedonia y Tesalia. Al eje, el espinazo del Escardo y el Pindo.

La Grecia central ocupa del Monte Tinfresto y valle del Esperqueo hasta el Golfo e Istmo de Corinto. De Poniente a Levante aumentan el interés histórico y el sabor helénico: Acarnania, Etolia, Malia, Lócrida, Fócida, Beocia, Ática, Megara. La isla Eubea se recuesta junto al litoral, de Lócrida al Ática.

La Grecia meridional es el Peloponeso (Morea), la isla de Pélope, la "hoja de plátano", que dice Estrabón, colgada del Istmo de Corinto; Acaya, Élida, Mesenia, Argólide, Arcadia, Lacedemonia. Remata al Sur en un tridente que recuerda los "tres dedos artríticos" de Calcídica. Es a Grecia lo que Sicilia a Italia, y el Istmo Corintio vale el Estrecho de Mesina.

10. *La Grecia insular*, prescindiendo de algunas islas adyacentes a los litorales, cubre dos regiones: la occidental y la oriental.

La occidental (Adriático y Jónico): Corcira, Léucade, Ítaca y el "mar de islotes", Cefalonia, Zante.

La oriental (Egeo): Tasos, Samotracia, Imbros, Lemnos, Esciro; el grupo intermedio de las Cícladas en torno a Delos; y el collar meridional: Citeres, Creta, Casos, Cárpatos (y Chipre en las lejanías de Siria).

11. *La Grecia colonial* —según Cicerón, cenefa de la cultura que rodea el manto de la barbarie— ocupa cuatro zonas: norte, oriente, sur y occidente.

Norte: En el Egeo, Calcídica, Quersoneso Tracio. En el Helesponto (Dardanelos), Sestos y Abidos. En la Propóntide (Mármara), Cícico; rumbo al Bósforo, Bizancio y Calcedonia. Ya en el Euxino, según el giro de las manecillas, Mesembria, Odesos, Olbia, Heraclea Quersonesia, Panticapea, Tanais, Fanagoria, Dioscurias, Fasis, Amisos, Sínope, Heraclea Póntica, etc.

Oriente: Eólida, con Ténedos y Lesbos; Jonia, con Quíos, Samos e Icaria; Dórida, con Cos y Rodas a la vista, y todo el cordón de las Espóradas.

Sur: De Este a Oeste, Naucratis, Cirene y sus cinco ciudades.

Occidente: La Magna Grecia en el sur de Italia y Sicilia; y por los extremos del Oeste, Masalía (Massilia, Marsella), Mónaco, Niza, Antípolis, Las Hieres, Emporion (Ampurias), etcétera.

1950.

PRIMERA PARTE: LA CREENCIA

I. LA RELIGIÓN GRIEGA EN SU HISTORIA

I. Trayectoria de la religión griega

1. *La religión griega se prepara entre los egeos neolíticos.*
Grecia no existe aún. En "la Creta de cien ciudades", que
dice Homero, donde se oyen tantas lenguas distintas, los Minos, los faraones insulares de Cnoso, relacionan el comercio
marítimo del Oriente y del Occidente, almacenan en sus palacios los pingües provechos de su "talasocracia" —su imperio marítimo—, ofrecen fiestas y corridas de toros, protegen las artes en que por primera vez sonríe la gracia. Esto
acontecía miles de años antes de Cristo.

Cambiándose influencias con el Egipto y con el Asia Anterior, los pueblos egeos habían llegado a una religión ex-
tática de la Diosa Nutriz, Genio de la Fertilidad, la Madre
Tierra acompañada cada vez más de su "paredro": el doncel que acabará por arrebatarle el sitio preeminente al confundirse más o menos con Zeus.

Ardientes ritos agrarios y sacramentos públicos —sacramentos *coram populo*, procesiones, cantos y danzas que se
volverán Misterios en Grecia cuando el predominio de los
Olímpicos— caracterizan esta etapa de las creencias. Sea
dicho con las reservas a que obliga un enigma no enteramente descifrado.

Los egeos en el núcleo, y en la periferia los pelasgos y
tirrenios, carios, léleges, tiredas, lapitas, confunden sus credos y observancias en la cuba extrema del Mediterráneo
oriental, "la Muy Verde" de los egipcios, la madrina de navegantes.

Los micenios recibieron de los minoicos y legaron a la
Grecia histórica la deidad que muere y resucita, como Dióniso o Jacinto; la idea del Niño Dios abandonado y criado
por mano ajena, la noción mística de Eleusis y la promesa
de las Islas Bienaventuradas. Han comenzado ya a agitarse

los embriones de algunas futuras divinidades, por lo pronto "ctónicas", reducidas a un lugar y pegadas a su terruño.

Los cultos de inspiración naturalista, comunes a todos los pueblos primitivos, dominan la religión egea: cultos del sustento y la agricultura, las estaciones, la primavera y el retoño, a que Grecia infundirá más tarde singulares encantos.

Refractado en tímpanos cristianos, todavía se escucha el retumbo del Drama del Año en el gran poema español de la Edad Media —el *Libro de buen amor*, del Arcipreste de Hita—, donde son los cortejos de 'Don Melón de la Huerta' y 'Doña Endrina de la Rama'; donde los combates de 'Don Carnal', propio dios pagano, y de esa caricatura de institutriz protestante que es 'Doña Cuaresma'.

2. *El material egeo se adultera con los elementos que aportan las invasiones.* Aqueos y dorios bajan del Danubio al Mediterráneo trayendo su religión en guiñapos y alterada en el curso de las migraciones. La religión emocional del prehistórico se hace más sobria, y va resultando la figura de la nueva religión griega. De la mezcla, templada al baño luminoso del Mediodía, fluye poco a poco la teodicea oficial de Grecia, penetrada de antropomorfismo. Los Olímpicos, ceñidos a la apariencia humana, serán los troncos propicios donde prenda la mitología clásica.

Las colonias griegas del Asia, que han dado la espalda al pasado y se han enriquecido en el comercio marítimo y en el tráfico fluvial con los bárbaros de tierra adentro, se adelantan a la metrópoli, crean cortes señoriales que prestan escasa atención a las tradiciones antiguas o las consideran con una sonrisa tolerante. Cuando la Grecia continental asome a la historia, apegada a la continuidad de sus costumbres caseras, parecerá, junto a sus colonias, una graciosa provinciana. De aquí que Homero, el primer poeta de la mitología, criado en Jonia, se interponga, por la "modernidad" misma de sus nociones, en la marcha lenta y natural de las formas y de los ritos, marcha que puede trazarse desde los días de la prehistoria hasta los días de la Grecia clásica. De aquí que los maestros de Grecia lo hayan adoptado como texto escolar, para de una vez levantar al pueblo a la altura de esta religión aséptica y despojada. La singularidad homérica se nos atravesará a cada paso casi como una anticipación. Hesíodo, aunque algo posterior, representa un estado más vetusto de las creencias. Es, frente a Homero, un retardado, como lo era su Beocia frente a las opulencias de Jonia. Áspero labriego de Ascra, aunque era un justo, está lleno de pavor primitivo y vulgares supersticiones. Heródoto atribuyó a Homero y a Hesíodo la definitiva configuración de las deidades olímpicas. Brillante paradoja. Pero ni el Olimpo de Homero es el de Hesíodo, ni se hacen así las religiones, ni Grecia se creó de repente en el siglo VIII.

3. *Se concilian la religión y el Estado*, entre titubeos y divorcios. Desde los orígenes temblorosos, ambas instituciones quieren sentirse unificadas. Lo logran prácticamente en la Polis, la ciudad clásica. La introducción de nuevos cultos sin permiso de los gobiernos —es decir, del pueblo entero de ciudadanos mediante votación directa— es cosa prohibida. El desaire para los dioses reconocidos es una traición a la patria.

Recuérdense las muchas persecuciones por impiedad o asebia, justas o injustas y casi siempre provocadas por la pasión política, contra Anaxágoras, Aspasia, Protágoras, Alcibíades, Diágoras, Sócrates, Estilpón, y las acusaciones intentadas contra Aristóteles y Teofrasto.* El primer sacerdote que quiso enseñar a los atenienses la adoración de la Dea Siria, Cibeles, fue muerto y arrojado al Báratro. La sacerdotisa Nino fue sentenciada a muerte por traer el culto de Sabacios. La hetaíra Friné fue acusada de pretender introducir en Atenas la adoración de Isodaites.

Pero con permiso del pueblo todo puede hacerse: los mercaderes egipcios alzan un templo a Isis, y los de Kitión, un templo a la Afrodita Chipriota; Bendis, diosa tracia, tiene un sagrario en el Pireo. En general, tales exotismos se consideran, no peligrosos, un tanto extravagantes. Ante las burlas de los poetas cómicos, los cultos sentimentales de Sabacios y Adonis hacen adeptos, sobre todo entre las mujeres.

* E. Derenne, *Les procès d'impiété intentés aux philosophes à Athènes au Ve et au IVe siècles avant J.-C.* Lieja, 1930.

Demóstenes censura el que Esquines y su madre se entreguen públicamente a ritos extraños. Aristófanes, que no se reprime para caricaturizar a dioses y a héroes nacionales —Dióniso o Héracles—, con ninguno se permite más libertades que con Tribalo, estúpida divinidad tracia de los pájaros.

4. *Pero el vetusto misticismo nunca desaparece del todo.* Lo sustentan los ritos agrarios y naturalistas, agarrados tercamente al suelo como la ruda. Entre Homero y la edad clásica, mientras en Jonia se despereza el racionalismo, la Grecia peninsular sufre una marea de misticismo que nunca se aquietará del todo.

A un nivel distinto del olimpismo, el misticismo cobija el culto de los muertos; cunde, algo recóndito, en la fase religiosa del pitagorismo, en el difuso orfismo, en los semiocultos Misterios (prenuncios de las catacumbas, sectas de iniciados con amagos de misa que se consagran a Deméter y a Kora); adelanta con la marcha revolucionaria de Dióniso y sus rituales orgiásticos.

Dióniso es el dios vital, silvestre y combativo. Su aparición casi coincide con la aparición de la Grecia histórica. Entra en son de guerra, y pudo conducir a una catástrofe nacional. Por suerte lo magnetiza Apolo, el dios de las formas intelectuales, quien un día compartirá con él sus sagrarios, se aficionará a llamarse Dionysódotos y recomendará a las ciudades la devoción de su nuevo acólito. El olimpismo, aderezado cada día más por la poesía, en la poesía seguirá viviendo para siempre. El misticismo, en cambio, brotado del corazón popular, buscará el arrimo de la filosofía.

5. *Ya en el cielo hay malos presagios.* El futuro desmoronamiento del mundo helénico se anuncia con la derrota de los atenienses en las Guerras Peloponesias y con su desastre en Sicilia. La "Grecia griega" cayó a los pies del lacedemonio. Ya jamás se recobrará, a pesar de sus desesperados esfuerzos. Bien comprendió Tucídides que aquello era más, mucho más que una querella entre vecinos helénicos: allí se decidía, o mejor, se planteaba el duelo entre dos interpretaciones del hombre. Atenas sigue todavía luchando contra Esparta.

41

6. *El descubrimiento* contribuyó a aflojar los nervios. En el maridaje de Religión y Estado, éste sufrió el contagio del mal que minaba ya las creencias. Desde la época de la Ilustración, el descreimiento se extiende por todas las clases educadas y educadoras. Sembró la semilla Protágoras el filósofo, que declaraba no ser bastante el trecho de una existencia humana para averiguar si había o no dioses, y le siguió muy de cerca Diágoras el Ateo, un poeta melio. El poeta Cinesias fundó lo que llamaríamos el Club de los Sin-Dios. Jenofonte, en sus *Memorabilia,* nos habla de un joven que ni ofrecía sacrificios, ni consultaba a los adivinos, ni tenía en nada a quienes lo hacían: era un "representativo", como hoy se dice. No escaseaban los blasfemos, adiestrados en la esgrima de los sofistas. Tucídides, para explicar la historia, prescinde metódicamente de los argumentos sobrenaturales, aunque hoy el nuevo humanismo ha dado en hallarlo supersticioso.* Platón declara que, en sus días, muchos dudan de que haya dioses o de que se cuiden de las cosas humanas. Los oradores respetan el culto por deber cívico y como de dientes afuera. ¿Y el teatro? Eurípides está lleno de inquietud, y no es fácil creer que el Aristófanes de *Las ranas, Las aves* o el *Pluto* —por muy conservador que se llame— crea realmente en las deidades a la manera de sus abuelos.

El enrarecimiento de la creencia alterna —mal síntoma— con histéricas reacciones de fanatismo. Ejemplo, la mutilación de los Hermes y el escándalo que produjo.** La buena gente se las arregla para convencerse de que aún guarda la piedad incólume.

Los sistemas del racionalismo filosófico venían amagando con la bancarrota, y un buen día el eje se ha quebrado.

* D. M. Pippidi, "Les Grecs et l'sprit historique", en la *Revue Historique du Sud-Européen,* Bucarest, 1944.
** En vísperas de zarpar la flota que Alcibíades conducía contra Sicilia, en mayo de 415, amanecieron mutiladas todas las imágenes de Hermes en los templos y a las puertas de las casas de Atenas. Al parecer, era una nueva conspiración pagada por Siracusa y por la plata corintia para malograr la expedición, creando en el ánimo popular el terror del sacrilegio. Alcibíades tuvo que regresar de Sicilia para responder de este hecho; pero era el primer perjudicado y pudo defenderse. Además, uno de los comprometidos en la conspiración denunció a sus cómplices, que fueron todos condenados a muerte. Tucídides considera el caso como un enigma nunca suficientemente esclarecido.

Aparecen las filosofías morales tocadas de cierto escepticismo, que buscan el bien del individuo, y no ya el ideal público.

7. *La antigua estructura política* no resiste el choque macedónico. Los Estados-Ciudades se vienen abajo, mientras allá afuera el mundo se abulta y ya no cabe en las normas clásicas. Griegos y bárbaros se confunden, se rompen las líneas del dibujo. Aristóteles no entiende ya las imaginaciones de su discípulo, el visionario Alejandro. Éste deja a sus capitanes un testamento de rencillas que aumentan la desmoralización general.

Roma, poder recién amanecido, avezado en la doma de Italia y los mares occidentales, hace ahora de árbitro en el Oriente y se queda con el premio de las reyertas. Por lo pronto, absorbe el patrimonio helénico, a reserva de consagrar a Atenas como un museo de la cultura.

8. *Va a nacer un nuevo orden* en medio de la confusión de las conciencias. Cavando las bases de los templos olímpicos, afloran los veneros místicos nunca exhaustos, salen a la plaza los Misterios hasta entonces algo escondidos. Pero, en sus ensanches, el orbe greco-romano se ha contaminado de asiatismo, y los Misterios asumen ahora apariencias extravagantes. El Orontes —dice Juvenal— desemboca en el Tíber.

El legado de Platón, sumo genio religioso de Grecia, comienza después de varios siglos a dar frutos tardíos en la obra de los neoplatónicos. Y neoplatónicos, cínicos, epicúreos, estoicos, luchan entre sí y luchan contra los sectarios de Isis, de Atis-Cibeles o de Mitra.

Estos multiplicados tanteos, sea cual fuere su nombre, reconocen un anhelo común: acercarse a la divinidad y, si es dable, encenderse en ella al rojo-blanco de la verdadera compenetración. No había sido otra, al fin y a la postre, la consigna del misticismo antiguo. Pues si los dioses olímpicos vivían felices e indiferentes o, en todo caso, ponían férreos límites a la desmedida ambición o *hybris* de los humanos —pecado mortal para el "legalismo" ético-religioso—, en cambio las deidades de los Misterios, los clásicos o los decadentes (¡ah, y asimismo el nuevo Dios Crucificado!) levantaban en sus brazos y acogían en sí a sus adoradores.

En el desconcierto del mundo, entre el torbellino de promesas, armado con una moral mejor templada y ya superior al martirio, movido por la sed de justicia que arrebataba a los profetas hebreos, imbuido de la doctrina estoica sobre la fraternidad de todos los hombres, corregido en las palestras de la filosofía griega que le prestaron todas sus armas, urgido por la visión del reino celeste, se abre paso el Cristianismo. "Grecia se ahogó en el abrazo de Oriente."

9. *Este viaje tiene un sentido.* Organismo en movimiento y desarrollo incesante, la religión griega no puede entenderse sin su historia. La presentación sistemática la mutila y la reduce a un plano. Pero, a lo largo de su proceso, asoman ciertas ideas dominantes, ciertas apetencias del espíritu que, vistas desde muy arriba, permiten discernir un rumbo.

Una honda transformación interna ha acompañado a las convulsiones exteriores. Es un lento tránsito de la heterogeneidad a la homogeneidad, de lo particular a lo universal, de lo concreto a lo abstracto, de la materialidad a la "eterealidad", como en casi todos los progresos espirituales; de la complejidad ya innecesaria a la contundente unidad.

La subdivisión del poder divino, que heredaba las limitaciones tribales, que reducía el ámbito de las creencias y hasta fragmentaba el cielo en sus vaivenes, condujo gradualmente, desde las fuerzas misteriosas de la naturaleza, el Drama del Año y el Ciclo de la Fertilidad, hasta las divinidades personales y definidas; del fetichismo al polidemonismo,* y de éste al politeísmo; de la multiplicidad de poderes a la multiplicidad de seres poderosos. El poder era un adjetivo suelto en busca del sustantivo a quien servir. El sustantivo fue el dios. El ojo primitivo comenzó por ver la cualidad. Operó la mente, e incorporó la cualidad en una sustancia. Un día las cualidades y las sustancias inconexas se sumaron al fin en el solo Dios Omnipotente.

Si tal sucedía con las nociones, otro tanto acontecía con

---

* El *daímon* o demonio griego: no un ente malvado, sino una fuerza del mundo en vías de personalización.

las prácticas. Los ritos se van despojando —aunque lentamente— de su candorosa grosería, obra de Adanes irresponsables. El sacrificio, alimento brindado al dios, se sutiliza en términos tales que ya el dios sólo recibe el vapor, el aroma y el incienso, mientras el oficiante se apropia la porción útil de la ofrenda. Ésta, a su vez, se adelgazará desde el sangriento trozo de carne hasta la levedad del pan ázimo. Aquel banquete compartido en la *theoxenia* o visita del dios, donde "todos se contentan con su justa ración", como dice Homero, evoluciona hacia la comunión espiritual.

Se ha modificado también la actitud del hombre ante los objetos de su creencia. De la magia directa, que esclaviza el fenómeno natural en manos del jefe metafísico, se asciende a la postura menos activa y ya más bien consultiva de la adivinación. Se llega después a la imploración y a la plegaria. Se alcanza por último la cima desinteresada de la pura contemplación y el himno adorante.

En esta escala que trepa de la tierra al cielo, la imaginación poética y filosófica de Grecia ha obrado como agente hierático. Y si se considera la aportación del pensar griego al orden cristiano —cuenta habida en los estímulos provistos por la sensibilidad siríaco-semítica—, la carrera de la mente helénica, en larga perspectiva histórica y a vista de águila (testigos irrecusables, San Pablo, San Agustín, Santo Tomás, alumnos de Grecia), va desde el amuleto mágico hasta el Dios de los occidentales.

10. *La trayectoria* es un proceso en cinco etapas:

I. El misticismo egeo se revuelve con las especies olímpicas en gestación.

II. Mientras aquel misticismo primitivo se posa, como alimento interior, en las entrañas, y mientras, fieles a la tierra, persisten los antiguos ritos agrarios, el olimpismo —aunque combatido muy pronto por la especulación filosófica— se apodera de la vida cívica y se integra en el Estado.

III. Quebrantadas las estructuras políticas bajo la conquista extranjera, resurge el misticismo para sostener la esperanza religiosa, amenazada entre los escombros.

IV. Se desvanece el elemento olímpico de la religión y, tras una crisis trepidante, el elemento más diáfanamente espiritual, hecho religión nueva, se extiende por un mundo nuevo, obra de proletariados internos y de invasores bárbaros.

V. El Imperio romano, ya desmembrado, trasmite a la Iglesia sus ideales de unificación.

Tal es, en cinco jornadas desiguales, la tragedia de la religión mediterránea. El espectáculo que de aquí resulta, en todo instante y todo sitio de Grecia, aparece como una maraña que fatigaría a los pájaros devanadores de los cuentos.

No se engañe mi discreto lector. Las anteriores páginas admiten una reserva general. Toda perspectiva es deformación, todo examen *a posteriori* es subjetivamente anacrónico. Ningún pueblo vive su religión para que se le transforme en otra, y la religión de los griegos cumplió su función actual tan bien o tan mal como cualquiera.

II. La heterogeneidad religiosa

1. *Grecia no logró la unidad política ni la unidad religiosa*, aunque Atenas, Esparta o Tebas hayan aspirado a la hegemonía, y a pesar del duro aleccionamiento que significaba la amenaza del persa. Grecia es imagen del particularismo, es un mosaico. Entre los valles y cañadas de la montañosa nervadura, los Estados-Ciudades, pequeñas patrias irreducibles con alrededores de aldeas y campos, se combatían entre sí, cambiando alianzas. Más allá de sus disensiones, los pueblos helénicos se sentían espectralmente unidos por la comunión étnica, lingüística, cultural, religiosa, que los llevaba a dividir el mundo en griegos y bárbaros. Pero el parentesco sólo hacía valer sus fueros de modo intermitente, y nunca hubo reconciliación para aquella discolería sublime.

Queda por averiguar si la falta de unificación fue un mal o un bien para la cultura que heredamos. Tampoco vivió unificada la Italia del Renacimiento, otro mestizaje como el de Grecia y otra luminaria de la historia. Y sólo los siglos dirán si, en el orden de la inteligencia, sirvió de algo el que la mixtura americana se haya dividido en una veintena de repúblicas, tras la pasajera consolidación del imperio hispánico. La escuela de Basilea, Burckhardt a la cabeza —*Praeceptor Helvetiae*—, consideraba con simpatía aquellas minúsculas comarcas helénicas, parecidas a los cantones suizos y medidas a la talla humana. Nietzsche, que en su juventud respiró los aires de Suiza, pensaba que nuestros inmensos Estados, comparados con la Grecia de ayer, son monstruos de barbarie asiática.

Las grandes empresas colectivas de la prehistoria que la leyenda nos permite entrever —el Rescate o Cuesta del Vellocino de Oro, la Caza del Jabalí Calidonio, los dos Asedios de Tebas, el Sitio de Troya— mantienen la imagen de la unidad como una forma inaccesible. La aspiración es manifiesta por lo menos desde el siglo VIII, y la expresa Homero. Durante las tres Guerras Sagradas —siglos VI, V y IV—, la esperanza flota como nube deshecha. La palabra o la doctrina del panhelenismo se autorizan en vano con los nombres de mayor prestigio: Tales, Biante, Arquíloco, Gorgias, Aristófanes, Isócrates y los filósofos fundamentales.

Y la heterogeneidad política se refleja en la heterogeneidad religiosa. Algunos prefieren decir "las religiones griegas". No sólo hay mudanzas de una en otra época, de un lugar en otro. En cada sitio, en cada momento se percibe una dualidad: orden olímpico y orden ctónico, actos municipales e iniciaciones místicas, "legalismo" urbano y hechicerías rurales, novedades del inmigrante y vejeces del aborigen, creencias del conquistador y creencias del conquistado, religión del servicio y religión del terror. Verdad es que la luminosa Familia Olímpica logró replegar hacia el pasado y la sombra a la familia de los Monstruos: Gigantes, Centímanos, Multicéfalos, Cien-Ojos, Cari-Horrendos, Zoomorfos, Híbridos de múltiple casta como el Cerbero, la Quimera y el Hipocampo. Pero en un plano más profundo, en las nociones si no en los mitos, nunca fue cabal la reducción de los dos órdenes religiosos. Hay quienes carguen a esta cuenta el derrumbe de la Grecia clásica. Nos parece que simplifican demasiado el caso de la historia, olvidan que ella está en movimiento, que unos pueblos se acompañan con otros, y ni viven en la inmovilidad ni viven aislados. Además, con excepción del Egipto galvanizado o la China amurallada de ayer —y acaso sea engaño de la distancia— ¿qué sociedad ha unificado del todo su cultura? ¿Y sería ello saludable?

2. *El anhelo de unificación religiosa tuvo dos manifestaciones*; una, en los actos personales, en la acción pasajera de los estadistas, los pensadores y los poetas, a quienes impacientaba el desorden tan nocivo al ideal panhelénico cuanto a la representación racional del mundo; otra, en los actos institucionales, en la acción permanente de ciertos centros que en balde lucharon por la coherencia aunque alcanzaron algunas conquistas limitadas.

Cuenta, entre los actos de los estadistas, el que Solón haya acudido a Epiménides el cretense para restaurar la paz religiosa, devolver a Atenas la confianza en la benevolencia divina y purificar la ciudad, manchada por el asesinato de los partidarios de Cilón. El caso de Epiménides está lleno de anacronismos, pero la gente lo contaba y lo repetía, vale como testimonio de conciencia. A Pisístrato se atribuye el haber encargado la recopilación homérica, a fin de que Grecia contara con una especie de Biblia, un repertorio de ideales, una base de enseñanza escolar. Se le atribuye asimismo el haber dado mayor ensanche a las Grandes Panateneas, sacros festivales en que se juntaban todos los áticos. Pericles pretendió coordinar los cultos de Delfos y de Eleusis, el legalismo de Apolo y la mística de los Misterios. Era ya algo tarde. El intento da la medida de su genio y de su helenismo.

Los filósofos y los poetas pugnaron por la unidad espiritual de Grecia y por la depuración de la fe, ya con el sarcasmo o con el consejo, y aun combatiendo unos contra otros: Homero, Hesíodo, Arquíloco, Jenófanes, Heráclito, Solón, Píndaro, Esquilo, Sófocles, Eurípides, Aristófanes y Platón, cada uno a su modo.

Las instituciones permanentes que obraron en igual sentido son las Anfictionías, los Grandes Festivales o Panegirias, los Grandes Oráculos y los templos de mayor renombre.

Las Anfictionías eran unas congregaciones religiosas que cuidaban de ciertos cultos. Las hubo por todas partes, y tal vez por muy numerosas, fomentaban más aún el particularismo; y como ninguna se impuso, ninguna consiguió domeñarlo. Se vieron mezcladas en las Guerras Sacras, y a todas, más o menos, las corrompieron las ambiciones políticas y la intriga extranjera.

Las Panegirias eran magnas fiestas religiosas revestidas de juegos atléticos y concursos teatrales, y acompañadas a veces de lecturas públicas y aun de ferias. A su convocación, los distintos pueblos se confundían en un sentimiento nacional y hasta dictaban verdaderas "treguas de Dios" para suspender transitoriamente sus querellas. Pero la discordia se renovaba al día siguiente.

Los Grandes Oráculos, sedes de la palabra divina, como el muy famoso de Delfos que logró salvar su prestigio a pesar de sus veleidades ante el persa, llegaron a ejercer una influencia trascendental en la política, y mucho hicieron para definir las normas ético-religiosas. Pero tampoco acertaron con el secreto del panhelenismo.

Otro tanto puede decirse respecto a la acción atractiva de los sagrarios principales, que hasta cierto punto concentraban la adoración de las divinidades mayores.

No fue dable resolver los simples en una sola masa homogénea. Las ciudades se contentaban con abrigar el ideal de armonía dentro de sus muros. Y éste es el sentido de la veneración de los muros, patente en filósofos y poetas.

3. *La complicación obedece a dos órdenes de causas.* Las principales son inconscientes, escapan a la voluntad de los hombres y proceden con irresponsabilidad histórica: la formación del pueblo griego, el politeísmo, la ausencia de Iglesia. Las secundarias son conscientes, provienen de la iniciativa personal y, aunque de menor alcance que las otras, no por eso dejaron de producir efectos palpables. Nunca hubieran ido muy lejos si no correspondieran a los hábitos de la mente helénica. Se reducen a ciertas intenciones de la literatura y de la política que más adelante examinaremos.

El resultado de todo ello es la indefinición o la mezcla de las personas divinas, la distribución extremadamente irregular de los cultos, y la imbricada configuración de los ritos.

4. *La primera causa de la heterogeneidad religiosa está en la diversidad étnica,* en la estructura del pueblo griego, suma

de autóctonos e inmigrantes. El inmigrante es un conquistador más o menos violento. La conquista no fue una *Blitzkrieg*, ni fue tan cruel como las guerras contemporáneas. La invasión no fue una marcha militarmente organizada, sino un caminar con acomodaciones y posadas en el camino. La lenta penetración dio lugar a combinaciones y componendas. Ni los autóctonos fueron invariablemente esclavizados, ni todos sufrieron invasiones. Tampoco pensemos en un choque de pueblos que se ignoraban entre sí y cuyas respectivas mentalidades eran del todo incompatibles, como sucedió en la conquista española del Nuevo Mundo. Invasores e invadidos, vecinos seculares, "se conocían las mañas", habían tenido contactos, fáciles o broncos. Por eso pudo haber cambio y mezcla entre las creencias. La filosofía histórica de Heródoto explica esta relación de tratos, agravios y desquites entre el Occidente y el Oriente. Pero, por ignorancia de la prehistoria, no esclarece este caso previo: la relación del Norte y del Sur. Antes de que la gente del Norte se haya echado a andar hacia el Sur, debió de haber, entre una y otra zona, un vagabundeo profuso. Aun los dorios, cuyo avance fue más acelerado y destructor que el de sus precursores aqueos, se decían ya oriundos de Doris, en pleno corazón de Grecia, cuando cayeron sobre el Peloponeso; es decir, que estaban ya aclimatados. Hubo, pues, heterogeneidad por lo mismo que hubo convivencia y mutuo conocimiento. Y pudieron acontecer varias cosas, que admiten una descripción esquemática: *

1º Se instaura en toda su pureza la divinidad del invasor, donde se ocupan tierras desiertas o donde se suprime o expulsa al autóctono.

2º Se adoptan sin reserva los dioses del pueblo invadido. Aún no se concibe el dios universal, y puede estimarse de suma conveniencia religiosa y política merecer la gracia de las divinidades locales. Jasón las implora en llegando a Cólquide, el rey de Argos recomienda igual cosa a las Danaides que se acogen a su hospitalidad, y se nos asegura que Alejandro seguía el consejo.

* E. A. Gardner, *Mythology and Religion* en L. Whibley, *A Companion to Greek Studies*, Cambridge University Press.

3º Entre ambos extremos un tanto teóricos, aparecen las soluciones intermedias, las más frecuentes:

a) Los dioses antiguos son tolerados en categoría de supersticiones populares, sin ser reconocidos nunca por la casta triunfante.

b) Los dioses antiguos, opresos en el primer instante, son admitidos a negociar con el vencedor. Pues a veces la religión vencedora fracasa en su trato con las divinidades ctónicas, lo que se revela en plagas, hambres, sequías y otras calamidades. Entonces, o se encarga la reconciliación a los "hechiceros" aborígenes —que no se les da ya categoría de sacerdotes—, o bien, y fue lo más común, el conflicto se resuelve prohijando a las deidades locales en el panteón de los conquistadores. Para esta adopción hay tres medios:

1) El viejo dios local ingresa al panteón con nuevo disfraz y nuevo nombre.

2) Se lo identifica con otra deidad ya reconocida, la cual gana por este medio un nuevo epíteto o apellido, y cuyo culto se enriquece con nuevos rasgos. Éste es el caso más corriente, y explica la coexistencia de calificaciones distintas y aun incompatibles. "Reina" y "Selvática", "Austera" y "Tentadora" son invocaciones usuales para aquellas divinidades de múltiples senos que los griegos "rebautizaron" con el nombre de su Ártemis: las Diosas Madres de Éfeso y, en general, del Asia Anterior.

3) La deidad ctónica, sin mudar de nombre, se somete a la fusión con otra deidad más potente, a favor de una semejanza fortuita.

En este tira y afloja obran dos tendencias:

Por una parte, la tendencia a concentrar las divinidades ctónicas en unas cuantas divinidades de atracción imperial, reconocidas por este o aquel Estado y que capitanean sus ensanches políticos.

Por otra parte, la tendencia —ya opuesta o ya coadyuvante— a desenredar el embrollo mediante la asignación de un dominio propio a cada deidad, dominio más moral que geográfico, o siquiera mediante la aproximada repartición de ciertos fenómenos naturales. Esta tendencia se inspira en el sentimiento de la nacionalidad común, y fue fomentada por los Oráculos, por las letras y por las artes.

4º Con las prácticas y los ritos pasa otro tanto:

1) El ritual asignado a la misma divinidad se modifica de uno en otro sitio.

2) Un ritual de probable origen común es acogido por varias familias o vecindades, y se lo asigna a la provincia oficial de dioses diferentes: aquí a Zeus, allá a Dióniso.

3) Ritos de distintas épocas y procedencias se yuxtaponen en la misma localidad.

4) Aun se yuxtaponen en torno a un dios mayor, que resulta así el punto centrípeto de observancias contradictorias y de inesperadas supervivencias.

Deidades y cultos cruzan, pues, por la historia con una prehistoria secreta que nunca nos han revelado cabalmente. Y cada localidad posee, además de características peculiares, algo en que participa de la región circundante y algo que definitivamente la incluye en la gran comunidad helénica. Si Zeus era reconocido por todos, ya la Damia o la Auxesia que se adoraban en Epidauro, Egina o Trecena —según Heródoto y Pausanias—, eran ignoradas hasta de los pueblos vecinos.

5. *La heterogeneidad quedó registrada en la nomenclatura divina.* El nombre del dios es común denominador, y sus adjetivos son variantes. Ya son calificaciones geográficas, genealógicas o funcionales:

1º Las calificaciones *geográficas* se refieren a dos conceptos:

a) *La cuna del dios.* Pero la cuna puede ser discutible: Apolo es Hiperbóreo porque ha nacido en el Norte, es Delio porque nació en Delos, es Licio porque nació en Licia. Su hermana Ártemis también es Delia, y Ortigia porque así se llamó antes Delos, aunque hay otra media docena de sitios llamados Ortigia para desesperación de los mitólogos, y todavía hay la Ártemis Ortia, que acaso entró a Grecia con la invasión de los dorios. Si el Zeus ario vino del Norte, el Zeus cretense es Dicteo, del Monte Dictis, y ambos paran en uno.

b) *La sacra morada.* Y entonces el nombre del dios se

multiplica por el número de sus principales sagrarios: Ártemis Efesia (Éfeso), o Brauronia (Braurón); Afrodita Cipria (Chipre) o Citerea (Citeres), centros de sus mostraciones primeras. Zeus, el de Dodona, es invocado por Aquiles: pero los capitanes homéricos prefieren generalmente invocarlo como Zeus Ideo, por su recinto en el Monte Ida, cercanías de Troya. Otros ejemplos: Zeus Labrandeo (Labranda, Caria); Zeus Lafistio (Beocia y Tesalia); Zeus Liceo (Licayo o Liketo, Arcadia). Dióniso Cidateneo (Cidateneón). Deméter Eleusía (Eleusis), adorada en Feneo, etc.

2° Las calificaciones *genealógicas* padecen ciertas incertidumbres, a pesar de la fijación olímpica. Zeus es Cronión o Crónida, hijo de Cronos; pero ya Afrodita es, en Homero, hija de Zeus, y en Hesíodo, tía de Zeus, Urania o hija de Urano. Dióniso es hijo de Zeus, y tras de emigrar de seno en seno, vino a nacer por el muslo mismo de su padre; pero en las distintas versiones, Dióniso ya fue engendrado en Semele o ya en Perséfone (que será la esposa de Hades, el dios infernal), y entonces resulta ser Dióniso Zagreo, un niño cornudo que se divierte en lanzar rayos desde el trono de Zeus y que morirá a manos de los Titanes, para ser nuevamente concebido por obra de Zeus y Semele. Estas concepciones delegadas complican tanto la nomenclatura como la genealogía. Atenea fue engendrada por Zeus en Metis, su primera esposa, la cual desaparece de la mitología cuando el divino señor decidió tragársela con el germen que llevaba a cuestas, y Atenea nace finalmente por la frente de Zeus, que Hefesto (o bien Prometeo, etc.) tuvo que abrirle de un hachazo. La segunda esposa de Zeus, su esposa etimológica, es Dione (femenino del genitivo "Dios"), madre de Afrodita en Homero; y no deja de ser singular que Dione habite tranquilamente el Olimpo, a pesar de los feroces celos de Hera, la tercera esposa de Zeus. Un azar de nuestra lengua nos ha privado de adjetivo para los retoños de Zeus, que pudieran llamarse "Zeusios", o más correctamente, "Dióseos". Cástor y Polideuces (latinado, Pólux) se llaman precisamente "Dióscuros" o "muchachos de Zeus".

3° Las calificaciones *funcionales* pueden referirse a cuatro conceptos y tal vez sean las más abundantes:

a) Síntesis de personas divinas: Zeus-Trofonio, Zeus-Vélcanos; Apolo-Jacintio, Apolo-Karnio, Apolo-Delfinio.

b) Simpatía de oficios: Zeus Hefestío y Atenea Hefestía, dicen relación con Hefesto, dios del fuego. Atenea Areía, con Ares, dios de la guerra.

c) Rasgos sobresalientes de la biografía mítica: Apolo Pitio, que mató en Pitos (Delfos) a la Serpiente Pitón y cuya oficiante es la Pitonisa; Apolo Nonio, que alguna vez pastoreó las greyes de Admeto. Dióniso Líknites, que fue cunado en un harnero o *liknon*. Atenea es Pronaía sólo por tener su templo en Delfos frente al de Apolo.

d) Virtudes eminentes del dios:

Zeus Acreo, bienhechor del campo; Brontoón o Tonante; Eleuterios o de la libertad; Herkios o de los sacrificios domésticos, guardián de la casa; Hórkios o de los juramentos; Ktesios o Pasios, el despensero; Sóter, el salvador y amparo; Xenios, el hospitalario; Zeus Georgós, de los campesinos; Híkates, de las súplicas; Hyetios, de las lluvias; Kataibates, de la piedra celeste; Keraúnios, del rayo; Maimaktes, de las tormentas; Meilichios, próvido y propicio; Molosios, del ganado lanar; Ombrios, del chubasco; Oúrios, de los buenos vientos; Panhelenios, de todos los griegos; Patróos, padre universal; Sasípolis, guardián de la ciudad. Febo-Apolo (Foibos), por la luz fulgente que al cabo lo confundirá con Helios, el Sol; Apolo Archeegétees, fundador de ciudades (nombre que también se dio a Asclepio y a Héracles). Atenea Bulea, de los senados; Ergane, de los artesanos; Polías o Políade, de la ciudad; Kurotrofos o nutriz de jóvenes; Promakos, guerrera. Hera Pais, doncella; Hera Teleía, casada. Afrodita Ambologeéra, la que retarda la vejez; Pandemos o señora de todos; Filomedea o de los anhelos; Afrodita Hetaíra o cortesana; Pórnee o meretriz, etcétera. Hermes Psicopombo, el que guía las almas de los difuntos.

Hay epítetos dudosos, los hay del todo incoherentes y los hay puramente poéticos:

Dudosos: Atenea es Alalcomenia. ¿Por Alalcómene (Beocia), o por guardiana? Es Tritogenia. ¿Por alguna relación con el agua, o con la fuerza naval? Es Aiantís, en Megara, nombre no explicado. Apolo es Esminteo. ¿Por Esminte (Tróade), o por el baño purificador, o porque extingue las plagas de ratones silvestres? Hera, en Estínfalo, es llamada Xeéra o viuda. ¿Cómo, si Zeus su esposo es inmortal? ¿Por recuerdo de algún disgusto que estuvo a punto de provocar el divorçio, según quieren algunos?

Incoherentes: Los que aplican los últimos Himnos Órficos, que no tienen relación alguna con la deidad ni con su culto.

Poéticos: Las denominaciones de la fantasía religiosa, que carecen de valor canónico. Declinando las excelencias de la Madre de Dios, la letanía la llama Salud de los Enfermos, Vaso Espiritual, Estrella Matutina. De modo semejante, Homero llama a Hermes "el Argifonte" (Matador de Argos); a Ares, "Brotoloigós" (Funesto a los Mortales); a Atenea, "Palas" (la Joven), "Ojos de Buho" u Ojizarca; a Apolo, "el Cazador o el Amparador Distante"; a Hera, "la Brazos Blancos" y también "la Ojos de Novilla". Estas y otras denominaciones de igual estilo, aunque ayudaron a establecer la imagen del dios, tal vez no tienen categoría ritual. Con igual derecho habla Ruskin de una "Atenea en el Cielo", una "Atenea en la Tierra" y una "Atenea en el Corazón".

La frontera, sin embargo, no es infranqueable, pues, por *epiclesis*, algunos nombres invocatorios adquirieron entidad mítica: Ariadna o "la Muy Santa", Aridela o "la Muy Visible", Britomartis o "la Dulce Virgen", Díctina o "la que adoran en Dictis", Europa o "la del Ancho o del Oscuro Mirar", Helena o "la Fulgurante", tal vez Ilitia o "la que está por llegar", Pasife o "la Manifiesta": diversas hipóstasis de Ártemis o de Hécate, además de sus historias heroicas.

Aun los gritos ceremoniales quisieron personalizarse: "Peán" se hizo dios, e "Himeneo" alcanzó cierta figura transparente.

Bajo la multiplicidad de nombres, Zeus es uno, Atenea es una, y lo mismo las demás deidades, por absorción de elementos desperdigados o por radiaciones de virtudes; al modo como son la misma persona, en Sevilla, el Jesús del Gran Poder y el Cachorro, y Nuestra Señora de Copacabana en el Perú y la Guadalupana del Tepeyac, o la Dolorosa y la Concepción en todas partes.

6. *El politeísmo es por sí solo nueva causa de heterogeneidad.* Después nos referiremos al concepto del politeísmo; aquí lo consideramos en su efecto histórico. La mente de aquellos pueblos se orientaba al politeísmo y lo venía configurando de milenios atrás. Resultó adecuado a la imaginación media del griego, maestro consumado en prosopopeya y en toda representación plástica, aunque poco dado a sistematizar el cielo.

Ya se ha advertido que la distribución de provincias y funciones es indecisa. Si Ares es el dios de la guerra, Atenea es guerrera por excelencia, árbitro del botín y amparo de príncipes, de ella se vale Zeus, en la *Ilíada,* para que invente el modo de ahuyentar al "funesto Ares". Afrodita es diosa de los amores: Diomedes la expulsa del combate por ser cosa que a ella no le incumbe. Pero, en Esparta, en Chipre, se la representa siempre armada. En Chipre, hasta le han nacido barbas; y por algo se habló tanto de sus amores subrepticios con Ares. Atenea y Apolo comparten los fueros de la inteligencia; pero Atenea es, además, maestra de bordado, y Apolo, a su vez, preside al canto y a las Musas, es dios de la medicina y cuida las puertas de las casas como ese verdadero dios menor que fue Hermes y ese fantasma que fue Hécate. Hera y Ártemis son igualmente invocadas como "Ilitias" o comadronas, y en el caso, las mujeres del pueblo solían también encomendarse a las Ninfas. En el cuidado del campo andan mezclados muchos dioses, por lo mismo que es una preocupación primaria. Una que otra rivalidad parece inevitable, y no siempre quedan tan definitivamente resueltas como aconteció cuando Posidón y Atenea se disputaron el padrinazgo de Atenas. Para merecerlo, Posidón inventó el caballo, raro portento; pero Atenea lo venció porque inventó el olivo, utilidad esencial en que Atenas fundará su grandeza. A su turno, los pueblos mismos se disputan el favor de algún dios, y aún continúan estas querellas: Müller reclama a Apolo para los dorios, Curtius lo reclama para los jonios. Por su parte, los dioses toman bando en los combates de Troya, al punto que llegan a las manos. Los mitólogos quieren extraer consecuencias étnicas. Les parece muy significativo que el nombre de la madre de Apolo, Latona, recuerde de cerca a la "Lada" licia, y que Apolo esté de parte de los troyanos y contra los aqueos; o que, bajo el disfraz de la paternidad que se le atribuye, Zeus no pueda disimular su mala voluntad hacia Ares; o que Paris, ante los reproches de Helena y tras la ridícula figura que hace en su duelo con Menelao, declare tranquilamente:

> Si hoy venció Menelao por gracia de Atenea,
> ya llegará mi hora, que también tengo abrigo
> entre los Inmortales. . .
>
> *Il.*, III, *s.* Tr. A. R.

Si de los dioses bajamos a los héroes, el espectáculo es el mismo. Los héroes se arrebatan o se prestan entre sí algunas hazañas. Ni la buena amistad entre Héracles y Teseo disimula cierta rivalidad de sus mitos, salvo que éste tiene proporciones más humanas que aquél; pero ambos parecen encargados por la razón griega de reducir a límites la monstruosidad primitiva, lo que los empariente asimismo con las figuras heroicas de Perseo y de Belerofonte: todos, urbanizadores de la tierra. También hay pugna entre los héroes respecto a ciertas jurisdicciones étnicas y territoriales. Témenos, epónimo de los reyes de Argos —los Teménidas— es, para muchos, un Heraclida, un dorio; pero en Estínfalo se lo tiene por hijo o pariente de Pelasgo, es decir, por un legítimo argivo.

El arrastre de las leyendas salva los diques, rompe las formas. Fidias vio a Zeus a través de un pasaje homérico, feliz inspiración sin duda. Pero ¿cómo lo verían el rudo pastor de la Arcadia, el minero de Braurón, el pirata de Lemnos, el artífice de Gortina, el retórico de Sicilia, el refinado corintio? Cada uno según su cultura y las tradiciones de su tierra. Cuando hay un solo Dios, todo se reduce a entenderlo con mayor o menor sentido. Cuando hay varios, y estambrado cada uno con hilos de diversos colores, la anarquía es inevitable y el cielo y la tierra se fragmentan.

7. *La ausencia de Iglesia complicó aún la heterogeneidad.*
La religión griega no posee un sumo organismo regulador.
Cada uno entiende a su modo las creencias, concibe a los
dioses según la medida de su alma. El dios es una manera
de mapa mudo: dentro de sus móviles contornos, cada fiel
inscribe su credo. El rigor sólo se aplicaba al cumplimiento del rito, a la obediencia ceremonial. Aun los Misterios
—agencias del misticismo— hacían hincapié en las exterio-
ridades y meticulosamente las cuidaban.

Cuando el joven Goethe sobresaltó a la Facultad de Es-
trasburgo con aquella tesis doctoral que no pudo serle aceptada y aun hizo dudar de su cordura a los profesores, procedía con helenismo innato. Proponía un remedio para la
discordia religiosa: —Que el Estado se limitara exigir un
mínimo de observancias, y que se dejara en libertad la conciencia. Algo parecido acontecía en Grecia, sino que las observancias eran muchas.

Esta falta de rigidez canónica y aun de jerarquía sacerdotal ¿tienen algo de común con el hieratismo de Egipto?
Hubo un tiempo en que se buscaba en Egipto el origen de todas
las cosas griegas. Hoy sabemos que la cuna de Grecia se
meció en las aguas del Egeo. Las invasiones hicieron olvidar
el secreto de las artes egeas. Entonces hubo que empezar por
los palotes. Entonces y sólo entonces se dejó sentir la maes-
tría directa de Egipto sobre la Grecia arcaica. Y tal fue el
"periodo geométrico", deleite de Arnold von Salis, a quien
muy buena pro le haga. Por ventura la Grecia arcaica abandonó pronto esas procesiones de hormigas que tristemente se
comparan con los desfiles de los segadores cretenses.

La elasticidad y la tolerancia en los dogmas permitieron
el nacimiento de la filosofía y las ciencias, y aquella im-
pregnación de sentido humano que caracteriza a las artes sacras y profanas de Grecia.

8. *La literatura fue factor consciente de la heterogeneidad
religiosa.* Los poetas y los dramaturgos, a quienes tanto debemos para el estudio de la religión griega, y que tanto contribuyeron a dignificar la idea de las deidades, usaban las
libertades de su oficio, e imprimían uno que otro rasgo en

la imagen, según su capricho personal, sobre todo para con aquellos héroes míticos que no son objeto de culto. La censura de Aristóteles a Timoteo o a Eurípides por haber empeorado las figuras tradicionales de Odiseo o de Menelao es una censura literaria, no religiosa. Pero ya Aristófanes echa en cara a Eurípides el convertir a dioses y a héroes en fantoches. Lo que Aristófanes mismo podía permitirse en la *comedia*, le parecía impropio que Eurípides se lo permitiera en la *tragedia*.

Además, cuando la literatura se propone contarnos mitos y leyendas, como ellos son incoherentes, no puede menos de incurrir, por economía del relato, en cierta falsificación técnica. Hay que escoger y retocar, y aquí mismo va a sucedernos. El pintor griego, para figurar su Afrodita, aprovechó la cabeza de una mujer y el busto de otra. Hesíodo, para organizar la mitología en sistema, zurció los inconexos retazos, y si no siempre logra el engaño estético es porque —artista un tanto rudo— deja que resalten los remiendos. Apolonio de Rodas, para su gesta de los Argonautas, espigó en todos los campos y concertó artificiosamente cuanto convenía a sus fines poéticos.

Tal es la falsificación técnica, que desde luego es justificable. Hay otro tipo de falsificación literaria, perdonable al menos. Los exégetas, cronistas o "logógrafos" y los anticuarios, de que por desgracia sólo nos han llegado migajas, y sólo del siglo v en adelante, es de creer que hayan cedido al amor de su terruño —al fin como historiadores en pequeño— y que, haciéndose eco de las pasioncillas parroquiales, hayan solicitado un poco las fábulas en uno o en otro sentido. ¡Si todavía en el siglo iv, un historiador maduro como Éforo, para contarnos lo que sucedía en el ancho mundo, tiene que contarnos lo que, a la sazón, ocurría en su invisible patria! Los eruditos alejandrinos recogieron muchas leyendas divergentes; pero se sospecha que en buena parte son tardías, no hacen fe de tradición, y alguna vez fueron inventadas; sin contar con que nos han llegado a través de referencias póstumas. Así, Diodoro funda sus noticias sobre las antiguas Amazonas en una novela histórica de Dionisio Eskitobrachion o "Brazo de Cuero".

59

Los más eminentes filósofos, en su noble anhelo por salvaguardar la cultura de las ciudades, tan gloriosamente conquistada contra el salvajismo del campo, y por no ser testigos ante la posteridad de los aspectos más sombríos de Grecia, simplificaron algo las cosas, ajustando el cuadro de aquel pasado tan revuelto a la nitidez de sus ideales presentes. Platón, según Aristóxeno, deseó —y se salió con su empeño— que desaparecieran todos los libros de Demócrito. Si hubieran sobrevivido éste y otros heterodoxos, como su compatriota Protágoras, quién sabe lo que encontraríamos en ellos.

9. *Hubo, por último, falsificaciones francamente maliciosas*, inspiradas en el propósito de desviar un poco la tradición. Las suscitaron los fanatismos, las ambiciones de los príncipes y la política de las ciudades. Para entenderlo, hay que percatarse de que, a falta de mejor cosa, los mitos se esgrimían como títulos de autoridad, y si constaban en Homero, casi eran irrecusables. Heródoto refiere que, cuando los embajadores de Lacedemonia y de Atenas solicitaron la ayuda de Siracusa contra los ejércitos de Persia, y Gelón les ofreció contribuir con abundantes refuerzos y pagar todos los gastos de la campaña a condición de que se lo nombrara general en jefe de los griegos, tanto el lacedemonio como el ateniense se negaron rotundamente, aquél a ceder el mando en tierra y éste a ceder el mando naval, y ambos fundaron sus respectivos derechos en los textos homéricos y en las tradiciones de la guerra troyana.*

Dice la fama que, bajo Pisístrato, se procedió a la recopilación y ordenamiento de la obra homérica, y ya poco antes, Solón había decretado que, en las recitaciones públicas, se respetara la secuencia de las rapsodias. Pero, a la hora de recoger los poemas ¿qué pudo suceder? Algo semejante a lo que nos cuenta el rumor: Onomácrito —uno de los *diaskevastas* o recopiladores, y sin duda un fanático—, fue desterrado por el Pisistrátida Hiparco, porque se lo sorprendió cuando interpolaba en el texto homérico cierto oráculo de Museo. Algunos creen que pudo haber textos primitivos

* Heródoto, VII, 158-161.

de la *Ilíada* y de la *Odisea* donde no aparecían algunos pasajes de "intención ateniense". La *Ilíada*, por ejemplo, hace que Áyax, héroe de Salamina, forme con su gente al lado de las tropas de Atenas, y los megarenses se quejaban de que este par de versos no era más que una interpolación de los atenienses para fundar sus proyectos imperiales sobre Salamina. Un autor de nuestros días sostiene que la antigua epopeya refleja veladamente la política de las ciudades y es una "poesía comprometida".* En la *Ilíada*, más que en la *Odisea*, se advierte el expurgo de las leyendas para corregirlas de sus horrores primitivos, lo que es origen de variantes.** Los alejandrinos, al recoger a su vez los textos con que hoy contamos (textos que coinciden, salvo menudencias, con los papiros del siglo III, descubiertos en nuestra época), marcaron con el "obelo" o signo de duda los pasajes que no les parecían propios del espíritu homérico o de la época en que estos poemas se elaboraron; es decir, que advertían ya posibles fraudes o corrupciones.

Si los interpoladores se atrevieron con los sagrados textos homéricos ¿qué no había de osarse con las tradiciones informuladas de otros asuntos míticos? Aquí prestaron su ayuda los genealogistas. Acusilao —como Hesíodo— comienza por el Caos primitivo, para después bajar a los dioses, y de éstos, a los magnates. Si lo hizo de buena fe, dio una tentación muy grande a los poderosos y un mal ejemplo a los traviesos. Desde luego, las grandes familias aspiraron a la ascendencia divina o semidivina, y así fue que en ocasiones redujeran la mitología a su propaganda personal.

Los Butades de Atenas, aristócratas recalcitrantes, se daban por descendientes de Erecteo y hasta de Posidón; defendieron palmo a palmo, contra la energía unificadora del Estado, su derecho a administrar el culto de la Atenea Políade, patrona de Atenas, y acaso hayan contribuido a erigir a Teseo en héroe nacional de Atenas, para oponerlo a Héracles, que los dorios reclamaban por suyo. El vidente Tisameno adquirió la ciudadanía espartana y se estableció en

---

* Émile Miraux, *Les Poèmes Homériques et l'Histoire Grecque*, 2 vols., París, A. Michel, 1948-49.
** G. Murray, *The Rise of the Greek Epic*, Oxford, The Clarendon Press, 1911, pp. 141 *ss.*

Pitane. Pronto declaró que la heroína Pitane era su abuela. El rey Pirro se desposó con Lanasa, hija de Agatocles el tirano de Siracusa, y Próxeno, el historiador oficial, los emparentó al instante con Héracles, aunque para eso tuvo que expulsar de la dinastía a la pobre Andrómaca que, tras de haber perdido a Héctor en Troya, perdió el lugar junto a Neptólemo, su segundo esposo.

Hubo una verdadera mitología política. Las fábulas hacían de documentos diplomáticos para las alianzas y las expropiaciones. Y si se ofrecían "matrimonios de Estado" entre los epónimos o antecesores legendarios de quienes se apellidaron los pueblos, nunca faltaba un viejo dios complaciente que trajera escondido en el manto algún inesperado brote de su numerosa familia. Pues las actas del Registro Civil Celeste se habían carbonizado en el incendio de la prehistoria.

Los dorios justificaban la ocupación del Peloponeso por considerarse descendientes de Héracles, a cuyos hijos —según ellos— toda la región había sido ofrecida antaño; de donde esta invasión vino a llamarse, entre los antiguos, "la Vuelta de los Heraclidas". (Este tema de los anteriores dueños que regresan a reclamar su tierra reaparece en la leyenda romana de la *Eneida* y aun en la historia de la conquista de México.) Los espartanos, especialmente, presentaban la conquista de Mesenia como una restitución obligatoria en favor de una rama de los Heraclidas.

Los atenienses y los jonios resolvieron emparentarse, o dar fundamento jurídico a las vagas memorias de su parentesco. Y entonces apareció Ion, padre de las cuatro tribus jónicas, y cuya leyenda, tal como la recoge Eurípides, favorece la pretensión de Atenas a la hegemonía. De paso, conforme a una versión muy distinta de la "vulgata", los dorios pasan a descendientes de Héleno, o sea griegos de segunda mano; pues Héleno era hijo de Pirra y pertenece a la generación humana posterior al Diluvio.

Para Heródoto, las inacabables luchas entre Grecia y los orientales parten de los raptos mitológicos: Medea y Helena. Eleusis y Atenas, en sus reyertas, invocan la fabulosa pugna entre Eumolpo y Erecteo. Allá en el tiempo de los mitos, las hijas de Erecteo (o bien una de ellas) se habían sacrificado por la victoria. En el siglo VI, Pisístrato conquista a Nisa como recuperación del patrimonio de Niso, hijo de Pandión. Milcíades, hacia el año 500, toma posesión de Lemnos como desagravio por el rapto de unas mujeres de Ática, rapto perpetrado alguna vez por los pelasgos, según Heródoto. Cuando los arcadios se emanciparon de Esparta en el siglo IV, gracias a Epaminondas, exhibieron un nuevo epónimo, Trifilo, para alegar su mejor derecho sobre Trifilia, contra las pretensiones de Élide. Los acarnienses merecieron cierto favor de Roma por haber sido el único pueblo helénico que no hizo armas contra Ilión, la fingida madre patria de Roma. Pues ya se sabe que los romanos se apropiaron a Eneas, y aun respaldaron con la leyenda troyana su acción sobre Sicilia y Grecia. Todavía los mesenios pleitearon ante el emperador Tiberio la adjudicación de cierto distrito del Taigeto, que reclamaban por la hijuela de Héracles y que retenían en su poder los lacedemonios.*

III. LAS SUPERVIVENCIAS

1. *La religión griega suma los rasgos de varias etapas del espíritu,* ley general de las instituciones fundamentales. En toda religión se perciben los legados automáticos de la religión precedente. Abolida ya la danza ritual, perdura su espectro, y la Catedral de Sevilla hospeda el Baile de los Seises. Hasta la edad clásica, solapados bajo el olimpismo, se deslizan los engendros errantes de la prehistoria. Los cuerpos anacrónicos se diluyen entre nuevos pretextos. En plena época de la Ilustración, por ejemplo, los filósofos atenienses sostienen que los nombres de las cosas son una expresión esencial de su naturaleza, y no convenciones y hábitos humanos: resabio evidente del pensar mágico.

No nos extrañe, pues, si en las imaginaciones míticas, que no están sujetas al freno racional, encontramos cosas sólo comprensibles por referencia a la tradición subyacente,

* M. P. Nilsson, *A History of Greek Religion*, trad. F. J. Fielden. Oxford, 1952, pp. 236 *ss.*; Ídem, *Cults, Oracles, and Politics in Ancient Greece*, Lund, Gleerup, 1951, *passim.*

pero en modo alguno dentro del cuadro mental del olimpismo.

Por lo que a los ritos respecta, se diría que el hombre fabricó un aparato de actos y fórmulas, y luego lo fue aplicando tal cual era o modificándolo con una lentitud temerosa en las sucesivas etapas de su pensamiento. La historia de las religiones, dice Frazer, se reduce a un largo esfuerzo para dar explicaciones nuevas a los usos antiguos.

2. *Hay supervivencias notorias en los grandes cultos*: Fiestas Antesterias, Dipolias, Tesmoforias, acaso las Eleusinias, las Elafebolias, Dedalas y Dionisíacas.

Las Antesterias fueron incorporadas oficialmente al culto ateniense de Dióniso. Uno de sus elementos peculiares era el destapar y tapar las cántaras de vino: exorcismo tradicional contra los difuntos maléficos.

En las Dipolias atenienses era de rigor la *bouphonía* o matanza del toro, a la cual seguían la condenación del cuchillo empleado para degollarlo y la simulada resurrección de la víctima, rasgos de primitivismo todos ellos.

Las Tesmoforias eran unas fiestas sacras exclusivas para las mujeres. Se celebraban anualmente por toda Grecia y de Cirene a Sicilia, aunque no en iguales fechas. Nominalmente se consagraban a Deméter y a Kora, pero las diosas por ninguna parte aparecen. El rito de la vegetación se mueve por sí solo. Como otros actos al aire libre, éste ni siquiera necesita la presencia de sacerdotes. Su elemento principal era la matanza del lechoncillo. Los restos se escondían en pozos o *mégara* para servir como abono al siguiente año. Aquí no hay ofrendas a las diosas, sino trato directo entre las mujeres y la tierra.

En Eleusis y en otros centros religiosos perduran los sortilegios de la fertilidad, sutilmente asociados a la creencia de ultratumba y a la posible comunión con los dioses (ver capítulos X y XI, sobre Festivales y Misterios).

La gente, en las Elafebolia de Yámpolis y de Lafria —derivadas éstas de Calidón—, y en las Dedalas del Citerón y el Eta, encendían fogatas como nuestra Hoguera de San Juan. Ahora bien: la ecuación entre fuego y vida es tan universal como añeja, y ni siquiera ha tomado en cuenta a Prometeo que, junto a esto, parece una invención reciente.

¿Y hay erupción más manifiesta del primitivismo represo que los ritos dionisíacos, inspirados aún en el despertar pavoroso de la conciencia? La orgía, el vino y la sangre los anuncian al mundo, y más tarde, en las Dionisíacas Cívicas como en las Rurales, las procesiones fálicas y los rasgos obscenos arrastran todavía el duermevela de la pesadilla original.

3. *Algunas costumbres rituales respiran vejez y se enredan con supersticiones muy añejas.* El culto de los antepasados no sólo se practica en la ofrenda fúnebre —costumbre que aún perdura en mil pueblos y, desde luego, entre nosotros—, sino que se halla en variadas supervivencias, y lo mismo abarca la adoración de los héroes, la de los padres, los exorcismos y la propiciación de espectros.

La expulsión del Hambre, en Queronea, que aún se celebraba anualmente bajo el arcontado de Plutarco —siglo I de nuestra Era—, consistía en echar de la ciudad a una esclava, vapuleándola con una rama de *agnus castus* para comunicarle con ella las virtudes vitales. La esclava es un *phármakos*, paga por todos como aquel chivo expiatorio de los antiguos hebreos que se abandonaba en los páramos. No hay aquí religión ni dios, sino magia descarada y reacia. La vetustez de la costumbre no necesita comentario.

Tampoco lo exige la evocación de la lluvia —hechicerías en el pozo de Hagnos (Monte Licayeto o Liceo), y en Halos (Monte Pelión)—, aunque se ocultara ya su antiguo sentido con invocaciones en el nombre de Zeus. Los carros de ánforas en el cuño de las monedas de Cranon son una última pisada de la magia pluvial.

El sacrificio de Ifigenia y los pases de los domadores de vientos, en Corinto y otros lugares, son otros tantos conjuros de la magia climática, a que Grecia dio cierto desvío, pues siempre fue reacia a la "profesión del mago".

A los despojos animales se atribuía virtud íntima. En lo alto del Pelión, los mancebos pedían la lluvia al Zeus Acreo, revestidos con pieles nuevas de cabra. Estas pieles eran defensas milagrosas contra el pedrisco y la centella. El discutido rito de "la lana de Zeus" —*Dios Koódion*—, asociado a la facultad "maimáctica" o estruendosa del dios, tal vez engendró el mito del Vellocino de Oro, que siempre ronda el Monte Lafistio. El poder de los Pelópidas depende de la posesión del cordero áureo que Tiestes robó a su hermano Atreo, así como sedujo a su esposa. Empédocles se inspiró en muy viejas tradiciones, cuando para defender del viento a su ciudad nativa de Acragas, mandó colgar por las laderas cercanas unas cortinas de cuero de asno.

Las procesiones comenzaron por tener valor de hechicerías. En Metana, cuando el soplo del sudeste derribaba las viñas, se partía en dos un gallo; dos oficiantes paseaban sendas mitades por los contornos del sembrado, marchando siempre en sentido inverso. En el sitio donde volvían a encontrarse, se enterraban los despojos del ave: visible aplicación del círculo mágico, que los labradores trazaban para defender de plagas sus parcelas. Otras veces, se hacía trotar en redondo a una mujer en luna.

La práctica punitiva del dios es clara herencia de la prehistoria. Cuando la deidad defraudaba las esperanzas de los fieles, se la castigaba como a un amuleto. Consta por las *Talisias* de Teócrito que los campesinos de Arcadia azotaban la efigie de Pan en cuanto escaseaban las subsistencias. El azote se hacía con haces de cebolla albarrana —planta fertilizante—, y se encargaba de la ceremonia a los niños, rasgo típico de la magia. ¿A quién puede sorprender tal costumbre, cuando todavía hay gente que pone al santo de cabeza? Frazer ha recogido ejemplos en Japón, China, Cantón, Siam, la Sicilia de nuestros días, y llama graciosamente a estas prácticas: "tomar el reino de los cielos por la tremenda".

4. *Las supervivencias se aprecian igualmente en las incorporaciones de las deidades.* Además de las "incorporaciones", encontramos en el culto, en las artes y en las letras de Grecia y Roma, ciertas "personificaciones" de ideas abstractas que no llegan a adquirir cuerpo y que se desvanecen constantemente hacia la retórica y las figuras de dicción. Así cuando escribimos "Justicia" con una mayúscula, por "apoteosis gra-

matical", como dice Bouché-Leclercq. La personificación queda comprendida entre dos extremos: la *Tyche* —Fortuna o Azar— estuvo a punto de ser diosa; la Fama, en Virgilio, no pasa de símbolo poético. Dejemos a un lado estas sombras. Tampoco ha llegado el momento de referirnos a las personalizaciones que ganaron cauda mitológica: el Tiempo, las Horas o Estaciones, el Alba, el Día, la Noche, etc. Las incorporaciones auténticas son realmente dioses que habitan en cosas físicas, o son estas cosas mismas hechas deidades.

Procuraremos enumerar algunas supervivencias de dioses incorporados, conforme a un método puramente explicativo, que no corresponde a sistema alguno y sólo busca la claridad de conceptos. Las incorporaciones divinas pueden acontecer en fenómenos y objetos del mundo físico, en seres del orden vegetal o animal, y excepcionalmente, en seres humanos. Los fenómenos del mundo físico en que las deidades se incorporan pueden clasificarse en cuerpos celestes, meteoros, elementos y piedras.

5. *Los cuerpos celestes* hechos dioses pertenecen a cosmogonías remotas, aún no emancipadas racionalmente. No sólo son anteriores a los primeros físicos jonios del siglo VII, sino anteriores a Homero, que pudo pertenecer al siglo VIII. *La Ilíada* conserva vestigios de estos cultos bárbaros: en los pactos para suspender la guerra y decidirla mediante un duelo singular, Menelao pide que se apresten los sacrificios para el Zeus verdadero, y para el Sol y la Tierra; y Agamemnón, junto a Zeus y a los Ríos, invoca también al Sol y a la Tierra. Pero claramente se entiende que los cultos olímpicos pertenecen a los aqueos, y los cosmogónicos, a los troyanos: el pacto debe respetar las creencias de los dos bandos. Además, el Sol es buen testigo, porque "lo ve y lo oye todo". En la mitología, hace el chismoso.

Ya hemos dicho que la Diosa Tierra, acaso heredada del Asia Menor por la cultura egea, pasó a Grecia confundida con la Ártemis. La "próvida Tierra", en sí misma, es objeto de veneración sin ritos. Los ritos más bien se dirigen a las deidades que velan por el logro de las cosechas: Deméter, Kora, Ceres. Las personificaciones mitológicas de la Tierra

(Rea, Gea), del Cielo (Urano), del Caos original, etc., no alcanzaron culto especial.

Por lo que al Sol respecta, ya da en qué pensar el que la mitología griega, al recogerlo, le asigne su lugar en la familia de los Titanes y lo dé por hijo de Hiperión, raza anterior al orden olímpico. Gradualmente, la poesía tiende a identificar a Helios con Apolo, y ya se sabe que poesía y mitología se fertilizan entre sí. Cualquiera sea el porvenir reservado al culto solar en las sectas del estoicismo y del mitraísmo o en la institución imperial de Aureliano, este culto arranca de vetusteces naturalistas. Cuando Anaxágoras afirmó que el Sol era una masa candente, y la Luna una masa opaca "no mayor que el Peloponeso", hubo indignación en Atenas. Pero la actitud general de la mente griega respecto a los cuerpos celestes, aunque se los considerara divinos, no era de atención religiosa. Como decía Platón, basta, al paso, saludarlos con reverencia. Aunque él mismo nos asegura que los cuerpos celestes fueron los primeros dioses de los griegos. Rodas, caso único, rendía un culto al Sol, rasgo de su mixtura bárbara.

La Luna, en muy variadas hipóstasis, pasea todavía en su barquilla viejos misticismos matriarcales, relacionados con la perpetuación de la especie, rancios pavores en que perduran los principios femeninos del mundo y el enigma de la sangre periódica. Como la vida, la Luna crece y mengua; también resucita. Todo, en el curso de la Luna, es magia y *tabú*. Quiere ser la esposa o la hija del Sol, es errabunda y muchas veces siniestra. Anda absorbida en las varias facultades de Hera, Ío, Ártemis, Hécate; cobra mito en Selene. Pasife la cretense, que tuvo Oráculo en Thalame, puede ser una de sus formas. El folklore, la brujería y la poesía tienen mucho trato con ella y la vinculan con las energías eróticas. Es propicia en creciente, es maléfica en menguante y, cuando es llena, comunica encantamiento amoroso a la piedra selenita. Los tesalios ven hechicería en sus eclipses. La gente alejandrina supone que la Luna es reino de las almas. En sí misma, nunca tuvo culto.

Las constelaciones y los mitos estelares son generalmente de elaboración tardía. El Zodíaco fue importado de Babilonia hacia el siglo VI, y el verdadero auge de la mitología estelar más bien se debe ya al interés de los alejandrinos por la astronomía. Tal vez el de Andrómeda —que arrastra consigo a Perseo, Cefeo y Casiopea— sea el único mito prehistórico de este orden, si, como se supone, viene desde Creta y Filistia. Y Orión, ya familiar a Homero, difícilmente podría separarse de su mito. El tema se relaciona con las metamorfosis y recuerda el caso de los Dióscuros o Jóvenes Dioses también convertidos en estrellas. Hubo dos mitos puramente estelares en la literatura de la edad clásica: Héspero y Heósforo —luceros de la tarde y de la mañana—, resueltos en un solo astro por Parménides o por Pitágoras.

6. *Los meteoros* pueden comenzar por las nubes que, consideradas algún tiempo como cuerpos celestes, ocupan lugar después de las estrellas. Queda el vago rastro de Nephélee, amada por Ixión, de que nacieron los Centauros. Y queda la vaga sospecha de que esa Diosa-Nube haya podido ser la propia Hera, aunque Zeus haya querido engañar con una Nube-Hera el apetito sacrílego de Ixión. Hay rumores de que Helena —amén de sus asociaciones lunares— fue también una nube, como las divinizadas por las sagas del Norte. Lo cual se relaciona con la versión de que Helena nunca estuvo en Troya, sino solamente su sombra, fábula ya tardía. Al igual de sus hermanos los Dióscuros —ellos de buen agüero, ella de mal agüero—, Helena suele aparecer también en el fuego de Santelmo.

Zeus, para quien el trueno y el rayo son atributos, bien pudo andar en ellos antes de su configuración personal. Cuando, por protervo consejo de Hera, Semele pidió al dios que se le presentara en su verdadera apariencia, Zeus apareció en forma de rayo y la fulminó.

7. *Los elementos* comienzan por el menos palpable. El odre en que el Éolo de la *Odisea* ha encerrado a los vientos procede de un cuento universal. Pero aquí hay la huella inequívoca de un Dios-Viento. La religión olímpica conoce a Tifón o Tifeo, padre de Noto (Viento Sur) y de Céfiro (Viento Oeste), a los que debe añadirse Bóreas (Viento Norte). Los

raudos caballos de Aquiles son hijos de Céfiro y de una Arpía. En Hesíodo, Astreo (Hombre-Estrella) y Eos (Aurora) han tenido tres hijos-vientos. Aristófanes, en las *Ranas*, habla del sacrificio a Tifeo. Los atenienses establecieron un culto a Bóreas, porque los ayudó a destruir la flota persa. En la Torre de los Vientos (Atenas del siglo I), los vientos adoptan forma humana (es decir: divina). Entre los romanos, se personalizan el septentrional Aquilón ("Águila"), el Austro meridional y Favonio (Céfiro), que es el favorito; y hay un Templo de las Tempestades que data del siglo III. Las Arpías son entre otras cosas, esos ventarrones traviesos que, como decía Ruskin más o menos, levantan remolinos, se cuelan por las ventanas abiertas y empolvan la mesa del escritor o le arrebatan las cuartillas.

El fuego, que por buenas razones nunca adquirió fisonomía, perdura en Hestia y sus cultos públicos y privados. Esta divinidad hogareña es menos definida que la correspondiente Vesta romana, la cual llegó a poseer templo propio y un colegio de sacerdotisas o Vestales. En la leyenda de Prometeo, el fuego está asociado a los tesoros divinos, ya con Hefesto, ya con Helios (el Sol) o con el mismo Zeus. Entre las novedades de Homero, Hestia se ha desvanecido, pero la conserva Hesíodo el arcaico.

No parece que la lluvia haya sido objeto de incorporación especial. O se la generalizó en la tempestad de Zeus y en las aguas de Posidón, o simplemente se la incluyó en los cultos agrarios. Dioses Fluviales, dispensadores de la fertilidad y los frutos terrestres, tienden por todas las praderas de Grecia sus plateadas barbas de espuma.

La tierra de que está hecha la Tierra, en condición de elemento, nunca fue incorporada. El tema nos llevaría a otro campo: a las teorías de la física natural y de la primera metafísica sobre la sustancia del mundo: lo húmedo, lo etéreo, lo ardiente, lo seco, la materia, el infinito, la mente, etcétera. Los primeros filósofos griegos que se ocuparon de los elementos los llamaban "simientes", dando así a entender que se referían a ciertas materias primordiales y no siempre ni necesariamente a estas materias de última evolución, perceptibles por los sentidos.

Pero no olvidemos a Iris, hecha de lluvia y luz, arco de colores que va y viene entre cielo y tierra, mensajera de los dioses ante los mortales.

8. *Los dioses-minerales* han llegado desde muy lejos. El primitivo adoró siempre las piedras, ya brutas, ya ligeramente talladas. Las gemas y las ruinas monumentales demuestran el culto de las piedras en Creta, Micenas y otros pueblos vecinos.

Hay piedras a las que se asigna un mensaje sobrenatural, acaso meteoritos que se han visto caer del cielo, como los tres peñascos de Orcómene que figuran las Gracias, o el Zeus Descendente (*Kappoótas*) de Gitón. En Fane, se adoran treinta piedras de aspecto cuadrangular bajo sus nombres individuales. En el Feneo arcádico, se jura por las *Petroma* de Deméter-Kora, dos piedras ensambladas. Zeus está en el *Omphalós*, mármol abombado de Delfos. Según la fábula preolímpica, el *Omphalós* es la piedra que Rea hizo tragar engañosamente al "artero Cronos", para evitar que devorase al Niño Zeus como ya había devorado a sus demás hijos. Vomitado por Cronos, este obvio fetiche de la Diosa Terrestre es el Ombligo de la Tierra. Salvo el parecer de Frazer, se supone que aquella Niobe vista por Pausanias en las laderas del Sipilón, era una roca con apariencia de mujer. En Tespia, Eros es una piedra bruta. Enlazando la fecundidad con la muerte, los frigios plantaban unas piedras fálicas en las tumbas. Todavía en tiempos de Luciano —siglo II de nuestra Era— los retores de Samosata se burlan de los supersticiosos que oran ante las piedras ungidas de aceite y coronadas.

Entre las piedras talladas descuellan los obeliscos, las pirámides y los pilares. Zeus suele asumir esta forma. La Rea cretense y la Cibeles asiática —Reina de los Leones— son pilares con un esbozo femenino. Se asegura que las leonas del Portal de Micenas están adorando al mismo pilar en que se apoyan. El Obelisco de Megara se llamaba Apolo Carino. La columnilla de piedra que guardaba las puertas en los hogares atenienses era el Apolo *Agyieús*, contrafigura del Apulunas oriental, cuyo nombre ha sido descifrado hace pocos lustros en las inscripciones hetitas. Son objeto de culto las hermas o bustos de Hermes, puestos sobre pilares cuadrangulares y provistos de una prominencia viril.

También los romanos tenían sus dioses Términos, imágenes pétreas que servían para deslindar tierras y ahuyentar ladrones, a las que consagraban un rito anual y cuyo parangón oficial era el Júpiter Término, piedra venerada en el Capitolio: prueba de que estas nociones proceden del lejano fondo ario.

La apariencia singular o la supuesta virtud curativa de ciertos pedruscos —*betilos*, fetiches— los hacía suponer divinos y los asociaba con determinadas deidades: el Héracles de Yeto y de los cultos heroicos; la *lapis manalis*, amuleto de lluvias que los pontífices trajeron de la Puerta Capena.

De esta adoración de la piedra —mesa de altar elemental, lápida mortuoria, monolito, pilar más o menos tallado— nacerá la estatua. El drama de Lord Dunsany, *Los dioses de la montaña*, nos muestra cómo pueden brotar los mitos de las piedras antropomórficas. Cuando las piedras dejen de ser dioses, serán todavía lugares sacros.

9. *Los dioses-vegetales* cuentan entre los más antiguos. Creta y Micenas conocieron la religión del árbol. El plátano de Europa en Gortina, testigo de los amores de Zeus, el encino oracular de Dodona, que hablaba con el rumor del viento, el sauce de Hera en Samnos, el plátano de Delfos y los del *hierón* de Helena en Esparta, el olivo de Delos y los de Atenas, son rastros de divinidades vegetales, aun cuando puedan ser, a la vez, unidades simbólicas de los bosques sacros. El laurel, eficaz contra las contaminaciones de orden espiritual, tiene por patrono al dios Apolo, purificador por excelencia. En Temnos, Afrodita es un mirto verde. A Deméter y a Ceres incumben los granos y cereales —dón de aquélla, pues de ésta no tenemos leyenda—, y la virtud de las diosas late en las semillas. Triptólemo es el viajante agrícola de Deméter. Dióniso transfigura en vino su preciosa sangre, y en Tebas, es un tronco apenas revestido de un manto, y más tarde reforzado con tal o cual moldura de bronce. Ártemis Ilitia, la comadrona, infunde a la yerba artemisa su dón

medicinal, provechoso a las parturientas. Es "Lygodesma" por el sauce, "Caryatis" por el castaño, "Cedreatis" por el cedro. La misteriosa Britomartis se asocia al pino y al lentisco en las guirnaldas de sus festines. Pluto el rico ha sido alguna vez un Dios-Árbol, medio plantado en tierra. Esparta adoró a los Dióscuros bajo la apariencia de un par de vigas. El culto de Pan está hecho de rocas, fuentes y árboles. En las Ninfas, el vigor silvestre y la humedad vegetal expresan el anhelo amoroso, y su nombre significa "las Novias". Los héroes Jacinto y Narciso están en las flores de su metamorfosis.

10. *Los vestigios de antiguos animales sagrados son innegables,* acéptese o no los resabios del "totemismo" primitivo, que algunos creen ya superado para los días de la Grecia prehistórica y aun de la dispersión aria, y que otros ven todavía impresos en los nombres y emblemas de las familias más conocidas.

El clan frigio de los Ofiógenas, los nacidos de la serpiente y guardadores de la triaca contra la mordedura; la serpiente emblemática de los Erecteidas; los Spartoí de Tebas, así llamados por haber nacido de los dientes del dragón sembrados en tierra, y el dragón grabado en la tumba de Epaminondas; las "tripiernas" o svásticas de los Alcmeónidas, familia de Pericles; el caballo de los Pisistrátidas; los cuartos traseros de equinos de los Filedas (¿tribu dividida?); los "bucranios" o cabezas de toro de los Butades, no representan cultos actuales de "totemismo" pero, al menos, muestran los hereditarios estigmas de aquella institución prehistórica. Parece averiguado, en efecto, que estos signos no proceden directamente del *totem*. Pero ¿cómo probar que no acarrean su recuerdo inconsciente? La coincidencia ¿puede ser únicamente casual en este caso, cuando corresponde tan cabalmente a la primera distribución de grupos sociales, y cuando todavía, en el tumulto de las creencias griegas, persiste la comunión con el animal consagrado?

Cierto es que ya, en la familia de los Olímpicos, las divinidades siquiera parcialmente zoológicas o "teriomórficas", al tipo del Buey Apis, son excepcionales: así la

73

Deméter-Yegua de Figalia (pues la supuesta Hera-Vaca de Micenas, que Schliemann creyó haber descubierto, está desechada). Abundan los epítetos o calificaciones sacras de referencias animales, pero pueden ser simples metáforas: la Atenea Ojos-de-Buho o *Glaucoópis*, la Hera Ojos-de-Novilla o *Boópis*, calificativo ya generalizado en Homero para todas las mujeres de grandes ojos.

El animal es con frecuencia atributo o acompañante del dios: el águila de Zeus, la vaca de Hera (pues el pavo real, como el gallo de Hermes, son invenciones muy tardías), el buho de Atenea, las serpientes en el caduceo de Hermes, el León-Dióniso y el Toro-Dióniso, y hasta las singulares tortugas de Pan en Monte Partenio. Apolo, dios de la poesía, entre otras facultades, se identifica con el cisne que canta para morir según la fábula —tal vez el silbón, único que no grazna con aspereza—; y si Horacio anhela ser un cisne, se entiende que ambiciona ser reconocido como poeta verdadero. Apolo también se acompaña del cuervo y del delfín. La paloma pertenece a Afrodita, acaso por ser el ave de las Diosas Madres asiáticas, Atargatis, Istar y otras. Junto a estas divinidades, vuelan a veces los gorriones, aves libidinosas, según consta por la poetisa Safo. Ya las epifanías minoicas solían asumir forma volátil. En Italia, los gansos se consagran a Juno, la Hera latina, y el lobo y el pájaro carpintero son criaturas de Marte.

Aquí no hay más que residuos y ecos. Los dioses en nada participan ya de la naturaleza animal. Los Olímpicos no son siquiera híbridos, y ni para volar han necesitado de alas. De un salto se trasladan a donde quieren, ellos y su mensajera Iris y los corceles de sus carros. En las artes figurativas, la influencia asiática acabará por prenderles alas: así esas imágenes que se llaman "persas". Hermes, a lo sumo, usa unas sandalias voladoras a modo de refuerzo, por lo mismo que suele recibir comisiones fatigosas y buscar por mares muy lejanos a las seductoras que se atraviesan en el regreso de Odiseo. Entiéndase que las sandalias de Hermes son voladoras, no precisamente aladas, aunque la plástica haya tenido que interpretarlas así, a modo de jeroglifo para decir "veloces".

Las divinidades menores se animalizan más fácilmente. Hasta ellas no llegó en plenitud la redención antropomórfica que bañó a los Olímpicos. Los ríos son toros. Aganipe y otras fuentes poseen naturaleza equina. Los reptiles o anguiformes parecen adecuados a los dioses y a los héroes terrícolas: Erecteo, Asclepio, en cuyos templos hay serpientes. Ya en esta segunda categoría, o categoría de los héroes, la familia híbrida es numerosa. Las Sirenas, en un principio, eran aves infernales aunque de rostro femenino, como también lo son las Arpías, y luego se han vuelto mujeres-peces, hembras morfológicas de los Tritones. Los Sátiros son hombres cabríos y también medio-caballos; los Centauros, invariablemente, hombres equinos.

Hay también algunos animales tocados de virtud divina. Los caballos de Aquiles, criaturas sobrenaturales de los vientos, son de esencia mezclada: por gracia de Hera, Janto adquiere voz humana un instante para vaticinar la muerte de su amo. De igual esencia participan todos los animales que han sido presentes de los dioses: los caballos que Zeus obsequió a Tros a cambio del rapto de Ganimedes; los que dieron la victoria a Pélope y a Abas. Y con mayor razón, aquellos que han sido engendrados por los dioses mismos: Skyfios, brote de la simiente de Posidón o del golpe de su tridente, el primer caballo conocido. También Posidón, para dar a Minos una prenda, ha hecho nacer un toro del mar. Él mismo, transformado en garañón, persigue a Deméter —que, en Arcadia, huía disfrazada de yegua entre las manadas de Ongkios—, y engendra en ella el caballo maravilloso Arión, y a una hija cuyo nombre no nos es dable revelar, porque solamente lo conocen los iniciados. Mucho más familiar en las literaturas es Pegaso, el caballo volador de Belerofonte. Este Pegaso era hijo de Posidón y la Medusa.

11. *Las metamorfosis lo mismo acontecen entre dioses o entre personajes menores.* Pero las metamorfosis de los dioses son transitorias; las de los personajes menores son definitivas, salvo para dos semidioses que se mudan a voluntad como los "genios" del cuento árabe: Nereo, el Viejo del Mar, padre de las Nereidas, vidente benévolo e incapaz de embuste,

75

y el embustero y disimulador Proteo, espíritus ambos de la metamorfosis, de la onda que rueda. La cual, por lo visto, no siempre es "pérfida", puesto que no lo es Nereo.

Homero nos habla de la facilidad con que Atenea y Apolo se transforman en buitres para presenciar el combate desde la encina troyana, y nos cuenta cómo Atenea, hecha golondrina, ayuda a Odiseo en la matanza de los Pretendientes. Zeus fue un instante toro para Europa, cuclillo para Hera, cisne para Leda, lluvia de oro para Dánae. Ya hemos visto a Posidón-Caballo corriendo detrás de Deméter-Yegua por los llanos de Arcadia.

Estas metamorfosis fugaces bien pueden significar una recaída de los dioses en la forma prehistórica de su infancia, su más cómodo simulacro. Un intérprete exacerbado llega a decir que los dioses parecen preferir la forma animal para sus asuetos galantes por la tierra, por significar ello un retorno a la fuente de su vigor. No nos atrevemos a recomendar abiertamente esta hipótesis.

Las metamorfosis de los simples personajes míticos son innumerables, y las ha divulgado Ovidio en sus poemas. ¿Quién no sabe de Dafne-Laurel? ¿De los árboles Filemón y Baucis? ¿De Aracne-Araña o de Ascábalo-Lagartija? ¿De Siringa-Caña? ¿De Tereo, Procne y Filomela, la abubilla, el vencejo y el ruiseñor? ¿De Ío convertida en vaca? Crímenes, amores o celos, la pasión es siempre el origen de estas metamorfosis. Con estas mudanzas muere la fábula y no volvemos a saber de ella. Salvo en el caso de Ío, que sigue peregrinando, en Esquilo, para darnos otra muestra más de los errores olímpicos junto al caso de Prometeo. Góngora pone fin a su *Polifemo* cuando Acis, aplastado por el peñasco y sueltas las linfas de sus venas,

> a Doris llega que, con llanto pío,
> yerno lo saludó, lo aclamó río.

Es de notar que las metamorfosis heroicas raras veces se refieren a animales de especie superior, como los mamíferos. Acaso éstos quedan reservados a las diversiones pasajeras de un dios. Las aves son muy socorridas. Boio, antigua

76

sacerdotisa de Delfos, consagró al tema una obra perdida: *Ornithogonía.*

Merece señalarse una curiosa transformación temática, y es la adopción de disfraces animales en ciertos cultos: oseznas de la Ártemis Brauronia, mancebos-potros en algún rito dionisíaco; probables inspiraciones del coro zoológico en Aristófanes: aves, ranas, avispas.*

12. *Dos incorporaciones excepcionales* ofrecen especial interés, los Dioses-Instrumentos y los Dioses-Hombres. Respecto a los primeros, la supervivencia es manifiesta. Los segundos nos llevan a cuestiones más trascendentes y requerirán otro capítulo aparte ("Consubstanciación y deificación").

Los instrumentos culturales o relacionados con las creencias —objetos de humana hechura— algún día fueron divinizados. Son símbolos de investidura o son talismanes, y en sí mismos se los adoraba: el cetro de Atreo, cuya transmisión Homero evoca con reverencia; el cetro de Cadmo —ambos documentados en Pausanias—; la lanza de Ceneo; la doble hacha, "bipena" o *labrys* sacrificial de Zeus, emblema del rayo.** En Lidia, esta hacha es talismán real, arrebatado por Héracles a la reina de las Amazonas, obsequiado por éste a Onfale, y de ella transmitido siempre a sus herederas femeninas. Los trípodes, atributos de la adivinación, aseguran el mando y son objeto de rivalidades, disputas y cesiones. Los Eteobutades de Atenas se comunican entre sí el sacerdocio mediante la entrega de un tridente sagrado. Linceo, yerno de Dánao, para que su hijo Abas pueda heredar el trono de Argos, tiene que poner en sus manos el escudo que Dánao había dedicado al templo de Hera.

Estos valiosos objetos suelen llamarse *agálmata*, pero tal palabra designa también las ofrendas en general, las imágenes y los animales consagrados al sacrificio.

13. *Las deidades no se explican totalmente por las supervivencias*, ni en su génesis ni en su significado religioso. Quede

---

* Recuérdese la *Apocoloquíntosis*, atribuida a Séneca el filósofo: singular metamorfosis del emperador Claudio en calabaza.

** Nilsson piensa que la doble hacha no es tal símbolo, sino una evocación del arma usada en el sacrificio o un cómodo asunto ornamental.

esto bien claro. De las numerosas teorías propuestas sobre la formación de los dioses griegos, no preferimos ninguna, y nos parece mucho más cuerdo disponer de todas, de cada una según el caso, pues cada una encierra una parte de la verdad.

Mil motivos se entretejen para urdir el manto de un dios: la magia naturalista, el paralogismo, el equívoco verbal, el sentimiento del misterio y la dependencia, la sola imaginación religiosa, la necesidad antropomórfica, el legado de anteriores creencias, las mezclas y las luchas étnicas, la obra conjunta de las especulaciones filosóficas, las letras y las artes, las vicisitudes políticas, las transformaciones sociales y los desarrollos económicos... Todo dios griego es una síntesis casi imposible de deshacer, un compendio de la jornada humana. Y lo que importa en los dioses es la definitiva orientación que al cabo ha logrado darles la edad clásica. En los lechos de la subsconciencia colectiva, la edad clásica preparó la síntesis superior de todas estas síntesis todavía parciales: progreso del Espíritu que el lenguaje de Hegel ayuda muy bien a expresar.

II. LOS CONCEPTOS DE LA CREENCIA

I. Los elementos de la religión griega

1. *Tres elementos integran la religión griega.* Tales elementos son la creencia, las instituciones sacras y los mitos. O sea, un elemento subjetivo a una parte, y a otra parte un material religioso formado por el elemento funcional y el elemento imaginario.

2. *La creencia,* en alas de la libertad que Grecia le consintió, registra el paso del tiempo y la cultura; pero ya hemos visto que su trayectoria ofrece un sentido. Además, se deja abarcar en el contorno, en sus conceptos fundamentales.

3. *Las instituciones sacras* (sean los organismos o los ritos), ya fijadas por la comunidad urbana o ya incorporadas en los hábitos conservadores de las poblaciones rurales, aparecen algo retardadas y no disimulan las arrugas de su vejez. Como las prácticas rituales son persistentes, cuando ya su sentido es incomprensible se inventa un mito para explicarlas.

4. *La mitología,* a su turno, como no sujeta a la razón, recorre en todos sentidos el tesoro étnico de las leyendas, las aprovecha caprichosamente, y no pretende fijarlas nunca de una manera definitiva e intocable. La mitología sólo pertenece en parte a la religión, y en parte la desborda, pues no todos los mitos corresponden a otros tantos cultos. Hay mitos religiosos y hay mitos laicos. También hay mitos intermedios, que, aunque ponen en acción a las personas divinas, apenas puede decirse que posean validez canónica. Por aquí la religión se deshace en la tradición legendaria, que llega hasta la irresponsabilidad del folklore.

5. *Vamos a examinar la creencia,* reservando para más adelante las instituciones sacras. A la mitología consagramos un

79

libro aparte, y aquí sólo citaremos al paso aquellas leyendas que parezcan indispensables al asunto de la presente obra.

II. El fundamento de la creencia

1. *El fundamento de la creencia es triple.* La inspira el sentimiento de la dependencia y la anhelada protección del Ser a quien se adora. Brota de la esperanza, se afirma en la fe, se depura en la caridad. La esperanza abarca la fe o la produce, y la caridad es su virtud acompañante, penetrada ya por la ética. El Cristianismo nos ha enseñado otro orden —sistemático, lógico— para las virtudes teologales. Pero, en la explicación de la génesis o nacimiento de la idea religiosa, es preferible anteponiéndola a la fe, abrir el camino con la esperanza.

2. *La esperanza* señala de una vez el origen naturalista de las antiguas religiones. La horda, la tribu, la ciudad, reconocen como preocupación inmediata el asegurarse la subsistencia en este mundo —frutos espontáneos, cosechas, ganados, animales domésticos, hijos—, y pronto quieren asegurarse la subsistencia en el otro, la salvación eterna. Por esta conciencia de la futuridad el hombre se alza de su lecho zoológico. Pues el animal no tiene porvenir o no lo percibe y, con la palabra del filósofo, "el animal no hace promesas". El sentimiento de que hay un mañana provoca atisbos y cautelas, y atisbos y cautelas fundan una conducta atraída por la esperanza. La palabra griega para "esperanza" —*élpis*— significa una expectación todavía recelosa, la expectación de algo que puede ser halagüeño o temible. Tal "ambivalencia" corresponde a los primeros latidos de la noción. También el sentimiento de lo sagrado reveló un día esta ambivalencia: una fuerza natural puede ser propicia o aniquiladora; un cadáver inspira atracción y repulsión, veneración y asco.

3. *La fe* aparece en segundo grado y trae consigo una novedad: la confianza. La palabra griega para la fe —*pístis*— significa un hábito. Se ha descubierto que la primavera vuelve todos los años y se la saluda como a un poder amigable. Ya

hay crédito, y a la vez, fórmulas mágicas de seguridad. Conforme aquel incomprensible poder que invade el mundo se aproxima a la deificación, comienzan a dibujarse los pactos, y las garantías que los establezcan: promesas, ofrendas y sacrificios. Y todo ello es un matiz que asciende de la expectación a la certeza. La *pístis* es palabra que posee un sentido práctico, mucho más que dogmático.

4. *La caridad*, dejando aparte el sentido moral humano —compasión al prójimo y filantropía—, arde ya en un fuego de puro amor entre el Creador y la criatura. Aquél dice: —Te concedo mi gratuidad, mi gracia. —Ésta contesta:

> No me mueve, mi Dios, para quererte
> el cielo que me tienes prometido.

Es el ápice místico, noción que se elabora a lo largo del pensamiento griego, pero sólo se difunde a las puertas del Cristianismo, entre las últimas doctrinas que lo preparan. El Cristianismo, para entonces, ha metamorfoseado ya al dios guerrero de las tribus hebraicas en un Dios universal de todos los hombres.

El pensamiento griego no había ignorado las nociones de la caridad en ninguno de los dos sentidos, ni la caridad divina ni la humana. Agamemnón ya increpaba a Aquiles:

> Tu intrepidez no es mérito, sino divina gracia.
>
> *Il.*, I, 180. Trad. A. R.

Y Paris objetaba ya a Héctor:

> Mas no por ser intrépido quieras echarme en cara
> los dones que Afrodita de oro me depara,
> que ni son desdeñables tan exquisitos dones,
> ni se escogen al gusto los divinos presentes.
>
> *Il.*, III, 71-74. Trad. A. R.

Todas las sectas místicas dieron por supuesta la caridad divina, y también lo hacen así los mayores filósofos. Pero sólo en el crepúsculo de Grecia, cuando más falta hacía, se la aísla y destaca.

En cuanto a la caridad humana, que la ligereza niega a

los griegos —acaso porque no se les convirtió en prurito—, recuérdese que ellos consideraban la hospitalidad como una de las más excelsas virtudes, y la ponían bajo el resguardo de Zeus, el Dios Máximo. Para con el extranjero, la hospitalidad era un verdadero acto caritativo, pues prácticamente el extranjero carecía de derechos, y respondía por él quien lo recibía en su casa. El compartir con él los alimentos era admitirlo a la piedad de la tribu. Lo cual creaba vínculos hereditarios que ni la guerra era capaz de romper, como en el episodio homérico donde Diomedes y Glauco deponen las armas en recuerdo de la amistad paterna. Muchas veces la hospitalidad amparó al desterrado político; * muchas veces el delincuente, cuyo contacto era tan dañoso y aborrecible como el del leproso en las parábolas cristianas, no tenía más redención, en aquellos albores del derecho penal, que cambiar de país y buscar a un hombre piadoso, dispuesto a purificarlo mediante ciertos ritos y devolverlo así a la normalidad social. Las Súplicas —dice Homero personificándolas poéticamente— son hijas de Zeus, y quien las escuche será bienquisto de los Dioses. El derecho de los suplicantes es tema frecuente en las tragedias y en las historias míticas. Y aunque puede obtenerse alguna ventaja del huésped si, por ejemplo, es un traficante extranjero, en todo ello hay caridad, por lo menos como la encontramos hoy en tantas instituciones modernas.

Los cinco pecados capitales que enumera Hesíodo se reducen a una falta de caridad, a un abuso del indefenso: sea el suplicante, el extranjero, el hermano traicionado, el huérfano desposeído, el padre tratado con irreverencia. Estos errores cubren de vergüenza —*aidós*— al que los comete. Pero este principio es puramente emocional (como los sentimientos de dignidad moral que nuestras leyes no sancionan), y no encontró expresión definida en las filosofías aristocráticas e intelectuales de los antiguos, o acaso la hemos perdido —como se sospecha— con las obras de otros filósofos más atentos a las emociones del pueblo —Protágoras, Demócrito—, más atentos a esas ideas vinculadas en los instintos. Sólo volverá a hablarnos del *aidós* el cínico Kérkidas, enemigo

* E. Balogh, *Political Refugees in Ancient Greece.* Johanesburg, 1943.

de todos los sentimientos convencionales y aferrado a las evidencias del corazón humano. Para que se vea que el "cínico" de la antigüedad nada tiene del cinismo como hoy se lo entiende.

III. De la magia a los dioses

1. *La creencia desemboca en una noción de la deidad.* ¿En quién o en quiénes creen los griegos? Grecia no conoció un dios revelado. (Introd. A. 2.) Su idea de lo divino muestra tres fases teóricas: la religión de los difuntos, la religión de los héroes y la religión de los dioses. La primera lo fue sin duda en cuanto al tiempo y marca el punto en que la mente comienza a desembarazarse ya de la magia. La segunda procede directamente de la anterior, y aunque en principio la domina, no la destierra inmediatamente ni es incompatible con ella. La tercera recibe acarreos de las otras dos, pero también obedece a nuevos estímulos espirituales y significa un remate. De suerte que estas tres fases, si bien no se presentan en estricta sucesión histórica, señalan el proceso de superación gradual que se levanta desde la magia y culmina en la concepción de los dioses.

La tribu se reparte en familias. El muerto de la familia es antepasado y amparo de la tribu. El héroe, antepasado místico, será una deidad local, amparo de su ciudad o región. En otra etapa más excelsa, asomará el verdadero dios su cara borrosa, el dios que es el amo definitivo y una suerte de héroe universal, y que al cabo cristalizará en el ente olímpico. La escala cultural conduce de la familia al Estado, y del Estado al cielo. Este camino no fue en realidad tan sencillo, pero el esquema propuesto puede servirnos de orientación. Desde luego, nos permite apreciar la trascendencia de la religión de los muertos en el arranque de la religión griega.

2. *Pero antes de la religión fue la magia.* No podríamos ignorarla si, como sabemos, ha dejado supervivencias en los ritos y en las costumbres. La magia es el mundo del primitivo. La documentación sobre la mente prehistórica es cosa incierta, aun cuando se apoye en observaciones sobre las sociedades

no evolucionadas que aún existen. En tales casos, declara Renan, el deber científico no está en decir lo que aconteció, sino lo que puede haber acontecido.

3. *La magia se define por su diferencia con la religión.* Tal diferencia no reside, como hasta hace poco se afirmaba, en lo que va de lo antisocial a lo social, sino en que el acto mágico es *opus operatum*, se lo entiende como una captación directa e inmediata de los fenómenos; en tanto que el acto religioso pasa ya por la mediación de un ente divino. La magia no se reduce a echar muñecos al fuego para torturar de lejos al enemigo, o a atarlos en las tumbas para evitar la liberación de las almas. No fue siempre, ni necesariamente, hechicería maléfica, embrujo funesto o mal de ojo. El instrumento no se caracteriza por los usos bastardos. Acaso sea más exacto afirmar que estas manifestaciones antisociales se exacerban cuando la magia ha dejado de prestar su auténtico servicio. Ella fue nodriza de las instituciones y es antecesora de la ciencia aplicada. Prolonga ese esfuerzo de dominio sobre el ambiente que comenzó por obra y gracia del pulgar oponible.

Trasladémonos imaginariamente a los orígenes. En su desamparo misterioso, el hombre quiere abrirse paso. Para ello inventa un escudo, magia defensiva, y una lanza, magia propulsora.

El conjunto de actos y fórmulas con que la magia ha intentado gobernar el mundo engendra los ritos. Ellos persisten mucho más allá del cuadro mental que los inspira. Y como ha de llegar un día en que ya no se entiendan, para justificarlos se inventará una historia mítica. Tal es el origen de los llamados "mitos etiológicos".

Pero si en Grecia sobreviven algunas operaciones mágicas, como tradición popular, y si otras logran incorporarse a los ritos cívicos, mudando ya de sentido y explicación, en cambio el ejercicio de la magia no prosperó como profesión especial, no hubo casta de magos según aconteció en otros pueblos antiguos. Tanto la magia propulsora como la defensiva quedan, en Grecia, prácticamente, al alcance de cualquier vecino, si se exceptúan algunos sortilegios contra los fantasmas; pues el temor engendra con facilidad oficios parásitos. Aquí, como en el ejercicio sacerdotal y en los pleitos jurídicos —no hubo verdadera clase sacerdotal a nuestro modo ni hubo abogados—, se nota la tendencia del griego a resolver sus cuestiones por sí mismo en los límites de lo posible.

Ritos no sólo predeísticos, sino anteriores a los *daímones* o fuerzas apenas personalizadas, dejaron su impronta en las ceremonias agrarias —magia propulsora—, como es manifiesto en las Targelias, las Oscoforias, las Pianepsias, y otras invocaciones a la fertilidad. Las medidas para evitar la propagación de un mal o sus efectos —magia defensiva— son numerosas, no siempre instituyeron rito, pero van implícitas en las observancias de la purificación y en el culto de los difuntos.

En cambio, las vagas reminiscencias del hombre mágico, del Rey-Medicina, se descubren con cuentahilos en el cañamazo de las leyendas: ya en mitos de origen exótico, como el de ese Salmoneo que provocaba directamente la lluvia (y no a través del dios, al modo de ciertos sacerdotes de Arcadia); ya en transformaciones poéticas, como el elogio de Odiseo a Penélope, donde la fertilidad de la tierra se disfraza en metáfora del buen gobierno. La acción positiva del mago es transferida más bien a las virtudes del patriarca, que el cielo ve con complacencia.

4. *En el tránsito de la magia a la religión* aparece el *daímon* o demonio. Poco a poco, surgió la sospecha de que cada fenómeno u objeto exterior estaba habitado por una voluntad comparable a la humana, poseía una iniciativa que importaba domeñar o ganarse. Pero hay cosas que no podemos someter ni persuadir, fácil es que ellas nos gobiernen y son por eso las más temibles: rayos, huracanes, tempestades y terremotos. Fácil, también, que haya algunos entes impalpables, cuya presencia se adivina en el rumor del viento, el cabeceo de los árboles, los reflejos del agua, las sombras que visitan los sueños. De ambas presunciones nacen los *daímones* o demonios. Perdura la palabra, y el concepto se desarrolla. Sócrates oye todavía los consejos de su demonio:

unos entienden que escucha la voz de su conciencia; otros, que tiene conciencia de ciertos mensajes sobrenaturales.

5. *El "daímon" despeja el camino al culto de los difuntos.* Si existen seres impalpables, el próximo paso es ya posible. Veamos: la tribu, sometida como un todo indiviso, sin duda se halla sustentada por un *mana*, un vigor cuyo foco tiene que ser el jefe. Y, puesto que se renueva la tribu, es de creer que el mana se transmite del antepasado al recién nacido. El muerto no desaparece del todo; conserva en depósito alguna simiente de vida. Obra, ayuda, y no se lo ve: ha entrado, pues, en un orbe de mayor poder y respeto. Se le debe una veneración especial, un culto.

El espectro del antepasado se ha convertido en un *daímon*; no un *daímon* exterior a la tribu, sino que forma parte de ella y está íntimamente vinculado a los intereses del grupo. O es el obstáculo, o es el puente entre la voluntad de la tribu y el mundo; pero, en principio, siempre es ya posible propiciarlo.

6. *El próximo paso conduce del difunto al héroe.* Cuando el grupo social asume mayor cuerpo y se estructuran las jerarquías de los subgrupos, el antepasado por excelencia, el benefactor o padre místico de la región o ciudad viene a ser su héroe y a veces llega a dios local. Por lo común, este dios local está condenado a bajar de grado cuando se establezca la corte de los Olímpicos, o condenado a que uno de ellos lo absorba entre sus varias hipóstasis.

Pero si el *daímon*, por una parte, ha contribuido a crear el culto del difunto, y a través de éste, el del héroe o semidios, por otra parte, y en una línea divergente, puede haber contribuido de modo directo a inspirar el sentimiento de la divinidad superior. La cual no procede por igual derrotero, no es un mero ensanche del héroe, sino una elaboración diversa de la mente religiosa, aunque en su aspecto antropomórfico se oponga a la escuela de los héroes.

7. *¿De dónde ha venido, pues, el dios?* El dios viene más bien del espíritu. En el alba de las nociones, el primitivo

86

no adora al dios: lo conlleva, lo está viviendo, lo ejecuta. No concibe ni la imploración ni el auténtico sacrificio. Cuando, entre el coro confuso de la comunidad, se ha destacado un corifeo, un guía, un jefe, entonces, puede decirse, ha comenzado el divorcio entre el hombre y la divinidad que parecía andarle en la conciencia.

El jefe humano focaliza la atención del grupo, inviste el poder divino y comienza a servir de apoyo a una veneración proyectada ya hacia afuera. El corifeo es el conductor de los demonios —*daimónoon agoúmenos*—, y va camino de la deificación a fuerza de reasumir el mando periódico en cada Fiesta Floreal o cada Día de Difuntos.

Contribuyen al divorcio otras circunstancias. El animal, el árbol, el objeto, el muñeco, el ídolo en torno al cual se agrupan los fieles, ayudan a exteriorizar al dios. El coreuta o miembro del grupo se sentía aún demasiado afín, demasiado cerca del corifeo o conductor, hombre como él mismo. Pero el objeto o el ídolo, cualesquiera sean, lo contemplan ya desde otro mundo.

La mente no tarda en percibir el fracaso de sus estúpidos engendros, y emigra otra vez hacia la región de lo invisible en busca de una confianza superior. Ya el hombre se ha acostumbrado a considerar el poder divino como algo extraño a su sustancia. Desengañado de su largo sueño imperial, se inclina ante el oscuro *daímon*, le ruega, comienza a ofrecerle bienes materiales, lo único que sabe ofrecer. Ya el hombre no se imagina un dios. Ha nacido el escrúpulo de la *hybris*, el temor de la ambición desmedida. Se diría que se prefigura ya el grito de Píndaro: "No intentes convertirte en dios."

Pero si no espera convertirse en un dios, el hombre quiere, al menos, abrigarse y fundirse en el ser que adora, y tal es la filosofía de los piadosos Misterios que habrán de florecer más tarde.

La anterior simplificación puede parecer excesiva, pero provee una hipótesis de trabajo, un planteamiento del enigma que nunca podremos resolver. Posee aquel valor explicativo que, en los estudios de filosofía política, corresponde, por ejemplo, a la hipótesis del "contrato social". Nuestra hipótesis, por lo demás, admite ciertas comprobaciones parciales. Pues ¿por qué Zeus, en el Himno de los Curetes, es todavía invocado como "el Capitán de la Danza", sino porque se lo ve, en cierto modo, como la evocación unánime del grupo, polarizado en su afán místico? Y ¿qué nos están diciendo los cultos dionisíacos en su figuración legendaria, y aquella comunión salvaje a que se entregaban las Ménades cuando devoraban al dios-toro? No depurada aún la etérea Persona Trascendente, se la pretende absorber por medios inmediatos. Como la sombra de la verdadera religión es siempre horripilante, tenemos que descartar la repugnancia que nos causa esta indecisión entre la naturaleza divina, la animal y la humana, para comprender que tales ritos anuncian ya un sentimiento del dios exteriorizado, cuya virtud se desea nuevamente atraer.

Entretanto, la representación idólica, desperezada al toque del arte, ha creado, como de pasada, las figuras estatuarias del olimpismo, lejanas y hasta algo indiferentes. Toda la dinámica de la religión griega está en el esfuerzo por reconciliar aquel fuego trascendente con esta frialdad escultórica.

8. *Los dioses representan la madurez de la religión griega.* La idea de lo divino partió de una nebulosa, y al fin se resolvió en un sistema solar rodeado de sus planetas. Tal es la figura que evocamos para hablar de la Grecia histórica: un conjunto de dioses en torno a un Dios Máximo; y además, unos dioses que más bien parecen hombres agigantados y habitan el Olimpo, casa gigantesca. Y aquí asoma una dificultad de que conviene desembarazarse cuanto antes.

Cierto, la historia de la antigua Grecia es una lección objetiva. Los orígenes de nuestra cultura están en ella: prolongando sus direcciones, llegamos hasta nuestros días. Aquella Grecia, al mismo tiempo, nos queda tan lejos, que podemos observarla con desinterés y mente científica. La hemos visto nacer y morir, y conocemos el experimento en conjunto. El cuadro es abarcable en el espacio y en el tiempo. La evolución procede por etapas tan nítidas que parecerían dibujadas para guiar el entendimiento. Ello explica hasta cierto punto la fascinación que siempre ejerció el estudio de aquel pueblo. Se explica también tal fascinación por la alteza y la trascendencia de una civilización que ha dejado inmensos tesoros, en muchos órdenes jamás superados.

Pero es innegable que, en punto a religión, el moderno se siente de pronto desarmado ante dos obstáculos aparentes: el antropomorfismo y el politeísmo. Estos dos fantasmas montan la guardia a las puertas de la religión griega. No es enteramente imposible el reconciliar a estos fantasmas con ciertas nociones modernas, como lo veremos después.

IV. LA NATURALEZA DE LOS DIOSES

1. *Antropomorfismo y politeísmo* no son obstáculos insuperables para el común entendimiento de la religión griega. Conviene penetrarse, ante todo, de que los grandes pensadores de Grecia sólo aceptaban ambas nociones como una manera de lenguaje corriente, el cual para nada cohibía su idea de la religión ni su representación del universo. Si el vulgo se embrollaba con tales nociones, tampoco puede hoy cualquier palurdo concebir la Encarnación o la Trinidad como las concibe un teólogo, y hay entre los feligreses de cualquier parroquia un buen porcentaje de aberraciones. Si poetas y artistas, sacando partido de las nociones antropomórficas, acariciaron siempre la efigie mítica y dieron humanidad a los dioses, no anduvieron desacertados para su propósito estético: su objeto no era representar ideas abstractas, y sería absurdo llamarlos a cuentas ante una jurisdicción incompetente.

2. *Respecto al antropomorfismo*, el católico admite que Dios hizo al hombre a su imagen y semejanza, y el arte religioso nos ha educado para aceptar la figuración de lo divino bajo formas humanas. Y ello para nada perturba la creencia en un Dios sobrenatural.

El escollo del antropomorfismo griego está en que sus dioses nos resultan demasiado humanos y participan íntimamente de nuestros errores y flaquezas. Zeus es iracundo, se muestra acometedor con las mujeres, y aun se jacta de ello, en una hora de olvido, ante su divina esposa (el catálogo de 'Leporello' que dicen los humanistas, *Il.*, XIV); Hera es celosa hasta el crimen; Posidón y Ártemis son singularmente rencorosos; Apolo, vengativo; Atenea no sabe perdonar la jactancia de una pobre chica envanecida, la triste Aracne; Afrodita harto sabemos en lo que se entretiene. Todos ellos son recelosos, crueles, suelen consentirse una grosería de bárbaros septentrionales, grosería que no se consentiría un buen vecino. Como observaba Gladstone, Eumeo, el porquerizo de la *Odisea*, es mejor persona que todos los dioses del Olimpo. (Esta condición o *díkee* de los dioses será examinada en el siguiente capítulo.)

Pero ya se burlaron de esto los mismos filósofos griegos, y el viejo Jenófanes observaba: "Si toros, caballos y leones tuviesen manos y pudieran pintar cuadros y labrar estatuas, representarían a los dioses como toros, como caballos y como leones." El nacimiento de la ciencia griega se explica, en mucho, porque los pensadores jonios; y los presocráticos en general, se desentendieron del antropomorfismo, aunque no seguramente de la religión ni de la teología en el sentido griego del término.

3. *En cuanto al politeísmo*, el católico reconoce una serie de jerarquías mediadoras entre Dios y los hombres, una Divina Familia, unas cortes angélicas, un ejército de santos, una variedad de cultos que, bajo nombres distintos se dirigen a la misma Persona. Nada padece por ello su creencia en un Dios Único.

Ahora bien: corre por todo el pensamiento griego una vaga noción —explícita en los filósofos— de que la autoridad suma del universo no reside en los entes de la mitología. Hay ciertas altas abstracciones —Moira o Moiras (los griegos personalizaron y luego pluralizaron esta noción, acaso por analogía con las Parcas, las Erinies, las Ménades, etcétera), Destinos y Espíritus de la Justicia— que la salubre mente helénica nunca quiso "mitificar" del todo, como en espera de que la experiencia secular las incorporara al cabo en un Ser Supremo. Tales abstracciones se mantienen muy por encima del sistema olímpico. Homero hace que

Zeus mismo despliegue sus balanzas de oro para averiguar hacia dónde pesa el Hado, que por lo visto no depende de su voluntad. Tampoco le es dable a Zeus el evitar que su hijo Sarpedón perezca a manos de Patroclo, una vez que así lo dispone el Destino.

Sin remontarnos a la metafísica, dentro de la sola mitología olímpica, el coro de dioses nos aparece como un coro de ángeles o ministros sujetos al poder de Zeus, aunque con ocasionales desvíos. Y el que a veces se llame a Hades "el Zeus Infernal" o cosa parecida, justifica la sospecha de que, en el fondo, los dioses podían ser concebidos como otros tantos atributos o manifestaciones del Dios Máximo, lo que se aprecia muy diáfanamente en el caso de arcaicos diosecillos locales absorbidos por las entidades olímpicas.

4. *El catolicismo, pues, no tiene por qué escandalizarse* ante esas provisionales metáforas teológicas —que tales son los muchos entes divinos y su figuración humana—; lo que no podría decirse igualmente de las disidencias y herejías. En tal sentido, sin el menor ánimo de ofensa —*Pace tua*—, el catolicismo es el heredero histórico del paganismo. No es, claro está, un heredero pasivo y mudo: ha superado las antiguas nociones en términos de transmutación. El diamante, si quiere entender al trozo de carbón, considérelo en buena hora como su primero y grosero esbozo.

Pero el diamante no se ha elaborado repentinamente, cierto día y a cierta hora. Larga y sorda obra lo prepara. Los grandes sistemas de Platón y Aristóteles culminan ya en la concepción de una deidad única, inmaterial y trascendente. Los griegos nunca creyeron que sus dioses habían hecho el mundo, ni que éste eternamente había existido. Luego. . .

5. *El antropomorfismo alcanza el punto límite con las rencillas y desobediencias de los dioses.* Hemos confesado los ocasionales desvíos de los dioses. Prescindiendo de las "guerras civiles" anteriores a la instauración de Zeus, alguna vez los dioses se rebelaron contra éste y le echaron cadenas. Sólo pudo reducirlos el Gigante Briareo, gracias al aviso oportuno de la Nereida Tetis. Posidón y Apolo han sido a veces

castigados. Algo recalcitrante en la *Ilíada*, la Familia Olímpica se muestra mucho más sumisa ya en la *Odisea*.

¿Luego Zeus no es siempre obedecido? Tampoco es ello incomprensible, y aquí sólo se trata de entender y no de justificar. Esos caprichos de los dioses eran, si se quiere, efectos imprevistos de la complejidad de las causas; o quién sabe si residuos de alguna íntima discontinuidad en la trama del universo o en la imperfecta idea que de él nos formamos; residuos que los atomistas griegos llamaban *clinámenes*, oblicuidades en la precipitación vertical de los átomos; algo como el "salto cuántico" de la física o la "mutación súbita" de la biología. El antropomorfismo mítico viste estos caprichos de desobediencias: Hera y Atenea se empeñan en gobernar los combates contra las órdenes de Zeus; Hera adormece a Zeus para salirse con la suya, etc. Tales desobediencias, como es lógico, se acentúan más entre el vulgo divino, el proletariado mitológico que está por debajo de la aristocracia olímpica. Digamos más bien que tales rebeldías momentáneas son el Espíritu de las Sorpresas, estímulos para la energía del mundo, novedades de la "evolución creadora", de la no agotada Creación. Pues, como reza el proloquio, "No es Dios viejo". La perplejidad de los modernos escépticos, al llegar aquí, habla del Azar y de la Fortuna; la perplejidad de los antiguos escépticos, irritada hasta complacerse en su desconcierto, por poco diviniza a la *Tyché*, la Casualidad, metátesis aparente de Causalidad. Y, sobre todo, ¿por qué han de asustarnos estas desobediencias particulares y pasajeras de los dioses paganos, si conocemos la Gran Desobediencia trascendental, irreconciliable y permanente de Luzbel?

6. *Los caracteres principales de los dioses* son fáciles de entender, una vez removidos los obstáculos anteriores.

> Lo primero que en la religión griega nos impresiona es la naturalidad con que se acepta y adopta la idea de la evolución, la maduración gradual del universo... El principio de la evolución cosmogónica acoge y subordina a los mismos dioses, permitiéndonos entender mejor su naturaleza de hombres agigantados. Pues sobre la naturaleza de los dioses hay que decir: *1)* que su eternidad se extiende hacia adelante, pero no hacia atrás, puesto que han tenido nacimiento; *2)* que tampoco na-

cieron a la existencia en su estado definitivo, sino que son el resultado de un perfeccionamiento gradual, como el de un animal que crece, sin que sea excepción el caso de Atenea, a quien una versión legendaria hace brotar, ya madura y armada, de la frente de Zeus, como un pensamiento que cristaliza en un verso, pero cuya entidad mitológica es también fruto de largos titubeos y transformaciones; *3)* que los dioses tienen árbol genealógico y, de generación en generación, su casta aun suele levantarse desde humildes orígenes; *4)* que no son exteriores a la Creación, sino que también fueron creados; que no son iniciadores o guías en el proceso cósmico, sino productos de éste y sujetos a éste; *5)* que son parte de un plan superior y más vasto, dentro del cual se les asignan jurisdicciones y poderes limitados, de suerte que en nada son comparables con el Dios cristiano, omnipotente, omnisapiente y omnipresente; *6)* que su relación con las criaturas humanas no es la de creadores y padres, sino la de unos como hermanos mayores, ni siquiera necesariamente benévolos: de modo que entre dioses, hombres y cosas hay una solidaridad esencial, y todos son hijos de una misma madre, copartícipes en la misma herencia, miembros de igual familia, como lo cantaba el poeta Píndaro. Todo lo cual, por lo mismo que remite el enigma a un común principio superior y anterior, tenderá el puente entre el politeísmo de superficie y el monoteísmo de profundidad, más o menos tácito por lo pronto, y pronto francamente explícito. Y no se diga que el monoteísmo no admite, en su génesis, grados ni jerarquías, pues el único monoteísmo absoluto es el de Alá.

Las prerrogativas de la divinidad se reducen a tres: *1)* un poder mayor que el humano, sin ser por eso absoluto; *2)* una vida perdurable; *3)* la exención de penas y trabajos, en principio al menos. El hombre, en cambio, tiene que luchar por el sustento (y esto, usando medios más limitados) y es mortal; y su vano anhelo de hombrearse con las divinidades constituye su pecado mayor, el pecado capital de los griegos, la extralimitación o *hybris* que, como en la culpa de Prometeo, descompone el régimen del mundo.

La dignificación de la esencia humana y su posible acceso a la condición divina pertenecen, más bien que al orden olímpico, a la religión ctónica, vetusta, a las festividades agrícolas y rurales, a los antiguos Misterios; y la incorporación de este anhelo a la religión cívica vendrá más tarde, con las nociones de la filosofía ya alejandrina, y después, con los Misterios extáticos y el neoplatonismo, etc. Esto, salvo para algunos semidioses o héroes que, como sabemos, tampoco eran hombres comunes. Y no todos ellos alcanzan la deificación, ni con mucho. Entretanto... impera la visión de Píndaro: un sentido aristocrático de las castas, trasladado al orden metafísico, y al cual corresponde la virtud humana de la conformidad. En este concepto, el estoicismo encontrará ya el terreno bien preparado...

... La religión griega, con ser antropomórfica, no es antropocéntrica. La sociedad humana es un pequeño círculo circunscrito a la sociedad cósmica, aun cuando ésta, eso sí, sea imaginada según el modelo humano. La sociedad cósmica se desenvuelve como un todo, transportando en su seno al hombre, según el proceso que camina del desorden al orden, de la barbarie a la civilización. Y todas las cosas, incluso los dioses, y no exclusivamente los hombres, quedan implicados en el servicio universal, en esta amistad, esta lealtad al bien. Filosofía cuyos fundamentos no se buscan tan sólo dentro de los límites de la carrera humana.*

Para la mejor estimación de las anteriores observaciones y las que han de seguir, recuérdese que el concepto de la divinidad se modifica a lo largo de la historia griega. Téngase presente cuanto queda dicho en las páginas sobre "La religión griega en su historia" y especialmente la "Trayectoria de la religión griega".

Pero, una vez que salimos de la nebulosa primitiva y entramos en la Grecia arcaica, nos enfrentamos con una escuadra de deidades cuyo rostro podemos ya apreciar con nitidez relativa.

7. *La comparación entre lo divino y lo humano* ha permitido ya destacar algunos perfiles de los dioses. Considerémosla desde otros ángulos, para mejor abarcar el objeto que nos proponemos.

El hombre, en cuanto hombre, no puede equipararse a los dioses. Nunca lo aceptó la mente griega, como acabaremos de entenderlo al examinar la "Consubstanciación y deificación". En cambio, la confrontación teórica del hombre con el dios da lugar a varias interrogaciones:

1) ¿Puede el hombre, después de su vida terrestre, disfrutar, al menos, de aquel atributo divino que es la inmortalidad?

2) Y si así fuese, ¿qué clase de inmortalidad le espera, y hasta qué punto ella corresponde realmente a la inmortalidad divina?

* En mis *Estudios helénicos*, "Panorama de la religión griega", §§ 11 y 12.

3) ¿Debe el hombre terrestre emular en algo el ejemplo de los dioses, y hasta qué punto ello le es dable?

La primera interrogación será objeto de examen algo más adelante ("La escatología griega"). Ni entonces ni ahora el alma humana está llamada a convertirse en un dios por el hecho de perdurar. Pero, en las postrimerías de Grecia, los filósofos alejandrinos (los estoicos, por ejemplo, con su regreso de la chispa humana a la hoguera divina), y después los neoplatónicos (con su éxtasis —que se practicaba desde este mundo— y la reabsorción de la criatura en el Creador), ofrecen la esperanza, no de la transformación del hombre en un dios, sino del regreso del hombre al seno de Dios. La fortuna de estas nociones en la filosofía medieval no nos compete.

La segunda interrogación, en parte involucrada ya en la primera, se contesta sumariamente declarando que el hombre no habrá de participar de la verdadera inmortalidad divina, sino de una inmortalidad sui géneris, *a)* funesta en el Tártaro, *b)* triste en la tradición de la Casa de Hades, *c)* placentera en la tradición de las Islas Bienaventuradas, *d)* placentera también para los iniciados, en la tradición de los Misterios, la cual lentamente evolucionará hacia la noción de la justicia distributiva en el "ultramundo".

Esta mera prolongación de la vida, que en modo alguno puede emular a la inmortalidad divina ni posee sus caracteres (casi diríamos sus "caracteres vitales"), se vuelve algo como un excepcional transporte en carne y hueso, hasta las Islas Bienaventuradas, para el héroe Menelao; * lo que también se deseará después para otros héroes, tanto en el sentido mítico como en el sentido moderno y "patriótico" del término. Pero, si se trata de Menelao, es grave error el inferir de aquí, como algunos quieren, que ello denuncia la fe en una divinidad potencial de los humanos, pues Menelao es un héroe y no un hombre común y corriente, es una entidad legendaria; y si se trata de los héroes históricos y reales, el concederles esa feliz perduración es un homenaje espiritual,

---

* Como la asunción al cielo en *cuerpo* y alma de la Virgen María para algunos teólogos contemporáneos.

una reverencia al muerto ilustre, a quien no por eso se le reconoce inmortalidad de orden divino.

La tercera interrogación es la más fecunda en las letras. Las respuestas que se ofrecen asumen dos posturas fundamentales: *1)* miedo a los dioses; *2)* aspiración hacia los dioses. La primer postura significa que todo intento humano por asemejarse, siquiera de lejos, a los dioses, es desmesura, insolencia, *hybris*, y siempre recibe un castigo. La segunda postura confiesa que hay algún secreto parentesco entre dioses y hombres (hechos, estos últimos, "a imagen y semejanza de aquéllos"), y que el hombre, sin salir de lo humano, debe inspirarse cuanto pueda en el ejemplo de los Inmortales, no en lo que ellos tienen todavía de error natural, sino en lo que tienen de superior y divino. Una y otra postura son dos movimientos de la conciencia religiosa, y sin duda el segundo es el más dignificado y noble. A lo largo del periodo clásico —siglos VI a IV—, ambas corrientes se entretejen.

1) "Las divinidades son celosas", dice Heródoto, y así lo demuestran los mitos. Píndaro, en varios lugares, nos aconseja: "No pretendas igualarte a Zeus. . . A los mortales basta su destino mortal." O bien: "El mortal busca lo que le conviene en manos de los dioses, consciente del suelo que pisa y de la porción que le toca. No te empeñes, alma mía, por igualar la existencia de los Inmortales, pero dispón ampliamente de los recursos a tu alcance." (*Íst.*, V, 14 y *Pít.*, III, 59.) La tragedia abunda en declaraciones parecidas. Los coros de Eurípides, en *Las bacantes*, vienen a decir: "Nada es la sabiduría humana cuando olvida nuestra condición de mortales" (295 *ss.*).

2) Platón propone como deber religioso del hombre "la más completa asimilación posible con el dios" (*Teet.*, 176 b). Su discípulo Aristóteles considera que el fin humano por excelencia es "el alejar cuanto sea posible la idea de la mortalidad" (*Ét. a Nicóm.*, X, 117 b, 33). Nada de esto puede interpretarse como *hybris*. Tampoco lo es la *Imitación de Cristo*, que, desde el título, nos recuerda la doctrina platónica; ni lo son los mil consejos éticos que se han inspirado en Aristóteles.

Sí lo es, en cambio, y caso de extravagancia notoria,

aquella pretensión de Empédocles, cuando saludaba a sus compatriotas con estas orgullosas palabras: "¡Salud! Heme entre vosotros como un dios inmortal, no ya condenado a la muerte" (Fr. Diels, 112, 4). Guthrie dice que abundan en Grecia manifestaciones como la de Empédocles (no hemos tenido hasta hoy la suerte de encontrarlas), y que la aspiración al estado divino era "el plano de fondo de la conciencia helénica" y su tentación constante, puesto que contra ella predicaba una y otra vez la prudencia de pensadores y poetas. Pero padecer una tentación y darla por legítima son cosas completamente distintas.

En todo caso, esta confrontación entre dioses y hombres resulta sobre todo importante durante el período arcaico —maduración de las nociones—, que va desde Homero hasta el siglo VI. Examinaremos sucesivamente los testimonios al respecto que encontramos en Homero, en Hesíodo, en la lírica y en la filosofía jonias.

V. Primeros testimonios literarios sobre los dioses

1. *El testimonio de Homero* es de extrema autoridad. Decía Jenofonte que "conforme a su sentir se ha venido modelando desde el principio el pensamiento de los humanos". Pero la verdad es que la mente ulterior de Grecia, en el orden de las ideas religiosas como en otros órdenes, sólo parcialmente prolonga las concepciones de Homero y aun llega un día en que francamente las contradice. Entretanto, basta que se creyera sinceramente respetar la tradición homérica. Y no sería ésta la primera incoherencia que los hombres admiten, sin percatarse, en sus representaciones del mundo y del trasmundo.

Como Homero es poeta y no historiador —cualquiera sea la dosis de realidad mezclada en sus leyendas—, no tenemos más remedio que ceder al engaño poético y aceptar que, para nuestra comparación con las deidades, los héroes legendarios y míticos de las epopeyas hagan veces de hombres. Después de todo, y dado nuestro objeto actual, fuera del extremo vigor físico, del poder charlar con los dioses una que otra vez, y de los pases maravillosos que con ellos eje-

97

cutan los dioses para engañarlos o sustraerlos al combate, los héroes homéricos en poco difieren de los hombres.

2. *La religión homérica sólo puede ser correctamente entendida por referencia a la organización social que Homero refleja,* por referencia al tipo de la monarquía micénica y a las condiciones históricas de la era caballeresca. Desde luego que aquellos poemas no nos dan —o apenas nos la dan en vislumbres— la religión del pueblo, de la chusma armada, sino la religión de los caudillos y héroes. Ahora bien, para aquella aristocracia guerrera, dioses y hombres forman una sola sociedad, dividida, como la puramente humana, en castas diferentes. En lo alto están los dioses, cuya relación con la humanidad es comparable a la del *basileus* o rey con sus súbditos; y de aquí resultan los lazos y compromisos entre dioses y *basileis*. Los dioses son como unos jefes sublimes, que llevan consigo hasta su excelsitud algunos defectos humanos. A su vez, los hombres han aprendido de ellos a portarse con algún desenfado. Si los héroes disponen a su antojo de las mujeres es porque lo mismo atribuyen a los dioses y luego lo imitan de ellos como un privilegio jerárquico. Lo propio puede decirse de ciertas crueldades con grandeza. La caballerosidad de los capitanes entre sí —comparable a la de los señores medievales—, también la esperan los capitanes de los dioses, como de personas que pertenecen a los mismos grados superiores. Recuérdese, en tal sentido, el diálogo entre Atenea y Aquiles a los comienzos de la *Ilíada,* tan agudamente señalado por el profesor Bruno Snell (*Die Entdeckung des Geistes,* Hamburgo, 1946). Atenea no ordena a Aquiles que envaine la espada, ya pronto para agredir al Atrida, sino que le dice cortésmente: "Vengo en tu ayuda, si es que quieres escucharme." Y no menos cortésmente, Aquiles contesta: "Un ruego de las diosas es una orden. Quien acata a las deidades será por ellas escuchado." Cambio de respetos y servicios. Claro es que, si a la deidad se le ocurre, bien puede imponer pura y simplemente su voluntad. Contra el terremoto de Posidón o contra el rayo de Zeus ¿qué defensa pueden oponer los humanos? Pero, en un mero prolegómeno a las negociaciones entre hombre y

diosa, no había para qué mencionar estos recursos desesperados

Los dioses de Homero, pues, participan de ciertas fragilidades humanas y, en muchos sentidos, no son más que la primera casta en la estructura social. Los hombres eminentes —en el caso, los héroes— les están unidos por parentesco, salvo que el ícor se ha vuelto sangre. Los capitanes son "divinos", son "retoños del dios". Aquiles es hijo de la Nereida Tetis; Eneas, de Afrodita; Alcínoo, rey feacio, nieto de Posidón; y su esposa Arete, biznieta del mismo dios marino. Los dioses, a su vez, se sienten atraídos por la belleza o la excelencia de ciertos hombres "deiformes" o a ellos comparables. Atenea bajaba a hablar con Aquiles o con Diomedes y sentía por Odiseo una manifiesta afición.

Ahora bien, por paradójico que parezca, este mismo parentesco entre dioses y hombres traza también la frontera que los separa sin remedio. ¿Acaso hay separación más tajante, más recelosa, que entre los ricos y los pobres de una misma familia? Con el paso del ícor a la sangre, de la ambrosía al pan terrestre, se establece la infranqueable división entre *thnéton* y *athánaton*, mortales e inmortales. Y, al contrario, la concepción más espiritual y refinada a que después ha de llegar Grecia como que esfuma y desvanece este límite, dando lugar a ciertas esperanzas de mística compenetración.

Pero no todavía en Homero. Aquí la cercanía de los dioses sólo significa un dejo o resabio humano en su naturaleza, y no aquella pretendida divinidad potencial del hombre a que antes nos hemos referido. Los deslices divinos no justifican el que los hombres desacaten al dios, del mismo modo que los errores del *basileus* no autorizan las insolencias de sus súbditos. En uno y en otro caso, el crimen de deslealtad o traición a los superiores es tan imperdonable como el de las sirvientas o el de Melantio contra su rey Odiseo: aquéllas son condenadas a una rápida muerte, y éste es el único personaje torturado que hay en Homero. Los dioses no castigan a los hombres por sus pecados, como hoy lo entendemos, sino por su actitud afrentosa para con ellos. Así en los casos de Ixión, Titio, Tántalo, Sísifo, huéspedes por

99

excelencia en los infiernos, y así en el caso de Prometeo, clavado en la roca del Cáucaso. Tampoco los monarcas consienten que se les enfrente un plebeyo como Tersites, merezcan o no sus censuras. Pero ellos, entre sí —al igual de los dioses que aun suelen venir a las manos— pueden censurarse a su sabor, como lo hacen Agamemnón y Aquiles.

Dioses y hombres se hallan separados, sobre todo, por el rango, por el prestigio y por el poder. Heródoto pone en boca de Solón aquellas conocidas palabras: "Sé que la deidad es tan celosa como tornadiza" (I, 32). Tales palabras no envuelven intención impía: expresan un hecho generalmente reconocido. Olvidar nuestro destino mortal era el mejor medio de despertar los celos divinos, de irritar a los dioses y de provocar su venganza. La inmortalidad de los dioses es también lo que permitía su crueldad y su caprichosa conducta. No conocen la muerte; para ellos la vida es facilidad y gratuidad. El hombre, en cambio, es criatura de una estación. Y aquí aparece aquel poético símil de Homero que encontrará eco inmediato en la poesía elegíaca:

> . . . Cual la generación
> de las hojas se mundan los linajes humanos.
> Barre el viento las hojas por la selva, y vestida
> la halla la primavera de nueva floración:
> ¡tal suceden los jóvenes a las tropas de ancianos!

Il., VI, 146 *ss.* Trad. A. R.

Cuanto a la esperanza de ultratumba, los héroes homéricos son completamente pesimistas. Aquellos ricos aristócratas habían ganado su posición a fuerza de proezas físicas. El cuerpo era el origen y fuente de sus alegrías: deportes, banquetes, bebidas, combates y amores eran la trama de su existencia. La condición de la dicha era para ellos una complexión sana y robusta. La vejez les aparecía como una triste anticipación de la muerte. Verdad es que la muerte no se consideraba como un aniquilamiento absoluto, sino como una evaporación de la psique y abandono de su anterior envoltura terrestre. Pero la psique, en adelante, apenas arrastrará una penumbrosa y miserable existencia, según veremos al estudiar la escatología.

3. *La inmoralidad, o mejor, la amoralidad de los dioses* viene a ser el punto sensible en sus relaciones con los humanos. Rose lo explica como un privilegio o abuso del poder por parte de los monarcas sobrenaturales, casta excelsa copiada de la organización micénica. Nilsson, como un resabio del naturalismo y del animismo en que se engendraron los dioses: el animismo les atribuye pasiones y voluntad humanas; el naturalismo les presta la irresponsabilidad e indiferencia de los fenómenos y meteoros ajenos al orden moral: la lluvia, el terremoto.

Así como el autócrata no hace tal o cual cosa porque ella sea la correcta y debida, sino que ella resulta correcta y debida por ser la voluntad del autócrata, así el hábito o modo de obrar, el camino de los actos del dios o *díkee* —palabra originariamente ajena a la noción moral— acaba por significar la "justicia". Todavía Platón discute si los actos rectos lo son porque placen a los dioses, o si placen a los dioses porque son rectos (*Eutifrón*). Cuando Penélope dice que Odiseo nunca se consentía odios ni preferencias gratuitas según la *díkee* de los demás monarcas, seguramente que no quiere decir la "justicia", sino el "uso corriente". Eumeo explica al disfrazado Odiseo: "Tengo poco que compartir contigo, pues tal es la *díkee* de los humildes servidores." Odiseo trata de abrazar a la sombra de su madre, y ella se le va de los brazos, "pues —explica el poeta— tal es la *díkee* (lo que sucede) cuando perecemos los mortales". Odiseo, en otro pasaje, se queja con su esposa Penélope: "El que no me reconozcas ahora es nueva pena que se suma a las muchas ya sufridas por mí, pero tal es la *díkee* del que se ausenta de su casa por largo tiempo." Y la expresión se tiñe ya con un matiz de "derecho", donde Odiseo encuentra a su padre labrando la tierra, y le declara que, a sus años, más bien le correspondería descansar, "pues tal es la *díkee* de los viejos" (*Od.*, IV, 689 *ss.*; XI, 218; XIX, 167; XXIV, 254 *s.*).

Si los reyes dictan órdenes al pueblo, los dioses las dictan a los hombres. Nuestra *díkee* es obedecerlos. Lo que es recto lo es por ser su orden, y no al contrario. Pero cabe juzgar y nos queda la libertad de opinar a nuestra manera. La cólera, la crueldad, el anhelo amoroso se juzgan como desvíos pro-

101

pios de dioses y reyes; pero no ya ciertas mezquindades que los empequeñecerían sin remedio. *Noblesse oblige:* ni dioses ni reyes deben, por ejemplo, violar la hospitalidad, la promesa, etcétera.

Aunque de aquí no resulte todavía una alta concepción de la limpieza divina, aquí late el germen de una ética religiosa. *Díkee* asume ya un sentido moral en Esquilo, y Eurípides hace decir a un personaje: "Si los dioses obran bajezas, entonces no son dioses" (*Belerofonte*, Fr. Nauck, 292, 7). Homero y Eurípides piensan de distinto modo cuando hablan de la *díkee* divina: allá, el capricho; acá, el bien. El griego medio bien podía hacer una confusión entre ambos sentidos. El cambio semántico es muy perceptible para nosotros, que lo vemos en la perspectiva y como un proceso ya acabado. Pero considérense los esfuerzos de Platón para deslindar y definir el concepto de la *díkee*.

Tampoco hay que exagerar, asegurando que la *díkee* primitiva, la homérica, carece en absoluto de sentido moral. El error de Wilamowitz consistió en figurarse que cuanto indicase un avance moral sobre cierto nivel mínimo establecido *a priori* era necesariamente una interpolación posterior sufrida por el texto de Homero. Su acierto fue el señalar con agudeza estas variaciones de criterio, llamando la atención sobre ellas. Sin duda que las tales interpolaciones no faltan en los viejos poemas épicos, pero el cambio del matiz moral no permitiría fijarlas con certeza. Si sólo nos atuviésemos a esto, ni siquiera podríamos demostrar —cosa obvia y averiguada— que la *Odisea* es posterior a la *Ilíada*. Cuando Odiseo anuncia su victoria, el padre Laertes exclama: "¡Aún hay dioses en el Olimpo, puesto que los pretendientes han pagado su *hybris!*" Y Wilamowitz pretende que este grito de la *Odisea* no podría encontrarse en la *Ilíada*... Sin embargo, todos los ejemplos recién citados sobre el sentido no moral de la *díkee* han sido tomados de la *Odisea*, y no para preparar esta objeción, sino simplemente porque fue más fácil encontrarlos allí. Y en la *Ilíada*, en cambio, hay un pasaje donde Zeus castiga la crueldad y la falta de *díkee* (que aquí ya sabe a "justicia") de algunos hombres, desatándose en una furiosa tempestad (*Il.*, XV, 384 *ss.*). Obsérvese aquí, de

102

paso, que, contra la teoría de Nilsson, el meteoro tiene un clarísimo sentido moral. Todo esto sólo significa que la evolución ha sido lenta, y que unos y otros conceptos pueden coexistir y entremezclarse.

4. *El testimonio de Hesíodo* señala un primer paso en el tránsito de las ideas. Su concepto de la *díkee* no podría ser el homérico, puesto que el poeta no es ya un aristócrata o un adicto a la casta guerrera de los jonios, sino un campesino beocio que está al lado del pueblo pobre.

También trae Hesíodo un material nuevo, con su intento de organizar sistemáticamente la genealogía de las deidades, prefiguración del régimen divino que Homero nos muestra ya cristalizado en el grupo definitivo de la Familia Olímpica.

Finalmente, Hesíodo nos ofrece una imagen de la condición de los muertos también diferente de la homérica, y que deja adivinar un estado todavía más vetusto de las creencias. Aún no es el momento de extendernos sobre este punto.

5. *El testimonio de los poetas líricos de Jonia* es, en cambio, un testimonio más cercano a Homero, por provenir de la misma gente que colonizó las costas del Asia Menor y las islas próximas; pero el tiempo no ha pasado en vano, y estos poetas revelan ya una mudanza en la mentalidad religiosa o un cambio de actitud ante las mismas creencias. Aunque los elegíacos y yámbicos sólo nos han llegado en fragmentos, los fragmentos son bastante expresivos.

En el siglo VII, apogeo de la aristocracia jonia, los poetas disfrutan del lujo y molicie consiguientes a la expansión comercial, aunque aquel bienestar se veía amenazado de cuando en cuando por las invasiones de los frigios, cuyo poder iba en aumento. Parece que la lírica, confinada a la expresión de ambas emociones, sólo hubiera querido tratar de batallas y de placeres. Este disfrute de las proezas marciales, la mesa, el vino y los fáciles amoríos daba a la vida todo su encanto. La vejez y la muerte se contemplaban con ojos aterrorizados. Los deleites de la existencia terrena no eran un presente de los dioses, sino una conquista de los humanos. Los dioses ni

103

siquiera han querido concedernos la juventud perpetua; el dón que hicieron a Titono de vivir sin término era sólo una sangrienta burla, puesto que envejecía constantemente, y cuando se marchitan los favores de la juventud es mil veces preferible la muerte. O los dioses son indiferentes, o sólo se ocupan de nosotros para atormentarnos. Otros —siguiendo a Homero— insisten en la lamentable impotencia de los hombres frente a los dioses. Tales parecen ser, en efecto, las conclusiones de Mimnermo de Colofón, Semónides, Calino de Éfeso, Simónides, etc., entre los siglos VII y VI. Verdad que en Homero los dioses nada pueden contra el Destino, pero aún se afligían por el hombre, como Zeus ante Sarpedón; aún era manifiesta su solicitud para los mortales, a quienes más de una vez prestaban su ayuda. En tanto que, para los líricos jonios, la providencia divina ha desaparecido del todo, y nuestra vida es juguete de la Moira o las Moiras.

6. *El testimonio de los filósofos jonios* es, en el caso, sumamente expresivo, pues la Mileto del siglo VI fue tratada con especial consideración por los persas que se adueñaron de aquellas colonias griegas, y aquella ciudad pudo ser un suelo fértil para las ideas. Mileto, bajo los tiranos, dice Heródoto, era el orgullo y gloria de Jonia. La gran ciudad, aunque sacudida por luchas íntimas, era un centro de primera importancia y mantenía activas relaciones con Grecia, el Mar Negro, Egipto e Italia. Allí amaneció la filosofía griega que, al igual de la lírica, requería la libertad intelectual y cierto nivel de bienestar y aun de lujo. La mente de la época era materialista, vuelta hacia la tierra y poco preocupada de las realidades suprasensibles. Como se tiene poca fe en que los dioses se interesen por los humanos, se deja en olvido a los dioses.

Así el poeta como el filósofo. Pero si aquél contempla más bien su yo, lamenta la vida efímera y busca alivio en el vino y en el amor, el otro convierte su interés hacia el mundo y se siente devorado por una ardiente curiosidad de descifrarlo todo y todo entenderlo. A este fin, los dioses han sido cuidadosamente recluidos donde no se los vea, y nadie se contenta con explicaciones míticas sobre el origen y la naturaleza de las cosas. Por primera vez la inteligencia se pregunta si no le bastarán sus propios recursos para esta ambiciosa empresa, sin valerse ya de las andaderas tradicionales.

Se diría, pues, que aquella sociedad, al igual de sus filósofos, ha perdido la religión, y al pronto pudiera parecer que la contribución de estos filósofos para nuestro asunto tiene que ser nula. Algunos lo creyeron así. Pero los pensadores jonios —como lo ha explicado Jaeger— también llevan implícita una teología, y ella ejercerá influencia innegable sobre el espíritu de Grecia.

El problema se les presentaba en esta forma: —¿De qué está hecho el mundo?— El primer paso era violar la fortaleza de la realidad, como dice Cornford, o imaginarse que se la viola, por haber pensado reducir las confusas apariencias a una nitidez fácilmente abarcable, simplificar, unificar. Los jonios creyeron haberlo hecho, dando con el secreto de la sustancia primaria, de que todas las demás son variaciones accesorias. Esta sustancia asumía diversos aspectos para nuestros sentidos, y era necesario descubrirla bajo sus disfraces. La filosofía consiste por mucho en vencer el laberinto mediante el hilo de la razón. Entre tanta mudanza, algo tiene que ser permanente y explicar los cambios cualitativos que se observan en la superficie. Y aquí las teorías del agua, el infinito, el aire, etcétera.

Y luego viene el otro paso; otro problema aparece a la vista, problema que ya inquietó a Aristóteles. ¿Por qué esta sustancia primordial y fundamental había de resolverse en diversas formas, en vez de crear un mundo estático? ¿Por qué su desenvolvimiento o evolución ulterior? Todavía los jonios no se propusieron explícitamente esta pregunta: —¿Qué mueve al mundo, qué agente echa a andar su sustancia para que ella se diversifique en la creación que percibimos?— Los jonios creyeron o dieron por supuesto que la sustancia contenía el movimiento en sí misma, y por eso juzgaron que podría ser el agua, el fuego o el aire, cosas movedizas y cambiantes; pero nunca la inmóvil tierra, como ya lo observó Aristóteles. Ellos no habían llegado aún a la concepción de la materia muerta e inerte, popularizada más tarde.

Pero al declarar que algo se mueve por sí y lleva consigo

105

el poder del cambio es declarar que ese algo está vivo. Así lo entendió siempre la filosofía griega, para la cual toda moción provenía del alma viva o *psycheé*. De modo que los pensadores jonios veían la materia como cosa viviente, de donde también se los ha llamado *hylozoístas*. El mundo es eterno a sus ojos, es *theos*. "Todo está lleno de dioses", decía Tales. Y el aire, sustancia primera de Anaxímenes, es explícitamente llamado "el Dios" por su discípulo Diógenes Apoloníata, en quien acaso se inspiran las burlas de Aristófanes contra Sócrates, mucho más que en Sócrates mismo (A. R., *Crít. Ed. At. § 146*). Comentando a Diógenes, Teofrasto explicaba: "El aire que hay en nosotros vendría a ser, entonces, como una porción de Dios."

Así como para algunos, en nuestros días, el desarrollo de la ciencia niega al Dios de la religión, mientras que otros entienden tal desarrollo como un gradual adelanto en el conocimiento de la naturaleza divina, así en Grecia unos consideraron el materialismo jonio, en sus consecuencias doctrinales, como un motivo de escepticismo, mientras que otros lo conformaban de algún modo con sus creencias. Durante mucho tiempo se sostuvo que, en todo caso, los primeros filósofos griegos eran descreídos. Como observa Jaeger, los eruditos positivistas que así pensaban han creído ver su propia imagen en los físicos jonios, en tanto que otros incurrieron en el extremo contrario y pretendían relacionar aquellos viejos sistemas con el misticismo y el orfismo, otro error manifiesto. Ni lo uno ni lo otro. Desde luego, no era posible que la filosofía griega, al dar sus primeros pasos y de la noche a la mañana, se hubiera desprendido completamente del lenguaje mítico secularmente elaborado e incorporado en el saber popular y en la poesía. El sentimiento religioso no aparece entonces expresado con todo el relieve que quisiéramos por dos razones fundamentales: la primera, por el estado fragmentario en que nos han llegado los documentos del pensamiento jonio; la segunda, porque cada época calla una buena proporción de supuestos obvios, que es fuerza adivinar entre líneas. El que los jonios se hayan desembarazado de los estorbosos ropajes míticos no significa descreimiento. La misma identificación del alma y el aire viene cargada de imaginaciones religiosas tradicionales, en varios pueblos aparece y ha dado lugar a innúmeras supersiciones, como aquella de que el alma puede desvanecerse al igual del humo si tenemos la desgracia de morir en un día de vientos tempestuosos (Platón, *Fedón*, 69 e— 70 a, 77 d, e).

Esta ecuación del aire y del alma acaso se esboza en Heráclito, pero seguramente circula por sistemas tan diferentes como el pitagorismo, el orfismo, el atomismo democriteano, e inspira la creencia de la preñez por obra del viento: los caballos de Aquiles, hijos de Podarga y del Céfiro; los "huevos de viento" que nos cuenta Aristóteles (*Hist. Anim.* 559 b 20, 560 a 6); Efesto, hijo de Hera y del viento, según Luciano (*De Sacrif.*, 6), etc. Esta vida universal que es el viento, y que se purifica al ascender, al punto que cambia de nombre para el griego y entonces viene a llamarse "éter", es un elemento inmortal, excelso, eterno, que no usurpa ciertamente el nombre de dios. Así en las parodias aristofánicas (*Nubes*, *Ranas*); o en *Las troyanas* de Eurípides ("¡Oh tú, quien fueres, fuerza de la naturaleza o de la mente!"), y en un fragmento de Filemón, el contemporáneo de Menandro: "Aire me llamo, aunque podéis llamarme Zeus, y soy, como verdadero dios, omnipresente."

Pero esta divinidad de la ciencia, de la filosofía, de la teología natural, no es seguramente la divinidad antropomórfica comparable en algún modo al hombre. Más bien nos transporta a aquella noción latente de que hemos hablado a propósito del politeísmo, que corre por toda la filosofía griega y habrá de parar a los pies del Dios Único. Se diría que los dioses son una figuración provisional y de primera instancia, para más fácilmente trepar hasta el Dios definitivo y de última instancia.

VI. Consubstanciación y deificación

1. *Los dioses han logrado ya que se los entienda como cosa aparte de los humanos.* Grecia, mientras mantenga su mentalidad característica, velará por que tal distancia se conserve. Para esclarecerlo, examinaremos las confusiones posibles.

2. *La incorporación del dios en un ser humano* puede ser *adquirida* o *congénita*. La *adquirida* supone la existencia anterior del dios en su ámbito sobrenatural. Es una encarnación pasajera. El dios baja de temporada y se hospeda en la figura de un hombre. El fenómeno es transitorio por naturaleza.

Y no sólo porque la forma humana esté condenada a morir, sino porque la residencia carnal del dios es intencionalmente esporádica y momentánea. No hubo un dios griego que se aposentara en el corazón de un hombre hasta su muerte. Usando de sus excelsos recursos, el dios viste la envoltura humana para algún objeto determinado, y luego la abandona de nuevo.

A veces, hasta emplea el dios un disfraz de guardarropía, crea un muñeco al caso, le infunde vida por un instante, y luego lo desaparece, "borrando así el prodigio la mano que lo envía" (*Il.*, II, 317. Tr. A. R.). Hermes, en el canto último de la *Ilíada*, disimulado como un príncipe adolescente, acompaña a Príamo, para mejor resguardarlo, en su viaje de ida y vuelta desde las cercanías de Troya hasta el campamento aqueo. Ese príncipe de encantamiento no existe, y se desvanece en cuanto ha cumplido su misión.

Pero, en muchos otros pasajes de la *Ilíada*, el dios aprovecha para su aparición alguna persona ya conocida, aun a fin de dar mayor eficacia a su intervención: Iris se incorpora en el atalaya Polites para prevenir a los troyanos contra el avance aqueo, y finge ser la princesa Laódice cuando conduce a Helena hasta las murallas. Apolo toma la figura de Asio para exhortar a Héctor, la de Licaón para estimular a Eneas, y la de Agenor para confundir el combate entre Héctor y Aquiles. Atenea, deseosa de que todos escuchen la arenga de Odiseo, impone silencio a las tropas en traza de heraldo, simula ser Laódoco para persuadir a Pándaro que dispare su arco contra Menelao, y simula ser Deífobo cuando aconseja a Héctor no cejar ante el amago de Aquiles. Hera increpa a los aqueos con la estruendosa voz de Esténtor. Afrodita asume la apariencia de una hilandera, esclava de Helena, y conduce a ésta hasta la cámara nupcial donde Paris la está esperando. Según el mito heracleo, Zeus se disfrazó de Anfitrión —nombre que ha venido a ser muy expresivo— para poseer a la esposa Alcmena.

En su trata con los hombres, o aun con los héroes legendarios, las deidades tienen que hacérseles accesibles y ponerse a su altura. Atenea sólo se deja ver tal como es por sus favoritos —Aquiles, Odiseo, Diomedes—, y esto, hasta cierto punto; y sólo por unos instantes concede a Diomedes el dón de descubrir a los dioses que combaten como simples guerreros. Y más hubiera valido que Zeus nunca se mostrara a Semele en su verdadera apariencia de rayo fulminador.

En todos estos casos, el dios temporero ocupa la imagen de una persona poética o mítica. Nunca creyó la Grecia clásica que una deidad se hubiera jamás alojado siquiera transitoriamente en una persona real, histórica. Verdad es que la fama popular vio en Pitágoras una epifanía del Apolo Hiperbóreo. Pero ello fue efecto de una fabulación póstuma, y Pitágoras casi llegó a ser un mito, aunque no reconocido.

3. *La incorporación congénita de la deidad* significa que el dios es el hombre mismo y alienta con la vida de éste. Es algo más que una incorporación permanente: es una *consubstanciación*. No hace falta que este dios-hombre sea inmortal en su forma humana. Cuando la muerte lo arrebate, bien podrá sobrevenir alguna "eterealización" del dios o alguna metamorfosis que asegure la perpetuidad del principio divino. Pero el dios lo es ya en su vida humana. En principio, no ha existido antes de ser hombre, o no había noticia de él, o es indiferente que haya existido en alguna hipóstasis anterior. Para la definición del tipo, sólo importa la estabilidad del dios en su posada mortal, por todo el tiempo que ésta dure.

Nada hay aquí de común con el dogma de la Encarnación cristiana. Ésta supone un viaje redondo entre cielo y tierra, dilatado en este valle de lágrimas mientras dura la estancia terrena de Jesús. Dios es anterior al Hombre, vive en el Hombre (a la vez que en su Cielo) y es también posterior al hombre que quiso ser un instante.

4. *La consubstanciación no prosperó en Grecia*. Muchos pueblos orientales vieron en su rey un dios-hombre. Lo veía

Egipto en su Faraón, lo veían en sus monarcas la Siria y la Partia, que un día habían de caer bajo el poder de Roma transmitiéndole algo de sus nociones. Frazer explica que los primitivos reyes romanos eran dioses. Grecia ignoró tal aberración. Sus creencias no eran favorables a la consubstanciación humana del dios. La tolera, en algunos semidioses y héroes, pero con limitaciones: los héroes sólo se convierten en dioses a veces, y sólo después del tránsito mortal, lo cual ya no es consubstanciación, sino *deificación* en primer grado, según luego lo explicaremos. Y si, lector, encuentras por ahí un residuo de dioses que comenzaron por serlo en vida humana, desde que "comían el pan terrestre y bebían el vino embriagador", decláralo infección exótica que no ha recibido el marchamo de la religión griega y circula en ella de contrabando.

No pudo en la Grecia clásica haber un dios-hombre real e histórico. Hasta aquí llegó el límite de su antropomorfismo. A lo más que se atrevieron las castas del privilegio fue, como es sabido, a jactarse de una remota ascendencia divina. Cuando, por los años de 500, Hecateo explicaba a los sacerdotes egipcios que el fundador de su familia había sido un dios, de quien sólo le separaban unas quince generaciones, ellos le dieron una lección de modestia: De los trescientos cuarenta y cinco sacerdotes que figuraban en su galería hierática —es decir, durante trescientas cuarenta y cinco generaciones, puesto que el cargo era hereditario— ninguno había sido un dios ni podía preciarse de ascendencia divina. Hacía muchos siglos —añadieron— que los dioses no acostumbraban bajar por la tierra. Si, al decir esto, los sacerdotes hubieran recordado a sus Faraones, seguramente que se habrían mordido la lengua. Estos solemnes egipcios parecen haber sido algo fatuos, y muy inclinados a doctrinar a los pueriles extranjeros. Pero es lástima que los oligarcas de Grecia no hayan escuchado la conversación entre Hecateo y los sacerdotes egipcios.

Para un buen griego, el dios-hombre real era una cosa grotesca, una ridícula fantasía. El deslumbrante Empédocles —último de los taumaturgos apolíneos como dice Erwin Rhode y cien años posterior a ellos— sabemos que se daba por una deidad enviada a la tierra en castigo. Si él y si alguien más lo creyó, habrá sido, mejor que con referencia al dios, con referencia a la teoría del alma, conforme a las interpretaciones órficas y las pitagóricas (véase VIII: "Corporaciones, misterios y sectas", §§ 6-10): el alma, que es eterna, viaja a manera de prueba por las sucesivas reencarnaciones y, mientras agota su ciclo humano, vive encarcelada, castigada en la prisión del hombre, como en todas las demás formas a que está condenada. Dicen que el pueblo de los getas adoró por dios a Zalmoxis, aquel esclavo de Pitágoras. La especie sólo fue recogida en Grecia como curiosidad etnológica. ¿Quién hace caso de esos bárbaros? Además, ¿existió el tal esclavo real de Pitágoras, o simplemente se trata de un dios de los getas que lleva por nombre Zalmoxis? Lo cierto es que el nombre de Zalmoxis lo mismo significa un canto, un baile, una piel de oso y una máscara.

Ofrecen semejanzas con el Pitágoras ya falsificado por la leyenda otros personajes místicos de extrañas virtudes, que disfrutan de la ubicuidad, muestran condiciones hipnóticas, practican el éxtasis y el desvanecimiento corpóreo, caen en catalepsia de varios días o varios años, envían su alma por regiones sobrenaturales, se trasladan por los aires, ayunan o nunca se alimentan, hacen curaciones milagrosas: Hermótimo de Clazómene, Aristeas de Proconeso, Abaris, el hiperbóreo de la flecha de oro, y hasta Epiménides de Creta. Eran unos como monjes vagantes, videntes y poetas, precursores de los Bakis y las Sibilas en la fase oracular de sus revelaciones. Se los sitúa sobre todo entre los siglos VIII y VI. Están más o menos al servicio de Apolo. Pues si Dióniso contó con guerrillas de mujeres y hombres frenéticos, Apolo tuvo más bien misioneros. De ellos heredó su culto délfico la práctica de la adivinación inspirada, y no de Dióniso como a veces se acostumbra decir. Pero nadie los consideró, a pesar de cuantos atavíos les presta la leyenda, como unos dioses encarnados.

No sólo la filosofía y la poesía en su prédica contra la *hybris:* la misma mitología griega castiga al que se imagina dios. Una fábula post-homérica cuenta que Salmoneo, hijo de Éolo, se decía dios del rayo, émulo de Zeus, e imitaba el trueno con su estrepitoso carro de bronce. El Padre Zeus lo hundió en el Tártaro, enviándole por saludo su legítimo rayo. Salmoneo murió en la verdad de su mentira.

5. *La deificación es el ascenso de un héroe o un hombre a la categoría divina.* Aquélla es deificación en primer grado; ésta, en segundo grado: como si dijéramos, salta una etapa.

El primer grado era el más lícito y fácil. Deificar a un héroe *a posteriori* y cuando ya pertenecía al tiempo mitológico no suponía mucho esfuerzo ni violentaba la razón demasiado. Los héroes, en suma, ya estaban a medio camino; ya poseían, por definición, un poco de divinidad. Los epónimos, los antecesores más o menos legendarios, ya habían puesto el pie "en la nube que partía". Hemos visto cómo, a la invasión de los septentrionales, algunos diosecillos de los territorios domeñados son atraídos a la órbita de los nuevos amos del cielo, y quedan como rebajados al inmediato rango inferior de héroes: así aconteció con Trofonio de Lebadea, hecho voz oracular de Zeus, o con el Jacinto de Amiclas, conquistado en el cortejo de Apolo. Y fue así como, convertidos en facultad de un dios mayor, estos diosecillos locales dejan en residuo un epíteto. Este descenso es el exacto equivalente inverso del ascenso o deificación. Anfiarao el de Oropo y Asclepio el de Epidauro, en cambio, ganan sin más las presillas y charreteras en el nuevo régimen celeste, y fueron dioses por sí mismos. Héracles —redención de obrero—, ascendió desde la limpia de establos hasta la mayordomía del Olimpo, aunque sea por la escalera de servicio y a guisa de deidad consorte. Aquiles disfrutó de un culto post-homérico en categoría de *Pontarchés* o Señor del Mar, y tuvo santuario en muchas partes. Agamemnón se convirtió para Esparta nada menos que en Zeus-Agamemnón, como Pélope llegó a ser Zeus-Pélope, casos no bien explicados y tal vez de mal cuño helenístico, o sea falsificaciones tardías.

Pero adviértase que estos héroes convertidos en dioses o conservan su personalidad propia o bien se resuelven entre las muchas facetas del dios superior que los acapara. Es decir que, de los héroes, no se extrae nunca la integridad mítica de los verdaderos Olímpicos. Unas veces, se quedan en dioses secundarios, como los que acabamos de citar (Anfiarao, Asclepio, etc.). Otras, como los citados unas líneas antes (Trofonio, Jacinto, etc.), prestan sólo algún retoque a la figura definitiva del Olímpico: uno le calza la sandalia; otro le presta su casco; aquél, su espada; cuál le cede sus hazañas, y cuál, su oráculo. Ninguno de ellos lo sustituye o lo cubre plenamente. Los tronos están bien ocupados.

6. *La deificación de un hombre real,* o deificación en segundo grado, pasó por dos etapas: la etapa clásica, en que tal deificación es relativa, y la etapa helenística, en que la deificación es, en principio, absoluta. Deificar a un hombre real no cuadraba al pensamiento griego, mientras Grecia conservó sus virtudes características; y mucho menos cuadraba el deificarlo en vida.

En cambio, la deificación relativa, sólo concedida a los muertos eminentes, no pasa de ser una admisible *adunatio philosophica.* Se la entiende como un tributo honorario: algo semejante al traslado de los restos de un compatriota a nuestro Panteón de los Hombres Ilustres. Aristóteles erigió un altar privado, para honrar el recuerdo de su maestro Platón. Nadie se atreva a pensar que lo juzgó un dios. Aquel sagrario no era más que un *Memorial Hall.* Teofrasto, aunque alcanza ya la edad helenística, es una mente clásica. Se ocupa, en la vejez, de que no falte, en el aula magna del Liceo, el busto para la deificación de Aristóteles, su difunto maestro, pero como hoy nos ocupamos de que no falten en la sala los retratos de nuestros mayores. Nunca pensó realmente Teofrasto enviar el alma de Aristóteles a algún asiento divino mediante una ceremonia conmemorativa o una velada literaria.

7. *En las deificaciones helenísticas o absolutas ya no hay espíritu griego.* Los tiempos cambian. Fue un primer síntoma de decadencia el que, en 405, se concedieran a Lisandro honores de héroe religioso por el triunfo que acababa de obtener en Egos-Pótamos. Lisandro mantenía en Samos una suerte de corte real. Los samios no dudaron en dedicarle nominalmente las festividades que correspondían al culto de Hera. Parece que, nueve años antes, Aristófanes hubiera previsto tal decadencia, cuando hace que los pájaros deifiquen ridículamente

113

a Pistetero. Los lacedemonios alzaron un templo y colocaron la estatua de Lisandro al lado de las imágenes divinas. Se compusieron peanes en su honor.

La edad helenística comienza a elaborar algo como una religión del hombre. En el desconcierto de los espíritus —como dicen Gernet y Boulanger—, se inclina a ofrendar a los capitanes el culto que ya no merecen los antiguos dioses. La tiranía, la abominable *hybris* o desmesura, se toman ahora como signo de un poder celeste. Ya Filipo se ha atrevido a darse por "el dios nº 13" y, en una procesión pública, ha ordenado que su efigie acompañara a las de los Doce Olímpicos.

Alejandro —un semigriego— pretendía descender de Héracles por su padre y de Aquiles por su madre y quiso, además, ser plenamente divinizado en vida. Se dejó deificar en Egipto como Faraón, lo cual después, de todo, era la manera habitual de "tomar posesión del cargo". Pero, no contento con eso, se hizo reconocer como hijo por Amón, el Zeus libio; dio estado oficial a la leyenda que lo suponía engendrado por un dios-serpiente; exigió, como los monarcas persas, la prosternación de sus súbditos. Se asegura que, desde el riñón de Persia, ordenó a las ciudades griegas que lo adorasen. Los atenienses pensaron que era tarde para entrar en disputas. Los espartanos, con su habitual concisión, se dijeron: "Si Alejandro quiere ser un dios, que lo sea de veras." Las diputaciones griegas que fueron a visitarlo a Babilonia quisieron esta vez llamarse "teorías", o sea "peregrinaciones religiosas". Es fácil que a la muerte de Alejandro se le hayan conferido honras divinas entre los macedonios al mando de Eumenes, así como entre los súbditos de Lisímaco.

Se admite, pues, como virtud lo que antes se consideró como un crimen. En un rapto de entusiasmo, los atenienses declaran "salvadores" a Demetrio Poliorceta y a su padre Antígono, y les transfieren —verdadera impiedad— los festivales de Diónisos. Los épodos que se cantaron entonces hubieran matado a Píndaro de vergüenza. El viejo Néstor, de haber resucitado entonces, hubiera clamado entre lágrimas:

¿Quién vio mayor dolor para el país aqueo?
¡Cuál gimiera el anciano caballista Peleo!

Il., VII, 124-5. Trad. A. R.

Los monarcas helenísticos —Lisímaco, Seleuco, Tolomeo I, Casandro— habían recibido grandes honores, pero no la deificación. Ya Tolomeo Filadelfo, en Egipto, tras de instituir un culto para sus familiares Tolomeo Sóter y Berenice, estableció para sí y para su esposa Arsinoe la adoración de los Hermanos Dioses. Tolomeo Evergeta pondrá en el sagrario a los Dioses Evergetas, y la tradición ha de continuar en Antonio y Cleopatra, identificados con Dióniso y Afrodita-Ísis. La dinastía de los griegos alejandrinos es ya una ininterrumpida religión faraónica. Tolomeo Epifanes se incorpora con las divinidades egipcias. Si los Faraones antiguos representan las vetustas consubstanciones, los nuevos sólo representan las deificaciones advenedizas.

En Siria, aunque después de muertos, Seleuco será Zeus Nicátor, y Antíoco I, Apolo Sóter. Antíoco II es *Theós* para los agradecidos milesios. Por los días de Antíoco IV, todos los Seléucidas son ya dioses, hijos de Apolo.

El proceso podría describirse en varias regiones. La deificación no se inspira ya en auténticas ideas religiosas, sino en extremos de lealtad o de servilismo, que allá se van. Ella emplea cuatro procedimientos: *1)* asociación del soberano con un dios copartícipe; *2)* reencarnación de un Olímpico en el soberano; *3)* identificación del soberano con un Olímpico; y *4)*, conferimiento de una divinización propia y distinta al soberano.

8. *Roma no podía menos de adoptar este nuevo estilo*, que tanto y tan bien convenía a sus fines imperiales. Ya Julio César —emulando a Alejandro— se decía descendiente, por su padre, de los reyes, que son los amos de los hombres, y por su madre, de los dioses, que son los amos de los reyes. Los emperadores, hasta el siglo IV de nuestra Era, seguirán la costumbre, querrán ser otros tantos dioses. En vano el filósofo Filón Hebreo, un día embajador en Roma, se esforzará por explicar a Calígula que es imposible exigir de los judíos que

vean a Dios en un monarca. ¿Qué esperar de Calígula, si hasta deificó a su caballo? La mala semilla produjo frutos. Luis XIV será el Rey Sol, etc.

9. *La Grecia clásica logró interrumpir un instante la corriente que venía desde los tiempos primitivos.* Los antiguos "hombres-medicina", reyes magos y reyes dioses de las edades más oscuras, hallan su correspondencia en los emperadores divinizados. La Grecia del siglo v —y fue su mayor gloria— había descubierto esta sencilla verdad: la diferencia entre un dios y un hombre. El descubrimiento —dice Gilbert Murray— requería sin duda una gran nitidez de visión, no poca audacia, no escasa caridad, y ha de haber sido mucho más laborioso de lo que hoy nos parece, ha de haber exigido una constante e intensa vigilancia de la *soophrósyne* o Sabiduría, a juzgar por el poco tiempo que se lo mantuvo en vigencia y lo pronto que se olvidó.

> La deificación, en vida, de los monarcas, como muchas otras excrecencias morbosas del espíritu, pudo sin duda producir algunos efectos benéficos y aun deslumbradores. Pero el veredicto de la sana razón la condena. Su historia está escrita con sangre y, además, por su esencia misma, corrompe la dignidad humana.

Roma pretendió en vano apaciguar con el "culto imperial" o de la persona imperial la resuelta turbulencia del mundo. Sólo pudo lograrlo antaño el primitivismo religioso, y sólo lo lograría después el Cristianismo, porque el hombre cree más fácilmente en la divinidad de un ídolo o de un Gran Ser Invisible que en la divinidad de otro hombre.

VII. La escatología griega

1. *La religión griega contiene una doctrina sobre la supervivencia del alma en ultratumba,* como lo esperamos en general de todas las religiones plenamente desarrolladas. Tal doctrina o "escatología" es menos definida en Grecia que en el Oriente Clásico, y su desarrollo histórico padece por efecto de todos los factores de heterogeneidad que ya conocemos. La escatología griega, nunca sometida a cánones, se expresa

en la mitología, y cada secta filosófica la interpreta a su modo.

Aunque la materia es escurridiza, trataremos de describir la escatología griega en sus grandes contornos y explicaremos la idea que se tenía del otro mundo, a reserva de explicar la idea que se tenía de los difuntos, cuando expongamos el culto especial a ellos consagrado, culto inseparable de tal idea. (Conviene también remitirse al libro de A. R. *Mitología griega*, II, 3: "Las mansiones de ultratumba".) Conformémonos aquí con saber que se comenzó por una concepción materialista del alma; que tal concepción se espiritualizó lentamente, no de una manera cabal para el pueblo, aunque sí para los filósofos y poetas; que al principio se consideró esa especie de alma como presa en su sepultura; que al cabo se le dio libertad para trasladarse al país donde residen los muertos.

2. *Los egeos prehistóricos tenían atisbos sobre la existencia del otro mundo.* En Haguia Tríada o Santa Trinidad, capital veraniega de los cretenses o que por tal se toma, han aparecido sarcófagos cuyos relieves —en el sentir de algunos, pues todo ello es mera conjetura mientras no se cuente con una documentación más sólida— deben explicarse con referencia a estos atisbos.

Por lo demás, los cretenses no vivían aislados, sino en contacto con pueblos como el egipcio, donde la teoría de ultratumba había ya cristalizado. Seguramente que las religiones del Mediterráneo Oriental, sobre todo en las vecindades de Egipto, alcanzaron cierto nivel medio en cuanto a la idea del "más allá". Es muy significativo que la mitología griega, posteriormente, ponga entre los jueces de los difuntos a Éaco, a Minos, a Radamantis, y aun a Cronos algunas veces. Éaco es helénico; pero Cronos es prehelénico y corresponde a la edad que sirvió de prólogo al Olimpo; y Minos y Radamantis son entidades de franca relación cretense. Quiere esto decir que, en la configuración de la doctrina escatológica, la mente griega conservaba los recuerdos de Creta y de algunas imágenes muy remotas.

Las tumbas del periodo micénico revelan ya sin lugar a duda la fe en la supervivencia de los difuntos. Se los rodea

117

de cuanto pueda servirles para su jornada futura. Y se asegura que ciertos fragmentos de Ferécides —cronista ateniense del siglo v— serían incomprensibles si no se concede a los hombres arcaicos un fondo de nociones metafísicas sobre el otro mundo.

3. *En Grecia, la creencia en la perduración de las almas es popular y difundida.* Algunos filósofos no la comparten. La opinión no siempre la entiende como una inmortalidad del individuo, sino de la especie. Lo cual se enlaza con los cultos agrícolas de la siempre renovada primavera, y con las deidades que cruzan la muerte, que perecen y resucitan, deidades características del antiguo Mediterráneo.

Pero la creencia general y ortodoxa confía en la perduración del individuo más allá de la muerte.

4. *Si el alma perdura ¿a dónde va? ¿Cuál es su futuro destino?* En los Poemas Homéricos encontramos dos concepciones que parecen de origen étnico distinto: por una parte, el Érebo y Tártaro; por otra, las Islas Bienaventuradas, Elíseo o Campos Elíseos. (Sobre lo primero, las dos *nékuyas* o evocaciones de los muertos en *Od.,* XI y XXIV; sobre lo segundo, *Od.,* IV.) El Érebo y el Tártaro vienen a ser respectivamente dos capas superpuestas del remoto reino subterráneo, y propiamente a los muertos corresponde el Érebo, aunque hay un poco de confusión entre estas nociones. El reino subterráneo es la mansión de Hades, lugar penumbroso. En su eterna noche, las almas arrastran un remedo de vida y suspiran por sus días terrestres. En cambio, los Campos Elíseos son un lugar apacible y placentero.

El Érebo, a no atajarlo el instituto religioso del griego, iba ya camino de la nada y acaso era peor que la nada. El espectro de Aquiles declara que preferiría ser siervo miserable en la tierra a seguir siendo, entre las sombras, una sombra de príncipe. Los primitivos tienen miedo a los muertos; los griegos también, en general. La aristocrática y adelantada sociedad de los jonios anuló provisionalmente estos pavores. Homero no teme a los espectros, pero su pintura del Érebo justificaría ese temor. Un paso más por esta pendiente, y se hubiera dejado de creer en la vida futura. Se explica que la esperanza de los hombres haya reaccionado hacia una visión más consoladora, como lo es la de los Campos Elíseos.

Pues, en cambio, sobre los Campos Elíseos dice Homero que "allí los hombres viven dichosamente, allí jamás hay nieve, ni invierno largo, ni lluvia, sino que el Océano manda siempre las brisas del Céfiro para acariciar a los hombres con su frescura". Y Hesíodo, al hablar de la raza de los héroes, explica que unos perecieron en el asalto de Tebas, otros en la guerra de Troya, y otros, favoritos de Zeus, fueron enviados por éste a las Islas Bienaventuradas, donde viven eternamente sin conocer las penas y donde el suelo les ofrece tres primaveras cada año (*Los trabajos y los días*, nº 161 *ss.*). No es, pues, una morada de los muertos en general, sino un asilo futuro para ciertos héroes a quienes Zeus otorga espontáneamente la perdurabilidad, sin por eso convertirlos en dioses. Tal hizo, entre otros, para Menelao. Poco a poco, la imaginación griega, por su cuenta, franqueará el Elíseo a los más insignes héroes de la fábula, como a Aquiles, y al fin, a las personas históricas de singular estimación, como son los tiranicidas. Hemos tocado ya este punto al tratar sobre "La naturaleza de los dioses", § 7.

Las Islas Bienaventuradas parecen ser una supervivencia de la religión minoica: nacieron antes de Grecia y, en calidad de motivo poético, han de sobrevivirla. Situadas por los confines occidentales del mundo, cuando ya no son moradas de los héroes inmortalizados, sino de los muertos que las han merecido, se las traslada al mundo inferior, al nadir, según las ideas griegas sobre ultratumba.

En la mitología, el reino de los muertos es presidido por Hades "el Invisible" y por su esposa Perséfone o Persefasa. En las letras clásicas, Hades es siempre el dios de los muertos, aunque por extensión se ha llegado a llamar "Hades" al lugar que preside. Hades, aunque monarca adusto y severo, no es un malvado. En aquella religión no hubo un Satanás. Ni siquiera es incumbencia suya el atormentar a las almas de los delincuentes; ése es oficio de la Erinies y otros espíritus vengativos, criaturas de la eterna Némesis. Hades, con todo, infunde terror, se lo aparta de la mente, se lo nombra con eufemismos y rodeos, y a veces, según hemos visto, se lo llama "el Zeus Infernal".

En el origen, ni el reino de Hades era un Infierno, ni el Elíseo un Cielo propiamente dicho. *Grosso modo,* el Elíseo llegará a ser un Cielo subordinado; y el Érebo casi llegará a ser un Purgatorio, salvo que no da salida ulterior al Cielo y que en él flota la melancolía perenne. (Platón, por su cuenta, prepara ya la idea de un Purgatorio —castigo pasajero— y reserva el castigo eterno al irredimible.)

Abajo, en el último fondo de la Creación, en la base del Érebo, se encuentra propiamente el Tártaro. Es un Infierno, sí, pero no precisamente para los pecadores humanos, sino algo como un "campo de concentración" para los Titanes derrotados por Zeus.

Ahora bien, Homero dice que Odiseo encontró en el Érebo a algunos pecadores de orden divino: al Gigante Titio, a Tántalo el Titán (que otros envían al Cáucaso), a Sísifo. A éstos puede añadirse Ixión. Hemos mencionado estos casos en "Los primeros testimonios literarios sobre los dioses", § 2, y los delitos y castigos de estas figuras legendarias quedan descritos en nuestra *Mitología griega,* II, § 3, pp. 410-411.

El que Homero haya comenzado así a convertir el reino de Hades en lugar de castigos ha hecho suponer que el pasaje es una interpolación posterior, ya influida por las doctrinas órficas. Sin embargo, aunque estos castigos míticos son el punto de partida para las concepciones del orfismo, debe advertirse que los "culpables de Hades" son transgresores imaginarios y no hombres reales, y que Minos no aparece aún distintamente como un juez de los muertos, sino que, habiendo sido rey en vida, continúa en la muerte administrando justicia entre sus vasallos. Murray cree más bien que en este pasaje hay arcaísmo, arrastre de las ideas populares anteriores a Homero; pues, como sabemos, el expurgo fue menos cuidadoso en la *Odisea* que en la *Ilíada.*

5. *En Hesíodo quedan vestigios de otra concepción más antigua,* como lo anunciábamos ya al examinar "Los primeros testimonios sobre los dioses", § 4. También en este poeta se percibe una dualidad de nociones:

a) Por una parte, según lo hemos visto, aparece en *Los trabajos y los días* la idea derivada de Homero relativa al transporte de los héroes, en cuerpo y alma y sin muerte, a las Islas Bienaventuradas (*véase* n° 161 *ss.*).

b) Pero, por otra parte, y ésta parece la más vetusta creencia y la de origen popular, Hesíodo nos habla de unos "daímones" que son las almas de los muertos de antaño, las cuales conservan cierto poder e influencia sobre los vivos:

> Pero desde que los hombres de esta raza fueron tragados por la tierra (*el poeta se refiere a los hombres de la Edad de Oro*), se han convertido en buenos espíritus, habitadores de la tierra, guardianes de los mortales, y, envueltos en niebla, que vigilan las acciones buenas y las malas y distribuyen las riquezas (versos núms. 121 *ss.*).

Esta creencia, que ha desaparecido ya para Homero, aún se conservaba en el alejado distrito agrícola de Ascra.

Esta doble tradición, con las modificaciones inevitables de la época, se funde en el siglo v, como aparece en las teorías morales de Sócrates que expone Platón (*Gorgias*, 523 *a ss.*), precioso ejemplo de la elaboración que la filosofía pudo hacer, con las creencias hereditarias para darles un sentido ético.

6. *La escatología, en efecto, se va orientando según la ética.* Se experimenta la necesidad de premiar a los buenos y castigar a los malvados en el otro mundo. Ya Píndaro —siglo vi— envía al Elíseo a las almas puras (*Ol.*, II, 68 *ss.* y Fr. Bergk, 131 y 133). Píndaro se adelanta así a la gran tradición platónica y paganocristiana, atribuyendo los futuros destinos a las consecuencias de la libre y propia conducta.

Para entonces los Misterios de Eleusis, armonizando cultos agrarios de tradición prehelénica con imágenes de la mitología "ctónica" y subterránea —Deméter, Kora: Las Grandes Diosas o las Venerables por antonomasia—, brinda la dicha eterna al novicio que se somete a sus iniciaciones, al *mystees* que ha de transformarse en "poseedor" o *epoptees*. Y en igual sentido se orientan el pitagorismo y el orfismo. Estas sectas encadenan previamente a las almas en el ciclo de las sucesivas reencarnaciones y, ya depuradas en la prueba, las envían al Sol o a la Luna. En Aristófanes —siglos v al iv—, se desliza una alusión a la creencia popular de que el alma después de la muerte asciende a las estrellas.

Hasta aquí todo ha sido intuición poética o religiosa. Conocedor de los Misterios y de las sectas místicas, Platón, en varios de sus diálogos y mediante fábulas que inventa al caso, define sistemáticamente —para Grecia y para el pensamiento futuro— la doctrina de la inmortalidad del alma fundada en el mérito moral, como en el citado pasaje del *Gorgias*. Aristóteles piensa que sólo se salva de la muerte la parte intelectual del alma, no la vital ni la sensitiva.

Los helenísticos, juntando y clasificando las teorías de la época que los precedió, especulan en varios rumbos. Los neoacadémicos se vuelven escépticos. Los epicúreos nos condenan a la absoluta disgregación atómica. Los estoicos creen que el sabio al menos, reducido a espíritu inefable, conocerá cierta supervivencia hasta el día de la última conflagración cósmica. El alma, chispa desprendida, volverá entonces a confundirse en la eterna hoguera, hoguera simbolizada en el Sol, acaso por lejano influjo de las astrologías caldeas, traídas al Pórtico de Atenas por Zenón el semita. (J. Bidez, *La Cité du Monde et la Cité du Soleil chez les Stoiciens*, París, 1932.)

Los cultos tracio-frigios de Dióniso y de Sabacios —cultos de antigua cepa— y los Misterios helenizados de Atis e Isis admiten la supervivencia de las almas, ya subterránea o ya celeste; y la avasalladora religión de Mitra insiste en "la piedad solar", que ejerció tan honda influencia antes del Cristianismo.

En tanto, por los subsuelos de Italia, vagan los espectros de los muertos, *manes* y *lemures*. En tiempos determinados y periódicos, como en las Lemurias de mayo, asoman por el mundo. Pero no hay aquí rastro de retribución divina, salvo en la escatología heredada de Grecia. Posidonio el Sirio, en efecto —siglo i—, ha conciliado el platonismo con el estoicismo, secta de fuerte arraigo en Roma y cuya quemadura se dejó sentir en la vida pública.

Por último, Virgilio (*Eneida*, VI) transmitirá a Dante, a Milton, al mundo, la idea de la separación entre las almas de los justos y los malvados, cuya fortuna venidera depende de sus merecimientos; no ya del favor ni del azar: ni de Zeus ni de Tyché.

VIII. Corporaciones, misterios y sectas

1. *Corporaciones, misterios y sectas* son accidentes en la comunidad indistinta de los fieles, destacan los perfiles y acaban de dar su fisonomía al campo religioso. Poco hay que decir aquí sobre las corporaciones además de lo que ya se ha dicho. En cuanto a los misterios, algo hemos adelantado y algo más se añadirá en orden disperso, según los muchos sentidos en que tal tema se atreviese, amén del estudio especial que se les consagrará en el cap. IX. Respecto a las sectas, nos bastará ofrecer aquí algunas nociones esenciales.

Llamamos corporaciones a las Anfictionías y a los *thíasoi*. Llamamos misterios a esas modalidades corrientes de misticismo heterogéneo, nunca asimiladas o imperfectamente asimiladas en el olimpismo oficial. Llamamos sectas especialmente al orfismo y al pitagorismo, usando la palabra "secta" en su sentido más amplio y menos comprometedor, pues el orfismo nunca llegó a ser una secta en el sentido de grupo definido y reglamentado como lo fue el pitagorismo. Por supuesto, los tres temas se confunden un tanto: los *thíasoi* llevan a los Misterios; el orfismo cuenta con Misterios, etcétera.

2. *Las corporaciones* son organizaciones religiosas de las clases bajas, sin antecedentes hieráticos, que se agrupaban en torno a los santuarios rústicos o en los templos de los amos "feudales" y cuyos sacrificadores y oficiantes eran los *orgeones* ("La heterogeneidad religiosa", § 2, y "El sacrificio", § 3).

Aquí caben todos los tipos de "fratrías", que reconocen siempre un subsuelo de organización religiosa al par que cívica. Los miembros —real o ficticiamente emparentados— de la "fratría", hermandad o cofradía eran los *phráteres* (*fratres*). Las fratrías se encuentran en Atenas y en otros muchos Estados. En algunos, los *patraí* o *patriaí* desempeñan una función semejante. En Atenas estas corporaciones llegan

123

a poseer propiedades comunes, cultos y aun oficiantes propios (*phratriárchoi*). Las fratrías son más pequeñas que la *phyleé* y más extensas que la *géne*. Comulgan en la advocación de Zeus Phratrios y de la Atenea Phratria, y sus festivales religiosos son las Apaturias.

El recién nacido debía ser presentado por el padre a la fratría, que comenzaba por investigar su autenticidad. Su admisión establecía un estatuto y venía a ser el reconocimiento de su ciudadanía religiosa, así como su ingreso en el *demos* fijaba su ciudadanía secular. Pero es dudoso que todo ciudadano perteneciese a una fratría, la cual hasta podía expulsar a uno de sus miembros, sin que éste perdiese por eso su situación cívica; en cambio, sí la perdía cuando era expulsado del demos. Todo extranjero admitido a la ciudadanía ingresaba a la vez en una fratría (religiosa) y en un demos (civil). (*Véase* "El rito natal".)

3. *Las anfictionías* —ya mencionadas entre las instituciones permanentes que obraban, aunque en vano, hacia la unificación religiosa— eran ligas de devotos creadas en principio para la vigilancia de ciertos templos y cultos. Su acción trascendía a los conflictos entre los Estados griegos.

He aquí las Anfictionías más importantes: Liga Anfictiónica de Deméter, en Antela (Termópilas), después asociada al Apolo Delfio y que estableció algunas leyes de guerra, como la prohibición de arrasar ciudades a ella asociadas o cortarles las provisiones de agua; Anfictionía de Posidón, en Samico (Élida); del mismo Posidón, en Onquesto; de Posidón Heliconio, en Micale, centro de los jonios o Panionia; de Atenea Itoma en Coronea; de Apolo Triopio, cerca de Cnido, centro de la Hexápolis Doria; de Hera, en el promontorio Lakinio (Crotona), centro de la Magna Grecia; la muy poderosa de Calauria, islote de la Argólide, foco de comercio marítimo; la de Delos, limitada al imperio ateniense y una de las pocas creadas durante la edad clásica, liga cuyas exigencias más bien hicieron sufrir a los isleños, a causa de la brutal purificación de las tumbas (desenterramientos, remociones de cementerios, etc.), que les impuso tiránicamente.

4. *Thíasos* es término panhelénico de uso variable. Aquí lo limitamos a los grupos de fieles que se asociaban para actos colectivos de carácter místico y orgiástico.

Los orígenes de estas asociaciones se pierden en la mitología: Dáctilos del Ida asiático, Telquines de Rodas, Cíclopes de Licia y otros lugares, Sátiros, Títiros, etc. Los Cabiros de Samotracia, los Curetes de Creta, los Coribantes de Asia Menor —sectas de Misterios y danzas inspiradas— llegan hasta los días históricos. Algunos de estos *thíasoi* proceden de los oficios del metal y la fragua, dominio del dios Hefesto y, como en otros pueblos, heredan cierto respeto de cosa infernal, mágica y recóndita.

Los *thíasoi* más caracterizados se agrupan en torno a Dióniso. Ellos representan una relación entre el pasado místico y el principio renovador, popular y democrático. Con frecuencia importaron cultos extranjeros, y aceptaban en su seno a esclavos y a mujeres, las cuales siempre se aficionaron a las religiones emocionales. Los *thíasoi*, pues, como lo hemos anticipado, nos conducen a los Misterios.

5. *Son caracteres principales de los misterios*: *1)* El reservarse a los iniciados y guardarse en el secreto;

2) el admitir en principio (y salvo excepciones obvias contra la admisión de criminales, o ciertas exclusividades masculinas y femeninas) a todas las personas que solicitasen la iniciación, sin distinción de clases o estado social; propio ensanche democrático y popular;

3) el acompañarse de ritos exteriores, mágicos, pero también de ciertas nociones éticas sobre la conducta en este mundo y los premios y castigos del Más Allá.

Parece que en el remoto origen cretense los Misterios tenían un carácter público y general y se consagraban a la divinidad máxima, tal vez a la Diosa Materna. En Grecia vinieron a ser prácticas secretas, cuya revelación merecía castigos sobrenaturales y hasta la muerte. En la decadencia, el secreto pudo llegar a ser un "secreto a voces"; el acceso a algunos Misterios, como el ingreso a un club; y el conceder mayor importancia a las fórmulas exteriores que a la conducta del iniciado justificaba ya las burlas que había hecho Diógenes al preguntarse: —¿De modo que el bribón de Patequio, por ser iniciado, merece en la otra vida la recompensa que no merece el heroico Epaminondas?

6. *Orfismo y pitagorismo*, las sectas principales, son propiamente "herejías", palabra que en griego no posee sentido canónico ni peyorativo: *haíresis* sólo significa la preferencia por determinada doctrina o manera de pensar, aparte de las comunes y corrientes. Pues las sectas, en efecto, por un lado fijan "reglas de la orden", en que constan las abstenciones exigidas a sus adeptos (ver "Ritos y prohibiciones"), pero, por otro, establecen cierto dogma sistemático, caso único en Grecia. Con todo, no son religiones disidentes, sino complemento y, en cierto modo, sublimación de las creencias generales. Si el Cristianismo no admite la convivencia con otros credos, la Antigüedad aceptaba generalmente un credo nuevo o algo especial, como un enriquecimiento de los credos usuales. (De cierto modo alegórico, y para decirlo más pronto, podemos afirmar que hubo un día en que el paganismo abrió los brazos al Cristianismo naciente, figurándose que era un huésped más en su Panteón. Pronto vino el despecho; después, la persecución y la cólera.)

7. *El orfismo toma su nombre de Orfeo*, personaje mítico de origen tracio (otros lo tienen por heleno característico), cuya fama de cantor se debe a los poemas en que se redactó su doctrina (así como la filosofía de Jenófanes todavía fue expresada en verso, la primera forma literaria). Era Orfeo un encantador; su música domesticaba a las fieras y movía a las piedras. Aún se lo figura en los muros de las catacumbas, y los cristianos lo identificaban con el Príncipe de la Paz de que habla Isaías. Descendió a los infiernos para recobrar a su amada Eurídice, linda historia en que no podemos distraernos aquí. Murió destrozado por las Ménadas, *Sparagmós* o despedazamiento del ente divino, característico de muchas leyendas, que algunos quieren interpretar como un signo de su lucha contra Dióniso; y su cabeza, flotante, llegó cantando sobre las aguas hasta la isla de Lesbos. Lo más adecuado es considerarlo —haya o no algún núcleo his-

tórico en su leyenda— como una proyección o "focalización" del orfismo en una persona.

8. *El orfismo es más puramente místico que el pitagorismo.* Su doctrina contiene una cosmogonía de directa inspiración hesiódica, y una antropogonía o teoría sobre la naturaleza y origen del Hombre, que se relaciona con el mito de Dióniso. Isócrates lamenta la crudeza de estas nociones. De aquí proviene la idea de que el Hombre, como nacido entre la ceniza de los horrendos Titanes —que habían devorado al niño Dióniso-Zagreo— trae consigo algo de divino y algo de pecado original, en lo que se prefiguran confusamente las ideas del alma y del cuerpo. A su tiempo volveremos sobre estas nociones.

9. *El pitagorismo debe su nombre a Pitágoras,* supuesto fundador de la secta y también figura legendaria, a quien los filósofos aluden con reservas, prefiriendo en general hablar de "los pitagóricos", y aun, con vaguedad, de "ciertos pensadores". Pitágoras, también encantador, se supone nacido en Samos y luego emigrado a Crotona, donde funda su famosa escuela. Era devoto de Apolo y, como hemos dicho, a veces la fábula lo identifica con el Apolo Hiperbóreo. Nada escribió, aunque poco a poco se le atribuirán algunas obras. Descubrió —dicen— la razón numérica en los intervalos musicales y redujo a números —números de esencia mística— las bases y leyes del universo. Su secta levantó a Crotona por sobre todas las colonias aqueas de Italia, y al fin fue destruida por razones políticas que obligaron a Pitágoras a refugiarse en Metaponto y determinaron la dispersión de sus secuaces. Los pitagóricos admitían en su orden a las mujeres, practicaban la pureza, el silencio y la introspección. Pero, al lado de la mística, se consagraron con ahínco a la metafísica, a la ciencia y configuraron una astronomía del fuego central y de la "armonía de las esferas". (*Ver* "Consubstanciación y deificación", § 4.)

10. *Ambas sectas* dejaron sedimentos fértiles para la idea de la resurrección, corriente ya en los últimos siglos, y con-

tribuyeron al desarrollo de las nociones sobre la retribución divina y el castigo de ultratumba, como lo vimos al exponer la escatología. Coinciden también ambas sectas en consumirar el cuerpo como prisión del alma y en la idea de la transmigración o futura incorporación del alma en nuevos seres. Ya veremos que imponían asimismo ciertas prohibiciones semejantes a sus adeptos. (*Ver además* "Los ritos y las prohibiciones".)

SEGUNDA PARTE:
LAS INSTITUCIONES RELIGIOSAS

III. ORGANISMOS DE LA RELIGIÓN

I. Las instituciones sacras en general

1. *Las instituciones sacras y los mitos cultuales* —segundo y tercer elemento después de la creencia— forman el material de la religión griega. Nos referimos solamente a los mitos *cultuales*, pues no todos los mitos lo fueron: muchos hay que se derraman hacia el folklore y el fondo étnico de la imaginación griega, ajenos al orden religioso. Pero aun los mitos cultuales sólo sirven aquí de ejemplo, como en las páginas anteriores: no son el asunto de este libro.

Las instituciones tienen su historia. No cabe aquí por laboriosa e incierta. Ella supone un estudio aparte. Confundida la Religión con el Estado, como hay un enjambre de Estados, no existe una Iglesia común. Ni siquiera todas las funciones religiosas de cada Estado particular se someten siempre cabalmente a un régimen o a una norma comunes.

2. *Las instituciones comprenden los organismos y las prácticas mediante las cuales el creyente se comunica con la deidad.* Los organismos son el SACERDOCIO y los SACROS LUGARES. Las prácticas son los RITOS, ya ORDINARIOS, ya EXTRAORDINARIOS.

El sacerdocio fue en Grecia una institución *sui generis*, muy poco semejante a la actual. Lo consideraremos en cuanto a la PERSONA, en cuanto a la CONDUCTA y en cuanto a los DERECHOS SACERDOTALES.

Después consideraremos el caso de los SACROS LUGARES, su desarrollo, circunstancias y características.

En cuanto a los RITOS o prácticas, el cuadro siguiente nos servirá de guía:

RITOS: ORDINARIOS —GENERALES (cap. IV).
　　　　　　　　—DOMÉSTICOS (cap. V).
　　　CULTO INTERMEDIARIO DEL HÉROE (cap. VI).

EXTRAORDINARIOS (caps. VII-XI).

Tal es, pues, el contenido de esta Segunda Parte.

II. EL SACERDOCIO

A) *La persona sacerdotal*

1. *En Grecia no hubo una casta sacerdotal* aparte de los laicos. En principio, todo ciudadano —nunca el extranjero—
está facultado para oficiar por sí en cualquier acto religioso.
Los deberes de la religión apenas se distinguían de los deberes comunes, apenas los acentuaban un poco. El mismo
sacrificio, que supone ya cierto adiestramiento, era cosa que
podía confiarse a un ciudadano cualquiera. Con ser gente
tan refinada, los griegos eran unos inveterados matarifes.
Degollaban un cordero o descuartizaban una res tan sin me-
lindre como la cocinera de hoy le tuerce el pescuezo a una
gallina.

En lo privado, los oficiantes eran los padres de familia.
A diario cumplían los más variados ritos: al desayuno, a la
comida, a la cena, al amanecer, al ponerse el sol; sin contar
las ceremonias de los días señalados: el nacimiento, el casi
bautizo o adopción del hijo propio que le confería el derecho a la tribu, las nupcias, los fallecimientos, los negocios,
los convenios, los viajes... ¡qué sé yo! El griego era un
ministro de la religión en función perpetua. A este fin, había en el centro de la casa un sacro hogar (*hestía*), y en el
patio, un altar al Zeus Protector.

Consta que el ciudadano privado podía por sí mismo
sacrificar en algunos templos —el sumo acto religioso— sin
la presencia del *hiereús*, el guardián sacro o "degollador ti-
tular". Así era permitido en el Anfiareón de Oropo, cuyo

dios local, Anfiarao, aunque nada lerdo en los oráculos y en las "incubaciones" del sueño curativo —y por quien el autor de este libro confiesa cierta simpatía—, era, por lo demás, muy afecto a las vacaciones de invierno, como Apolo, y solía darse buena vida. Suspendido el tráfico marítimo durante los meses inclementes, la ruta entre Beocia y el Ática se despoblaba, escaseaba el negocio, y el dios cerraba su tienda y se iba de picos pardos. (A. R., "Un dios del camino", en *Junta de sombras*, México, 1949, pp. 15-23.)

Durante las temporadas de las grandes ceremonias públicas, por lo mismo que éstas comprendían los deberes religiosos privados como el género comprende a la especie, lo esencial era cumplir con aquéllas, y podían descuidarse un poco las rutinas de la familia.

La religión y sus prácticas no eran, pues, claustrales, ni exclusivas en principio, ni solitarias. Se relacionaban directamente con la comunidad. La misma asamblea del pueblo que entendía en los negocios políticos decidía sobre los asuntos religiosos (autorización de un culto, restauración de un templo, etc.). Todas las actividades de la cultura, acaparadas en el Oriente por las castas sacerdotales, Grecia las entregó a los laicos, y los resultados fueron la libertad del espíritu, la filosofía, las ciencias y las artes. Practicando una intromisión inversa a la que el Oriente conoció, aquí el laico se adueñó de las funciones hieráticas.

3. *Las ceremonias públicas y la guarda de los sacros lugares crearon un mínimo indispensable de sacerdocio.* Ello requería cierta especialización y práctica, si no vocación ni estudio alguno. Este sacerdocio era asistido por auxiliares y esclavos. Para ejercer semejante ministerio cívico —que tal venía a ser— no había teóricamente limitación de sexos; aunque la sociedad griega era, por excelencia, una sociedad masculina; la mujer vivía confinada en el fregadero y el telar; los chicos, en los establos escolares del gobierno. Pero sí hay una clasificación clara entre los cultos que incumben al sacerdote y los que incumben a la sacerdotisa. Por regla —regla de múltiples excepciones—, el sacerdote sirve a un dios, y la sacerdotisa a una diosa. Y cuando acontece a la

inversa, como en ciertas consagraciones arcaicas, el sacerdote, de cierta vaga manera, es considerado esposo de la diosa, y la sacerdotisa, esposa del dios.

El único requisito del sacerdocio estable era la integridad física: condición de pureza y también probable residuo mágico de los días en que el sustento de la tribu exigía el pleno vigor físico de su jefe u Hombre Medicina, pues se entendía que tal vigor trascendía a todos. En Mesenia, el sacerdote o la sacerdotisa que perdían un hijo —lo que se miraba como una merma vital —tenían que renunciar al oficio.

Al principio, las ceremonias públicas estaban a cargo de los antiguos reyes. Más tarde, sus legítimos sucesores —ya sólo reyes por el título y no por el mando— heredaron parte de estas atribuciones: el Arconte Basileo, en Atenas, y el *Rex Sacrificulus* en Roma. Bajo el régimen de las repúblicas, ciertas funciones pasaron a los supremos magistrados, ya hereditarios o electivos. Pero éstos no llegaron a constituir casta eclesiástica. Todo funcionario era, por oficio, un sacerdote público, como en el orden doméstico venía a serlo todo ciudadano.

3. *Las aristocracias no siempre cedieron sus privilegios religiosos.* La guarda de los sacros lugares y la administración de los grandes cultos debió haber recaído totalmente en manos del Estado, de los mandatarios del pueblo, al evolucionar las estructuras políticas y al convertirse la capilla real en templo público. Pero el Estado nunca logró arrebatar sus antiguos derechos a ciertas familias que los conservaban como parte de sus patrimonios: los Oráculos en general, de que algunos eran locales y aun privados; los Misterios de Eleusis regidos por los Eumólpidas y los Cérices; los de Dióniso Melpómenos, por los Euneidas; los de Fila, por los Licómidas; la labranza sacra en el Acrópolis a cargo de los Bucigas; las Venerables Deméter y Kora, reserva de los Hesíkidas; o los cultos áticos de Erecteo y Atenea, siempre retenidos por Butades y Eteobutades. A fines del siglo III, una familia fundó sagrarios que dedicó a Demos y a las Gracias, y se adjudicó el sacerdocio hereditario. Tampoco falta el tipo intermedio de cultos que, aunque oficializados, son

solamente ejercidos por determinadas familias: los Clítidas en la isla de Cos.

Se comprende que las casas principescas se aferrasen a estos privilegios, se los disputasen entre sí y aun revelaran en ello un insaciable imperialismo: tales eran el ascendiente que estas funciones aseguraban y los medros que permitían so capa de piedad. Los menores que, en general, no podían comparecer por sí en los pleitos jurídicos, gozaban de este derecho extraordinario para reclamar el sacerdocio inherente a su familia.

Las clases bajas, sin antecedentes hieráticos, se agrupaban en los santuarios rústicos o en los templos de sus amos "feudales", formando corporaciones religiosas, cuyos sacrificadores oficiales se llamaban *orgeones*. Las reformas democráticas de Solón y de Clístenes, en Atenas, absorbieron al pueblo en las "fratrías" señoriales. (*Véase* Primera Parte, cap. VIII, § 2.)

4. *Los heraldos* tuvieron un día carácter religioso. Portavoces y embajadores —no necesariamente negociadores—, testigos de los sacrificios guerreros, "tabeliones" de los pactos jurados por los caudillos, Homero los trata con singular reverencia. Más tarde, su oficio se confunde entre los oficios públicos generales. En la Esparta histórica, los Taltibíades —se decían descendientes de Taltibio el heraldo de Agamemnón en la *Ilíada*—, cuidaban del sagrario que se alzó en honor de su epónimo y tenían derecho a ciertas embajadas.

5. *Había, en fin, expertos hieráticos*, practicones y ritualistas, francotiradores de los servicios religiosos —consecuencia de la indeterminación del sistema—, a quienes se acudía en los trances difíciles como hoy acudimos al electricista. Ellos aconsejaban, por ejemplo, sobre el día más propicio para unas bodas o un viaje, pero siempre en cierta categoría de gente algo entrometida, subordinada y a quien sólo se daba crédito por arrastre de las costumbres vulgares, como hoy a los curanderos frente a los verdaderos facultativos.

6. *Los verdaderos adivinos*, por cuyo ministerio se manifestaba la voluntad de los dioses, son personas excepcionales y

133

sagradas, no sometidas a regla o costumbre, fuera de las prácticas que ellos mismos se impusieran, por el decoro de su función, para impresionar al pueblo o porque realmente creían atraer de esta suerte la inspiración mística. Las características de su sacerdocio se resuelven en las características de su función adivinatoria, y ésta será considerada al tratar de las manifestaciones divinas.

B) *La conducta sacerdotal*

7. *La conducta sacerdotal* sólo se distingue de la ordinaria en el caso de ciertos cargos especiales. Pero, cualquiera fuese su misión, los sacerdotes obraban con independencia, sin más disciplina que la impuesta por la tradición, sin otra responsabilidad que la dictada por la opinión pública. Ni siquiera se conocían entre sí unos a otros, y aun solían mirarse con recelo y emulación.

Aunque, en general, tal conducta es menos rigurosa que la obligatoria para los modernos sacerdocios, se dan los dos extremos: a una parte, el sacerdote y la sacerdotisa de la Ártemis Himnia que se abstienen del trato con la gente y ni siquiera pueden visitar las casas de los vecinos; otra parte, la multitud de oficiantes apenas sometidos a unas cuantas reglas obvias.

Los encargados permanentes de ciertos cultos, como se mantenían en mayor contacto con las cosas divinas, solían obedecer algunas prohibiciones y dietas, que varían mucho de uno a otro lugar y que sólo en determinados casos llegaron a constituir un *tabú* inamovible. En general, tales prohibiciones y dietas no eran más que condiciones previas y transitorias en vista de tal o cual acto inmediato.

Entre estos preceptos los hay —paja en el ojo ajeno— que hoy nos parecen estrafalarios. Tales sacerdotes se abstienen de tocar el hierro, o de comer pescado (culto del Posidón marítimo), o de comer queso del país, aunque a la sacerdotisa de la Atenea Políade se le permite el queso de Salamina. Otros han de vestirse siempre de blanco. Los misteriosos Seles del Oráculo de Dodona —terrible arcaísmo— duermen sobre el santo suelo y no pueden lavarse los pies para mantener siempre el contacto con la tierra. Hay etiquetas sacerdotales tan minuciosas que hacen pensar a Nilsson en las etiquetas del Mikado o de los caciques neozelandeses.

Salvo las mutilaciones hieráticas que más adelante estudiaremos —Amazonas, eunucos de Cibeles y de la Ártemis Efesia, cultos por lo demás extranjeros—, el rigor no llega a extremos crueles. En general, se es más estricto para con las sacerdotisas, sin duda por las posibles consecuencias de la maternidad, que produce un devío a la vez práctico y místico en la función hierática. La castidad perpetua, cuando se la juzga indispensable, hace que se escojan al caso mujeres "de cierta edad". La virginidad ha de ser a veces absoluta. Así para la sacerdotisa de Héracles en Tespia o la Pitonisa de Delfos. (Recuérdense las Vestales de Roma.) El caso de profanidades, violaciones, vírgenes o mujeres sacras seducidas, etc., se repite en los relatos populares, para explicar ciertas atenuaciones o precauciones a la regla que han sobrevenido "después del niño ahogado".

Si, en principio, para el contacto hierático basta dirigir la mente a la deidad, el orden femenino del mundo que representa la sacerdotisa quiere operaciones más enigmáticas, alucinaciones y éxtasis, y la sacerdotisa suele disponerse para la comunicación con el dios aspirando emanaciones embriagadoras, mordiendo un tallo de laurel, bebiendo agua de la fuente Casotis o sangre de cordero o de toro. Así el "medium" de nuestros días exige cierto silencio, cierta música vaga, tal vez alguna oración previa, etc.

Más adelante, a propósito de las prohibiciones sacras, nos referiremos a las exigencias rituales de orden general para los creyentes y a las que imponen ciertas sectas a sus iniciados, ninguna de las cuales corresponde ya a las reglamentaciones del sacerdocio.

C) *Los derechos sacerdotales*

8. *En cuanto a derechos*, los sacerdotes, según la importancia de sus sagrarios y la mayor o menor atención requerida por sus servicios, perciben salarios o compensaciones fija-

das por la ley o por la costumbre. Solía, por ejemplo, corresponderles una porción de la víctima en los sacrificios, o bien la piel, objeto sacro y de magia primitiva amén de sus utilidades. Ya conservaban para sí sus ganancias, ya las vendían mediante pago de un impuesto al Estado. La sacerdotisa de la Atenea Nike —cargo vitalicio— recibía, además, cincuenta dracmas al año: ni siquiera cincuenta dólares, pago puramente nominal.

En los últimos tiempos, al declinar de las creencias, el sacerdocio y el derecho a la administración de sacros lugares llegaron a venderse, también previo pago de impuesto; y el Estado mismo comerciaba con las pieles de las víctimas sacrificadas en las celebraciones públicas. Se sabe que, en Atenas, el año 334-3, el Estado obtuvo por este medio una ganancia no menor de 5 549 dracmas.

III. Los sacros lugares

1. *No solamente los templos eran sitios sagrados.* Mediante ritos y sacrificios previos, todo lugar convenía al acto religioso y se transformaba provisionalmente en *hierón*. Por supuesto, la mera imploración ni siquiera exige un sitio determinado: en pleno campo de batalla, los guerreros de la *Ilíada* elevan sus preces, cuando los duelos singulares de Paris y Menelao, Héctor y Áyax.

Dondequiera puede montarse un *bethel*, ara rústica o mesa de piedra, templete de ramas y troncos. No debieron de ser otra cosa los sagrarios que el homérico Crises dice haber dedicado a Apolo. Se tiende a rodear tales sitios de una pequeña valla o recinto, como se ve en gemas y sellos minoicos y micénicos. Este recinto es una señal de *tabú:* lo santo es también lo prohibido. Pero algunos actos se celebrarán al aire libre: las fiestas Carneas de los muchachos dorios, carreras con ramos de vid; las Dedalas del Citerón, "hierogamias" o bodas sagradas; las Tesmoforias, rito femenino de la fertilidad.

Siempre se ha creído, sin embargo, que hay sitios especialmente adecuados o gratos a las deidades. Si hoy se santifica un sitio por el hecho de fundar allí un templo, entonces el sitio era santo por sí, y por eso se le concedía un sagrario.

La leyenda, la superstición y, en los últimos tiempos, la supercheria, pretendían que el dios mismo señalaba el sitio para su morada, mediante un rayo, un portento o el mensaje de los animales consagrados: la paloma negra de Dodona, la oveja negra y la oveja blanca de Epiménides en el Acrópolis de Atenas, el enjambre de abejas que condujo a Saón hasta el oráculo de Trofonio. El sitio de la ciudad de Tebas —y las fundaciones de ciudades eran actos sagrados— fue indicado a Cadmo por una vaca de Apolo. En épocas ya menos ingenuas, se echaban serpientes donde los "facultativos" querían levantar santuarios de Asclepio, el dios curandero, para demostrar que el dios mismo había escogido e indicado su residencia. La gente de entonces cerraba los ojos, como hoy los no sectarios del espiritismo ante las mesitas parlantes.

En verdad, como explica Gardner, la elección del sitio obedece a tres órdenes de razones: físicas, sociales e históricas.

2. *Las condiciones físicas* del sacro lugar o están en la misma naturaleza o resultan de la intervención y el trabajo humanos; pues el hombre modifica el paisaje.

La elección del sitio en vista de las condiciones meramente naturales acusa la etapa, la edad de la noción religiosa. En plena etapa naturalista, piedras, árboles, fuentes y ríos se ofrecen como residencias y hasta como incorporaciones de las deidades: cultos "anicónicos" o no dotados de efigie artística. En los 15 693 versos de la *Ilíada*, cuya acción corresponde al siglo XII, sólo hay la referencia a una imagen: la Atenea de Ilión. O las imágenes de Atenea, aunque ya habían comenzado a aparecer, eran todavía muy raras, o lo que es más probable, Homero, por conveniencia poética, se consintió aquí un anacronismo de algunos cientos de años.

Son aniconismo puro los sagrarios rústicos de Pan y de las Ninfas, y el culto de las piedras fálicas o de los *omphaloi*, como aquel amuleto marmóreo venerado en Delfos. (El *omphalós* de Seleuco, en Antioquía, más tarde, es una mera falsificación monumental.)

La singulariad del objeto natural, la superstición geográfica a veces, contribuían igualmente a determinar el sitio

137

privilegiado. Se asegura que el Monte Olimpo fue adorado en sí mismo, antes de que se hablara de dioses.

La extrañeza geológica asume al instante un valor místico. Grecia es tierra volcánica, de resquebraduras y abras, tortuosa, insegura, sujeta a frecuentes terremotos. Su fisonomía registra los cataclismos y hundimientos de la Egeida, continente desaparecido que ha dejado por memoria esa pequeña península contorsionada y los rosarios de islas que la circundan. Grecia es también tierra de súbitos chubascos, lagos absorbidos por el suelo, crecientes que arrastran las cosechas y que han desnudado la roca, depositando los antiguos mantos fértiles en los bajos de los mares vecinos; es región de vientos incisivos como cinceles, tan regulares y caracterizados que han podido incorporarse en deidades. Posidón modeló la cara de Grecia a golpes de tridente. La imaginación tenía donde explayarse.

Desde la era minoica, las grutas tienden a convertirse en moradas divinas: reductos del Zeus Niño, salvado a la voracidad de su padre Cronos en el monte Dictis, donde los Curetes hacían ruido de armas para ocultar sus vagidos.

Se comprende que las zonas volcánicas invitaran a los desbordes de la fantasía mística: las emanaciones que, en Delfos, embriagaban a la Pitonisa; la llama perpetua del Mósido, en Lemnos, fragua del dios Hefesto; las estaciones sulfurosas de las Termópilas, centro de la Anfictionía Tésala.

En la fábula perdura el recuerdo de rocas terribles, animadas de una vida infernal; las Islas Erráticas, junto a las monstruosas Escila y Caribdis, a cuya presa escapa trabajosamente Odiseo; las Simplégadas que se balancean, amenazantes, a la entrada del Ponto Euxino, por entre las cuales se deslizan con astucia los Argonuatas, perdiendo, en el mordisco de las rocosas mandíbulas, la "cola del barco".

Cuando el cielo vino a ser considerado como residencia de los dioses, era propio establecer los sagrarios en las cumbres y alturas. Cuando se comienza a invocar a Posidón y a otras deidades marítimas en playas y en ríos, cuando se establece la costumbre de arrojar al mar las hecatombes (Cien Bueyes), todo ello significa que las nociones han llegado ya a una generalización apreciable.

Hasta aquí las condiciones puramente naturales del lugar sacro.

3. *Hay circunstancias físicas de obra humana* que asumen también valor religioso. La ciudad, desde luego, es considerada como un inmenso templo, bajo los auspicios de su deidad protectora (Atenea en Atenas). Pero la ciudad es ya una síntesis de motivos físicos, históricos y sociales, como, por su parte, los propios templos. Por ahora nos referiremos más bien a ciertos sitios singulares: los desfiladeros, hechos veredas por el tránsito reiterado, las encrucijadas, los lindes, las puertas de las casas, etc., sitios que reciben cierta consagración por cuanto requieren amparo sobrenatural. Así los desfiladeros propicios al bandolerismo, a las asechanzas de Sinis, Escirón y Procusto, salteadores legendarios que infestaban las rutas y con los que acabó el pacificador Teseo. Las encrucijadas —cuyo solo nombre suma todavía la idea del cruce de caminos y la idea de la emboscada— se ponían bajo la advocación de la Hécate Triforme (tres rutas, tres formas lunares, tres moradas: cielo, tierra y mar). En las encrucijadas acontecen célebres encuentros mitológicos como el asesinato de Layo a manos de su hijo Edipo. Había quien hiciera libaciones de aceite en las piedras de las encrucijadas y las besara con reverencia. Los lindes eran vigilados por toscas efigies de Hermes. Los accesos de las casas eran también cosa de guardar, y solía plantarse a las puertas esa piedra cónica llamada el Apolo *Agyieús* o también la Triple Hécate. Estas costumbres suelen recordarse como tipos de adoración a las piedras. Ahora las recordamos aquí, porque estas piedras señalaban sitios sagrados.

4. *Entre las condiciones sociales del sacro lugar* prevalece la conveniencia de asignar al dios una residencia fija, para facilitar las devociones de la familia o del Estado. El dios único de las religiones modernas acude adonde oye la voz de su fiel o de su ministro, o mejor es omnipresente, y nuestras iglesias son meras comodidades de la oración y el culto, aunque abundan fieles que aún lo interpretan y entienden al modo del pagano. Los dioses gentiles, en principio, también podían

acudir a cualquier llamado, y sólo los muy humildes tenían su rincón por cárcel. Si Agamemnón, por ejemplo, invoca constantemente al Zeus del Ida troyano —acaso confusión inveterada con el Ida cretense—, por ser ésta la residencia más cercana de Zeus, en cambio Aquiles, cuando envía a Patroclo al combate, invoca al Zeus de su patria, al dios de Dodona, al dios de los pelasgos y de la distante tierra donde habitan los Seles. De su arcaico origen tribal, sin embargo, los dioses conservan el gusto por ciertos lugares predilectos. El Zeus homérico, en general, prefiere su alta roca del Ida —roca de las meditaciones—, o su santuario perfumado del Gárgaro, butaca delantera para contemplar el campo de batalla. El Olimpo ha comenzado ya a ser un sitio indefinido del cielo, sin otra relación que la nominal con el Monte Olimpo, en la cordillera septentrional de Tesalia donde empieza la Grecia auténtica. Pero Zeus se traslada de buen grado, con toda su corte, "al remoto confín de los probos etíopes que le han ofrecido un banquete". Por cierto que, en una de estas francachelas, le aconteció a Posidón olvidar la guardia contra Odiseo, por él condenado a tristes naufragios, y Odiseo estuvo a punto de escapársele de las garras.

Pues bien, esta fijación social de los recintos divinos refleja, en el tránsito de los reinos a las repúblicas, la pugna entre el pueblo y los monarcas; y en el intento unificador, refleja la pugna entre el Estado y los señores poderosos. Sabemos que la capilla del real palacio fue el primer centro de los cultos. Para el primer templo de Atenea en Atenas, al decir de Homero, se usó el propio alcázar de Erecteo. Después, el culto se trasladó al Hogar Público, en el Pritaneo, sitio de la hospitalidad del Estado. Solía este hogar ser un *tholos* o casa redonda, como las antiguas mansiones y como el santuario de Vesta en Roma. Los templos se multiplicaron en las zonas de mayor actividad, o se encaramaron como ciudadelas por las eminencias y lomas.

Muchas veces se prefirió fundar los templos en las sedes arcaicas, para gozar de la santidad acumulada; aunque el crecimiento ulterior de las ciudades disimulaba ya las ventajas que pudieron tener en su origen estas antiguas fundaciones. Al Acrópolis de Atenas, visible desde todas partes, sólo se puede llegar por cuestas desviadas, situación la más recomendable, según Sócrates en las *Memorabilia* de Jenofonte. Importa que los dioses vigilen la ciudad desde su atalaya, pero que ésta sea fortaleza contra las posibles profanaciones de los enemigos.

5. *La elección del sacro lugar por razones históricas* obedece al deseo de señalar el punto de un suceso notable: enterramiento de un héroe o trofeo de una batalla. Pero la conmemoración de un triunfo podía también trasladarse al templo de la deidad protectora. Los túmulos de Maratón, Salamina y Platea resultan modestísimos comparados con los monumentos que perpetuaban las glorias de las Guerras Persas en Atenas, Olimpia o Delfos. En ocasiones —ya lo lamentaba Gorgias—, estos trofeos conmemoraban victorias de griegos contra griegos: recuérdese el grupo de Lisandro, vencedor lacedemonio de los atenienses en Egos Pótamos. Lo cual prueba una vez más la ineficacia de los grandes santuarios para impulsar a la confederación panhelénica.

6. *La majestuosidad del templo corresponde a la idea griega del Estado.* El Estado era la ciudad, y el ciudadano vivía mucho menos para lo íntimo que para lo público. Las casas privadas, los comercios, se construían de cualquier modo, con sólo cumplir las comodidades indispensables. En cambio, los templos —lugares cívicos por excelencia además de los anfiteatros— concentraron de tal suerte la atención artística del griego que han llenado el mundo con su fama y todavía se los sigue imitando total o parcialmente. Aristóteles llega a decir en su *Política* que los grandes templos se construyeron siempre con "segundas intenciones", a iniciativa de los tiranos que querían dar trabajo al pueblo.

Son obras del equilibrio, la precisión y la economía. Su plano es el más elemental. El esfuerzo inútil no atrae al griego. No vio el objeto de usar los arcos, bóvedas, domos y minaretes, que le eran bien conocidos y que la grandilocuencia romana multiplicaría después con orgullo. Le bastó levantar un terraplén a dos o tres escalones sobre el nivel de la calle —cierto, escalones un poco altos, escalones ceremoniales—, asentar encima cuatro muros, cubrirlos con un techo de alero y rodearlos de columnas.

Pero cada línea, cada trazo, cada dimensión, cada relieve o saliente, cada escultura en su ángulo único, dan muestras de una sensibilidad artística y una limpidez visual que aún no acaba de revelarnos todos sus secretos. Los tipos de estas edificaciones, sus medidas, columnas y demás elementos han legado a la civilización occidental los tres estilos clásicos: el dórico del Partenón, el jónico del Erecteón, el corintio en el *hierón* del Zeus ateniense.

Si nuestros templos están concebidos para el acceso de los fieles hasta el Sanctasanctorum, si la gente medieval despachaba negocios y hacía sus visitas en el seno de las catedrales, los griegos, que se vivían de puertas afuera, también se quedaban a las puertas de sus santuarios. Los templos de Grecia ostentaban hacia la calle sus lujos, y detenían a los fieles en el exterior, para que los tiznes de la grasa quemada en los sacrificios y los olores corporales no empañasen la pulcritud del recinto, para que no manchara el misterio la presencia de profanidades.

Hay siempre aras exteriores —*eschára* o *broómios*—; hay una antesala de ceremonias comunes: *témenos*. En el interior, sólo frecuentado por el sacerdote, se halla el *naós* o *cella*, el sitio místico, sitio algo despojado, generalmente de techo bajo y excepcionalmente descubierto —*hypaithros*—, donde se levanta la estatua divina, colosal a veces, que da entrada por el oriente. Tal era la casa de un dios y, en algunos casos, de dos o más. En el templo ya evolucionado, el *naós* se completa con un pórtico o *prónaos* y, al fondo, una cámara u *opisthódomos*.

Los primeros templos datan del siglo IX. La arquitectura se desarrolló considerablemente en los tres siglos posteriores. No sólo se la admira en la Grecia europea —sobre todo, en Delfos y en Olimpia—, sino también en la Grecia asiática —templos de Ártemis en Éfeso y de Hera en Samos—, en la italiana Magna Grecia y en Sicilia: Selinonte y Acragas o Agrigento. El siglo V presencia el apogeo: templos de Afea en Egina, de Base en el Peloponeso, edificios del Acrópolis ateniense: Erectión, Partenón, Propíleos, Atenea Nike, etc.

Los mayores centros religiosos de Grecia fueron Dodona, Olimpia, Eleusis, Epidauro y las residencias de Apolo en Delfos y en Delos.

9. *El templo podía poseer tierras y bienes muebles.* Las tierras provenían de la posesión tradicional, las adjudicaciones políticas, etc. Los bienes muebles procedían de donativos personales. Los príncipes para mayor gloria de su casa, o si eran asiáticos para mayor prueba de helenismo; los vencedores atléticos, los guerreros, los artistas, ofrendaban al templo de su deidad protectora estatuas, discos, carros, arneses, máscaras teatrales, escudos, trípodes, ánforas, coronas de oro, joyas y otros ornamentos o *anatheémata.*

Hubo, pues, que añadir algunas construcciones accesorias al templo. De aquí los famosos Tesoros: el de Periandro en Corinto; los de Delfos, y singularmente el de los Sifnios; los de Delos y de Olimpia, que se contaban por docenas; el de Tebas y el de Siracusa, no menos célebres.

Estos bienes eran custodiados y administrados por funcionarios públicos, según cuidadoso inventario. Pues si había dinero, se aplicaba a restauraciones, nuevos templos, compra de animales para los sacrificios públicos, habitaciones de oficiantes y esclavos, y cuanto hoy llamamos gastos generales.

En las emergencias, el Estado pidió algunos préstamos a los templos, obligándose teóricamente a la restitución del principal e intereses; pero no impuso tales préstamos como "confiscación eclesiástica", sino como hoy los gobiernos lo solicitan a sus bancos oficiales; pues, de cierta manera eminente, los bienes religiosos eran patrimonio del Estado. Depósito para las ofrendas de los devotos, y depósito al abrigo de pillaje por su carácter sacrosanto, ya el templo babilonio era una suerte de banco entre los sumeros; y tras el derrumbe del imperio romano, los monasterios medievales proporcionaron a veces igual servicio. El templo de Delos, durante la hegemonía ateniense, prestó al Estado al 10 % y en cinco años de plazo; y el de Atenea, le prestó al 6 %. Más tarde, Atenas obtuvo préstamos al $1\,^1/_5$ % sobre fondos que el Estado mismo había confiado a la salvaguarda de la diosa. El oro del templo de Atenea fue acuñado para la flota de la

143

Guerra Decelia; pero sin duda resultó insuficiente, pues pronto se recurrió a falsificar moneda de cobre y hoja de plata: humillación —decía Aristófanes— para las antiguas "lechuzas" de que se preciaba tanto el ateniense. Y si todavía el Estado se esforzó por devolver íntegramente la suma recibida, lo que costó ochenta años, fue tanto bajo el impulso de la piedad como para asegurarse nuevas reservas.*

No pueden juzgarse con igual criterio los verdaderos saqueos que Dionisio I de Siracusa se permitió a fines del siglo IV. En Etruria, sustrajo del templo de Agila una enorme suma, por simple acto de piratería; en Crotona, arrebató el tesoro de Hera. Y gracias que fracasaron sus planes para hacer otro tanto nada menos que en el templo de Delfos, como lo tenía ya tramado con ayuda de los ilirios y los molosos. Pero Dionisio era un antiheleno.

10. *La inaccesibilidad del reducto santo corresponde a la idea griega de la religión.* El sitio sacro es, ante todo, un sitio secreto o *ádyton;* y además, un sitio inaccesible o *ábaton.* Lo sagrado se considera protegido por algo como una maldición, conforme a la ambivalencia de estas nociones que ya nos es bien conocida. Los principios que engendraron el templo provienen del *tabú* y son de orden negativo. Pero ellos dan de sí, como consecuencia de la misma energía mística, dos efectos aparentemente contradictorios: la prohibición y la protección. El no reconocerlo así ha estorbado a ciertos modernos comentaristas para entender las irregularidades del culto de Asclepio, de que se hablará más adelante.

11. *Comencemos por la prohibición.* En las revoluciones del tiempo —ello acontece invariablemente— los términos de la prohibición acaban por admitir muchos grados. Veamos lo que, a este respecto, nos dicen, primero, la tradición y la historia de los sagrarios propiamente tales, y después, la tradición y la historia de las tierras sacras que les pertenecen.

Habrá templos destinados a toda clase de creyentes; otros, prohibidos a las mujeres, a los extranjeros, o a los esclavos.

* H. Michell *The Economics of Ancient Greece.* Nueva York, Macmillan, 1940, pp. 326 *ss.* y 343 *ss.*

Los habrá de exclusivo uso sacerdotal, y sólo abiertos un día del año: el de Hades en Elis, el del Diónino Liceo en Atenas. También se abren sólo un día del año ciertos templos destinados a las mujeres, como el Hipodamión de Olimpia. En Sosípolis, la única persona admitida al *naós*, la sacerdotisa, tiene antes que velarse el rostro. Pues las mujeres ¿no están todavía obligadas a cubrirse para entrar a misa? Hay objetos religiosos que sólo al privilegiado es dable contemplar, y bajo condiciones prescritas. La locura, la ceguera, la muerte súbita o muy próxima son los castigos a que se expone el contraventor. Animal o humano, el que se atreva hasta el *témenos* del Zeus Liceo perderá su sombra. Verdad es que el rey Pleistoánax, perseguido por sus compatriotas los espartanos a causa de sus simpatías atenienses, se las arregló para refugiarse en ese temeroso dominio durante cerca de veinte años. Sin duda invocó ante la deidad el derecho de asilo. Y además, la gratitud política aconsejaba la excepción.

Las tierras sagradas son intocables. Según la versión esquiliana —posterior a Homero o desconocida por éste—, Agamemnón dio muerte a una corza en las tierras de Áulide, reservadas a la diosa Ártemis, y para aplacar a la deidad, que le negaba los vientos propicios y le impedía zarpar rumbo a Troya con sus flotas aliadas, tuvo que sacrificar a su propia hija Ifigenia. En Megalópolis, el bosque de las Venerables, Deméter y Kora, estaba cerrado a todos. El de Posidón, en Onquesto, se adjudicaba la propiedad de todo carro que descuidadamente entrara en sus límites, y había entonces que volcar el carro y dejarlo en el sitio. (Este sacrificio de los medios de locomoción se relaciona con la purificación por descarga de todas las impurezas en el *phármakos*, de que trataremos más adelante, y en varios pueblos primitivos se ha usado al efecto una barquita que se abandona a su suerte.) A fines del siglo VI, después de la primera Guerra Sacra, las propiedades del Oráculo de Delfos, extendidas ya hasta el Golfo de Corinto, se conservaron agrestes y en condición de coto vedado. El objeto era doble: criar animales para los sacrificios, y evitar en la vecindad la fundación de nuevos pueblos, como la recién arrasada Cirra, cuyos habitantes habían provocado la lucha por su afán de cobrar peaje a los peregrinos. Durante la Guerra Peloponesia, la población ática refugiada en Atenas tuvo que alojarse en el Pelárgico, territorio sacro al pie del Acrópolis. Muchos atribuyeron la derrota a esta transgresión. Pero el mayor agravio al lugar místico era el derramamiento de sangre, y esto nos lleva a la siguiente fase de la cuestión.

12. *La protección mística inherente al sacro lugar tiene dos manifestaciones:* El asilo del perseguido y la curación del enfermo. Aquélla, en la Grecia histórica, es más antigua que ésta. Pero ya se comprende que ésta debió de comunicarse, desde los días lejanos del Hombre-Medicina o jefe místico de las tribus, por el camino de la superstición, hasta llegar a su forma institucional. Consideraremos primeramente el asilo y luego la curación.

13. *El asilo era facultad de muchos templos.* La propia negación que cierra las puertas al creyente las abre para el fugitivo. Es el tema de *Las suplicantes.* En esta tragedia, Esquilo nos presenta a las Danaides acogidas al sagrado de Argos, tras de haber huido de Egipto por no querer desposarse con sus parientes. Y sobre el procedimiento del asilo dan testimonio una inscripción legal de Cirene y una inscripción arcaica de Élide. En Egea, la Atenea Álea daba amparo a los refugiados políticos. En Éfeso, el perímetro, muy generoso, daba acogida a los esclavos maltrechos.

El derramamiento de sangre en lugar sacro trae funestas consecuencias. Cierta vez, los habitantes de Síbaris riñeron con un arpista y le dieron muerte en el templo de Hera. Aconteció un portento: el templo empezó a chorrear sangre. Los sibaritas acudieron en consulta a Delfos, y la Pitonisa los expulsó con iracundas palabras: "Para vosotros —les dijo— no hay oráculo." El largo destierro de los Alcmeónidas —la familia de Solón, Clístines, Pericles y acaso Alcibíades— se debió a la violación del asilo. A principios del siglo VII, en efecto, los Alcmeónidas engañaron a los partidarios del aristócrata Cilón, que se habían refugiado en el templo de la Atenea Políade, para hacerlos salir de allí y darles muerte en la calle. Entre las negociaciones que precedieron a la Guerra Peloponesia, los espartanos inculpaban a los atenienses la violación de los Alcmeónidas —a dos siglos de distancia—, insistiendo en el hecho de que su gobernante, Pericles, descendía de aquella familia castigada. A su vez, los atenienses reprochaban a los espartanos la muerte de los refugiados en el templo de Posidón (Tenaro), a lo cual se atribuía el terremoto que destruyó a Esparta el año de 464, y les reprochaban también el haber dejado morir de hambre al general Pausanias, recluido en el templo de Atenea Chalkioikos, y el haberlo enterrado después demasiado cerca del ara.

14. *Examinemos el caso de las curaciones místicas,* que ha dado mucho en qué pensar. Un día el culto de Asclepio se popularizará en términos extraordinarios, trayendo consigo precisamente algo que, a primera vista, parece minar el principio de la inaccesibilidad sagrada. Atenas —a fines del siglo v y a consecuencias de la peste— aceptará a este dios forastero (griego, pero no ático), quien ya obraba en Epidauro curaciones maravillosas, y se conformará con poseer una sucursal de aquel templo. Otros sagrarios tuvo el dios en Egina, Sición, Delfos —junto a su padre y rival, el purificador Apolo—, en Pérgamo, en el Pireo y en Eleusis. A las puertas del Acrópolis ateniense, importado hacia 420 por un tal Telémaco de Acarnea, Asclepio fue recibido por no menor persona que el poeta Sófocles, quien casi se transformará por eso en un héroe: Dexión, el que recibe, el que da la bienvenida.

Ahora bien, resulta que Asclepio devolvía la salud a sus pacientes mediante prescripciones oraculares que les comunicaba durante el sueño. Pero los pacientes "incubaban el sueño" —que así se decía—, en el centro mismo de su sagrario. Walter Pater ha hecho una reconstrucción literaria de estos lugares en su novela *Mario el epicúreo* (A. R., "Elio Arístides o el verdugo de sí mismo", en *Junta de sombras,* México, 1949, pp. 271 *ss.*).

Esta residencia transitoria de un profano en el Sanctasanctorum ¿será una derogación al principio, fundada en aquello de que "primero es ser que filosofar", primero salvar a un paciente que respetar las reglas tradicionales? No nos lo parece. A esta sentencia contestaríamos con otra: "A grandes males, grandes remedios." La prohibición no se ha levantado para satisfacer la simple curiosidad, que sería imperdonable; ni siquiera para permitir votos, oraciones o sacrificios, que sería directamente contrario a las prácticas; sino para comunicar al enfermo la virtud vital más intensa; la que, en casos normales, podría fulminarlo por exceso de carga, y en cambio, puede restaurarlo en casos de grave postración. ¿No es ésta, en el fondo, la ley misma que instituye el asilo? No se admite aquí una arbitraria irrupción ante la persona divina, sino que es un sometimiento técnico aconsejado por la propia deidad. El paciente no se expone a una cuchillada, sino a una incisión de bisturí. La droga, el aire libre, el sol, el fuego, la electricidad, la radioactividad son funestos a quien desordenadamente se les entrega; pero salvadores cuando se los aplica con método.*

* A. R., "Hipócrates y Asclepio", en *Estudios helénicos*, México, 1957, pp. 191 ss.

IV. RITOS ORDINARIOS Y GENERALES

I. Los ritos y las prohibiciones

1. *Los ritos son todos los actos del creyente en relación ceremonial con la deidad.* Al conjunto de ritos y ceremonias de una religión se llama hoy "liturgia". Tal palabra tenía entre los griegos un sentido muy diferente, pues designaba ciertas prestaciones cívicas a que los ciudadanos ricos se veían honrosamente obligados. Preferiremos la palabra "ritual".

2. *El ritual se divide en ordinario y extraordinario.* Son ritos ordinarios las plegarias, la maldición, el juramento, la purificación, la iniciación, la danza sacra, el sacrificio. Los ritos domésticos (nacimiento, nupcias y muerte) forman un capítulo aparte dentro de los ritos ordinarios.

Son ritos extraordinarios los consagrados a los héroes, las singularidades hieráticas (Prostitución, Mutilación y Torturas sacras), las Fundaciones de Ciudades, los Festivales Religiosos y Panegirias, y algunas Manifestaciones divinas (Misterios, Oráculos, Adivinaciones y Curaciones místicas), pues veremos después que hay Manifestaciones divinas ajenas a los ritos.

Los ritos ordinarios se bastan solos o se acompañan unos de otros, y entran como componentes en las ceremonias de los ritos extraordinarios, que son unos conjuntos sintéticos. La plegaria, por ejemplo, figura en todos los actos religiosos, como una declaración de intentos; el sacrificio, en casi todos, como una propiciación indispensable para la eficacia del acto.

3. *El rito, acto positivo*, encuentra su correspondencia negativa en la prohibición, de que conviene al instante distinguirlo.

4. *Las prohibiciones sacras* comprenden: las abtenciones sacerdotales ya examinadas; las exigidas a todo adorador o

implorante por decoro y respeto religiosos (Héctor declara que no puede implorar a los dioses manchado con la sangre del combate, etc.); las que se prescriben a los iniciados en los Misterios; y ciertas abstenciones a que se someten las sectas místico-filosóficas independientes del sacerdocio (pitagóricos y órficos, estudiados en la Primera Parte, cap. VIII, §§ 6-10).

5. *Las sectas, amén de coincidir en ciertas nociones, coinciden en ciertas prohibiciones*, como el negarse a la alimentación de carne animal: ya sea por repugnancia ascética hacia las impurezas, ya por no devorar la actual encarnación de un alma. Verdad es que esto también pudiera aplicarse a ciertos vegetales; y en efecto, queda de ello algún indicio en la versión de que Pitágoras impuso el *tabú* de las habas (dicen que por las fermentaciones gaseosas y la ecuación que la mente primitiva establece entre el soplo y el alma: *psycheé*), y que se dejó matar antes que huir a través de un campo sembrado. También es fácil que la comida de sangre recordara a los órficos la naturaleza asesina de los Titanes, inscrita en su terrorífica antropogonía.

6. *Hay otras prohibiciones vulgares* que se confunden con el folklore y con las supersticiones de los *deisidaímones*. De ellas nos da ejemplo Hesíodo, que vive entre campesinos viejos. Si Hesíodo ha influido en la antropogonía órfica como queda dicho, no nos asombra encontrar algunas prescripciones idénticas entre sus reglas de sabiduría popular y las normas de aristocrático pitagorismo. De Hesíodo es el no cortarse las uñas durante un sacrificio: tentación en que acaso caía la gente al verse con el cuchillo en la mano, como hoy en cuanto empuña tijeras. Y nótese que el vulgo aún considera indebido cortarse las uñas en domingo. De Hesíodo es, igualmente, el no poner en cruz ciertos utensilios de cocina (el cuchillo y el tenedor, dice todavía la buena gente); el no sentar cerca de las tumbas a un niño susceptible a malos influjos; el no bañarse el varón en baño de mujer, etc. Y de Hesíodo y los pitagóricos en común es el no desmoronar el pan con los dedos, ni levantar del suelo las migas; el no

150

pisar la escoba ni pisar el brazo de la báscula, etc. Hesíodo, abuelo de los reglamentos de tránsito, quiere que se entre al templo por la derecha y se salga siempre por la izquierda, idea que persistirá más o menos en los hábitos futuros del teatro; quiere que el fiel nunca se presente al templo envuelto en la manta donde ha dormido; quiere que se asista a los oficios descalzo (recordamos a los Seles, los sacerdotes de Dodona); que no se pestañee al volcar las libaciones; que nunca se arranquen hojas de las sacras guirnaldas; que no se mate a un insecto dentro de los sitios consagrados; y, además, da consejos dietéticos que corresponden al espíritu del vegetarianismo pitagórico.

7. *Hay, en fin, costumbres rituales* de aplicación particular que, sin llegar al valor canónico de los ritos, eran consideradas por el pueblo como otros tantos mandamientos. Junto al lecho de la parturienta, se colocaban ciertas yerbas para evitar todo maleficio; y en Atenas, las ropas de la mujer en trance eran ofrecidas en prenda a la Ártemis Brauronia. Los niños que ayudaban a una ceremonia sacra no habían de ser huérfanos de padre ni madre. (Recuérdese el caso de los sacerdotes que debían renunciar si perdían a un hijo.) Ya veremos que muchas de estas costumbres se relacionan con las prácticas de la purificación.

Algunos cultos exigían la sencillez más extrema en atavíos y vestiduras, y prohibían las joyas o los mantos bordados o teñidos de púrpura. Para ciertos festivales, las mujeres no podían atarse el pelo ni llevar anillos. Y al lado de estas reglas "serias", las supersticiones vulgares por todo estilo: deshacer todos los nudos que hubiera en el cuarto a la hora del alumbramiento, no cruzar brazos y piernas ni pisarse un pie con el otro ante un enfermo, etc., lo que nos recuerda ciertos usos de las macumbas negras en el Brasil y que sin duda se encuentran en las ceremonias mágicas afrocubanas. (*Véase* en la Introducción, *B*, la nota sobre Fernando Ortiz.)

II. La plegaria, la maldición y el juramento

A) *La plegaria*

1. *La plegaria es, en esencia, una petición.* Poco a poco se dignifica y enaltece hasta el himno o la recitación adorante. Por su carácter, la plegaria es la forma inmediata y más definida de las comunicaciones con el dios. La petición que ella encierra se manifestaba con actos o con palabras.

Si con actos, ella se refiere a un anhelo general de bienestar y dicha y que no necesita formularse. Así la ofrenda simbólica del alimento y del vino, antes de comer y beber, equivalente a los rezos que hoy hace el devoto al ponerse a la mesa y al dar las gracias. Los actos, en este caso, tienen relación con el sacrificio. La ofrenda alimenticia era un bocado que se arrojaba al fuego, tal vez un presente para Hestia. A Hestia se la nombraba la primera en las oraciones, y se la nombraba también en casi todos los juramentos. La "libación" u ofrenda del vino se reducía a derramar en el suelo un poquillo de vino puro, siquiera unas gotas, como todavía lo hace la gente del pueblo en Andalucía y en otras partes. (*Il a fait, malgré lui, le geste héréditaire*, pudo decir Hérédia.) Recuérdese que el vino griego era un extracto y —salvo los brutales macedonios— sólo se lo bebían muy mezclado con dos partes de agua en la crátera y, de preferencia, después de las comidas. La libación era un obsequio para el Buen Demonio, el *Agathós Daímoon*, borrachín amable figurado por la serpiente, numen casero.

Cuando la petición es precisa y determinada, se emplea la plegaria propiamente tal, la oración. La oración puede ser irregular o textual. La irregular es la que se compone al capricho, "según brinca y parte del propio corazón", como dice nuestro poeta. Así, en los Poemas Homéricos, fuera del vocativo o llamamiento reverencial —etimológicamente, pudiéramos decir: "telefónico"—, los guerreros la improvisan de cualquier modo. La oración textual, en cambio, singularmente si acompaña un sacrificio, obedece a la fórmula dictada por el sacerdote, como hoy las frases de los novios ante el altar. Los romanos, en su apego mágico y su minuciosidad jurídica usaban curiosísimas precauciones, para evitar equívocos respecto al dios invocado o, cuando por ejemplo se pedía la destrucción de una ciudad, respecto a la indentidad de ésta, por el riesgo de los nombres semejantes u homónimos.

Hay ejemplos de casos mixtos: uno reza por todos, y los demás lo acompañan en silencio y con la intención. Lo hace el sacerdote Crises, en la *Ilíada*, cuando los aqueos le devuelven a su hija, raptada antes por Agamemnón.

2. *La fórmula de la plegaria* define la petición, recuerda ofrendas pasadas y promete ofrendas futuras; y también, como para invocar un pacto de benevolencia ya tácitamente establecido, recapitula mercedes antes recibidas por el fiel o por sus antecesores. Esta fórmula, por su naturaleza, hereda las virtudes del conjuro o encantamiento, y se relaciona con actos cultuales como el grito —el *Evoé* de los frenesíes dionisíacos, el *Himeneo* de las bodas— y como el canto acompañado de danza. El *Paioón*, grito que se convirtió en un dios del ciclo apolíneo, comienza por ser un alarido ritual, es después un canto con danza: el "peán" guerrero de la victoria o simplemente el de adoración a Apolo. En su origen, el peán es de orden protector o curativo y es considerado asimismo como una plegaria.

3. *La oración se hace generalmente en voz alta*, y excepcionalmente en voz baja, cuando se está ante extraños, ante enemigos, o por algún reparo especial. Crises, en la *Ilíada*, ofendido por los aqueos, se aparta a la orilla del mar para pedir a Apolo que los castigue. Áyax, disponiéndose a combatir con Héctor, dice a los suyos:

> Orad por mi destino al Cronión Soberano,
> mientras visto las armas y salgo a la pelea;
> implorad en voz baja, no os oigan los troyanos,
> o hacedlo abiertamente, sin miedo y como sea.

Il., VII, 193 *ss*. Tr. A. R.

4. *La actitud del implorante asume un valor simbólico*. El prosternarse corresponde a la súplica humana, y a ciertas purificaciones como en el culto de la Deméter Trofonia, pero no a la plegaria. El echarse a los pies de la persona

implorada, abrazar sus rodillas y acaso acariciarle el mentón —en la *Ilíada*, lo hace Tetis con Zeus—, es actitud ritual del ruego, pero ya se ve que sólo del ruego entre iguales: o entre dioses, o entre hombres; allá imaginado, acá real.

El griego oraba de pie, los brazos en alto y las palmas al cielo, salvo cuando se dirigía a los dioses subterráneos. Entonces tendía los brazos hacia abajo, o se arrodillaba para palpar y golpear el suelo, como quien llama a la puerta de un sótano. Fuera de este caso, el implorar al dios de hinojos era tenido por costumbre bárbara y servil. Solía besarse la mano de la imagen, no las plantas como hoy se acostumbra. En los usos prehelénicos, los antiguos sellos y gemas muestran actitudes extáticas y tal vez de alucinación. Esas cabezas echadas hacia atrás, como en arrebato, sólo aparecerán después en las danzas dionisíacas y en las orgías griegas.

B) *La maldición*

5. *Las maldiciones pueden ser divinas o humanas.* Las divinas son sentencias de la deidad contra los hombres. Cuando no hay expiación, se transmiten infinitamente de padres a hijos y se manifiestan en una cadena de desgracias y crímenes: la familia de Tántalo, la familia de Edipo. También pueden contaminar al extraño que se aproxima demasiado a la raza maldita, y aun a la tierra que ésta pisa. Han dado fácil asunto a las tragedias.

¿Son siempre verdaderas sentencias, es decir, son siempre el resultado de un juicio? Apena decirlo: a veces, son injustas; algunos, sin siquiera haber heredado maldición alguna de sus progenitores, nacen ya malditos, presas de una iniquidad flotante y no domesticada aún en las antiguas teodiceas, al modo como un hijo feo nace de una hermosa pareja.

Pero no debe olvidarse que, la maldición divina deja lugar a una redención más o menos mediata (§ 8).

6. *Las maldiciones humanas son peticiones destructivas*, plegarias al revés, que han sido escuchadas por la deidad. A diferencia de la maldición gitana, no hieren directamente a la víctima, sino mediante la intervención de los dioses, a quienes

se encarga de refrendarlas y ejecutarlas. No son, pues, hechicerías o actos de magia, sino verdaderos actos religiosos. Singularmente se solicita el servicio de la maldición a las potencias temibles e infernales: Hades, Hécate, Perséfone, las Erinies, espíritus indignados de los muertos, etc.

Fénix describe así la maldición de su padre:

> ...Lo supo mi padre y me maldijo
> mil veces, implorando de las Erinies fieras
> que nunca en sus rodillas jugueteara un hijo
> nacido de mi carne. Los dioses, por mi mal,
> escucharon su voto: el Zeus Infernal
> y la feroz Perséfone...
>
> *Il.*, IX, 453 *ss.* Tr. A. R.

Estas plegarias funestas impetran castigos y desquites por el agravio recibido, o protección contra el agravio posible. Son armas poderosas del débil, del pobre, y buen resguardo contra enemigos que se ignoran (*Plainte contre inconnu*). Su efecto se agota en el acusado, o bien se prolonga por generaciones, según los términos mismos de la petición. Pero, heridos por la deficiencia de la memoria humana, que ni en el rencor es eterna, estos verdaderos maleficios suelen olvidarse en el curso de las generaciones; sobre todo, si se trata de maldiciones privadas, pues las públicas tienen mayor perdurabilidad.

7. *Pues hay maldiciones privadas y maldiciones públicas.* Las primeras parten del ánimo personal; las segundas son, por decirlo así, de derecho público, y parten del Estado.

Estas últimas eran una especie de excomunión o expulsión del orden legal, y fueron tan temidas entre los griegos como entre los romanos. El primogénito de la familia de Atamas, rey legendario de los minios, no podía tener acceso al Pritaneo en virtud de una maldición pública. Si se lo sorprendía en transgresión, era sacrificado ante el Zeus Lafistio. La historicidad posible de esta práctica será examinada al hablar de los sacrificios.

8. *Son modalidades de la maldición*: el usarla como garantía de los pactos, los preceptos éticos y los religiosos, para

155

evitar incumplimientos; el maldecirse a sí propio; el sufrir involuntariamente los efectos el mismo que lanza la maldición.

Nos dan ejemplo de la maldición como garantía o "cláusula penal" de los pactos los guerreros homéricos, cuando exclaman: —A quien viole estos juramentos, que se le esparzan los sesos y los de sus hijos como derramo yo esta libación.— Las maldiciones de los Bucigas atenienses, en los ritos de las "boufonías" o matanzas de bueyes, ilustran el refuerzo de los preceptos mediante estas fórmulas de amenaza contra los transgresores.

La maldición contra sí mismo es las más veces condicional, y tiene por fin obligarse estrechamente a realizar un propósito. En la *Ilíada* hay, por lo pronto, dos casos: Odiseo dice a Tersites: —Como vuelvas a murmurar de los reyes, muera mi hijo Telémaco o que me corten la cabeza, si es que no te aplico un castigo ejemplar.— Y Pándaro, despechado del poco éxito de sus flechas, exclama: —Si alguna vez regreso a mi patria, echaré al fuego este arco que de nada me sirve, o quiero que me degüelle un enemigo.— Estas maldiciones condicionales son retóricas y no religiosas, pero explican el caso. El arrebato, finalmente, puede conducir a la maldición suicida o incondicional contra sí mismo. Edipo se maldice a sí mismo, aunque sin saberlo, pues que ignora ser el propio asesino de su padre; pero la maldición surte efecto. Y la maldición que lanza contra sus hijos no puede decirse que lo deje impasible en su condición de padre; a él mismo lo hiere.

La maldición tiene poder incontrastable: aun los dioses, si bien no la ejecutan, son impotentes para evitar que las Erinies la cumplan. A veces, ni el arrepentimiento ulterior evita ya sus efectos: Fénix, maldito una vez por su padre, nunca tendrá hijos, aunque su padre se esfuerza por reconciliarse con él. Cuando, por algún motivo ajeno, la maldición queda frustrada y no puede realizarse en la víctima, se vuelve como el *boomerang* y aniquila al que la ha lanzado. La maldición, en principio, es una relojería que se echa a andar sin que nadie pueda ya detenerla, exceptuado el parecer de los dioses (§ 5).

Excepción notoria: así como Apolo fue desdichado en varias de sus aventuras amorosas, Posidón lo fue cuando se procedió, por arbitraje, a establecer el patronato de los Olímpicos sobre las ciudades. Disputó a Hera el patronato de Argos, fue derrotado en sus pretensiones y maldijo a la Argólide desecando todas las fuentes del país. Pero, por amor a una de las Danaides que fueron a refugiarse en aquel reino —la Danaide Amimone—, levantó al fin la maldición. Unos dicen que le reveló el sitio de la oculta fuente de Lerne; otros, que al perseguir a un sátiro empeñado en apoderarse de la Danaide, le lanzó un golpe con el tridente; el tridente dio contra una roca y —sin remedio— obró la magia del instrumento divino y brotó el agua. Según otra versión inundó la zona y llenó de agua salada todas las fuentes de la Argólida, y luego, a súplica de Hera, devolvió las cosas a su estado natural y anterior. Como éste hay por ahí uno que otro caso de maldición atajada, pero siempre tiene que ser de origen divino. Por ejemplo, aunque la leyenda nada nos dice, es de suponer que la maldición de Afrodita contra las mujeres de Lemnos —el mal olor— se había disipado ya cuando llegaron los Argonautas y se unieron con ellas. Un moderno Luciano se atrevería a decir que los pobres aventureros llegaron a la isla en estado de exasperación, y que "a buen hambre no hay pan duro". Estos ejemplos nos hacen reflexionar en la conveniencia de no ser demasiado sistemáticos en nuestras definiciones.

9. *Las maldiciones humanas pueden ser orales o inscritas.* Las orales, como se dirigen a los dioses subterráneos, adoptan por procedimiento el golpear el suelo. Homero narra así el enojo y las maldiciones de Altea contra su hijo Meleagro:

> Bañado el seno en lágrimas y golpeando el suelo,
> al Hades y a la fiera Perséfone encomienda
> contra su propio hijo maldiciones de muerte.
> La inexorable Erinis, en la mansión horrenda
> y brumosa del Érebo oyó su imploración...

Il., IX, 566 *ss.* Tr. A. R.

Estas maldiciones orales solían acompañarse de algún "gesto" simbólico, como se hace hoy para injuriar sin palabras. Estos "gestos", lenguaje manual del maleficio, serán el elemento masculino u ofensivo correspondiente al femenino o defensivo de ciertos signos actuales: el "alzar pata", el cruzamiento de dedos, la *figa* brasileña. etc. La "orientación" apropiada para maldecir consiste en volver el rostro hacia el occidente, donde se pone el sol, adonde vagamente emigran los muertos en alguna de las figuraciones antiguas.

Pues también hay un orden ritual de la orientación. El espacio ha tenido siempre un sentido "semántico" o significativo, y todavía damos la acera, ceremonialmente, a la persona de respeto, la derecha a la dama, etcétera. La simbología del espacio es un supuesto previo en el ritual de la misa, donde todavía queda algo como un residuo de danza. Y la danza es una ocupación del espacio por un movimiento a la vez estético y significativo.

10. *Las maldiciones inscritas podían tener un sentido protector o un sentido maléfico.* Las protectoras eran, por ejemplo, las inscritas en las tumbas para evitar ultrajes póstumos. Los maleficios solían grabarse en chapas o en hojas de plomo, que lo mismo se depositaban en tumbas o en sagrarios.

De estas piezas de plomo —*katádeseis* de Platón o *tabellae defixionis* de los romanos— se ha encontrado buena cantidad, la mayoría procedentes del siglo IV. En un cáliz se lee: "Caiga sobre Aristión la cuartana y cáusele la muerte." Así se desahogaban también las venganzas entre litigantes. Muchos de los nombres inscritos son nombres de personas históricas: políticos, oradores, estadistas; lo que prueba que estas brujerías no sólo eran de uso entre gente ruda.

C) *El juramento*

11. *Los juramentos son votos y garantías* de los pactos públicos y privados, o del fiel desempeño de un oficio o encargo. Obligan, en principio, a los mismos dioses, y de aquí la indignación de Atenea y de Hera contra Ares, que juró falsamente ayudarlas en la protección de los aqueos, y luego se pasó a los troyanos.

Llevan los juramentos una maldición implícita para en

caso de violación, y los preside el dueño de toda promesa, Zeus Horkios en persona. Los juramentos son, textualmente, "barreras" en que se encierra el que los pronuncia. La Oceánida Éstix, incorporada en la corriente infernal que lleva su nombre, fía ante los dioses la firmeza de toda palabra empeñada. Pero algunos Estados tenían una lista propia de deidades encargadas del juramento, y ciertos sagrarios gozaban de especial renombre para el caso. Se dice que Diágoras el Ateo perdió la fe al ver que los dioses no castigaban a un perjuro. ¡Pues sólo faltaba que los dioses tuvieran la obligación de cumplir todos los antojos de los hombres y recibieran necesaria y obligatoriamente todas sus peticiones y ofertas! Homero abunda en pasajes donde los dioses desoyen las plegarias, y a veces, aun aceptando los sacrificios.

III. Purificación e iniciación

A) *Purificación*

1. *La purificación tiene por objeto mantener la dignidad religiosa de la existencia humana.* Entregado a sí mismo, el hombre decae, y las veredas ideales que lo conducen hacia la deidad se llenan de abrojos. La relación mística exige una conservación constante, eso que el francés llama *entretien*. No como quiera se llega hasta la presencia divina. El trato cotidiano y los acasos de la vida ocasionan un desgaste incesante que importa restaurar incesantemente. Tal desgaste es una impureza (*miasma*).

Las nociones de pureza e impureza son transformaciones últimas del *tabú* y abarcan un ancho campo que va desde el orden físico hasta el orden moral. Según la levedad o gravedad del caso, a la redención del miasma bastará un rito de sentido meramente "devocional" o un rito de sentido penal. El primero pone al fiel en aptitud de comunicarse con los dioses. El segundo limpia las manchas de la sangre. Al refinarse los conceptos, el rito devocional se convertirá en unción e investidura hierática, y el penal, en la remisión de los pecados. Al racionalizarse, el rito devocional se traduce en respeto a las cosas divinas o en cuidado higiénico, y entonces toma por los atajos de la terapéutica; y el penal, a su vez, halla su sitio en el derecho.

2. *El rito devocional se aplica a todo lo sagrado*, en ambas fases de su ambivalencia: a lo adorable y a lo horrible, a lo santo y a lo infeccioso. Son santidad y adoración los sacrificios y las plegarias en los templos; es acto embebido de religión el gobierno de la república, y lo es el pacto de guerra. Y en efecto, quien ofrece un sacrificio, como dice Hesíodo, tiene que presentarse puro y limpio. Hemos citado ya el caso de Héctor ("Los ritos y las prohibiciones, § 4). Héctor abandona por un instante el combate y vuelve a Troya. Hécuba, su madre, se ofrece a darle vino para que brinde libaciones a Zeus y él mismo se restaure. Héctor lo rechaza, pues además de que teme los efectos adormecedores del vino, añade:

> ...al Amo de las Nubes desparramar no debo
> con las manos impuras las negras libaciones,
> ni puedo presentármele mostrando estos manchones
> del fango y de la sangre, que así yo no me atrevo.

Il., VI, 266 *ss.* Tr. A. R.

Este pasaje de Homero es claro; pero respecto al sentido religioso de la purificación, Homero puede confundirnos. Él disimula los vestigios arcaicos, los moderniza sutilmente. Cuando, por haber obedecido a Apolo, se espera ya el fin de la peste que venía diezmando a los aqueos, Agamemnón manda que sus tropas "se purifiquen" y arrojen al mar el material de las lustraciones, las "escorias polutas" (*kathármata*); pero se nos deja en la duda de si les ha aconsejado, simplemente, la conveniencia de darse un baño. Cuando Patroclo va a entrar en combate, Aquiles friega con agua y azufre la copa de sus libaciones, antes de dirigirlas a Zeus; pero parece un esmero de limpieza y no una característica purificación. En estas indecisiones hay cálculo, hay método. El poeta no quiere recoger las "vulgaridades" de la gente. Las recuerda y a la vez las olvida, las justifica con un leve toque de secularización.

A la entrada del templo, una especie de pila de agua

bendita permite el aseo previo de los fieles. La Asamblea del pueblo, antes de entregarse a sus deliberaciones acostumbra purificarse. Y cuando Agamemnón va a pactar con Príamo una tregua, lo primero que hacen los heraldos es traer aguamanos (*chernips*). El agua asea, desde luego; pero, además, compartirla en las abluciones, por elementales que éstas sean, establece un vínculo. Ya se comprende que las iniciaciones y ceremonias de los Misterios o los Grandes Festivales se acompañan de purificaciones todavía más extremadas.

Pero hay siempre algo de repugnancia y de infección en la cercanía de las cosas corporales; y cuando de ellas nos trasladamos al orden de lo religioso, parece, por contraste, que nos han dejado una mala huella. Así los alumbramientos y las defunciones, y aun los contactos amorosos, que suelen obligar a una "cuarentena" más o menos prolongada para recobrar el derecho a la normalidad ritual.

La sola contemplación de lo impuro puede ser una mancha. A las puertas de la parturienta o del difunto hay siempre un balde de agua para los que vuelven a la calle. Dentro del recinto sacro no es lícito nacer ni morir, y si por desgracia ello acontece, se procede cuidadosamente a consagrar de nuevo el sitio, como en nuestros templos. Ni siquiera se consienten las tumbas en la vecindad de los sagrarios; por lo cual, en dos ocasiones —no sin crueldad—, los atenienses tuvieron por bueno el mandar remover los sarcófagos que yacían junto a los sagrarios de Delos. Y ya hemos visto que los negociadores atenienses inculpaban a los espartanos el haber enterrado a Pausanias demasiado cerca del ara ("Los sacros lugares", § 13).

3. *El rito penal* limpia la impureza causada por las muertes violentas, ora nos hallemos ante un homicidio intencional, ora ante un homicidio involuntario, ante un suicidio o ante un accidente. Todos estos casos llevan en sí una esencia de delito, en cuanto violentan el término previsible de una existencia, en cuanto perturban la confianza, la *pístis* de que antes hemos hablado, base a la vez del sentimiento religioso y del sentimiento social.

4. *El homicidio exige la purificación inapelable.* Homero habla de compensaciones y destierros como consecuencia de asesinatos, pero no mienta los ritos penales. (Y nótese que la noción ya jurídica de los "daños y perjuicios" es más adelantada, si menos romántica, que la antigua *vendetta*). Verdad es que Odiseo, después de dar muerte a los Pretendientes, ordena que su palacio sea fumigado con azufre y fuego. Ordena, en suma, asear la casa, pero no se le ocurre purificarse a sí mismo por toda la sangre derramada. El poeta se mantiene fiel a sus normas. En cambio, ya Arctino, en su *Etiópida*, volviendo por la tradición, hace que Odiseo purifique a Aquiles por el asesinato de Tersites. Y Hesíodo habla de auxilios semejantes concedidos a los héroes Héracles, Peleo, Belerofonte, Alcmeón, Anfictión, Pemandro, Tríopas; lo que, después de Hesíodo, repiten los demás mitógrafos.

Y es que el asesinato era la peor impureza, y de consecuencias trascendentes como vamos a verlo. La sangre derramada es tan virulenta que la mancha se comunica al solo contacto del asesino. De aquí la lapidación pública, para no tocar al delincuente. Cuando Héctor reprocha a Paris sus errores, viene a decirle: "¡Muy manso es el pueblo troyano, pues hasta hoy no te ha puesto encima el túmulo de piedras!", significando así que Paris responde por la sangre de la guerra troyana. El matricida Orestes, después de su crimen, se refugió en Atenas. Aunque el rey Pandión lo recibió, sustituyó la crátera común por un jarro para cada uno de los huéspedes, a efecto de evitar contactos, práctica que se conserva en el rito de los *Choes* o ánforas.

Más adelante veremos hasta qué punto era trascendente, de generación en generación, la impureza del asesinato (§ 8).

5. *El homicidio involuntario* es tema frecuente en las historias míticas, y siempre obligaba al destierro y a la purificación ritual. Como de costumbre, hay contradicciones sobre la posible intención en tal o cual caso. Apolo lanzó un disco y mató involuntariamente a Jacinto, el héroe de Amiclas; pero parece que el celoso Céfiro desvió el disco de un soplo para provocar la desgracia. Tlepólemo, en la versión corriente, tuvo la pena de matar a su tío Licimio sin propo-

nérselo, porque simplemente "se le fue la mano". Pero Píndaro estaba cierto de que hubo malicia. A lo mejor, Zeus mismo mandó correr el rumor favorable: Tlepólemo era su protegido, lo hizo huir hasta Rodas, lo enriqueció y lo dejó fundar allá tres ciudades. Héracles, enloquecido por la implacable Hera, dio muerte a sus propios hijos (acaso también a su esposa, la infeliz Megara) en un rapto de indignación. Al volver en sí, quiso suicidarse, horrorizado. Lo detuvo la piedad de Teseo, obtuvo de él la purificación y, por aviso de Delfos, se sometió durante doce años a la servidumbre de Euristeo, rey de Tirinto, quien le impuso como penitencia los famosos Doce Trabajos.

6. *El suicida* no es menos vitando que el asesino. En Cos echaban fuera del territorio su cadáver, y hasta el árbol y la cuerda con que se había colgado.

7. *En caso de accidente*, se castigaba de algún modo el objeto que lo había causado, como lo vemos con el hacha de las "boufonías". Los murmuradores de Atenas se hacían lenguas sobre las largas discusiones entre Pericles y Protágoras a propósito de un accidente acaecido en unos juegos atléticos. ¿Había que castigar al matador involuntario, al empresario de los juegos, a la jabalina que ocasionó la desgracia, o a los tres a un tiempo? La discusión tenía algún sentido, a la luz de las prácticas místicas de la purificación.

8. *La sangre no redimida infesta a las generaciones*. Aún se conserva la conciencia de la antigua comunidad tribal. Si antaño, en las rivalidades de grupos, el clan respondía por uno de sus miembros, posible es que el caso se olvidara —no podemos documentarlo— con la separación, el alejamiento, las emigraciones de las tribus. El acto había sido un acto de guerra, no una mancha; daba lugar a desquites, no a purificaciones. Y si el asesino se expatriaba, sólo era para evitar la venganza de la familia ofendida. Pero cuando el asesinato acontece entre consanguíneos, entonces asume el horror de una impureza religiosa. Ya la sola expatriación no es alivio. A dondequiera que vaya Caín lo persigue el Ojo Acusador.

Las Erinies, por toda la tierra, hostigan a Orestes, matador de Clitemnestra su madre, pero no se cuidan de Clitemnestra, matadora de Agamemnón su esposo, porque éste no era de la misma sangre que su cónyuge.

Pero aquella antigua conciencia *pro indiviso* se ha transformado en cierto modo, ahondando en la dimensión del tiempo y cargándose de memoria. La culpa, y la maldición divina consiguiente, rebota de padres a hijos: de Tántalo a Pélope, de Pélope a Atreo, de Atreo a Agamemnón, de Agamemnón a Orestes, en quien finalmente sobreviene la redención. Y todavía, según cierta tradición vulgar, el trasnochador está expuesto a que, a favor de la oscuridad, la sombra no aplacada de Orestes caiga sobre él, lo vapulee y le robe la ropa, como a los jovencitos viciosos de nuestro tiempo que salen a buscar percances ambiguos.

La culpa hereditaria es una noción profundamente grabada en la mentalidad griega. Aristóteles, para rebatir la comunidad de mujeres propuesta por Platón en *La República*, por Aristófanes en su *Asamblea femenil* (¿*cum grano salis*?) y por otros utopistas de la época, arguye que semejante comunidad quebrantaría los principios de la justicia, haría imposible establecer la dependencia entre padres, hijos y hermanos paternos y, por consecuencia, impediría trazar la línea que va del crimen a las expiaciones.

9. *La sola noticia del asesinato* podía manchar y exigir purificaciones. Esto se vio, al menos, en casos de asesinatos colectivos, como si aumentara con el número de delincuentes la calidad misma del delito. Goethe que, en Maguncia, salvó a un desconocido de un linchamiento, también sintió el crimen de muchos peor que el crimen individual. Malo si se equivoca el Alcalde: pésimo si llega a equivocarse Fuenteovejuna entera.

En Cintia aconteció una matanza pública. Unos mensajeros llegaron con la información a Mantinea, y al punto la ciudad en masa se entregó a las abluciones místicas. De igual modo se purificó la Asamblea ateniense al averiguar que los demócratas de Argos habían matado a palos a sus adversarios políticos (*Skytalismós*).

10. *El asesinato obliga a purificarse a los mismos dioses que en él incurren.* Apolo fue castigado por haber aniquilado a los Cíclopes. Pero dio muestras de una sensibilidad nada común entre los Olímpicos, cuando se sometió al destierro y a la purificación por la muerte de la serpiente que representaba las fuerzas subterráneas, la serpiente Pitón a la que arrebató el sitio de Delfos, donde había de fundar el dios su famoso oráculo. En adelante, Apolo viene a ser el patrono de los ritos purificatorios. Él lucha contra la venganza de sangre, él ayuda a la redención de Orestes.

11. *La purificación ha recorrido el tránsito de la magia a la ética.* Empezó por ser un mero rito, y gradualmente se penetra de arrepentimiento. Llegará a ser un corregimiento moral, así como la idea de impureza ascendió del *tabú* al sentimiento de la falta. Tal fue la conquista de Apolo.

A la vez que esto sucede en la tierra, el "ultramundo" se va convirtiendo en lugar de premios y castigos, donde continúa, en sus consecuencias, el ciclo de la vida terrestre. Flotan en el claro cielo de Grecia las imágenes de la justicia y la retribución divinas. Y los Misterios redimen en vida a sus iniciados y les ofrecen, más allá de este mundo, el goce eterno.

12. *Los procedimientos de la purificación eran muy variados:* dietas y ayunos, penitencias, abluciones, agua, azufre, fuego, frotamientos de harina y fango en los Misterios órficos, descuartizamiento de animales cuyas entrañas se pisan o esparcen, etc.

Tales procedimientos se aplicaban también en la purificación terapéutica, subtipo que corresponde a los ritos religiosos, no sólo por su carácter curativo, sino porque fue siempre considerado como una manera de iniciación y con frecuencia se lo relacionó con la danza médico-sagrada. A este fin, se empleaban el baño o la ducha de agua y la aspersión de sangre animal.

Las hijas del rey Preto, enloquecidas por voluntad de Hera o de Dióniso y luego convertidas en vacas, fueron devueltas a su naturaleza y su juicio por el legendario Melampo, un

165

empírico, mediante la inmersión en las aguas del río Minieo, o mediante un tratamiento semejante en el sagrario de la Ártemis Lusia, Nuestra Señora de los Baños. Cuando, en tiempos históricos, el Minieo vino a llamarse el Anigros, conservó la fama, como el Ganges, de devolver la salud a los leprosos.

Para la aspersión de sangre o la purificación mediante el uso de las entrañas animales, se mataba un cerdo o un perro, y una vez aprovechados sus restos para el acto ritual, se los enterraba, se los quemaba o se los arrojaba al mar, sacro basurero de los griegos.

Estos animales no deben considerarse como víctimas de un sacrificio. No eran ofrendas a las deidades, sino animales-*phármakos* o remedios que obran por sí mismos. El ejército macedonio, cuando tuvo que purificarse en el Monte Chándico, marchó sobre los despojos de un perro. Se asegura que el pueblo de Beocia desfiló sobre el cadáver de un hombre. Y es verdad que los vestigios de sacrificios humanos —más adelante los conoceremos— siempre aparecen referidos de cierto modo a los ritos de la pureza.

Respecto a la purificación por el fuego, bien puede ser simbólica, o no tan efectiva como aquel acrisolamiento a que, según la leyenda eleusinia, sometió Deméter a Demofonte, con escándalo de Metanera, su madre, y cuyo objeto era comunicar al niño el dón de la inmortalidad.

Pero el exceso a que condujo la práctica apolínea de la purificación es sorprendente: el fuego mismo era susceptible de mancha, y entonces había que purificarlo. La lumbre del hogar privado se renovaba en el Hogar Público después de un entierro.

Y, para celebrar el triunfo de Platea, los atenienses, en procesión de antorchas, trajeron fuego inmaculado, fuego límpido, desde los sagrarios de Delfos.

B) *La iniciación*

13. *La iniciación es rito de "tránsito".* Si las purificaciones permiten pasar del estado de profanidad a la plena adecuación religiosa, las iniciaciones —que siempre exigen el pu-

166

rificarse previamente— conceden a su vez el acceso de una a otra categoría en un sentido más especial.

Algunos recuerdan que la palabra griega para la iniciación —*teleteé*— no significa tránsito, sino cumplimiento, llegada a término, madurez. Tanto monta. El paso de la infancia a la aptitud genitiva, a la calidad guerrera, y en general todo acontecimiento notable —funesto o placentero— se compara con una llegada a término seguida de una nueva jornada; más aún, se lo compara con una muerte seguida de un renacimiento, que es la representación elemental de los tránsitos, viva aún en nuestra frase corriente: "Volví a nacer", cuando logramos escapar a un peligro. Tal es el sentido de las múltiples ceremonias de iniciación, bautizo en la nueva categoría. Artemidoro, en su *Onirocrítica* o interpretación de los sueños —siglo II de nuestra Era—, observa que "todas las circunstancias del matrimonio están presentes en la defunción" y que "matrimonio y muerte han sido universalmente considerados como un coronamiento o cumplimiento definitivo" (*télee*).

14. *Hay iniciaciones habituales*, que permiten el paso de una a otra situación en la vida: la incorporación del recién nacido en la familia, la mayoridad, la condición matrimonial, el cruzar la muerte "según las reglas" como diría el médico de Molière: ritos domésticos e investiduras cívicas, etc.

15. *Hay iniciaciones excepcionales*, como la admisión a cofradías y Misterios, que hacen pensar en ritos masónicos, donde es manifiesto que se otorga al neófito el tránsito de la indiferencia a la gracia. Ya conoceremos lo poco que es dable conocer respecto a sus procedimientos.

IV. LA DANZA

1. *La vinculación de la danza y el rito se da en todos los pueblos.* Eran rituales los "mitotes" que el P. José de Acosta vio bailar a los indios de Tepozotlán en el siglo XVI, y siguen siéndolo las muchas fiestas de disfraces y danzas con que los

167

indios celebran sus devociones por todos los lugares de México. Por ejemplo, los Concheros de San Miguel de Allende (véase la monografía de Justino Fernández y Vicente T. Mendoza, con ilustraciones de A. Rodríguez Luna, El Colegio de México, 1941).

Los orígenes de la danza no pueden reducirse a un único estímulo: muchas agencias psicológicas y sociales, como otras tantas Ilitias, han acudido a su nacimiento. Unas de orden íntimo, desahogos emocionales que llevan a correr y saltar; otras de orden mimético, pues como decía Aristóteles la imitación es instinto humano.

Educados en la pobre escuela del realismo, no siempre entendemos hoy el sentido trascendental de la antigua mimesis. ¿Puede una danza imitar la lluvia del Zeus *Hyétios*, o la peregrinación de Latona por varias ciudades, según que la danza posea un sentido de futuridad o un valor conmemorativo? El artista de hoy no lo duda ya. No lo dudó nunca el primitivo, que parecía entrar sonambúlicamente en la interioridad del fenómeno y animarlo con su voluntad. Creaba la lluvia, creaba el viento o, como se ha dicho, "lo silbaba". Actuaba y no representaba, y cuando dibujaba el bisonte en las paredes de su gruta había comenzado ya la partida de caza.

Al remedo del Drama del Año y la sucesión de sus estaciones se junta el de los movimientos en el trabajo acompasado: el remo, la hoz. (Dice Jane Harrison que, entre los tarahumaras, *nolávoa* lo mismo significa "bailar" que "trabajar", pero no hemos podido comprobarlo.) La acción aplicada y su figuración en la magia simpática del cuerpo apenas se distinguen referidas a su efecto final.

Cede también la danza a los contagios nerviosos de canto y la música escandidos. Interiormente, el cuerpo baila con los ritmos, e inversamente, los ritmos parece que objetivan la aritmética del cuerpo humano, el latido y la respiración. Canto, música y danza se creaban en la misma cuna.

Contribuyen a configurar la danza sus varias aplicaciones, educativas, deportivas, higiénicas y ceremoniales, su uso en las diversiones, los empleos de la lírica coral y del drama. Y alcanza, por fin, su definitiva emancipación artística cuando

168

deja de lado el canto; porque —decía Luciano— el ejercicio corta el aliento, y lo resiente la inflexión de la voz.

Los pitagóricos, y Luciano también, imaginaban que la danza se inspiraba en el curso de las estrellas, metáfora si no explicación. Platón entiende la *órcheesis* como "un deseo instintivo de expresar palabras con todo el cuerpo", tentación que todavía nos acosa, pero se deja fuera el puro valor estético de la danza; y Aristóteles la entiende como "una imitación de acciones, caracteres y pasiones mediante posturas y movimientos rítmicos". Pero sin duda predominó en el origen la intención mágica, sobre todo en el rito agrícola, intención de que se adueñó pronto el sentimiento religioso.

Encontramos la danza generalmente asociada al canto y a la música de lira o de flauta, conforme al carácter y al objeto del baile. *Melopoíia*, para los griegos, significaba canto y danza; y como, según Luciano lo advierte, no hay Misterio sin danza, de aquí quieren derivar algunos el nombre de los Eumólpidas, sacerdotes hereditarios de los Misterios Eleusinios. Lo que tiene aire de ser un mero juego de palabras.

No pocas veces, la danza se asocia al juego de pelota, de que la palabra inglesa *ball* parece conservar el equívoco, y cuyo rastro anda por ahí en el griego *palla*, el latín *ballare*, el francés *bal, baller*, acaso el teutónico *bale*. En la *Odisea* Nausícaa y sus esclavas juegan con la pelota al ritmo de una melopea; y Halio y Laodamas, en la corte del rey Alcínoo, bailan con la pelota, alcanzándola de un salto en el aire, como alcanza su arco el bailarín ruso en las danzas polovetzianas del *Príncipe Ígor*. Es posible que el combate mismo se haya entendido, según las reglas de la esgrima para el escudo y la lanza, como una suerte de ejecución danzante, si es que la frase homérica sobre el saber "la danza de Ares" no es mera metáfora por "saber pelear" (véase adelante § 6).

En esencia, la danza puede bastarse a sí misma. Ya se apoya en ritmos sordos —bailes de tambor o de palmas, de castañuelas, güiro o maraca, o el propio compás del zapateo—; ya, excepcionalmente, aparece muda y en pantomimas silenciosas. De que es manifestación tal o cual momento de los *ballets* rusos y sus derivados, o mejor el ensayo que Isabela Echessarry ofreció hace algunos años a los públicos de

París, y de que he tratado en otro libro ("Motivos del Laocoonte", *Calendario*, en *Obras Completas*, II, pp. 293 *ss.*).

Hasta puede haber danza inmóvil, larva de estatua. Pues la danza se redujo algún día a la mera exhibición prestigiosa de la presencia y postura corporales. Durante la batalla de Rafidim, en que el pueblo hebreo luchaba contra los amalecitas, Moisés, ayudado por Aarón y Hur, ha mantenido los brazos en alto para comunicar a sus tribus el espíritu de la victoria.

Son tipos de la danza muda los *neixcuitilli* con que, a fines del siglo XVI, los misioneros de la Nueva España —Gamboa, fray Juan Bautista y Torquemada—, acompañaban sus sermones; costumbre que tiene antecedentes, por lo menos, en la Perusa del siglo XVI. Son tipos de la danza inmóvil, asimismo, los "cuadros plásticos" que aún tenían boga en nuestra infancia y que se conservan en las apoteosis finales de ciertos dramas poéticos y "revistas líricas".

La danza, en su madurez y plenitud, puede ya definirse como "una coordinación estética de movimientos corporales". (A. Salazar, *La danza y el ballet*, México, 1949.) Escritura corporal o poema emancipado de los instrumentos del escriba, en palabras de Mallarmé.

2. *La danza griega ha recibido influencias de las culturas antecedentes y vecinas.* Los griegos, ante el eclipse de su prehistoria, se conformaron con atribuir a los personajes legendarios la invención o la importación de las danzas: a Teseo, héroe de relación minoico-ateniense, la *géranos*, danza de la grulla; a Licurgo, el Rey-Lobo y legislador fabulesco, la *trichoria*. La tradición del Asia Menor y de Siria aún no puede documentarse con claridad. La tracia es más visible entre los antecedentes griegos: de Tracia llegó la imagen salvaje del Sabacios, con su cortejo de bailes convulsivos, imagen que Grecia incorporó en el Dióniso, haciéndole cambiar por vino su cerveza; y Grecia supo de las divinidades tracias Zenthes y Zalmoxis, cuyos nombres significaban a la vez un dios y una danza. El Egipto es atmósfera general en la prehistoria de aquellas regiones mediterráneas, y de allá pudo venir el uso de las castañuelas o el chascar los dedos (*apo-*

króteema), si es que no también la danza fálica, que los egipcios ya confiaban a los muñecones manejados con hilos (*neuróspasta*).

Pero el antecedente inequívoco de Grecia está en la cultura egea, fase minoica y fase micénica. Los monumentos cretenses, en relieves, decoraciones murales y sarcófagos, muestran escenas de danzas en todos los tipos que Grecia ha de conocer: procesiones religiosas, fiestas agrarias, de combate y orgiásticas. Ya desfilan los segadores cantando, ya las damas de la corte presencian un baile bajo una oliva sagrada, los vendimiadores pisan la uva al son de la doble flauta, las muchachas cargan sobre la cabeza cestos de frutas, un guerrero desgreñado —un Curete acaso— agita su enorme escudo; y la Danzante Cretense, en el muro de la alcoba real —al pecho la mano izquierda, el brazo diestro extendido y la cabellera suelta al aire— gira como una peonza.

Homero recoge la tradición cretense del terraplén o pista de baile que Dédalo hizo para la princesa Ariadna, y describe la danza nupcial entre los quiméricos feacios, al son de la flauta y la *phórminx*, en términos tales que los documentos gráficos cretenses pudieran servir como ilustraciones a su texto. Las evoluciones de la *géranos*, en Delos —la danza de las grullas— pretendían recordar las sinuosidades del Laberinto, y ya parece prefigurar esta danza cierto relieve de Cnoso donde la escena se desarrolla ante el misterioso altar de cuernos.

Cuando Jenofonte acampaba en Cotyra, presenció varias danzas y pantomimas militares que asombraron a los paflagonios, en cuyo honor se celebraba la fiesta. Dos tracios bailaron una pantomima de combate. Los de Enia y Magnesia ejecutaron la *karpaía*, en que un soldado deja sus armas para labrar la tierra y es asaltado por un ladrón, símbolo terrible. Un misio fingió pelear con dos adversarios invisibles, dando volteretas, y después danzó la "pírrica", chascando dos escudos como platillos. Los de Mantinea y Arcadia, al ritmo guerrero o de *enóplios* y lujosamente pertrechados, cantaron un peán acompañado de marchas religiosas. Una danzarina profesional se atrevió también con la pírrica. Aquí vemos cómo llegaron a proliferar en Grecia varios tipos de danza,

171

y cómo se mezclaban los usos de distintos pueblos en las correrías de los mercenarios.

Así, en manos de artistas y músicos, fueron adquiriendo fisonomía propia las fiestas de los Muchachos Desnudos en Esparta (ver "Gimnopedias": festivales, cap. x, pp. 327-328), las Pruebas de Arcadia, las Vestimentas de Argos, donde se repetían con celoso apego los viejos himnos, mientras otras poblaciones menos conservadoras aplaudían las innovaciones de los artistas contemporáneos.

3. *La danza griega se distingue de la moderna* en su aspecto y en sus aplicaciones. En general, se parece más a nuestro *ballet* que a nuestro baile de salón, y depende menos de los acompañamientos musicales, por lo mismo que cada una de sus figuras es un signo y no una mera acción graciosa.

Los movimientos de la danza son los elementos o *phorai*, que los escolares aprendían en los gimnasios, y los gestos o ademanes o *schéemata*, que eran ya pericia de profesionales. La actitud de las manos y de los dedos o "quironomía" —como entre las bailarinas siamesas— era un verdadero lenguaje cuyo secreto hemos perdido. Las posiciones de las piernas se conservan en la danza actual; las de los brazos son más variadas; la cabeza se levanta o se dobla más a fondo; el cuerpo se flexiona o quiebra más acentuadamente. El movimiento puede ser solemne y mesurado, apenas insinuado en los ancianos que asisten a la ceremonia, o desbocado y frenético, según el caso. Llega entonces al ejercicio acrobático, como en los volatines del *kybisteeteér*, que parecen heredados de la tauromaquia o *taurokatapsia* cretense. El vuelo de las vestiduras está reglamentado en la danza, y a veces la integra como en la moderna "serpentina". Los danzantes adoptan también disfraces zoológicos, y no sólo para los efectos risibles: recuérdense las oseznas de Ártemis en Braurón.

4. *Las danzas son individuales o colectivas*, de acuerdo con el fin o el culto a que se consagran. Las autoridades antiguas cuentan no menos de doscientas clases de danzas. Las individuales, ceremoniosas en los ritos urbanos, llegan a ser frenéticas en las manifestaciones orgiásticas y primaverales, y son

bufonescas en la comedia. Las danzas colectivas pueden reducirse a procesiones y marchas, o bien son rondas, cuadrillas, parejas. Como regla, las parejas no se tocan ni hacen la misma figura. En el grupo tradicional de tres mujeres y un corifeo, los danzantes suelen asirse levemente las manos. Los adultos y las señoras danzan separadamente, y sólo en los collares o guirnaldas del *hórmos* juvenil se ven cadenas enlazadas. El paso uniforme se respeta, salvo en las danzas dionisíacas cuya condición es el desorden y donde cada uno va por su cuenta, camino del éxtasis.

5. *Los danzantes pueden ser aficionados o profesionales.* En la clase de aficionados entran prácticamente todos los griegos, sea que dancen para sus cultos, sus actos cívicos o sus diversiones. Conforme un hombre aumenta en importancia social, aumenta el número de sus danzas. Dejar de bailar es la vejez, casi la muerte civil y el abandono de la vida. La danza era parte de la educación escolar, se la enseñaba en las palestras y en los gimnasios. ("Gimnástica", etimológicamente, es "nudismo".) Las doncellas espartanas concurrían desnudas a las procesiones y bailaban ante el pueblo desnudas, como mayor estímulo al cuidado de su persona. "Y nada vergonzoso había en ello", comenta el grave Plutarco. Era un honor el ser admitido a danzar en las ceremonias religiosas, como se cuenta del joven Sófocles, quien danzó desnudo al son de la lira cuando la victoria de Salamina contra el persa.

La danza, además, se practicaba como ejercicio saludable y estético. Sin embargo, algún prejuicio habría entre los buenos vecinos contra la danza no religiosa o no oficial, cuando Xantipa, la mujer de Sócrates, no le perdonaba a éste su afición a bailar desnudo dentro de casa. El escrúpulo llegará al extremo en la sociedad romana de cierto tono. Cicerón declara que, en estado de sobriedad —delicioso distingo—, sólo los locos bailan. Y los romanos de alcurnia veían con malos ojos el que Nerón se entregara a estos esparcimientos.

La Biblia cuenta que David —verdad que en un rapto religioso— había danzado desnudo como un juglar ante las esclavas, mereciendo el reproche de su mujer. Y San Agustín, a causa del descrédito de los *Ágapes,* llega a decir: *Melius est fodere quam saltare.*

Los profesionales y maestros de orquéstica eran alquilados para las ceremonias públicas y privadas, pero tenidos por gente de baja condición. Las danzarinas contratadas apenas se distinguen de las rameras. Así las que irrumpen en el *Banquete* de Platón, a última hora, y transforman en francachela el diálogo de los filósofos. (*Surprise party, Shower:* el *Kóomos* privado de los griegos, que viene a ser la ronda.)

6. *Las danzas pueden ser guerreras, rituales, líricas, teatrales y privadas.* Menos estas últimas, todas poseen sentido religioso. Existe también, como subtipo, la danza terapéutica, relacionada con la purificación.

Las guerreras se ejecutan con armas o sin armas. Nos dan ejemplo de las danzas sin armas las "gimnopedias" espartanas, en que niños y casados bailan y cantan desnudos ante las imágenes de Apolo, Ártemis y Latona. Alcmán, Taletas y otros líricos de renombre componían la letra y la tonada. Un moderno bailé de salón, los Lanceros, parece supervivencia de alguna danza militar, en que los guerreros hubieran arrimado las lanzas para mezclarse con las mujeres.

Las danzas armadas son de uso universal. Los Spatadanzari de tierra vasca, baile de la plaza, parecen una supervivencia. El origen de la danza de armas es mítico, y en la Grecia histórica la más importante es la "pírrica". Estos tipos de baile deben referirse a las cofradías místicas o *thíasoi,* a los Coribantes que danzaban al son de tímpanos y a los Curetes sobre todo, que entrechocaban los escudos para cubrir los sollozos del Niño Zeus Cretense. (*Ver* Primera Parte, cap. VIII, § 4.) Los Curetes eran en número de nueve, número orquéstico de las Musas. Algunos les atribuyen la invención de la "pírrica". Otros se conforman con el mito de su invención por Atenea, cuando ésta quiso celebrar el triunfo de los Dioses contra los Gigantes. En todo caso, tras la victoria contra los Titanes, la leyenda decía que los Dioses habían danzado en Olimpia, como danzaría después la gente de Pélope. Homero casi describe al cretense Meríones como un "saltador" lanza en mano, que hace baile de los combates; y en boca de Héctor, sin duda metafóricamente, llama a la guerra "danza de Ares" (§ 1). Pero es significativo que asocie a los oficios bélicos la exaltación, y que vea un danzante armado en un cretense. A este tipo corresponden el *embateérios* o marcha militar de Tirteo en Esparta, y otras danzas menos notorias. En Roma, los Salios, sacerdotes de Marte, ejecutarán unas procesiones con danzas y cantos guerreros.

7. *Pasemos a las danzas rituales, las vetustas y las clásicas. Las danzas vetustas difieren de las danzas clásicas.* Las danzas vetustas nacen entre la muchedumbre alucinada bajo el ardor de los ritos primaverales, o entre la multitud exasperada que abandona la normalidad de su existencia y se refugia en apartados reductos para entregarse al influjo místico. Si hoy nos resistimos a entender estos arrebatos colectivos —aunque no faltan ejemplos en nuestras sociedades—, recordemos que el frenesí es contagioso. "Un loco hace ciento." ¡Si lo sabrán los vociferadores demagógicos! En horas de angustia y turbulencia, como en horas de desbordante júbilo, o cuando simplemente se insiste en ello demasiado, los tropeles humanos fácilmente se desenfrenan, y en movimiento acelerado. La celebración de un triunfo deportivo pára en apedrear el consulado del país al que pertenece el equipo rival, etc. El público de los toros protesta contra el juez que cambió la suerte antes de las tres varas reglamentarias, y acaba por quemar a un gendarme en plena plaza. Las Danzas Macabras y otros "furores trepidantes" de la Edad Media, el dolor de las poblaciones que se vuelca en orgías, las epidemias de espanto y de suicidio, los "Bailes de las Víctimas" sobre las tumbas de los parientes guillotinados —a que se entregaban las aristocracias francesas después del 9 Thermidor—, mil manifestaciones más, sin duda provocadas por los desastres de las guerras actuales, y aun las "macumbas" y bailes africanos hoy tan en boga, con sus gesticulaciones, ojos en blanco, pataleos y desmayos, nos permiten ver hasta dónde llega "ese océano de locura —como dice Bertrand Russell— sobre el cual la barquilla de la razón humana se mantiene inciertamente a flote".

La alucinación colectiva, a la hora de las grandes crisis,

siempre ha suscitado fantasmas. Unas figuras gigantescas combatían en las vanguardias de Maratón; los dioses en persona dirigían las cargas romanas junto al Lago Regilo; los signos celestes presagiaban la victoria de Constantino; el apóstol Santiago galopaba entre las filas de los conquistadores de Anáhuac.

Y he aquí, pues, que, al baño magnético de la luna, un *daímoon* se apodera de los mancebos cretenses, allá en el Paseo Montaraz, en la Oribasia. Afíctor, el dios suplicante, cobra ser en el clamor de los afligidos. No importa que Oríbates y Afíctor se confundan luego con la sustancia de los Olímpicos y del propio Zeus, como corresponde a su ente místico. Han nacido en el corazón multánime de un coro y son los brotes del anhelo. Los *kouroi* o mancebos iniciados entonan el ditirambo electrizante, llamamiento a la primavera, "a todo lo que es húmedo y resplandece", como dicen los viejos himnos, y el canto se personifica en el *Megistos Kouros*: ya un Dióniso, ya un Apolo, un Hermes, un Ares o hasta un Zeus.

Ante estas evocaciones, viene a nuestra mente el fiero lamento de Ignacio Ramírez, en un instante de exasperación nacional: "Y si la civilización nos traicionara, no vacilaríamos en sacrificarla, refugiándonos entonces en esa frontera hospitalaria para todos los perseguidos, donde nos entregaríamos todas las noches a la danza frenética, inspiradora de las cabelleras." (Discurso en la Alameda de México, 16 de septiembre de 1861.) Tal es el grito dionisíaco en boca de un indio mexicano.

Las remotas danzas epilépticas corresponden a los cultos de Ártemis y Dióniso. Están hechas de éxtasis, orgía y entusiamo: *enthousíasis* es el transporte del yo hacia la divinidad. Para los antiguos, no era inverosímil el caso de las mujeres histéricas —cuyo mal se relaciona con la epilepsia o "mal sagrado"— que corren a la desbandada como otras tantas Íos perseguidas por una nube de tábanos. Se mencionan casos en Esparta, Epicefiria y Lócride, donde las mujeres, entregadas pacíficamente a sus alimentos, saltaron de pronto, como ante un llamado sobrenatural, y escaparon al monte.

Y aquí aparece el cortejo trepidante de Ménades, Lenas, Bacantes y Tíades: hembras de la locura sacra que, olvidadas

176

de las conveniencias, rondan los bosques y parajes silvestres, visten pieles o *nébrides*, se coronan de yedra, encina y pino, arrancan árboles de cuajo, matan y devoran a las fieras y aun a los niños en el rapto de la *omophagia* —hambre de carne viva— y despedazan en el *sparagmós* ritual el héroe enemigo, Penteo u Orfeo. Pero otras veces se las encuentra dulcificadas en la colecta de uvas y la elaboración del vino —danza de los lagares—; y el arte clásico las domesticó en escenas amorosas, entre Sátiros y Silenos, influidas por Afrodita, por la euritmia de las Musas o por los halagos de Eirene, promesa invencible de la Paz.

De aquellas imágenes sobresaltadas y sangrientas, la mitología sólo cederá a la historia estos dulces trasuntos, amén de la danza convulsiva, adornada con pantomimas de caprípedos que persiguen a las doncellas. Sobrevivirán también los nombres de las Ménades, Lenas, Tíades y Bacantes, que se seguirán usando en los colegios de la religión cívica. El rito danzante se conserva cuidadosamente: así entre los Euneidas de Ática, devotos del Dióniso Melpómenos.

8. *Las danzas clásicas* corresponden a los cultos severos. A Atenea y a Apolo, por ejemplo, hay que acercarse con el fausto de las Panateneas o el decoro del *hypórcheema*, un "modo cretense", según Simónides, esencial en las celebraciones de Delos. Aquí el coro se bifurca: una mitad se mantiene inmóvil o va y viene en redondo; la otra mitad, con ritmo ligero, ejecuta por decirlo así la historia que la anterior canta, imitando —no sabemos cómo— las peregrinaciones de Latona encinta a través de varias ciudades. Este paso es propio de los jóvenes.

En la *géranos*, atribuida a Teseo —danza delia propia de adultos—, hombres y mujeres en ronda dibujan el vuelo de las grullas.

El Peán o *paián*, que los aqueos de la *Ilíada* consagraron en Crisa a Apolo ya reconciliado, se acompañaba también con trancos de baile.

En Mileto, una cofradía danzante —Molpoi—, cuyo *aisymneétes* o presidente era personaje de relieve, celebraba las honras de Apolo.

177

El Apolo Láureo o Dafnéforo era festejado en Fila con las danzas de la sacra orquesta que tenía a su servicio.

El culto de Ártemis Karyatis, en Lacedemonia, exigía una viva danza coral, la *karyía*, donde las jóvenes "Cariátides" lucían una diadema o *chátalos* en forma de cesto, y usaban una falda trotona hasta arriba de las rodillas.

En las *óchlasma* de las Tesmoforias, nominalmente consagradas a Deméter y a Kora, las mujeres caían de hinojos como convenía a la adoración subterránea, y se levantaban de un salto.

En el rito de la Deméter Kidaria —*kídaris* es un peinado, una máscara y una danza arcaica— el sacerdote, enmascarado, representa a la diosa y baila él mismo o rige la danza de los iniciados.

En los Misterios, como queda dicho, la danza es un rito esencial.

9. *Las danzas líricas* atañen a la historia de la música y también de la poesía lírica, que la antigua Esparta enalteció un día, sólo para que, en su triste acuartelamiento, se las arrebataran después otras ciudades griegas. Desde luego, Esparta no instruía en la música a sus ciudadanos. Los músicos eran forasteros: Terpandro, Polimnesto, Taletes —importador del ágil ritmo peonio y cretense—, Tirteo el de los famosos *embateérios* que puntúan la marcha militar, y Alcmán el poeta. Aquí se hallan los antecedentes de las complejas evoluciones corales que usarán más tarde Estesícoro y Píndaro. El "ditirambo" que —fuera de un poema dramático de Baquílides— adoptó el giro narrativo, se relaciona con la adoración de Dióniso y se supone importado de Frigia por Arión, el que llegó a Corinto cabalgando a lomos de un delfín "como en una mula de alquiler", según decía Cervantes. Arión le dio forma definitiva: canto de un coro en torno al dios, con el tema de sus hazañas.

10. *Las danzas teatrales* pasaron del templo al drama. Para que la danza se transforme en drama basta enfrentarla con un actor. Tal hizo —según decían los griegos— Tespis de Icaria.

Hay que distinguir las danzas en los tres órdenes dramáticos: tragedia, cuyos personajes son dioses y héroes patéticamente considerados; drama satírico, que trata con humorismo y bufonadas a los mismos personajes trágicos —especialmente dioses y semidioses—, cuya víctima preferida es Héracles y cuyas reglas Horacio discutirá más tarde en su *Arte poética*; y comedia, en fin, cuyos personajes son los simples mortales u otras figuras de fantasía.

El coro de la tragedia permanece inmóvil cuando calla, y cuando recita, avanza y retrocede, se divide en alas o se mezcla, evoluciona en redondo para la *tyrbee* o danza tumultuosa del ditirambo, y en cuadro para la ponderosa *emméleia*.

El coro de los dramas satíricos adoptó la danza combinada del *síkinnis*, donde los coreutas llevan disfraces de sátiros equinos.

La comedia usa preferentemente el baile individual del *kórdax*, derivado de los cultos fálicos y las orgías rituales o *kóomoi*. Es danza burlesca que acentúa las insinuaciones sexuales. Se la dice creada en el culto peloponesio de Ártemis. Aristófanes se preciaba de haberla desterrado de su obra, por considerarla indigna del espectáculo.

Diremos de paso que Pílades de Cilicia y Batilo de Alejandría, a fines del siglo I, llevaron a Roma unas pantomimas que representaban casos de la mitología y usaban de coros y danzas. Eran obras de refinamiento y aparato. El pantomimo hacía lujo de "transformismo", a lo Fregoli, y solía representar hasta cinco personajes distintos. Augusto, en su política de "pan y circo al pueblo", concedió algunos privilegios a los pantomimos. Tiberio y Domiciano los desterraron. Trajano y Marco Aurelio los hicieron decuriones y sacerdotes de Apolo. Los arrastraron la corrupción del Imperio y la fuerza del Cristianismo.

11. *Las danzas privadas* acompañaban tanto los regocijos como los duelos. En los banquetes ellas son de rigor, y la coreografía se mezcla a los actos acrobáticos y a los juegos de los *kybisteetéeroi*. Nunca faltan en las celebraciones nupciales o *hymenae*. Teofrasto nos pinta a los anfitriones que, vino de por medio, se atreven con unos pasos del *kórdax* para

179

divertir a sus invitados. En fin, los trenes funerarios tienen, por lo menos, una mímica reglamentaria: la mano alzada en señal de desesperación. Al organizarse los ademanes de los grupos luctuosos, se llegó a una especie de danza. Las plañideras cantan los trenos y se mesan los cabellos como simulando el dolor.

Hay gran variedad de danzas populares para ciertas ocasiones determinadas: la *anthema* o danza de las flores, por primavera. "¿Dónde están las rosas, las violetas?", pregunta una mitad del coro, remedando el acto de buscarlas. "Aquí están las rosas, las violetas", contesta la otra mitad, al tiempo que se las entrega. Aparte de las Dionisíacas Rústicas, de carácter ritual, había bailes campestres para las vendimias.

Finalmente, también solía danzarse, como entre nosotros, por el gusto de hacerlo. Había ciertas danzas de buen estilo, y otras que se permitían ciertas faltas de tono.

12. *Las danzas terapéuticas*, relacionadas con la purificación y la iniciación, intentan, aliadas al canto, sanar o mitigar trastornos nerviosos. Las mujeres perturbadas de Lócride fueron curadas con ayuda de un peán y en iguales principios se funda la iniciación en los Misterios de la Hécate Eginense, que devuelven la salud mental.

Hay quien refiere a un recuerdo de esta "magia bailátil" la teoría aristotélica de la *kátharsis* o purificación de las pasiones por el efecto de la tragedia; ya que, además de la piedad y el terror, la tragedia presenta danzas que pueden tener *virtus medicatrix* por sí mismas. La explicación de Aristóteles, según esto, sería una racionalización más de los ritos, junto a tantas otras propuestas por las letras clásicas.

Al tratar de las Curaciones —orden de los ritos extraordinarios— volveremos sobre la danza terapéutica.

V. El sacrificio

A) *Idea general*

1. *El sacrificio es una ofrenda material a los dioses*. Después de la oración, es el rito más difundido. Su aparato y vistosi-

dad hacen que se lo considere como lo más típico de las religiones antiguas, lo que primero se recuerda al evocarlas y al describirlas, aunque no sea lo más profundo. En su crudeza, el sacrificio envuelve las intenciones de un contrato. Cierta vieja historia tesalia lo presenta como una verdadera subasta entre rivales para quedarse con el favor divino.

Interesado cuando más desinteresado parece (el *exvoto* romano guarda su intención de compraventa, el diezmo o *dekata* griego en una ofrenda sin petición), este rito anticipa prendas por la impetración, o la paga si ella ha sido ya satisfecha, o en general asegura el buen crédito a los ojos del dios, con cierto aire de gratuidad. Se ha emancipado ya de la magia (aunque Frazer ha demostrado ampliamente que nació en la magia y es anterior a las verdaderas nociones de la divinidad), y es típicamente religioso, en cuanto supone las dos personas del pacto, y en vez de aspirar al dominio directo de la naturaleza, reconoce la autoridad divina y se entrega a sus decisiones.

2. *El sacrificio no nació adulto y conserva resabios de primitivismo*. En un principio ni siquiera requería ara consagrada: la sangre de las víctimas, al rociar el sitio, creaba por sí la consagración. A cada instante hemos encontrado esta noción persistente. La sangre y los despojos animales tienen virtud. Héracles hizo de sangre cuajada el altar de Dídima, y en Samos y en Olimpia los altares se suponían hechos con los restos y las cenizas de las víctimas calcinadas.

Otro resabio de primitivismo aparece en el sacrificio a los difuntos, que tuvo un día por objeto vigorizarlos directamente en la tumba, haciéndoles llegar la sangre. Las leyes de Solón no lograron abolir del todo esta práctica, y sólo poco a poco la sustituirán las libaciones de agua, leche y miel.

Mientras esto acontece, mientras tal es el estado de las nociones, puede decirse que asistimos apenas a los rudimentos del sacrificio.

3. *Para que madure el sacrificio hace falta que se produzca una distancia ceremonial entre el dios y el hombre;* hace falta que las dos partes contratantes sean nítidamente discernibles.

El sacrificio sitúa ya al dios en su alto trono para, siquiera con dádivas tangibles, someterle alguna oblación. Las dádivas acusan todavía una concepción mezquina del dios, a quien se supone tan codicioso como un hombre. Pero entrañan una disposición religiosa y el anhelo de ser grato al ente adorado. El sacrificio, pues, es efecto de una jerarquización y un alejamiento respetuoso; es un paso hacia el orden.

4. *La esencia del sacrificio está en fortalecer al dios,* en prestarle un auxilio que, al acrecentar su *mana,* redunda en bien del hombre. Tal es la idea impulsora, la génesis de la noción; pero el desarrollo irá muy lejos. Los dioses del primitivo participan de la vida terrestre, y hasta los Olímpicos recuerdan todavía su modesto origen, aunque en vez de sangre tengan ícor y aunque se alimenten con ambrosía. Y como sólo la vida puede comunicar la vida, hay que ofrecerles cosas vivientes.

La mentalidad primaria es generosa. Para ella no sólo están dotados de vida los hombres, los animales, las plantas —que se brindan de suyo como presentes dignos de un dios— sino también muchos objetos que el sentido común considera hoy como inertes. Entre ellos, no hay duda que los objetos de hechura humana han recibido el contacto de la volutad, de la intención, y serán por eso los preferidos, como depositarios de alguna energía más manifiesta. También las agencias naturales y los meteoros están vivos, pero escapan a nuestro alcance. Si el místico de las cavernas pudiera, sacrificaría rayos, truenos y tempestades a los pies de sus dioses. Pero es el caso que estos fenómenos también parecen ser unos dioses.

Otra emoción se ha abierto paso. Conforme la deidad se aleja y se vuelve sobrenatural, la criatura humana sentimentaliza su dependencia religiosa. Al anhelo de alimentar al que nos alimenta se sobrepone gradualmente el empeño de merecer su simpatía, de obligarlo. Nada mejor para ello que desprenderse, en beneficio del dios, de algún bien estimable. Una voz ha dicho al oído del creyente: "Ofrece al dios algo que te cueste, para más contar con su aquiescencia." Y ésta es la noción que aparece en nuestro espíritu al pronunciar la palabra "sacrificio".

De suerte que, por una parte, la idea de fortalecer al ser divino, y por otra, la idea de cederle en rendimiento algo que nos pertenece y nos importa, se van conjugando diversamente en la representación psíquica del acto ritual.

Hay, pues, que sacrificar —"hacer sagrados", "consagrar"— bienes estimables. Juzgados según nuestro criterio económico, los objetos descienden en estimación desde la víctima viviente hasta las ofrendas más modestas: leche, aceite y miel, frutos o vegetales, o meras superfluidades del cuerpo como un rizo de la cabellera. Los simples presentes como las estatuas, juguetillos, adornos y otros *agálmatha* difícilmente pueden considerarse ya como sacrificios.

Pero el criterio del primitivo no podría juzgarse con apego a nuestras tarifas. Carecemos de elementos para fijar la escala de los valores prehistóricos. Nuestra enumeración se ciñe irremediablemente al juicio moderno.

B) *Ecos del sacrificio humano*

5. *Lo que más inmediatamente afecta al hombre es su vida misma.* Parece el bien más estimable y el más digno del sacrificio. No nos empañe la mentalidad racional. No es todavía el martirio heroico ni el afán de gloria. Estimular al dios es fomentar a la tribu, y el individuo se siente más tribu que individuo, y espera renacer en sus nietos, si es que podemos lícitamente trasladar a la prehistoria la filosofía de los pueblos salvajes que andan aún por el mundo. Como los enterramientos obligan a remover la tierra, y se ha observado que esto la fertiliza, pudo verse aquí la prueba del enriquecimiento del *mana* por obra de una vida devuelta.

En nuestro buceo hipotético, hemos llegado a la hora de los sacrificios humanos. Pero ¿hay que descender hasta allá? ¿Hubo en Grecia sacrificios humanos?

6. *Las leyendas traslucen imágenes de los primitivos sacrificios humanos, relacionados con el canibalismo y con los cultos orgiásticos.* Como rastro de canibalismo suele citarse el episodio de Tideo, sorprendido por Atenea cuando roía golosamente el cráneo de su enemigo Melanipo, tal vez impulsado

por aquella creencia según la cual el matador adquiere la vitalidad de su víctima. Pero esto no pasa de ser una calumnia tardía, ignorada por Homero; a menos que sea omitida de caso pensado por este supremo censor de las leyendas. La *Ilíada* muestra la mayor veneración para el héroe Tideo, pequeño y bravo como pantera.

Más palmarios testimonios del canibalismo aparecen en los casos directamente atribuibles al origen del sacrificio. Es muy popular y conocida la historia del Minotauro de Creta. Atenas, sometida al vasallaje de Minos, rey cretense, se vio obligada a enviar un tributo periódico (¿cada año, cada nueve años?) de siete mozos y siete doncellas destinados a saciar el apetito del Minotauro, el Hombre-Toro que vivía encerrado en su Laberinto. Pero en esta leyenda el sacrificio es ya presentado como un rito odioso. La gloria de Teseo está en haberse ofrecido como voluntario y en haber logrado dar muerte al Monstruo, emancipando a Atenas de aquella espantosa servidumbre.

En Arcadia, el Monte Liceo pasaba por teatro de los sacrificios humanos instituidos por Licaón. Allí se daba muerte a los niños —al propio hijo de Licaón en la versión más típica— y luego se hacía festín de sus restos. La comunión era eficaz, pues el sacrificador se mudaba en lobo. "Licaón" vale "lobo": clara conexión con el folklore del Licandro, Hombre-Lobo o *Loup-Garou*. El origen de esta leyenda está en el mito de Licaón, que osó ofrecer a los dioses carne humana.

El mismo tema reaparece con insistencia entre los antecesores de Agamemnón: Tántalo brindó a los Olímpicos los despojos de su hijo Pélope. Atreo —un nieto de Tántalo—, reñido con su hermano Tiestes, finge reconciliarse, le sustrae a sus hijos y se los sirve en un banquete. (Con los Tantálidas se relacionan dos portentos solares: el sol retrocede en su curso para dar una muestra de que en la disputa por el trono entre Tiestes y Atreo, éste es quien cuenta con el favor divino; y luego vuelve a retroceder, para no contemplar el horrendo crimen de Atreo.)

Los cortejos femeninos de Diónoso, en la fábula, cometían abominables crímenes y devoraban también carne de niños: las hijas de Minias en Orcómene, las Ménades de Argos. Agave, enloquecida por el dios, pasea triunfalmente la cabeza de su propio hijo, el rey Penteo.

Se atribuían sacrificios infantiles y ritos de canibalismo al Dióniso de Quíos y al de Ténedos. Esta isla conservó, en días históricos, la costumbre de vestir de niño al recental sacrificado.

Adviértase que, fuera del caso de los Tantálidas, el canibalismo se atribuye siempre a dioses, monstruos y héroes más o menos mezclados de naturaleza animal.

7. *Examinemos algunas leyendas relacionadas con los ritos expiatorios y con los ritos fúnebres.* Dejando ya el tema del canibalismo y el del rito orgiástico, encontramos el sacrificio expiatorio en el mito de Ifigenia y en el mito de Aristódemo.

Ifigenia —cuya aventura en Áulide hay que mencionar varias veces para ilustrar distintos aspectos de la religión griega— va a ser degollada ante el ara de Ártemis, a fin de que esta diosa perdone el desacato cometido en sus bosques y conceda vientos favorables a la flota de los aqueos. Quienes nos cuentan el caso no lo condenan. Esquilo culpa a la locura que se ha apoderado de Agamemnón, padre de Ifigenia; Eurípides, al frenesí de la soldadesca mal aconsejada por el maléfico adivino. La leyenda se arrepiente de su crueldad: el sacrificio no se consuma. Ártemis, en el último instante, sustituye a la víctima humana por una cierva, y transporta a la princesa argiva hasta su sagrario en Táuride, en el Ponto Euxino.

Fácilmente se percibe la semejanza temática de esta fábula con el sacrificio de Isaac. Allá también la divinidad se satisface con la obediencia de Abraham, y sustituye a su hijo por un cordero.

Hoy se sabe que, si la leyenda ha sido transformada y mitificada en la poesía poshomérica, tiene raíces muy anteriores. Ifigenia es una antigua deidad antropoctónica identificada con Ártemis. Eso significa el que Ártemis la lleve al sacrificio, según el paralogismo mítico habitual. Ártemis-Ifigenia fue adorada en la ciudad de Hermione, donde el

185

altar de Ártemis viene a ser la tumba de Ifigenia. La historia puede compararse a la de otra virgen mártir, Políxena, la hija de Príamo y Hécuba en Homero. Políxena, sacrificada en la tumba de Aquiles, resulta haber sido antes una diosa subterránea: "Polyxena", la de los muchos huéspedes —los difuntos—, la esposa de Polydéctor o Polydugmón, acaso de tradición fenicia.

El mito de Aristódemo pertenece al ciclo de la Guerra Mesenia. También allí encontramos la pareja de padre e hija. El rey Aristódemo, acosado por Esparta, consulta el Oráculo Delfio. Éste le promete el triunfo de los mesenios, a cambio de una virgen de sangre real. Aristódemo escogió como víctima a su propia hija y, desesperado por las estratagemas del novio —quien, para salvarla, hizo correr la voz de que la muchacha estaba encinta—, él mismo le dio muerte. También la leyenda trae su castigo. Los mesenios fueron derrotados. Perseguido por pesadillas y portentos, Aristódemo se suicidó sobre la tumba de su hija.

La *Ilíada*, excepcionalmente muestra un caso de sacrificio humano. Para las honras fúnebres de Patroclo, Aquiles —además de ofrecerle como homenaje su propia cabellera, la oblación de ovejas y bueyes, y las libaciones de aceite y miel— manda echar a la pira cuatro caballos, dos perros y doce prisioneros troyanos que den cortejo a su amigo desaparecido. Nótese que el destino habitual de los prisioneros no era el ser condenados a muerte, y menos a las llamas, sino el quedar como cautivos o el ser trocados por el rescate. Homero, que dedica siempre mayor trecho a los sacrificios animales, se deshace de este sacrificio en verso y medio, en frase incidental que aun carece de verbo propio, y todavía añade uno de los escasísimos comentarios que se permite en todo el poema: "¡Su pecho estaba turbio de negros pensamientos!" Es decir, que Homero parece recoger la tradición muy a su pesar, y rompiendo sus normas artísticas de objetividad casi invariable, no puede menos de declarar aquí su censura.

En la *Pequeña Ilíada* —uno de los Poemas Cíclicos que completan la leyenda de Troya—, Lesches cuenta que Políxena, hija de Príamo y Hécuba, fue sacrificada en la tumba de Aquiles. En la Lápida Troyana —mármol grabado del siglo I d. c. (Museo Capitolino de Roma), se ve a Neoptólemo, hijo de Aquiles, ejecutando el sacrificio, a presencia de Odiseo y de Calcas.

Entre los dos tipos de leyendas que hasta aquí hemos examinado, las que traen ecos del canibalismo y los ritos orgiásticos se presentan como las más feroces; las que traen ecos de ritos expiatorios y fúnebres encierran en sí cierta atenuación o cierta censura que las atenúa. Si los sacrificios de aquellas leyendas eran directamente oprobiosos para la divinidad que los aceptaba, los que estas otras leyendas nos refieren procuran explicarse más bien por los errores humanos.

8. *Las leyendas, finalmente, relacionan el sacrificio humano con el martirio voluntario.* Las sombras comienzan a disiparse. Ya no hay solamente sangre y aberración mágica, ya hay también nobleza.

El mito de Alcesta puede servir de ejemplo. Asclepio, hijo de Apolo, devolvió la vida a Hipólito, cediendo a los ruegos de Ártemis. Zeus, indignado ante esta extralimitación, fulminó a Asclepio con su rayo. Apolo se vengó dando muerte a los Cíclopes, los forjadores del rayo, puesto que nada podía contra el Domador de las Nubes. "Mandan al gato, y el gato manda a su cola", dice un viejo refrán. Zeus condenó entonces a Apolo a servir durante un año como siervo de Admeto, el rey de Fera, en Tesalia, quien por cierto lo colmó de mercedes. Poco después, Apolo averiguó que los Hados preparaban la muerte próxima de Admeto, y agradecido al buen tratamiento de este amo ejemplar, sobornó a los Hados con unos cuantos tragos de vino. Les propuso, y ellos lo aceptaron, que dejaran vivir a Admeto, si otra persona se prestaba a morir en lugar suyo. El padre y la madre de Admeto se rehusaron; pero su esposa, Alcesta, tomó su sitio y murió por él. Acertó a pasar por la casa del rey el sufrido Héracles, y habiendo descubierto el caso, estorbó la entrada de Thánatos, el Espíritu de la Muerte que ya venía por su presa. Alcesta fue devuelta a su esposo. Este premio de Alcesta es toda una moraleja virtuosa.

A la muerte de Héracles, los huérfanos de éste y de Deyanira, perseguidos por Euristeo, se refugian en Maratón, donde a Demofón sólo le es dable recibirlos a cambio del sacrificio de una virgen. Macaria, la mayor, se entrega entonces como víctima, y aquí ya no hay premio a la virtud.

Las verdaderas leyendas históricas, no los mitos —es decir, lo que se daba por historia humana y ya no divina, antes de que existiera la historia— también nos muestran sacrificios que llegan a la consumación. La tradición épica de la Tebaida preserva el recuerdo de la abnegación de Meneceo; y la tradición ateniense, el recuerdo del holocausto de las Erecteidas y del rey Codro.

La ciudad de Tebas se encontraba asediada por siete compañías, una a cada una de sus puertas. Tiresias, el centenario vidente, dictó entonces su vaticinio: la ciudad sólo podría salvarse mediante el sacrificio de cualquiera de los Spartoí —la familia reinante—, en pago a la sangre del Dragón muerto en otro tiempo por Cadmo y no redimida todavía. Meneceo, hijo del rey Creonte, trepó sin vacilar a los muros de la ciudad y se atravesó con su daga. Su cuerpo fue a caer sobre el foso que había servido de cubil al Dragón.

Las hijas de Erecteo, por consejo de Delfos, se sacrificaron para asegurar la victoria de los atenienses contra Eumolpo y los eleusinios.

Según la leyenda de Atenas, el Oráculo Delfio había ofrecido el triunfo a los dorios, a condición de que no atentaran contra la persona de Codro, el joven rey. El aviso secreto llegó a oídos de los atenienses. Codro decidió provocar a los invasores disfrazándose de mendigo. Y en efecto, los dorios riñeron con el supuesto mendigo y le dieron muerte. Al percatarse de la verdad, abandonaron la campaña atemorizados, y evacuaron presurosamente el territorio. Los atenienses decidieron que, después de heroicidad tamaña, ninguno de los sucesores de Codro tendría derecho a llamarse rey. Todos, en adelante, quedaron rebajados a la función de "arcontes", de gobernadores.

Pudieran citarse muchas otras historias en que el martirio se avalora por tratarse de víctimas voluntarias, todas ellas vírgenes de raza heroica o principesca. Estas historias ofre cen el aspecto menos sombrío, el aspecto sublime de los sacrificios humanos. No todo es aquí negativo.

Los mártires no han sido invariablemente la flor de las sociedades. Si unos lo fueron, otros son unos desesperados, a veces maniáticos o, como en los ejércitos romanos del Danubio, hombres sensuales y de escasa imaginación, dispuestos a morir en breve con tal de poder darse antes un hartazgo.*

9. *Quedan rumores del sacrificio humano en tiempos históricos*, aunque muy confusos y mezclados todavía de patrañas.

Con todo, en algún lugar agreste y montañoso, se cuenta de hechos verídicos acontecidos por los días de las Guerras Persas, y aun posteriores algunos a su historiador Heródoto. El *Minos*, un diálogo seudoplatónico, los da por sucesos contemporáneos, y los compara a las atrocidades de los bárbaros cartagineses. Dicen que en el siglo II de nuestra Era todavía hubo sacrificios ocultos en Arcadia, y Plutarco afirma que persistía la costumbre del sacrificio humano en Orcómene. Durante las Agronias, el sacerdote perseguía espada en mano a un hombre y a una mujer que pertenecieran a la misma familia. Si lograba darles alcance, quedaban condenados a muerte. A él se lo llamaba Psolois, "el Tiznado"; a ella Olea, "la Destructiva".

Ya se habla de una costumbre, ya de episodios aislados; cuándo se los refiere al Zeus Lafistio de Tesalia, cuándo al Zeus Liceo de los arcadios. En el norte, se afirma que el Centauro Quirón acepta sangre humana; en el sur, se afirma que la acepta el héroe Peleo. ¡Y aun quiere la conseja achacar a Apolo el recibir víctimas humanas, precipitadas de las rocas marítimas en Chipre y en Léucade! En las Targelias se incineró a un criminal, con leña de un árbol estéril, y sus cenizas se arrojaron al mar. Entiéndaselo como una supervivencia inaudita: las Targelias, aunque adoptadas por Apolo, son un culto mucho más antiguo que este dios, culto que cayó de pronto en el recuerdo de su mala vida anterior.

Tales monstruosidades se cargan a cuenta de la exasperación ocasionada por los calores y las largas sequías; se las

* Sir J. Frazer, *Lectures on the History of the Kingship*.

disculpa como engendros de la sed y el hambre. Mas no son las únicas causas. La crueldad y el pavor casi siempre se presentan juntos.

En Alo, población de la Ftiótide, Atamas, el fabuloso rey de Tebas, era adorado como héroe local y tenía capilla y sepultura junto al templo del Zeus Lafistio. Instigado por Ino, su segunda esposa, intentó dar la muerte a Frixo, hijo suyo del primer lecho. Los Oráculos lo maldijeron. Logró escapar, mas la cólera de los dioses se mantuvo viva sobre su descendencia. El mayorazgo de la familia perdió el acceso al Pritaneo; y si se lo sorprendía en infracción, se lo sacrificaba —con todos los honores debidos a un rey— en el ara del Zeus Lafistio. Lo cual nos recuerda el "asesinato del viejo" u "occisión del rey divino", tipo antropológico estudiado por Frazer.* Tal es la tradición que los guías narraron a Jerjes en el siglo V, allá cuando comenzaba la invasión de Grecia por el sudeste de Tesalia. ¿Cómo no admirar semejante barbarie? Jerjes, vivamente impresionado, hizo acto de reverencia ante la sepultura de Atamas.

Con tal tradición se pretendía explicar la supervivencia de los sacrificios humanos entre los tésalos. Pero hay que entenderlo al revés: la leyenda no justifica el hecho, el hecho buscó justificación en la leyenda. Y el hecho fue motivado seguramente por el terror de la invasión persa. El sufrimiento nacional exacerba la sensibilidad religiosa en términos anti-religiosos, y busca alivio y esperanza en las más dolorosas formas de la sumisión a las deidades. En horas de desazón, también el miedo a los asirios hizo que los judíos del siglo VII se entregaran a los sacrificios humanos y quemaran niños en el valle de Hinom. Filón de Biblos cuenta que un rey fenicio, Israel —a quien él llama Cronos— sacrificó a Jeoud su unigénito, para merecer el triunfo contra los enemigos de su país. Cuando Roma se estremecía bajo el pavor de Aníbal, hubo sacrificios de Vestales y quema de galos y griegos. Cuando el terremoto de Lisboa, hubo judíos en la hoguera. Pero Grecia, la auténtica Grecia que amamos, no incurrió en iguales desvíos tras el desconcierto de Cunaxa,

* *La rama dorada*, trad. de E. y T. I. Campuzano. México, Fondo de Cultura Económica, 4ª ed., 1961, pp. 312 *ss.*, y "Sacrificio del hijo del rey", pp. 339 *ss.*

190

aunque los soldados de Jenofonte fueran la hez de los mercenarios; ni tras el desastre de Siracusa, aunque las angustias de Nicias y su gente apenas pueden calcularse.

Los últimos vestigios del sacrificio humano integral son ya verdaderos simulacros. La Ártemis de Hale se conforma con una degollación fingida, un rasguño en la garganta del fiel. El castigo de los Atámidas se vuelve parodia: la víctima huye y se la deja escapar. En el ritual rodio con que se venera al Pélope Eunomao, el oficiante, lanza en mano, persigue a la víctima durante unos minutos, pero de pronto finge que se ha quedado ciego, y vuelve al lugar de la ceremonia con los ojos cerrados y conducido por dos niños.

10. *Hay cierto tipo de compensaciones místicas que hasta cierto punto se relacionan con el sacrificio.* El caso de las vírgenes locrias puede servir de ejemplo. Así como, antaño, Atenas había quedado obligada al tributo de guerra que significaba el envío periódico de vírgenes y mancebos para saciar al Minotauro de Creta, así sucedió que el pueblo de los locrios se viera obligado a enviar dos vírgenes, escogidas por suerte, al templo de la Atenea de Ilión —en principio durante el término de mil años—, vírgenes cuya llegada los troyanos acechaban cuidadosamente, y tenían derecho a matarlas si es que lograban apoderarse de ellas. Después, se las quemaba en hoguera de leña estéril, y sus cenizas se arrojaban al mar desde lo alto del Monte Trarón. Si escapaban, se refugiaban en el templo y, convertidas en sacerdotisas de Atenea, se ocupaban en barrer y regar el sacro recinto. Pero era condición que no se acercaran al templo ni salieran de él sino por la noche. Usaban los cabellos cortos, por todo vestido un simple camisón, y andaban descalzas. Las primeras doncellas locrias destinadas al sacrificio fueron Peribea (o Periboia) y Cleopatra, que otros autores más bien consideran como unas diosecillas de tercer orden, acogidas por la leyenda, no muy diferentes de las humildes Damia y Auxesia que se adoraban en Trecenia y otros lugares.

Esta costumbre era, en efecto, una compensación mística: el locrio Áyax de Oileo, durante el asalto de los aqueos a Ilión, había osado violar a la princesa Casandra en el propio templo de Atenea. Este delito atrajo sobre los locrios el hambre y la peste; y el sacrificio anual de las doncellas, dictado por la divinidad, fue la manera de purgarlo.

Los locrios, en un principio, enviaban a Troya a las muchachas; después, a los niños de un año con sus nodrizas. Al cabo de mil años, al final de la guerra focense, la costumbre desapareció según algunos, si es que realmente existió y no se trata de una mera leyenda. Ciertos testimonios aseguran que las locrias, tras un año de servidumbre sagrada, regresaban a sus hogares sanas y salvas, diga lo que quiera Licofrón en su *Alejandra*, donde ha procurado exagerar los rasgos sangrientos de la tradición.

11. *Importa distinguir el sacrificio humano de los linchamientos y de las crueldades guerreras.* Ya hemos visto que, en ocasiones, se lapidaba al delincuente para no mancharse con su contacto: caso de purificación, no de sacrificio. La casi novela de Filóstrato nos cuenta que Apolonio de Tiana —su filósofo taumaturgo— creyó reconocer en un mendigo de Éfeso al demonio de la pestilencia. ¡En Éfeso tenía que ser! La turba se apresuró a matarlo a pedradas: ni sacrificio ni *phármakos*: linchamiento vil.

En Temesa se conservaba la leyenda de que el pueblo había matado a pedradas al atleta Polites por haber violado a una mujer. Para aplacar su espectro, había que sacrificarle anualmente una virgen, hasta que otro luchador, Eutimo, logró dominar al espectro y lo arrojó al mar: linchamiento con efectos de sacrificio.

Plutarco ha recogido el rumor de que, antes de la batalla de Salamina, el sacerdote Eufrántides presentó al almirante Temístocles tres prisioneros persas, los tres hermosos y lujosamente ataviados, aconsejándole que los diera al fuego para congraciar al Dióniso Devorador (*Oméestes*). Temístocles se resistió. Los soldados, a pesar de todo, se apoderaron de ellos y los echaron a la pira. ¿Linchamiento, o maniobra de aquel astuto Temístocles? También puede ser uno de tantos cargos injustos que se le acumularon más tarde, en los días de su desgracia.

De igual modo, el partido fanático quiso forzar la vountad de Pelópidas, antes de la batalla de Leuctra, obligándole a los sacrificios humanos sólo porque el jefe había tenido no sé qué sueño. Pero Pelópidas se negó como buen hijo de la Hélade, y con él sus sabios consejeros, en quienes oímos la voz de la sabiduría clásica: "Cosa tan bárbara y tan impía no puede ser grata a los Inmortales —dijeron—. Ya los Monstruos y los Gigantes no gobiernan el mundo." * Es decir, que el régimen de los Olímpicos no admite ya tales desafueros.

12. *El sacrificio humano es rechazado por el espíritu de Grecia.* De los análisis anteriores podemos concluir que esta planta venenosa, lejos de pertenecer al helenismo, se hunde en el fango original de que el helenismo logró limpiarse por obra de la religión apolínea, sustituyendo sus horrores mediante prácticas incruentas. Grecia —dice Murray— no es "pagana": pagano es el suelo en que brotó y de que ella supo levantarse.**

Sería absurdo, en efecto, juzgar a una ciudad por los crímenes de sus arrabales, y olvidar que la mente griega, del siglo v en adelante —que de entonces datan los primeros testimonios al caso— condena invariablemente la memoria de los sacrificios humanos. Si los refiere, es como hoy nos referimos —y no por eso los aprobamos— a los quemadores de brujas en la Edad Media, o a las hechiceras torturadas todavía a comienzos del presente siglo en los más tenebrosos rincones de Irlanda o los Abruzos.

Hace unos años, cierto infeliz italiano se hizo crucificar voluntariamente en un pueblo de indios, asegurando que era el Hijo de Dios y que reclamaba el martirio para la redención de los hombres. ¿Quién va a juzgar de una nación por ese relámpago de insania? ¿Quién va a acusarnos de practicar el rito del *phármakos* porque un ayunador —por ganarse el pan— haya muerto de hambre entre nosotros? ¿Quién tiene derecho a dictaminar sobre el estado de nuestra religión o nuestra medicina por esa curiosidad folklórica que se llamó el Niño Fidencio?

* Plutarco, *Pelóp.*
** G. Murray, *The Rise of Greek Epic.* Oxford, 1911, p. 36.

Los vagos y equívocos documentos que hemos examinado nos dan, pues, la prehistoria, no la historia del sacrificio griego.

C) *Sacrificio humano y* phármakos

13. *Después de la vida misma, lo que más inmediatamente afecta al hombre es su integridad corporal.* Pero no ha llegado aún el momento de examinar las mutilaciones sagradas. No se dieron en aquel pueblo —que sepamos— las deformaciones cranianas impuestas a las castas del sacerdocio o la milicia, ni la extracción de dientes y muelas, ni la horadación de la nariz, ni la adulteración labial como en América, África y Oceanía, costumbres cuyo residuo queda en los aretes de las señoras. El tatuaje desapareció entre los egeos desde la lejana prehistoria. La mutilación sagrada, que comprenderemos entre las singularidades hieráticas, es una exacerbación excepcional y no establece la línea evolutiva del rito, y aun se ataja allá en sus orígenes. Se la puede relacionar, a lo sumo —y no sé hasta qué punto— con el rito del *phármakos* en que pronto nos ocuparemos.

El mínimo del sacrificio corporal está representado sin duda por las guedejas, trenzas y rizos que mancebos y doncellas entregaban a las divinidades fluviales. Estos dones se relacionan con los ritos domésticos, y allí encuentran su sitio.

14. *La historia de los* phármakos *muestra la transformación de la tragedia en sainete.* Es indudable que esta práctica tuvo algún día un carácter feroz. Pero, mucho más que un rito religioso, fue un rito mágico. No es el *phármakos* una víctima consagrada al dios, sino un emisario del pavor colectivo al que se aniquila de algún modo. Es —en la frase vulgar— "el que paga el pato". Poco a poco, la ceremonia va cobrando un tinte risueño.

Hipónax —siglo VI— asegura que en Éfeso se da muerte al *phármakos*. Pero Hipónax es un satírico truculento, y Éfeso era tierra de costumbres harto desmedidas. Júntense las dos circunstancias para apreciar el valor del testimonio: abultamiento del narrador, o salvajada peculiar a la gente de Éfeso.

Otros autores entienden que la transformación del *phár-makos* mártir en *phármakos* simbólico pasó por un interme-dio singular. Tal fue la elección de criminales convictos para servir de víctimas. Y todavía aseguran que se los embriaga-ba previamente para morigerar el trance: así entre los abde-ritanos, que lapidaban anualmente a un *phármakos* para que respondiera por todos los pecados del pueblo. Imposible no recordar aquí las exageraciones que Oscar Wilde contaba a los hermanos Goncourt a su regreso de América: en algunas poblaciones de Texas —pretendía—, sólo pueden represen-tar a Lady Macbeth las envenenadoras convictas... Por si a algún espectador se le escapa un tiro.

Dentro del ámbito de la "Grecia griega", pronto se pres-cinde de los ritos sangrientos, y la ceremonia del *phármakos* adopta el carácter de la Expulsión del Hambre, en Queronea, mencionada por Plutarco.

En Jonia se usaron los *phármakoi* como detergentes con-tra las plagas del campo. Atenas, en las Fiestas Targelias, conoció el rito de los *sybakchoi*, uno por los varones y otro por las mujeres, aquél con una sarta de higos negros al cue-llo, y ésta con una sarta de higos verdes. Se los halagaba, se les daban vino y presentes, y luego se fingía matarlos azo-tándolos con tallos blandos y racimos de flores. Era una mojiganga. Los feos del pueblo se prestaban voluntariamen-te para el papel de hazmerreír. La costumbre se extendió hasta la lejana Masalía (Marsella), y aún se conservaba cuan-do la colonia pasó a manos de Roma (Massilia).

El que se usara siempre a un personaje poco agraciado nos lleva al Tersites de la *Ilíada*, el más repugnante entre cuantos militaban en las filas de Agamemnón, aquel que apa-rece apaleado por Odiseo entre las risas de la tropa, anun-cio del bufón.

Algunos mitólogos creen ver en Tersites —independizado ya en el poema como uno de tantos— la última evolución de un antiguo diosecillo guerrero, adorado antaño en Lace-demonia y degradado hasta el ridículo por el triunfo de la falange olímpica. Según el logógrafo Ferécides y el poeta Euforión, Tersites fue despeñado por Meleagro, cuando la Caza del Jabalí, a causa de su cobardía. Despeñado, pero no muerto. Sus azares anuncian ya a Polichinela, al Cabeza de Turco, blanco de todos los malos tratos. Tersites se levantó renqueando, para morir más tarde a manos de Aquiles, que ya no pudo soportarlo. Y ello fue porque Aquiles, tras de vencer a la Amazona Pentesilea —o Pantasilea como decía el Marqués de Santillana— se conmovió ante la hermosura de su cadáver, lo que provocó las burlas de Tersites (Arctino, *Etiópida*).

En algunas fiestas de Esparta —triunfo del Verano contra el Invierno— los del bando de Aquiles echaban al agua a los del bando de Tersites-Enyalios (Enyalios, dios incorporado en el ser de Ares). Lo cual concierta con el odio de Tersites a Aquiles en el poema homérico. Y despeñar y echar al agua eran dulces medios empleados para deshacerse del *phármakos*, una vez que se lo cargaba con los males del pueblo.

Parecen transformaciones del *phármakos* las oscuras diosas de la fertilidad Auxesia y Damia que, al menos en Trecena, incluían entre sus ritos la lapidación —*lithobólia*— en recuerdo de cierta leyenda cretense sobre las vírgenes apedreadas.

D) *El sacrificio griego*

15. *El sacrificio griego es un sacrificio animal.* Como el animal ha de llegar vivo a la ceremonia, sin lo cual se perdería la energía mística del rito, se prescinde en general de las fieras, e invariablemente, de los pescados. Y ya encaminar hasta el ara uno de aquellos toros bravíos resultaba a veces una proeza.

Por lo demás, la carne es lujo. La gente modesta se nutre sobre todo de cereales, vegetales, ensaladas, aceite de olivo y aceitunas, ajo y cebolla, queso, miel y, donde se lo encuentra, pescado; y entre estos alimentos escoge lo que considera apropiado para sus dioses. A su vez, los señores desdeñan un poco el pescado y atribuyen a los dioses su misma preferencia por la carne animal. ¿Quién, entre los aqueos de la *Ilíada*, resiste la tentación de un buen solomillo? Agamemnón lo ofrece en persona al príncipe a quien quiere honrar. Pero, como vamos a averiguarlo, el dios se conforma con menos.

Bueyes, corderos, cabras, caballos, son las víctimas habituales para las grandes ceremonias. El jabalí es uso de gente guerrera y cazadora. El cerdo, como más barato y manuable, es la víctima popular; muy excepcionalmente, el gallo; y el perro, según ya se ha dicho, se emplea sobre todo para ciertas purificaciones. Los Misterios, que dan acceso a personas de distintas condiciones sociales, también han preferido el cerdo, lo que el mito explica ingeniosamente como lo veremos al describir las ceremonias de Eleusis.

La pieza escogida debe ser un ejemplar perfecto, ileso, un animal tierno o en pleno vigor; si es posible, "indemne de aguijón", como dice Homero. Y el sacrificio queda nulificado si el examen de las entrañas revela alguna anormalidad.

Aunque hay muchas reglas y excepciones, se busca un principio de analogía: los machos son para el dios, y las hembras para la diosa; el cordero blanco para las deidades celestes, el pardo o negro para las deidades subterráneas.

El mito nos muestra una modalidad curiosa: el dios mismo crea la víctima que habrá de ofrecérsele. En tal caso, no perdona el olvido del sacrificio. A ruego de Minos, que le pidió manifestar mediante algún portento la aprobación divina para que él ocupara el trono de Creta, Posidón hizo surgir un toro de las aguas. El toro era tan hermoso que Minos no se decidió a sacrificarlo. El castigo de Posidón contra semejante desacato fue realmente espantoso: la reina Pasife o Pasifae enloqueció de amor por el toro, y de él dio a luz el Minotauro.

La víctima animal es abatida con hacha o maza antes del degüello. El arrojarla viva a las llamas es una crueldad excepcional, de que Pausanias encontró noticia en Patras (Acaya) y que el grecosirio Luciano describe como costumbre en la ciudad asiática de Apamea, pero que contraría la verdadera sensibilidad griega.

16. *El procedimiento del sacrificio animal varía según el culto.* La pieza para los dioses celestes se asa en parte y se

quema en parte; y los oficiantes, en sacro festín, participan de ella. La destinada a las deidades subterráneas no se da al fuego, y se dispone de sus restos por cualquier otro medio. No es *thysía* u ofrenda, es tan sólo *enágisma* o consagración. Su sustancia no tiene para qué evaporarse ni "escalar el éter en las espirales del humo", como dice Homero. En general, tampoco la prueban los hombres, no hay comunión.

Al animal consagrado a un dios celeste, después de abatirlo, se le alza el testuz por el hocico para degollarlo con los ojos al cielo; al consagrado a un dios terrestre, más bien se le humilla a tierra la cabeza.

Las deidades marítimas, Posidón el primero, disfrutan de cierto privilegio. Cuentan con la masa de agua que de una vez traga y recibe íntegra la ofrenda, la cual es sencillamente arrojada al mar, o bien se la embarca y se la abandona a su suerte.

El tiempo propicio para el sacrificio celeste es el amanecer, el pleno día, o la noche si hay luna llena o luna creciente. Para el sacrificio terrestre se prefiere el anochecer, o la noche en luna menguante.

Olvidar un sacrificio debido puede traer fatales venganzas. Los aqueos de la *Ilíada*, en su premura por resguardar su campamento contra los renovados ataques de los troyanos, levantan un muro con palizada y abren un foso, sin ofrecer antes sacrificios. Posidón manifiesta a Zeus su extrañeza; pero el Amo de Dioses y Humanos estaba aquel día de buen humor, y tranquiliza al Señor del Terremoto prometiéndole que cuando haya acabado la guerra, podrá desbaratar a su antojo las fortificaciones aqueas:

> Ya cuando los argivos dejen el campamento
> y hacia su patria zarpen, ha de llegar tu hora;
> derribarás el muro, lo arrojarás al mar,
> esparcirás la arena por la ancha bahía,
> y de ese muro altivo ni el rastro ha de quedar.

Il., VII, 459 *ss.* Trad. A. Reyes.

No es menos peligroso olvidar, en las invocaciones que preceden al sacrificio, el nombre de una deidad a quien corresponde la jurisdicción moral o geográfica del acto. Así, por no nombrar a Ártemis junto a los demás dioses al levantar sus cosechas y ofrecer las primicias, le aconteció a Eneo, el rey de Calidón, que la diosa, iracunda, mandara devastar sus tierras por el Jabalí de la fábula. Hera odia al usurpador Pelias, porque olvidó el sacrificarle, y ayudará a su derrocamiento. Pirítoo olvida el convidar a Ares a su banquete de bodas —que era en cierto modo una honra sacrificial—, y el dios lanza contra él a los Centauros, que, sin la resistencia de los Lapitas, le hubieran robado a la novia Hipodamia.

17. *El sacrificio se clasifica aproximadamente en varios tipos*: el tributario, que meramente se propone honrar a los dioses; el piacular o expiatorio, que no sólo se aplica a una culpa determinada, sino, como la purificación, a todas las posibles manchas que la conducta recoge insensiblemente, y que exigen una contrición periódica comparable a la confesión del católico; el sacrificio de conjuro o defensa contra cualquier influencia nociva; el místico, que conserva el sentido mágico de transmisión del *mana* y restauración de la deidad mediante un alimento real o simbólico; el petitorio; el de gratitud, etc. Hay sacrificios públicos o privados.

Los vecinos —y toda matanza de res se les vuelve un sacrificio— suelen colgar el cuero a sus puertas, en que Teofrasto cree ver ya un poquillo de jactancia. Hay sacrificios a los dioses, a los semidioses, a los héroes y a los difuntos.

18. *La hecatombe es el sacrificio típico de los griegos* y el que merece tratamiento más ceremonioso. "Hecatombe" quiere decir "cien bueyes", pero la palabra se emplea para cualquier número de víctimas, y ya Homero la generaliza y habla de "hecatombe de ovejas". El ara que Hierón II hizo construir en Siracusa (siglo III) medía 200 metros por 20, lo que da idea de la cantidad de las víctimas que llegaron a consumirse en una sesión. Prescindamos de algunas singularidades como el repartir la carne cruda entre los presentes, o el no degollar a la víctima sino dejar que cada uno

cortara el pedazo que le parecía, como se hizo en el culto de la Kora arcádica.

La matanza ritual del toro suma en sí todos los rasgos característicos del sacrificio. Y aunque Homero prescinde de algunos usos generales, su descripción da una idea muy clara. He aquí el sacrificio de los aqueos al Apolo de Crisa:

> Gozoso queda el padre; la hija, rescatada.
> En el altar se apronta la hecatombe sagrada.
> Lávanse y dan la mola* con religioso celo.
> Crises ora por todos con los brazos al cielo.
> . . .
> Así dijo rogando; lo escucha Febo Apolo.
> Rezada la plegaria y la mola esparcida,
> doblándoles la nuca las víctimas degüellan,
> las trozan y desuellan; pringan los muslos sólo
> en grasa revistiéndolos y en carne remolida;
> y el anciano los lleva a la leña encendida,
> tintos en vino, al tiempo que ya han asegurado
> los mozos los trinchantes de cinco puntas. Luego
> de quemar los perniles, reparten el bocado
> de entrañas, y la carne menuda con cuidado
> tuestan al asador y la sacan del fuego.
> [La faena cumplida, se juntan al banquete
> y todos se contentan con su justa ración.
> Sed y apetito aplacan a su satisfacción;
> las cráteras los mozos colman hasta el gollete,
> y las copas derraman la sacra libación.
> Y a lo largo del día, en honra a Apolo Arquero,
> un sonoro peán entonan los guerreros,
> que el Dios está escuchando con dulce corazón.]

Il., I, 446 *ss.* Trad. A. Reyes.

En este fragmento constan las principales circunstancias del rito. Los guerreros aqueos están en campaña, y no podríamos esperar de ellos la minuciosidad de las hecatombes normales. Tampoco esperamos el menor respeto ceremonial de los Pretendientes que banquetean en el palacio de Ítaca diezmando el ganado de Odiseo, ni del prodio Odiseo y su gente cuando saquean las greyes de los Cícones; pues ni el banquete de placer ni el saqueo son actos religiosos. Además, en la hecatombe descrita, el poeta no tenía para qué

* La "mola": harina y sal que se esparce sobre el cuerpo de la víctima y por el sitio del sacrificio.

detenerse en los detalles menores. Sin embargo, el suprimir la aspersión del ara con la sangre, y aun la aspersión de los oficiantes puesto que se trata de una expiación, más bien es cosa premeditada y propósito de callar cuanto puede parecer arcaico, supersticioso y repugnante.

Otros pasajes homéricos y otros documentos de las letras y el arte permiten recomponer todos los rasgos de la ceremonia. La víctima y el oficiante son previamente purificados. Se elevan plegarias. El sacrificador se adorna sacerdotalmente con guirnaldas. A la res, si es posible, se le dora la cornamenta. Se le arrancan unos cuantos pelos, que los oficiantes echan a la fogata. Se distribuye la mola entre los presentes, y éstos la espolvorean sobre el animal y en torno al ara. El animal es abatido con hacha o maza. En cuanto cae al suelo, se lo degüella con la daga. La sangre es recogida en cubas para las aspersiones del caso. La víctima es desollada. Se abren las entrañas, se las examina para objetos adivinatorios y para establecer, según su apariencia y ciertas reglas empíricas, si el sacrificio ha sido perfecto. Los perniles, cubiertos de grasa y un poco de carne remolida, y rociados de vino, se calcinan para que el humo transporte a los dioses la sustancia. Se reparte un primer bocado de entrañas asadas entre los fieles, cosa de aplacar el apetito despertado al olor. Se corta y prepara la carne para el banquete, acompañado de las libaciones rituales.

A veces, el acto contó con música de flautas, sobre todo en época tardía. La flauta sustituía entonces a las antiguas lamentaciones femeninas, lamentaciones o expresión de júbilo doloroso —*ololygé*—: un gemido trémulo que acababa en una nota aguda.

Cuando el pacto y los juramentos de la *Ilíada*, corresponde a Príamo, como nativo de la tierra, llevarse consigo los despojos de los corderos para enterrarlos; pero cuando los juramentos del extranjero Agamemnón, los despojos del jabalí sacrificado se echan al mar (II, III y IX).

En conjunto, los sacrificios de la *Ilíada* parecen verdaderas carnicerías si se los compara con algunas ceremonias del tiempo de paz, como las *boufonías* de las Dipolias atenienses, en que todo asume un aire sagrado y aun lloroso y sentimental. Los bueyes que aquellos guerreros sacrificaban eran unos extraños, ganancias de los combates, botín de guerra. No así los bueyes criados en casa. El primitivo orden agrícola de semitas y arios desvanece ciertas fronteras entre el hombre y el animal. En Hesíodo, el buey es nombrado antes que la mujer entre los bienes deseables al labrador perfecto, y se recomienda ampararlo como a un hijo contra las inclemencias de la mala estación. Es un asociado en el trabajo, comparte la vida doméstica como si fuera un miembro más de la tribu, unido a ella por vínculos de alimento y de sangre. Su sacrificio es una excelsa y costosa oferta a las deidades. Una ley ateniense llegó a prohibir todo sacrificio del buey que se usara en el arado o el tiro. Solón, por lo menos, restringió los sacrificios bovinos, vedándolos en los funerales privados. Dar muerte a la oveja preferida —observa Murray— era un acto censurable para los griegos.

En este mismo orden de ideas, se inventan fraudes para tranquilizar la conciencia, porque es duro matar al fiel camarada de labores. Todos procuran convencerse de que el buey, encaminándose al ara por su propio paso o comiendo el grano consagrado, está solicitando voluntariamente el sacrificio. Y todavía se finge la resurrección de la res, armando un simulacro con el cuero y la cornamenta y unciéndolo al arado. Así, entre los todas de la India meridional, el búfalo del sacrificio periódico recibe, después de victimado, halagos y caricias, y aun se le pide perdón como lo hizo el verdugo con el rey Carlos. La sola palabra *boufonía* deriva de *fónos*, nombre legal del asesinato. Cuantos intervienen en la ceremonia son juzgados como asesinos. Los que acarrearon el agua para afilar hacha y cuchillo comparecen primero, y pasan la culpa a los aguzadores; éstos, al que recibió de ellos los instrumentos, quien a su vez se descarga en el hachero, y éste, en el degollador. Finalmente, el degollador inculpa al cuchillo, que paga por todos y es arrojado al mar.

En la *Odisea*, Néstor, el anciano de la *Ilíada*, ha vuelto a su palacio de Pilos y ha recobrado sus hábitos caseros. Néstor acaba de ofrecer un sacrificio a Posidón, pero ahora aparece de visita Atenea, acompañando a Telémaco bajo la apariencia de Mentor. Hay que honrarla también: —Venga al punto la mejor vaca; llamen a Laerkes el dorador para que le sobredore los cuernos; que todos se purifiquen; traigan las tinajas de la sangre, y dispónganlas de suerte que no se pierda una gota, no sea que caiga sobre la tierra y clame venganza; prevénganse a punto el hachero y el cuchillero... Y empieza el sacrificio, que la diosa misma presencia (*theoxenia*). Entonces las hijas y nueras de Néstor prorrumpen en gritos de dolor; el *ololygé* religioso ahuyenta a los malos espíritus para que no hagan daño a nuestra hermana la res.

La carne se comía generalmente en el banquete sagrado y en el sitio de la matanza. (*Philothytes* lo mismo significaba aficionados a los sacrificios que a los banquetes.) Con la decadencia de los cultos, el sobrante llegó a venderse en los mercados. El auge de Atenas después de las Guerras Persas multiplicó las matanzas públicas y las fue secularizando. Se repartían raciones al pueblo, y la gente pobre se relamía al anuncio de un nuevo festejo religioso, que le permitía comer carne a costa de los dioses.

Pero, a la larga, los dioses fueron encontrando excesivos estos derroches; y ya en *Las nubes*, de Aristófanes, se habla de las *boufonías* como de una cosa desusada. (Ver cap. IX, "Las Oípolias".)

19. *¿Qué se ofrecía, pues, al dios y qué tocaba a los hombres?* Ya se habrá advertido que el sacrificio de la res pára en comilona de los oficiantes. Los hombres necesitan alimentos más efectivos que la deidad, y se reservan las tajadas de carne. La deidad se contenta con un alimento más sutil: el humo de los perniles y la jifa, envueltos en grasa y carbonizados. Aunque así lo aconsejara una obvia razón económica, las explicaciones viles no tienen cabida en la religión. Y entonces, para resolverlo, se inventó este mito "etiológico" o explicativo:

Prometeo pertenecía a la raza de los Titanes, más antiguos que los Olímpicos. Zeus venía a ser como su sobrino. Cuando Zeus se apoderó del trono celeste, Prometeo se puso de su parte. Pero un día, quiso demostrar que no le iba en zaga y, para probarlo, inventó un ardid. En Mekone (Sición), tras una reyerta entre dioses y hombres, se convino en que los hombres sacrificasen víctimas a los dioses y las compartiesen con ellos. Prometeo, llamado como árbitro, mató un toro, puso en un montón la carne y las entrañas, que guardó en el vientre de la res, y en otro montón los huesos, grasas y desperdicios, que envolvió en el cuero del toro con cierta apariencia tentadora. Dio a escoger a Zeus quien, engañado, prefirió la parte peor. Pero Zeus —como los grandes "rotativos"— no puede rectificarse. A regañadientes, se mantuvo en lo dicho. Y quedó instituido que, en adelante, así debían ser los sacrificios.

Nominalmente al menos, al dios corresponden cuatro porciones de la res: la porción quemada en el ara, la que se le sirve al banquete en calidad de convidado invisible, las entrañas que se dejan en las manos o en las rodillas de la imagen, y las pieles. Ya se entiende que todo lo aprovechable en estas porciones pasa a los sacerdotes guardianes. Los verdaderos desperdicios quedan como cosa sagrada, en un cerco de piedra, y allí se van amontonando. El ara de Zeus en Olimpia, cuando la visitó Pausanias, medía unos siete metros de altura. Las gradas estaban hechas de la ceniza que los sacerdotes apisonaban cada año con agua del Alfeo.

Pero, en suma, ¿necesitan los dioses estos miserables alimentos? "Los dioses —dirá un día el alejandrino Salustio— nada ganan. Somos los hombres quienes ganamos al establecer alguna suerte de comunión con ellos."* Teofrasto reprueba ya el sacrificio animal como una crueldad equivocada. Lo habían precedido los taumaturgos apolíneos ("Consubstanciación y deificación", § 4).

20. *Corresponde el segundo lugar entre los sacrificios a la ofrenda sin sangre.* Teofrasto y otros filósofos creían que el primer alimento humano había sido vegetal, y que las primeras ofrendas sacras habían consistido en pastos, raíces, cereales, frutos y hasta yerbas y racimos de hojas, acompañados de líquidos no embriagadores, la leche sobre todo. Lo cierto es que el alimento animal bien pudo ser tan antiguo

* *De los Dioses y el Mundo*, XV.

como el alimento vegetal. Pero las ofrendas vegetales estaban especialmente prescritas para las deidades ctónicas, espíritus arcaizantes. Hay además sagrarios que no toleraban la sangre. Y la Afrodita de Tebas, por algún motivo, no permitía la yedra en su *hierón*.

En Atenas, se usaba toda clase de frutos para las procesiones del Sol y las Estaciones —*horai*—, y habas para las Pyanopsias de Apolo. La *panspermia* de las Targelias, las Oschoforias y las Pyanopsias era un compota mezclada de todas las pulpas, que otras veces se llamó *pankarpia*. La *panspermia* se dedicaba también al Zeus Georgós y al Zeus Ktésios, a los difuntos y a los ritos de determinados Misterios. En las Thalysias, cantadas por Teócrito, se brindaba a los dioses agrarios frutos y hogazas; sobre todo, la primera hogaza que se cocía después del trillo. Se cree que estas prácticas representan una ruptura del *tabú* contra la fruta verde: y como ellas aseguraban la fertilidad, se las llamaba *eueetería* o "buen año". El rito de la cosecha exigía que las primicias se ofrecieran siempre a los dioses.

Se usaba una gran variedad de tortas y pasteles: el *amfifóon*, que se adornaba con lucecitas para complacer a la Ártemis Munichia; la *basynía*, hecha de harina de trigo, que era grata a Iris. Y había "panes de fantasía", en forma de animales o flores. Las tortas eran el presente del pobre o el preludio de un sacrificio más importante.

Añádanse a esto el queso y el aceite, de uso muy difundido. Además, las fumigaciones de incienso, que los embalsamadores egipcios enseñaron al mundo.

El vino era una de las libaciones más usuales para los Celestes, porque se lo obtenía a precio bastante módico. Desde luego, formaba parte de la ración diaria del esclavo, aunque el esclavo y el campesino se resignaban con un aguavino de hollejo o vino de segunda (*deuterías*). Los jugos más estimados eran los de Quíos, y después, los de Tasos, Lemnos, Cos, Samos, Lesbos. Las vides griegas, que maduraban en siete años, daban vino blanco (*leukós*), amarillo (*kirrós*) y tinto más o menos oscuro (*mélas, erythrós*). Estos vinos eran de varias calidades: seco (*aysteerós*), dulce (*glykús*); "encorpado" (*skleerós*) y ligero (*leppós*). Los conocedores lo preferían seco y ligero. También era costumbre hacer *cups*, mezclando el vino con rajas de fruta, mirra y otras especias. Y a veces se lo hervía un poco, para rebajar sus efectos.

Pero las libaciones de vino no convenían a todos los cultos. Las divinidades ctónicas sólo aceptaban agua, leche y miel, al fin divinidades al estilo viejo. Expliquémonos: el vino fue conocido en el Mediterráneo desde tiempo inmemorial; pero la bebida alcohólica más antigua entre los griegos, a juzgar por el testimonio lingüístico, era un hidromel, una "chicha", un "tepache" de palmera o loto, que tiene su auténtico nombre helénico. En cambio, el verdadero vino era designado con un neologismo importado de Asia Menor. Como ya la receta de esta miel fermentada se había perdido en los tiempos clásicos, los dioses terrestres se conformaban con la oferta de miel. ¿Había Ley Seca en el Inframundo?

21. *Los objetos son el tipo último de sacrificio.* Ya sabemos que los templos guardaban una multitud de presentes, *anatheémata* y *agálmata*. Entre ellos, los de menos valor mercante, los exvotos, son los más antiguos y los que conservan aún cierto sentido mágico: la figurilla que representa la pierna o la mano de un enfermo no es necesariamente un exvoto como hoy lo entendemos, o recuerdo de gratitud por la merced ya recibida, sino que queda al amparo divino como resguardo del miembro enfermo y en lugar de éste. Nos escapa hoy la significación de los utensilios caseros y los juguetes, y tendemos a considerar las estatuillas y terracotas como simples obsequios. Ciertos objetos de material valioso solían fundirse para hacer nuevas piezas, a las que se ponía una inscripción conmemorativa a fin de no olvidar al donante. Entre aquellas bagatelas, las hay que valían poco en su tiempo y hoy han adquirido estimación por su venerable antigüedad. Muchas proceden de estilos cretenses o micénicos. Sobre la variedad de estos objetos nos informan las dedicatorias poéticas de la *Antología*, libro VI. Los siglos se detienen hoy, extasiados, ante el humilde espejo ofrecido por una mujercilla galante.

Los príncipes asiáticos parecen haber querido sobornar a la deidad con la riqueza de sus presentes. Hacia 740, el frigio Midas envió a Delfos un trono de oro. En el siglo VI, el lidio Gyges, cinco espléndidas copas de oro; y poco después, su sucesor Creso, obsequió al santuario de los focenses muchos quilates de metales preciosos ricamente labrados.

Cuando se olvidó un poco el sentido arcaico de las ofrendas, aparecieron otras de nuevo tipo: las telas y vestiduras, y las armas.

Cada cuatro años, las jóvenes atenienses bordaban un velo para Atenea. La escena de la *Ilíada,* en que Hécuba y las damas troyanas depositan un peplo sobre las rodillas de la diosa, se considera como interpolación o vago recuerdo anacrónico de aquellas fiestas áticas llamadas las Panateneas. El colegio olímpico de Las Dieciséis ofrecía un presente semejante a Hera. Las mujeres de Amiclea tejían anualmente una túnica para Apolo. La leyenda de Penélope, que teje de día y desteje de noche, es una transformación de este motivo, conocido como una de las "pruebas nupciales"; y cuando decayó la práctica de estas iniciaciones —rito doméstico—, se les asignó un destino religioso. Una muchacha seguía tejiendo la obra maestra comenzada por sus abuelas (como ese encaje flamenco que guarda el Museo de las Beguinas, en Brujas), convencida de que trabajaba para algún dios, y sin tener ya noticia de que la tarea había sido emprendida como demostración de aptitud matrimonial.* Pero los mantos de las muchachas muertas en el primer alumbramiento, que se depositaban en el santuario de Ifigenia, o los cendales ofrecidos por las doncellas en prenda de su nubilidad reciente son todavía amuletos protectores.

Las armas obsequiadas al templo eran generalmente botín de guerra, y la consagración tenía por fin evitar su maleficio. Entre los romanos —más superticiosos que los griegos— se las abandonaba a la entrada del templo y nunca se equipaba con ellas a los nuevos reclutas. Los griegos colgaban estas armas conquistadas en los muros del templo; pero cuando Temístocles quiso llevar a Delfos las que había arrebatado al persa, ellas inspiraron tal horror que la Pitonisa le rogó

---

* Marie Delcourt, *Les Grands Sanctuaires de la Grèce.* París. Presses Universitaires de France, 1947, p. 30. *Ibid., Oedipe ou la légende du conquérant.* París, Droz, p. 169 *ss.* y Apéndice III.

llevárselas a su casa cuanto antes. Las armas ofensivas estaban manchadas de asesinato, y contenían en sí la fuerza de las maldiciones con que las había cargado su dueño. Los escudos y otras armas defensivas eran mucho menos virulentos. Pausanias vio todavía colgado en los platanares de Altis —Olimpia— el trofeo de los eléatas vencedores de los lacedemonios. Meandrio, secretario y sucesor de Polícrates, neutralizó la fuerza maléfica de cuantos objetos ornaban la casa del tirano fallecido, dedicándolos al Hereón de Samos.

Finalmente, los presentes pueden ser monumentos de las hazañas bélicas. En memoria de Salamina, se ofreció un Apolo colosal al sagrario de Delfos, y un Zeus de bronce al de Olimpia; en memoria de Platea, un Posidón al Istmo, y un trípode de oro a Delfos. La Victoria o Nike de Peonio en Olimpia y la de Samotracia —hoy en el Louvre—, la Némesis de Ramno por el triunfo contra los persas, el templo de Atenea en Pérgamo por el triunfo contra los galos, corresponden a este orden de "sacrificios".

22. *El sacrificio acaba en el dón simbólico*, al menos en principio. La ingeniosidad humana se defiende instintivamente contra la expropiación o el costo excesivo, y los dioses, por su parte, aceptan de buena gracia una ofrenda humilde, según la posibilidad del creyente:

> El dón del pobre, amigo, vale un templo de mármol,
> si con sencillo ánimo se ofrece a la deidad.*

Aun la desvalorización de la prenda anuncia un progreso del espíritu. El sacrificio vendrá a ser, al fin, un mero rendimiento del alma. No hay tesoro más apreciable para el Dios Justo, aquel que ya Esquilo anunciaba en las increpaciones de su *Prometeo* contra los errores del Zeus Olímpico. Día llegará en que el Juglar de Nuestra Señora sólo ofrezca sus volatines, y en que el inocente del convento sólo traiga al ara sus plegarias y su devoción.**

---

* J.-M. de Hérédia, soneto de *Los pastores* [Trad, de A. R.].
** En las páginas anteriores hemos considerado con alguna elasticidad el término "sacrificio", confundiéndolo a veces con "prestación" o "servidumbre".

208

V. RITOS DOMÉSTICOS

I. Los ritos domésticos en general

1. *La vida familiar del griego está penetrada de sentimiento religioso.* Ello se manifiesta en la estructura de la familia, en los ritos domésticos que sin tal estructura no podrían explicarse y en la disposición material de la casa que es reflejo de las anteriores condiciones.

Si para nosotros las cosas sacras y las profanas se distinguen nítidamente, el griego las sentía mezcladas, por lo mismo que la religión sustentaba todos sus actos. No le chocaba en modo alguno, por ejemplo, que el sitio más santo de la casa, el hogar —o, para evitar equívocos, el fogón— fuera al mismo tiempo el sitio para aderezar la comida; y tenía clara conciencia de que las mayores intimidades del matrimonio o la educación de los hijos obedecían a sanciones místicas.

Un leve gestecillo devoto acompañaba los más menudos sucesos y decisiones. Quien se preparaba a embarcar imploraba antes a Posidón, pues embarcar, desde luego, era un acto importante y orillado a peligros; pero también quien daba con una monedita perdida en su jardín se encomendaba a Hermes, patrono de los hallazgos. Los gremios del trabajo tenían sus cultos peculiares. Los clubes eran más bien religiosos. El griego, a cada paso, tropezaba con una deidad que le salía al encuentro.

Es cierto, disfrutaba sin el menor embarazo del placer, porque el placer, mientras conservara dignidad y mesura, era grato a sus dioses, y la belleza, en todas sus formas, le apareció siempre como una parte del bien. Si desdeñaba el ascetismo, rasgo de barbarie e inútil crueldad para la vida, se portaba en general con extraordinaria conformidad respecto a sus creencias religiosas.

2. *La familia griega no era un grupo aislado y egoísta.* Se sabía implicada en la sociedad; es decir, en el Estado; es decir, en la Religión.

No hay aquí espacio para las muchas modalidades de su estructura. Los distintos grupos concéntricos —tribu, fratría, clan, familia— se acomodaban de muy diverso modo; evolucionaron, se estratificaron e involucionaron de acuerdo con la índole de los pueblos y sus accidentes políticos.

Grosso modo, la familia clásica es elemento de una tribu y participa en los ritos de ésta. Las aristocracias conservan el recuerdo de sus abolorios más o menos sobrenaturales. La gente humilde hubiera perdido noción de esta dependencia, a no ser por reformas como la de Clístenes en Atenas, quien reorganizó a cada tribu en *demos* o distritos bajo la advocación de un héroe. Unían también a las tribus los deberes cívicos, el servicio militar —todo ciudadano era un soldado en potencia, no había ejército aparte— y los intereses comunes. Esta base tribal establece, pues, un primer círculo de devociones especiales, con sus reuniones periódicas, sus prácticas de endogamia, etc.; todo ello abarcado por los ritos generales de la ciudad, en que se refleja la complicación de motivos que antes hemos descrito. Las fiestas del vínculo familiar culminaban en las Apaturias jonias o en las Apeleas de los lacedemonios.

La familia está integrada por el padre, la esposa, tal vez una esclava favorita, las hijas y los hijos solteros, los casados y sus mujeres que tienen ya casa propia, los niños y los esclavos.

La omnímoda autoridad de los patriarcas aqueos, apenas templada por el respeto al encanto o a la cólera de la mujer, ha cedido sus derechos excesivos en la Grecia clásica y ha ido entregando al gobierno la facultad de vida o muerte. Pero, en los aspectos específicamente familiares, el padre sigue siendo el amo absoluto, y singularmente en el sacerdocio de puertas adentro.

Dentro de la casa, el padre es el sacerdote nato, y se encarga de los actos rituales cotidianos. Así, en las comidas, la almorzada a Hestia y las libaciones al Buen Demonio. Cuando se ofrece un banquete profesional, no está por demás pedir consejo al experto o exégeta. Y si hay matrimonio en puertas, el exégeta puede indicar el día más propicio. Las libaciones del padre son algo complicadas en los banquetes ceremoniales. Por lo general, tras de levantar los alimentos, era la costumbre ateniense ofrecer triples libaciones: magia numerológica del tres que parece reflejada en las invocaciones homéricas a Zeus, Atenea y Apolo. Estas libaciones se consagraban respectivamente a Zeus, a los héroes y a Zeus Sóter, entendido aquí como un dios casero.

3. *La disposición material de la casa griega revela esta continuidad y constancia del servicio religioso.* Los pilares del Apolo Agyieús —"el de la calle"— o la Hécate, madrina contra el maleficio, cuidan la entrada. En el patio hay un altar de Zeus. Y el hogar o fogón es el sagrario permanente de Hestia. Como Héracles venció a muchos monstruos, al espectro Anteo y aun a la Muerte, las inscripciones de la puerta suelen decir: "Ésta es la morada del glorioso y victorioso Héracles, y aquí no puede entrar el mal."

El Zeus protector de la casa es, entre sus varias manifestaciones, el Zeus Herkios, a veces el Kataibotes —rayo figurado en piedra celeste o doble hacha—, y también el Zeus Ktesios o Pasios, el providente, que no tiene empacho en deslizarse bajo forma de reptil, como el duendecillo o Buen Demonio, y que solía estar representado por una modesta tinaja. (Las tinajas arrastran una vetusta tradición para invocaciones de difuntos y para guardar reliquias místicas.) Menandro explica que este Zeus es el guardián de la alacena, el azote de los ladrones. Suelen asociársele sus hijos, los Dióscuros, a quienes se reserva entonces una cama y un poco de comida —*theoxenia* o visita divina—, y Formión fue castigado por no darles hospitalidad.

Hestia apareció en Grecia con los griegos, pues los minoicos aún no tenían hogar y usaban bracerillos y anafes. La santidad del hogar no es conferida por los dioses, es inmanente. Hestia no llegó a ser antropoformizada. Se le dio lugar en la mitología, pero sus estatuas son invenciones artísticas, no imágenes del culto. Con todo, su importancia es enorme. El proverbio griego lo revela: "Estar con Hestia" significa "estar del buen lado".*

* M. P. Nilsson, *Greek Popular Religion*. Nueva York, Columbia University Press, 1940, p. 75.

Así como Ártemis y, desde luego, el montaraz e inaprensible Dióniso, son dioses al aire libre, Hestia es deidad de interiores, pues aun su culto público en el Pritaneo no es más que la síntesis oficial de los cultos domésticos. Vive encastillada entre las tapias, donde el hombre se siente a salvo de las acechanzas que Tucídides describe vívidamente en la introducción de su historia: sentimiento expresado ya por Hesíodo y por el *Himno homérico a Hermes*. El suplicante que se arrima al fogón —Odiseo y Telefo en la fábula, Temístocles en la realidad— está protegido.

El Olimpo reproduce, en proporciones sublimes, los rasgos de la casa griega —y de la Polis. Lo rodean muros deslumbrantes en que descansan los yugos de los carros divinos. En las cuadras, los caballos pacen ambrosía. Zeus convoca a los dioses, que lo asisten en la sala del trono —hijos respetuosos— y se levantan cuando él se presenta, como lo hacían los jóvenes griegos ante el varón añoso. A la entrada, las Horas o Estaciones guardan las puertas, y corren y descorren el cortinaje de las nubes. Son sirvientas especiales de Zeus. Iris lo es de Hera, y Deimos y Fobos (el Temor y el Odio), de Ares. Hebe escancia el vino, y Temis se cuida de los alimentos. Las demás labores domésticas quedan a cargo del herrero Hefesto, de Atenea y las Gracias, maestras del telar. Y el médico de cabecera es Peón.

4. *Los principales ritos domésticos* se refieren a los nacimientos, las nupcias y las defunciones. Ya se han explicado como ceremonias de tránsito, asimiladas en concepto a una muerte seguida de una resurrección, o sea, un cambio de estado.

Las anteriores observaciones sobre la familia como una unidad religiosa, y la profundidad que alcanza el concepto de la iniciación, explican las inevitables extrañezas. Estamos muy lejos. Y a la vez —vamos a verlo— más cerca de lo que creíamos.

5. *Pero conviene no olvidar nunca* que la transformación es ley de la vida en los individuos y en las sociedades. Las circunstancias históricas se modifican, las costumbres cambian, y las instituciones las siguen. Si algo caracteriza a Grecia y

la distingue de los pueblos del Oriente clásico es la aptitud de evolucionar con un ritmo más acelerado. A tantos siglos de distancia, y en la reducción microscópica de nuestro relato, apenas acabamos de dibujar una forma cuando ya se ha modificado y no corresponde más a la definición teórica.

Esta reserva tácita debiera acompañar cada una de nuestras afirmaciones, a riesgo de incurrir en el error de Fustel de Coulanges. Con todo su genio y a pesar de su arte admirable, el autor de *La Cité Antique* no pudo evitar que lo traicionara la palabra, molde estático incapaz de reflejar siempre las realidades fugitivas. Conforme pasa de la familia a la fratría, a la tribu y a la ciudad —concediendo que éste haya sido siempre e invariablemente el proceso seguido— va transportando, como a pesar suyo, hacia grupos cada vez más numerosos las creencias y los hábitos que ha observado en la célula primitiva; de modo que creencias y hábitos parecen conservarse idénticos en organizaciones sociales cada vez más comprensivas y vastas. Adelanta con inflexible lógica de lo idéntico a lo idéntico, y sitúa la familia en el interior de todos sus círculos.

Pero las sociedades humanas no se ciñen a las regularidades geométricas. La ciudad griega, aunque engendrada por la familia, tuvo que vivir a expensas de ella y apelar a las energías individuales opresas en la figura primordial. La ciudad tuvo que luchar con el *génos*, y cada una de sus victorias significa la abolición de una servidumbre patriarcal. No se dio aquella sencilla antinomia, soñada por el liberalismo del siglo XIX, entre la omnipotencia de la ciudad y la libertad del individuo, sino que el poder público y el individualismo progresaban más bien apoyándose uno en otro.

La pugna ha tenido tres términos —familia, ciudad e individuo— y la sucesiva preponderancia de uno y otro determina los tres períodos en la historia de las instituciones griegas: *1)* La ciudad está integrada por familias que defienden celosamente su derecho tradicional y someten a los individuos bajo el peso de sus intereses conjuntos; *2)* la ciudad subordina a las familias con ayuda de los individuos; y *3)* los excesos del individualismo minan de tal suerte la

213

ciudad que la incansable aventura histórica parte en busca de nuevos Estados más extensos.

De modo que nuestras definiciones sólo deben entenderse como un promedio matemático, una cifra que resume el peso de una verdadera progresión.

II. El rito natal *

1. *El ritual del recién nacido* confiere a éste la verdadera existencia moral y el acceso a la familia. El venir al mundo nada significa por sí solo: es una mera proposición que puede ser rechazada. Un malthusianismo sin doctrina, la pobreza del suelo, la deficiencia de la agricultura patriarcal y la marea de sobrepoblación —que fueron parte al impulso de las colonizaciones—, y junto a ello, algunas oscuridades del pudor primitivo, la vergüenza del amor ilícito y el miedo a las responsabilidades de dar la vida, todo ello obró de consuno para establecer los usos restrictivos de la natalidad.

Esta restricción ofrece tres fases principales. La más conocida es aquella práctica espartana conforme a la cual, bajo el dictamen de los expertos oficiales, se mandaba despeñar del Monte Taigeto a la criatura defectuosa, inepta para la vida o inconveniente para la perpetuación de la casta. La fase menos conocida aparece en el siglo iv —la época de "la crisis matrimonial", "el reino de las cortesanas" como lo ha llamado Navarre, y consiste en el abuso de preventivos y de abortos artificiales, donde la ley se echaba a un lado siempre que mediara la expresa autorización de los padres. Los filósofos no pestañean; más aún, consideran aconsejables todas las precauciones para que la ciudad conserve su población medida. El extremo llegó a una verdadera desorganización de la familia, a juzgar por la descripción de Polibio sobre el estado en que vivían los beocios del siglo iii.

Entre una y otra fase, encontramos la práctica de la *ékthesis* o exposición. El padre, si no deseaba al hijo y antes de los ritos de aceptación, podía abandonarlo en cualquier paraje solitario. Si la criatura sobrevivía al frío, al hambre y a los ataques de las fieras, cualquiera podía recogerla y

* Ver "Corporaciones, modalidades y sectas", § 2.

hacerla suya. La mitología abunda en historias de expósitos, de que sólo citaremos dos. Ellas tratan de justificar el hecho como un sacrificio privado en evitación de una futura desgracia pública.

Apolo anunció a Layo, rey de Tebas, que su hijo le daría la muerte. Cuando nació Edipo, Layo, en consecuencia, lo mandó exponer en el Citerón, con los pies atravesados por una pica. ("Edipo" quiere decir "Pies Hinchados".) Un pastor lo recogió y lo entregó al rey de Corinto, de quien Edipo se consideraba auténtico descendiente. Como el Oráculo Delfio le revelara que estaba condenado a matar a su padre y a desposarse con su madre, el infeliz huyó de Corinto sin rumbo, y sin más propósito que el de escapar a la maldición. Por el camino, sin conocerlo, mató a Layo, su verdadero padre. Y como, al llegar a Tebas, logró libertar a esta ciudad de la Esfinge que la asolaba, se le concedió el premio señalado para el libertador: el reino y la mano de la reina. Y así Edipo, sin conocerla, sin amarla —sin sombra del tristemente célebre "complejo de Edipo"— vino a desposarse con su madre por razón de Estado. Cuando al fin averiguó que, a pesar de todos sus esfuerzos, la sentencia de Apolo se había cumplido, se arrancó los ojos horrorizado, se dejó desterrar —él mismo había lanzado una maldición contra el que resultara matador del viejo Layo—, y fue a morir oscuramente en Colono.

De modo semejante, Paris —que, según las profecías, había de causar la perdición de su patria—, fue expuesto por su padre Príamo en el Ida, donde lo salvó y lo recogió una familia de pastores. Pero al cabo regresó al palacio paterno y causó, en efecto, la caída de Troya, por haber agraviado a los Atridas con el rapto de Helena.

El tema del expósito criado por extraños —comenzando por el Zeus cretense— va y viene por la mitología y es eco de una antigua costumbre. Ha proporcionado asunto al *Ion* de Eurípides y a *La arbitración* de Menandro. En aquél, Ion, bastardo de Creusa y Apolo, es abandonado por ella, que teme la cólera de su padre, y criado por los servidores del templo delfio. El caso se arregla mediante un fraude del dios, que hace reconocer a Ion como hijo adoptivo por el propio

215

esposo de Creusa. La tragedia de Eurípides anuncia ya aquí los temas predilectos de la Nueva Comedia, por el asunto romántico y el tono entre sentimental e irónico. En Menandro, el hijo ilegítimo de la esposa acaba también reconocido por el esposo.

Pues bien; mientras no ha sido consagrado por las ceremonias rituales, cualquier niño puede correr suerte parecida y está en condición de bien mostrenco.

2. *Llegada la hora del nacimiento,* la madre en trance invocaba a Ártemis Ilitia y era atendida por una esclava o bien por una comadrona —*maia* o *maieútria*—, nunca por un doctor. El nacimiento se anunciaba colgando a la puerta de la casa una corona de olivo, si el hijo era varón, y si era mujer —lo menos estimado en el caso—, una simple tira de lana. El varón era preferido como garantía de sustento para la vejez del progenitor, y como certeza de continuidad en el culto de los difuntos familiares.

El recién nacido era depositado en el suelo para que absorbiera el vigor de la Madre Tierra y de sus propios antecesores. El levantarlo el padre en sus brazos significaba que lo tenía por legítimo.

Luego venía el baño del recién nacido, ya en agua, en agua y aceite, o hasta en vino según la costumbre espartana. Se le fajaban los pañales o *spárgana* y se lo acostaba en la cesta mecedora o *líknon*, que fue la cuna de Dióniso.

Era el *líknon* una cesta en forma de zueco. Servía para aventar el grano y limpiarlo de la cascarilla, de donde había adquirido virtud fertilizadora. En el *líknon* se acarreaban cereales y frutas. El lexicógrafo Harpocración explica que el *líknon*, "harnero" o "ventadora", era de uso general en los sacrificios e iniciaciones. Es, pues, un instrumento sacro. Y el que se lo remezca en el suelo, para servir de cuna, lo relaciona seguramente con el rito primaveral del columpio.

Con estos preparativos, el niño ha comenzado ya a recibir la gracia. Ya no se lo destina a la negra suerte del expósito. Pues el abandono era algo que se hacía presurosamente, antes de que naciera el cariño.

3. *Llegada la hora de la adopción por la tribu,* hacia el quinto día, cuando ya puede soportarlo el recién nacido, se dispone la ceremonia más importante.

La casa se purifica; la madre y toda la familia se purifican y desvisten. El padre u otro varón cercano de la familia corre con el niño en brazos en torno al hogar, oprimiéndolo contra su cuerpo y procurando que reciba la tibieza del fuego; lo cual, de paso, se creía que estimulaba en la criatura la facultad de andar y correr. Éste es el rito de la *amfidromia:* otro caso más del círculo mágico.

El contaco con la carne de la familia y la sollama del hogar están consumados. Los parientes y vecinos acuden con obsequios para el nuevo huésped de la casa. Cosa notable: ¡los presentes son, sobre todo, pulpos y jibias! No pretenderían que con esto se alimentara un recién nacido...

4. *Y llega la fiesta del bautizo,* que así se la puede llamar sin violencia. Ella acontece a los diez días del nacimiento —*dekátea.* Hay invitados, hay sacrificios y se come carne. Los que por primera vez contemplan al niño suelen traerle algún presente. El niño, generalmente, llevará el nombre del padre o del abuelo materno.

Y entretanto, las Moiras andan invisiblemente por los ámbitos de la casa, preparando los futuros destinos. Los más duchos saben descifrar, por ciertos indicios, si el niño será afortunado: un chasquido de la leña, un ave que cruza por el cielo, todo sirve para un buen augurio.

Es entonces cuando el padre reconoce pública y oficialmente a su hijo, el cual usará en adelante alguna prenda o señal de identificación —*gnoorísmata.*

En la *anagnórisis* de algunas tragedias, los parientes separados por el destino se reconocen en ocasiones por estas prendas o señales. Allá cuando la terrible Edad Heroica, el padre solía escapar con sus compañeros de guerra en el primer esquife que se encontraba, huyendo de los salvajes dorios y abandonando todo el bienestar de su existencia anterior para abrirse paso, espada en mano, en algún islote del Egeo. Tal vez se conformaba con marcar a su hijo mediante el cuchillo, a fin de identificarlo algún día. En Homero el tema aparece transformado. La leal nodriza de Odiseo reconoce a éste al instante cuando, vuelto el héroe a Ítaca, ella misma se dispone a ofrecerle el pediluvio de la hospitalidad: Odiseo tenía una cicatriz en el muslo, causada por un jabalí. Ahora, en el hogar establecido y pacífico, se dispone de mejores medios. Los pañales mismos, un collar, un broche, bastan al caso. Según Aristóteles, el empleo de estos medios en la tragedia para provocar la *anagnórisis* o reconocimiento es uno de los medios menos artísticos.*

5. *La crianza y cuidado del niño* quedan a cargo de la madre. Si la familia es acomodada, se contrata una nodriza —*tit-thee*— o un ama seca —*trofós*. Las tareas de esta primera educación crean vínculos para toda la vida. El viejo Fénix, ayo del niño Aquiles a quien daba de comer sobre sus rodillas, se lo recordará años después, bajo la tienda de campaña, como el mejor argumento para persuadirlo a que lo escuche y obedezca:

> ¡Oh Aquiles! Te he criado yo desde la niñez
> hasta el presente día con singular apego.
> Tú no aceptabas fiestas, banquetes, ni reacio
> aceptabas siquiera comer en el palacio,
> si no era en mis rodillas, donde yo, como a juego,
> te cortaba la carne y el vino te acercaba.
> ¡Cuántas veces la túnica y el pecho me manchabas
> devolviendo los tragos: achaques infantiles!
> ¡Cuánto no habré sufrido por educarte, Aquiles!

Il., IX, 485 *ss*. Trad. A. Reyes.

Ante el ayo o la nodriza nada puede ocultarse. Fedra, que a todos oculta su criminal pasión por su hijastro Hipólito, es incapaz de disimular ante la Nodriza. (Verdad es que también escucha sus confidencias el Coro, dadas las condiciones físicas de aquel teatro. Pero supondremos, por lo pronto, que el Coro no es más que la propia voz de la conciencia.)

6. *Los niños desempeñan una función importante en el ritual*, sea doméstico o público. La magia benéfica los emplea

* A. Reyes, *La crítica en la Edad Ateniense*, El Colegio de México, 1941, § 424; *Obras Completas*, XIII, pp. 270-2.

218

como mediadores, y la magia negra, como víctimas. En Grecia y en otras partes, la pureza sexual los recomienda para ciertos actos religiosos. Al comienzo del *simposión* o banquete, tras la tercera libación, la niña de la casa entona el himno, sola o coreada por los huéspedes. Así, en Roma, acabada la cena, un niño anuncia que los dioses han aceptado su parte: *Deos propitios.*

En las Arréforas atenienses, se confía a las niñas el transportar desde el Acrópolis hasta el templo de la Afrodita Jardinera los objetos más preciosos del culto, rito que anuncia ya la futura institución del colegio de las Vestales. Las niñas se disfrazaban de oseznas ante la Ártemis Brauronia y danzaban envueltas en pieles rojizas y telas teñidas de azafrán.

Cuando el hijo llega a la pubertad, el padre, si es rico, lo envía a dejar los cabellos largos en el templo de Delfos; y si es hombre de condición media, se conforma con que los ofrezca en el templo ateniense de Héracles, que no estaba muy lejos.

Hay, como éste, muchos usos semi-rituales que van acompañando la vida del joven, su acceso a las ceremonias de la familia, a los deberes militares y cívicos. Y así llega el día de su ingreso en la clase de los adultos, y así llega el día de su matrimonio.

III. El rito nupcial

1. *El matrimonio en Grecia es una institución monógama.* La monogamia, lo mismo en el cielo que en la tierra —pues que el Olimpo no era más que un palacio grande— imponía fidelidad a la mujer y disimulaba los escarceos y aun el concubinato de los varones.

Como los dioses son irreprochables, los Poemas Homéricos sonríen simplemente ante tal aventura irregular de Ares y Afrodita. Los hombres —secreto a voces— no comentan los manejos de Zeus con heroínas mortales, aunque se trate de la madre de Pirítoo o la madre de Héracles, mujeres casadas; ni piden cuentas a Posidón, que va de Anfitrite a Etra, a Toosa, a Gea, a Medusa; ni a Apolo de sus deslices con Cirene, Coronis, Jacinto, etc. Y la verdad es que Apolo bien se prestaba a murmuraciones: mató a Coronis como un celoso vulgar; se portó mañosamente con Juto, pasándole como adoptivo a Ion, bastardo del dios y de Creusa, la propia esposa de Juto; se puso en ridículo con el héroe Idas, que se le enfrentó y le ganó el amor de la prudente Marpesa, pues Marpesa prefirió un compañero mortal que envejeciera a la vez que ella; causó la desgracia de dos heroínas que se le resistieron: Dafne tuvo que convertirse en laurel para eludirlo, y Casandra, a quien él había otorgado la videncia, perdió sin remedio, por haber resistido a sus proposiciones, el dón de que la creyera la gente. Grande debe de haber sido la influencia del Oráculo Delfio, cuando estas historias no llegaron a la comedia. El audaz Eurípides se atrevió, sin lograr ser trágico esta vez, a poner en drama el episodio de Ion. Lo cierto es que sólo son intachables, a este respecto, Hera y las vírgenes Atenea y Ártemis.

En cuanto bajamos un grado y el caso es ya solamente entre héroes y heroínas, el tratamiento comienza a ser distinto. Si Fedra hubiera sido una diosa, no hubiera tenido que colgarse.

Las heroínas suelen ser juguetes de la terrible Afrodita. Véase el caso de las dos grandes adúlteras de la fábula, las Tindáridas Clitemnestra y Helena. Clitemnestra es horripilante, porque pasa del adulterio al asesinato. Helena sale mejor librada, por su irresistible fascinación. Se la presenta como víctima, desde su más tierna edad, de un destino erótico; presa de Afrodita, a quien ella misma inculpa e increpa en la *Ilíada*. La envuelve un aura de arrepentimiento y dolor. No era una malvada. Los viejos de Troya no pueden menos de admirarla y considerarla con respeto. Devuelta por fin al palacio de Menelao, su legítimo esposo —cuando ya sin duda Afrodita andaba a caza de otras gracias más juveniles—, Helena es, en la *Odisea*, una señora perfectamente digna, de cuyo pasado no se habla. Los griegos no admiten maledicencias con Helena. Era demasiado hermosa y tenía la exculpante sobrenatural de la belleza. Ni siquiera los chistes de Luciano samosatense, allá en tiempos de la decadencia, pueden llamarse desacatos. La leyenda dice que el poeta Estesícoro —lírico del siglo VII— perdió la vista por haber osado deturparla. Para sanar de su ceguera, compuso entonces la *Palinodia*, donde recoge o inventa la fábula de que Helena nunca se dejó arrastrar por Paris, sino que vivió refugiada junto al rey de Egipto esperando el retorno de Menelao, y sólo una sombra o apariencia mágica, vestida en su forma carnal, visitó la alcoba de Pérgamo y los muros de Troya.

2. *En la realidad, hubo leyes contra el adulterio de la esposa*, pues su fidelidad era la base de la organización familiar que se decía instituida en Atenas por el legendario Cécrope, quien, además de establecer el matrimonio monógamo, quiso acabar con los sacrificios sangrientos. A los comienzos, y en teoría, no sólo el marido agraviado, sino cualquiera —según ley de Solón— podía dar muerte a la adúltera sorprendida. Pronto se dulcificaron las costumbres. El *keroesses* o agraviado optaba más bien por devolverla a su familia, separarse de ella, darle una tunda o mandar que se la diera un esclavo.

Los espartanos se jactaban de la fidelidad de sus mujeres, considerando sin duda —al tenor del dicho francés— que no hay adulterio donde hay consentimiento. En su feroz afán de eugenesia, en su sed insaciable por poblar la tierra —que de nada les sirvió a la postre, pues la historia de Esparta es la historia de una despoblación galopante—, encontraban lícito que el viejo, el estéril (lo hubiera aprobado el Maquiavelo de *La Mandrágora*), o simplemente el que deseaba mejorar la casta, como la "torpe avutarda" del fabulista Iriarte, cediera a la esposa y aun la prestara a sus propios hermanos —residuo de la horda prehistórica. Hubo mujeres que tuvieron más de un marido y más de una casa, lo que sólo por excepción se concedió a un hombre, al rey Anaximándridas. Esparta, acuartelada entre sus propios vasallos, retrogradó a tales extremos y, con pretexto de cohesión militar, aun fomentó hábitos inconfesables.

Durante las largas campañas contra Mesenia, aconteció un caso singular. Ausentes durante años los guerreros, las espartanas acudieron al ejemplo de la adúltera Clitemnestra —no pudieron con el de la fiel Penélope—, y de aquí nació una generación de *parthenios* o "hijos de las solteras", cuyos padres unos aseguran que eran los espartanos no llamados a filas, y otros aseguran que eran soldados de propósito remitidos a la retaguardia para evitar el despolamiento (los *epeunaktaí* o coadjutores). O los padres de emergencia eran ya desde antes gente servil, o fueron reducidos a condición inferior al regreso de los maridos legítimos, tal vez por una "revirada" de los sentimientos pudorosos, propia de "curiosos impertinentes". Acaso los tales coadjutores pertenecían a la clase de siervos distinguidos, como aquellos que disfrutaron el favor de las damas locrias, durante las mismas campañas con los mesenios, pues los locrios eran aliados de Esparta. Lo cierto es que los partenios hallaron la vida difícil, y se encontraron sin patrimonio ante las conquistas bélicas de Mesenia, que transformaron el tipo de la antigua sucesión matrilineal en patrilineal.* Ello es que acabaron por emigrar, como por su lado lo hicieron asimismo los bastardos de Lócride, que partieron rumbo a Epicefiria (sur de Italia). A estos partenios se debe la única fundación colonial de los espartanos (Taras: Tarento).

Fuera de esta excepción, sin duda de motivo económico, los espartanos, habituados a achacar al mítico Licurgo todas sus extravagancias, ponían en boca de éste mil burlas contra los sentimientos celosos, como era el afirmar que los hombres —llevados de sandios escrúpulos— tienen en más mejorar la raza de los caballos y los perros que no su propia población. Y aunque es cierto que la gente espartana disfrutó fama de belleza, seguramente que más lo debía a la educación atlética que no a su eugenesia inverecunda. Aquella educación atlética, en efecto, resultó magnífica para los combates singulares, los desfiles y las marchas de espectáculo. Pero, por falta de espíritu helénico, muy poco aprovechó cuando hubo que salvar a la Hélade de la invasión persa. La tarea recayó en manos de los verdaderos campeones nacionales, los atenienses, quienes no se daban tanta importancia.

* G. Thomson, *Studies in Ancient Greek Society: The Prehistoric Aegean.* Londres, Lawrence and Wishart, 1949, pp. 200-201.

Si, en todo caso, la mujer griega se encontraba algo sujeta en el resto de las ciudades, es voz común que el marido se consentía sus caprichos (aunque hoy nos parezca increíble). Zeus mismo daba el ejemplo y, según la *Ilíada*, aun se jactaba de ello con su divina esposa en horas de olvido (Catálogo de 'Leporello'). A Teseo le ha acumulado la fama tantas fortunas, que un erudito de la decadencia se divirtió en levantar el largo catálogo de sus amantes. Pero no vamos a juzgar de las instituciones modernas por el cuento de Barba Azul, ni de las antiguas por estas fábulas. La institución era la monogamia, y la esposa era una.

3. *El ideal de la monogamia se perfila desde muy pronto.* El tránsito se percibe en la *Ilíada*. El anciano Príamo, bárbaro de la generación anterior, era polígamo. Sin contar sus doce hijas, tuvo cincuenta hijos varones, sólo diecinueve de un mismo lecho. Aun así, su reina y su mujer auténtica era Hécuba, no ninguna de las concubinas. Pero —si se exceptúa a Paris, irresponsable moral que abandonó a Enone por Helena y que tiene, al menos, la disculpa de haber sido expósito—, ya los Priámidas son monógamos. No hay en las literaturas una expresión de lealtad conyugal más honda y patética que los adioses de Héctor y Andrómaca. Es lástima que los troyanos, tan nobles y decorosos, se hayan atravesado en el camino de Grecia. Han merecido la estimación de Homero, de Safo y de Eurípides. Nos hubiera complacido verlos prosperar por su lado.

Los aqueos también nos han dejado ejemplos edificantes. Odiseo se sobrepone a los atractivos sensuales de Circe, rechaza la inmortalidad que le ofrece Calipso, se niega a aceptar —con un reino en dote— los encantos núbiles de Nausícaa: sólo sueña —después de veinte años— en volver a los brazos de su Penélope, donde está el centro de su concepción familiar. Y Odiseo no era ciertamente un melindroso.

El concubinato se debía sobre todo a la institución de la esclavitud femenina. Y conviene recordar que la esclavitud no correspondía a la imagen que tiene de ella un moderno. Los cautivos de guerra venían a ser esclavos según la costumbre de la época. Eumeo, el porquerizo de Odiseo, era un príncipe raptado en su infancia. Y hubo sin duda muchos casos históricos en que las esclavas procedían de buena casta, ya de origen bárbaro o griego.

El concubinato pudo ser llevadero o pudo ser difícil para la esposa. Hera, patrona de los hogares, daba lección a las mujeres con sus celos irrefrenables. Homero nos cuenta que Teano, la sacerdotisa de Atenea en Troya, había recogido entre sus propios hijos a Pedeo, bastardo de Antenor, "por docilidad conyugal". Y hace decir a Fénix que el origen de sus desgracias fue el haber cedido a los celos de su madre:

> ...donde hui de mi padre y su animosidad,
> pues Amíntor Arménida, mi padre, me reñía
> por una concubina de airosa cabellera,
> a quien amaba tanto que su capricho era
> ofensa de su esposa, que fue la madre mía.
> Postrada a mis rodillas, mi madre suplicaba
> que usara yo el primero a la joven esclava
> para que aborreciese los ruegos del anciano.
> Obedecí; lo supo mi padre y me maldijo...

Il., IX, 448 *ss*. Trad. A. Reyes.

Pero no siempre se tomaba el caso por lo trágico. A la esposa no siempre le disgustaba contar con una *maîtresse servante*,* ama de llaves a quien podía confiar tranquilamente las faenas y los menesteres caseros. Y en suma, ciertos desvíos no autorizan, ni entonces ni hoy, a negar el carácter de la institución. En los días del relajamiento, Demóstenes crudamente resume así lo que acontecía: "Contamos con cortesanas para nuestro placer, concubinas para la diaria salud de nuestra persona, y esposas para darnos vástagos legítimos y ser las fieles guardianas de nuestros hogares."

4. *El matrimonio era una institución de valor religioso y cívico*. No era un matrimonio de amor, aunque también el amor y el interés podían avenirse, y nadie cerraba el camino al sentimiento. Como entre ciertas clases y en ciertos países modernos, se esperaba generalmente que el amor viniera después, si acontecía la feliz convivencia. Lo más importante era

---

* J. y J. Tharaud.

asegurar la continuidad religiosa, el culto de los antepasados y el servicio de la ciudad.

Eso de "dar soldados a la nación" era mucho más que una frase para pueblos que vivían en guerra, donde no había ejército permanente, y donde la obligación militar ocupó a Eurípides, por ejemplo, de los veinte años a los sesenta, y ocupaba a los pares espartanos toda la vida. De aquí que se estimulara el matrimonio y aun se viera de reojo la soltería.

Naturalmente, Esparta puso en ello su habitual exageración, privando de ciertas franquicias al soltero. Desde luego, el soltero no tenía derecho a concurrir a las Gimnopedias. Y a veces, en compañía de sus congéneres, durante el invierno, se lo obligaba a emprender desnudo las más fatigosas caminatas. Las mujeres en montón solían maltratarlo por la calle. Los espartanos llegaron a encerrar en la oscuridad a los solteros y a las solteras por parejas, como a verdaderos animales, para que, sin verse siquiera, se las arreglaran a su antojo. Porque después de todo —decían— ¿acaso el amor escoge con mayor lucidez?

Solón, en Atenas, dejó en paz a los solterones. Harto era que se vieran privados de arrimo doméstico, de apoyo en la vejez, de los ritos sepulcrales al llegar su hora. Y dicen que añadía con una sonrisa: "El matrimonio no deja de ser carga difícil." Aun toleró las casas públicas y levantó, con sus rentas, un altar a la Afrodita Pandemos. En cambio, impuso una multa de cien dracmas al violador de una mujer libre.

5. *¿Y el amor?* Tanto mejor si se conciliaba con el matrimonio. De lo contrario, había que conllevar el deber, dejando un margen moderado a otros deleites. No es que se ignorara el amor romántico. Este sentimiento es de todos los pueblos y todas las edades, aunque no siempre se lo destaque y exalte como una noción fundamental. En todos los pueblos y todas las edades se habla también del amor físico y se le concede lo suyo, sin que por eso se venga el mundo abajo.

Algunos casos legendarios nos ilustran sobre la idea del amor en la imaginación griega. Cuando Agamemnón, ante la asamblea de las tropas, declara que prefiere los encantos de Criseida a los de su esposa Clitemnestra, es muy explicable que no se entregue a los desbordes cordiales y más bien dé razones de conveniencia, de estimación casi objetiva. Y si, a la hora del botín, se reservó a la delirante Casandra —lo que algún malévolo interpreta como signo de perversidad erótica— ¿cómo juzgar los efectos de una campaña de diez años sobre los nervios del guerrero? Y sobre todo ¿con qué criterio apreciar a la princesa troyana que pudo fascinar a Apolo?

Héracles se enamoró perdidamente de Yole y la ganó a mano armada entre crímenes y saqueos.

El mito de Orfeo —romántico si los hay— nos cuenta cómo éste fue a rescatar a Eurídice hasta la mansión de la muerte, y cómo la perdió nuevamente porque, contra la condición impuesta, no resistió al deseo de volverse a contemplarla un instante antes de pisar otra vez el suelo de la vida.

Por mucho que lo disimule la crítica, alegando que a un príncipe de la Edad Heroica le dolía más la humillación que la pérdida de la amante, hay un estallido pasional en las palabras de Aquiles al quejarse de que el Atrida le arrebate a Briseida, "la esposa de su amor". Por su parte, ella esperaba que Aquiles legitimara un día sus amores, y claramente lo confiesa cuando llora sobre el cadáver de Patroclo, su confidente.

Se asegura que la mujer de Pitágoras —entre leyenda y realidad— definía el amor como "la dolencia del alma anhelosa". No lo diría con más finura un poeta del amor abstracto.

Y bajando ya al mundo histórico, si no fuera verdad lo que Estesícoro cuenta de la novia muerta de amor —como aquella 'Elvira' de Espronceda— tenemos el testimonio fehaciente de Safo, en quien no sabemos si el espíritu se ha vuelto sangre o la sangre espíritu. En Sófocles, en Eurípides, la pasión que los modernos creen haber inventado jadea y grita a plena voz.

Los espartanos —no nos sorprende— castigaron al vencedor Lisandro porque pretendía, dentro de la ley, cambiar a su actual esposa por otra mujer más de su gusto.

Pero uno es el orden del sentimiento y otro el orden de

la institución. Veamos, pues, cómo se concierta, institucional-
mente, el matrimonio griego.

6. *El matrimonio es un contrato entre el novio y el padre
o guardián de la novia.* En principio, ni siquiera se solicita
el parecer de ella. El compromiso se arregla directamente o
mediante casamentera (*promeéstria*).

El mito recuerda un ejemplo insigne de rebeldía. Dánao
y Egipto eran hermanos, ambos descendientes de Ío. Dánao tenía cincuenta hijas, y Egipto cincuenta hijos varones
que pretendían casarse con sus primas. Pero los padres riñeron, y Dánao huyó a Argos en compañía de sus hijas, las
Danaides, para librarlas de los matrimonios impuestos. Los
Egiptíadas descubrieron el escondite y las obligaron a cumplir la promesa. Por consejo de su padre, las novias mataron
a sus maridos la noche misma de las bodas —con excepción
de Hipermnestra que recibió a Linceo de buen grado— y
fueron condenadas, en el reino de Hades, a llenar eternamente un tonel sin fondo, pena del "jardín de los suplicios".
En esta fábula hay un eco del *tabú* primitivo contra el matrimonio entre consanguíneos. La ausencia de novela realista
en la era clásica —y la novela, género de la época decadente,
se aplicó más bien al caso de los amantes que se buscan entre
los obstáculos del destino— nos priva de documentos sobre
lo que podía acontecer realmente cuando la muchacha se resistía. Pero ya sabemos que, una vez hecho el pacto, la consagración religiosa le daba validez cabal; y la regla de este
pacto es la compra-venta.

El trato matrimonial parece haber asumido tres formas
sucesivas, o más bien —puesto que seguramente coexistie-
ron—, tres formas principales, cada una predominante en
cada época.*

La primera consiste en comprar a la novia, generalmente
a cambio de unos bueyes. Es la forma propia de aquella
época en que, como dice Aristóteles, "los hombres portaban
armas y pagaban por la mujer". La pobreza creada por las
guerras hacía poco deseables los hijos, y singularmente las hi-

* G. Murray, *The Rise of Greek Epic*, pp. 185-187.

jas. Y el padre destinaba a éstas para mercaderías futuras, hasta por el nombre que les daba, muchas veces asociado con la palabra "buey": Alfesíboya o "ganadora de greyes", Feréboya o "la que trae ganado", Políboya o "la que vale muchas reses", etc. Héctor compró a Andrómaca a cambio de muchas riquezas. Ifídamas perdió el pago, por haber muerto antes de traer la novia a casa. Ostríoneo, pretendiente de Casandra, ofreció el servicio de sus armas en precio. Hefesto, en la *Odisea*, al descubrir a Afrodita en un mal paso, la amenaza con encerrarla hasta que no se le devuelva el importe de la compra: Afrodita viene a ser un vulgar artículo, sujeto a evicción y saneamiento.

La segunda forma fue general en la Grecia clásica y era exactamente la inversa: el padre entregaba a la hija con una dote —*ferné* o *proís*—. Lo que se procura explicar por la superabundancia de mujeres. Pero ya, en la Edad Heroica, Altas da una abundante dote a su hija; y Agamemnón, para contentar a Aquiles —aunque aquí interviene el propósito de indemnizarlo—, le ofrece una hija por esposa, y además, un reino y muchos obsequios. Ya conocemos el caso de Odiseo y Nausícaa. La Medea de Eurípides se queja de que "la mujer compre con dinero a su amo". Solón redujo considerablemente las dotes, para que el novio pensara algo más en la sola conveniencia familiar y en la futura prole.

La tercera forma, teóricamente intermediaria, consiste en que el novio obsequie directamente a la novia lo que hoy, hecho símbolo, llamamos arras (*hédna*).

La libertad de los contratos matrimoniales conoció algunas restricciones. Pericles —y no fue una medida feliz— reservó la plenitud de derechos al hijo de padres atenienses, negándola al mestizo de forastero, sea por evitar afluencia de advenedizos atraídos por el auge imperial de Atenas, sea por reservar al ateniense de pura cepa el disfrute de las conquistas imperiales. Era buen demócrata, pero era todavía mejor ateniense.

Y los espartanos, en su manía "racista" —que con el tiempo acabó por descastarlos en términos verdaderamente pavorosos—, sometían a los novios a cierto examen prenupcial, y multaron al propio rey Arquidamas —sin duda co-

228

jeaba del mismo pie que el inolvidable Arcipreste— porque se le ocurrió escoger para esposa a una "dueña chica".

7. *El hecho fundamental en la vida de la mujer griega es el matrimonio.* No es menos importante para la familia el matrimonio del hijo, y a la postre es lo que más importa en el régimen patriarcal y patrilineal de la comunidad griega. Pero, para la mujer misma, que antes y después de las nupcias vive algo recluida, las nupcias representan una verdadera culminación. Si la sociedad griega no concede generalmente a la mujer una atención como la que concede al hombre, en ese instante la rodea de cuidados rituales, y hace descansar en ella el valor religioso de la ceremonia.

Por de contado, la posición de la mujer varió con las épocas y los lugares. La mujer de los días homéricos disfrutaba de una posición más eminente que en el propio siglo de Pericles, a pesar de la excepción de Aspasia. El gineceo no encerraba aún a la mujer. Aún no había dicho Menandro —y esto en época del derrumbamiento— que la dama honesta no debe franquear el patio de su casa. La mujer circulaba entre los varones con mayor respeto y libertad que en la edad clásica, según testimonios de la *Ilíada* y la *Odisea*. Helena pasea por las calles de Troya en compañía de sus dos sirvientas, sin que nadie piense en molestarla, aunque no faltaban motivos. Y, devuelta a su hogar de Esparta, toma parte en las discusiones de Menelao y Telémaco. Hécuba en Troya y Arete en Feacia son verdaderas reinas a quienes escuchan sus esposos. Y aunque, en su dolor, Héctor y Andrómaca prevén un porvenir de humillaciones y befas para ésta, en caso de que sobrevenga la derrota, Andrómaca, a la muerte de Héctor, será esposa de Neoptólemo, el hijo de Aquiles. Penélope mantiene su corte en Ítaca durante la ausencia de Odiseo, y aun los desvergonzados Pretendientes —que abusan de las esclavas serviles— la respetan. Junto a Penélope, la anciana Euriclea, nodriza de Odiseo, ocupa una situación de mando y confianza. Criseida y Briseida, en pleno campamento aqueo, son sagradas para la tropa, aunque pertenecen al botín de los capitanes, y acaso por eso. Y Tecmesa, en la tragedia de Sófocles, es redimida por Áyax de su condición. En general, hasta las esclavas de guerra de los príncipes —si no las esclavas de nacimiento— merecían un trato privilegiado.

Si se compraba a la esposa a cambio de unos bueyes, era después señora y reina en su casa, y honrada en proporción al número de sus hijos. El sentimiento caballeresco para la mujer, que relampaguea entre los combates de la *Ilíada*, la veneración que infunde la belleza de Helena, la apelación constante a la salvaguarda de las esposas, el deseo de no parecer cobarde a sus ojos y, por contraste, en la *Odisea*, la insolencia de los barones de las islas jónicas, así como la figura misma de Penélope —que vivirá como retrato de la dama perfecta en el pensamiento de Occidente—, todo ello parece anunciar los ideales de la Edad Media y comprueba a los últimos filósofos de la historia, que han advertido la contemporaneidad espiritual de algunas sociedades separadas por abismos de tiempo. En la edad homérica no se habla siquiera de divorcio, y es cosa admitida que toda viuda de edad conveniente vuelva a casarse. Hay ciertas restricciones de consaguinidad, pero sujetas a la tradición de cada pueblo. Diomedes se desposó con su tía Egialea, y Arete con su tío Alcínoo (aunque Bérard creyó que estos dos eran hermano y hermana, en su empeño de interpretar a Grecia según los antecedentes semíticos).

Los Estados griegos de Oriente, en la época de su apogeo, acaso conservaron el recuerdo de esta dignificación de la mujer. La audacia social del griego asiático, en todos los órdenes, dio el primer impulso a la vida intelectual de Grecia. Safo pudo crear en Lesbos su escuela, progreso de la participación femenina en la vida de la inteligencia y del arte, que los trastornos políticos y las conquistas asiáticas tal vez vinieron a atajar. Ya Focílides el milesio encomia la reclusión de la mujer, y poco después, hace lo propio Teoguis el megarense. Antes de ellos, el aldeano Hesíodo, aunque considera que la mujer virtuosa es el bien más estimable, la pone en condición francamente subordinada. Pero Corina, poetisa de la capital beocia y consejera de Píndaro, parece haber vivido aún con independencia y señorío.

La Grecia clásica hizo de la mujer una asociada doméstica algo descolorida y oculta, casi a la manera oriental. Aspasia, la compañera de Pericles —que abrió entre los atenienses una tertulia literaria, un salón a la francesa— disfrutaba el derecho de las emancipadas, era una hetaira de Mileto. No se había formado en la educación casera. Allá, en su tierra, había respirado otros aires.

8. *El estatuto de la mujer, en Esparta, era mucho más generoso,* como en todas las tierras dorias. La comunidad del atletismo consentía a las jóvenes un margen mayor de vida pública, aunque los atenienses se rieran de su aire un tanto hombruno. Hasta hubo un regimiento de las mujeres, la *ginecocracia,** como aquella guardia femenina que murió en la defensa de los últimos zares. Las tribus lacedemonias conservaron siempre rasgos matriarcales vetustos. Mientras el ciudadano se aburría en las asambleas, penaba en la guerra o se divertía cazando a los infelices ilotas, las mujeres disponían de sí mismas con harta holgura, lo que Platón y Aristóteles censuraron. Nunca perdieron en su casa cierta autoridad de consejo y tenían fama de mandar al marido. Hasta eran algo descaradas, como en todos los pueblos donde los hombres se dejan disciplinar demasiado. "No pueden ser discretas aunque lo intenten", había dicho Eurípides. Las tradiciones arcaicas, a través del tiempo, a tal punto sostuvieron el derecho de la propiedad femenina que, a la postre, la mitad del patrimonio de Esparta quedó en manos de las mujeres. Sin embargo, a la hora del sufrimiento, algún buen fruto se cosechó. Es el instante en que la mujer recobra su instinto maternal. En la historia medio legendaria de los reyes salvadores y mártires, Agis y Cleómenes —quienes aparecen un siglo después de Aristóteles—, las nobles espartanas se levantaron a la altura del dolor nacional, dieron toda su talla y sostuvieron a sus caudillos. El espartano padeció en todo su rigor los efectos de la disciplina inhumana. Paradójicamente, la mujer, menos oprimida, conservó consigo el último aliento de la virtud.

Las frases heroicas y algo teatrales de las madres espartanas han pasado a la historia: "Vuelve con tu escudo o

* Página 7: otro sentido del término. [Nota de A. R.]

231

sobre tu escudo" (vencedor, o muerto). "Si tu espada es muy corta, da un paso más." Y las que perdieron sus hijos en la batalla de Leuctra se consideraron especialmente afortunadas.

Pero dejemos ya la inevitable peculiaridad espartana que en todas las cosas se manifiesta.

9. *He aquí a la niña griega, la niña griega del tipo medio, en vísperas de su matrimonio.* Tiene apenas unos quince o dieciséis años. Sólo le han enseñado a moler el grano, a cardar la lana, a devanar el hilo, a bordar, a peinarse, a cantar y a bailar un poco; apenas sabe cocinar, porque cocinan para ella los hombres o la servidumbre; no sabe leer ni escribir; no sabe coser, porque Grecia, a diferencia de la Creta prehistórica, no usó la costura, sino que prendía las telas con hebillas, fíbulas e imperdibles.

Con este ligero bagaje, sale de repente a la superficie de la vida. El aparato sacramental de sus bodas debe de haberla impresionado para siempre, tal una quemadura de luz en la retina. Y así se lanza, sin conocer al novio o conociéndolo apenas, por su nuevo camino.

Es natural y hasta es decente, entonces como hoy, que entre el recuerdo del hogar paterno y la esperanza del hogar esperado, la novia suelte el llanto. "Llorar como novia", decían los griegos. Porque el llanto de la novia casi forma parte del rito y debe ser ostentoso. Eso es lo que se espera de ella. Lo esperan sus padres y sus hermanos, lo esperan sus divinidades domésticas.

Pocas muchachas se quedaban sin matrimonio, lo que hace aún más trágica la situación de las heroínas solteronas de la leyenda: Antígona, Electra (no en todas las tradiciones), Ifigenia.

10. *Las nupcias se desenvuelven entre una serie de actos rituales.* La niña, a quien el novio dobla en edad, que así conviene para que la eduque a su modo, suele dedicar sus juguetes y sus vestidos a la diosa Ártemis y, si estamos en Atenas, nunca olvida dejar en el templo de la Cazadora, o en el de Hera, una crencha del pelo, cuando no lo ofrece a las Moiras. En Trecena, el pelo se sacrifica sobre la supuesta

tumba de Hipólito. En otras partes, es arrojado a un río o a una fuente, en honor de las deidades acuáticas. El sentido mágico de este sencillo acto se ha perdido ya hace mucho tiempo. La novia entiende que paga por adelantado el logro y crianza de la prole (*threpteéria*).

Los esponsales —*engyeesis* o *engyee*— son indispensables a la validez del matrimonio. El padre, o el *kurios* en su defecto, entrega simbólicamente a la novia. Se conviene el día de la boda. Parecen singularmente propicios el mes Gamelión —por enero—, el cuarto día de luna nueva o el de luna llena.

Los novios son presentados formalmente. Ella se quita el velo y se descubre ante él, dando por supuesto que hasta entonces no se conocían, y recibe de él los "presentes de la mostración" —*anakalypteria*.

Comienzan los ritos fundamentales. La filosofía de estos ritos corresponde a los tres estados del tránsito: *1)* La novia deja de pertenecer a su antiguo hogar; *2)* debe protegérsela contra todo maleficio mientras, no siendo ya hija menor, todavía no es esposa, mientras está sin dioses; y *3)* hay que incorporarla a su nueva familia.

Cada familia, por su lado, procura tener propicias a las deidades (*progamia*). El padre de la novia ofrece un festín con sacrificio de sésamo amasado en miel. El padre del novio ofrece a su vez otro festín, pagado a escote por la tribu. Las mujeres están presentes, pero se sientan aparte con la novia.

Los sacrificios se hacían muy de mañana y se consagraban a la inmortal pareja, a Zeus y a Hera. Los novios atenienses acostumbraban bañarse en la fuente Calirroe, pero más tarde se prefirió traerles el agua a casa en el *lutróforo*.

Por la tarde, a la salida de Héspero, el padre conduce a la novia a su nueva casa o —como se usaba en Atenas— la lleva el mismo novio en carro de mula. La novia se sienta entre él y su paraninfo o padrino. El padrino empuña la rienda. Si el novio ha sido ya casado, el padrino solo debe ocuparse del transporte.

La novia lleva el rostro velado. La acompaña su madre, con un par de teas encendidas en el fuego de su propio hogar, pues las teas purifican el aire y alejan a los malos espíritus. (¿Y cómo no recordar en este punto a la Deméter que recorre la tierra con un par de hachones, a seguimiento de su hija Kora, arrebatada por el divino raptor Hades?) Los siguen por toda la calle los demás padrinos, la corte de honor de la novia, los parientes y los amigos, con música de flauta y canciones, pantomimas de la labranza, juegos y burletas, mejores mientras más atrevidos, pues así se ahuyenta a los demonios subterráneos que eran de suyo pudibundos. Durante la procesión, la novia se divierte en contar los agujeros de un cedazo, para no tener malas ideas y distraer sus emociones.

A las puertas de su nueva casa, la espera su suegra, también con hachones encendidos. En Beocia, una vez que había bajado la novia, se quemaba el yugo del carro, como un adiós definitivo.

Al cruzar los umbrales, los invitados reciben a la novia con una lluvia de granos, frutas y confites (*katachysmata*); y era ley de Solón que, en la alcoba, los recién casados compartieran alguna fruta, especialmente un membrillo, tal vez como toma de posesión.

Se acerca un niño, que no ha de ser huérfano de padre ni madre, trayendo en la cabeza el *liknon* lleno de pan de hogaza, y grita a voz en cuello: "¡He huido del mal! ¡He encontrado el bien!" Y, en Atenas, la sacerdotisa agita por toda la casa el escudo de la diosa Atenea.

Los *gameélios* se cantaban siempre en las bodas. El *himeneo*, durante la procesión callejera. Su estribillo —"Himen, Himeneo"— hasta quiso personalizarse en algún ser, algún doncel de belleza que o fue muy feliz en su matrimonio o se le cayó un techo encima el día de las nupcias. La invocación es, pues, positiva o negativa: para atraer al genio de las nupcias felices, o para alejar las desgracias. A las puertas de la alcoba, los coros juveniles cantaban el *epitalamio*.

A los pocos días, el marido va de visita, él solo, a casa de sus suegros, donde pasa la noche envuelto en el manto de su esposa, que ella le ha cedido como recuerdo.

El divorcio era tan fácil que, en caso de mal avenimiento, apenas retenía al marido el verse en trance de devolver la dote. En la edad clásica, el divorcio sólo se concedía a petición suya, del suegro o de quien hiciera sus veces. Más tarde, pudo asimismo concederse a solicitud de la esposa, y siempre con suma facilidad.

Si todo iba bien, el marido se cuidaba de dejar instrucciones testamentarias sobre quién había de sustituirlo en caso de muerte y hacerse cargo de su viuda.

Los neoplatónicos convirtieron ya el matrimonio en una ceremonia mística, y la preferencia por ciertas fases lunares se transformó entonces en un cálculo astrológico sobre la conjunción del Sol y la Luna.

Por su parte, los espartanos, en quienes siempre andan revueltas la pedantería seudocientífica y los arcaísmos más inesperados, juzgaban por bueno el seguir simulando el matrimonio de rapto, y el retener unos días a la recién casada al lado de sus padres, de suerte que el flamante esposo tenía que visitarla a hurtos y en la oscuridad de la noche. A veces les aconteció tener hijos antes de encontrarse a la luz del día.*

IV. El rito fúnebre**

1. *El rito fúnebre se explica por el culto a los antepasados.* El antecesor difunto ampara a la familia; el héroe, a la ciudad; el dios, al mundo. Al paso que se generalizan las nociones, la nueva entidad asume el mando y subordina a la entidad anterior, sin por eso desposeerla de sus cultos, que simplemente se modifican. Cada nuevo culto, a su turno, parece un abultamiento del anterior.

La filosofía del culto fúnebre se resume en los siguientes principios: el muerto no muere del todo; sigue forman-

* Supervivencias del matrimonio de rapto entre civilizados: En Inglaterra, sólo en tiempos de Enrique VII comenzó a considerarse delito el rapto de una mujer, y esto, cuando se trataba de una rica heredera. Aun las herederas siguieron siendo raptadas en Irlanda hasta el siglo XVIII. George Sand, en *La mare au Diable*, describe una costumbre de matrimonio por rapto que perdura en cierta región de Francia, etc. No faltan los casos en poblaciones rústicas mexicanas: queda un eco en *La suave Patria* de López Velarde.
** Referencia: cap. II, título VII, § 4. Asimismo, A. R., *Mitología griega*, II, 3: "Las mansiones de ultratumba", pp. 423-434.

do parte de la familia; necesita de los supervivientes para pasar de uno a otro mundo; también necesita de ellos para sostener su existencia ya desmedrada y, en cierto modo, requiere las atenciones de un inválido. Por otra parte, el muerto adquiere, por su solo acceso a una zona de mayor veneración, ciertas facultades sobrenaturales y nuevos derechos religiosos de que carecía en vida.

Estos principios nos obligan a preguntarnos qué idea se tenía de la muerte en sí; cuál sobre la naturaleza y la vida de los difuntos; cómo se imaginaba el tránsito hacia su morada de ultratumba; en qué medida se los podía ayudar y qué esperaban de los hombres; hasta dónde se extendía su autoridad sobre los vivientes; y hasta qué punto podían, a su vez, servirlos.

De todo ello se desprende una idea fundamental: los muertos, como los héroes y los dioses, son unos amparadores de los hombres, y necesitan a su vez de cierto amparo humano. Entre la tierra y el reino inferior, como entre la tierra y el reino superior, hay un enlace de prestaciones mutuas, corriente circular de servicios que abraza todo el universo.

2. *La muerte es un destierro definitivo del mundo de la naturaleza.* Sólo en el mito se la puede vencer. Apolo, Asclepio y Héracles, por ejemplo, han sido capaces de hacer retroceder a la muerte, en una historia de dos resurrecciones: la de Hipólito y la de Alcesta, ligada esta última por la concesión de vida suplementaria para Admeto. Sísifo logró encadenar por algún tiempo a la muerte. Protesilao, el primer guerrero aqueo que desembarcó en tierra troyana, fue muerto al instante de un flechazo. Su viuda Laodamia padeció tanto, que los dioses le devolvieron por unas tres horas a su esposo. Cuando éste desapareció al fin, ella se suicidó con la idea de acompañarlo. Nuevo caso del amor romántico a que ya nos hemos referido, este mito ha inspirado a Wordsworth. Otro caso comparable consta entre los fragmentos de Flegón el Tralio —siglo II d. c.—, donde el amor, estorbado por las familias, rompe la valla de la muerte para realizar su destino. El tema ha inspirado a Goethe el

poema sobre *La novia de Corinto*, y de allí pasó a la poética juvenil de Anatole France. Aristófanes cuenta de una anciana que volvió de la tumba; pero Aristófanes no pretende ser tomado al pie de la letra en sus efectos meramente teatrales, y esta historia pertenece más bien a la temática universal del folklore: consta en la fábula XVII de Odín —sagas septentrionales— y sugirió a Stevenson su cuento de publicación póstuma *La mujer mostrenca*.

Los casos de resurrección mística, de supuesta reencarnación en la vida, no han de tomarse como casos de aparecidos, fantasmas o "espantos" a que luego nos trasladaremos; pues estos últimos no recobran su existencia anterior, sino que, ya en figura de espectros, se limitan a hacer breves incursiones en nuestro mundo, casi siempre desagradables. Todos ellos, sean resucitados o fantasmas, vuelven para reclamar la perfecta distribución de las Moiras, que ha sido arbitrariamente perturbada.

En principio, pues, la muerte es estado definitivo. Pero la muerte no sólo es un cambio de estado, que infunde pavor porque no se le conoce a ciencia cierta; no sólo es "la casa de irás y no volverás", que causa el dolor de las separaciones irremediables; no sólo es la adquisición de ciertos poderes sobrehumanos con la pérdida correlativa de poderes humanos: es algo más. Así como el crimen causa un contagio de que importa purificarse, así en la idea que el griego tiene de la muerte hay un residuo material. La muerte es algo como una sustancia adhesiva, y hay que limpiarse de ella.

Por último, la idea de la muerte es una funesta obsesión. A tal punto, que aun los Olímpicos, los Inmortales, en su vigilante observación de la vida humana, están atentos para defender de la muerte a sus favoritos, o para guiar a los ya condenados.

En la *Ilíada*, Afrodita defiende a Paris contra Menelao; Atenea, a Diomedes contra Ares, y a Aquiles contra Héctor y contra el Río Janto; Apolo, a Héctor contra Aquiles, aunque luego lo desampara en acatamiento al destino; Posidón, a Eneas contra Aquiles, y a éste contra el Janto; Hefesto, a

Ideo contra Diomedes; y todos los dioses, y Atenea en persona, a Menelao contra la saeta de Pándaro.

Cuando, por bastardeo de las jerarquías, un Inmortal ha engendrado hijos mortales, entonces aprende a participar de la angustia humana. En la *Ilíada*, Zeus evita una vez la muerte de Sarpedón su hijo, y se aflige cuando llega la hora de dejarlo morir. Afrodita, con ayuda de Apolo, salva a su hijo Eneas, ya derribado por Diomedes. Tetis no ha podido menos de transmitir a Aquiles su congoja de saberlo mortal; y éste, que no sólo se sabe mortal sino, además, condenado a una muerte próxima, vive en estado de sobreexcitación y sufre exasperaciones desmedidas ante los agravios. ¡Estuvo a punto de ser inmortal, como hijo de una Nereida, y es el más efímero de los mortales! La magnitud de sus arrebatos debe medirse por la magnitud de su desgracia.

La amarga sentencia suspendida sobre los humanos llevará alguna vez a exculpar al hombre de sus errores, y a descargar toda su responsabilidad en las Moiras, en el destino.

3. *El muerto se considera compuesto de un elemento material y un elemento espiritual.* El elemento material es uno de los contactos o accesos hacia el elemento espiritual. No hay, pues, que abandonarlo.

Las medidas de conservación no llegan en Grecia al extremo del embalsamamiento egipcio. Apenas quedan ecos de éste en la conservación de Patrocolo, cuyo cadáver Tetis hace incorruptible echándole por las narices ambrosía y néctar rojo, y en la recomposición del cadáver de Héctor por orden de Zeus y por diligencia de Afrodita y Apolo. A pesar de los malos tratos de Aquiles y del abandono que sufre durante varios días, el cuerpo de Héctor queda incólume, gracias a que la diosa lo unge de aceites especiales, y el dios lo abriga en una nube. En la realidad, el griego se contenta con conceder al cadáver un mínimo de conservación: por regla, la sepultura; excepcionalmente, la incineración. Volveremos sobre estas prácticas.

La representación que se tiene del difunto evoluciona sensiblemente. Se comienza por imaginar una supervivencia física en la tumba. Lo cual tiene dos efectos, uno negativo y otro positivo.

El efecto negativo es la mutilación del cadáver por miedo a su venganza. Quedan ecos del *maschalismós*, práctica salvaje del matador que consiste en cortar a la víctima pies y manos y atárselos a los sobacos para reducirla a la impotencia. (El aborigen australiano corta los pulgares del enemigo muerto, a fin de que no empuñe la lanza.) Durante la época de las invasiones guerreras, esta práctica atroz se traduce en la violación de tumbas y deshonra del enemigo muerto. La poesía, la historia y la tragedia griegas claman a una contra estos horrores.

El efecto positivo de la creencia en la perduración física del muerto no sólo se manifiesta en los servicios fúnebres de que luego hablaremos, sino también en la costumbre de proveer al difunto una muda de ropa y objetos indispensables a su vida habitual, todo ello más destinado al cuerpo que al alma. Aunque tampoco en este punto llegaron los griegos al extremo de los egipcios; pues tenían de tal perduración física un concepto menos material. En los enterramientos micénicos hay armas y verdaderos tesoros. Sin duda los muertos necesitan estar bien pertrechados. Por las noches, en el campo de Maratón, se oye el chocar de lanzas y escudos y el relincho de los caballos.

Homero nos permite apreciar la pugna de las nociones. En la *Ilíada*, el espectro de Patrocolo aparece a Aquiles. La aparición sucede en sueños: primera disculpa, porque convierte el caso en un resquemor de conciencia. Aquiles se extraña de que los muertos tengan mente y forma, y exclama: "Yo no lo sabía, ahora lo sé": segunda disculpa, por cuanto propone algo como una satisfacción no pedida, y es un paso que da el poeta para adelantarse a alguna objeción de su auditorio: "La cosa fue así, por muy increíble que parezca." Y Aquiles se apresura entonces a alzar la pira de Patroclo, de cuyo cadáver no se decidía a desprenderse, sea por exceso de cariño o por ocuparse exclusivamente en su venganza. Pero nótese que cuantos presentes arroja a la pira, cuantos sacrificios y festejos le ofrece no tienen por fin aplacar a un muerto maléfico, ni rendirle culto religioso, ni alimentarlo; sino cumplir con los honores debidos a su memoria, y permitir al espectro el acceso al reino de los difuntos. Andrómaca, más explícita en este punto, cuando amontona objetos y ofrendas en la pira de Héctor, exclama: "A ti nada de esto te sirve ni te aprovecha ya, sólo quiero honrarte a los ojos de tus compatriotas." Y otro tanto cabe decir de los funerales que Tetis ha de consagrar más tarde a su hijo Aquiles, y de que nos cuenta la *Odisea*. (Recuérdese el caso de la pira de Dido en la *Eneida*.)

Veamos lo que nos permite averiguar la primera *nékuya* o visita de Odiseo a los espectros. Esta visita no es ya un sueño, sino que acontece efectivamente dentro de la realidad poética de la obra. Odiseo degüella unas reses y vierte la sangre en un foso. Los espectros acuden a beber un poco de sangre. Así vigorizados, pueden ya hablar con Odiseo. ¿Vago recuerdo del alimento a los difuntos? ¿Uso universal del folklore para toda charla con los muertos? Interprételo como se quiera.

Es de notar que Minos y Agamemnón siguen siendo reyes en ultratumba. Las castas de la tierra se han conservado. El plebeyo será eternamente plebeyo, y noble el noble: adherencia imborrable de las condiciones mundanas.

Pero hay algo más notable aún: El primer espectro con quien Odiseo se enfrenta es su compañero Elpénor, cuyo cadáver había quedado abandonado en la isla de Eea, junto al palacio de Circe. "Puesto que tienes que regresar por la isla —dice Elpénor—, acuérdate de recoger y quemar mi cadáver, para que no excite contra ti la cólera de los dioses." En suma, que el alma de Elpénor no es responsable ni copartícipe de los sentimientos de su cadáver.

Por último, los espectros se han desmaterializado a tal punto —debido a la cremación, explica el poeta racionalista— que Odiseo intenta vanamente abrazar tres veces a su madre. Los espectros son ya una mera imagen virtual. Aquellas "cabezas sin vigor" no son de carne y hueso.

Al despedirse, Odiseo ofrece a los espectros sacrificar una vaquilla en su honor, pero no se propone más que dedicarles un recuerdo piadoso.

Como fuere, el intento homérico no alcanzó la conclusión esperada. Aún no será posible desmaterializar del todo el alma en las concepciones populares. Tales concepciones oscilan entre la idea de una fuerza vital y la idea de un doble.

El doble fija la tradición materialista, la cual llega hasta la creencia en una encarnación zoológica, creencia que las sectas místicas orientarán en un sentido ético, convirtiéndola en un ciclo de pruebas. Por ahora, se cree simplemente que el doble escapa de su vestidura humana bajo su verdadera apariencia de ´animal. Los animales predilectos en esta representación materialista son la serpiente y el ave. La serpiente es símbolo de lo que vive enterrado, y también de lo que se rejuvenece y renace al mudar de piel. El ave corresponde a las epifanías y figuraciones divinas en la remota cultura egea. En la segunda *nékuya*, las almas que siguen a Hermes Psicopompo vuelan y chillan como murciélagos. Aristeas, misionero místico de Apolo, echa el alma por la boca en forma de cuervo. El alma puede también resultar de figura híbrida, sirenaica, etc.

En cambio, el concebir el alma como una fuerza vital ayuda poco a poco a emanciparla de la materia. Pero antes se pasa por toda una maraña de compromisos. El *éidolon* o estatuilla de los difuntos es una verdadera síntesis de esas imágenes indecisas: es doble en cuanto es retrato del desaparecido, es ave en cuanto se lo representa dotado de alas, y quiere recordar su esencia espiritual por cuanto es leve y pequeño.

4. *El muerto es generalmente benévolo y excepcionalmente maléfico.* Es benévolo y agradecido cuando se lo atiende como es justo, pues su bienaventuranza —para decirlo de algún modo— depende de los supervivientes. Es maléfico si se lo abandona, o si él se ha llevado a ultratumba la venganza contra el agravio o el asesinato de que fue víctima. Pero, aun cuando sea benévolo, se prefiere mantenerlo a cierta distancia. En la celebración anual de Difuntos —las Apaturias áticas— se lo acoge hospitalariamente y se le ofrece la *panspermia*. Acabada la ceremonia, se le ruega que se aleje cuanto antes. Ya no es objeto de imploración; ya están

241

para eso los héroes y los dioses. El ritual que se le consagra es desinteresado, y mientras se cumpla con él, ya él no tiene nada que hacer en este mundo. Un muerto es siempre algo importuno, viene a "aguar la fiesta". Así lo comprende Patroclo en el sueño de Aquiles: "Dame lo que me toca, mi parte de fuego, y no volveré jamás a importunaros."

¡Ah, pero si el difunto no ha sido debidamente satisfecho! Entonces el espectro del Rey aparece por las murallas de Elsinor para encomendar a Hamlet el sangriento desquite. Ya hemos visto de lo que son capaces el espectro de Polites (Temesa) y el espectro de Orestes (Atenas). Pues no padeció menos Beocia por causa del cazador Acteón, aquel cuya osadía castigó la tremenda virgen Ártemis, metamorfoseándolo en un ciervo al que destrozó su propia jauría. Acteón devastó durante mucho tiempo los campos de Beocia, hasta que el Oráculo mandó encadenar su estatua.

Y estos casos no sólo se daban en los mitos. En Agila (Cere, Etruria), los habitantes mataron a pedradas a unos pobres náufragos focenses. Hombres y animales —cuenta Heródoto— empezaron a caer muertos o se quedaban paralíticos de repente; y el Oráculo, a fin de remediarlo, encargó celebrar honras fúnebres especiales para todos los que habían sido víctimas de aquel atentado. En Citión (Chipre) el hambre y la peste asolaban al pueblo, y el Oráculo tuvo que ordenar un culto público en honor de Cimón, el jefe chipriota que peleó en Salamina y a quien la ciudad tenía olvidado.

5. *Y aquí aparecen los fantasmas*. La superstición envenena la fantasía; y la fantasía, entregada a sus propios sueños, da de sí engendros terroríficos que ya no tienen relación alguna con los mitos; la fantasía crea mitos *ad hoc* para disculpar su afán de tortura. Ya no hay personaje mítico que luego se convierta en fantasma, sino que el fantasma es el mito. La Empusa mudaba a voluntad de apariencia y —abuela de la Villana de Vallecas, hembra matadora de machos—, devoraba siempre a sus amantes como hacen las alacranas. La Lamia (acaso bisexual) se convirtió en robachicos para vengarse de que Hera, celosa, había dado muer-

242

te a los hijos que Zeus engendró en ella. La Gello, para consolarse de haber muerto prematuramente, raptaba niños. La Karko y la Sybaris no sé ya qué hacían. La Mormo, reina deshijada de Lestrigonia, asesinaba a las criaturas ajenas. La Onóskelis tenía una pata de burra y espantaba con el solo ruido de sus pasos. Y las ayas imprudentes solían amenazar a los chiquillos griegos con estas apariciones como hoy se les amenaza con el Coco.

Tampoco faltan los aparecidos anónimos, los que perturban el sueño, los que entre la noche agitan cadenas. Sofrón, sainetero siracusano del siglo v, nos cuenta detenidamente cómo se expulsaban de una casa los "espantos" enviados por la terrible Hécate (diosa de la fertilidad que, por rara transformación, vino a ser huésped indeseable). La ensalmadora procedía a sacrificar el consabido muñeco, vicario de la víctima humana; agitaba ramas de laurel para purificar el ambiente; hacía fumigaciones de betún o de incienso; esparcía sal por la casa; encendía y apagaba unas teas. Se invocaba a Apolo, a Héracles, muy recomendables en el caso, y una vez que se la había contentado, a la misma Hécate. Se pedía consejo al Oráculo, o se interpelaba al "espanto" por si era posible satisfacerlo. Estos ritos "apotropaicos" variaban de una en otra región. Los amuletos eran de uso general entre la gente baja. Cada vieja daba otra receta: no pronunciar palabras de mal agüero, no mentar la muerte, no hablar de la mano izquierda —"siniestra" por antonomasia—, sino halagarla siempre llamándola "la mano mejor" o "la que todo lo acierta".

Los difuntos vengativos eran tema del pueblo. Las Erinies, por de contado, no daban paz a los criminales ni en el otro mundo, según la autoridad de Esquilo. Pero aun los simples espectros agraviados volvían a cobrar su deuda de algún modo. El remordimiento buscaba un cuerpo palpable para encararse con los espíritus groseros, incapaces de percibirlo sin sentir un choque material.

Hay, en Grecia, un tipo singularísimo de fantasma, que es el *taraxipóos*, el que pone espanto en las caballadas. Uno de los varios Glaucos de la mitología, el hijo de Sísifo, padre de Belerofonte y abuelo del Glauco el que combate en la *Ilíada*, cuidaba en Potnia (Beocia) su manada de yeguas. Sea por alimentarlas con carne humana (como aquel Diomedes, distinto del de la *Ilíada*, que ocupó la octava labor de Héracles), sea que las yeguas comieron una mala yerba, sea por venganza de Afrodita, airada contra Glauco que impedía el ayuntamiento de sus yeguas con los garañones, ello es que las yeguas lo devoraron cuando los juegos funerales de Pelias, y Glauco se transformó en Taraxipos, desolación de los yegüeros del Istmo.

6. *¿Cómo es, pues, ese tránsito entre ambos mundos* que el difunto no puede hacer sin ayuda del superviviente? Las vagas ideas al respecto suponen algo como un viaje continuo del espectro entre su tumba y la morada de Hades, o una suerte de bilocación en ambos sitios. La tumba recibe los presentes, pero el muerto tiene ya su casa, no anda rondando entre las místicas regiones sin nombre.

A veces, este reino de Hades aparece separado del mundo por un río infernal, la corriente del Éstix —"la Aborrecible"—, la llamada Laguna Estigia. Hubo un río Éstix en Arcadia. Tal vez se pensó que este río se internaba hasta el otro mundo.

La imagen homérica es diferente. La tierra es concebida como una masa plana rodeada por el río Océano. Si el reino de Hades queda muy lejos, tiene que estar al otro lado de ese río Océano o mar circundante. Para llegar hasta allá, las almas de los Pretendientes transponen el Océano, la roca de Léucade, las puertas del Sol, el País de los Sueños, y alcanzan por fin la pradera de Asfódelos, que es su destino.

Las descripciones no permiten fijar ese lugar misterioso, ni siquiera en la relatividad de la geografía imaginaria. Cuando "la Batalla de los Dioses", en la *Ilíada*, Hades se levanta de su trono, sobresaltado, temiendo que los Olímpicos le echen abajo el techo. Como tampoco sabemos a ciencia cierta dónde está el Olimpo, que además de ser un monte en Tesalia es un sitio celeste, de poco nos sirve averiguar que Hades habita el piso bajo.

Por otra parte, Homero hace que Odiseo visite a las sombras en el país de los cimerios, donde nunca se asoma el Sol;

país fabuloso que no puede identificarse con la Cimeria histórica o Crimea —norte del Euxino— aunque ésta ofrezca también las características de ser, a los ojos de un griego, tierra muy septentrional y nebulosa.

Y por otra parte todavía, Héracles hiere a Hades en Pilos, donde otra fábula nos dice que Hades tenía su mansión. Los modernos, cuando piensan en el Hades helénico, hablan siempre de aquel barquero Caronte, supervivencia de algún arcaico dios infernal, tal vez etrusco. Caronte pasa las almas de una a otra orilla en su barca, mediante el pago del óbolo que el difunto lleva entre los dientes. Homero no habla de Caronte. Lo cita por primera vez la *Miníada*, poema perdido de aquel grupo o ciclo de epopeyas que conectan la *Ilíada* con la *Odisea* o completan sus asuntos. Esquilo ha mencionado a Caronte en *Los siete contra Tebas*. Aristófanes lo nombra en *Las ranas*, y algunos pretenden que eso de la monedita para pagar el trasbordo no es más que un chiste de Aristófanes, fundado en la costumbre que tenía la gente de llevar "el cambio" en la boca.* Caronte reaparece en la *Eneida* de Virgilio (Lib. VI) y el *Diálogo de los muertos* de Luciano. Lo figura una terracota del siglo VI, y Polignoto lo representó en una pintura de Delfos.

Mas no era ésta la tradición corriente. Entre los antiguos se habla mucho más del Can Cerbero, monstruo de tres o de cincuenta cabezas que guarda las puertas de Hades. Acaso los difuntos, para poder entrar, lo distraían un instante dándole a comer las tortas de miel que los deudos solían dejar en los sepulcros. Hay quien vea un eco de estos mitos en el viaje de Odiseo al reino de las sombras, para el cual tiene antes que cruzar el difícil paso entre Caribdis (accidente geográfico, sumideros de agua o *cathavothra*) y Escila, la perra de varias cabezas de quien dice Homero que ladra. Las Sirenas mismas serían otro obstáculo en el camino hacia el reino de Hades. Concluimos, en todo caso, que aquel reino

* Cuenta el Conde de Marcellus (*Souvenirs de l'Orient*, II) que el cónsul francés Fauvel, quien fue su guía en Atenas como lo fue de Chateaubriand y de Pouqueville, poseía entre sus curiosidades arqueológicas "una mandíbula humana con el óbolo destinado a Carón", tal vez arreglo del propio Fauvel.

era sitio de difícil acceso, adonde no se llegaba sin el pasaporte del rito fúnebre.

7. *El culto de ultratumba suma la veneración, la imploración y los servicios indispensables a la paz del difunto.* De estas tres necesidades nacen los ritos fúnebres.

Lo primero que exige el desaparecido es respeto, tanto de los deudos y amigos como de los enemigos y extraños. Sabemos que la caridad griega se cifra en no agraviar al ser indefenso, y nadie más indefenso que un cadáver. Ni siquiera es de recta moral ni es prudencia el manifestar regocijo por la muerte del adversario. La norma helénica ha sido definida en dos insignes ocasiones por boca del sutil Odiseo. Cuando acaba con los Pretendientes que durante tantos años han acosado a su Penélope, Odiseo detiene cautelosamente a la Nodriza que ya estaba a punto de prorrumpir en gritos de júbilo. Áyax, en la tragedia de Sófocles, le pregunta si acaso le inspira compasión el contrario muerto, y Odiseo contesta al instante: "Prefiero su benevolencia a su odio." Sin embargo, hay una hora en que Odiseo se deja llevar de la crueldad, y manda ahorcar a las esclavas infieles para que "no mueran de muerte limpia". En nombre de los sentimientos helénicos, Murray protesta: Bien está, dice que sacie su ira con los cabrerizos traidores, pero ¿también con las mujeres? Y por eso Homero, siempre atento a las emociones de sus oyentes, echa un bálsamo sobre la herida: "Las esclavas —dice— sacudieron un instante los pies, *no mucho tiempo.*"

La *Ilíada* nos da una lección moral. Quiere —lo declara desde el proemio—, mostrarnos las consecuencias de la cólera de Aquiles, y no retrocede ante los horrores. El odio, orientado primeramente contra Agamemnón, cambia de rumbo y se dirige al fin contra Héctor, todavía más emponzoñado porque Aquiles se considera en cierto modo culpable por la desgracia de su compañero Patroclo. Entonces Aquiles se desenfrena y se entrega a "actos vergonzosos". Mata a Héctor, le taladra los pies, lo ata a su carro y lo arrastra en torno a los bastiones de Troya, no sin permitir antes que la soldadesca se harte de alancear el cadáver. No satisfecho aún, seguirá por varios días barriendo el suelo con los despojos de Héctor junto a la pira de Patroclo. Y todavía Homero procura, como de costumbre, dignificar la historia, pues andan en la literatura otras versiones según las cuales Aquiles arrastra vivo a Héctor. (Así en Sófocles, cuyas fuentes solían ser muy antiguas. Sin embargo, las últimas autoridades consideran que esta versión sobre la crueldad de Aquiles es tardía.) Aquiles sabe que, al volver al combate, apresura, según el destino, la hora de su propia muerte, y manifiesta la exasperación del que ya lo ha perdido todo. Cuanra Licaón implora su piedad, le contesta: "¡A morir! ¿No murió Patroclo, tan superior a todos? ¿No voy yo a morir de un momento a otro, yo, apuesto y hermoso como soy, hijo de un padre intachable y de una diosa?" Y aunque las dos últimas rapsodias de la *Ilíada* revelan el arrepentimiento de Aquiles, la poesía griega —como con cierto escrúpulo— no se ha detenido cuanto era de esperar en este héroe, el más alto de la epopeya. El mismo Eurípides, para evocarla, escoge (*Ifigenia en Áulide*), otro momento más limpio de su historia.[*] La impiedad para el muerto no es aceptable a la mente griega, y no sabemos el sentido que puede tener, en la *Pequeña Ilíada* —de que sólo quedan fragmentos—, la mutilación de los cadáveres de Paris y Deífobo a manos de Menelao, como no sea una torpe imitación del tema de Aquiles y Héctor en la *Ilíada*.

Pero hay autoridades que defieden los arrebatos de Aquiles contra Héctor, no según el sentimiento moral de nuestros días, sino conforme al código mismo en que se funda y explica la conducta de los héroes homéricos. Según el propio Homero lo muestra —dicen— era un solemne deber para el guerrero y un concepto afín de la piedad el tomar venganza contra el que ha matado a un deudo o amigo (¡y Patroclo casi era más que eso para Aquiles!), el ultrajar su cadáver y hasta el impedir sus ritos fúnebres y echar sus depojos a los perros. Cuando Sófocles nos presenta bajo un aspecto siniestro la conducta de Creonte, que no quiere dar sepultura a los enemigos, lo hace con el criterio de un ateniense

---

[*] G. Murray, *The Rise of Greek Epic*, pp. 145 *ss.* Hay que añadir un hermoso fragmento de Baquílides, lo más homérico de toda la lírica griega, en que describe el alivio y las esperanzas de los troyanos cuando Aquiles deja el combate.

del siglo v, pero no de un contemporáneo de las antiguas epopeyas. Bowra se atreve a decir que, si Héctor hubiera vencido a Aquiles, no se hubiera negado a devolver su cadáver a los que habían de honrarlo. Sin duda se engaña, pues Héctor arrastra el cadáver de Patroclo con el intento de decapitarlo y dar su cabeza a los perros. Aquiles ha dado muerte a Polidoro, medio hermano de Héctor, y éste hubiera faltado a su "deber homérico", dejando que se honrase el cadáver de Aquiles. Lo que importa es reconocer que la Grecia clásica, la Grecia griega, no admite ya aquella ferocidad —entiéndase bien— que no corresponde siquiera al tiempo de Homero, sino a los siglos anteriores a Homero, en que la *Ilíada* acontece.

8. *Si el primer deber moral para con el difunto es la veneración, el primer servicio efectivo es facilitarle el acceso al reino de la muerte.* Para que este tránsito se realice, hay que hacer desaparecer el cadáver de la superficie de la tierra, auxilio que sólo se niega al peor delincuente, al fratricida, al parricida, al suicida, a quienes se tiene por vampiros. La sepultura o la cremación son, pues, deberes piadosos inexcusables. El viandante que encuentra un cuerpo insepulto o mal cubierto se apresura a echarle tierra encima. Si el espectro de Elpénor es el primero que salió al paso de Odiseo, ello se explica porque su cadáver estaba abandonado, y su alma, en consecuencia, se ha quedado a medio camino entre ambos mundos. Cuando resulta imposible recobrar los despojos, al menos se cumplen ciertos ritos y aun se sustituye a la persona con un muñeco. En cuanto al cenotafio no es ya más que un monumento conmemorativo.

En general, se hace todo esfuerzo posible para rescatar el cadáver, que de otra suerte queda como pasto de los buitres y de los perros. Los guerreros de la *Ilíada* pelean denodadamente para impedir que les arrebaten a los jefes caídos. (Recuérdese el grupo de la Galería de las Lanzas, en Florencia, donde Áyax ampara el cuerpo desnudo de Patroclo.) En el primer sitio legendario de Tebas, Antígona arrostra la muerte por no abandonar los restos de Polinices, su hermano, a quien el rey Creonte ordena dejar sin sepultura. La impía negativa de Creonte para permitir el entierro de los guerreros enemigos hace que Adrasto, único superviviente entre los jefes sitiadores, obtenga la alianza de los atenienses. Teseo vence a Creonte y lo obliga por las armas a aceptar las inhumaciones. Al menos, tal es la versión ateniense, que los tebanos nunca aceptaron por lo mucho que los afrentaba.

Hay dos modos de hacer desaparecer el cadáver: la inhumación y la cremación. El uso característico de Grecia es la inhumación. A veces, según la *Medea* de Eurípides, se empleó la inhumación secreta, cuando se temía alguna venganza. La cremación se interpone en la continuidad de las prácticas generales, como un recurso de emergencia durante las inmigraciones y luchas de la Edad Heroica. Hay que evitar las profanaciones del enemigo; pero, además, hay que limpiar el campo cuanto antes, y a este fin, vemos que los combatientes de la *Ilíada* pactan largas treguas solemnes. En la guerra, como en la guerra. Los dorios irrumpen por Grecia a paso de carga, y gracias si queda tiempo de quemar los cadáveres. Por otra parte, los inmigrantes no han acarreado consigo los sepulcros de sus progenitores, y el sentimiento de las reverencias fúnebres se ha amortiguado en su corazón. Y el fuego, en suma ¿no parece el medio más expedito para convertir lo visible en invisible?

Se ha dicho que los egeos también pudieron usar la cremación: imposible de comprobarlo, puesto que la cremación no deja huellas. Y Doerpfeld ha propuesto la hipótesis de que los cadáveres egeos hayan sido objeto de desecación o "acecinamiento" para preservarlos y contraerlos, como en las tinajas fúnebres de algunos indios sudamericanos. El que haya huesos ahumados en las tumbas de los egeos —explica Glotz— se debe a las víctimas animales o a los braserillos que se enterraban con el difunto para resguardarlo del frío.

La regla de los egeos, en todo caso, es la inhumación, que muy pronto usó de los féretros. Los primeros inmigrantes aqueos imitan las inhumaciones de los autóctonos. Cruzado el periodo de las cremaciones durante la Edad Heroica —que acaso alternaban con los entierros secretos— se vuelve al uso de sepulturas. Más tarde se generaliza otra vez la incineración y se emplean las urnas fúnebres, regla de los tiempos romanos. Se ha divagado mucho al respecto, queriendo inferir conclusiones sobre diferencias étnicas por la diferencia de los métodos. Si desatender los documentos es un error, no lo es menos el empeño de pedirles más de lo que contienen. La cremación ni siquiera interrumpió la costumbre de dar un equipo material al difunto, así como tampoco espiritualizó del todo la imagen de la supervivencia.

9. *Describiremos los ritos más comunes*, desentendiéndonos de las numerosas variantes.

El funeral sigue muy de cerca al fallecimiento. El clima es seco y cálido y hay que evitar la descomposición del cadáver. Además, importa el pronto despacho del espectro, a fin de evitarle y evitarse enojos.

Los ritos comprenden la preparación del difunto, la exposición o prótesis, la procesión y traslado o *ekforá*, y el sepelio o la cremación en su caso.

La preparación comienza por cerrar la boca y los ojos del difunto. Las mujeres lavan el cuerpo y lo ungen con esencias —a veces, el cuerpo se embalsama en miel—; lo envuelven en bandas y lo amortajan con lienzos blancos, ya cubriendo toda la cabeza o ya dejando expuesto el rostro; lo ornan con collares, anillos y brazaletes, que no pocas veces son amuletos; le ponen una guirnalda de vid, una ampolla de aceite junto a la cabeza, alguna planta propicia al pecho —según Aristófanes, hay que preferir el orégano—, y en la boca, el óbolo o hasta la docena de óbolos "para viáticos".

La exposición consiste en tender el cadáver a la vista de todos, aunque no siempre se permitía el acceso a las mujeres menores de sesenta años, si no eran de la familia.

Comenzaba el vetusto rito de gemidos, guiado por las plañideras profesionales y coreado, como en letanía, por las mujeres de la casa. Si había modo, se pagaba a un poeta para que compusiera una endecha o *treno*, especialidad de Simónides y de que hay antecedentes homéricos en los funerales de Patroclo.

Al día siguiente —pues pronto se abandonó la práctica del entierro en el patio—, el convoy sale hasta las afueras, donde, al borde del camino público, se cumplirá el deber final.

Los parientes y los amigos transportaban el cuerpo en hombros. Las mujeres lo han acompañado, y su presencia evita que el cuerpo —y el alma— puedan caerse en el transcurso.

Si hay incineración, el fuego se apaga con agua y vino, y los restos se guardan en la urna u *ostologión* dispuesta al caso. Para el sepelio, generalmente se usa el féretro. Eventualmente, el cuerpo se coloca con el rostro vuelto al oeste. Entonces se llamaba por su nombre al difunto, tres veces y en voz alta: eran los adioses.

En la tumba se depositaban mantos, utensilios, agua para la bebida y el baño, la torta de miel que dice Aristófanes y demás *meilígmata* u ofertas gratas al difunto. Esquilo enumera los *choaí* o líquidos que se derramaban por los caños de la fosa y que llegaban hasta el cuerpo yacente: aceite, leche, miel, estimulante vital muy apreciado. Las víctimas animales —suerte de "transfusión de sangre"— se fueron abandonando según las nociones se depuraron. En caso de homicidio, también se hincaba una lanza en la tumba, y la familia hacía una guardia de diez días.

Al regreso, la familia se purifica, purifica la casa, purifica el fuego del hogar y se reúne en un festín fúnebre o *perídeipnon*. A tercero y a noveno días, así como en el natalicio y en el primer aniversario del fallecimiento, se acostumbraba, en algunas ciudades, que el clan entero se reuniera para una comida ceremonial, que esto era la *genésia ateniense*. La *nekúsia* o Día de Difuntos era fecha del calendario cultual, pero no significaba votos ni adoraciones, sino una simple convivialidad de las familias, a la que se suponían presentes los antecesores desaparecidos. Los dolientes guardan luto por doce días en Esparta y por un mes en Argos y Atenas. Algunos se rapan el pelo, y todos se visten del color conveniente. La simbólica del color varía mucho. Por lo común, el blanco se usa en las ocasiones festivas, los sacrificios celestes y tal vez los concursos hípicos de Deméter y Perséfone en Siracusa. El negro se reserva a los sacrificios terrestres y, en general, al duelo. Es el color de las Erinies. Pero, en Argos, el luto es blanco. El rojo, en un sentido muy general —púrpura, carmesí, violeta—, tiene usos más complicados: evoca la sangre y, según Licias, se lo emplea en banderines para el rito de la maldición; pero también evoca las virtudes vitales, y lo aprovechan la medicina, el rito de la fertilidad (en tal ocasión, naranjado) y las estatuas del dios Príapo, dios fálico que casi es un mero espantajo.

Los símbolos que aparecen en las tumbas suelen ser serpientes, pues el muerto es, en principio, una casi divinidad ctónica, un daímon. La tumba es un montículo, una simple estela, una columna, o una capilla con el nombre propio, el paterno y el demótico. (Los espartanos ni siquiera permitían el nombre.) Más tarde, se grabaron algunos versos laudatorios. Y al declinar la fe, por miedo a los atropellos, se añadían algunas maldiciones. Las esculturas y bajorrelieves representaban escenas domésticas, aunque de aire un tanto hierático. Salvo la imagen de Hermes, el conductor de almas, nunca hay figuras mitológicas.

Los entierros, al principio sumamente sencillos, llegaron a ser excesivamente fastuosos, y luego, por imposición legal, se simplificaron. Los vasos sepulcrales del siglo VIII (Dipilón, Atenas) muestran un derroche de lujo. El muerto es conducido en una carroza, toda cubierta de tapices. Hay juegos fúnebres y carreras de carros. El pueblo, naturalmente, se resentía de tan orgullosa ostentación sólo posible a los opulentos. Licurgo, Carondas, Pítaco y Diocles de Siracusa dictan prescripciones restrictivas. Se multiplican las leyes que impiden los extremos y extravagancias. Solón prohibe que las mujeres se azoten, restringe el uso del *treno* fúnebre, prohibe el sacrificio del toro, el envolver el cadáver en más de tres mortajas, las plañideras que cantaban ante los monumentos de los demás deudos fallecidos, medidas todas que afectaban a las tradiciones aristocráticas y que constan en inscripciones délficas de fines del siglo V. Por entonces, todavía aumentaron las cortapisas, se ordenó el mayor silencio durante la procesión fúnebre, se determinó que sólo debían concurrir a las endechas sepulcrales los deudos más cercanos, y se suprimieron las endechas de los días siguientes y los aniversarios.

Leyes posteriores simplifican todavía más la ceremonia. Los filósofos consideraban que el mejor tributo era el más sencillo. Y cuando Demetrio Faléreo, un filósofo, tuvo en sus manos el gobierno de Atenas —poco después de Alejandro Magno— puso en práctica tal doctrina. La ciudad atravesaba una dura crisis. El pueblo no soportaba ya la insolencia de los ricos, y era necesario obligarlos a la prudencia, aun cuando de paso padecieran un tanto las artes monumentales y funerarias. Tampoco era justo que la gente modesta, tras la desgracia de perder a un miembro de la familia, todavía se empobreciera por considerarse obligada a gastar más de lo indispensable en el entierro. Ya nadie creía que los despilfarros tuvieran el menor mérito religioso, ni que el muerto necesitara tan complicados servicios. Y para evitar la tentación de las exhibiciones inútiles, Demetrio dispuso —sabia medida— que los entierros se hicieran al amanecer. Finalmente, redujo la erección de tumbas, como máximo, a lo que pudieran hacer diez hombres en tres jornadas de trabajo.

Pero si los funerales persisten, y con ellos los actos conmemorativos, no así la auténtica y antigua religión de los muertos, suplantados por entidades mayores. Las razones sociales y políticas acabaron de ahogar un culto que ya agonizaba por sí solo.

VI. UN CULTO INTERMEDIO: EL CULTO DEL HÉROE

1. *El culto del héroe, eslabón teórico entre el difunto y el dios,* nos da el tránsito de los ritos ordinarios a los extraordinarios. (Ya dijimos que esta presentación esquemática de los ritos tiene tan sólo un valor explicativo y no rigurosamente histórico.) Héroes y dioses van dejando inútil la imploración a los difuntos. Engendrado en las ceremonias privadas del ritual fúnebre, el culto del héroe es ya un conjunto de ceremonias públicas, por lo mismo que no se consagra a un miembro de la familia, sino a un jefe místico de la ciudad.

En el paso de las tribus a las ciudades, el príncipe, cuyo culto es más extenso que el del patriarca, se apropia de las honras fastuosas que no podrá retener siempre el difunto. En estas honras principescas está el germen de las honras heroicas. El príncipe es capitán de guerra, y caballero por ser noble y porque posee y maneja caballos. Como la cota de armas en los tiempos modernos, la imagen de su caballo irá a su sepulcro. Y el caballo, en efecto, viene a ser la insignia de muchos héroes, que fueron príncipes algún día. Otros, como vamos a verlo, vienen de humilde origen. La jurisdicción del héroe es, en principio, limitada, aunque varios factores cooperan para encumbrarlo hasta las preeminencias divinas.

El culto de estos personajes sobrehumanos, hombres o mujeres de singular prestigio, se celebra en sus tumbas públicas, o en los templos. El ritual recuerda los rasgos del que se concede a las divinidades ctónicas: víctimas negras —que en general, no comparten los adoradores—, actos nocturnos de preferencia, libaciones de sangre y otros líquidos en la zanja, en el altar bajo o *eschára*, y nunca en el altar olímpico o *boomós* que está más arriba; pero jamás alimentos ni presentes de utilidad material como se ofrecían a los difuntos.

El rito heroico recuerda, en ocasiones, la leyenda que motiva la adoración del héroe. Plutarco describe así la ceremonia que consagraban los delfios a Carila:

A consecuencia de una sequía, los delfios padecían hambre, y acudieron en súplica ante el palacio del rey, acompañados de sus mujeres e hijos. El rey distribuyó algunas raciones de cebada y legumbres entre los ciudadanos más eminentes, pues no había para todos. Pero cuando una muchacha huérfana, una niña apenas, se acercó a importunarlo, el rey le pegó con su sandalia y se la arrojó a la cara. Aunque la niña vivía muy pobre y carecía de amparo, era de temple singular, y en cuanto se alejó de allí, se colgó con su propio cinto. Como aumentara el hambre y, con ella, las enfermedades, la sacerdotisa profética comunicó al rey un oráculo, ordenándole que aplacara a la suicida Carila. Con cierta dificultad pudo averiguarse que tal era el nombre de la niña a quien el rey había castigado. Entonces se dispuso un sacrificio ritual, acompañado de purificaciones, que hasta hoy se sigue celebrando cada ocho años. El rey se sienta en su estrado público y reparte a todos un poco de cebada y legumbres, a extranjeros y a ciudadanos. Cuando todos han recibido su parte, le acercan una muñeca que representa a Carila, y el rey le pega con la sandalia. El jefe de la congregación religiosa se lleva entonces la muñeca hasta unos barrancos donde fue enterrada Carila y, pasándole un lazo al cuello, lo da a las llamas.*

2. *Las etapas que conducen de la religión de los muertos a la religión de los héroes* sólo se infieren, no se demuestran.

Por lo pronto, Homero ignora la religión de los héroes, lo mismo que elude toda manifestación categórica que exprese el culto a los difuntos. Algunos suponen que el culto a los héroes comenzó poco después de las inmigraciones dorias, cuando los antiguos capitanes fueron idealizados por sólo pertenecer al país y no a la aristocracia invasora, y que sería, en consecuencia, anacrónico hablar de tal culto en la *Ilíada* o en la *Odisea*. Ello es que a Homero le hubiera parecido un verdadero desacato invocar a los héroes cuando se puede ya invocar a los dioses. Así vemos que, en Homero, Meleagro asesinó a su tío materno. Altea, madre de Meleagro, pide venganza contra éste; pero no invoca al cadáver de la víctima, sino que encomienda sus maldiciones a las deidades infernales. Y el que se nos diga que Atenea acogió en su propio sagrario a Erecteo, el terrígena ateniense, significa que Erecteo es un dios en el sentir del poeta.

* Plutarco, *Cuestiones griegas*, 12.

Pero Grecia practica durante mucho tiempo las tres religiones a la vez.

3. *Las tres jerarquías —difuntos, héroes, dioses— coexisten en diversos grados del culto.* Entre ellas se advierte un movimiento interior, como cuando se mezclan líquidos de densidades distintas. Hay ascensos y hay descensos. Una vez fijados los niveles, los descensos, por lo común, se consideran como desgracias transitorias, si son los castigos de dioses pasajeramente sometidos por Zeus al vasallaje humano, y se consideran como permanentes en ciertas metamorfosis y en las animalizaciones que Hera impuso a sus rivales. Los ascensos, en general, quedan como hechos definitivos, cosa juzgada.

Así, el Oráculo de Delfos —es decir Apolo— admite la canonización del simple difunto, y lo promueve a la categoría de héroe si se comprueba que sus reliquias obran portentos. Cleomedes, atleta nacido en la isla de Astipalea —hacia fines del siglo v—, dio muerte en los Juegos Olímpicos a su contrario Ico de Epidamo. En vez de otorgarle el premio, lo multaron, lo que causó su locura. Sansón griego, mató a sesenta niños derribando la columna que sostenía el techo de una escuela. Perseguido por el pueblo, se refugió en el sagrario de Atenea y se encerró en un cofre que resultó imposible de abrir. Rompieron el cofre: estaba vacío. La desaparición sobrenatural de los restos fue bastante para que el Oráculo Delfio dijera de este lunático homicida: "Cleomedes de Astipalea es el último de los héroes; honradlo con sacrificios como a un inmortal."

El héroe, a su vez, según lo hemos visto en Héracles, Anfiarao y Asclepio, puede llegar a ser dios. Los Olímpicos, límite máximo, sólo cederán más tarde al Dios Único. Pero si fuera posible trazar la génesis de cada uno de los dioses mayores ¿quién sabe cuántos no resultarían mera síntesis de héroes tribales y diosecillos de andar por casa? ¿Cuántos Apolos, cuántos Héracles bárbaros se habrán fundido en el Apolo y en el Héracles griegos? El caso ha sido ya tratado y no volveremos sobre ello.

En Delos tenemos un ejemplo expresivo de la transferencia de un culto heroico a un culto divino. Dentro de un recinto sacro se encontró una tumba micénica. Resulta que, en la Edad Alejandrina, el sitio fue rodeado por un muro y allí se levantó un altar. Lo más singular es que la tumba haya permanecido intacta durante la gran purificación emprendida en Delos por los atenienses el año de 426, cuando el contenido de las demás tumbas fue trasladado a Renia. Parece que ese sepulcro fue declarado Tumba de las Vírgenes Hiperbóreas, Laódice e Hipéroke, lo que apoya el moderno descubrimiento de otro segundo sarcófago micénico en el Templo Artemisio, que se supone ser tumba de las otras Vírgenes Hiperbóreas, Opis y Arge. Las dos primeras son heroínas convertidas en diosas; las dos últimas no corresponden al mundo heroico, sino al culto mítico del árbol, presidido por Ártemis y Apolo. El hecho de que los sarcófagos ocupan los templos significa la deificación.

4. *Adviértase la diferencia entre la conducta de héroes y dioses.** Los dioses pueden proteger a Grecia contra los bárbaros; pero no siempre les es dable, por su misma jerarquía panhelénica, proteger a unas ciudades griegas contra otras. La Atenea de Atenas no puede, en las luchas históricas, hacer armas contra la Atenea de Tebas, contra sí misma. En la epopeya, orden de la fantasía poética, no hay que pedir el mismo rigor, naturalmente. Atenea tiene sagrario en Troya, pero se permite desoír los ruegos de las damas troyanas y sigue auxiliando a los aqueos. (Aunque Troya sólo podrá ser vencida cuando los aqueos logren robar la estatua de la diosa, o Paladión.) Y los Olímpicos andan repartidos entre unos y otros contendientes, de lo cual ni siquiera es lícito sacar conclusiones sobre el origen étnico de las distintas divinidades. Por lo menos, cada dios es fiel a su bando; aun el odioso Ares que —según lo averiguamos por la charla entre Hera y Atenea— ofreció primero apoyar a los aqueos y luego cambió de parecer. En tiempos históricos, solía entenderse que los dioses abandonaban los templos de las ciudades derrotadas. No así los héroes, generalmente anexos a

* M. P. Nilsson, *A History of Greek Religion, passim.*

un territorio. Defensores de su propia tumba, defienden de paso el país en que ella se encuentra.

Los héroes, en consecuencia, resultan especialmente apropiados para sostener unas contra otras a las ciudades griegas, a las patrias chicas de los helenos. Siempre están prontos a pelear por su tierra nativa o por su tierra de adopción. Conviene, pues, tener cerca los despojos del héroe, y mejor en la propia Ágora, a fin de que las Asambleas se celebren bajo sus auspicios. Sólo más tarde se volverá a la idea homérica, y los dioses conducirán en persona las batallas. Lo hizo Asclepio en Isilo, cuando Filipo acometió a Esparta; lo hizo Posidón en Mantinea.

Las cenizas de Solón fueron esparcidas por Salamina y sus contornos, para que nadie pudiera arrebatar esta conquista a los atenienses. En Esparta, donde yacían los Dióscuros —hijos mitológicos de Zeus e hijos "oficiales" de Tindáreo—, uno de ellos se quedaba a la retaguardia con el rey que continuaba en sus funciones civiles, y otro marchaba al frente con el rey que partía a la guerra. En Maratón, el héroe local llamado "Maratón" y las sombras de Teseo y de Butes lucharon al lado de los suyos para rechazar a los persas, y cierto labriego desconocido que hacía proezas en la tropa resultó ser el héroe Échetlos. Antes del encuentro de Platea, los atenienses hicieron sacrificios a los siete héroes de la región. En Delfos, Fílaco y Autónoo persiguieron al persa en el siglo V, como lo harían dos siglos más tarde Hipéroco, Laódico y Neoptólemo contra la agresión de los celtas. En vísperas de Leuctra, la armadura de Héracles desapareció de su sagrario, prueba de que éste se aprestaba para el combate, y nada menos que contra los espartanos, sus ahijados presuntos, acaso por la indebida apropiación que éstos hicieron de su mito. En el monumento que los tarentinos consagraron a Delfos, Taras y Falanto pelean junto a sus protegidos. En Tronis (Focea) el amparo de las guerras era Jantipo, o era Foco. Y abunda el Héroe Desconocido a quien las inscripciones se limitan a llamar solamente "el Jefe".

De aquí la importancia de rescatar el cuerpo del héroe, cuando ha caído lejos de su país. Cimón hizo traer de Esciro los huesos del ateniense Teseo para consagrarle un culto spléndido. El cadáver de Arcesilao, caudillo de los beocios en la *Ilíada,* fue conducido desde Troya hasta Lebadea.

Los pueblos pueden también prestarse a sus héroes. Para la batalla de Salamina, los atenienses pidieron a los eginetas el auxilio de los Eácidas, de Telamón, de Áyax y otros más, que los eginetas les enviaron simbólicamente a bordo de un barco. Para combatir a los crotoníatas, los locrios de Italia solicitaron la ayuda de Áyax, quien hirió en persona al jefe contrario; y por su parte, los espartanos les prestaron a los Dióscuros o Tindáridas. Poco antes de la Guerra Persa, los tebanos, en pugna contra los atenienses, obtuvieron que los eginetas les cedieran el apoyo místico de los Eácidas; pero como la suerte fue adversa, les devolvieron sus sombras y les reclamaron, en cambio, algún contingente militar.

En algunos casos, se procura sobornar al héroe de los enemigos antes de emprender la campaña, y así fue cómo los atenientes, para lanzarse contra los eginetas, comenzaron por alzar un sagrario a Éaco.

Pero hay más: también se procura robar a los enemigos los restos de su héroe. Los lacedemonios, no sin grandes dificultades, sustrajeron del subsuelo de una fragua en Tegea los imaginarios restos de Orestes, sin lo cual, según sus profecías, no dominarían a los arcadios.

Y adviértase que los héroes no sólo defienden la patria, sino la tierra en que reposan sus restos. Cuatro pueblos se disputaron la honra de dar el último abrigo a Edipo el tebano, y Edipo tuvo cuatro tumbas. Los atenienses se consideraban especialmente protegidos por él, que desapareció del mundo en Colono, y no pretendían por eso ser sus descendientes. Héctor, según cierta leyenda, fue trasladado de Troya a Tebas, para que esta ciudad mereciera su valimiento.

Y sucede, así, que las vicisitudes y emigraciones de los cultos heroicos reflejan los vaivenes políticos. Adrasto, el legendario jefe que atacó a Tebas, único superviviente entre los capitanes que condujeron el primer sitio y única víctima entre los que condujeron el segundo, era adorado en Sición y en Argos. Su adversario Melanipo, defensor de Tebas, recibía un culto semejante entre los tebanos. Clístenes, el déspota de Sición, quiso abolir el culto de Adrasto, pero se lo prohibió el Oráculo Delfio. Entonces solicitó la anuencia de los tebanos para instituir en Sición un culto de Melanipo, y transfirió a éste todos los honores que antes se rendían a Adrasto, con la esperanza de que Adrasto, al verse desairado, se alejara solo del país. Pero Clístenes falleció, su dinastía se extinguió en breve, y los sicióneos reestablecieron la adoración de Adrasto.

Por último, al igual del muerto agraviado, el héroe también solía provocar algunas desgracias, y mayores aún puesto que asumían proporciones de calamidad pública. Taltibio, patrono de los heraldos en Esparta, no perdonó a los espartanos el haber dado muerte a los embajadores de Jerjes, por muy enemigos que fueran. A fin de desarmar su cólera, los espartanos le entregaron dos *phármakos*, y Taltibio los persiguió hasta en sus hijos, afligiéndolos con un sinnúmero de desgracias. Artaictes, que había profanado la tumba de Protesilao, fue preso al instante por los atenienses y obligado a hacer acto de contrición, antes de que el héroe comenzara a manifestar su venganza.

No nos asiste el derecho de sonreír ante estas preocupaciones mitológicas. Recuérdese que, cuando fue abierta la sepultura de Quevedo, según consta por la edición de sus obras en los Bibliófilos Andaluces (1897), el féretro apareció vacío. Pero, hacia el año de 1917, se consideró aconsejable encontrar otra vez los huesos, por un lejano eco del culto a la reliquia heroica. Las autoridades de Villanueva de los Infantes pensaron que éste era su deber. Recuérdese también la inacabable disputa entre España y la República Dominicana sobre los restos de Colón, y véase cómo andamos todavía a vueltas con los restos de Cortés y Cuauhtémoc. (Ver "Los huesos de Quevedo" en mis *Obras Completas*, III, pp. 131 *ss.*)

5. *Como hay héroes, hay heroínas*, las cuales generalmente escapan a la función guerrera. Atalanta, por excepción, era virgen de armas y participó en la Cacería del Jabalí Calidonio. Reacia a las nupcias, imponía a sus pretendientes, para concederles su mano, la obligación de vencerla en la

carrera o de dejarse matar por ella si eran vencidos. Hipómenes (o Melanión) logró derrotarla. Aconsejado por Afrodita, aceptó la apuesta, llevó consigo tres manzanas de las Hespérides ¡eternas manzanas de las leyendas!— y las fue dejando caer por la pista, una tras otra. Atalanta no pudo resistir el deseo de detenerse a recogerlas... y tuvo que aceptar a Hipómenes por esposo. Las Amazonas, hembras guerreras, no pertenecen a la familia de los héroes. Las heroínas más bien corresponden a la historia de amor, y su encanto romántico —trágico casi siempre— las ha hecho predilectas de la mitología.

6. *Son características de los héroes* el haber vivido algún día en la tierra o el que así se suponga, el haber sido mortales o el que se los dé por mortales, y el haber después merecido la inmortalidad. Es decir, que su "residencia en la tierra" puede ser real o imaginaria. Son características de los héroes míticos —de que se exceptúan los simples mortales ascendidos a héroes— el ser hijos de héroes o bastardos de dioses.

7. *Los distintos tipos de héroes son inclasificables*; puesto que no los ha engendrado el sistema, sino la dispersa imaginación colectiva. Pero es dable enumerar los tipos más persistentes.*

1) Dioses arcaicos desvanecidos en la personalidad del Olímpico que los absorbe, pero cuya leyenda propia no ha sido olvidada. Algunos son bastante dudosos, como Helena, Ifigenia, Pasife, Europa, Aridela, Afea, de quienes se piensa que son hipóstasis de Ártemis en su función lunar. Otros son más ciertos, como Jacinto, el atraído por Apolo, o Trofonio, el atraído por Zeus. Estos personajes suelen tener un nombre que expresa su función ritual: "Trofonio" es "el que alimenta".

2) Héroes panhelénicos, de hazañas fabulosas, encaminados a la deificación, aunque nunca alcanzan la talla olímpica. Héracles, que en Homero no es más que figura legendaria, ya en tiempos de Heródoto recibe, en algunos sitios, culto he-

* L. R. Farnell, *Greek Hero-Cults*, 1921.

roico, y en otros, culto divino. A este grupo pertenecen Asclepio el médico y Anfiarao el del Oráculo.

3) Héroes locales que merecieron renombre general, síntesis de tradiciones en que hasta puede haber rasgos históricos adulterados por el mito, y que concentran el orgullo y la gratitud de un pueblo por haber enriquecido su patrimonio moral y material: Teseo el ateniense; algunos epónimos, como Pélope lo fue del Peloponeso.

4) Estrabón contó hasta 174 epónimos en las solas demarcaciones de Ática, y hoy la epigrafía conoce muchos más. Inútil decir que no todos los epónimos fueron más allá de su aldea. Caso singular el de los Tritopátores o "bisabuelos", oscuro culto ático de Marathón, dioses-vientos a quienes a veces invocaban los niños en las ceremonias matrimoniales.

5) Algunos héroes se inventaron descaradamente, como Meseno para Mesenia, padrino posterior al bautizo.

6) Otros son hijos de la epiclesis, o adjetivos de la letanía trasmutados en otros tantos seres aparte: explicación que se ha intentado para la Díctina (Britomartis), para la Ilitia (Ártemis), y para muchas figuras femeninas ya mencionadas. Y otros son hijos de los meros gritos rituales, como Peán y como Himeneo, el segundo más indeciso que el primero.

7) Héroes de mera presencia o centinela, aunque sus méritos sean casi invisibles y ni siquiera pertenezcan a la localidad. Cilo, escudero de Pélope, vino a ser el guardián de Lesbos, simplemente porque Pélope le erigió un sepulcro en esa ciudad.

8) Héroes gremiales, patronos de oficios: Falareo, de los marineros atenienses; Kéranos, de los alfareros; Lykos, de los tribunales; Ciametes, de los verduleros, especialmente los vendedores de habas; Matón, de los panaderos espartanos; Cearón, de los cocineros, y el Taltibio de los heraldos.

9) Difuntos más o menos imaginarios, canonizados por sus virtudes benéficas, sus "milagros" o la decisión de Oráculo: Cleomedes, Carila.

10) A partir de cierto momento, los tiranicidas históricos: Harmodio y Aristogitón; los caudillos políticos como Eufrón, un revolucionario condenado a muerte que, al sobre venir el cambio de régimen, recibió culto heroico de sus compatriotas los sicióneos, quienes lo apellidaron *Archeegétecs* o Fundador, equiparándolo a los Padres de la ciudad. Honor semejante había sido otorgado antes a Brásidas, muerto en la victoria de Anfípolis contra los atenienses. Los espartanos vieron algo de sobrenatural en esta victoria de un agonizante, y ciertamente que Brásidas es uno de los caracteres más nobles que produjo Esparta. Se concedió a sus restos una parcela de tierra, se le consagraron juegos y sacrificios. En Sición también, para las honras de Arato, jefe de la Liga Aquea en el siglo III, hasta hubo representaciones escénicas: Dióniso, dios del Teatro, le prestó un poco de su fulgor. No se confundan estos ascensos a la categoría de héroes con la deificación.

Como se ve, llega un día en que los hombres reales alcanzan, por sus virtudes cívicas y patrióticas, la jerarquía del héroe, lo cual nos acerca ya a las concepciones modernas. No sólo recibieron parecido honor los individuos, sino que hubo también canonizaciones en masa. Tal aconteció con los muertos de las Guerras Persas. Se les otorgaron funerales por cuenta de la ciudad, y se los dejó al cuidado de sus respectivas familias hasta el día de la celebración común. Se los trasladó entonces a un sepulcro enorme, un túmulo estucado al que rodeaban estelas y lápidas conmemorativas con el nombre de cada uno. Pericles pronunció el discurso que Tucídides ha conservado para el mundo —credo de la democracia ateniense—, donde declaró, entre otras cosas, como Esténelo ante los reproches de Agamemnón: "Nosotros valemos más que nuestros padres." Así pues, el culto de los muertos, y aun el culto del héroe, se han transformado y han cambiado de rumbo.

VII. EL RITUAL EXTRAORDINARIO: LAS SINGULARIDADES HIERÁTICAS

I. La prostitución sacra

1. *Las singularidades hieráticas* son la prostitución sacra, la mutilación y la tortura. Acaso cuenten estos ritos entre las costumbres cultuales más arcaicas y más teñidas de carácter asiático. Pero todas son, en efecto, singularidades, excepciones, o si se prefiere, tanteos desorbitados. Aparecen cuando aún no se han definido las corrientes de la tradición dominante, y luego las conserva la inercia. Estas singularidades se quedan al lado a manera de confusión de origen. Pero sin duda la erótica religiosa es una de las manifestaciones más legítimas, aunque todavía cenagosa y turbia, entre los primeros brotes de las creencias naturalistas.

2. *Las meras libertades sexuales* y la historia del amor venal constan en varios textos antiguos.

En el nivel más bajo, encontramos a las oscuras *pórnai* de las afueras atenienses, regalo de gente fácil de contentar, pobres orientales amontonadas en casas que ostentaban símbolos priápicos, cobraban un óbolo a la entrada y se exhibían desnudas —*gymnai*— para que las escogieran como a animales, y acaso las alquilaran entre uno o varios clientes por breves días.

En el nivel medio se encuentran las amables flautistas o "aléutrides", *geishas* de Grecia educadas para divertir a los convidados en los banquetes, y capaces, cuando les daba por perder la cabeza, de sacrificar sus provechos en aras del amor.

Pero los nombres que han quedado en las letras pertenecen a la clase superior de las *hetairas*. Eran mujeres de la casta ciudadana que vivían independientes, vestían con cierta ostentación —creo que por orden del gobierno—, y aunque morenas, solían teñirse el pelo de rubio al capricho de los atenienses. Su presencia no escandalizaba —si bien tenían sus celebraciones religiosas aparte de las damas—, pues eran buenas compañeras de prohombres, sabios, artistas y poetas, algo poetisas ellas mismas y aficionadas a componer algún epigrama de cuando en cuando.

Entre ellas, la Clepsidra era así llamada porque recibía a sus amantes por horas; la Temístene supo vencer a la vejez y ejerció hasta perder el último diente y el último cabello; la Ganathena era mujer de negocios, y tan esmeradamente educó a su hija, que la hacía cobrar por una noche sumas exageradas; la Targelia, espía de los persas, que sonsacaba secretos a los personajes políticos, ha sido comparada con Mata Hari.

Las había, por supuesto, mucho más dignas del renombre. La célebre Aspasia, amiga de Pericles, era una fiesta de inteligencia, gracia y decoro; Teoris y Archipe consolaron la vejez de Sófocles y merecen bien de los poetas; Diótima de Mantinea discute con Sócrates la filosofía del amor y todavía nos sigue enseñando; Archeanasa acertaba a divertir a Platón y no puede haber sido una criatura vulgar; Dánae y Leoncia merecieron el aprecio del intachable y suave Epicuro. Mnesareta, a quien apodaron Friné por su amarillenta palidez, siempre andaba cuidadosamente arropada, y se exhibía desnuda para el baño de mar, en ocasión de las Fiestas Eleusinias y las Posinonias. Fue modelo de Praxiteles y de Apeles. Se ofreció a reconstruir por su cuenta los muros tebanos, a condición de que se inscribiera su nombre, lo que no aceptaron las austeros ciudadanos de Tebas. Acusada por Eutías, al orador Hipérides, para hacerla absolver, le bastó descubrirle el busto ante sus jueces. La corintia Lais, por quien el viejo escultor Mirón llegó a hacer locuras sin lograrla, arruinaba a los ricos y, en cambio, se daba de balde a los humildes filósofos. Ateneo recoge divertidas anécdotas sobre las *hetaíras* de lujo que, si estuvieran mejor escritas, podrían ponerse al lado de las páginas que dedica a las cortesanas de Roma *La lozana andaluza*.

Pero todo esto es historia aparte. Tampoco nos incumbe aquí la crónica de las malas costumbres, peculiaridades de espartanos y lesbias que no les eran tan peculiares ni exclu-

sivas, u otros primores de erudición secreta. Hay que olvi
dar completamente estas figuras de la galantería. Aquí nos
interesan solamente los usos eróticos relacionados con los
ritos y mitos de la fertilidad.

Ampliemos el horizonte; salgamos de Grecia y de su
tiempo: He aquí la zona del amor entendido a la vez como
una merced divina, un deber y hasta un sacrificio religioso
y esta zona ha sido fecunda en esas concepciones místicas
de que nació la prostitución sacra.

3. *Una de las primeras preocupaciones religiosas es el ori
gen y sustento de cuanto somos y cuanto nos rodea;* y una
de las primeras metáforas explicativas de la Creación es la
analogía con la reproducción biológica. La *Teogonía* de
Hesíodo —que no es ni con mucho un testimonio de primitivo— nos hace ver aún la Creación como una procreación
El Caos y Gea se unen para engendrar a las criaturas divinas, de que proceden las demás en una serie encadenada, hijas
todas de una pareja y un ayuntamiento amoroso. No obstante el disgusto de los filósofos ante estas crudezas antro
pomórficas, será imposible arracarlas de la mente humana
El goce físico es la más elemental imagen del bien, y
si los dioses son todo bien, es natural que la criatura les
atribuya una vida de perpetuo goce. De aquí las mil aventuras de dioses y personajes míticos; de aquí el festejo de
las nupcias sagradas o *hierogamias,* como las de Zeus y
Hera, que toda Grecia celebraba al llegar la buena estación. Cuando estas uniones acontecen, ha dicho Homero, "la
tierra divina se reviste de verde yerba, fresco loto, azafrán y
espeso jacinto para hacer almohada a sus amores".

Si el anhelo erótico no es incompatible con la naturaleza
de los dioses, entonces él puede explicar también de alguna
manera, la reproducción vegetal, así como la reproducción
animal. Los fenómenos de sustento y perpetuación de la
vida, religiosos por esencia, quedan, pues, reducidos a una
etimología sexual. Y en la mente primitiva, donde bulle el
impulso de todos los mitos y los ritos, el sexo aparece aso
ciado naturalmente al culto.

Cómo se haya pasado de la representación religiosa del

acto sexual a la prostitución religiosa no puede ser asunto de examen científico y documentado. Para entenderlo un poco hay que comenzar por desnudar de todo sentido ético la palabra prostitución, designación moderna que entraña un reproche y que en modo alguno corresponde a las nociones de las sociedades prehistóricas. Sabemos —y ya es mucho decir— que de la comunidad primitiva, de la confusión casi zoológica, se pasó a la organización de tribus y clanes, según ciertos sistemas de prohibiciones sacras que fueron cristalizando de diverso modo, y que atravesaron por muchas formas —verdaderas inmoralidades a nuestros ojos—, antes de llegar a la célula patriarcal, origen de la familia moderna. Pero entretanto que se alcanzaba esta cumbre, se vencieron mil pendientes y se cruzaron mil vericuetos.

Los resabios de aquellas exploraciones aventureras en uno y en otro sentido quedaron aprisionados en ciertos rituales antiquísimos, así como dicen los geólogos que algunas rocas de remotísima formación aún encierran en su estructura el potencial eléctrico de otra abolida edad de la tierra. Y cuando ya las nociones éticas, y aun las instituciones sociales que las van siguiendo, han superado ciertos hábitos y los condenan en las relaciones normales de la conducta, todavía los dejan perpetuarse a manera de sacrificios excepcionales.

Por eso se explica que la prostitución sacra nos obligue a ir mucho más allá de Grecia y de los directos orígenes prehelénicos.

4. *La prostitución sacra asume dos formas:* ya es un acto aislado o ya un oficio permanente. El acto aislado es un rito de iniciación para la mujer en vísperas del matrimonio. Esta primera forma es, según Nilsson, el origen de la segunda forma. Y si, como él juzga, el acto aislado carecía al principio de todo sentido religioso y sólo vino a adquirirlo al incorporarse en los ritos de la fertilidad, no es menos cierto que, a veces, perdido ya el valor ritual, continuará como una costumbre extravagante.

Tanto el acto aislado como la institución muestran una característica que es la preferencia casi exclusiva para el extranjero o siquiera el extraño. Walbank sólo lo explica por "la dañosa tarea de tener trato con virgen" (?); como si dijera que se prefiere descargarse de estos enojos en una persona desconocida, ajena al grupo.

Ignoramos si habrá aquí un *tabú* transformado de la exogamia. Sabemos que hoy han sobrevenido nuevas transformaciones del concepto: abusar de la irresponsabilidad que da el ser "ave de paso" o el tratar con "ave de paso", y por "esnobismo", el obsequiarse con el turista eminente que viene al país de temporada.

Los traductores castellanos de *La rama dorada* ven aquí un residuo de la piratería y rapto de mujeres, epidemia del Egeo prehistórico que, según Heródoto, un día llevará a la Guerra de Troya: los fenicios de Creta raptaron en Argos a Ío; los minios raptaron a Medea en Aea (Cólquide); los troyanos raptaron en Esparta a la argiva Helena. Todas ellas eran princesas, como las doncellas de Pafos que más adelante conoceremos. Son muchos los mitos en que la hija del rey se enamora del extranjero y lo ayuda contra su padre: Medea contra Aetes y en favor de Jasón, Ariadna contra Minos y en favor de Teseo, etcétera.

Plutarco observa que "ninguna hubiera sido raptada contra su consentimiento". La reflexión tiene traza de ser un anacronismo moral: fácil es que el hecho pareciera tan ordinario como hoy el decomisar las mercancías en la aduana, o fácil es que obedezca a algún estímulo religioso. Hoy vemos también con malos ojos el ejercicio de la piratería y, sin embargo, el anciano Néstor, educado en usos antiguos, cuando Telémaco y Mentor se le presentan en su palacio de Pilos, les pregunta con toda naturalidad si viajan por negocio o si andan en el oficio de piratas, buscando su provecho a costa del ajeno daño. No ha querido en modo alguno agraviarlos, que sería un pecado contra las normas de la hospitalidad helénica. Y Telémaco le contesta, en efecto, sin darse por ofendido.

Adviértase, además, que en algunos pueblos, estos usos extraños ni siquiera se limitaban a las vírgenes, sino que participaban en ellos las matronas.

5. *La prostitución ritual como acto aislado se encuentra en muchos países del Asia anterior.* Entre los amorreos, la novia se quedaba siete días a la puerta, para complacer al pasante que quisiera solicitarla.

Las Diosas Madres de los asiáticos, que los griegos mezclaron con su Ártemis y su Afrodita —aunque aquélla era intacta y ésta se consagraba al placer, o acaso por eso mismo según la ambivalencia del pensamiento mitológico— tenían multitud de compañeros, año tras año, compañeros míticos pero siempre mortales, lo que pudo inspirar el "tema de Cleopatra", o asesinato del amante al amanecer. Estos amores renovados estimulaban la fecundidad de la tierra; y las parejas humanas copiaban y multiplicaban el ejemplo de la deidad, aun dentro del propio sagrario.

En Babilonia, ricas y pobres, solteras y casadas tenían que entregarse una vez al año a los forasteros, en el templo de Mylita (Istar o Astarté), y dedicar a la diosa los presentes que recibían en pago.

Es verdad —cuenta Heródoto— que muchas mujeres principales, orgullosas por su opulencia, se desdeñan de mezclarse en la turba con las demás, y lo que hacen es ir en un carruaje cubierto y quedarse cerca del templo, seguidas de una comitiva de criados. Pero las otras, conformándose con el uso, se sientan en el templo, adornada la cabeza de cintajos y cordoncillos, y al paso que las unas vienen las otras van. Entre las filas de las mujeres quedan abiertas de una parte a otra unas como calles, tiradas a cordel, por las cuales van pasando los forasteros y escogen la que les agrada. Mujer que se ha sentado allí, no vuelve a su casa hasta tanto que alguno la eche dinero en el regazo, y sacándola del templo, satisfaga su objeto. Al echar el dinero debe decirle: "Invoco para ti el favor de la diosa Mylita", que éste es el nombre que dan a Afrodita los asirios. No es lícito rehusar el dinero, sea mucho o poco, porque se lo considera como una ofrenda sagrada. Ninguna mujer puede desechar al que la escoge, y es indispensable que le siga; y después de cumplir con lo que debe a la diosa, se retira a su casa. Desde entonces no es posible conquistarlas otra vez a fuerza de dones. Las que sobresalen por su hermosura muy pronto quedan desobligadas; pero las que no son bien parecidas suelen tardar mucho en satisfacer a la ley, y no pocas permanecen allí por espacio de

* Frazer, *La rama dorada*, "Adonis en Chipre", pp. 383 *ss.*

tres y cuatro años. Una ley semejante está en uso en cierta parte de Chipre.*

En Heliópolis-Baalbec (Siria), toda doncella, y aun las matronas, se daban a los extranjeros por devoción a la diosa Astarté, costumbre que sólo abolió Constantino, cuando arrasó el magnífico templo y levantó en su lugar una iglesia cristiana.

En algunos templos fenicios, las mujeres solían alquilarse en acatamiento a sus deidades. En Biblos, era costumbre raparse el pelo para el duelo anual del dios Adonis, pero las que no querían hacerlo podían, en cambio, venderse durante un día a cualquier mercader de paso, y entregar al templo las ganancias. Y cuando se perdió el sentido religioso de la costumbre, el "mercado" —dice Luciano— siguió abierto para los extranjeros.**

En Armenia, las más nobles familias dedicaban a sus hijas al servicio de la diosa Anaítis en el sagrario de Asilísene, donde ellas permanecían algún tiempo antes de casarse.

> Y son tan gentiles para sus compañeros —dice Estrabón— que no sólo los tratan con suma hospitalidad, sino que se cambian presentes con ellos, dándoles a menudo más que cuanto de ellos reciben, pues que se lo permite la riqueza de sus familias. Con todo, no aceptan a cualquiera, sino sólo al de rango igual.[1]

Esta modalidad muestra el paso del acto aislado a la institución permanente.

En la Comana Póntica, las prostitutas sagradas de la Diosa Ma atraían una multitud de solicitantes. "Esta ciudad —dice Estrabón— es, en cierto modo, una pequeña Corinto."[2]

> En Lidia, el túmulo de Aliato, padre de Creso, se construyó a costa de los placeros y de los artesanos, ayudados de las muchachas... quienes contribuyeron la mayor parte. Lo que no es de extrañar, pues ya se sabe que todas las hijas de los lidios venden su cuerpo, ganándose su dote con la prostitución voluntaria, hasta tanto se casan con el marido que cada una busca a su gusto.[3]

* Heródoto, I, 199.
** Luciano, *La Diosa Siria*, 6.
[1] Estrab., *Geografía*, 532-3.
[2] Estrab., 559.
[3] Heród., I, 93.

Este documento nos muestra un caso de prostitución sin ningún carácter ritual.

Respecto a la costumbre en la egipcia Tebas, los datos son contradictorios. Heródoto afirma que solía dormir una virgen en el templo del Zeus Tebano (Osiris), pero que esta mujer no tenía contacto con hombre alguno, como sucedía también en Pátara (Licia) respecto a la sacerdotisa que pasa la noche en el sagrario.* Y en cambio, Estrabón declara que los egipcios dedicaban a su dios

> una mujer de peregrina belleza y de la mejor familia —a tales mujeres dan nombre de *pallades*—, la cual se prostituía con quien le placiera hasta que llegara la limpieza natural de su cuerpo, y luego la daban en matrimonio, no sin haberle dedicado antes un rito como de duelo, durante los días de su prostitución.**

Entre ambos textos median más de cuatro siglos, no hay que olvidarlo, lo que acaso explique la contradicción.

Parece que en Chipre hubo una costumbre semejante, por cuanto a la prostitución de la novia. Pero, en Pafos, se estableció ya la institución permanente, atribuida al legendario rey Cíniris, padre de Adonis. Cíniris la hizo cumplir a sus propias hijas. Una versión posterior dice que las princesas de Pafos incurrieron por eso en la cólera de Afrodita —lo cual es incompatible con la filosofía del vetusto rito—, y que, al fin casadas con extranjeros, fueron a acabar sus días en Egipto. El caso de Chipre nos acerca a Grecia, por los contactos griegos con dicha isla y por la filiación de Afrodita.

Frazer recuerda también la costumbre de Trale (Lidia), donde una inscripción griega del siglo II d. c. cita a Aurelia Emilia, su madre y abuelas, que fueron todas prostitutas hereditarias de la deidad. El hecho, añade Frazer, de que la inscripción aparezca en una columna de mármol dedicada a las ofrendas votivas indica claramente que esto se consideraba como cosa religiosa, perfectamente respetable. Pero hoy se entiende de otro modo el uso de Trale: las *pallakaí*, de oficio hereditario, eran concubinas y acaso profetisas del dios, no prostitutas de su templo.

* Heród., I, 182.
** *Geogr.*,

En Érix, colonia púnica de Sicilia, se conservaron las prácticas de la raza materna a través de las vicisitudes históricas. Diodoro cuenta los honores que mereció siempre el templo de la Afrodita Ericinia. Para sostenerlo, el Senado romano impuso un tributo en oro a las diecisiete ciudades más fieles de Sicilia; y los cónsules y pretores, cuando lo visitaban, dejaban de lado su austeridad, hacían alardes de llaneza, y tenían tratos con las mujeres del país, adaptándose así a lo que parecía ser grato a la diosa.* Por su parte, Estrabón insiste en la importancia de aquel templo:

> ...En otros días, estaba lleno de mujeres, que no sólo los sicilianos entregaban al culto, sino varios pueblos extraños, aunque más tarde vino a menos.**

Valerio Máximo confirma la costumbre de la prostitución sagrada en Sicca Veneria (Numidia), a donde bien pudo llevarla la influencia de los cartagineses.

En cuanto al voto —no cumplido— de los locrios epizefirios (Italia Meridional), que, según Justino cuenta en su *Epítome,* ofrecieron prostituir a todas sus vírgenes a cambio de la victoria, es un caso único en los anales griegos, una sorpresa más de aquella terrible colonia que tuvo vida tan agitada.

6. *Grecia conoció la prostitución sacra como una institución permanente*; pero fue una peculiaridad de Corinto.

No faltan fuera de Corinto manifestaciones de gratitud a las prostitutas que prestaron algún servicio eminente al pueblo: En Magnesia (Grecia Continental) y en Macedonia, se celebraban las llamadas Fiestas Hetaírias, por cierta tradición mitológica; y, en Abidos, un templo de la Afrodita Pornos recordaba la hazaña de una ramera que, al ver dormidos a los guardias, dio aviso a los libertadores. En Samos, el templo de la Afrodita de los Pantanos fue erigido por las "soldaderas" que acompañaron a Pericles cuando puso sitio a esa ciudad. En Éfeso, hubo un sagrario para la "Afrodita Camarada".

El caso de Corinto tiene relación más inmediata con

---

* Diod., *Bibl. Hist.*, IV, 83.
** *Geogr.*, 272.

nuestro asunto. La ciudad, dueña del istmo que une las dos masas de Grecia y, como el de Panamá, evita el peligroso paso del sur —pues "quien dobla el cabo Malea, que se despida de su casa"—* se abre por uno y otro lado a los mares del oriente y del occidente, y supo aprovechar esta situación privilegiada. Corinto se enriqueció en el comercio y se la llamaba "Corinto la opulenta". Lugar de tráfico intenso, su nombre parece evocar orígenes prehelénicos y hasta asiáticos. Su héroe, Melicerto, recuerda —según algunos tratadistas— al Melkart de Tiro, y en el Acrocorinto se adora a una extraña Afrodita de acentuados rasgos exóticos, asistida por un millar de *hieródulas* o sirvientas del culto, que, además, son cortesanas sagradas. Cuando el Estado quiere pedir un dón a la diosa u ofrecerle una acción de gracias, se vale de ellas: y en las ocasiones críticas, como en las Guerras Persas, han demostrado su perfecta devoción nacional. En esta Afrodita se ha querido ver un traslado de la sidonia Astarté. Acaso haya que remontarse más, por lo menos hasta aquella deidad femenina de Babilonia que los hetitas pasearon por todas las zonas de su dominio.

Corinto es tierra de población muy mezclada, y ciudad de lujo y placer, donde los armadores y los capitanes de barco se gastaban fortunas, y donde había fastuosos festines de que da idea la espléndida crátera conservada en el Louvre, y que representa la llegada de Héracles a casa de Eurito, el que le impuso los famosos trabajos. "No cualquiera puede *brillarla* en Corinto", decía un refrán griego.

Sus leyendas reflejan los sobresaltos de su historia: En tiempos aqueos, formaban parte del imperio de Agamemnón; después, el Heraclida Aletes logró hacerse allí un Estado autónomo. Homero y Tucídides consideran que el fondo de aquella población es eolio, o sea mestizo. Y aunque su dialecto se clasifica entre las hablas dorias, aunque emplea un alfabeto singular y probablemente muy arcaico, económica y políticamente escapa del todo al influjo dorio. Los vientos marítimos la cruzan. Mucho más que a Esparta, se parece a Éfeso o a Mileto.

He aquí lo que nos cuenta Ateneo:

* Estrab., 378.

Ahora, Cinulco, quiero, para tu provecho, espetarte un largo discurso a propósito de las prostitutas; y comenzaré por la hermosa ciudad de Corinto, a la que has insultado echándome en cara el haber residido allí como sofista.

Cuenta Camaleón de Heraclea, en su libro *Sobre Píndaro*, que es costumbre añeja en Corinto, cuando hay que implorar a Afrodita y pedirle algún servicio importante, invitar a cuantas prostitutas pueden juntarse al caso, y estas mujeres elevan sus peticiones y asisten a los sacrificios.

Cuando, según lo recuerdan Teopompo y Timeo, los persas invadieron a Grecia, las prostitutas corintias se encaminaron al templo y solicitaron la salvación del país. Cuando, en consecuencia, los corintios dedicaron a la diosa la inscripción de gracias que hasta hoy se preserva, donde hicieron constar el nombre de todas y cada una de las que en aquella ocasión contribuyeron con sus preces y su presencia en los sacrificios,* Simónides compuso el epigrama siguiente:

Estas mujeres, con la bendición del cielo, se dedicaron a implorar a Cipris en bien de los griegos y de sus bravos compatriotas. Pues no quiso la divina Afrodita que la ciudadela de Grecia cayera en poder de los arqueros enemigos.

Aun los ciudadanos privados ofrecen a la diosa un donativo de cortesanas si llega a satisfacer sus votos. De acuerdo con tal costumbre, Jenofonte el Corintio, que resolvió tomar parte en los concursos de Olimpia, hizo una promesa semejante a cambio del triunfo. Y Píndaro escribió entonces en su elogio aquellos versos que comienzan: "Tres veces victoriosa en Olimpia la casa que hoy quiero celebrar." Y luego, la ronda que se cantó en la fiesta del sacrificio, donde lo primero que hace es dirigirse en estos términos a las cortesanas presentes: "¡Oh Reina de Chipre! He aquí que el atleta Jenofonte, satisfecho de cumplir su promesa ofrece a tu templo este centenar de cortesanas para que las disfrutes." La pieza lírica se inicia con estas palabras: "Muchachas hospitalarias para los huéspedes extranjeros, ministradoras de la persuasión en la opulenta Corinto, que, frente al ara, derramáis las lágrimas del incienso ambarino, mientras vuestra mente se confunde con la Madre de los Amores, la celeste Afrodita: —A vosotras, criaturas sin tacha, Ella ha concedido el derecho de cortar el dulce fruto de la belleza en vuestros abrazos apetecibles. Porque, sabedlo, todo es hermoso cuando la Necesidad lo ordena... ¿Qué van a decir al oírme los magnates de la ciudad, qué al escuchar este preludio donde, con palabras de miel, celebro el gozo? Que me mezclo como cualquiera entre

* Plutarco, cuya versión es muy distante, dice que dedicaron a cada mujer una estatuilla de bronce.

las mujeres comunes... Pues bien: sépase que hemos aprendido a reconocer el oro legítimo con la impecable piedra de toque." *

Pasan los siglos. Persisten los rasgos, las costumbres de la ciudad. Ha cambiado la filosofía del mundo. Y San Pablo, desde sus epístolas, clama contra la perversión de Corinto.

II. LA MUTILACIÓN

A) *En general*

1. *La mutilación es el sacrificio voluntario de la integridad corporal* y se reduce a ofrecer la parte por el todo. Tres nociones principales han contribuido a establecer este rito sangriento: *1)* el deseo de ofrecer a la deidad un sacrificio altamente estimable por ser tan valioso como doloroso; *2)* el representarse a la deidad como una mera agencia de sustento y generación, como un animal trascendente cuyas energías biológicas se comunican a la tierra y al que se desea reforzar mediante la propia contribución de lo que parece más vivo en nuestro cuerpo, lo que engendra y lo que alimenta: el sexo viril y el seno femenino; y *3)* el propósito de crear una casta hierática aparte, un orden de seres absoluta o relativamente asexuados, devueltos por eso a un estado de pureza o virginidad casi infantil: algo como unos monjes y monjas, castos ellos, y ellas, por lo menos, emancipadas de la tarea de la crianza. De aquí los eunucos y las amazonas.

Estas nociones no corresponden a la mentalidad griega, sino a otra mentalidad anterior. Pero ellas persisten por todo el campo histórico del Cercano Oriente, en los alrededores de la cultura helénica, y se atraviesan en el camino de ésta como unos espectros del pasado: recuérdese en la historia, la mutilación de las hermas, castración simbólica de la deidad, y recuérdese, en el mito, la mutilación de Urano por su hijo Cronos. Como lo hicimos para la prostitución sacra, hay que explicar y entender estas anomalías echándose fuera de Grecia en el tiempo y en el espacio.

Si las procesiones fálicas de los griegos, en las Tesmoforias o en las Dionisíacas, nos parecen hoy un exceso, re-

* Ateneo, 573.

sultan excesos de moderación comparadas con los ritos de que ahora vamos a tratar. Cuando los griegos les abrieron sus puertas, los helenizaron, los atenuaron. Aun así, nunca les concedió Grecia el favor de que gozaron en la Roma imperial durante la alta marea de los Misterios decadentes. Depurados al contacto de los pueblos clásicos, estos ritos abandonan las mutilaciones, pero todavía las recuerdan con algún símbolo.

2. *La castración masculina y la amazotomía femenina son las dos formas típicas de la mutilación sagrada.* Para una anatomía superficial y de sentido común, los atributos viriles y los órganos mamarios son contrafiguras equivalentes. Se reducen a prominencias o apéndices que más parecen pertenecer a la especie que a la persona. Su misma acomodación sugiere la idea de desprenderlos y devolverlos a quien los ha prestado.

Entre los pueblos que consideramos aquí no parece haberse usado la circuncisión al modo hebreo, ni tampoco la infibulación de los labios mayores. El sacrificio asume la forma de la amputación con piedra filosa o con cuchillo, y a veces, para la mujer, asume la forma de la cauterización del seno practicada desde la infancia. Los hombres, a efectos del arrebato místico o del frenesí, solían castrarse por propia mano. Pero no era fácil que las mujeres se mutilaran solas. La mutilación por mano ajena fue tal vez el verdadero uso institucional. Si la amazotomía se limitó generalmente al seno derecho, se debe sin duda —aunque más tarde la leyenda nos provea otras explicaciones—, a que las heridas del corazón (siempre posibles al lado izquierdo) eran mortales, y la víctima muerta mal hubiera podido ofrecer un órgano en plena palpitación vital, en pleno vigor mágico.

La cultura egea, antecesora de Grecia, sólo nos es conocida por sus testimonios arqueológicos. Sobre los demás pueblos del contorno poseemos descripciones literarias que, por ser tardías, muestran la persistencia de las antiguas costumbres. Pero ya en los documentos sigilarios de la cultura egea aparecen hombres con sayas —que algunos consideran

276

simplemente como un traje talar— y mujeres con el pecho amputado. Persson ha visto en ellos a los predecesores de los eunucos sagrados que más tarde conocerá la historia, y en ellas, a las primeras representantes del tipo amazónico que más tarde ha de perpetuar la leyenda.* Ciertas reliquias de la Grecia micénica (Vafio, Tirinto) recuerdan el tipo eunucoide de los relieves hetitas, y las últimas investigaciones relacionan a los Curetes cretenses con el Artemisión de Éfeso, a la vez que hacen remontar el culto de la diosa efesia hasta miles de años atrás.

En Homero, como de costumbre, queda un recuerdo transformado de la castración sacra. Entre las precauciones que Hermes aconseja a Odiseo en su trato con Circe, le previene que la obligue bajo juramento a no privarlo de su virilidad. Lo que, según ciertas autoridades, asocia a la encantadora Circe en el ciclo de las "diosas castrantes", de que pronto vamos a hablar.

B) *Los eunucos*

3. *El eunuquismo sacro pertenece al culto de las diosas madres asiáticas.* Casi en el centro de la península anatolia o Asia Menor, se encuentra Pesino o Pesinunte (Kata Hissar). Allí cobró auge singular el culto de Cibele o Cibeles, Nuestra Señora de los Leones, la Diosa Nutricia, la Dea Siria, anterior todavía a los mantos tracio-frigios que luego cubrieron la comarca.

Cibeles habitaba una roca meteórica de color negro, de las muchas que hay por la zona donde más tarde se esparció la gente semítica, como la Caaba de la Meca. Esta roca fue llevada a Roma en 204, hacia el final de la larga lucha con Aníbal, y se asegura que al instante trajo una cosecha tan rica como en muchos años no se había visto. "Cuando este general contempló por última vez la costa italiana que se esfumaba en la lejanía, lo que menos imaginaba era que la Europa vencedora de las armas de Oriente acababa de dar entrada a los dioses de sus enemigos."**

* Axel W. Persson, *The Religion of Grece in Prehistoric Times*, Berkeley and Los Angeles, University of California Press, 1942.
** Frazer, "Mito y ritual de Atis", en *La rama dorada*, capítulo que debe

El símbolo de la diosa es el hacha, por donde su parangón masculino viene a ser el Zeus Labrandeo, el de la bipena. Las ulteriores monedas romanas la representan con racimos vegetales a cuestas y seguida de un sacerdote hachero. Se la llamaba familiarmente con los términos balbuceantes de Ma, Mana, Ama, Wanax, etc. Todavía en plena edad clásica se le atribuía virtud andrógina que, al diferenciarse, da de sí el principio masculino, el paredro o joven dios de compañía. Se pensó que, como ciertas flores, poseía la facultad de la autofecundación.

En el pino que representaba a la diosa, los fieles colgaban una efigie de su paredro, efigie que luego descolgaban y enterraban para desenterrarla *a los tres días*. La guardaban hasta la ceremonia del siguiente año, después de lo cual la echaban al fuego. Esta efigie representa el genio varonil, complementario de la fuerza vegetativa. Era el "padre", el Atis, y sus sacerdotes solían llamarse "Atis".

Los castrados podían ser sacerdotes o simples *hieródulos* o servidores del culto. Entre los *galli* de Cibeles (Pesinunte), aun los Atis o Batakes, los sacerdotes máximos, eran eunucos al principio. Ya los *archigalli* que aparecen en Occidente no eran eunucos. Los *galli* tomaron su nombre —según se cree— de alguna tradición étnica o de algún río vecino. Con ellos se asocian los *metrargites* o limosneros de la Madre Cibeles, que solían peregrinar en bandas, y mendigaban, danzaban y profetizaban como los gitanos. Atenas los conoció por lo menos desde el siglo v, y Cicerón dice que Roma los toleraba. Una inscripción siria da cuenta de las colecciones de curiosidades que uno de los servidores de la diosa Atargatis logró reunir durante sus viajes. Originariamente, también la Ártemis Efesia tenía sus eunucos sagrados, los Megabizos. Éstos se mezclaban libremente con las vírgenes para el desempeño de los ritos, vestían de mujer, usaban sayas de colores, tiara o mitra con pañizuelo de sol, collares, sortijas, los cabellos largos y perfumados, y celebraban periódicamente danzas orgiásticas. Otros *argites* o mendicantes muy parecidos se hallan en diversos cultos orientales

leerse con reservas, pues Frazer sitúa en Roma lo que, según Luciano, sólo acontecía en Hierápolis-Bámbice.

que se confunden entre sí, y finalmente, en el culto de la Hécate de Lagina.

Los simples fieles se limitaban a ofrecer a la divinidad los *vires* de un toro o cordero. Los fieles se colocaban en un foso, y recibían, por una claraboya, el baño de sangre del animal victimado. Tales eran las ceremonias del "tauróbolo" o el "crióbolo".

4. *¿Qué explicación nos dan las leyendas de tan singulares ritos y prácticas?* Los ritos no han de explicarse por la fábula que pretende justificarlos. Al contrario, la fábula se inventó para dar razón de ciertos usos que parecen ya inmotivados. En el caso, la fábula pretende explicar la castración de cuatro modos: *1)* como un acto de rendimiento a la diosa; *2)* como un acto de contrición por alguna falta cometida en el servicio de la diosa; *3)* como un castigo impuesto por la diosa; y *4)* como una rectificación del androginismo original. La leyenda de Cibeles y Atis servirá de hilo conductor. Huelga advertir que en las diferentes versiones de esta leyenda los cuatro motivos se entretejen diversamente.

El primer tipo aparece en un poema de Catulo, poeta latino del siglo I.* Nos presenta sólo el instante agudo de la historia, despojado de motivaciones, que sin duda da por conocidas. Atis desembarca y se interna en los bosques frigios. Está poseído por la diosa. En su extravío, se mutila y se entrega a cantos frenéticos, al son del tambor, los platillos y la flauta corva, rodeado de los *galli* que guardan el culto de Cibeles. Al fin lo rinde la fatiga. A la mañana siguiente, quiere huir, arrepentido de su locura. Cibeles lo hace retroceder, lanzando sobre él uno de los leones de su carro, el de la izquierda. Atis queda esclavizado para siempre, "hecho un fragmento de sí mismo", por haberse arrancado, en una hora de ofuscación, "el fardo de la ingle".

Con este tipo puede relacionarse una tradición que consta en Luciano. Estratónice, la esposa del rey Seleuco, decide partir para Hierápolis-Bámbice a fin de erigir un templo a Cibeles. Seleuco pide a Combabo, su fiel ministro, que acom-

* Cat., LXIII.

pañe a la reina, la proteja y la ayude en la realización de su empeño. Combabo, que se sabe hermoso y teme las consecuencias del trato a solas con su soberana, se mutila previamente para no incurrir en deslealtad. (Compárese, en contra, la leyenda de Tristán e Iseo.) La reina, en efecto, durante aquella larga convivencia que duró tres años, llegó a prendarse de él y llegó a solicitar su amor, embriagándose antes para darse ánimos. Combabo tuvo que descubrirse ante ella que, enternecida, le brindó un cariño inocente; así como el rey Seleuco, más tarde, y tras de haberlo encarcelado por los rumores que le llegaron, lo colmó de beneficios en pago de su abnegación. Una extranjera, que ignoraba su estado, se enamoró entonces de Combabo. Al averiguar que era eunuco se dio la muerte. Para evitar nuevas desgracias, Combabo llevó en adelante la vestidura femenina. A imitación suya, los sacerdotes de Cibeles adoptan la práctica de la castración y los atavíos mujeriles.* Se perfila aquí la idea de que, en torno a la religión de Cibeles, se exige la renuncia de los apetitos sexuales.

El acto de contrición aparece en la versión de Ovidio, poeta latino algo posterior a Catulo. La diosa ha pedido a Atis que, en prueba de su devoción, se conserve niño. Atis no pudo resistir a los encantos de Sagaritis, ninfa cuyo nombre parece derivado del Río Sangario o Ságaris. La diosa aniquiló a la Ninfa destruyendo el árbol en que ella estaba incorporada, y Atis, por su parte, para no caer en nuevos deslices, decidió mutilarse.**

Pero el sentido de la historia es más claro en otras versiones donde no es posible ya aislar los motivos. Allí vemos, entre otras cosas, cómo la diosa obliga a la mutilación a los que persigue, y cómo la mutilación de la misma diosa rectifica su hermafroditismo primitivo o bien se resuelve, por bifurcación, en una pareja.

Según Pausanias, la simiente de Zeus, esparcida durante un sueño, engendró al hermafrodita Agdistis, sobrenombre de Cibeles por el cercano Monte Agdos. Los dioses capturaron al monstruo y lo privaron de la porción masculina, de

* Luc. *Dea Syria.*
** Ovid., *Fastos,* IV, 221-44.

la cual nació después un almendro. Una Ninfa, hija del río Sangario, recibió en su seno las almendras y dio a luz a Atis; el cual, expuesto en el monte, fue amamantado por una cabra. Agdistis se prendó del muchacho. Éste se trasladó a la corte de Pesinunte, para desposarse con la hija del rey. Durante la boda, se presentó Agdistis, infundió la locura en el rey y en Atis, y ambos se mutilaron. La diosa, arrepentida, rogó a Zeus que concediera a Atis el dón de la juventud eterna.* Tal culto se extendió a Filadelfia (Lidia), donde, partiendo de la resistencia al dolor, impuso un severo código moral. Además de la juventud eterna, son rasgos de Atis el que su cabellera crecía sin término y el que uno de sus meñiques estaba animado de un temblor incesante, símbolo fácil de interpretar, según algunos mitólogos, como una trasposición orgánica.

Y he aquí ahora lo que averiguamos por Arnobio. Zeus, enamorado de Cibeles, acariciaba desesperadamente las rocas, de que nació el terrible andrógino Agdistis, a quien Dióniso embriagó para privarlo de su virilidad. De su sangre brotó un granado. Nana, hija del río Sangario, comió sus frutos y dio a luz al hermoso Atis. Cibeles y Agdistis se enamoran de éste. Pero el rey Midas quiere casarlo con su hija. El rey y Atis, enloquecidos por los maleficios de Agdistis, acaban mutilándose, y la princesa se suicida. Del cuerpo de la princesa brotan un almendro y unas violetas. Zeus concede a Atis la juventud inmarcesible. Agdistis funda, en Pesinunte, el culto conmemorativo de Atis.**

Sobre el origen de este culto, Diodoro Sículo nos propone otra explicación. Meón, rey de Frigia y de Lidia, tuvo de su esposa Díndima una hija que expuso en el Monte Cibelo. Amamantada por las panteras y otras hembras feroces, la niña fue recogida por unas pastoras que la apellidaron Cibeles. La muchacha creció en talentos y en belleza, inventó la flauta de varias cañas, las danzas de tímpanos y platillos, remedios para los animales enfermos y los recién nacidos, arrullos mágicos que devolvían la salud a los niños, por todo lo cual la llamaron Madre de la Montaña. Tenía

* Paus., VII, 17 y X, 12.
** Arnob. *Adversus Nationes*, V, 5-7.

un amigo predilecto, Marsias el frigio, que inventó a su vez la flauta de agujeros y que más tarde moriría en estado de virginidad. La muchacha, al llegar a la edad núbil, se enamoró del joven Atis, que después fue llamado Papas, y de él quedo encinta por los días mismos en que sus padres la reconocieron y la recogieron. No tardaron en advertir su falta. El rey, indignado, mandó matar a las pastoras que habían criado a su hija, así como a su amante Atis, y ordenó que no se les diera sepultura. Cibeles, enloquecida de dolor, despeinada y llorosa, huyó de su casa y se echó a vagar sin rumbo, lanzando gemidos y tocando el tamborcillo que llevaba por todas partes. Marsias, su amigo de la infancia, la seguía de tierra en tierra, lleno de compasión. Ambos llegaron, pues, a Nisa, donde se encontraron con Apolo, famoso tañedor de cítara. Sobrevino una competencia entre ambos músicos. La flauta de Marsias pareció vencer en la primer prueba. Pero, en la segunda, Apolo no sólo tocó, sino que cantó además, y se lo declaró vencedor. En vano reclamaba Marsias. La competencia, decía, era sólo sobre la música instrumental, no sobre la música y el canto; no era justo oponer dos artes contra una. A lo que contestaba Apolo: la competencia debió limitarse a los dedos y el instrumento, pero puesto que Marsias usaba, además, la boca para soplar la flauta, él, Apolo, había hecho lo mismo para cantar. La indignación de Apolo llegó a tal extremo que no se contentó con vencer, sino que desolló vivo a Marsias. Saltemos algunos detalles. Apolo se enamoró a su vez de Cibeles y la acompañó hasta el país de los Hiperbóreos. Entretanto, la tierra Frigia había perdido toda su fertilidad anterior. Por consejo de los oráculos, los frigios levantaron en Pesinunte un templo a Cibeles y le consagraron honras anuales; y no pudiendo ya recobrar el cuerpo de Atis para enterrarlo debidamente, lo suplían con un figurante, ante el cual hacían extremosas lamentaciones, llorando su muerte. Tal es la versión de Diodoro.*

Como fuere, la atroz costumbre se generalizó a tal punto, que el rey Abgar —alguno de los así llamados, quienes desde el primer instante manifiestan cierta inclinación por

* Diod., III, 58-9.

el Cristianismo— tuvo que poner coto al exceso, mandando cortar la mano derecha al que incurriera en la castración.

5. *La bifurcación del principio bisexual engendra parejas divinas.* El biólogo puede ver en esto un tipo de fisiparidad mística. Hogarth se ha atrevido a llamarlo "monoteísmo dual".* En el origen, la persona dominante es siempre la diosa, y el dios le está subordinado. Ella es la tierra próvida, eterna, la naturaleza sin edad, la Madre Nutriz. Él, joven que muere y resucita, representa el Drama del Año. Estos caracteres, desde luego, no indican un matriarcado rígido y definido, pero sí, seguramente, la primitiva preocupación por el enigma materno.

Estas historias de madres vírgenes son reliquias de una época de ignorancia infantil en la que los humanos no habían reconocido aún como causa verdadera de la preñez la cópula intersexual.**

Los pueblos arios afirman el patriarcado y enaltecen definitivamente al dios. Apolo, en Esquilo, declara la dependencia paterna del hijo, y el coro exclama: "Has derrumbado el orden antiguo." En Asia Menor, donde estas parejas predominan, las inscripciones griegas apenas mientan a las diosas y —salvo en los Misterios de este ciclo, del cual se sabe poca cosa— prefieren la propia nomenclatura a la nomenclatura asiática.

En las parejas divinas, ya encontramos la mutilación del varón o ya su muerte y renacimiento. Una es la ecuación imperfecta "castración: muerte", y otra la ecuación perfecta "primavera: renacimiento". Una que otra vez, la pareja completa la trinidad con la aparición de un hijo divino.

Sobre estas parejas, hasta hace poco sólo se contaba con fuentes tardías, relativas a la Dea Siria de Pesinunte. Las inscripciones de Ras-Shamrah, y las interpretaciones que de ellas ha hecho Virolleaud, permiten remontarse hasta los siglos xiv o xv. Es notable que estos antiquísimos documentos muestran ya la forma ritual que aún conserva la edad histórica. Es,

* Hastings, *Encyclopaedia of Religion and Ethics*, "Aegian Religion", I, página 143.
** Frazer, *Op. cit.*, p. 419.

pues, lícito suponer que las vetusteces recién descubiertas vienen todavía de más atrás.

La diosa Astart, Astarté o Anat, de que hablan las inscripciones, fue ya conocida de los egipcios (Dinastías XVIII y XIX), a cuya tierra parece que la llevaron los hiksos o reyes pastores. Baal, "el Amo", es su hermano y esposo, verdadera traducción del Adonis que flanquea siempre a la Astarté de los tiempos clásicos. Adonis, sin el sufijo griego, es Adón, "el Amo" de los cananeos. Baal muere y resucita cada seis meses.

La babilónica Istar, diosa de la vida y lucero de la tarde, llora a su primer esposo, Tamuz, muerto en flor. Y en adelante, cambia de amigo año tras año, y convierte a todos en animales para después darles caza, por lo cual la rechazó con rudeza el héroe Gilgamesh, a quien ella solicitó insistentemente, ofreciéndole largo mando, un carro de oro y lapislázuli, y un tronco de caballos magníficos. Istar hace un viaje al reino de los muertos, en que se va despojando de todas sus prendas y armas, para recobrarlas de puerta en puerta a la salida. Durante su viaje subterráneo, desaparece toda vida en los campos, y a su jubiloso retorno reaparece la primavera. Es palpable la semejanza con los mitos de Démeter y Kora, y aun con los de Astarté y Adonis. Durante el duelo de Tamuz, las mujeres de Harrán se abstenían de todo producto de molienda, y asimismo los sacerdotes de Atis, durante el duelo del joven dios, se privaban de pan, como dicen que se había privado Cibeles.

La trinidad egipcia de Isis, Osiris y Horus es bien conocida, y la leyenda de la muerte de Osiris, mutilado y despedazado por Seth, y después recompuesto y vivificado por Isis, ha sido popularizada por la bella historia de Plutarco. Osiris no podrá permanecer ya en la tierra por mucho tiempo, y se retirará al fin para reinar entre las sombras. Er ya un castrado. Isis nunca pudo recobrar el miembro viril de Osiris, devorado por los peces de un río.

En Creta encontramos igualmente esta pareja planetaria: la diosa solar y el joven satélite, que luego correrán su fortuna en Grecia, tocados por el genio antropomórfico y artístico de la raza.

5. *La época histórica* nos permite ver, en torno a Cibeles y a Atis, toda una constelación de divinidades anatolias acomodadas por parejas. Ellas invaden el Asia Menor, la Siria, el Egipto, algunas islas griegas; llegan a Panticapeo (Quersoneso Táurico), cruzan por Macedonia a Fistión (Etolia), al Pireo y a Ramnus (Ática), a Turia (Mesenia), y aun logran instalarse en la santa Delos, donde Atenea las somete pronto a sus normas. Después volarán hacia el Occidente: Roma y sus provincias, lo mismo por toda la cuenca del Danubio que en la distante Britania.

Las diferencias de nombres y fábulas se explican por los orígenes étnicos distintos, las mezclas de vecindad y la tendencia acaparadora de los helenos, que todo lo bautizaban a su modo. No es raro que el dios masculino, por ejemplo, alardee de Zeus, de Apolo o de Asclepio, según descuelle en su persona la virtud paternal, la oracular o la médica. A Cibeles y a Atis se asocian la frigia Agdistis; la Atargatis o Decerto; la Dea Siria de Hierápolis-Bámbice, cuyo consorte es Hadad, cuya hija es Semíramis, la que se convirtió en paloma cuyos símbolos son toros y leones: deidad pisciforme a quien un pez salvó de ahogarse en un lago. Hay versiones en que Atis muere, como Adonis, herido por un jabalí. Lo que puede ser una fase etiológica de estos mitos, para explicar que los sacerdotes, especialmente en Pesinunte, se abstengan de probar el cerdo.

En la leyenda griega, Afrodita, bajo su hipótesis chipriota, aparece acompañada de Adonis. Herido por un jabalí, Adonis muere, entre las lamentaciones de su pueblo, poco después de su matrimonio. Muere por invierno y resucita en la primavera. Los Jardines de Adonis, tan famosos en la literatura clásica, mantienen el simbolismo del mito. Crecían en macetas —referencia al *pythos* o tinaja de enterramiento—, brotaban con asombrosa rapidez y eran efímeros.

Las fiestas de Adonis en Biblos, celebradas en el mes Artemiso (marzo-abril), daban lugar alternativamente al duelo y al júbilo. En Alejandría —resumen de todas las tradiciones antiguas— Teócrito las describe con caracteres muy parecidos. Adonis impresionó tanto la imaginación de los antiguos que todavía tenía devotos en el siglo IV de nuestra Era.

En la Creta histórica —no la minoica— Plutarco da noticia de un culto que corresponde también a los ciclos primaverales. En los festejos del año, aparecía la efigie de un personaje descabezado —mutilación trasladada—, que el padre de Meríones, Molos, castigado así por haber atentado contra una Ninfa. Es decir, que muere después de las nupcias, y luego vivifica la tierra con la sangre y la sustancia de su cabeza.

7. *Los ritos de la Dea Siria* son el más viejo ejemplo de la mutilación masculina. La sangrienta orgía, descrita por Luciano según lo que él mismo presenció y lo que le contaron los sacerdotes, es un caso extremo. Se celebraba en Hierápolis-Bámbice, en torno a aquel santuario que acaso fue un día más frecuentado en Oriente, y al que traían sus ofrendas asirios, babilonios, árabes y fenicios. Pero todo acontecía fuera del templo, al que no tenían acceso los *galli*. Entre el rumor de gritos y fanfarrias ensordecedoras, los *galli* se herían los brazos unos a otros y se laceraban la espalda: referencia al tema de la tortura, costumbre corriente en la región y que explicaba las cicatrices en la mano y el cuello.

Algunos espectadores, contagiados del frenesí general, se arrancaban los vestidos, se abrían paso a codazos lanzando alaridos de energúmenos, y con una espada expuesta para ese objeto, allí mismo se mutilaban. Corrían por la ciudad con los despojos en la mano, y los arrojaban en cualquier casa. Los que recibían honor tan señalado, tenían la obligación de proporcionarles vestidos femeninos. Los mutilados no siempre sobrevivían. Sus compañeros se apresuraban entonces a llevarlos a las afueras de la población, y los cubrían de piedras. Nótese que no podían enterrarlos. Después, los abandonaban y, durante siete días, tenían que purificarse cuidadosamente, antes de que se les consintiera el acceso a las ceremonias religiosas. "Yo —viene a decir Luciano— soy sirio, y por eso sé de lo que hablo."

C) *Las Amazonas*

8. *Sobre las Amazonas nos quedan algunos residuos arqueológicos y muchos residuos legendarios.* Los residuos arqueológicos están representados por las imágenes sigilarias de la edad egea a que ya nos hemos referido y, además, por ciertos grupos escultóricos descubiertos en las últimas excavaciones de Éfeso. Las imágenes sigilarias muestran el busto amputado de las mujeres. Los grupos escultóricos muestran guerreras y cazadoras a caballo, en que se ha creído ver la huella de la técnica hetita. Se ha inferido que la Ártemis Efesia también pudo recibir, por sus abundantes raíces, la savia de alguna diosa hetita prehistórica. La arqueología, por ahora, no permite ir más allá de las sospechas. Pero un hecho queda bien claro: donde aparecen eunucos, también se recuerda a las Amazonas. Si el eunuquismo llegó hasta los días históricos, no así la amazotomía. Las mujeres mutiladas fueron sustituidas por las vírgenes, en el servicio de la deidad.

Los residuos legendarios se refieren explícitamente al mito de las Amazonas, y han dado constante inspiración a las letras y a las artes de Grecia y del mundo entero. La leyenda de las Amazonas fascinó a los griegos. La llevaron a todas partes. Creció con su expansión política, hasta que el mundo conocido se pobló con estas románticas figuras cuyo origen se había olvidado. Tan fascinadora fue la leyenda, que todavía en el siglo XVI embriagaba a los descubridores de Indias, quienes dieron nombre de Amazonas al río por cuyas riberas soñaron encontrarlas. Alonso de Santa Cruz creyó ver arqueras mutiladas en islas cercanas a Yucatán (queda un rastro en la "Isla de Mujeres").

Desconfiemos de las leyendas con apariencia histórica. Mientras más reales pretenden ser, resultan más engañosas, trampa perpetua a los humanistas. El griego, en este orden de asuntos, se conformaba con una vaga alusión a la verdad. Le importaba más llegar a la honda representación subjetiva, es decir, poética o mitológica. Sus historiadores fueron muchas veces etnólogos, recopiladores de tradiciones orales, que nunca podrían mantenerse intactas al cabo de unos doscientos años, y que ellos se apresuraban a vestir a la moda helénica. Sus filósofos gustaban de explicarse inventando fábulas, y los contemporáneos entendían y agradecían la intención. Son los desagradecidos modernos quienes no quieren entender. Piden su acta de nacimiento a los personajes imaginarios. Inventan emigraciones de pueblos donde hay emigraciones de fábulas. No se convencen de que la fantasía sigue otros caminos, posee otros derechos nunca registrados en los códigos de la prueba testimonial.

Aun el nombre mismo de "amazona" tiene algo de gramática alegre. Ya se lo explica por la privación del seno: *a-mazós*; ya quieren que el prefijo no sea privativo, sino intensivo, y entonces el término significaría "mujeres de gran busto"; ya dicen que *a-mássao* se refiere a la intangibilidad característica de aquellas mujeres enemigas de las caricias. Unos afirman que la palabra procede de *amáao* ("segar") y *zóonai* ("cinturón"), porque las Amazonas llevaban la hoz pendiente del cinturón cuando salían de siega, tarea varonil en otros pueblos: algunos recuerdan que *maza* es la "Luna" entre los circacianos, y que los ritos lunares se asocian a las deidades femeninas, cuyo culto incumbe a las Amazonas. Y aunque Orellana se figuró que peleaba contra las Amazonas por la cuenca del Marañón, hay también quien nos asegura que *amassona* sólo vale "destructor de las embarcaciones", pororoca o macareo en lengua local. Heródoto dice que los escitas las llamaban *Eorpata*: en griego, *Androctonoi* o "Mata-Hombres".

Una es la amazotomía, rito sagrado de que apenas queda el recuerdo y que no podría negarse sólo porque haya sido sanguinario —puesto que es mil veces peor la práctica histórica del eunuquismo—, y otra el mito de las Amazonas.

9. *El mito de las Amazonas* suma tres imágenes: la hembra mutilada, la *hieródula* o asistenta de la deidad, y la guerrera de caballería o infantería.

La mutilación se atribuye a las necesidades del oficio guerrero. Se dice que el seno estorba en el combate, y el seno derecho especialmente embaraza el tiro del arco. Homero, con su pulcritud habitual, se limita a presentar a las

Amazonas como una tribu guerrera: Príamo, que las combatió a orillas del Sangario entre la gente de Otreo y Miglón, no dice que fueran mutiladas; Belerofonte, que las combatió en Licia, sólo hace saber que eran capaces de medirse en armas con los varones.* El arte helénico, salvo la época arcaica en que no aparecen Amazonas, se aficionó a ellas (grupos del templo efesio, en que rivalizaron Polícleo, Fidias, Cresilao y Fradmón, Batalla de Griegos y Amazonas en Epidauro, etc.); pero, acaso por razones estéticas, les envuelve la mitad del busto con un velo.

La leyenda, en cambio, está conforme en atribuir a las Amazonas, además del ejercicio guerrero, el carácter sacerdotal. Y este carácter basta por sí para explicarnos la mutilación de los senos. El referir la amazotomía al manejo de armas es una racionalización mítica. Aunque el hombre puede imaginar otra cosa, la mujer está acostumbrada a llevar su cuerpo. No le sobran senos cuando necesita pelear. Si las mujeres hubieran redactado las fábulas, a lo mejor hubieran declarado eunucos a todos los guerreros y atletas. Pues hay cosa más vulnerable que las partes viriles?

Una tradición histórica y una tradición legendaria nos hablan de mujeres guerreras. Ni una ni otra pretenden hacérselas con ejércitos de mutiladas.

La tradición histórica cuenta que los cimeros, derramados desde el Cáucaso hasta la Rusia meridional, se aliaron con los treres de Tracia, cayeron sobre el Asia Menor y entraron en lucha con asirios, frigios y lidios. Ahora bien, entre las hordas cimerias solían combatir las mujeres, y nadie las dio por amputadas. Los aedos, al incrustar en sus poemas ciertas alusiones a esta invasión, las plegaron al estilo épico. Magnes de Esmirna, poeta favorito de Giges, el rey lidio (687-652), canta el triunfo de los jinetes lidios y —según cuenta Nicolás de Damasco— convierte el caso en una guerra contra Amazonas. Aunque no mienta a los cimerios, que sería cortar el vuelo ideal del poema, la alusión fue tan transparente, que los magnetes de Sipilo, de cuyas hazañas se olvidó al enaltecer a los jinetes de Lidia, se apoderaron de él, le arrebataron el manto purpúreo que siempre

* *Il.*, III, 189 y VI, 186

acostumbraba lucir, le cortaron aquella hermosa cabellera que sujetaba con embrazadura de oro y le hicieron mil vejaciones. Los magnetes entendían de símbolos: sabían que, bajo el disfraz de las Amazonas, el poeta se refería a la campaña contra los cimerios y los treres.

La tradición legendaria a que deseamos referirnos es el famoso crimen de aquellas mujeres de Lemnos, que decidieron un buen día quedarse solas en su isla volcánica y lindamente pasaron a cuchillo a todos los hombres, fueran sus hijos, sus hermanos, sus padres o sus esposos (ver "La plegaria, la maldición y el juramento", 8). El caso ha sido lúcidamente interpretado como un mito etiológico, que se inventó para explicar un rito inocente.* Este punto no nos importa por ahora. Lo que nos importa es que nadie haya atribuido a las lemnias la amputación amazónica, aunque la leyenda les concede eminente categoría guerrera por el solo hecho de ponerlas a combatir con sus varones; pues los lemnios entendían de armas y eran los piratas más temidos del litoral tracio.

Todo nos inclina, pues, a pensar que la amazotomía debe entenderse más bien con relación al oficio sacro que no con relación a las costumbres guerreras.

10. *Algunos modernos han querido ver en estos ecos legendarios los vestigios del matriarcado.* Que los busquen en mejores fuentes, no aquí. El problema es demasiado serio para echar a perder la discusión con puerilidades. Lo único que cabe es adornar con las Amazonas la exposición de la tesis, no fundarla en ellas.

Desde que Bachofen, en 1861, propuso la célebre tesis han sucedido algunas cosas. Bachofen, entre muchas pruebas, citaba el crimen de las lemnias y defendía la autenticidad del caso con estas estupendas razones: "Querer relegar al dominio de la leyenda la historia de los maridos asesinados es ignorar el carácter de la mujer, insaciable en su sed de sangre." ** Por aquí se puede ir muy lejos, sin duda más de lo que conviene.

* G. Dumézil, *Le crime des Lemniennes: Rites et légendes du Monde Egéen.* París, P. Geutlner, 1924.
** Bachofen, *Das Mutterrecht.* Stuttgard, 1865, p. 84.

290

La dependencia matrilineal que Arriano atribuye al pueblo de las Amazonas —dado que realmente haya existido tal pueblo— no significa necesariamente una ginecocracia integral y caracterizada. Lo más probable es que los tipos de matriarcado relativo hayan comenzado a definirse cuando a la vida inestable de los cazadores sucedió el orden estable de la agricultura.* La mujer, entonces, se queda en casa, cuida de las rutinas domésticas y se acostumbra a cierto mando; toma cuenta de las actividades menos aleatorias, y deja al varón las sorpresas y las aventuras, los "valores especulativos" que diría un financiero. Mal se compagina esta casera quietud con la vida hazañosa de los combates atribuida a las Amazonas, las figuras menos "matriarcales" que sea posible imaginar.

Rasgos matriarcales aislados los ha habido en muchos pueblos, y sigue habiéndolos dondequiera que los hombres se vuelven niños singularmente bien educados y dejan de representar en la sociedad el elemento de renovación y sobresalto que siempre deslumbró a la mujer. Y si entre las tribus caucásicas de que habla Estrabón las mujeres se dedicaban a la labranza, el pastoreo y la cría caballar, ni es éste el único ejemplo ni demuestra nada. Estas pretendidas referencias históricas lo mismo pueden inspirarse ya en la leyenda amazónica de elaboración ulterior, que en vagas y fragmentarias noticias sobre pueblos poco frecuentados, donde la imaginación se da suelta y se atreve con "el mentir de las estrellas".

11. *Hay dos leyendas amazónicas.* Ambas Amazonias se sitúan originariamente por los extremos del mundo, sin duda para autorizar con la lejanía la extravagancia de sus rasgos. Pero ambas Amazonias aparecen como pueblos flotantes, dados a largas expediciones y a cambios de residencia, lo que complica singularmente el relato.

Diodoro, fundándose en la novela histórica del alejandrino Dionisio Eskitobrachion —siglo II—, nos cuenta de una Antigua y de una Nueva Amazonia, no sabemos si uni-

* P. Kirsche, *El enigma del matriarcado*, tr. R. de la Serna. Madrid, *Revista de Occidente*, 1930.

das por alguna relación étnica.* La Antigua Amazonia había desaparecido ya para los días de la Guerra Troyana, y no es la que generalmente conocieron los griegos. La Nueva Amazonia, en efecto, circula entre los mitos griegos por lo mismo que es una tradición auténtica, al paso que la Antigua Amazonia es una invención alejandrina, claro ejemplo de sincretismo en que se trata de ensartar varias tradiciones en una.

Homero dice que, junto a Troya, había un montículo, al que los dioses acostumbraban llamar "La tumba de la Ágil Mirina". Este nombre procede directamente de la Antigua Amazonia. Pero adviértase que Homero añade: "...Y al que los hombres llaman Batiea".** Cuando aparecen estos dobles nombres en Homero, el nombre humano es histórico en lo posible, y el divino, es francamente mitológico. Es decir, que aun en lo fabulesco hay lugar a categorías y a distingos entre lo que corresponde a la versión más común y lo que corresponde a la versión menos usual. Sacamos en limpio que la Nueva Amazonia es más familiar a la imaginación helénica que la Antigua Amazonia.

a) La Antigua Amazonia comienza por recomendarse como cosa quimérica hasta por su situación geográfica. Se hallaba en la parte occidental de Libia (África), no lejos del Monte Atlas, junto al lago Tritonis, en la isla de Hespera, donde se daban todos los frutos, aunque todavía no los cereales; una isla que, para mayor comodidad, ha desaparecido. A pesar de que se encontraba por el Monte Atlas ¡se hallaba muy cerca de Etiopía! Ya estamos, pues, suficientemente advertidos.

Era aquella Amazonia una sociedad matriarcal, donde la guerra incumbía a las mujeres. A este fin, se cauterizaban los senos de las niñas en cuanto podían resistirlo. Las mujeres decidían los negocios públicos y dejaban a los hombres los cuidados domésticos. Las Amazonas comenzaron por conquistar las islas vecinas, menos la sacra isla de los Ictiófagos, llamada Mene, isla volcánica hecha de piedras preciosas. Después subyugaron a los nómadas que merodeaban

* Diod., III, 52 *ss.*
** *Il.*, II, 813-14.

por los contornos, y fundaron la gran ciudad de Cherroneso ("Península"). Su reina Mirina reclutó varios cuerpos de infantería y caballería entre las mujeres, y los pertrechó con espadas, lanzas, arcos y escudos de piel de serpiente. La cantada "flecha del Parto" que cubre la retirada y suele convertirla en victoria, era para ellas juego de niños.

Pronto se atrevieron con los vecinos Atlantes, pueblo el más civilizado de la región, "donde se cuenta que nacieron los dioses". Dominaron a sus adversarios fácilmente. A petición de los vencidos, Mirina logró diezmar a la terrible raza de las Gorgonas, monstruos de ascendencia preolímpica. De allí (¿de dónde?), regresaron a Libia.

En Egipto, celebraron alianza con el dios Horus, que por entonces era el rey. Abriéndose paso por entre los árabes y los sirios, llegaron a Cilicia y pactaron amistad con su pueblo. Sometieron a la gente del Monte Tauro y, corriéndose al Occidente, alcanzaron la costa del Mediterráneo. Se establecieron junto al río Caico. Fundaron la ciudad de Mirina en Misia, y varias otras con los nombres de sus heroínas más aguerridas: Cime, Pitane, Priena. También alzaron ciudades por el interior y en algunas islas cercanas: Mitilene, en Lesbos; Samotracia; parece que Elaya, Anea, Grinia, y Latoria junto a Éfeso, donde gobernó la amazona Esmirna.

En esta región de Eólida y Jonia, la antigua rama de las Amazonas empieza a mezclarse con la nueva. Pero Mirina y sus mesnadas, combatidas por los tracios y los escitas —¿versión transformada del episodio que cantó Magnes?—, al fin se replegaron a Libia. En otro pasaje, Diodoro nos dice que, encontrándose ya en Libia las Amazonas, cuyo ideal de vida era agradable a Atenea, por consejo de esta diosa y bajo su mando, se confabularon con Dióniso, y en compañía de otros pueblos libios, lo ayudaron a derrocar a los Titanes y a conquistar el mundo.*

Es notorio el propósito de aprovechar cuantas leyendas hay a la mano, para forjar con ellas una nueva versión poética. Trabajo le mando al "matriarquizante" que quiera sacar conclusiones de estas venerables patrañas.

b) Si la leyenda de la Antigua Amazonia sube del sur,

* Diod., III, 71, 4.

la leyenda de la Nueva Amazonia baja del norte. Pueblo de guerreras "que odian al hombre", Esquilo las sitúa en las crestas del Cáucaso, allá por los días de Ío y Prometeo; pero hace declarar a éste que más tarde las Amazonas habitarán en Temíscira (Therme), sobre el Termodonte, costa sur del Euxino. Según Estrabón, fueron expulsadas de allí. Heródoto explica que las expulsaron los griegos, tras de haberlas derrotado en el Termodonte, y luego cargaron en sus navíos a cuantas pudieron aprisionar. Pero ellas se rebelaron a bordo dieron muerte a sus captores, e ignorantes de las artes náuticas, se entregaron a merced de los vientos y cayeron de arribada forzosa en Crimea, donde se aliaron con los escitas. Plinio, a su vez, las lleva hasta la desembocadura del Tanais, fondo del lago Maeotis. Y Clitarco, citado por Estrabón, hasta el Mar Hircano, Puertas del Caspio, donde más tarde su reina Talestria compartirá el lecho de Alejandro. Todavía se pretende que Pompeyo encontró Amazonas entre las fuerzas de Mitrídates.* Los Amazoneos o monumentos consagrados a las hazañas de las Amazonas —sean las que fueren— abundaban por el Egeo y por las tierras anatolias.

Estas Amazonas septentrionales se juntaban con extranjeros en cierta época del año, para fomentar la población; mutilaban de algún modo a los hijos, estropeándoles los brazos y piernas, los esclavizaban en las labores de la rueca, y educaban a las hijas para las armas, previo sacrificio del seno, ya se entiende. Adoraban a Ares y a Ártemis Taurópolos, que viene a ser la diosa de Táuride conocida por la leyenda de Ifigenia. Entre sus armas, figura el "escudo amazónico" en forma de creciente de luna (*pelta*).**

Hemos dicho que los griegos las derrotaron en Termodonte. La hazaña se atribuye a Héracles, quien, por encargo de Euristeo, que lo deseaba para su hija, tuvo que arrebatar el cinturón de la reina Hipólita. Y es de notar que Héracles aparece también como exterminador de la Amazonia meridional, junto a las Columnas de su nombre, donde decidió

---

* Esquilo, *Prometeo encadenado*, 723-5. Estrab., XI, 5, 4. Heród., IV, 110 s Plin., *Hist. Nat.*, VI 19. Diod., II, 44 *ss*.
** Justino, II, 4, 9-10. Diod., II, 45. 3. Apolonio de Rodas, II, 385 *ss*.

aniquilar a este pueblo y a los residuos de las Gorgonas, por considerar el gobierno de las mujeres como incompatible con el orden del mundo.

El mito de Teseo aprovecha en ocasiones las hazañas de Héracles. Ya sea que el héroe ateniense haya acompañado a Héracles en la "cuesta del cinturón de Hipólita", ya que haya vuelto por su cuenta en busca de las Amazonas hasta los rincones del Ponto Euxino, ello es que Teseo se las arregló para raptar a la reina Antíope (o Hipólita). Durante el viaje de regreso, su compañero Soloonte se enamoró de ella y, desesperado, se echó a un río. Teseo —condenado, por lo visto, a que lo rodeen estas pasiones ilícitas—, tras de fundar la ciudad de Pitópolis en cumplimiento de los avisos del Oráculo Delfio, bautizó el río vecino con el nombre de Soloonte, y siguió su ruta, dejando a los dos hermanos de su amigo como prefectos de la colonia.

Poco después, las Amazonas acudieron a Atenas, con el ánimo de recuperar a Antíope (o Hipólita). La batalla aconteció en el mes Boedromión, no desconocido en la poesía mexicana.* A los cuatro meses de guerra, y mientras la reina enviaba secretamente hasta Calcis a las Amazonas heridas, por mediación de ella se logró un tratado de paz. Quedaron en Atenas sepulcros y monumentos recordatorios, y algunos rastros de las correrías amazónicas por otros lugares de Grecia: Megara, Queronea y Tesalia. Atenas instituyó honras fúnebres en honor de las Amazonas muertas.**

De Teseo y Antíope (o Hipólita) nació Hipólito. Muerta su anterior esposa, Teseo se casó con Fedra, *la fille de Minos et de Pasiphaë*, la que se enamoró de su hijastro y acabó ahorcándose, asunto de larga descendencia dramática (Eurípides, Séneca, Racine, y hasta *El castigo sin venganza* de Lope de Vega).

También aparecieron las Amazonas en las últimas escenas de la Guerra Troyana. Tras la muerte de Héctor, la reina Pentesilea acudió en ayuda de los troyanos. Era hija de Ares. Aquí la leyenda es confusa. Supone que Hipólita, abandonada

* S. Díaz Mirón "Boedromión", en *Poesías*, New York, Beston and Co., 1895, pp. 83-4. Los magníficos tercetos pintan un triunfo griego, sin la menor referencia a las Amazonas.
** Plutarco, *Teseo*, 26-7.

por Teseo —ahora desposado con Fedra—, levantó a las Amazonas contra su antiguo esposo ateniense, y que Pentesilea, involuntariamente, la mató en medio de la refriega. Pentesilea fue entonces purificada por Príamo, y ahora que Troya estaba en peligro, quiso pagar al viejo monarca la merced recibida, ayudándole a defender sus muros contra los sitiadores aqueos. De suerte que Príamo, enemigo de las Amazonas en su juventud según cuenta Homero, obtuvo ahora su alianza según documentos posthoméricos. Pero Pentesilea, como ya se dijo antes, murió a manos de Aquiles.*

Hay también alguna leyenda en que las Amazonas pretenden apoderarse de la tumba de Aquiles, y el espectro de éste las obliga a retroceder espantando a sus caballerías, propio acto de *taraxipos*.**

En la historia de la plástica griega, el contraste entre el atractivo de la forma femenina y el atavío militar y ecuestre hizo de las Amazonas un motivo muy socorrido, una verdadera tentación para los artistas, de que Atenas conservó abundantes reliquias.

12. *En resumen,* las leyendas de las Amazonas son una síntesis mitológica que concentra rasgos matriarcales de un pueblo guerrero, acaso de raíz hetita, en que las mujeres de seno amputado se consagran a los oficios varoniles, recluyendo a los hombres en las tareas domésticas; sirven a la Diosa Madre (antes, alguna reina guerrera de Hattusas, y después, particularmente, la Ártemis Efesia); son fieras contrafiguras de los *galli*, y atraen a su órbita todas las imágenes semejantes que aparecen por los horizontes de Grecia: la lidia Onfale, la lemnia Hipsípile, la siria Semíramis, las reinas y las reinas madres de Egipto y de Etiopía, la Tomyris de los masagetas, y otra multitud de figuras árabes, libias, italiotas, galas e ibéricas.***

En torno al árbol sacro de Éfeso, que un día representó a Ártemis y donde ya hemos visto congregarse a los *galli*, las

* "El sacrificio", § 13. Arctino, *Aethiopis*, fr. 1. Apolodoro, *Epítome*, V. 1. Quint. Smyrn., *Posthomerica*, I, 18 ss., y 538-810.
** "Rito fúnebre", § 5.
*** En el siglo VIII de nuestra Era, Vlasta y su ejército femenino asolaron el ducado de Bohemia y dieron muerte a todos los hombres, último eco.

Amazonas solían bailar al son de la siringa silvestre. La Ártemis parte de la columna de palo adelgazada hacia arriba como los pilares egeos, florece después en un rostro humano, y su tronco se va cubriendo de numerosas mamilas, como si las propias Amazonas colgaran de él las prendas de su mutilación. Todavía en tiempos de Pausanias, las sacerdotisas de la deidad, las vírgenes *melissas* o "abejas", se tenían por descendientes de las Amazonas.

D) *Las torturas*

1. *La tortura es una mortificación voluntaria.* Se caracteriza por el consentimiento de quien la padece, ora se ocasione él mismo la mortificación —cuando es dable— o la solicite de mano ajena. En la tortura se confunden, pues, víctima y verdugo. No llega a la mutilación, ni menos al suicidio. Pero, como dicen los diccionarios, produce siempre una merma de la vitalidad, aunque sea transitoria.

Por cuanto es ofrecida al dios, se relaciona con el sacrificio. Recuerda las vejaciones a que es sometido el *phármakos*. Lleva en sí un elemento de ascetismo o menosprecio de la integridad corporal. Esconde un estímulo de masoquismo o complacencia en el propio padecimiento.

Se la debe distinguir al instante del simple castigo, y de la crueldad sádica o neroniana para con el prójimo. Se la debe distinguir también del tormento jurídico, ya el que, en Grecia, se imponía a los esclavos previamente para poder admitir su testimonio en un juicio, ya el que se impuso durante muchos siglos a los presuntos delincuentes para obligarlos a confesar.

2. *La tortura religiosa ha perdurado hasta nuestros días,* no sólo en las prácticas de los pueblos más atrasados. Quedaba hasta hace poco en ciertos usos ya abolidos: "ejercicios" con el empleo del látigo, flagelaciones varias, cilicios; queda aún en ciertos ayunos, abstinencias, promesas difíciles de cumplir, etcétera.

Antes, como ahora, el sufrimiento puede reducirse a un mínimo. Así, en los remotos orígenes, la costumbre de rasurarse, rito masoquista de Sumeria o Egipto. Así, en nuestra época, el voto femenino del "hábito" (hábito de una orden religiosa), que apenas puede ocasionar cierta desazón por la extrañeza que causa o la curiosidad que despierta. La misma palabra "tortura" pierde aquí su peso.

3. *Las torturas religiosas que aquí nos incumben* se reducen casi a las flagelaciones, y a las abstinencias o ayunos —sacerdotales o privados— ya expuestos al tratar de los ritos.

Como antecedentes todavía no helénicos —pero que atravesaron la Edad Helénica y llegaron, por sus caminos irregulares, hasta la Edad Romana—, hemos visto ya a los *galli* herirse unos a otros los brazos y lacerarse las espaldas, entre los ritos desbordados de la Dea Siria que nos ha descrito Luciano ("La mutilación", 7). Si, como lo observamos entonces, los *galli* no tenían acceso al templo, sabemos por Plutarco (*Adversus Coloten*) que, en el interior de sus templos, los *archigalli* acostumbraban fustigarse con sus látigos de correas y huesecillos. Y en Apuleyo (*Metamorfosis*, VIII), encontramos todavía a esos oficiantes supernumerarios de Cibeles mendigando por los caminos y aldeas, entregados a los vicios contra natura, llevando consigo a su diosa, abusando de la superstición popular, impresionando a la gente ruda con sus arrebatos y sus alardes de morderse y herirse, sin que sepamos hasta dónde llegaba su enajenación verdadera.

Ya Heródoto (II) afirma que los antiguos egipcios se flagelaban en las celebraciones anuales de Isis. Y —para entrar finalmente a Grecia— se sabe que las mujeres de Alea (Peloponeso) eran azotadas por los oficiantes en el templo de Dióniso (rito contra la esterilidad), como más tarde lo serán las mujeres romanas en las Lupercales.

(En estas festividades de cada 15 de febrero, consagradas especialmente al culto de los Faunos, los jóvenes semidesnudos y apenas cubiertos con pieles de cabra corrían tras las mujeres y les descargaban los látigos de cuero recién arrancado a la víctima inmolada por la cofradía de los Lupercos en aquella gruta, no lejana del Palatino, donde la tradición situaba la crianza de Rómulo y Remo por la Loba).

4. *La tortura más característica entre los griegos corresponde al ritual de la Ártemis Orthia,* culto lacedemonio.

La leyenda nos dice que Amphístenes, un lacedemonio nieto de Agis e hijo de Amphicles, tuvo un hijo llamado Irbos. Los dos hijos de éste, Astrabacos y Alópecos, descubrieron un día, entre unos matorrales, la estatua de la Ártemis Orthia, perdida desde hacía mucho tiempo, y que unos suponen llegada a la región con los invasores dorios, y otros, traída de Táuride por Ifigenia y Orestes, aunque hay muchas otras teorías sobre el origen de esta diosa. Ello es que los dos varones, a la sola vista de la estatua sagrada, enloquecieron.

Pues bien, ante esta misteriosa imagen, los lacedemonios acostumbraban celebrar anualmente un rito sangriento y feroz —la Azotaina—, que consistía en azotar despiadadamente a los mancebos, al punto que muchos perdían la vida en la prueba. Los jóvenes debían conservar hasta el fin un aire gozoso y soberbio, y el que resistía mejor o ganaba la competencia —el *boomoníkees*— era objeto de honras especiales y se le erigía una estatua.*

Semejante brutalidad se disimulaba como un ejercicio educativo para adquirir temple y resistencia, pues la tortura no podía corresponder en el caso a un rito de fertilidad, sólo aplicable a las mujeres, ni a una preparación nupcial o cosa parecida, como también se ha pretendido, pues entonces no serían azotados todos los jóvenes, sino sólo aquellos que estaban camino del matrimonio.

Lo cierto es que tal costumbre sacra es una de las manifestaciones más patentes de la retrogradación o atraso espartanos. Algunos, para explicarlo, quieren remontarse a los tiempos cretomicenios. Otros se contentan con las posibles fuentes dorias. Frazer recuerda que la ceremonia de flagelación es uno de tantos ritos de tránsito, entre la pubertad y la edad adultas, en varios pueblos primitivos. Los comentaristas antiguos y modernos alzan montañas de hipótesis e interpretaciones, y acaso confunden esta práctica con cierto juego de robo del queso en el altar, acompañado también de flagelaciones y bastonazos, a que Jenofonte se refiere en

* Plutarco, *Licurgo*, XVIII; *Instituciones lacedemonias*, 239 D; Luciano, *Anach.*, XXXVIII; Nicolás Damasceno, *F. H. G.*, III, p. 458, 114, 11.

cierto pasaje no muy claro de su *Gobierno de los lacedemonios*. Apolonio de Tiana y Tertuliano dan testimonio del placer sadístico que este espectáculo despertaba. Hesiquio asegura que estos actos venían a ser la culminación de un largo "entrenamiento" para la prueba máxima de la resistencia, y la sangre derramada sería entonces como el sello de un pacto entre el joven y la deidad.

Pausanias (III, 16, 10) afirma que, cuando los representantes de las viejas tribus espartanas sacrificaban ante el ara de la deidad, sobrevino entre ellos una riña, y el ara fue salpicada con su sangre. Semejante sacrilegio sólo podía expiarse, de acuerdo con el oráculo, con nuevos derramamientos de sangre; de donde se instituyó un sacrificio humano anualmente. Licurgo sustituyó este sacrificio por las Azotainas que también causaban nuevas salpicaduras de sangre.

La persistencia de esta práctica es sin duda lo que más horroriza.*

* K. M. T. Chrimes, *Ancient Sparta*, Manchester University Press, 1949; H. Michell, *Sparta*, Cambridge University Press, 1952.

VIII. EL RITUAL EXTRAORDINARIO: FUNDACIONES DE CIUDADES

1. *La fundación de ciudades se acompaña siempre de ceremonias religiosas* y es uno de los ritos extraordinarios que antes hemos enumerado (cap. IV, I, § 2). Se relaciona especialmente con las expansiones coloniales, o con la creación de comunidades nuevas. Pues la fundación de las viejas ciudades tradicionales sólo ha dejado leyendas y mitos, o vagas memorias sobre el paso de las agrupaciones rústicas a los centros urbanos. Respecto a esos mitos y leyendas, sirvan de ejemplo los casos de Cadmo en Tebas, Tera, acaso Rodas; los demás hijos de Agenor en Cilicia, Tasos, Tracia; o Atamas en Halos. Respecto al paso de las agrupaciones rústicas a los centros urbanos, sirvan de ejemplo, para las concentraciones o fusiones que se han llamado "sinecismos", el caso de Ática —"las Atenas" de Teseo que parten de la tetrápoli maratoniana—, y para la anexión por conquista, el caso de Esparta que sojuzga a Mesenia.

Prescindiendo de las penumbrosas y románticas vetusteces, la colonización helénica, sumariamente, se nos presenta en cinco aspectos casi sucesivos: *1)* En la protohistoria, del siglo XII al siglo VIII, derrames inciertos "que a veces proceden de la fuga, sobre todo hacia el Archipiélago y el Asia Menor", fuga ante los diversos invasores, pero en que se mezclaban a veces invasores e invadidos (establecimientos de eolios, jonios y dorios). *2)* La colonia agrícola —la más asimilada a la metrópoli— del 750 al 500, promovida a la vez por el descontento político interior, la penuria, la escasez de tierras cultivables, el auge mismo de la agricultura doméstica en manos de los mayorazgos, y la sobrepoblación reciente. (Unas 250 colonias —*apoikíai*— que crean un circuito helénico casi continuo en torno al Mediterráneo y al Euxino, y entre las cuales Mileto, a su vez, dio de sí otras 75 colonias.) *3)* La colonia mercante, que sigue de cerca a la interior y obedece a iguales causas. Por ejemplo, los establecimientos del Ponto Euxino, centros de mera explotación para los griegos, que no se sentían tan a gusto en estos climas ásperos y en estas comarcas sin olivares ni viñas, como podían sentirse en Sicilia o Italia. *4)* No debe olvidarse un tipo excepcional de colonia que desde un punto de vista social, tuvo sin duda importancia, aunque su especial carácter le impidió convertirse en centro de Cultura. Puede considerárselo, conceptualmente, como el último tipo de la colonia griega. Tal es la "cleruquía", casi confinada a Atenas en tiempos del Imperio Ateniense. Las "cleruquías" eran colonias militares con parcelas agrícolas, cuyos pobladores, soldados u hoplitas pobres, no perdían su ciudadanía original. Las "cleruquías" aliviaban a las masas pobres, y servían de guarniciones permanentes en el exterior. Las más antiguas e importantes aparecen por las islas egeas del siglo v en adelante. Hacia mediados del siglo v, se asegura que sumaban por todo unas 10,000 almas. Con excepción de Salamina todas estas "cleruquías", estribos del dominio ateniense, fueron abolidas durante las últimas etapas de la Guerra Peloponesia que puso fin a tal dominio. *5)* La colonia alejandrina de nuevo tipo, resultante de las empresas de Alejandro (unas 70 colonias), obra continuada sobre todo por los Tolomeos y los Seléucidas: Asia Menor, Siria, Egipto, los Balkanes, Irán, India, Somalilandia. Se desarrolla de nuevo el sistema de las "cleruquías". La interdependencia del comercio, cada vez más abundante, encamina hacia el imperio económico, y éste, hacia el imperio político.

Los colonizadores se derraman por varios lugares del Mediterráneo, al oriente y al occidente, donde ya había antiguas factorías comerciales como en Paflagonia y en Cumas. Aun habrá poblaciones griegas colonizadas por otros griegos. Tal ese emprendedor "imperio corintio", algo despótico, que se atrevió con las islas del Mar Jónico y ocasionó, entre Corinto y Corcira (Corfú), la primera gran batalla naval de la Grecia histórica (664).

En los orígenes de la cultura, descuellan los centros coloniales: al oriente, Jonia, por la épica y la filosofía. Al occidente, por la filosofía, Crotona y Elea; y por la retórica, Sicilia. Chipre, secularmente disputada a los fenicios, con tribuyó al menos con su sistema de escritura, que todavía se usaba comúnmente en Grecia por los años de 400.

La mayoría de las colonias fue independiente; las colonias más importantes a su vez fundaron colonias. Como consecuencia de este inmenso ensanche, la evolución de la Polis tomó el paso revolucionario. (Véase "Grecia en el tiempo y en el espacio", Introducción, c).

Las anteriores líneas recuerdan la importancia de las nuevas fundaciones. Así, paso a paso, la franja de la cultura griega fue orlando —como más o menos dijo Cicerón— los mantos de los continentes bárbaros. Se difundió el espíritu helénico. Las colonias se adelantaron a veces a la madre patria. Además de lo dicho sobre la épica, la filosofía y la retórica, recuérdense los códigos de Zaleuco en la Lócrida y de Carondas en Crotona, verdaderos progresos. El primer experimento eléctrico se observó en Mileto; la primer teoría atómica nació en Abdera (Tracia); la primera investigación en la naturaleza de las fórmulas numéricas para enteder la íntima estructura del universo aparece entre los pitagóricos de Samos que emigraron a Italia; las primeras reflexiones geométricas sobre planos y líneas en movimiento proceden de Taras, colonia espartana, bajo su admirable gobernante Arquitas.

2. *Las ligas más intensas entre las colonias y sus respectivas metrópolis eran las ligas religiosas y morales,* aun cuando las ligas de orden puramente político hayan podido ser débiles y hasta nulas. Lo cual se explica fácilmente:

a) Porque la fundación de colonias fue en la mayoría de los casos una empresa privada, y entre el grupo de ciudadanos decididos a abandonar su tierra original y el Estado de que procedían no hubo, al principio, ningún pacto oficial; y las relaciones se establecieron de modo tradicional y consuetudinario, sin que dicho Estado tuviera más intervención que el haber recomendado a los futuros colonos un jefe o "fundador", *oikisteés*.

b) Porque, cuando las ciudades intervinieron para hacer de la colonización una empresa de Estado, aunque hubo algo como una carta de fundación, ella se limitó a codificar los usos seguidos de tiempo inmemorial y no afectó para nada la independencia política de las colonias; las cuales poseían sus leyes y sus magistrados autónomos, y ni siquiera conservaban obligación alguna de prestaciones militares o financieras para con las metrópolis, aunque algunas usaran el cuño metropolitano en sus monedas con algún signo distintivo. Cuando opuntianas y locrios, hacia la primera mitad del siglo v a. c., fundaron la ciudad de Naupacto, quedaron *ipso facto* emancipados de toda contribución con respecto a las ciudades maternas. Un ejemplo todavía más expresivo: la orgullosa reivindicación, por parte de los corcirianos, contra las pretensiones dominadoras de Corinto, origen de la batalla naval ya mencionada.

c) De un modo general, sin embargo, las ligas morales de la colonia se manifestaban en su deseo de imitar la vida de la metrópoli, de invitar representantes de esta metrópoli para sus grandes festividades; de pedir a la metrópoli un "oecisto" o fundador cuando a su vez la colonia creaba otra colonia; de solicitar el auxilio de la metrópoli ante ciertos peligros y calamidades públicas; y también en aquel sentimiento filial con que la colonia, rehuía, en lo posible, todo grave conflicto con la comarca nativa.

d) Las ligas religiosas de la colonia se dejan ver en el ritual de la fundación y la imitación de los cultos metropolitanos; lo cual no impedía la institución de cultos locales (Amón, en Cirene), o de cierto rendimiento general a Apolo Arquegetes o a Héracles, deidades fundadoras por excelencia, cuando no era posible establecer el culto mismo del "oecisto" o antepasado fundador. A veces, las colonias participan en las fiestas religiosas de las metrópolis, y desde luego en las Panateneas que atraían generalmente a todos los helenos.

4. *El proceso religioso para la fundación de ciudades* puede describirse así:

a) Los futuros emigrantes comienzan por escoger a un fundador, a un "oescisto" (*oikisteés*), generalmente de familia ilustre y conocedor de las tradiciones religiosas aplicables al caso. El consejo gubernamental de la metrópoli, consulado siempre al efecto, suele designarlo, y a esto se reduce casi siempre —como queda dicho— la intervención de la metrópoli en la fundación de una colonia. Este jefe, aunque dotado de plenos poderes, será asistido por unos como ministros o *geoonómoi*. A veces, disfrutará, en la posteridad, de un culto heroico. Excepcionalmente, las ciudades podrán "cambiar de fundador", lo que significa una importante mudanza en sus fortunas e instituciones, como cuando Amfípolis, en rebelión contra Atenas, transfiere a Brásidas el antiguo culto de Hagnón. En otros casos, se declaró fundador a un benefactor presente o pasado, como lo hicieron para Adriano varias ciudades y como hoy designamos a los "ciudadanos honorarios".

b) Los futuros emigrantes consultan a los dioses; generalmente, al Apolo Delfinio, el que condujo a los navegantes cretenses en Crisa, el que cuida de las embarcaciones griegas en todos los mares, y al que, por todo el Mediterráneo, los griegos consagraron numerosas "Apolonias". El dios indica el camino más recomendable y la región preferible para la nueva población. La experiencia acumulada por el Oráculo —conocedor de las empresas de exploradores y piratas y, hasta cierto punto, confesor de los fieles— lo capacitaba para aconsejar a los emigrantes según las mayores probabilidades de éxito y los intereses del helenismo.

Doricus, cuando resolvió separarse de su hermano Cleómenes I de Esparta, fue de fracaso en fracaso por haber olvidado este requisito previo. Quiso establecerse en Cinyps (norte de África, por la actual Trípoli), y fue rechazado por los cartagineses a los tres años. De allí pasó a la magna Grecia, y tal vez ayudó a Crotona en la destrucción de Síbaris (510 a. c.). Pero, sobre todo, intentó una nueva fundación al oeste de Sicilia, cerca de la Heraclea Minoa, y al poco tiempo los fenicios y los de Segesta dieron cuenta de él y de casi todos sus compañeros.

Por supuesto, las respuestas del Oráculo, a estas consultas conservaban su aire enigmático. Cuando los sibaritas que quedaron con vida de ataque crotoniata pidieron la ayuda de Esparta (que los desoyó) y de Atenas para reconstruir su ciudad, se fundó, ya de acuerdo con las normas políticas y racionales de Pericles, y junto a la antigua Síbaris, la ciudad de Turio. La Pitonisa Délfica, consultada según la costumbre, contestó así: "Debéis fundar vuestra ciudad donde tengáis que beber el agua con mesura y podáis comer sin mesura los panes de cebada." Los colonos pronto dieron con una fuente que brotaba por un tubo de bronce: *medimnos* en la lengua de los nativos. Ahora bien, *medimnos* era en Atenas una medida de los áridos. El enigma quedó resuelto: allí se debía beber el agua *por medida*. La fuente se llamaba algo así como "la Impetuosa" (*Thouría*), de donde la colonia "Sybari", vino al fin a llamarse "Turio".

Naturalmente que el consultar al Oráculo, requisito previo indispensable según los principios religiosos, no siempre garantizó el éxito histórico. En el siglo VII a. C., los megarenses fundaron, a uno y otro lado del Bósforo, primero la ciudad Calcedonia —lado asiático que prometía ser el más fértil y seguro— y luego la de Bizancio, lado europeo, que parecía el menos prometedor y el más expuesto a las incursiones de los bárbaros. Y sucedió lo contrario: Calcedonia se ofuscó. Bizancio prosperó de modo inesperado. ("Sobre fundación de ciudades", ensayo recogido en mi libro *Junta de sombras*, México, 1949, pp. 55-62).

c) Antes de emprender el viaje, el fundador se provee de un brasero transportable, encedido en el fuego pritáneo u hogar urbano de la metrópoli, para que sirva de hogar perpetuo a la futura colonia.

d) Para la fundación misma, se imitan las tradiciones nativas y aun suele convidarse a un sacerdote de la metrópoli.

IX. EL RITUAL EXTRAORDINARIO: PANEGIRIAS

1. *Los grandes festivales públicos siempre tuvieron en Grecia consagración y carácter religiosos,* a pesar de los muchos elementos no religiosos que los acompañaban: ferias comerciales, lecturas públicas y recitaciones, actos acrobáticos independientes que hoy consideraríamos actos de circo, etc. Las competencias y juegos atléticos institucionales formaban parte integrante de estas celebraciones; igualmente los concursos dramáticos, ofrecidos a Dióniso, aunque a éstos sólo aludiremos aquí por el marco religioso que los encuadra, pues su contenido mismo los lleva por fuerza a un campo distinto: el de la historia literaria. Puede decirse que estas celebraciones culturales corresponden por mucho a nuestros Días de Fiesta Nacional.

Respecto a los elementos no religiosos que se mezclan en estas magnas celebraciones, hay que percatarse de que para nada empañan su valor místico. Recuérdese que lo propio acontece en nuestras fiestas consagradas al Señor de Chalma o a la Virgen de Guadalupe. Recuérdese, además, que, como ya lo hemos observado, muchos actos que no tienen para los modernos ningún sentido religioso eran actos religiosos para los griegos. No podían los griegos dar un paso —en su casa, en la ciudad, en el campo, en sus embarcaciones y viajes— sin tropezar de alguna manera con un dios, presencia invisible y constante.

2. *Estas magnas celebraciones pueden ser verdaderas "panegirias" o meros festivales del culto.* Las hemos clasificado ya entre los ritos extraordinarios (cap. IV, I, 2).

Las Panegirias, como el mismo nombre lo indica, son "reuniones generales" a las que concurren varias ciudades o Estados griegos, y a las que tienen acceso en principio cuantos viven y hablan "en griego". También las hemos considerado ya —al lado de las Anfictionías, los Grandes Oráculos y los Templos mayores— entre las instituciones permanentes que procuraron, aunque sin éxito, la unificación nacional de los griegos. ("La heterogeneidad religiosa", 2.)

Las celebraciones del culto que sólo interesan a un Estado o ciudad —hasta a una limitada región— pueden llamarse simplemente Fiestas o Festivales. Tal es, en el Ática por ejemplo, la diferencia entre las Panateneas y las Leneas. Cuando Aristófanes censuró la política oficial de Atenas en *Los babilonios* —comedia presentada durante las Grandes Panateneas— se le dijo que "la ropa sucia se lava en casa" y se lo acusó por exhibir o pretender señalar errores nacionales delante de los "extranjeros", puesto que en aquella ocasión acudían a Atenas los pueblos no atenienses. Al año siguiente, Aristófanes volvió a la carga en su comedia *Los acarnienses*, esta vez presentada durante las Fiestas Leneas, que eran celebraciones privativas de los cultos áticos. "Ahora —dijo— ya no se me podrá censurar, porque ahora hablamos en familia."

Todas estas celebraciones —cívicas, confederadas o nacionales, según la clasificación de Gardner— ocupaban a los atenienses, unos 70 días del año. Platón dice en las *Leyes* que los dioses, "cuenta habida de la laboriosidad de los hombres, dispusieron como justo descanso la sucesión de las fiestas religiosas". Falta averiguar si para todos significaban un descanso (ver Introd., *Nota importante* que sigue al § 4).

Las Panegirias generalmente comprendían en su programa todos los diversos actos que mencionamos al principio. Los Festivales o Fiestas se limitaban en general a los ritos del respectivo culto.

Puesto que las Panegirias suponían grandes concentraciones populares procedentes de diversos sitios, requerían siempre:

a) Instalaciones especiales, en campamentos y barracas para los que hoy llamaríamos "peregrinos", barracas que a veces se volvieron templos o sagrarios más o menos autorizados. El atractivo de los juegos atléticos, y de las mismas ferias comerciales, como pudo apreciarse en las fisetas jonias de Delos y las etolias en Termos (que ni siquiera eran Grandes Panegirias), provocaba una enorme afluencia de visitantes y —diríamos hoy— turistas. El Derby, las carreras de Longchamp, las grandes corridas de toros durante las fiestas de Sevilla, dan idea de lo que pudo suceder en las Panegirias.

b) "Treguas de Dios", como se las llamará en la Edad Media, entre las distintas Polis o ciudades, frecuentemente divididas por rencillas y guerras, pero que —a reserva de recomenzar al día siguiente— hacían las paces por el momento para concurrir a las magnas celebraciones. Lo cual causaba una verdadera efervescencia de negociaciones diplomáticas. Las treguas naturalmente no se limitaban a los días de los festejos públicos, sino que concedían plazos prudentes para la preparación y "entrenamiento", para disponer los locales y para levantar el campo, una vez acabados los juegos y ceremonias. Los espartanos llegaron a ser excluidos de los Juegos Olímpicos por no haber respetado la tregua.

Panegirias y Fiestas alimentaban el sentimiento religioso, permitían al Estado exhibir su fuerza, fomentaban la solidaridad étnica entre todos los griegos, afianzaban los lazos con las colonias, facilitaban las recaudaciones de tributos o los presentes simbólicos con que las colonias ratificaban su lealtad, eran ocasión de acuerdos políticos entre las ciudades y de transacciones mercantiles entre unas y otras, y todavía dejaban algunas limosnas a los pobres y les permitían compartir la carne de ciertos sacrificios: interés que, en la decadencia, tenía sin remedio que llegar a la exageración. Desde luego, cada Estado reflejaba su naturaleza y carácter en sus festivales (compárense las Panateneas áticas o las competencias artísticas de los Juegos Píticos con las Gimnopedias o las lúgubres Fiestas Ortias de los espartanos). Al andar el tiempo, se enfría el sentimiento religioso y se acentúa el carácter meramente político de estas festividades: la Eleuteria o Celebración de la libertad en Platea (juegos quinquenales) se fundó ya especialmente para honrar la memoria de los muertos en aquella batalla, y la costumbre se propagó a otras comarcas. Tras la victoria de Leuctra, los beocios fundaron las Basileas (por Zeus Basileo) en Lebadea. Se conocen también las Soterias o Fiestas de la Liberación en Delfos, instituidas por los etolios para conmemorar su triunfo contra los invasores celtas. En Eretria se festeja con un desfile dionisíaco y coronas de yedra la retirada de la guarnición macedonia, etcétera.

Entre los negocios "internacionales" que se arreglaban y ventilaban entonces, podemos recordar el decreto del pueblo ateniense relativo a Metone y el rey macedonio Pérdicas. En caso de disentimiento que los delegados no pudiesen conciliar, ambas partes se comprometían a enviar una embajada a las Dionisíacas, cuyos oficiantes serían los árbitros de la disputa. El tratado de alianza entre Atenas y Esparta de 421 a. c. debería ser confirmado anualmente por los lacedemonios que concurriesen a las Dionisíacas atenienses, y por los atenienses que concurriesen a las Jacintias espartanas. A veces, los atenienses adoptaban medidas, durante estas fiestas y ceremonias, para estrechar relaciones con los bárbaros; así cuando se admitió en Atenas a la diosa Bendis, adoración de los tracios (siglo V a. c.).

Hay más: Panegirias y Fiestas permitían las "publicaciones literarias" ante la muchedumbre que acudía a los lugares y centros religiosos. Es decir: permitían las lecturas y recitaciones de las nuevas obras. Así se sabe que Heródoto, adelantándose a lo que será costumbre general en Roma, leyó él mismo fragmentos de su *Historia* (Atenas, año 446), por lo cual Anito le hizo dar una recompensa de diez talentos. Parece que en las Olímpicas, el rapsoda Cleómenes leyó los *Katharmmoí* o *Purificaciones* de Empédocles. Gorgias aprovechó también los Juegos Olímpicos para hacer una manifestación pública y predicar la unidad panhelénica, ante la calamidad de las Guerras Persas. Las "oraciones panegíricas" de Lisias e Isócrates fueron leídas asimismo en esas Festividades.

3. *Los lugares sacros de estas celebraciones* eran los templos ya en auge y sus terrenos anexos, que cobraron merced a ello nueva importancia. Otras veces, se construyeron especialmente nuevos sagrarios. Para los meros festivales, no se ofrecían en general problemas de jurisdicción. Para las Panegirias, que por su carácter extendían su jurisdicción a vastas zonas o a toda Grecia, solían crearse conflictos entre las Ciudades.

Pisa fue algún tiempo conquistada por los Elitanos o elidenses. Entre Pisa —de quien dependió Olimpia— y Élide, se produjeron choques y disputas respecto a la presidencia de los Juegos Olímpicos. Élida acabó con Pisa en 572 a. c.

Uno de los fines de las Anfictionías entre Estados vecinos era el defender estos sacros lugares de trascendencia nacional. Así se creo la de Calauria, isla situada por la costa sudoeste del Golfo Sarónico, frente a Trecena, y que poseía un famoso templo de Posidón y donde fue a suicidarse Demóstenes. Así la importante Anfictionía de Delfos, en torno al templo de Deméter en Antela, junto a las Termópilas, después asociada con la de Apolo Délfico, y que comprendía a varias tribus: tésalos, beocios, dorios, jonios, perrabenses, dolopianos, magnetes, locrios, enianos, ftiótidas, aqueos, malianos y focidios. Esta Anfictionía gobernaba los Juegos Pitios. Los convenios de las tribus asociadas prohibían entre ellas los saqueos y el cortar las provisiones de agua en caso de choque.

Ahora bien, los de Cirra pretendían cobrar peaje a los peregrinos de Delfos. Tesalia, Sición y Atenas se unieron para destruir a Cirra a fines del siglo vi a. c., donde nació el predominio de Tesalia sobre la Anfictionía (Primer guerra sagrada).

Los focidios después se apoderaron de Delfos, sitio codiciado por su valimiento religioso y moral. Los espartanos devolvieron el santuario a los delfios. Pericles y sus atenienses lo entregaron otra vez a los de Fócida (448). No se sabe bien cuándo Delfos pudo recobrar su autonomía: paz de Nicias (Segunda guerra sagrada).

Tebas gobernó más tarde la Anfictionía de Delfos. Los terrenos consagrados a Apolo habían comenzado a ser ilegítimamente cultivados por los focidios en los llanos de Crisa (entre Delfos y Cirra). Los tebanos exigieron reparaciones. Los focidios rechazaron el ataque combinado de beocios y locrios. En 355, Tebas obtuvo que la Anfictionía declarase la guerra en forma a los focidios. El jefe de éstos, Filomelo, contando con la pasividad de Esparta, Atenas, Aquea y otras ciudades vecinas, usó los fondos de Delfos para reclutar mercenarios y derrotó a los de Tesalia, Lócrida y Beocia, aunque murió a poco. La guerra se generalizó, y al fin puso término a ella Filipo II de Macedonia, que heredó en la Anfictionía el sitio de los separatistas focidios (Tercer guerra sagrada).

4. *El rasgo sobresaliente de las Panegirias está en los concursos atléticos llamados "Juegos"*. Sobre los Juegos o competencias deportivas encontramos ya una prefiguración en la *Ilíada:* los funerales en honor de Patroclo organizados por Aquiles. Eran atendidos por numerosos oficiantes y funcionarios y, al igual de las representaciones dramáticas, siempre se acompañaban de prácticas y ritos religiosos. Los griegos podían participar en ellos con toda libertad, una vez satisfechas ciertas condiciones para la inscripción. Las mujeres así fueran las atléticas espartanas no eran admitidas.

El atletismo griego constaba de dos órdenes de ejercicios: la competencia *(áthlos)* y la gimnástica, una gimnástica "desnuda" (eso significa la palabra) que los romanos siempre consideraron como cosa algo inconveniente —*flagiti principium*— y que los incomodaba por exigir una prolongada educación. La gimnástica, según que exhibiese la fuerza del cuerpo entero, las piernas o los brazos, comprendía: *1)* El pugilato y la lucha. En el pugilato o boxeo, se usaron durante mucho tiempo unas simples tiras de cuero enredadas en las muñecas, y la pugna *(pugmeé)* se prolongaba hasta que uno de los contrincantes se declaraba vencido. En la lucha simple o *pálee* había que derribar tres veces al adversario, agarrándolo de cualquier modo. La "pancracia" era una lucha libre muy ruda —con sus reglas y prohibiciones— que solía combinarse con el pugilato. *2)* Saltación y carrera. En la saltación *(halma)* se cargaban en las manos pesos o palanquetas que, con un balanceo adecuado, ayudaban al impulso del cuerpo. Aun así, parece increíble el salto de 16 metros atribuido a Failo de Crotona, aunque haya sido cuesta abajo. No se conocía el salto a la garrocha. Había carrera corta *(stádium)* de unos 200 metros, cuyo vencedor daba su nombre a la Olimpíada (así Sofronio de Ambracia dio su nombre a la Olimpíada nº 87, 432-1 a. c.); carrera media *(díaulos)*, de unos 400 metros; y larga *(dólichos)*, de tres a cinco kilómetros. *3)* Lanzamiento de jabalina o disco, en que contaba la distancia y no la puntería. Abundan las historias míticas sobre muertes accidentales causadas por el disco. Los modernos imitamos hoy las posturas y movimientos figurados en los vasos griegos o en el "Discóbolo" de Mirón, sin considerar que ni la pintura ni la estatuaria antiguas pretendían ser "instantáneas fotográficas", sino que se ajustaban a sus convenciones propias, más o menos "estilizadas", en las que todavía quedan restos del academismo egipcio: busto de frente y pies de perfil. En los gimnasios, el nudismo permitía quemarse un poco al sol. Antes de los ejercicios, los gimnastas se untaban con aceite (lo que hacía preguntarse al filósofo escita Anacarsis: "¿Por qué los griegos se enfurecen y quieren pelear en cuanto se untan de aceite?"), se frotaban con arena, se limpiaba con un "estregador" o *strígil* y se bañaban.

5. *Los juegos más importantes* y que más interesaban a la vida social de Grecia han sido: los Olímpicos, en Pisa (Élida); los Píticos, en Crisa (Fócida); los Nemeos, en Argólida; y los Ístmicos, en Corinto. Los dos primeros se celebraban cada cuatro años, y los dos últimos cada dos años. Los Olímpicos se consideran inaugurados en el siglo VIII a C. Los otros tres no parecen anteriores al siglo VI a. C.

A estos Juegos queda para siempre asociado el nombre de Píndaro, cantor de los vencedores atléticos, cuyas odas, como sabemos, poseen un gran fondo religioso y un rico material mitológico.

a) Juegos Olímpicos. El héroe epónimo de estos Juegos es Aethlios, hijo de Protogenia, nieto de Héleno, lo cual, más que mitología, es cuento genealógico. A partir del historiador Timeo (siglo II a. C.), la cronología griega se computa por Olimpíadas, de cuatro en cuatro años. La tradición considera que estos juegos fueron fundados el año 776, y Eusebio ha conservado una lista de los vencedores establecida por Julio Africano y que llega hasta el año 217 d. C. A fines del siglo V, Hipias Elitano, de quien se burla Sócrates, redactó una lista de vencedores. Consta que Andróstenes de Arcadia ganó la primera pancracia, y la gran carrera, Corebo de Élide. El mito pretende que fueron fundados por Héracles el Dáctilo, no el célebre héroe de los Doce Trabajos, hijo de Zeus y Alcmena, sino una suerte de fantasmón de quien se dice que dejó la medida para el estadio con una huella de sus plantas. Pero, según otro mito local, los juegos fueron fundados por Pélope, tras de su victoria contra Enomao de Pisa, victoria obtenida mediante un fraude y por haber zafado las pezoneras en el carro de su adversario. El premio de Pélope fue la princesa Hipodamia. Los Juegos fueron, en todo caso, abolidos a fines del siglo III d. c. o a comienzos del siglo IV por el emperador Teodosio I.

Al principio sólo ocupaban un día y se limitaban a competencias de carreras y luchas. Pronto, por influencia acaso de Fidón, tirano de Argos, figuraron también en ellos las carreras de carros y de caballos. Los espartanos, que hasta entonces dominaban manifiestamente en estas competencias, dejaron el sitio de honor a los griegos de Sicilia e Italia. Las carreras de caballos y carros eran sobre todo disputadas por los príncipes y señores, y permitían una gran ostentación de lujo en las cuadrigas.

Los concursos se consagraban al Zeus Olimpiano, cuyo templo —donde se admiraban las estatuas de los vencedores— se alzaba en Altis, entre los ríos Alfeo y Cladeo. En 472, los Juegos abarcaban cinco días, el primero consagrado a los sacrificios y festejos, y a los juramentos de jueces y competidores. Al día siguiente, después de proclamados por los heraldos los nombres de los atletas, venían las carreras de carros y de caballos, y el pentatlón para adultos. El tercer día se dedicaba a las competencias de los jóvenes; y el cuarto a las carreras a pie, salto, lucha, pugilato y pancracia. El quinto había nuevos sacrificios, y por la noche, el banquete de la victoria. Los premios eran simples guirnaldas y collares de olivo silvestre, pues se consideraba que el honor del triunfo era ya premio suficiente. Pero lo cierto es que esta disputa por la corona *(stefanétai agóones)* procuraba al vencedor un recibimiento triunfal en su tierra (las danzas y coros de Píndaro, por ejemplo), diversos premios y honores, y en Atenas, el derecho a vivir a costa del Estado en el *Priytaneum,* o en Esparta, a combatir en las batallas a la vera del rey.

b) Juegos Píticos. Desde tiempos inmemoriales hubo festivales atléticos en Delfos, dedicados al sagrario de Apolo, que comprendían también competencias musicales e himnos a la deidad. Al principio, las celebraciones eran anuales. Se las reformó en 582, bajo los auspicios de la Anfictionía, y en adelante se reservaron para el tercer año de cada Olimpíada. Aún conservaban el primer sitio las competencias de instrumentos musicales, canto, drama, recitación en verso y en prosa, pero se añadieron luchas atléticas y ecuestres al tipo de las Olímpicas. Para las carreras a pie había un estadio junto al Monte Parnaso; para las de carros, se disponía de los llanos de Crisa, donde se construyó un hipódromo. El premio era la corona de laurel.

c) Juegos Nemeos. Según cierta leyenda, los instituyó Adrasto en Argos, cuando se puso a la cabeza de los Siete contra Tebas. Otra leyenda pretende que los fundó Héracles, quien quiso festejar así su triunfo sobre el León de Nemea. En 573 a. c., vinieron a ser celebraciones panhelénicas, en los terrenos consagrados al santuario de Zeus Nemeo (Cleona, costa de Argólide). Se les reservaban el segundo y el cuarto año de cada Olimpíada, imitaban los Juegos Olímpicos, y el premio era la corona de apio silvestre.

d) Juegos Ístmicos. Competencias atléticas en honra del Posidón de Corinto, y el premio, asimismo, el apio silvestre. La leyenda atribuye su institución al ingenioso rey Sísifo —prefiguración de Odiseo—, en conmemoración de su divino pariente, el marítimo Melicertes Palemón. Pero los atenienses se inclinaban a atribuirlos al rey Teseo, que así festejó su triunfo contra Sinis, famoso salteador de caminos. Como Corinto era ciudad de placer, los festejos ofrecían allí más amenidad que en los otros sitios. En 581 a. c. se los estableció como celebración internacional para cada dos años.

Mucha menor categoría poseen, entre otros, los Juegos Eleusinios, que no deben confundirse con los Misterios de Eleusis y sus rituales, que se celebraban el cuarto año de cada Olimpíada, y en menor escala, cada dos años, que se acompañaban de procesiones y sacrificios y cuyo premio era cierta cantidad de cereales.

315

X. EL RITUAL EXTRAORDINARIO: FESTIVALES

1. *Las celebraciones cultuales son numerosísimas, y los festivales religiosos superabundantes.* Llega uno a preguntarse si los griegos estaban exentos de deberes rituales algún día del año.*

Los Festivales se repetían en períodos regulares —cada ocho, cada cuatro o dos años, y algunos anualmente—, la mayor parte durante la luna llena, hacia el duodécimo día del mes lunar, salvo los de Apolo que caían en su aniversario, el séptimo día, y los de su hermana Ártemis, la víspera. La mayoría de estos rituales son predeísticos, mágicos, aunque luego se los aplicó y subordinó al culto de un dios. A veces, un dios mayor se adueñaba del festival que antes había pertenecido a un dios menor, como lo hizo Apolo con las Jacintias, que siempre conservaron un sacrificio inicial a Jacinto, dios prehelénico. La mayoría de los Festivales comenzaron por ser agrarios, nunca perdieron del todo esta intensión y seguían inmediatamente a las cosechas. A desarrollarse el Estado, los ritos se transformaron y la Polis los reglamentó. Sólo los dioses más insignificantes carecían de Festival.

Desde luego, en todos los Festivales se advierten rasgos comunes: desfiles y procesiones sacras; con frecuencia, concursos deportivos; a veces, carreras de antorchas como en las Panateneas, las Hefestías y las Prometeas atenienses; o, en el Pireo, el festival de Bendis, donde estas carreras se hacían a caballo. El relevo de antorchas corresponde a la preocupación de renovar el fuego sagrado, para que no pierda su pureza. Y si las semejanzas contribuyen a confundir unas y otras celebraciones (como algunas veces ha sucedido), las singularidades tampoco ofrecen un criterio firme para clasificar esta verdadera maraña de actos religiosos.

* En la *Nota importante* que sigue al párrafo 4 de la Introducción hemos adelantado la respuesta o esta duda. En "Las supervivencias", § 2, hemos aludido sumariamente a algunos Festivales, para examinar otro aspecto de la religión griega.

Se ha intentado ordenarlas según la deidad que las pre side. Pero a veces las ceremonias se ofrecen a varios dioses a un tiempo; o bien, como en las Tesmoforias, la consagración al dios es puramente nominal y los ritos se desarrollan por sí solos.

Tampoco es recomendable la ordenación geográfica o por lugares, pues por una parte hay Festivales que se reflejan o repiten de uno en otro sitio; por otro, en una sola región hay Festivales para varios cultos diferentes.

Los solos cultos áticos, por ejemplo, comprenden celebraciones en honor de Atenea (Arretoforias, Procaristerias, Calinterias, Plinterias, Panateneas, Calcias); en honor de Deméter y Kora (Esciroforias, Tesmoforias, Cleas, los Misterios Menores de Agrae y los Misterios Mayores de Atenas y Eleusis); en honor de Posidón (Haloas); en honor de Dióniso (Antesterias, Leneas, Dionisíacas diversas, Oscoforias); en honor de Cronos (Cronias); en honor de Zeus (Diasias, Dipolias, Disoterias); en honor de Apolo (Targelias, Pianopsias); de Ártemis (Muniquias, Brauronias, Tauropolias, Elafebolias), y otras celebraciones menos conocidas, como las dedicadas a las Euménides o a Posidón, y las ya mencionadas que se ofrecían a Prometeo o a Hefesto, etcétera.

Como guía general, conviene recordar que el calendario oficial de Atenas se ajustó a los nombres de los Festivales, y ellos dieron su bautismo a los meses:

El año empezaba aproximadamente a mediados del verano, con el Hecatombeón (julio), mes de los grandes sacrificios o hecatombes en honor de Apolo, tal vez el día séptimo. El día duodécimo correspondía a las Cronias en honor de Cronos. El día 28, a las Panateneas.

Y así en adelante:

Mes de Metageitnion (agosto): las Metageitnias (por Apolo), Las Eleusinias (por Deméter y Kora).

Mes de Boedromión (septiembre): las Boedromia o de los Auxilios (por Apolo); fiestas conmemorativas de Platea y de Maratón; los Grandes Misterios de Eleusis.

Pyanopsión (octubre): Pianopsias (Apolo); Proerosias (Kora); Tesmoforias (Deméter y Kora).

Maimakterión (noviembre): Maimakteria (Zeus Maimakes o Tempestuoso).

317

Posidón (diciembre): Posideas (Posidón); Haloas (Deméter).

Gamelión (enero-febrero), segunda mitad del año ático: ¿Gamelias (Zeus y Hera)? Leneas (Dióniso).

Antesterión (febrero, mes de las flores): Antesterias (Dióniso y "Todos Santos"); Diasias (Zeus).

Elafebolión (marzo): Elafebolias (Ártemis); Grandes Dionisíacas (Dióniso).

Muniquión (abril): Muniquias; Brauronias (fecha incierta); Tauropolias (todas en honor de Ártemis).

Targelión (mayo): Targelias (Apolo); Calinteria y Plinteria (Atenea).

Esciroforión (junio, último mes del año): Esciroforias (Deméter y Kora); Dipolias (Zeus Polieus); Soterias (Zeus).

2. *Describiremos los festivales más importantes*, ateniéndonos —para evitar las posibles confusiones ya señaladas— al solo criterio alfabético: el más pobre, pero el menos comprometedor.

Las Antesterias. Festival de las flores, anuncia la primavera en el mes de Antesterión (febrero), para Atenas y otras ciudades jonias, pero no sólo es una ocasión de regocijo, también de lamentación; pues la germinación de la tierra puede desatar energías peligrosas, y como dice el refrán castizo: "la primavera la sangre altera". Los espectros de los desaparecidos se inquietan en estos días de Todos Santos y de Difuntos. El 11 (*Pithoegia*), se destapaban los jarros de vino, exorcismo contra los muertos maléficos, y se hacían libaciones para que aquel jugo misterioso, que ha de transformarse poco a poco en una bebida capaz de perturbar a los hombres, no causara daño ninguno. Al revés de lo que sucede con el Líber de Italia, en Grecia esta conexión entre Dióniso y la elaboración del vino posee carácter excepcional. El 12, Día de los Cántaros o *Chóes*, con intervención de los funcionarios, cada uno bebía en su propio cántaro, hasta los niños en recipientes más pequeños, en vez de usar la tinaja común. Todas las raciones eran iguales, y el que primero acababa la suya recibía un premio. Notable singularidad, cada uno usaba una mesa aparte. Los atenienses lo explicaban por referencia al regreso de Orestes, cuando fue a Atenas para ser purificado por el asesinato de su madre, y quienes lo recibieron no purificado todavía buscaron un compromiso entre la hospitalidad y el rechazo. Parece que en esta ocasión todos comían con cierta prisa, como para evitar augurios o incidentes funestos, para ganarle al mal hado aunque fuera por unos instantes. Dióniso, sea representado por una imagen o por el Arconte-Basileo, era traído en una navío con ruedas (¿alusión a la aventura de Dióniso con los piratas?); y por la noche, se desposaba en el Bukoleion o residencia oficial con la mujer del dicho Arconte-Basileo, conforme a un rito secreto en que había sacrificios y participaban un grupo de damas juramentadas y cuidadosamente escogidas. En tanto, como los espíritus de los difuntos andaban por las calles, los vecinos (como antídoto o resguardo) masticaban las frutitas de la oxiacanta y untaban de pez los quicios de sus puertas, sea para alejarlos con el mal olor o para que allí se pegaran como moscas sin poder entrar a las casas. Se ve, pues, que el día era una mezcla de ceremonias suntuosas y de pavores contenidos. El 13 se consagraba a los *chytroi* u ollas, en que se ofrecían a Hermes tortas de granos y frutas, para propiciar a este conductor de los difuntos, como lo hicieron por primera vez los supervivientes del Diluvio griego de Deucalión en beneficio de las víctimas. Cada familia hacía su compota por su lado, a la luz del día, y los sacerdotes no podían probarla. Acaso el difunto, invisible y en compañía del invisible Hermes, venía a compartirla con su familia. Después se recordaba a los espíritus que ya era tiempo de dejar en paz a los vivientes: "¡Afuera, afuera, espectros, que las Antesterias se han acabado!"

Las Apaturias. Festival jonio correspondiente a las Apelas dorias. Las fratrías atenienses lo celebraban en el mes Pyanopsión (octubre a noviembre). Duraba tres días: el primero, cena de media noche o *dorpía;* el segundo, sacrificio animal o *anárrusis;* y el tercero, *kureótis* o adopción de niños, jóvenes y recién casadas en la fratría, mediante tres actos: *méion* o recepción del niño, *kúrion* o corte del pelo a los muchachos, y *gamelia* o acceso de las muchachas.

Las Ayoras. Festivales de la siembra en las campiñas áticas, referidos de algún modo al mito de Icario —que enseñó el cultivo de la vid— y relacionados con las Antes-

319

terias. Se reducían a una serie de diversiones rústicas. Los chicos saltaban entre las botijas de vino y las chicas eran remecidas en columpios, lo que se entendía como rito mágico de la fertilidad. Los modernos mitógrafos ven en las historias de las heroínas que se suicidan colgándose, como Fedra, una transformación de estos ritos del columpio, que ya se conocieron en Creta.

La leyenda especial de Ícaro cuenta que éste por primera vez dio a probar el vino a los áticos, quienes, juzgándose envenenados, le dieron muerte. Su hija Erígone, conducida por su perro Maera, descubrió su cadáver y se colgó, desesperada. Las Ayoras se instituyeron en su honor, y mediante este rito, Aristeo logró alejar la peste que se cernía sobre Ceos.

Las Boedromias, fiesta de los Auxilios (mes Boedromión) en honor de Apolo.

Las Brauronias, de fecha incierta, así llamadas por la ciudad de Braurón (costa ática). Festival en honor de Ártemis, donde se sacrificaba un cabrito, y las jovencitas bailaban disfrazadas de oseznas con mantos teñidos de azafrán. Ártemis la Osa recuerda aquí su naturaleza silvestre y su conexión con las fieras.

Las Calinterias. Festival ático de Atenea, en su función de "ama de casa": *kallynein* significa asear y barrer la casa, lo que la diosa pudo hacer al fijar su domicilio.

Las Carneas. Festival dorio, al parecer por agosto-septiembre (Karneios), consagrado a Apolo, pero que pudo primitivamente pertenecer a algún vetusto dios Karnos o Karneios *(Kárnes:* "carnero"). Se servía un banquete, distribuido en nueve tiendas militares de grupos reducidos: nueve comensales cada una, o sea tres para cada una de las tres fratrías. Había una carrera de jóvenes. Uno de ellos llevaba una banda o guirnalda en la cabeza y echaba a correr pronunciando bendiciones para la ciudad. Si los demás lo alcanzaban, se tenía por buen augurio; si no, el augurio era funesto. El nombre de los corredores *(stafilodromos)* hace pensar a muchos que el festival era más bien consagrado a Dióniso y se refería a la vendimia. En tal caso, sería uno de los pocos festivales de la vid, como las Oscoforias de Atenas.

320

Lo cierto es que los festivales de la vid más bien escasean en Grecia, y que la asociación entre Dióniso y la vid no es tan constante como la asociación entre Deméter y el cereal. La razón es clara: Dióniso llegó tarde a Grecia, poco antes de iniciarse la época histórica, y la viticultura es en Grecia mucho más antigua, pertenece a la era predeística y de los ritos mágicos. La asociación entre Dióniso y la vid se produjo después y Dióniso —aunque en Homero y Hesíodo es ya el dios de la vid— más bien corresponde al orden general de la fertilidad agrícola (a excepción de los cereales), a diferencia de lo que generalmente se cree, a la primavera, a la fecundidad, a la virtud fálica, y se entendía que el higo también era uno de los presentes que había hecho a la humanidad. (Era el *sukátees,* del higo, en Laconia, y el *meilíchios,* de la miel, en Naxos.)

Las Cronias. Festival ático en honor del viejo dios Cronos, padre de Zeus y destronado por éste. El nombre de Cronos, contra lo que suele creerse, no significa nada en griego. El Festival se refiere a las cosechas. La guadaña con que suele representarse al dios, aunque es para la mitología el instrumento con que mutiló a su padre Urano, sin duda alude a las cosechas. El día de las Cronias, los amos servían a sus esclavos y comían con ellos, lo que el mito también interpreta como un recuerdo de la igualdad que reinaba en el Siglo de Oro.

Las Dedalas del Citerón. Ya hemos mencionado las fogatas de estos festivales, acaso alusivas al suicidio de Héracles en el Monte Eta. A veces se arrojaban al fuego muñecos que representaban hombres y mujeres; también animales vivos (cosa poco griega en principio, pero ¿dónde no hay excepciones?), y algunas ofrendas votivas. La ceremonia se relaciona con los ritos de la fertilidad (como el Día de los Cántaros en las Antesterias) y se refiere, especialmente en Platea (Beocia), a la "hierogamia" o matrimonio sagrado de Zeus y Hera.

Las Diasias. Festival ático en honor de Zeus, el 23 de Antesterión. El Zeus que recibe el honor no es el amasador de las nubes, como le llama Homero, sino la hipóstasis denominada Zeus Meilichios, función ctónica que suele presentarse en forma de serpiente. No está clara esta singular transformación. La ceremonia era melancólica. El sacrificio suponía la consunción íntegra de la víctima al fuego (generalmente un cerdo, o bien una torta en forma de animal), y los fieles no probaban bocado. El día consagrado a las Diasias era día festivo, se invitaban huéspedes y se repartían juguetes a los niños. El título del dios parece significar "fácil al ruego".

Las Didimias. Su centro era Dídima (por otro nombre Bránquida), cerca de Mileto, sitio oracular donde, como en Delfos, oficiaba una pitonisa. Gobernaba el ritual la familia hierática de los Bránquidas, descendientes del héroe Branco. El templo fue incendiado por los persas en 494, y Alejandro reorganizó el culto en 334. En el siglo II a. c., el festival gnóstico de las Didimias, celebrado anualmente, asumió carácter panhelénico.

Las Diogenias. Ver *Soterias.*

Las Dionisíacas. Varios festivales referentes al culto de Dióniso tienen nombres aparte (Antesterias, Leneas). Se reservó el nombre de "Dionisíacas" a aquellos que se acompañaban de representaciones teatrales. Parten de Atenas, se difundieron por varias ciudades, merced a la creciente popularidad de los actos dramáticos. Las Dionisíacas se dividen en dos clases: las rústicas y las urbanas. Aquéllas se celebraban en el mes Posidón (diciembre); éstas en el mes Elafebolión (marzo).

a) Dionisíacas rústicas. Conocidas en muchos demos áticos, toman su nombre de la ciudad de Dionisia. Aristófanes nos ha dejado una vívida descripción de estas alegres procesiones en su comedia de *Los acarnienses.* El desfile va encabezado por la hija de 'Diceópolis' en función de canéfora (la que lleva en un cesto, sobre la cabeza, las ofrendas del sacrificio). Tras ella van dos esclavos portadores del simbólico falo, y luego el propio 'Diceópolis' que entona un canto licencioso en honor de Phales, personificación demoníaca del atributo viril. La obra da luces sobre los orígenes de la Comedia, género que parte de las farsas y regocijos aldeanos *(kommos).* Uno de sus rasgos característicos es el *askoliasmós,* deporte rústico de los muchachos que, procurando guardar el equilibrio, saltan en los cueros inflados de las cabras.

b) **Dionisíacas urbanas o Grandes Dionisíacas.** Del día 8 al 13, Dióniso Eleutéreo, dios traído a Atenas por Pisístrato de la aldea de Eleuteria, frontera de la Ática y la Beocia. Llegó a tener dos templos en la Acrópolis, y la orquesta, para las representaciones dramáticas, se encontraba al lado. El teatro de piedra se decía edificado por Licurgo (el hijo de Licofrón y aliado de Demóstenes) en 330 a. c. Había coros líricos cantados por mancebos y adultos, tragedias y comedias. El que la tragedia (siglo VI a. c.) haya tenido su origen en este culto (lamento por el asesinato de Dióniso), después aplicado a otros mitos, se esgrime como argumento contra la hipótesis aristotélica según la cual tragedia y drama satírico nacieron conjuntamente del ditirambo (un canto coral dionisíaco). El Dióniso de Eleuteria es llamado *melanaigís* o "el vestido con la piel de cabra negra". La leyenda cuenta que Dióniso apareció durante el duelo entre Janto y Melanto: los atenienses y los beocios estaban en guerra, y decidieron su querella mediante un encuentro individual entre estos dos contrincantes, el primero rey de los beocios, y el segundo un campeón de Atenas. Al avanzar Melanto sobre su adversario, creyó ver que alguien venía oculto tras él, y lo increpó acusándolo de valerse de un ayudante. Janto se volvió a ver quién venía siguiéndolo, y Melanto aprovechó esta distracción para matar a Janto. Este cuento —combate del rubio 'Janto' contra 'Melanto' el negro— se interpreta como fábula popular de la lucha entre el invierno y el verano. El fantasma que vio Melanto llevaba la famosa piel de cabra negra y era nada menos que Dióniso. Pero las autoridades consideran que estamos a presencia de una mera mojiganga sin sentido religioso, en que el verano vence al invierno valiéndose de una artimaña, pues Dióniso nunca tomó parte en el duelo.

A las Dionisíacas urbanas, que son uno de los festivales más importantes, concurría gente de todos los rumbos. La estatua de Dióniso era transportada a un templo en la Academia, y la epifanía o aparición del dios era objeto de una ruidosa procesión, con los simbólicos falos a cuestas, procesión que paraba en las faldas de la Acrópolis, lado sur, donde se ofrecían sacrificios. Después de lo cual, los efebos, en desfile de antorchas, llevaban la imagen divina hasta el teatro, para que presenciara las representaciones dramáticas. Cuando el teatro se llenaba, el sobrante de las entradas se exhibía en la orquesta, y los hijos de los muertos en combate recibían panoplias como presente. Los honores concedidos a nacionales y a extranjeros se proclamaban de preferencia en las Dionisíacas.

No está por demás advertir aquí que eso de que Melpómene sea la Musa de la Tragedia y Talía la de la Comedia no pasa de ser un desvío erudito. El arte figurado da a las Musas atributos distintivos, pero en el culto y en la imaginación general, cualquier Musa puede inspirar al artista en cualquier manifestación. El mismo nombre de "Musas" (hijas de Mnemósine o la Memoria) sólo se refiere a su dón de buscar o suscitar en la mente el recuerdo y la sustancia de lo que se quiere producir. La Comedia quedó organizada algo después de la Tragedia, a la que desde luego se concedió el mayor interés, como lo muestra el hecho de que en las Dionisíacas se representaran doce tragedias y tres comedias. En la gran época del Drama (en torno al siglo v a. c.) sólo había representaciones durante las Dionisíacas, y los Dramas, aunque poco a poco secularizados, siempre conservaron su íntima relación con el culto.

Las Dipolias. Fiesta anual ofrecida al Zeus Polieo, en la Acrópolis ateniense, el 14 de Esciroforión (junio), día de la luna llena el último mes del año griego. La familia hierática encargada del culto del Zeus Polieo era la familia de los Bouzygai ("los que uncen al buey"), quienes seguramente dirigían el ritual. Para los días de Aristófanes (siglo v a. c., auge del período clásico), esta fiesta parecía ya anticuada y no se entendía bien su sentido. Se caracteriza por la *boufonía* o matanza del buey. Nos quedan de ella cinco descripciones principales: Androción, citado por el escoliasta de *Las nubes* aristofánicas; Teofrasto, citado por Porfirio; Pausanias, en dos pasajes; y Porfirio en su tratado *De abstinentia*. Salvo diferencias insignificantes, estos testimonios nos permiten reconstruir las cuatro escenas del sacrificio: *1)* selección del buey; *2)* matanza del buey, que es comido por los asistentes; *3)* resurrección mimética del buey; *4)* juicio provocado por el asesinato del buey. ("El sacrificio", 15-18.)

1) La selección del buey se relaciona con el "incidente del *pélanos*". El *pélanos* es una mezcla de harina y miel que se dejó sobre la mesa o el ara para ser ofrecida a la divinidad, y se supone que fue robada por el buey. Un sujeto llamado Taulón o bien Sópatros dio muerte al buey para castigar su profanación. En adelante, el buey escogido al caso es traído ante el altar donde lo espera el *pélanos* o alguna mixtura de cereales. A veces se traen varios bueyes, para sacrificar al primero que caiga en la tentación.

2) Matanza y manducación del buey. Afilada convenientemente el hacha, el *bouphónos*, como le llama Pausanias, abate al toro, arroja el hacha y finge que huye a ocultarse. Tal vez lo acompaña un auxiliar que remata la obra con un cuchillo. Los presentes comienzan a distribuir las tajadas de la víctima, la cual en un principio se comía cruda.

3) El simulacro de resucitar al toro, llenando el cuero con la grasa, se relaciona con los ritos de la renovación vegetal, de la lluvia fertilizante, y acaso conserva un eco del sacrificio ofrecido a Zeus por Prometeo. Este simulacro de buey es uncido al yugo, para fingir que continúa abriendo surcos. Algunos suponen que se comenzó por sacrificar un toro salvaje —lo que daría a los actos previos cierto aire de tauromaquia—, y que el uncirlo al yugo indica que al fin se lo ha domesticado: meras conjeturas.

4) Pausanias dice que el juicio contra los útiles de la matanza (en que descargan su culpa los matadores, como lo hemos visto al tratar especialmente del sacrificio) se reduce a una suerte de proceso contra el hacha, la cual es absuelta. Teofrasto dice que la culpa se descarga al fin sobre el cuchillo, el cual recibe el castigo de ser arrojado al mar. Sin duda a estas prácticas pueden referirse las ociosas conversaciones de Pericles y Protágoras que, según los murmuradores de Atenas, se pasaban buenos ratos discutiendo en quién debía recaer la responsabilidad de la muerte por el accidente causado en una competencia de jabalinas (A. R., *La crítica en la Edad Ateniense* § 98; *Obras Completas*, XIII, pp. 63-64).

Mucho después, en el siglo II a. c., encontramos en Magnesia, al comenzar la siembra, un festival que celebraba la paz con Mileto, donde también hay una suerte de *boufonía*

325

ofrecida a Ártemis Leukophryene, a Apolo Dídimo y a Zeu
Sosípolis. Es ya una de tantas aplicaciones políticas de lo
ritos, características de la época.

Los fanáticos del totemismo creen hallar en estos sacri
ficios un argumento para su causa —de tan dudosa acepta
ción en el mundo griego—, como si hubiera residuo de est
noción prehistórica dondequiera que aparece un animal do
méstico, aunque sea un loro en su estaca.

Las Elafebolias, por Ártemis "cazadora de ciervos". Lo
ciervos ofrecidos en sacrificio eran panes y tortas que simu
laban a los animales. Ceremonias en que, como dijimos, s
establece la ecuación del fuego y la vida. Se las celebra er
Yámpolis y en Lafria —derivadas éstas de Calidón. Pau
sanias cuenta que los focios, en lucha con los tésalos, se
daban ya por perdidos. En su desesperación ("la desespera
ción focia" se volvió frase hecha: *phokiké apónoia*), hiciero
una enorme pira, donde amontonaron todos sus bienes, jun
taron allí a sus mujeres y a sus niños, salieron a la campañ
y ordenaron a algunos guardias prender fuego a la pira s
es que eran derrotados, dando muerte antes a las familias
(¿Un eco en la *Eneida,* cuando Eneas abandona a Dido?)
Plutarco añade que al fin los focios quedaron vencedores,
instituyeron por memoria las Elafebolias de Yámpolis, don
de se hacían fogatas y se arrojaban muñecos, etc. La anéc
dota histórica puede entenderse legítimamente como cuent
etiológico para explicar la costumbre universal del fuego vi
vificador, las Hogueras de San Juan en varias partes de
mundo. A ello se refiere también, sin duda, el mito de l
autocremación de Héracles en el Monte Eta (*véase:* "De
dalas").

Las Eleusinias. Festival del mes Metageitnión que n
debe confundirse con los Grandes Misterios de Eleusis y qu
consistía en procesiones y sacrificios en honor de Deméter
acompañados de algunos juegos cuyos premios eran cerea
les. Se celebraban cada dos años.

Las Esciroforias. Festival ateniense también llamado *Ski
ra* que se celebraba el 12 de Esciroforión (junio-julio) er
honra a Deméter y a Kora. Algo acarreaban las procesione
que ya no sabemos si eran parasoles o grandes baldaquino
blancos, bajo los cuales se guarecían del sol los sacerdote

326

de la Atenea Políade y los de Posidón-Erecteo en su paseo desde la Acrópolis hasta un sitio llamado Escira. Los ritos eran semejantes a los de las Tesmoforias. Las ofrendas, lechones y tortas en forma de serpientes u órganos masculinos que se arrojaban a los pozos como en las Tesmoforias.

Las Gamelias. Festival incierto, referido a la hierogamia o nupcias —no de ayer, no de algún pasado mítico, sino renovadas todos los días para que no pare la obra de la naturaleza— entre Zeus y Hera, entre el impulso masculino y la cautela femenina, entre el Padre Cielo y la Madre Tierra. Pudiera ser que las menciones de esta celebración no sean más que menciones al tema que anda por ahí más o menos disimulado o explícito en otros Festivales.

Las Gimnopedias. Nos hemos referido a este Festival —uno de los más importantes de Esparta y que pone algo de amenidad en aquel ambiente tan lúgubre— para recordar que el soltero, siempre perseguido y postergado en aquella tierra, no era admitido a estos regocijos públicos. Plutarco habla de la decencia y naturalidad con que ellos se desarrollaban —exhibiciones del nudismo lacedemonio sin duda relacionados con la inmensa preocupación cívica de la eugenesia. También nos dice Plutarco que este Festival se debe a Taletas de Gortina, Jenódamo de Citeres, Jenócrito de Lócrida, Polimnasto de Colofón y Sácadas de Argos, los grandes músicos, todos extraños al país, a quienes correspondió inaugurar la lírica lacedemonia, después por desgracia tan decaída.

Las danzas y los ejercicios corporales eran los principales elementos de las Gimnopedias. El Festival conmemoraba la victoria de Tireatis, donde Esparta logró —hacia 550 a. c.— redondear la frontera de Lacedemonia. La lucha había de decidirse entre Argos y Esparta, mediante el combate entre los trescientos campeones escogidos de cada bando. Se dice que, de los seiscientos, sólo tres quedaron con vida: un espartano y dos argivos; y que, mientras estos dos salieron rumbo a su tierra a todo correr para anunciar su triunfo, el espartano —llamado Otríades— permaneció en el sitio y se apresuró a erigir un trofeo. Como uno y otro bando se declaraban vencedores, hubo que volver a las armas, y esta vez los argivos fueron derrotados sin discusión.

327

A partir de ese día, Esparta no disputó más territorios a los vecinos, sino que se consagró a reafirmar su influencia en el Peloponeso.

La celebración de las Gimnopedias consistía en cantos y danzas para los niños, los jóvenes y los ancianos; unos ofrecían sus esperanzas; los otros se jactaban de sus proezas, y los últimos recordaban sus glorias de ayer. A veces, los éforos en persona conducían los coros. A los niños tocaban las primeras horas de la mañana, cuando aún no había mucho sol.

Hacia mediodía, el turno pasaba a los jóvenes, que hacían ver su resistencia al calor. Sin duda —se infiere— el atardecer correspondía a los viejos, cuando ya las primeras sombras comenzaban a refrescar el ambiente. El jefe de cada cuadrilla lucía un extraño y vistoso revestimiento de hojas de palmera (o según otros afirman, de plumas). Parece que las fiestas duraban unos cinco días, y acababan en un magno desfile. La mayoría de los documentos insisten en que los ejecutantes, incluso las jóvenes que participaban en las Gimnopedias, danzaban y desfilaban desnudos. Alguien ha creído que más bien debemos entender: "desnudos de todas armas". Entonces se admiraban aquellas variadas combinaciones de *anapalas* o bailes de combatientes, *embaterios* y *enoplias* o marchas militares al son de la flauta, *hipoquermas* en que participaban las doncellas y que se consagraban al dios Apolo, *hormos* o collares enlazados de hombres y mujeres, *dipodas* reservadas a las muchachas, *briálicas* que también bailaban las muchachas honrando a Ártemis y a Apolo y en que acaso se usaban máscaras, *canéforas* o mujeres tal vez con el cesto a la cabeza, *dimaleas* de hombres disfrazados de sátiros y que solían saltar en ronda, *itimbias* consagradas a Baco, *hipogipones* de viejos con sus cayados (nuestra "danza de los viejecitos"), *gipones* de velos transparentes, *tirbasias* y otras danzas miméticas, acaso *motones* en que los ilotas fingían presentarse ebrios para dar ejemplo contra el vicio (sea o no verdad que algunas veces los embriagaban de veras con este fin) y otras posibles invenciones que sólo en aquellos días se admiraban. Parece que las Gimnopedias, como las Jacintias y las Ortias, atraían numerosa concurrencia de otras ciudades.

Las Halieas. Fiestas rodias en honor de Helios —culto excepcional en Grecia— que se celebraban anualmente con sacrificio de cuatro caballos arrojados al mar, y cada cuatro años, con mayor riqueza y aparato. También los sacrificios de caballos eran excepcionales. Rodas conoció otros cultos (Atenea era honrada en Lindos con ofertas de fuego), y algunos festivales menores a Cronos, Posidón, Apolo Esminteo, Dióniso y tal vez los Dióscuros. Los festivales más atractivos eran el de los muchachos en Lindos, a la llegada de las golondrinas —en que había colecta de limosnas—, y las Tlapolemias (por Tlepólemo, o Tlapólemo en el dialecto local), donde había agones y competencias.

Las Helotias. Culto relacionado con las reliquias sagradas (ya restos del cuerpo de la deidad, ya objetos de su uso). Era un festival en honor de Atenea, donde los devotos paseaban a cuestas una enorme guirnalda o trenza vegetal (*hellotis*), en la que se suponía iban envueltos los huesos de Europa, la amante legendaria de Zeus, madre de Minos y Radamantis, y en versión posterior, también de Sarpedón, después desposada con el rey cretense Asterio, y finalmente deificada.

Las Hereas. Festival de Argos en honor de la "nativa" Hera; procesiones anuales al Hereón, hecatombes, competencia de jabalinas. El premio para el vencedor es un escudo. El desfile armado y el escudo —rasgos no frecuentes en el ritual de una diosa— la asocian con las adoraciones minoico-micénicas a la Diosa Madre y Guerrera.

Las Haloas. El vigésimo sexto día del mes invernal de Posidón presenciaba el Festival de las Haloas, en honra de Deméter. Parece que la palabra misma esconde un significado etimológico alusivo a la tierra arable. Los ritos que entonces se practicaban, todos referentes a la fertilidad y en que sólo intervenían las mujeres, son a veces algo indecentes a nuestros ojos. Para esa fecha, el tiempo solía ser frío y nublado. Dos cenas lo alegraban en lo posible, una para los ciudadanos, servida en algún lugar poco notorio, y otra para las mujeres en los terrenos sacros de Eleusis, donde no se debían comer ciertos frutos, ciertos pescados, gallinas ni huevos. Se bebía el vino nuevo, que ya empezaba a madurar. Había también un desfile consagrado a Posidón, aquí entendido como el Olímpico esposo de la diosa cereal, una de sus más arcaicas funciones —el agua fertilizante— más que el dominio de los mares. En este festejo se descubren tabús y extrañezas que acaso vienen de antiguas costumbres aqueas y parecen llevarnos hasta las regiones septentrionales, algo menos apacibles y benignas, de donde llegaron los inmigrantes de Grecia.

Las Jacintias. Jacinto, dios pre-helénico adorado en Amiclea, fue absorbido en la personalidad olímpica de Apolo. El mito dice que el mismo disco de Apolo, empujado por su rival Céfiro, hirió a Jacinto en la cabeza y causó su muerte. De la sangre del joven dios brotó la flor que lleva su nombre y en la cual va inscrita la palabra con que, en las Jacintias, se lamentaba su desaparición: *aiai*, fábula semejante a la de Áyax Telamonio. Las Jacintias, Festival apolíneo, acaso deba considerarse como un rito lacedemonio, más ortodoxo en su carácter de competencia gimnástica que los ritos de la Ártemis Orthia, aunque no dejan de ofrecer con ellos ciertas analogías. Las Jacintias se celebraban también a mediados de mayo. Si las Orthias exhalan un inconfundible olor micénico, las Jacintias parecen ya una expresión más auténticamente griega: el primer día se daba a la lamentación, el segundo era de regocijo: himnos, música de lira y flauta, danzas arcaicas, desfiles ecuestres, carreras de carros para mujeres.

Las Kalameas. Festival de las cosechas de que hay pocas noticias, aunque al parecer fue muy difundido. Se supone que su nombre se deriva de *kálamos*, caña de trigo; se celebraba en junio y se consagraba a Deméter.

Las Lafrias. Festival de la Ártemis de Patras, celebrado anualmente con holocaustos de animales silvestres y aves y presidido por una sacerdotisa acarreada en un carro de ciervos, como el que a veces se atribuye a la diosa.

Las Leneas. Festival dionisíaco de Atenas (las Lenas son secuaces de Dióniso), que se celebraba del 12 al 14 del mes Gamelión, llamado Leneón en algunas ciudades jónicas (enero a febrero). Ha sido un error querer confundirlas con las Antesterias y considerarlas como el equivalente urbano de las Dionisíacas rústicas, celebradas durante el mes anterior en varios lugares, y hay que rectificar en este sentido la excelente *Introducción al estudio de Grecia* de A. Petrie.* Se conocen poco sus ritos, salvo que se celebraban en el santuario de Dióniso al oeste del Acrópolis, que había una procesión, que los presidía el Arconte-Rey en persona, y que los *dádouchos* de Eleusis eran jueces de los concursos. Pues su elemento más importante estaba en las representaciones dramáticas, a que ya nos hemos referido para *Los babilonios* de Aristófanes. En un principio al menos, se prefirieron las comedias a las tragedias.

A ellos correspondía también dar la bienvenida, en nombre de las deidades terrestres, al nuevo dios de la fertilidad, Dióniso, aquí invocado bajo el nombre de Baco, que suena casi como el Iaco de los Misterios Eleusinios. Los griegos eran muy dados a estas mezclas y fusiones de los dioses nuevos con los viejos. Baco, por su parte, se suponía que a su vez pagaba con ofrendas simbólicas la hospitalidad que le dispensaban Deméter, Kora y Hades.

Las Maimakterias (por noviembre) eran un Festival no muy importante en honor de Zeus Tempestuoso (*Maimaktes*), que parecía destinado a defenderse contra las tormentas otoñales.

Las Metageitnias. Muy poco sabemos de este Festival: que se celebraba en el mes Metageitnion (agosto), aunque ignoramos el día exacto, que traía consigo un sacrificio al dios Apolo y que, a juzgar por la etimología, alguna relación tenía con el trato y las obligaciones entre vecinos (*geítones*).

Las Munichias del 16 de abril (Munichión), eran una conmemoración anual de la victoria de Salamina (480 a. c.), aunque ésta fue algo posterior, y acaso la conmemoración se fundió más tarde con un festejo ya existente en honor de Ártemis. Su rasgo sobresaliente era un desfile naval.

Las Oscoforias (textualmente "acarreo de ramas") celebradas por octubre en Atenas, es una de las pocas fiestas de la vendimia que encontramos en Grecia. (Recuérdese lo dicho a propósito de las Carneas), donde no falta el acostumbrado concurso de carreras. Una rama con sus racimos se suspendía en el pórtico del templo. Aunque este culto pa-

* Trad. A. Reyes, México, Breviarios del Fondo de Cultura Económica, nº 121 (cap. xi: Festivales dramáticos).

rece desde muy pronto asociado a Dióniso, los cuidados de la ceremonia quedaban a cargo de los oficiantes de Salamina, porque el templo de la Atenea Skiras se hallaba en el Oschophorión, donde la procesión terminaba, y el culto de la Atenea Skiras se consideraba fundado por el héroe Skiros de Salamina. El arconte de esta ciudad era también el que designaba en estas fiestas a los "oscóforos" y "dipnóforos". Todo ello se interpreta como uno de los esfuerzos de Atenas para ganar la adhesión de Salamina. (Esfuerzos que, como se sabe, ni siquiera se detuvieron ante una posible falsificación de los textos homéricos: *Véase* "Dos conunicaciones, I" en mi libro *Estudios helénicos.* México, 1957, pp. 199-203).

Las Panateneas. Festival ateniense que se celebraba cada año, y con mayor pompa cada cuatro años (Grandes Panateneas), el 28 de Hecatombeón (julio-agosto), considerado como el día aniversario del nacimiento de Atenea. Es decir, que las ceremonias comenzaban la noche del 27, puesto que para los griegos el día comenzaba con la puesta del sol. Procesión, acaso desfile de antorchas, sacrificios, juegos y danzas en la sagrada colina del Acrópolis eran sus rasgos característicos. En la procesión figuraban hombres, doncellas de ilustres familias que acarreaban objetos sagrados y rituales (cáneforas), jóvenes que conducían a las víctimas animales, metecos o residentes extranjeros, gente de a pie y gente montada en vistosos trajes de fiesta, carros y caballos para las carreras. En un barco de ruedas, izado a manera de vela, se llevaba hasta el ara de la diosa un peplo bordado, lo que ha hecho referir a este Festival, ya como prefiguración para unos eruditos, ya como recuerdo para otros, la ofrenda del peplo y los sacrificios de las mujeres troyanas a la diosa Atenea (*Ilíada*, VI). El manto era un rasgo tradicional, y así se ve que Dione y Dodona poseían un rico guardarropa. En el caso, la efigie o el sacro objeto que la representaba debía revestir el nuevo manto para evitar el frío que por entonces se dejaba sentir a media noche. El navío alude al poder marítimo de Atenas, que salvó al país cuando la guerra contra los persas. El manto, bordado por matronas y doncellas de alcurnia, representaba historias guerreras, Dioses contra Titanes y Gigantes, y a la propia Atenea en su gallarda actitud de combatiente. No podemos menos de pensar en el manto que labraba Penélope. La carne de los sacrificios se distribuía entre los asistentes. Los premios consistían en aceite de los sacros olivos, guardado en ánforas donde aparecían figuradas la diosa armada de su lanza y una representación de los distintos juegos. Los de Salamina sacrificaban una puerca, en prenda de su lealtad a Atenas, y las colonias áticas y las aliadas (Eretria, Brea, etc.) enviaban reses o panoplias como presentes a la deidad. Según la tradición, Teseo instituyó las Panateneas como símbolo de la unidad política, al realizar el "sinecismo" ateniense, y éste fue para siempre el sentido de estos Festivales. Otras fábulas atribuyen a Erecteo o a Erictonio la organización de estos actos religiosos.

Las Paniquias eran ciertos Festivales nocturnos y, en general, de carácter licencioso, ya en honor de Deméter (las Haloas), ya de Ártemis (las Tauropolias), y aun de Dióniso. Se dice que las celebraban las mujeres, que poseían sus Misterios propios, un acentuado simbolismo sexual, ciertas semejanzas con las Tesmoforias y alguna relación con el trabajo de los jardines y de las viñas por diciembre. Las noticias son bastante confusas. El personaje Pannykis aparece como servidora de Afrodita y el nombre era usual entre las hetairas.

Las Pianopsias. Festival del mismo tipo de las Talisias y las Targelias que ocurría en el mes Pyanopsión, a fines de otoño y celebraba también los primeros frutos. Se suponía que Apolo en persona concurría al solemne banquete y compartía el plato de legumbres y harinas. La procesión sacra paseaba el "Árbol de Mayo" (ramas de olivo y laurel), adornado a diversos modos, con frutas, panes, tarros de miel, frascos de vino, ampollas de aceite: el *eiresióne* de que acaso proceda el tirso de las Ménades que viene a ser su miniatura, que solía también erigirse a la puerta de la recién casada y que bien puede referirse a la Ártemis Korythalia de Esparta (el *korythale* es otro nombre del "Árbol de Mayo"), en cuyo honor se ejecutaban danzas lascivas. El *eiresióne* era acarreado por niños que juntaban contribuciones de los vecinos. Queda un eco de esta festividad en un himno homérico referente a Samos. Se colgaban ramas a las puertas como nuestras "palmas benditas" y se conservaban de un año a otro. Otra rama —rito que se decía instituido por Teseo— se entregaba a un niño que no debía ser huérfano de padre ni madre, para que la colgara en el pórtico del templo de Apolo.

Las Plinterias tienen el mismo sentido que las Calinterias ya mencionadas.

Las Posideas, en honor de Posidón, se celebraban el octavo día del mes invernal que lleva el nombre del dios acuático.

Las Proerosias, el 5 de Pyanopsión (octubre) vienen a ser la fiesta de la primer labranza o la "primera erosión" como lo dice ya su nombre. Plutarco nos dice que éste era uno de los tres actos de labranza que solían celebrarse en tres distintos sitios de Ática, y en los cuales se invocaba a Kora, la joven diosa raptada por Hades que pasa parte del año en las honduras subterráneas (invierno) y parte del año en la superficie de la tierra (verano).

Las Rodias. Ver *Halieas.*

Las Soterias (de *Sooteér,* salvador o amparador). Fiestas de distinto alcance, más bien locales y conmemorativas, comparables con las *Eleuterias* de Platea, Siracusa y Samos, de que dan ejemplo las Diogenias de Atenas en el siglo II, y que se desarrollan singularmente en la Edad Helenística: así, en Delfos, para conmemorar la derrota de Breno y sus celtas, invierno de 279-8 a. c., a que ya nos hemos referido. Poco después de la retirada de los galos, los Anfictiones instituyeron una Soteria anual, y los etolios la resucitaron más tarde.

Las Talisias. Rito en que se ofrecen a la deidad los primeros frutos, no muy caracterizado en la antigua Grecia. Solía hacerse una mezcla o confitura llamada *panspermia.* El rito se relaciona con las Pianopsias y las Targelias. El *thalysion arton* o primer tajada del cereal amasado es llamado *thargelos* en Atenas. Pertenece a la costumbre general de dar "albricias" o participación sobre lo ganado (*aparchai*), rompe el tabú impuesto a la fruta verde y asegura un año fértil. (Supervivencia en el actual uso eclesiástico: *kálluba.*) Otros refieren este rito a la trilla y consideran que, así como las Pianopsias se refieren propiamente a la cosecha de fruta, las Talisias son más bien una celebración de la cosecha cereal.

Las Targelias. Festival jonio consagrado a Apolo el 6 y 7 de Thargelión (mayo-junio) y también conocido en Hipponax (Asia Menor), Abdera, Massalía o Marsella. Se relaciona con las Talisias y las Pianopsias. La frecuente aparición de Apolo en el calendario griego se explica por ser el padre de Ion, patrono de todos los jonios, a quienes Atenas preside en cierto modo: vagos prolegómenos del "racismo" político.

En este Festival se acostumbraba azotar con ramas verdes al *Phármakos* (rito floreal), y a veces se lo apedreaba y aun quedaba muerto "por accidente". En verdad se usaban dos "fármacos", escogidos entre los hombres más feos y se les ponían unos collares de higos secos: negros para el representante de los hombres y blancos para el delegado de las mujeres. Cuando Aristófanes quiere denostar a sus enemigos, los malos políticos de su tiempo, declara que no servían ni para "fármacos".

El *tárgeela*, fruto aún no maduro o primer torta del cereal, se ofrecía un poco antes de la cosecha, en parte para protegerla y en parte para fomentarla.

Las Tesmoforias. Quedan suficientemente descritas en referencia anterior ("Las supervivencias"). El ritual ocupaba del 11 al 13 Pyanopsión. Las mujeres, únicas admitidas a esta celebración, levantaban enramadas y se sentaban en el suelo. El segundo día ayunaban. El tercer día (*kalligéueia*) se consagraba a solicitar la fecundidad de los hombres y de la tierra. Los restos putrefactos de los lechoncillos sacrificados (véanse las Esciroforias) se mezclaban con las semillas y se dejaban en el ara. El mito del porquerizo Euuleo, tragado al igual de su piara cuando Hades abrió la tierra para raptar a Kora, es un mito etiológico cuyo objeto es explicar el ritual. Entre las ofrendas hay también pinos e imágenes fálicas. Ya hemos dicho que, aunque nominalmente ofrecida a Deméter y a Kora —en toda Grecia, Cirene y Sicilia— la celebración parece adelantar por sí sola sin tomar en cuenta a las diosas, aunque el uso de los pozos es típico del culto a Deméter. Era éste el Festival más difundido por todas las ciudades griegas. Deméter y su hija eran designadas con el epíteto de "tesmoforias" (casi "donadoras de ricos presentes"), acaso para indicar que la agricultura da ley y asiento a la vida civilizada. Y se supone que el hecho de excluir a los hombres es mero recuerdo de los días en que el cultivo de la tierra estaba confiado a la mujer, aunque esta explicación mal se aviene con el uso, siempre masculino, del arado y los bueyes. Basta, por toda explicación, recordar que es la mujer, como la tierra, la que da de sí los frutos de la fertilidad natural. Durante el festejo, aunque las oficiantes eran damas de alta posición social, se permitían entre sí burlas y procacidades inseparables de estos ritos.

Las Tlapolemias. Ver *Halieas.*

II

MITOLOGÍA GRIEGA

PRÓLOGO

Sería impropio de esta obra el dar una bibliografía completa, cuyo examen es precisamente lo que nos proponemos ahorrar al lector. Sin embargo, conviene mencionar aquí, entre las numerosas obras consultadas (y aparte de los autores antiguos, siempre a la vista) aquellas para con las cuales reconocemos una deuda especial: H. J. Rose, *A Handbook of Greek Mythology*; L. R. Farnell, *The Cults of the Greek States* y *Greek Hero-Cults and Ideas of Inmortality*; *The Oxford Classical Dictionary*; W. K. C. Guthrie, *The Greeks and their Gods*; P. Grimal, *Dictionnaire de la Mythologie Grecque et Romaine*. La Introducción debe sugestiones al prólogo del prof. W. Jaeger para el libro de G. Schwab, *Gods and Heroes*, traducción inglesa de O. Marx y E. Morwitz.

Los Dioses llevan a los Héroes y viceversa. Los mitos constantemente se entrelazan. Al referirse a los Dioses, no es posible pasar por alto algunas fábulas de los Héroes; al tratar de los Héroes, suele ser indispensable retroceder para señalar algunos rasgos del Dios. Mucho más fácil que distinguir en concepto las personalidades divinas de las heroicas es distinguir las respectivas prácticas rituales, y aun los altares y los templos que a unas y a otras se consagran; pero nada de esto compete al estudio de la mitología. Aun suele haber confusiones, como sucede con Héracles (hombre–héroe–dios) y con otros entes de condición doble o vacilante.

Para abarcar, pues, la imagen cabal de cada mito, lo mejor es acudir al índice alfabético que aparece al final. De uno a otro libro, las figuras van completándose, aunque para ello haya habido que consentirse, sin remedio, algunas repeticiones, sin las cuales sería incomprensible el relato, pues no hay que confiar demasiado aun en la memoria del más atento de los lectores.

El fondo auténtico de las fábulas y leyendas griegas, la

verdadera mitología de aquel pueblo, además de su constante e incalculable movilidad en el tiempo y en el espacio, ha sufrido cuatro principales refracciones:

1) La más aceptable y legítima, porque en rigor representa la vida del mito en los más altos niveles de la mentalidad antigua, se debe a las interpretaciones personales de los poetas griegos y aun de los romanos.

2) La segunda se debe a las falsificaciones y torsiones traídas por el sistema órfico, que pretendió cargar de sentido, y aun de sentido oculto, muchos mitos, transformándolos y convirtiéndolos a su modo, pero que sin duda recogió en sus acarreos algunas especies, más o menos errabundas, de la imaginación popular, ya griega, ya tracia, ya frigia.

3) La tercera refracción procede de los complementos o retoques artificiosos a las personas y a las fábulas en las épocas que desbordan ya la frontera clásica y empiezan, por una parte, a perder el respeto a la tradición, y por otra parte, a contaminarse de influencias asiáticas y exóticas en general: los alejandrinos, los decadentes, los bizantinos.

4) La cuarta y la más frecuente, fuera de los centros de especialistas, es la que proviene de considerar siempre el mito griego a través de la adaptación romana, que procuró hacer un remedo de Grecia donde carecía de material propio.

Ningún mito nos ha llegado en su forma primitiva, es cierto, ni sería posible fijar el estado y el momento originarios de una leyenda o fábula que empieza a crearse. En general, los mitos helénicos se nos presentan, todos ellos o la mayoría, después de haber sufrido tres transformaciones: la de la edad épica, la de la edad trágica y la de la edad filosófica o sofística. La épica organiza las fábulas en relato; la tragedia nos ofrece algo como la meditación o reflexión sobre un episodio mítico; la filosofía o la sofística (sin dar necesariamente a esta palabra su mal sentido, sino el sentido técnico que le corresponde como aplicación social de la filosofía) aprovecha los casos míticos y legendarios como símbolos, alegorías y hasta lecciones con moraleja. Un día los estoicos les pedirán la revelación sobre la naturaleza del mundo, considerando la mitología como un código en que puede descifrarse el enigma de las cosas. Otro día, los epicúreos —que niegan la intervención divina en las cosas humanas— los interpretarán sólo como enseñamientos para la conducta. Ya veremos que las doctrinas místicas, coincidiendo en esto con los estoicos, se esfuerzan por arrancar a los mitos algunas verdades secretas. Ya veremos que algunos espíritus escépticos se esfuerzan por "reconciliarlos" y entenderlos como versiones deformadas de acontecimientos ordidinarios, según las reglas que procuró establecer Palefato, quien parece ya anunciar, a través de los siglos, a Fontenelle y su *Historia de los oráculos*, y de cuyos métodos es sólo un caso particular el conocido sistema de Evhemero, al reducir Dioses y Héroes a benefactores humanos divinizados luego por la gratitud de la posteridad. Los tratadistas que ofrecen mayor garantía para el conocimiento de los mitos canónicos, o aceptados en general por los griegos, son los que podemos llamar "puristas", y lo son hasta donde en esta materia cabe la pureza.

Hay puristas del mito y hay eclécticos del mito. Estos últimos podrán ser muy amenos y variados en sus relatos, pero falsean un tanto la visión clásica. Ejemplo, el que empieza contándonos los orígenes del mundo con las historias órficas de Eurínome, Ofión y el Huevo Original, en lugar de apegarse a Hesíodo. Los eclécticos adulteran todas las perspectivas. Si aquí debemos prescindir de muchas variantes que no llegaron a tener trascendencia en la representación definitiva de la mitología (¡y ya recogemos demasiadas, pues en este asunto todo es variantes!), también prescindimos de muchos relatos o versiones órficos, alejandrinos, decadentes, bizantinos, romanos, cuando no vemos el objeto de mencionarlos. En contados casos, y siempre con un guiño de inteligencia al lector, nos permitimos alguna observación de sentido moderno, casi a título de humorada.

INTRODUCCIÓN

I. Naturaleza de los mitos

1. *La mitología* es el conjunto de leyendas tradicionales en que la imaginación primitiva ha recogido sus nociones, sus sueños y sus experiencias respecto al mundo natural y al mundo sobrenatural. Se manifiesta en forma de cuentos o "mitos" comunicados de boca en boca, objetos de creencia en principio, y siempre testimonio precioso sobre cierta etapa o cierta fase de la mente. Se conoce la mitología de muchos pueblos —el australiano, el escandinavo, el azteca—; pero la palabra se ha usado más comúnmente para la antigüedad clásica, en que se confunde a los griegos y a los romanos.

Sin embargo, la fértil mitología griega y la menos fértil mitología romana no son idénticas, si bien se parecen por el parentesco étnico entre ambas naciones y por la deliberada imitación que Roma hizo de Grecia en todos los órdenes de la cultura. Por eso a las figuras de la mitología griega no deben aplicarse nombres latinos, aunque éstos nos sean más familiares. Las principales correspondencias con las denominaciones latinas se declaran conforme se van ofreciendo.

No nos empeñaremos en devolver a los términos su estricta morfología helénica: lo haremos sólo —sin miedo a las grafías extranjeras— cuando la diferencia verbal trascienda al concepto, o cuando el término, por desusado en nuestra literatura, no haya sufrido aún el proceso de aclimatación. Pues hay nombres griegos intocables (salvo ciertas reglas aceptadas para la transcripción en lenguas modernas), y que no podrían sustituirse por los de la mitología latina, y hay nombres griegos latinizados y ya absorbidos en nuestra habla, cuyo ajuste a la fonética original daría una apariencia pedantescamente escabrosa a una obra de divulgación.

Sería un leve error de refracción hablar de Júpiter cuando queremos hablar de Zeus, de Juno en vez de Hera, de Venus a cambio de Afrodita, de Marte (o Mavorte como decían nuestros clásicos castellanos) en lugar de Ares. Aunque menos perceptible, lo sería también, a causa de ciertas confusiones, decir Ulises por Odiseo y Hércules por Héracles. Pero nada perdemos con seguir llamando Aquiles a Aquileo y Hécuba a Hécabe.

Nuestro conocimiento de la mitología griega parte sobre todo de Homero, Hesíodo, Píndaro, los poetas trágicos, los cronistas e historiadores helénicos, los poetas helenísticos o de la época alejandrina —Calímaco, Apolonio—, los recopiladores como Diodoro y el Seudo-Apolodoro, el romano Ovidio —en quien desembocan muchas corrientes—, y aun el tardío y modesto epítome de Higinio, a pesar de sus adulteraciones y errores. Cierto, no pasa Higinio de ser un sandio recopilador, griego mediocre y latino execrable, al punto de resultar a veces incomprensible, pero tuvo acceso a fuentes preciosas.

Por lo demás, estos mitos no son de origen puramente griego, porque Grecia no vivió aislada. En los mitos de los monstruos preolímpicos, singularmente, se advierten las contaminaciones de Asia y de Tracia: Equidma, Ortro, Cerbero, Quimera, Esfinge Tebana, Hidra Lernea, León Nemeo, etc.

2. El mito es de esencia y de procedencia religiosa, pero no agota el sentido de la religión griega. Primero, porque aquella religión, como todas, contiene varios elementos: las creencias, las instituciones y el ritual y, por último, los entes del culto que, en nuestro caso, son el objeto de los mitos. Segundo, porque si los mitos son sólo un elemento de la religión griega, a su vez desbordan el cauce y corren por su propio terreno con las libertades del folklore. Ni siempre se les asignó carácter sagrado, ni menos recibieron siempre un culto especial.

De suerte que si, por una parte, "la vida privada de las diosas y de los dioses" —como dice un francés agudo— no da cuenta de la religión griega en su integridad (que tampoco la hagiografía o vida de los santos es toda la religión católica), por otra parte el inventario de los mitos "culturales" tampoco abarca completamente la mitología. Religión y mitología están imbricadas, no identificadas, y como las tejas superpuestas, se enciman en algo, y en algo cada una sobresale un poco de la otra.

3. Pues ¿qué entes son materia del mito, y entre ellos,

cuáles son materia del culto? Todo puede ser asunto del mito en cierta etapa de la mente, y no a todo ello se ha concedido divinidad, o siquiera alcance religioso. No sólo hay mitos de Dioses, Semidioses, o Héroes, estos últimos, no entendidos a la manera moderna, sino como antepasados sobrenaturales. No sólo hay seres "mitificados", concebidos a semejanza del hombre, o aun imaginados como monstruos, y de quienes cabe trazar una suerte de biografía. También pueden ser mitificados los fenómenos naturales: meteoros, vientos, cuerpos celestes, montes, piedras, ríos, fuentes, árboles, plantas, flores, animales; y hasta utensilios y artefactos de humana hechura como armas, instrumentos del rito, reliquias, etc., a poco que se los involucre en la fábula de una persona mítica o que se les reconozca por sí mismos cierta intención o iniciativa de orden humano. Algunos ejemplos nos permitirán apreciar el campo que cubre la mitología.

Zeus es mito divino; Héracles, mito semidivino; Teseo, mito heroico y cultual; Aquiles, mito heroico que alcanzó culto en algunos sitios; Agamemnón, caso semejante que, según versiones tardías y un tanto dudosas, mereció también algún rendimiento religioso; Odiseo, mito puramente legendario y poético; la historia de Admeto y Alcesta, mito folklórico. No corresponde aquí el análisis de los residuos religiosos o históricos que pueden disimularse tras la imagen de estos y los otros personajes de la epopeya.

El rayo, el trueno, la tempestad, más bien son atributos de Zeus, como el fuego lo es de Hefesto, el dios artífice. Iris (arco iris), aunque mensajera celeste, sólo fue adorada en Hécate, isla cercana a Delos. Los vientos han sido personificados, y Bóreas, el viento norte que corresponde a nuestro latino Aquilón, llegó a tener culto por su participación en la victoria contra las naves persas. Helios, el Sol, es mito divino de escasa historia, y sólo alcanzó culto entre la mezclada y algo exótica población de los rodios.

Se asegura que el monte Olimpo era ya objeto religioso antes de que lo habitaran los Dioses. Las piedras que marcan los cruceros de los caminos solían ser ungidas y coronadas, superstición de que se burlarían más tarde los retores de Samosata. En Delfos había un bloque marmóreo, fetiche terrestre considerado como el Ombligo del Mundo (*Ompha-*

lós), el cual pasaba por ser la roca que, envuelta en pañales, Rea hizo tragar a Cronos, para evitar que éste devorara al Niño Zeus, como lo había hecho con todos sus hijos anteriores. En Feneo se juraba por las Petronas de Deméter y Kora, dos peñas enlazadas.

Los ríos, que la mitología presenta como unos toros, tenían hijos e hijas, y eran también seres divinizados. Las fuentes solían ser ninfas, y las mujeres del pueblo las invocaban en los partos, junto a Hera y a Ártemis, las diosas Ilitias o comadronas.

El encino oracular de Dodona, el pino en que Asia incorporó a las divinidades que los griegos llaman "Ártemis", las dos vigas con que Esparta figuraba a los Dióscuros —Cástor y Polideuces o Pólux—, el mirto verde de Afrodita en la ciudad de Temnos, eran entes míticos y místicos. Pero las flores en que vivían metamorfoseados Jacinto y Narciso, o las aves en que se mudaron Procne y Filomela, ya no eran entes cultuales. Jacinto, antiguo dios agrario y local, quedó absorbido en el cortejo de Apolo, y el rito que Amiclas le consagraba periódicamente no tiene relación con la flor, mera fantasía sin valor canónico ninguno.

La serpiente Pitón, que vino a morir a manos de Apolo, o el dragón a que dio muerte Cadmo, son mitos animales sin culto. El dios Asclepio es de humilde origen "serpentario", y se pretende que por eso mismo no pudo llegar a dios mayor, aunque tan benéfico y adorado. Mas ya el toro cuya apariencia asume Dióniso (no cualquier toro en general) posee una virtud sagrada, es víctima de un despedazamiento o *sparagmós* de sentido místico y está destinado a la comunión de los fieles.

La lanza de Ceneo, el escudo de Dánao, los trípodes adivinatorios, aunque simples artefactos, merecían una reverencia religiosa, como el mismo cetro de los reyes.

¿Qué mucho? Ciertos nombres invocatorios de las letanías se incorporaron en otras tantas hipóstasis o figuras de la deidad y más o menos cobraron fisonomía propia. Así (en torno a Ártemis), Díctina, Ilitia o Britomartis. Esta singular transformación del epíteto en persona divina obedece a la emancipación del seudónimo (*epiclesis*). Hasta hubo un grito sagrado —"Peán"— que acabó por convertirse en dios,

345

y un grito nupcial —"Himeneo"— que por poco logra igual jerarquía.

Este vasto cuerpo se deshace por las orillas en un conjunto de abstracciones. Algunas adquieren un ser mitológico algo borroso, y otras no pasan de símbolos poéticos. *Aidoós* (Honor), *Átee* (Funesta Ceguera), *Déemos* (Pueblo, casi Patria), *Díkee* (Camino Apropiado, que se confunde con Justicia), *Eireénee* (Paz), *Eris* (Discordia), *Deimos* y *Phóbos* (Terror y Fuga), *Phthonos* (Envidia), *Homónoia* (Concordia), *Hypnos* (Sueño), *Kairós* (Oportunidad), *Keer* (Espíritu Mortal), *Kydoimós* (Tumulto), *Moira* (Destino), *Móomos* (Deturpación), *Némesis* (Horror del Mal, deslizado a Venganza), *Níkee* (Victoria), *Oizys* (Desgracia), *Thánatos* (Muerte), *Themis* (Rectitud, Justicia), *Tychee* (Fortuna) pertenecen a esta familia de abstracciones, personalizadas —entre otros— por Homero, Hesíodo, los trágicos y Platón.

Nuestro paseo por la mitología sólo puede tomar en cuenta las leyendas y las personas más eminentes.

4. La religión griega se ha encaminado hacia su última configuración a través de las siguientes nociones, relacionadas íntimamente entre sí, no siempre ni necesariamente sucesivas, y envueltas por así decirlo en el mito:

a) La *magia*, que pretende influir directamente en las cosas y en los fenómenos mediante ciertos actos o mediante ciertas palabras y es, en algún modo, el antecedente remoto de la ciencia. Cuando aparece la idea de un intermediario, de un ser sobrehumano a quien hay que contentar o implorar para que nuestro deseo se realice, aparece la religión.

b) El *animismo*, el cual supone en las cosas que nos rodean algo como un espíritu y, por consecuencia, una voluntad.

c) El *demonismo* o primer esbozo de personalización asignada a las energías del mundo. El Demonio (*daímoon*) no debe aquí entenderse como un ser precisamente maléfico, según la concepción moderna, sino como una larva del Dios.

d) El *antropomorfismo*, que no sólo atribuye al ser sobrenatural una apariencia humana, sino, además, un carácter y unas condiciones espirituales semejantes a los del hombre, siquiera sublimes y agigantados.

e) El culto de los *Difuntos*, antepasados de la tribu a quienes se considera vivos en cierto modo, transportados a otra existencia superior e invisible, y capaces de ayudar a los suyos: arranque de la religión griega en cuanto adquiere perfiles propios.

f) El culto de los *Héroes*, entendidos como seres terrestres y, en principio, mortales; antepasados de jerarquía más general, especie de santos patronos de los pueblos.

g) El culto de los *Dioses*, último grado de la "universalización". Los griegos llevaron esta "universalización" mucho más allá que todos los pueblos precedentes, y sus filósofos alcanzaron la noción del Dios único, trascendente y perfecto, indecisamente elaborada por las creencias generales. Tal concepción se anuncia desde las tragedias de Esquilo, es explícita en Platón y en Aristóteles; y ya en el siglo II de nuestra Era, Marco Aurelio habla de la fraternidad humana y de la "Ciudad de Zeus", como los cristianos hablarán de la "Ciudad de Dios". "Desde el punto de vista del nacionalismo —dijo Wilamowitz—, los griegos tuvieron la desventaja de reconocer demasiado pronto la universalidad de Dios."

Entre los vivientes a una parte, y a otra las personas del culto, sin excluir a los inefables Demonios, pero sobre todo los Difuntos, los Héroes, los Dioses, se establece un cambio de servicios. Aquéllos necesitan de éstos y viceversa, lo que da lugar a ritos y a ofrendas.

5. La evolución que va desde la oscura magia hasta el luminoso sentimiento de la deidad se apoya en una evolución de signos visuales, o bien es expresada por ellos. En ellos se percibe la aportación de las figuraciones imaginativas o poéticas y de las figuraciones plásticas, escultura y pintura.

El "aniconismo" adoró las cosas naturales, anteriores a la mano del hombre: "dendrolatría" para los árboles, "petrolatría" para las piedras. Quedan vestigios de "zoolatría" y de adoración al meteoro en los orígenes lejanos, que ni siquiera pueden llamarse prehelénicos, mucho menos helénicos.

El fetichismo otorgó veneración mística a ciertos objetos y artefactos, reconociéndoles virtud propia. Aun se afirma que el trono vacío del dios fue adorado antes que su estatua.

El icono, tosca imagen artística, posible es que haya comenzado como objeto de idolatría, y poco a poco haya servido para exteriorizar simbólicamente las nociones divinas.

De las severas abstracciones esculturales del siglo VIII, la plástica progresa hacia la risueña belleza del sigo VI, y al fin, llega a la solemne majestad que admiramos en las obras del siglo V.*

La poesía ha colaborado. Fidias se inspira en versos de Homero para esculpir su Zeus de Olimpia, imagen que según Quintiliano, trajo algo nuevo a la religión reconocida.

Los fáciles dioses del siglo IV, tan alejados de la vida terrestre, corresponden de pleno derecho a la nueva representación ideal.

Este proceso traza el camino que condujo a Grecia desde la confusa idea del primitivo —quien no adora al dios, sino que lo siente y lo "ejecuta" en sus actos mágicos— hasta la plena exteriorización y distancia reverencial entre lo humano y lo divino.

6. La religión y la mitología griegas fueron un día exclusivamente estudiadas en los textos literarios de la edad clásica, lo que se dejaba fuera toda la sustancia humilde y popular de las creencias y las fábulas.

Más tarde, la atención para las manifestaciones folklóricas —linden o no con las creencias— reinvindicó este acervo apenas literario o francamente no literario, tan importante para el entendimiento de una religión que no tuvo Iglesia definidora.

La arqueología y la antropología causaron de pronto un verdadero deslumbramiento, y se dejó sentir el interés preferente por los aspectos más atrasados y salvajes del rito, y por los vacilantes tanteos de que más tarde habían de surgir las verdaderas divinidades.

Sin desdeñar la "embriología helénica", a la que tanto se debe, ya va siendo tiempo de volver a la verdadera fisonomía de Grecia, más discernible hoy merced a los nuevos descubrimientos y conquistas. Cuanto es común a todos los pueblos primitivos ayuda a entender lo que llegó a ser peculiar de Grecia. Pero el principal interés reside en esta peculiaridad inconfundible que se llama Grecia.

* Salvo indicación o sentido obvio en contrario, nuestras fechas se referirán a la era precristiana.

7. Por su carácter, los mitos pueden clasificarse en tres grupos: *a)* explicativos o "etiológicos", *b)* conmemorativos, y *c)* mitos de mera diversión, relatos amenos.

a) Son mitos etiológicos los que interpretan los fenómenos naturales y el origen de las causas del mundo. Ejemplo: El rayo es el proyectil de Zeus. El terremoto es provocado por Posidón a golpes de tridente. Como el arco iris aparece siempre con la lluvia, Iris está casada con Céfiro, el viento oeste que acarrea las nubes de tempestad. La doble naturaleza del hombre, en la versión órfica (o su mezcla de bien y mal) se explica porque el hombre tiene algo de titán y algo de dios. Son asimismo etiológicas las historias sobre la creación del caballo por Posidón, y del olivo por Atenea; sobre el chillido de la golondrina y el lamento del ruiseñor (Tereo, Procne y Filomela); sobre la flor en que se transformó Jacinto, etc. Los mitos etiológicos también pretenden explicar *a posteriori* ciertas fórmulas rituales que se siguen repitiendo rutinariamente y cuyo sentido prehistórico se ha olvidado. Entonces, para justificar tales prácticas, se inventa una historieta, de que referiremos tres casos:

Las danzas religiosas y orgiásticas de los mancebos armados, rito agrícola y fertilizante de Creta, son interpretadas en la fábula griega como danzas de los Curetes para ocultar a Cronos los vagidos del Niño Zeus.

Perséfone o Kora, hija de Deméter, fue raptada por Hades, dios subterráneo, Hades simplemente entreabrió la tierra, y Kora vino a caer hasta sus dominios. De paso, la tierra se tragó también al porquerizo Eubuleo y a sus piaras. De aquí que el lechón quede asociado a las purificaciones de los Misterios consagrados a Deméter y a Kora y sea la víctima apropiada para sus sacrificios.

Otro caso. En general, el toro sacrificado a los dioses celestes se reparte de modo que los buenos bocados corresponden a los oficiantes, y a la divinidad sólo se ofrecen los desperdicios, los huesos, la grasa, previamente calcinados y convertidos en humo. Esta repartición procede de un fraude de Prometeo. Cuando sobrevino la disputa respecto a los honores que los humanos deberían rendir a los dioses, y la parte que a unos y a otros correspondería en el banquete de los sacrificios rituales, Prometeo fue designado árbitro, y dio a escoger entre dos reses al mismo Zeus, para que su voluntad se cumpliera. Pero, previamente, Prometeo había acumulado la carne y las porciones comestibles de ambas reses en una masa informe y repugnante a la vista; y en otra, había juntado los desperdicios, cuidadosamente envueltos en la piel de modo que presentaban una apariencia tentadora. Zeus, engañado, optó por los desperdicios, y la práctica quedó instituida.

Claro es que, en el fondo, tanto la repartición de la res en los sacrificios celestes como el empleo del lechón en los Misterios de las diosas terrestres obedecen a conveniencias materiales. Puesto que los dioses celestes no comen, sino sólo aspiran el humo, no vale la pena desperdiciar lo mejor del toro. Puesto que los Misterios de las diosas representan la zona más democrática de la religión griega, es aconsejable usar el lechón, más barato que el toro. Pero la interpretación religiosa no podía resignarse a estas crudezas de materialismo histórico, y se alegaron otras razones.

b) Son mitos conmemorativos los cuentos o sagas, ficticios o mezclados de residuos históricos, sobre episodios importantes, hazañas, guerras y héroes, que la tradición va aderezando y enriqueciendo con nuevos rasgos pintorescos de una en otra época a la vez que los va purgando de detalles prosaicos. Aquí acomoda la inmensa mayoría de las leyendas heroicas que más adelante conoceremos, muchas de las cuales han alcanzado una difusión popular que llega hasta nuestros días: la de Héracles y sus Doce Trabajos, las proezas de Perseo y de Teseo, Cadmo y la fundación de Tebas, Dánao refugiado en Argos y sus cincuenta hijas (condenadas —con excepción de la fiel esposa Hipermnestra— a llenar eternamente un tonel vacío, por haber matado a sus maridos la noche misma de las bodas); y en general, aquí acomoda la tradición de todos los personajes que figuran en las epopeyas homéricas.

Estas leyendas proceden en su mayoría de la época prehomérica. La prehistoria griega, que va desde los tiempos neolíticos hasta el siglo VIII, se divide en dos grandes períodos: la edad minoica o cretense (por referencia a Minos, el fabuloso rey de Creta) y la edad micénica (por referencia a Micenas, su foco principal). Si algunas divinidades griegas comienzan a esbozarse más o menos vagamente desde la edad minoica, los héroes legendarios corresponden sobre todo a la edad micénica, cualquiera sea la sazón de actualidades históricas y políticas que luego les presten las epopeyas.

c) Los mitos de mera amenidad no necesitan explicaciones. Aquí es donde la mitología desborda libremente hacia los terrenos del folklore. Estos mitos son incontables, y los que se enlazan con las metamorfosis de seres humanos en plantas, animales, etc., han sido popularizados por Ovidio. No se inspiran ya tales mitos en nociones del culto, y ni siquiera en tradiciones heroicas sobre el origen de pueblos y ciudades. Son el depósito de la fantasía étnica, son los verdaderos cuentos tradicionales. Sólo daremos unos cuantos ejemplos para destacar su carácter:

Alcesta aceptó morir a cambio de su marido Admeto; pero Héracles acertó a pasar por ahí a la hora crítica, y logró ahuyentar a la Muerte, salvando a la esposa sacrificada.

Dafne, ninfa hija de un río (Peneo o Ladón) era solicitada por un mortal, Leucipo, y a la vez por el dios Apolo. Leucipo pretendió seducirla disfrazándose de mujer, pero las demás ninfas lo descubrieron y le dieron muerte. Apolo persistió en su empeño, y Dafne, para escapar a sus asedios, se convirtió voluntariamente en laurel. De donde el laurel (motivo etiológico), quedará consagrado a Apolo.

Ya se ve que los tres tipos a), b) y c), el etiológico, el conmemorativo y el de simple diversión, pueden mezclarse en una sola leyenda, como sucede para la historia de Cadmo, que expondremos al tratar de los grandes ciclos heroicos. El mito etiológico es larva de la ciencia; el conmemorativo, tanteo inicial de la historia; el de simple diversión, arranque de la literatura imaginaria. Frazer prefería aplicar a estas distintas manifestaciones los nombres de "mito", brote de la razón; "leyenda", brote de la memoria; y "cuento" (*folk-tale*), brote de la imaginación. Otros insisten en que —como decía Sir Walter Raleigh— el criterio para distinguir estas tres manifestaciones es "la magia de la distancia". Y de aquí llegan a la conclusión de que hay dos estratos mitológicos: el superior y menos lejano compuesto de dos elementos, mito y leyenda; y el inferior y más lejano compuesto de elementos ya indiscernibles y que es el cuento tradicional o *folk-tale*.

351

Lo que aquí nos importa es percatarnos de que todos estos ingredientes suelen mezclarse tanto en lo que llamamos "mito" como en lo que llamamos "leyenda" o lo que llamamos "cuento", aunque uno u otro aspecto puedan predominar. Todo es asunto de matices: *1)* Héracles, campeón de los tebanos contra el minio Ergino, es héroe legendario; *2)* Héracles, cuando combate contra el Aquelóo o rescata a Alcesta, es entidad mítica; y *3)* Héracles cuando navega en la copa del Sol para buscar los Jardines de las Hespérides es un cuento de raíces ya tan lejanas que sus elementos parecen hechos de pura imaginación, "con la sustancia de nuestros sueños".

7. *bis.* Si se atiende, no a la formación de los mitos, sino ya a su estado "canónico", hay otra clasificación posible que puede ser orientadora (P. Grimal):

a) Mitos teogónicos o cosmogónicos, según el caso: relatos concernientes a la formación del mundo y al nacimiento de los dioses. Son los que más derecho tienen al nombre de "mitos", y aunque muy vetustos, por primera vez aparecen organizados en la obra de Hesíodo, donde fácilmente se aprecia la mescolanza de elementos helénicos con elementos prehelénicos y orientales. La forma en que nos han llegado es ya una forma muy elaborada; atraviesan la era clásica y sirven de apoyo a los ritos de salvación y a los Misterios. Acontecen en una espacio mítico.

b) Ciclos divinos y heroicos: episodios varios, cuya unidad se reduce al personaje, dios o héroe. Carecen de sentido cósmico, no dejan señal en la evolución del mundo, podían o no haber acontecido, pues no toda leyenda referente a una divinidad alcanza trascendencia teológica. En estos ciclos descubrimos la mezcla de muchos temas folklóricos sin significación religiosa, y fácilmente percibimos que las historias se han venido ensartando como las cuentas de un rosario, hasta llegar a su estado actual. Acontecen en lugares determinados. Ejemplo: la saga de Héracles.

c) Novela o cuento: relatos del tipo de los anteriores, sin valor cósmico o simbólico, que también se refieren a lugares determinados, pero cuya unidad no depende de la unidad del personaje, sino de la unidad literaria del episodio o intriga. Esta novela legendaria se distingue de la que hoy entendemos por novela o invención de un poema en que fue tenida por histórica, o por relativamente histórica, a pesar de los adornos fantásticos con que el tiempo la ha ido abultando.

d) Relatos elementales sueltos, anécdotas etiológicas destinadas a explicar cualquier singularidad que ha podido impresionar la mente: anomalía de un ritual, aspecto de una roca. Tal la estatua de la mujer inclinada en un templo de Afrodita en Chipre —figura de alguna magia simpática de la fecundidad— para cuya interpretación se ha creado la fábula de Anaxerete, causante de la muerte de su enamorado, que, ante la desgracia de éste, no manifestó mayor sentimiento que el de la curiosidad por ver pasar su cadáver desde la ventana, instante en que la indignación de los dioses la transformó en imagen pétrea. Aquí acomodan también los cuentos sobre juegos etimológicos de la toponimia, nombres de los ríos —que cambian con las distintas poblaciones que cruzan—, dibujos de las constelaciones, cursos de los planetas, seres metamorfoseados en astros como los que recogía Eratóstenes de Cirene en sus *Catasterismoi* (siglo III a. c.), etc.

8. El mito griego posee alto valor filosófico, psicológico, poético y artístico, lo que le ha permitido sobrevivir a la religión y a la cultura en que fue cunado. Esta misma supervivencia parcial hace que los no prevenidos crean que la antigua religión se reduce a la mitología.

Pero si el mito, como objeto de fe, ha sufrido una desvalorización que permite llamar mito al embuste, sépase que esta desvalorización comenzó desde los días de Grecia y amanece tanto como las primeras manifestaciones del pensar helénico. Lo cual para nada rebajó, y antes es posible que lo acentuara, el carácter profundamente religioso de aquella cultura.

La evolución de los mitos griegos ha cruzado las siguientes fases:

Asuntos un día de firme creencia popular, los mitos son considerados ya con desvío por los primeros teóricos de Occidente, como Jenófanes o Heráclito.

La crónica, la genealogía y la historia, en sus ensayos incipientes, los reducen a prosa y procuran suplir con ellos la falta de documentos sobre el pasado, según es manifiesto en los fragmentos de Ferécides, Acusilao y Hecateo.

En la época clásica, del siglo v en adelante, los griegos van dando en llamar mito a todo relato maravilloso no fundado en pruebas racionales, y lo mítico acaba por confundirse con lo irreal. Los mitos que abundan en la poesía pasan a ser cosas de orden fantástico. Los retores y sofistas los interpretan como alegorías y símbolos. La especulación filosófica los destierra del campo de la verdad aceptada.

Cierto es que Platón, en el siglo IV, para mejor expresarse y dar cabida a lo que no cabe en la lógica, moviliza sus recursos poéticos y forja por su cuenta algunas ficciones: la Atlántida, el nacimiento de Eros engendrado por Penía y Poros, el Panfilio y sus testimonios sobre la inmortalidad del alma... Pero estos cuentos del filósofo, así como las explicaciones alegóricas de las últimas sectas místicas, no corresponden al estudio de la mitología ni tienen nada de común con los mitos tradicionales.

La tragedia, amén de espigarlos en otros campos, había heredado de la epopeya los antiguos mitos, y los proponía como representación de las pasiones heroicas en pugna con el destino. Eurípides, último de los grandes trágicos, los maneja ya con audacia, y aun los humaniza a un punto extremo. La comedia se les atreve en tono de burla y parodia.

La edad helenística o alejandrina, que arranca del siglo III, los reduce a temas de investigación erudita o a motivos académicos de poesía.

Así los recibe de Grecia la literatura romana, y se es fuerza por incorporar en ellos sus propias leyendas, mediante artificios literarios, como lo fue el hacer de la *Eneida* una continuación de la *Ilíada:* milagro, entre otros, de Nevio y de Virgilio.

El Cristianismo tolera más o menos los mitos en condición de ornamento estético, y si puede, los adopta y les concede un nuevo bautismo, pues abrevó tanto en Grecia como en Jerusalén: Orfeo, en los muros de las catacumbas, figura como el Príncipe de la Paz de que habla Isaías; San Jorge hereda algunos rasgos heroicos de Héracles y de Teseo; San Cosme y San Damián, de los Dióscuros y su virtud curativa; San Demetrio, yo no sé qué briznas de Deméter; San Dionisio aunque sea el nombre de Dióniso; Elías, el carro ardiente de Helios; la Virgen misma, en el culto ateniense, será la Pana gia Ateniotisa, y la Semana Santa hará pensar en ciertos aspectos de los Misterios. Esta transmisión, más o menos consciente, de símbolos y de motivos, lo mismo usaba el camino popular de las tradiciones que el vehículo de las letras. De aquí que los primeros Padres Cristianos discutieran sobre los peligros de continuar el cultivo de los autores clásicos, que eran todavía la base de la educación. San Clemente de Alejandría —y no se diga San Basilio, dos siglos después— cree posible usar las antiguas letras en beneficio de la Iglesia. Toda la controversia entre San Jerónimo y Rufino gira en torno a este tema. San Agustín, aunque profundo conocedor de los monumentos grecorromanos, y aunque descubrió su camino en las páginas de Cicerón, llegó a considerar peligrosa la lectura de las letras gentiles, etc.

El mito antiguo, sostenido como en flotación, mezclado y revuelto, entra en la Edad Media y le presta algunos atavíos legendarios: ora la fábula creada en torno a Alejandro, ora las falsas sagas troyanas de Dares Frigio y Dictys Cretense, que servirán de inspiraciones fecundas y, entre otras cosas, harán posible la obra de Benoît de Saint-More, de Chrétien de Troyes y sus consecuencias.

Más tarde, el mito estimula y entusiasma al Renacimiento, en función de arqueología poética. El Romanticismo, fascinado por el descubrimiento de la poesía anónima y popular, y en pugna con la seca Ilustración que lo ha precedido, vuelve sobre los enigmas del mito para rastrear en él los modos del pensar primitivo y desentrañarlos en lo posible.

A esta empresa, la etnología, la antropología y la arqueología contemporánea han acudido con nuevas luces. Estas ciencias, a su vez, han recibido de la mitología considerable impulso. Sin los mitos, ni Frazer hubiera realizado su obra monumental, ni Schliemann ni Evans hubieran desenterrado las culturas de Troya, Micenas y Cnoso. El conocimiento de la mitología clásica es hoy parte integrante de la cultura. Está fuera de la civilización occidental quien no entiende las alusiones mitológicas, gula de las letras antiguas y de las modernas.

9. No nos preguntemos hasta qué momento o hasta qué punto se ha creído al pie de la letra en los mitos, o los grados de la creencia que a cada uno pudo concederse. No hay ele-

355

mentos para esta determinación. Además, la curiosidad se sacia muchas veces con supuestos imaginarios, sobre todo cuando la comprobación resulta imposible.

La poesía se adueñó al instante del mito. Las Musas, según decía Homero, conocen a ciencia cierta, por lo mismo que son seres de naturaleza divina, las hazañas de los dioses y de los héroes, de que a los hombres sólo nos llegan "los dudosos ecos y el rumor", gracias a los poetas.

Pues el primer género de la poesía fue la épica, y su incumbencia especial fue la evocación y el encomio de pasadas glorias, celestes y terrestres. Homero nos dice que Aquiles, en sus ocios del campamento, cantaba las acciones heroicas; y en varios lugares, nos presenta a Femio el itacense y al esquerio Demódoco —aedos o bardos ilustres— cantando para los príncipes amores de dioses y combates de héroes, y también nos habla de cierto micenio cuyo encargo —que ojalá lo hubiera logrado— era distraer de malos pensamientos a la reina Clitemnestra, con recitaciones y cantos semejantes, durante la prolongada ausencia de su regio esposo Agamemnón. Todo ello, sin duda, prefiguraciones de las grandes epopeyas homéricas.

A partir de esa hora, la poesía no abandonará más el mito. Pero la poesía es engañosa si se la toma como testimonio exclusivo de la religión y la mitología griegas, pues no sabemos dónde acaba la subjetividad del poeta y dónde comienza la creencia general y reconocida. En todo caso, como queda advertido, a la poesía se debe por mucho el que los mitos hayan alcanzado su plena riqueza espiritual, su final sentido ético y patético.

Es obvio que en nada padecen los altos aleccionamientos del mito y su trascendencia verdadera con saber que son meras cosas imaginadas. Por una parte, como documentos del alma poseen una vigencia perenne; por otra, son altas configuraciones de ideales eternos. Y todavía cabe reconocerles el imperio del engaño artístico, que al fin y a la postre, y para quien sabe disfrutarlo, resulta más cierto que la verdad. En aceptar esta "verdad sospechosa" de la imaginación hacía residir Protágoras la característica dignidad humana. Y Coleridge ha definido la poesía —falacia lógica— como "una suspensión voluntaria del descreimiento".

El mito educó e inspiró siempre a los griegos. El propio Platón, a pesar de sus reservas contra los poetas en asunto de utilidad pública, aconsejaba los mitos para los primeros pasos en la enseñanza. En Grecia, el niño aprendía los mitos en los labios de la nodriza; el escolar los practicaba en el texto homérico; el ciudadano los volvía a encontrar en el teatro, vivificados y con nueva intención. La historia, o procuraba aprovecharlos y sanearlos, o los mantenía vivos en el acto mismo de la censura. La filosofía los tomó más de una vez como base, ya para explicarlos o rechazarlos. La oratoria los proponía como ejemplos. El ensayo utilizaba la fertilidad de sus motivos. La novela naciente se puso, en cierto modo, a su escuela.

10. La vasta aplicación del mito se explica por su universalidad misma. El espíritu de los griegos, como dice Jaeger, "incorporaba sus imágenes legendarias en modelos eternos, que manifiestan expresivamente los rasgos de la familia humana", logrando así una feliz coincidencia de "lo típico y lo individual", del ideal modelo platónico y de su reflejo terrestre. Jaeger hace desfilar a nuestros ojos una serie de figuras míticas, acompañándolas de su sentido moral, en hermosa página que no resistimos al deseo de recordar aquí libremente:

Esquilo vio en Prometeo al genio creador, movido de ardiente piedad para los hombres, estos desvalidos, y pronto a socorrer al débil aun arrostrando el enojo de los arrogantes Olímpicos. Antígona, en su ternura para el hermano muerto, a quien sus conciudadanos, tachándolo de traidor, niegan los ritos funerarios —indispensables a la salvación futura—, se sacrifica valientemente en aras de la ley divina, y se enfrenta sin vacilar a los poderosos de la tierra. Aquiles, personaje de grandeza heroica, es el noble por excelencia y, como tal, cuida sobre todo de su honor y cae en cóleras implacables contra el que pisotea sus códigos. A Edipo, mente penetrante y sutil, no hay enigma que se le resista, pero ciego para su propia suerte y para el desastre involuntario que atrae sobre su ciudad. Belerofonte, caballero sin tacha ante los peligros y capaz de resistir a las seducciones femeninas, esconde en la sangre un hilillo de melancolía que lo va alejando de sus semejantes, y al fin se aniquila sin objeto y acaba sus días solitario, alucinado y doliente, como aquel a quien detestan los dioses.

Si los mitos clásicos han iluminado, a través de toda la historia, el pensamiento, las artes y las letras, son igualmente adecuados para todas las edades del hombre. Divierten al niño, entusiasman al joven, estimulan la reflexión del hombre maduro, alivian al viejo de las abstracciones que ya no le hacen mucha falta para pensar. "Conforme me voy quedando solo —escribía Aristóteles cierta vez—, más me enamoro de los mitos." Y Horacio, como Goethe en sus conversaciones, aconseja a los poetas noveles no buscar su originalidad en invenciones violentas y caprichosas, sino en el manejo de estos magnos asuntos que han sido bañados secularmente con los jugos del alma.

II. Origen de los mitos

11. Respecto al origen de los mitos se han propuesto varias teorías, desde los tiempos antiguos hasta los modernos.

a) La teoría alegórica es sin duda una de las que primero se ofrecieron. Unos se inclinan a ver en el mito un disfraz para esconder a ojos del vulgo verdades secretas y peligrosas, doctrina esotérica. Otros quieren ver en el mito una exposición elemental y atractiva de abstracciones difíciles, doctrina exotérica. Ya se insiste en las alegorías físicas —que caen más bien en el campo de la *teoría naturalista* considerada más adelante—, ya en las alegorías morales, que son las que ahora consideraremos.

Se dijo que Atenea se opone a Ares como la prudencia a la locura, y Hermes a Latona como el espíritu alerta al espíritu negligente. Que la tela de Penélope es una imagen del razonamiento lógico, en que las premisas son la cadena, la conclusión es la trama, y las antorchas que alumbran el trabajo de la tejedora son las luces de la inteligencia. El banquete, en las bodas de Peleo y Tetis, quiso explicarse como la expresión de los poderes divinos, donde todos los dioses suman sus excelencias; la manzana de oro que arrojó entre ellos la Discordia (Eris), manzana dedicada "a la más hermosa", es el Universo, solicitado por elementos contradictorios que se mantienen en pugna, y objeto de codicia para cada uno de ellos; el alma es Paris, árbitro en la disputa, a quien corresponde la percepción y valoración de las cosas y quien finalmente da su preferencia a la Belleza (Afrodita), etc.

Esta teoría se funda en la absurda suposición de que la mente poseía ya todo un sistema ético y filosófico "a la moderna" por los días en que se fraguaban oscuramente las concepciones míticas. "El mito —dice Rose— no pudo ser alegórico, porque nació cuando aún no había especies que someter a la alegoría."

El error se explica por el respeto mismo a la tradición, que pretende atribuir a los antepasados remotos los ideales y aptitudes intelectuales del presente; por la afición alegórica manifiesta en los primeros documentos de la poesía griega, en Homero, en Hesíodo; y por la forma oracular que asumieron al instante las expresiones literarias de la religión. De aquí que la alegoría, popular en Grecia, aceptada fácilmente por los comentaristas judíos y cristianos, se haya aplicado asimismo a la lectura del Antiguo Testamento.

Por supuesto que, en mitos de aparición tardía —verdaderos cuentos folklóricos más que mitos, como el muy conocido de "Cupido y Psique"—, la intención alegórica es innegable; pero aquí estamos ya muy lejos de los orígenes.

b) La teoría simbólica, que gozó de cierta fortuna durante la Edad Media y fue resucitada a fines del siglo XVIII, pretende que los pueblos antiguos, durante sus primeros pasos, llegaron a ciertas vagas ideas fundamentales sobre el monoteísmo, ideas iguales para todos ellos, y que sus sacerdotes las formularon en símbolos. Un día se olvidó el sentido de los símbolos, y éstos siguieron viviendo por sí como mera mitología.

Esta teoría adolece de igual error que la teoría alegórica: el atribuir a los primitivos una verdadera metafísica ajustada a principios muy posteriores. Para sostenerla, Creuzer tejió una maraña tan ingeniosa como falsa en torno al fabuloso Talos, pretendida divinidad solar de los cretenses. Claro es que, en el fondo, toda creación imaginativa despide un aroma de símbolo involuntario. Pero de aquí a la simbolización sistemática media un abismo.

La difusión que pudo alcanzar la teoría simbólica se

debe a la atracción que ejercen las "doctrinas secretas" sobre ciertas mentes pueriles, supersticiosas y educadas a medias. Todavía hay quien busque cábalas en los números de la lotería o corrompa la ortografía de su nombre con miras a algún éxito mágico.

c) *La teoría racionalista* ha sido una tentación temprana. Para ciertos espíritus, los hechos de la experiencia son de tal modo obvios, que no entienden cómo la gente sencilla haya creído nunca que los hombres puedan ser híbridos de animales o puedan cambiarse en piedras y en árboles, si no es mediante un fraude consciente o siquiera una equivocación de los datos.

Heródoto, que acepta sin reparo la leyenda del Ave Fénix o las hormigas gigantescas que amontonan oro en la India, es ya racionalista cuando interpreta la leyenda de los egipcios sobre las palomas negras que fundaron respectivamente los oráculos de Amón y Dodona. Las palomas —dice— no son más que dos fenicias raptadas y vendidas luego en tierra extranjera. No hay aves que hablen. Como esas esclavas ignoran la lengua del país a que se las ha traído, su habla extraña se compara al trino de los pájaros, y si se afirma que eran negras, ello se debe al origen egipcio de la leyenda.

La antigüedad conoció una obra de que nos ha quedado acaso un epítome y que es clara muestra de este método interpretativo: *Los relatos increíbles* de Palefato. Allí se explica de esta suerte la fábula de los Centauros: En tiempos de Ixión, rey de Tesalia, la tierra estaba materialmente plagada de animales vacunos. Como lo dirá Moro en Inglaterra, los ganados se comían a los hombres, la ganadería perjudicaba a la agricultura. Ixión contrató a unos arqueros de la ciudad de Nefele para que, recorriendo el campo a caballo, redujeran la población vacuna. Ya se entiende que la exportación era entonces cosa imposible, y aun en nuestros días vemos quemar el café en San Paulo para sostener los precios. Pues bien: de aquí surgió la fábula de que Ixión engendró en Nefele, que casualmente significa "la Nube", una raza híbrida de Centauros, entre hombres y caballos; pues "Centauro" quiere decir algo como "garrocheador de toros".

Es evidente que, en la tradición secular, muchas crónicas

pueden convertirse en leyendas —lo que Chesterton, por de contado, considera como un progreso—; pero sólo al cabo de siglos y en casos singulares. Los acontecimientos palpables e inmediatos nunca fueron mitificados así por la gente contemporánea. Por supuesto, los hechos que la inteligencia no abarca se explican con cualquier patraña, no las cosas comunes. Se ha dicho por eso que las extremas explicaciones racionalistas son lo más irracional que existe.

d) La teoría evhemerista o histórica tiene relación con la anterior. Le legó su nombre Evhemero, escritor de la época alejandrina, ya una época vacilante. Según Evhemero, los mitos divinos son solamente la deificación *a posteriori* de hombres que realmente existieron, que fueron príncipes y benefactores y a quienes se adora en la memoria del pueblo. El caprichoso viajero alejandrino pretende haber descubierto las tumbas y las inscripciones recordatorias de los sucesivos amos del cielo —Urano, Cronos, Zeus— en una imaginaria isla de Panquea o Pancaya perdida en el Océano Índico.

El evhemerismo existía en estado difuso antes de Evhemero. Ya Hacateo de Abdera, en sus *Egipcíacas*, ve a los dioses como unos bienhechores divinizados; Diodoro Sículo entiende a Héracles como un civilizador histórico, y ajusta la tradición de Dióniso a la persona de Alejandro; y Polibio y Estrabón, entre otros, siguiendo la sugestión de Aristóteles, creen que los mitos se compusieron de caso pensado para reforzar la obra de los legisladores.

Pero Evhemero impuso su sello definitivo a esta teoría, en esa su novela geográfica que pára en utopía política, género característico de los escritores alejandrinos, y la traducción de Enio acabó de popularizarla entre los apologistas cristianos.

Según Evhemero, Zeus, un rey cretense, escribió la historia de Urano y la de Cronos, el monarca a quien derrocó; Hermes escribió la historia de Ártemis y de Apolo; Atenea fue una reina guerrera; Afrodita, una cortesana deificada por el amor de cierto príncipe chipriota; Deméter, una princesa siciliana cuya hija fue raptada por el rico terrateniente Plutón, y así las demás figuras míticas. Esta reducción histórica de las fábulas correspondía a los anhelos de los próceres y gobernantes alejandrinos, que querían verse divinizados. Evhemero tuvo muchos imitadores.

La teoría, como hipótesis general, está desechada. Sin duda hay mitos heroicos que admiten la investigación de sesgo evhemerista; difícilmente puede ello convenir a los mitos de las verdaderas deidades. Sin embargo, la frontera entre héroes y dioses no puede trazarse con nitidez, ni tampoco puede aquilatarse fácilmente ese mínimo de realidad acarreado en la ráfaga de la fantasía. El evhemerismo puede admitirse, pero, a lo sumo, como un recurso de aplicación excepcional.

e) La teoría naturalista pretende ver en todos los mitos divinos otros tantos fenómenos de la naturaleza, idealizados por la inclinación a la prosopopeya propia de los pueblos primitivos. A propósito de las alegorías, hemos mencionado ya este tipo de alegorías físicas. Según los antiguos "naturalistas del mito", Apolo y Posidón se oponen como el agua y el fuego; Hera y Ártemis, más o menos, como la atmósfera terrestre y la Luna; las flechas del Arquero Apolo no son otra cosa que los rayos del Sol; Zeus es el cielo y los principales meteoros celestes; Hera, por subterfugio etimológico, el aire; Afrodita, el principio de la humedad, base de fecundidad y de vida. En los últimos tiempos, se exagera el afán de ver en todos los Dioses distintas manifestaciones del Sol. Es ésta una característica de los estoicos, aunque no exclusiva de ellos.

La vieja teoría (iniciada por Metrodoro de Lámpsaco en el siglo V, adoptada luego por los estoicos, y más tarde, al auge de las influencias orientales, por Macrobio, que se anticipó a Max Müller en ver al Dios Sol por todas partes), está representada en los tiempos modernos por Sir G. W. Cox, cuya obra mereció el honor de ser traducida por Stéphane Mallarmé, quien decía en su prefacio: "Libertar a las deidades de su apariencia personal y devolverlas, como volatilizadas por una química de la inteligencia, a su primitivo estado de fenómenos naturales, puestas de sol, auroras, etc. he aquí el objeto de la mitología moderna" (*Les Dieux Antiques*, 1880, p. IX).

Esta teoría incurre en los mismos deslices que la teoría alegórica y, como ella, es admisible en algunos casos (He lios: Sol; Eos: Aurora; Iris: Arcoiris, etc.); y también puede aceptársela como especulación imaginativa sobre fuerzas naturales "desconocidas" (rayos de Zeus, terremotos de Posidón, ríos-toros, por el rumor que hacen, etc.). Pero estas especulaciones no tenían por qué coagular en objetos de adoración; y en efecto, el Sol, la Luna, el Terremoto, el Trueno, el Rayo, o no conocieron culto alguno, o sólo conocieron cultos escasos y extraordinarios. Es mucho más cierto decir que la mentalidad primitiva mitificaba y adoraba a la persona de quien se supone que dependen tales fuerzas, y no a las fuerzas naturales en sí. El tema es por demás complejo, y su discusión no afecta directamente a la discusión de los mitos.

f) La que algunos llaman *teoría teológica* es una bien intencionada falsificación que empieza con los judíos alejandrinos y considera los mitos paganos como meras corrupciones de los relatos bíblicos: Deucalión es Noé; Arión y su delfín, Jonás y su consabida ballena; Héracles es una imagen refleja de Sansón. Esta teoría, que Gladstone mantenía aún por 1890, da por sentado que la Biblia es anterior a las elaboraciones de los mitos paganos, lo que ni siquiera necesita ya refutarse.

g) *La teoría filológica*, relacionada con la naturalista, se autoriza con el nombre de Max Müller. Según él, la mente del primitivo contempla con reverencia y temor los misterios que nos rodean, y los diviniza. Quiere darles nombre. Su lenguaje no basta para expresar cosas inefables, y emplea metáforas y equívocos. Para decir "Dios", se ve en trance de decir "el Cielo", y acaba por pensar que el cielo físico es el dios o es la morada de los dioses.

Max Müller reforzó su teoría mediante el estudio de las raíces sánscritas en los Vedas y demás documentos arios de venerable antigüedad, sin tomar en cuenta que los Vedas son ya fruto de una transformación literaria como la obra de Homero lo es en Grecia. Creyó recoger la semilla misma del lenguaje. Comparó tales documentos con la mitología de otros pueblos (sin conocer a fondo la griega), y concluyó que la mitología es "una enfermedad del lenguaje", una metáfora sustituida al objeto: Atenea, brotada de la frente de Zeus, es Ahana (Aurora. Y de aquí que Ruskin, en *La Reina del Aire*,

363

juegue con la idea de la deidad que nos despierta por la mañana y, en consecuencia, nos aviva el espíritu para la sabiduría, y recomiende aerear las alcobas para que penetre Atenea). El nacimiento de esta Atenea meteórica es favorecido por el Sol que amanece (Hefesto); y Atenea es Virgen por ser luz pura; Dorada, por su color, Campeona o Prómacos, porque combate con la sombra, y así sucesivamente. Como la Aurora es seguida por el Sol (ahora, Apolo) y muere con su aparición, esto se metaforiza diciendo que un dios ha perseguido a una ninfa.

Lo cierto es que la fertilidad de cada fábula sería inexplicable si sólo tradujera estos fenómenos fijos y diariamente reiterados. Las metáforas del clima y del tiempo no bastan para poblar la inmensa selva mitológica. Las tradiciones no demuestran que los salvajes hayan concedido una atención preeminente a tales procesos regulares. La literatura indostánica, aunque vetusta, no es primitiva en el sentido que se pretende, y sus mitos solares se estiman hoy como relativamente tardíos. Los filólogos no están de acuerdo en las etimologías. Si "Atenea" es, para unos, el espíritu de la aurora, para otros es más bien el aire de las regiones superiores, o una flor, o hasta una punta de lanza. La teoría filológica, además, obliga a cambiar la persona mítica de una manera caprichosa, como hemos visto que acontece con el Sol-Hefesto y el Sol-Apolo. Por otra parte, los pueblos han contaminado entre sí sus mitos, y los vecinos pueden proceder de distinto origen. El pretendido fondo ario común parece ser muy limitado. Cuando se demostrara que Max Müller acertó siempre respecto a la India, todavía resultaría imposible dar el salto de la India a Grecia. Finalmente, la teoría atribuye al metafísico de las cavernas una mentalidad que hoy la ciencia no le reconoce.

h) Si tuviéramos que escoger, preferiríamos escoger libremente entre todas las teorías, según el caso. Todas contienen alguna verdad, y todas son susceptibles de tal o cual aplicación lícita. Pero los modernos métodos no se contentan con un eclecticismo desordenado y proceden con singular cautela. La teoría vigente, que algunos llaman *antropológica*, prefiere abandonar el rigor sobre el origen único de los mitos y para sortear el peligro de las otras teorías, que consiste

364

n tomar la fábula en su último estado y en pretender tra-
ducirla de acuerdo con la mentalidad moderna, adopta las
siguientes reservas:

1º Conviene acercarse cuanto sea dable hasta la primera
forma del mito y, en lo posible, fijar su época. No es tarea
fácil. No basta percatarse de que la fábula, en la versión de
Sófocles, difiere de la versión de Plutarco. Si Sófocles es muy
anterior a Plutarco, resulta que inventaba cosas por su cuenta, y resulta, en cambio, que Plutarco solía abrevar en fuen-
es hoy perdidas (Loebeck).

2º Importa establecer con la mayor aproximación la zona
demográfica de la fábula, pues Grecia fue un pueblo muy
mezclado. El origen de un mito puede ser prehelénico, aqueo,
dorio, jonio, o tal vez nos encontremos ante una importación
asiática o tracia (K. O. Müller).

3º La fábula en cuestión ¿es un mito etiológico, conmemorativo o meramente folklórico? (Jakob y Wilhelm Grimm,
etcétera.

4º Una vez fijados aproximadamente el perímetro y la especie del mito, procede compararlo con los mitos semejantes
que perduran entre los salvajes de nuestros días y entre las
poblaciones más rudas y atrasadas; pero tomando muy en
cuenta que estas analogías han sido el derrumbadero del
método comparado (Mannhardt, Lang).

5º Todavía nos falta ponernos, sonambúlicamente y hasta donde cabe lograrlo, en el ánimo del primitivo. Tal es el
punto más escabroso, aunque ineludible, pues la conciencia
humana sólo se investiga plenamente a través de la conciencia humana.

6º Llegados aquí, hay que desandar el camino y examinar las evoluciones de la fábula, hasta alcanzar su última
cristalización literaria. Y esto, no sólo para establecer la se-
cuela de las sucesivas mudanzas, sino también porque unas
etapas dan luz sobre otras y les sirven de comprobación y
contraste en uno o en otro sentido.

Los griegos fueron salvajes un día, y asimismo los pueblos que se mezclaron para formar el pueblo griego. Los
mitos conservan resabios de fealdad primitiva; pero, en general, la mente helénica supo purificarlos y hermosearlos a
través del arte y la literatura. Lo más propio es presentar

aquí los mitos algo purgados ya de la ganga de sus orígenes, sin por eso privarnos de algunas alusiones a lo que pudiéramos llamar la prehistoria mítica, cuando ello ofrezca un interés especial.

III. Heterogeneidad de los mitos

12. Así como Grecia no llegó a la unidad política sino bajo el puño extranjero y cuando dejó de ser Grecia, tampoco logró nunca la homogeneidad religiosa. Así como vivió repartida en cientos de Estados-Ciudades empeñados en constantes luchas unos con otros, aunque reconocía aquel parentesco espectral que la llevó a dividir el mundo en griegos y bárbaros, así sus creencias y sus ritos son un verdadero mosaico.

Desde luego, nunca le fue dable resolver una dualidad profunda: A una parte, encontramos aquel vetusto misticismo de sus ritos agrarios, encaminados a provocar y a saludar el retorno cíclico de la primavera, el éxtasis que ofrece la unión trascendente con el Dios, los Misterios de Deméter y Kora —sectas de iniciados con embriones de misa—, el orfismo, el pitagorismo religioso, el frenesí y la orgía de Dióniso.

A otra parte, el radioso orden olímpico, cuyas divinidades, estatuarias y lejanas, aparecen como una corte aristocrática en torno a Zeus. El misticismo anteolímpico o extraolímpico, a pesar de ciertas repugnantes crudezas, contiene elementos espirituales, más propios a nuestro sentir de la verdadera religión que la *eusébeia* o piedad olímpica.

Pero, además de esta dualidad —por efecto de la mescolanza étnica entre los antiguos egeos y los indoeuropeos danubianos (aqueos y dorios), por los contactos con los pueblos asiáticos de su campo histórico, por obra del politeísmo, por la ausencia de Iglesia reguladora y dogmas definidos, por la falta de un sacerdocio especializado y jerarquizado bajo una autoridad única como hoy lo entendemos—, la heterogeneidad religiosa dio como resultado el que muchos mitos sean entendidos de muchos modos, y el que se confundan, en los cultos, nociones y prácticas de distintas épocas y procedencias, aunque ellas sean divergentes y hasta contradictorias.

Aun la política, que usaba de los mitos como documentos jurídicos y diplomáticos para las alianzas y las pretensiones de los pueblos y de los príncipes, contribuyó en parte a alterar de propósito algunas leyendas. Pues las leyendas suplían el conocimiento de un pasado que los griegos ignoraban en mucho y que apenas en nuestros días hemos comenzado a conocer.

Así vemos que la conquista doria del Peloponeso (Morea) vino a llamarse "el Regreso de los Heraclidas", de los descendientes de Héracles que volvían por lo suyo; o vemos que el extraño mito de Ion se esgrimió en favor de las ambiciones atenienses sobre la hegemonía griega y para reforzar los lazos de familia entre Atenas y Jonia; o vemos que los recalcitrantes Butades, una familia noble, se daban por descendientes de Erictonio-Erecteo, el héroe ático brotado del suelo como los árboles, o por descendientes de Posidón, el dios marítimo.

Grecia no recibió una religión revelada. Su religión es producto de un acarreo popular e inconsciente. Y aunque el griego era más puntual que los feligreses modernos en el cumplimiento de sus numerosísimas observancias públicas y privadas, y aunque muchos actos que hoy nos parecen indiferentes o profanos eran para él actos religiosos, la gran libertad de las creencias no pudo menos de fomentar la anarquía de las nociones y de los mitos.

Si tal anarquía desazona a los estudiosos de Grecia, no dejó de ser favorable, en algún sentido, para la cultura. Tamaña flexibilidad, no menos que la insolencia con que este pueblo juvenil se enfrentó a las solemnidades asiáticas, y la discolería irreducible de los Estados griegos, determinaron a la larga el apogeo de la filosofía, las ciencias, la poesía y las artes, en términos que todavía nos admiran, nos orientan y nos estimulan. El espectáculo de la efervescencia helénica, en contraste con el relativo adormecimiento del Oriente Clásico, puede compararse al de las repúblicas italianas en la era renacentista.

13. No faltaron esfuerzos unificadores en el orden político ni en el religioso. Atenas, Esparta y Tebas lucharon en vano por imponer un gobierno general a los griegos. Pericles, algo tardíamente, quiso concertar el culto olímpico y apolí-

neo de Delfos con los Misterios de Eleusis, el antiguo misticismo autóctono.

Hubo, asimismo, instituciones permanentes que obraron en igual sentido. Ciertas congregaciones religiosas que cuidaban de determinados cultos, las Anfictionías, fracasaron entre las ambiciones políticas y las intrigas extranjeras. Los sagrarios más eminentes ejercían acción atractiva en torno a ciertas divinidades, pero su acción no fue muy lejos. Cada localidad griega poseía sus mitos y ritos peculiares, algunos los compartía con la región, y en otros se incorporaba a la vasta comunidad helénica. Si todas reconocían a Zeus —y sin duda cada una con ciertas variantes de su tradición propia, pues no había en esto quien definiera ni obligara—, ya nadie sabía, fuera de Epidauro, Egina o Trezena, quiénes podían ser Damia o Auxesia, oscuras potencias de la fertilidad que acá se celebraban mediante un ritual licencioso, y más allá, a pedradas, en memoria de la lapidación de ciertas vírgenes cretenses con quienes se pretendía identificarlas. Y si la atracción de los sagrarios no llegó al final de su empresa, dígase otro tanto de los Grandes Oráculos, aunque ciertamente ellos hayan cooperado de manera palpable para establecer algunas bases del "legalismo" ético-religioso. Por su parte, las Panegirias o magnos festivales periódicos, imponentes ceremonias sacras acompañadas de concursos atléticos, representaciones teatrales, lecturas públicas y hasta ferias, unían por un instante a los griegos en un sentimiento de hermandad nacional, al punto que se dictaban treguas sagradas para suspender provisionalmente las guerras. Pero a la mañana siguiente todo se había olvidado y se reanudaban las hostilidades.

En resumen, ni los intentos de hegemonía, ni los empeños de los estadistas, ni las Anfictionías, ni los Sagrarios Máximos, ni los Grandes Oráculos, ni las Panegirias consiguieron la unificación política o religiosa de Grecia.

14. La heterogeneidad de los mitos se percibe, ante todo, en el hecho de que cada autor griego cuente de otro modo la misma fábula, sin que haya medio de conciliar las variantes. Unos procuran relacionarlas toscamente en un sistema genealógico donde, como en el poeta Hesíodo, se notan mucho las costuras. Otros, como Apolonio de Rodas para

contar la leyenda de los Argonautas, escogen cuanto les conviene y olvidan cuanto les estorba. Los mitólogos, a su turno, se pierden en la intrincada madeja. Pierre Bayle llegó a decir que, si fuesen ciertas todas las leyendas sobre la Helena de Troya, habría sesenta Helenas distintas, si es que no un centenar.

Nueva manifestación de la heterogeneidad nos ofrecen los epítetos o apellidos de las deidades, aun dejando aparte los que no poseen sentido canónico, sino puramente poético. Estos epítetos se refieren a la ascendencia del ser mítico, a su parentela, a su cuna, a los centros principales de su mostración o su culto, o a sus atributos, funciones y virtudes características. No siempre son compatibles unos con otros, y desde luego, distan mucho de la precisión y fijeza que les atribuyen los manuales.

Por ejemplo, Zeus es Cronión o Crónida porque es hijo del "artero Cronos". Generalmente se habla de él como un dios venido del Norte, que dejó la huella de su paso en Dodona. Tal es el dios de los pelasgos a quien cierta vez Aquiles invoca en la *Ilíada*. Pero si se dice "Zeus Dicteo", el adjetivo se refiere ya al niño Zeus criado en el monte Dictis (Creta); si "Zeus Ideo", al que se venera en el monte Ida (sea el de Creta o bien el de Troya); si "Zeus Olimpio", al que tiene su sagrario en Olimpia. El "Zeus Tonante" es amo del rayo; el "Zeus Georgós", es el de los pastores; el "Zeus Horkios", el de los juramentos; el "Zeus Ktesios", el del hogar y la despensa; el "Zeus Trofonio" (de Lebadea) es un Zeus que ha absorbido en sí la personalidad del Trofonio, un diosecillo local, así como el "Jacintio Apolo" anexa a Apolo la personalidad de Jacinto. Apolo es Hiperbóreo cuando se le atribuye un origen septentrional (aunque todavía se discute el sentido de la palabra "hiperbóreo"); pero es "Delio" porque nació en Delos, y "Licio" porque nació en Licia según otras versiones. Afrodita, en Homero, es hija de Zeus; pero en Hesíodo, es tía de Zeus e hija de Urano. Hefesto es el dios del fuego, y Ares lo es de la guerra; pero Zeus suele ser "Hefestío", como para apropiarse los atributos de Hefesto, y Atenea, "Areía", guerrera y señora del botín. Afrodita es diosa de los amores, y por más señas, en la *Ilíada*, Diomedes la expulsa de la refriega como cosa que no le incumbe; pero hay sitios en que se la representa armada, en Chipre hasta lleva barbas viriles, y por algo se habló tanto de sus amores subrepticios con Ares.

No multiplicaremos más los ejemplos, que se encuentran a cada paso. Con todo, debemos penetrarnos de que, bajo todas estas refracciones, se deja ver el mismo ente —Zeus, Apolo, Atenea, Afrodita, Hefesto, Ares, etc.—, al modo como el Jesús del Gran Poder y el Cachorro, de Sevilla, representan al mismo Dios único, y la Guadalupe en México, la Señora de Copacabana en el Perú, la Dolorosa o la Concepción en todas partes, son la misma Virgen María.

Y si esto acontece para con los dioses máximos —que parecen llevar en sus apellidos la huella de su prehistoria secreta— ¿qué no pasará con los diosecillos locales, con los héroes, y con todo el proletariado mitológico que ni siquiera recibió el baño higiénico del culto?

Se dice de un dios o de un héroe que nació en tal parte, fue hijo de tales progenitores, se educó en determinado país, realizó estas y las otras hazañas, usaba preferentemente de ciertas armas, se lo reconocía por su indumentaria predilecta o los animales que solían acompañarlo, contrajo nupcias con aquella diosa o heroína, tuvo uno o varios hijos. Y la verdad es que los distintos mitólogos, así como los testimonios del arte y de la poesía, no hacen más que contradecirse al respecto.

15. Arborescencia y, a veces, discontinuidad; ni relación necesaria, ni menos evolución lineal: tal es el cuadro de los mitos. Pero si a nosotros los mitos nos provocan tentaciones de alegoría y de símbolo, y el consiguiente anhelo de darles coherencia, por artificial que ella resulte, iguales provocaciones padecían los hombres de ayer. Acaso este afán por organizar el relato o por adaptarlo a un sentido oculto sea una fuente de variantes. Otras razones que explican la proliferación de variantes, dada la libertad de manejar las historias sin autoridad dogmática que lo impidiese, habría que buscarlas en la comodidad mnemónica, la economía estética, el anhelo de vincular el cuento al propio terruño o de referirlo a la genealogía de algún poderoso, la conveniencia de explicar conforme a una leyenda los ritos ya incomprensibles y vetustos, etc. Ante la inmensa masa documental, lo

que importa es no confundir el dato desnudo con nuestra interpretación subjetiva —de que no por eso vamos a privarnos, una vez que la confesamos como elaboración propia—, ni atribuir a aquel tembloroso enjambre de nociones y de episodios la estabilidad que nos vemos obligados a prestarle siquiera para poder describirlo, siquiera para que "se deje retratar".

Armados con estas reservas, nos atreveremos a proponer un posible significado para algún rasgo de la fábula, o alguna posible relación entre los rasgos de dos o tres fábulas diferentes. No siempre podremos saber si este sentido o esta relación coincidirán con los que, expresa o tácitamente, se presentaban en la conciencia de un griego. Es de sospechar que, tal o cual vez, se da el ajuste. Pero ya estamos prevenidos contra las decepciones. Pues, en materia de estudios míticos, no es una vergüenza equivocarse, y todo hecho mítico es inabarcable por su misma naturaleza.

16. Concluimos, pues, que el solo hecho de contar un mito, sea excelso o humilde, supone una obra de creación. Hay que seleccionar, hay que componer, pues a ello obliga la economía del relato. Hay que proceder como el artista griego que, para su imagen de Afrodita, escogió los rasgos más hermosos entre varios modelos. Válganos la declaración de Pausanias, un turista religioso de Grecia, que allá en el siglo II de la era cristiana hacinó una montaña de documentos y resumió su experiencia en estas palabras: "Los griegos nunca se han puesto de acuerdo sobre un mito."

No es fácil contar los sueños de los griegos, gente cuya fantasía se ahoga en su misma exuberancia. Si en nuestro ensayo hemos conseguido un poco de amenidad y de orden —pues la letra con sonrisa entra— tal vez seamos leídos. No aspiramos a mejor palma.*

México, diciembre de 1950.

---

* Como es fuerza volver varias veces a la misma historia y es cansado llenar de notas las páginas, conviene referirse siempre al índice alfabético.

I. LOS ORÍGENES

1

Los comienzos. Abstracciones, monstruos, titanes y gigantes. El reinado de Urano. Mutilación de Urano y aparición de Afrodita.

1. La mente griega se ha resistido a aceptar que la Creación haya brotado de la nada. Siempre existió "algo", y ese algo evolucionó hacia las actuales formas del mundo. El primitivo Caos de Hesíodo no es un comienzo en el sentido absoluto, sino sólo un punto de partida. Otras cosmogonías ulteriores —el orfismo, las especulaciones que recoge Ovidio en sus *Metamorfosis*, la paráfrasis del Génesis erróneamente atribuida a San Cipriano y donde se mezclan ya nociones clásicas y hebreas— han intentado llenar de diversos modos el abismo entre la nada original y el Universo visible. Pero la creencia popular de los griegos debe estudiarse propiamente en Hesíodo.

Los dioses griegos no crearon el mundo y ni siquiera han sido eternos, aunque sean inmortales. Nacieron un día de los días. Además, antes de ellos encontramos unas vagas entidades cósmicas, con frecuencia meras abstracciones, que casi no llegaron al culto y que poco a poco se encaminan, mediante la metáfora biológica del ayuntamiento sexual y la descendencia de padres e hijos, hacia las personas mitológicas.

Aunque las normas sociales de Grecia rechazan las relaciones incestuosas, es natural que se las admita como la única forma inteligible de acoplar las fuerzas originales para hacerlas producir nuevos entes.

A las fuerzas cósmicas, abstracciones y monstruos, que corresponden al reinado de Urano, sucede la era de los titanes, bajo el reinado de Cronos, y a éste, finalmente, sucede la monarquía olímpica de Zeus, la etapa de los dioses auténticos. Por bastardeo entre dioses y humanos, nace la especie de los héroes, los cuales, por otra parte, también pueden ser deidades locales venidas a menos bajo la nueva religión.

Estas tres etapas son una composición artificiosa para estructurar varias épocas de la creencia: *1)* la anterior a Grecia, propia de los pueblos no helénicos; *2)* la mescolanza de nociones entre los cultos autóctonos, los importados por el inmigrante y los de nueva elaboración; *3)* y al cabo, la definición olímpica, la religión oficial del Estado griego, la cual se deja bañar por todos los flancos, según lo ha explicado la introducción, en las aguas del misticismo popular.

2. Del Caos primitivo, dice Hesíodo, nacen Gea (la Tierra), el Tártaro (el Obscuro Abismo), Eros (el amor), Érebo (la Sombra) y finalmente la Noche. La Noche y el Érebo engendran al Éter (o Aire Superior) y al Día. Gea por sí sola, da nacimiento a Urano (el Cielo), a las Montañas y al Ponto (el Mar).

Adviértase de una vez que, en el sistema hesiódico, se distingue claramente entre Urano (el Cielo) y Éter (el Aire Superior), entre Gea (la Tierra) y Ctón (el Suelo), y entre el Ponto (el Mar) y el Océano (Río que rodea a la Tierra).

3. De Urano apenas puede decirse que sea un dios. Ni se lo adoró ni tuvo representaciones artísticas. Algunos quieren referirlo a una ascendencia sánscrita y a una posible etimología que significa "piedra", y lo explican recordando que el cielo era concebido como una extensión de bronce o de hierro.

Gea, en cambio, es ya casi una diosa abuela, de cuyo culto quedan noticias, pero a quien sustituirán en la mitología otras deidades más plenamente antropomórficas. El arte llegó a figurarla como una matrona que se levanta del suelo.

Urano y Gea se unen para engendrar hijos, a quienes pronto conoceremos: los Titanes, los Cíclopes, los Hecatónquiros o Centímanos.

4. La noche engendra una nidada de abstracciones sin mito ni culto en general: Moros (el Hado), Ker (algo como un Ángel de la Muerte), Tánatos (la Muerte), Hipnos (el Sueño, que tuvo algún altar), los Ensueños, Momo el deturpador (espíritu acusatorio como el de *Job*, que encuentra faltas en cuanto hacen los dioses), Ecis (el Dolor o Desgracia), Némesis (retribución e Indignación contra el mal, también adorada en alguna parte), el Despecho, Filotes (Goce Sensual), Geras (la Vejez), Eris (Discordia).

Eris, a su turno, es madre de Ponos (el Trabajo), Leteo (el Olvido, que en otras partes es un río, hijo de Hades), el Hambre, los Infortunios, las Luchas, las Batallas, las Matanzas, los Asesinatos, las Querellas, las Mentiras, la Deslealtad, el Apasionamiento y el Horcos (literalmente, el Juramento, pero personalizado en el espíritu que castiga el perjurio, de donde el horco de los romanos: deidad subterránea y su mansión).

Entre las crías de la Noche, algunos añaden las Hespérides: guardianas en el lejano Occidente, de un árbol cuyos frutos de oro Gea ofrecerá a Hera como presente nupcial, cuando ésta se despose con Zeus. Las Hespérides (Eglea, Eritia, Aretusa y Héspere, Hesperia o Hesperetusa) pasan el tiempo cantando, y las ayuda en su guarda un dragón, hijo de Forcis y Ceto, de quienes adelante hablaremos. Su jardín se sitúa unas veces junto al Atlas africano, y otras, junto al Atlas arcádico, por donde corre el río Ladón, nombre del dragón que las acompaña.

La Noche es también madre de las Moiras (Hados), que para otros son hijas de Zeus y Temis. Originariamente fueron aves de los destinos, que traen su suerte al recién nacido y que los romanos identificarán con las Parcas. Como éstas, son tejedoras, y Hesíodo las llama Cloto (Hilandera), Láquesis (Distribuidora) y Átropos (Inexorable). Se las concibe como unas ancianas que tuercen el hilo de las existencias individuales, y la filosofía se ha apoderado de ellas para elaborar ideas sobre la predestinación que aquí no nos incumben. La poesía les asigna respectivamente la trama, el pasado, el futuro, o bien la rueca, el hilo y las tijeras. Las artes las figuran en el acto de leer y redactar la página de los destinos, por donde se les ha llegado a atribuir la invención de ciertas letras, etc.

5. El Ponto es padre de Nereo, cuyo vetusto imperio marítimo será heredado por Posidón. Se lo llama por antonomasia el Viejo, lo caracteriza su fiel apego a la verdad, su incapacidad para mentir; y en contraste con las feroces deidades del mar, a cuya estirpe pertenece, es solícito, bondadoso y prudente. Su naturaleza, como conviene a un ser acuático, es proteica, y muda de aspecto a voluntad. Su contrafigura es Proteo, un embustero incorregible. Nereo crió

a Afrodita; y aunque se resistió algún tiempo, señaló a Héracles el camino rumbo al Jardín de las Hespérides y le proporcionó la copa del Sol para que navegara por los mares desconocidos. Tal vez Gea haya sido su madre. Tuvo por hijas a las Nereidas, y a Doris por consorte.

Entre las Nereidas fueron famosas la arcaica Tetis y la reciente Galatea. El mito de Tetis es ya un mito importante y plenamente desarrollado; el de Galatea es de larga tradición poética y ha inspirado el más cabal y rotundo entre los poemas de Góngora. Pero no ha llegado aún la hora de referir estas fábulas.

El Ponto tuvo otros hijos de Gea: dos varones, Taumas y Forcis, y dos hembras, Ceto y Euribia (la Monstruo del Mar y la Potente). Taumas engendró, en una hija de Océano llamada Electra, a Iris y a las Arpías.

Iris, cuyo doble simbolismo como meteoro y mensajera divina ya conocemos y que fue la esposa de Céfiro, parece especialmente adscrita al servicio de Hera, como Hermes al de Zeus.

Las Arpías son, por una parte, aves ladronas, dotadas de rostro femenino y, por otra parte, los espíritus de la ráfaga y de la polvareda, los vientos mordientes y traviesos tan conocidos en toda Grecia. Se llamaron respectivamente Aelo, Ocípete y Celeno: la Viento Tempestuoso, la Alas Ligeras y la Oscura. También se recuerda a la arpía Podarga o Plantas Raudas, que tuvo de Céfiro a los dos caballos de Aquiles: el Janto o Castaño y el Balio o Rodado.

Forcis, casado con su hermana Ceto, engendró una extraña descendencia: el dragón de las Hespérides ya mencionado (Ladón), las Greas (Penfredo, Enío y Dino) que nacieron con canas, y las tres Gorgonas (Esteno, Euríale y Medusa). Las Greas, imágenes de la vejez, son tuertas y desdentadas, o más bien poseen un solo ojo y un solo diente que se prestan entre sí, y hacen oficio de guardianas para las Gorgonas. Éstas, por su parte, son engendros espantables, imágenes de la pesadilla, cuyo rostro petrifica al que lo contempla, poseen cabelleras de serpientes y aúllan como perras. Medusa era mortal, y cuando cayó a manos del héroe Perseo, dio a luz al Pegaso, caballo alado, hijo de Posidón, y a Crisaor el de la Espada de Oro.

Este Crisaor tuvo, de la Oceánida Calirroe, el monstruo de tres cabezas llamado Gerión, que un día se enfrentará con Héracles. Gerión es hermano de Equidna, la mujer serpiente, quien dio a luz nuevos monstruos, fecundizada por el viento Tifeo o Tifón: Ortro, el perro de Gerión; Cerbero, el perro de cincuenta cabezas que guarda la puerta del Infierno; la Hidra Lernea, la Quimera, la Esfinge Tebana y el León Nemeo.

Esta generación de monstruos —ya dotados de numerosos miembros como Gerión, Cerbero e Hidra, ya híbridos como la Equidna o como la Quimera que era león, dragón y cabra, o como la Esfinge que era un león alado con una cabeza de mujer— revelan, según se ha dicho, la influencia de la imaginación asiática. Los griegos los relegaron generalmente al mundo subterráneo, y encaminaron su propia imaginación hacia figuras más radiosas y bellas. Tanteos y errores, extravagancias divinas, vacilaciones naturales con que daba sus primeros pasos el mundo; fauna pavorosa y desmesurada, anterior a los animales que hoy pueblan la tierra, son los megaterios, los diplodocus y los catoblepas de la teogonía.

6. Hemos dejado para el final la progenie de Urano y Gea, que nos acerca a la segunda etapa o reino de Cronos. Es ya tiempo de conocerla.

El primer grupo de esta progenie son los Titanes: Océano, Ceo, Crío, Hiperión, Japeto, Teía, Rea, Temis, Mnemósine, Febe, Tethys (no confundirla con Tetis) y Cronos.

Los nombres mismos de los Titanes no parecen de origen griego. Son vejeces más o menos perdidas en la confusión del pasado. Hiperión, dios solar, es una verdadera extrañeza. Ceo y Crío son inciertos. Febe, la de la Corona de Oro, aparecerá un día asociada con la Luna y hasta identificada con su nieta Ártemis. Teía no es más que "la divina". Mnemósine, una pura abstracción que simboliza la memoria y queda fuera de la leyenda de los Titanes.

Seis Titanes forman una sección aparte, acomodada en parejas: Cronos y Rea, Océano y Tethys, Japeto y Temis. Reservamos para más adelante el caso de Cronos y Rea, por su articulación lineal con la mitología futura.

Océano y Tethys tuvieron numerosa progenie: todos los

ríos del mundo y las tres mil Oceánidas. Es famosa la Éstix (la Horripilante), corriente y laguna infernal cuyo nombre sella los juramentos divinos. Homero dice que de esta pareja han nacido todos los dioses, contradicción con sus propios testimonios y los de otros autores.

De Japeto poco sabemos. Su esposa Temis, originariamente diosa terrestre, es identificada con Gea por Esquilo. Japeto y Temis son los padres de Prometeo, cuya historia interesa tanto a la raza humana según lo veremos después.

7. La "titanesa" Teía, unida a Hiperión, engendró a Helios (el Sol), a Selene (la Luna) y a Eos (la Aurora). Helios posee escasa historia, pero como todo lo ve y lo oye, hace el chismoso: revela a Hefesto los amores de Ares y Afrodita, revela a Deméter que el raptor de su hija Kora ha sido Hades, etc. También es famoso por sus amoríos (con Climene, Clitia, Leucótoe, Roda), no tan numerosos como los de Zeus, pues en clima cálido la fertilidad corresponde más al dios de la lluvia que no al del sol. Tardíamente, se pretendió identificarlo con Apolo o con Héracles. Se lo imagina como carrero, a veces alado, y pocas veces como un verdadero jinete. Lleva por halo el disco del Sol. Conduce una cuadriga; sus caballos se llaman Pirosio (Fogoso), Eosio (Matinal), Etón o Étope (Ardiente) y Flegón (Llameante). Habita en Oriente, cada noche se hunde en el mar oeste, o en la corriente de Océano, donde descansa y se baña para reaparecer por levante, flotando en la copa de oro que le sirve de barca. Según Homero, posee siete ganados vacunos y otros tantos cabríos, cada uno de cincuenta cabezas, y los pastorea por la isla de Trinaquia, indecisa isla occidental. Los compañeros de Odiseo perecieron en un naufragio por haber dispuesto para su alimento de los toros de Helios. Como los toros son, en números redondos, 350, y otras tantas las cabras, Aristóteles vio aquí un símbolo de los días y las noches que completan los doces meses lunares (354). Pero el número 50 es característico de muchas leyendas griegas: cincuenta remos en el tipo de barco llamado *pentekónteros*, cincuenta Egiptos, cincuenta hijas de Dánao, cincuenta hijos varones de Príamo, cincuenta cabezas de Cerbero, cincuenta troyanos en torno a cada hoguera del campamento, cincuenta Nereidas, cincuenta Argonautas, cincuenta hijas de

377

Endimión y Selene, etc. La aproximación a los días del año puede ser mera coincidencia.

La consorte de Helios es Perse, hija de Crío y Euribia. De esta pareja nacieron Eetes y Circe, cuyas leyendas conoceremos a su tiempo.

8. Selene, la hermana de Helios, tiene también otros nombres y otra genealogía, de que no queremos acordarnos. Posee singular prestigio mágico. Se la identifica a veces con Ártemis, por vagas semejanzas de origen. También es carrera, pero su tiro es de dos caballos, y aun de dos toros. A veces cabalga, ya a caballo, ya a lomos de un novillo o de un mulo. Ha dado pábulo a muchas alegorías filosóficas y poéticas, todas ajenas a su mito. Su más brillante episodio, sus amores con Endimión, hallará sitio más adelante.

9. Eos también recorre los cielos en carroza de dos caballos. Homero habla de sus dedos rosados y su túnica de azafrán, como corresponde a los colores del alba. Su personalidad se perfila en tres o cuatro historias de amor: la de Titono, la de Orión, la de Clito y la de Céfalo.

Homero hace a Titono hijo de Laomedonte y hermano de Príamo, real estirpe troyana. Eos, enamorada de su belleza, lo raptó y pidió a Zeus que le concediera la inmortalidad, pero se olvidó de pedirle que lo librara de la vejez. De suerte que Titono fue envejeciendo hasta convertirse en un andrajo, especie de saltamontes con voz humana, a quien Eos tenía cautelosamente encerrado. Titono fue el padre de Memnón, el héroe etíope que perece en la saga troyana.

Eos, enamorada otro día de Orión, lo raptó asimismo, pues era hembra que no paraba en escrúpulos. Los dioses se encelaron. Ártemis dio muerte a Orión con sus propias flechas. Tal vez Eos comenzaba ya a propasarse.

En otra ocasión raptó a Clito, miembro de la familia profética de los Melampodios y tío de Anfiarao. A menos que se trate de una perífrasis poética para explicar que Clito murió al amanecer o que murió de muerte temprana.

Por último, Eos amó a Céfalo, y tuvo de esta unión un hijo llamado Faetonte, que no debe confundirse con el hijo de Helios y Climene. Afrodita se apoderó de este Faetonte y lo hizo demonio guardián de sus sagrarios.

10. El titán Crío tuvo tres hijos de Euribia: Astreo, Palan-

te y Perses. Hesíodo todavía achaca a Eeos el haber tenido hijos con Astreo (el Estelar), a saber: los Vientos, la Estrella Matutina y todas las otras estrellas.

Palante es esposo de Éstix, en quien engendra una prole de símbolos: Zelos (la Emulación), Nike (la Victoria), Cratos (el Poder) y Bía (la Violencia). Estos hijos se aliaron a Zeus cuando sobrevino la guerra entre los Titanes y los dioses por lo que Zeus concedió a Éstix la guarda de los juramentos divinos. Quien viola una promesa jurada en nombre de la Éstix pierde la conciencia durante un año y es desterrado durante nueve años del cielo.

Perses, el último de los Críadas y el más sabio, se unió con Asteria, una hija de Ceo y Febe, y engendró a la diosa Hécate, una diosa-fantasma.

Ceo y Febe tuvieron también otra hija, Latona, llamada a concebir de Zeus a Apolo y a Ártemis, los hermosos Dioses gemelos.

11. Tal es la genealogía de los Titanes. Su leyenda tiene por centro la Titanomaquia o combate contra los nuevos dioses olímpicos que al fin los derrotan y sojuzgan.

12. El segundo grupo en la progenie de Urano y Gea son los Cíclopes: Brontes (Hombre-Trueno), Estérope (Hombre-Rayo) y Arges (el Resplandeciente). Los Cíclopes tienen en mitad de la frente un ojo único y redondo, son herreros, y a ellos se confiará el forjar los rayos de Zeus. Para Homero, son unos gigantes silvestres, dedicados al pastoreo, tal vez en Sicilia. Algún contemporáneo los tiene por mitificación de los herreros que florecían en la primitiva Corinto. Adquirió fama singular el cíclope Polifemo, por su relación con el mito de la Nereida Galatea y con la leyenda heroica de Odiseo. No confundirlos con los Cíclopes constructores, población mítica venida de Licia para ayudar a los reyes de Argos y edificar los muros de Micenas y de Tirinto.)

13. Los Hecatónquiros o Centímanos, tercer grupo de esta progenie, son los gigantes Coto, Briareo (así llamado por los dioses, y Egeón por los hombres) y Gíes. Parece que el nombre solo de Egeón lo emparienta con el mar Egeo, y se sospecha que su imagen proviene de los pulpos marítimos, motivo favorito en las remotas artes cretenses.

14. En esta confusión de sucesos imaginarios, importa

destacar los siguientes: el Caos, cargado con las simientes de las cosas, engendró a Gea. Ésta engendró a Urano, y se unió con él para dar el ser a los Titanes, a los Cíclopes y a los Hecatónquiros. En torno a esta constelación, se mueven las demás sombras, de que algunas quedan en condición de esbozos y de símbolos, y otras cobrarán corporeidad mitológica, singularmente cuando logran, por haberse aliado a Zeus y a los Olímpicos, salvar el tránsito entre la edad oscura o prehelénica y la luminosidad helénica.

15. La leyenda griega abunda en casos de rivalidad entre padres e hijos, que los antropólogos explican por los celos mortales del varón viejo ante el varón nuevo: origen del crimen prehistórico a que puso fin la exogamia, impidiendo que los descendientes —ignorantes aún de su verdadera relación filial, pues ésta es una noción tardía— buscaran a sus compañeras en el seno de su misma tribu. La mitología lo interpreta como el pavor del viejo ante el creciente vigor del joven, que acaso le arrebate el poder. Y sucede entonces que el último hijo, aquel cuya plenitud viril coincide con la ancianidad del jefe, es, en efecto, quien lo desposee finalmente. Así aconteció a Urano con Cronos, y así acontecerá después a Cronos con Zeus, pues la misma historia se repite. Urano, en su espantoso recelo, quiere rechazar a sus hijos hacia el seno de la madre Gea. Llega un instante en que ésta no puede ya resistirlo, y pide a sus propias criaturas que la venguen. La Tierra, en suma, no soporta ya la turgidez de los seres que la mano del padre amontona en las entrañas del Tártaro.

Los hijos no se atreven a nada, salvo el menor, Cronos, tema que todavía halla eco inesperado en la leyenda del Cid, donde también el menor de los hermanos resulta el más apto para la venganza. Gea provee a Cronos con una hoz de "diamante gris" (hierro o acero), y cuando nuevamente Urano quiere acercarse a Gea, Cronos acierta a mutilarlo de un tajo.

La sangre de Urano gotea sobre el suelo y engendra por sí sola otros seres: las Erinies, los Gigantes, las Melíades (especie de Ninfas arbóreas). El miembro arrancado cae al mar y, al revolverse con la espuma, da nacimiento a Afrodita, último retoño de Urano. La diosa, llevada por las olas arriba a la isla de Citeres, donde se le juntarán Eros e Hímeros (el Amor y el Deseo).

2

El reinado de Cronos. Cronos, Rea y su descendencia, Fílira y Quirón. Acceso de Zeus. La Titanomaquia

1. Aún no hemos salido de la prehistoria religiosa. Andamos todavía entre monstruos, iniquidades primitivas y cataclismos; aunque, por lo pronto, aconteció una larga tregua de los elementos y hubo una era de felicidad para los hombres, que por lo visto ya habían sido creados. Volveremos sobre esto al hablar de las "edades hesiódicas" que antecedieron a la historia. Sepamos, en tanto, lo que hay bajo las figuras de los titanes Cronos y Rea, en quienes ahora descansa el gobierno del mundo.

2. Cronos es una deidad prehelénica hasta por su nombre, que en vano se ha pretendido derivar de palabras griegas cuyo significado pudiera ser "el Segador" o "el Tiempo". Al primer sentido corresponden las representaciones artísticas en que empuña la hoz o la guadaña, interpretadas también como armas para la mutilación de Urano. Al segundo sentido corresponde la conocida explicación de la fábula: a semejanza del tiempo mismo, Cronos devora a sus criaturas. Como la mayoría de las primitivas deidades, Cronos es un espíritu agrícola. En Atenas, Tebas y Rodas se le consagraban las fiestas Cronias, donde amos y criados celebraban juntos la cosecha, comunidad social propia de los ritos campestres, y donde hasta pudo haber algunos sacrificios humanos, de que quedan vagos recuerdos.

Se lo imagina como a un anciano adusto y sombrío. La poesía homérica, en memoria de la hañaza con que incapacitó a su padre Urano, lo llama "Cronos el artero". Los romanos lo identificaron con Saturno.

3. Rea, la hermana y esposa de Cronos, suele confundirse con Gea, su madre, con la siria Cibeles y, en general, con las divinidades terrestres que abundan en el Mediterráneo Oriental y cuyo culto supone tres ideas fundamentales: *a)* el sentido sobrehumano de la maternidad, *b)* la fertilidad física que inspiró los ritos licenciosos de la Milita babilonia

y aun la griega Afrodita, y *c)* el dogma de que los númenes han tenido una madre. En los conflictos, se la ve frecuentemente inclinarse a sus hijos, más que a su esposo.

Los romanos la identificaron con Ops, diosa de la feracidad silvestre, aunque le daban por marido al dios Consus, pues la esposa de Saturno era Lúa.

4. Cronos y Rea tuvieron por descendencia a Hestia, Deméter, Hera, Hades, Posidón y Zeus.

Pero Cronos se distrajo alguna vez con la Oceánida Fílira, con quien tuvo dos o tres hijos. Sólo mencionaremos al más ilustre, el centauro Quirón, híbrido de hombre y caballo al que Zeus metamorfoseó finalmente en tilo, a ruegos de su madre que deseaba para él una forma más ortodoxa. Debe su naturaleza mezclada al hecho de que Cronos, cuando andaba buscando a Zeus en Tesalia para devorarlo, se disfrazó de garañón a fin de que Rea no lo reconociera, o a fin de poseer a Fílira, quien huía de él transformada en yegua: tema recurrente, como se verá en la fábula de Posidón y Deméter.

5. Urano y Gea anunciaron a Cronos que, así como él había destronado a su padre, uno de sus hijos le arrebataría el poder. Por lo cual Cronos devoraba a sus hijos conforme iban naciendo. Los hijos, inmortales, se mantenían vivos en las entrañas de Cronos.

El sentimiento maternal de Rea, siempre alerta, acabó por poner remedio a semejante monstruosidad. Logró esconder a Zeus, su último brote, envolvió un peñasco en los pañales (¿el *Omphalós* de Delfos?) y se lo dio a comer a Cronos. Después, ministró a éste una poción que lo hizo vomitar sucesivamente el peñasco y luego a sus otros cinco hijos. Zeus pudo crecer oculto, y cuando tuvo tamaños, acudió, para derrocar a su padre, al conocido expediente de dar libertad a los presos y encabezar la conspiración.

Los presos eran nada menos que sus tíos paternos, los Cíclopes y los Hecatónquiros a quienes Cronos había hundido en el Tártaro. A cambio de su libertad, los Cíclopes forjaron para Zeus el rayo, la más temible de las armas, y los Hecatónquiros pusieron al servicio de Zeus sus cien brazos.

6. La lucha por la consolidación de Zeus ocupó largas edades y dio lugar a numerosos incidentes. El primero, la Ti-

anomaquia o guerra contra los Titanes. Pues éstos, con excepción de los más sabios —Prometeo, Océano, Temis, Latona, Éstix y sus hijos—, estaban de parte de Cronos.

Los ejércitos de Zeus se fortificaron en el monte Olimpo, entre Tesalia y Macedonia; Cronos y los suyos, en el monte Otris, algo más al sur.

Entre convulsiones y terremotos, los rayos de Zeus y las piedras de los Hecatónquiros determinaron la derrota de los Titanes, quienes a su vez fueron a ocupar la hondura del Tártaro. Los Hecatónquiros, cautivos ayer, pasaron a la condición de carceleros.

El titán Atlas fue objeto de una excepción, aunque no precisamente envidiable. En razón de su fuerza descomunal, quedó encargado de sostener la bóveda celeste para evitar catástrofes cósmicas: primera mejora del nuevo régimen.

Más tarde, Zeus dejó salir a los Titanes, como testigos cuando la liberación de Prometeo —pues éste a su vez ha de caer un día de la gracia—, o bien, dulcificada ya su fiereza con la edad y seguro ya de su poder en el transcurso de los siglos los perdonó en definitiva.

7. Cronos fue enviado al Occidente, la región más desconocida para los griegos, donde ellos acostumbran relegar cuanto desaparece de sus horizontes habituales. Allá el viejo dios se consagró al gobierno de las Islas Bienaventuradas, reposo de almas escogidas, rodeado de sus partidarios y bajo la vigilancia de Briareo el Centímano. Según Evhemero, fundó en el Lacio la ciudad de Saturnia, antecedente de la futura Roma.

8. La Titanomaquia se interpreta de varios modos. Algunos ven en ella un mito naturalista, pugna entre las primitivas y desordenadas fuerzas cósmicas y el relativo orden que las sucedió; otros, un eco de la victoria obtenida por la nueva casta olímpica, religión de los invasores, sobre las nebulosas creencias prehelénicas; otros más, un rastro de los hundimientos de la Egeida, que nunca se borraron de la memoria y que el inseguro suelo de Grecia se encargaba de seguir recordando en tiempos históricos. Y tal vez todos tengan razón en parte.

9. Hay quienes creen que la sustitución de Cronos por Zeus, pareja de la sustitución de Urano por Cronos, conserva

el residuo de la costumbre jurídica sobre la sucesión del padre por el hijo menor. La hipótesis es dudosa. Curioso advertir que, en Homero, Zeus es el primogénito de Cronos, así como Hera es la hija mayor de Cronos.

10. Los demás episodios relativos a la consolidación de Zeus son, en principio, posteriores a su usurpación del poder paterno. Para entonces, Cronos ha dejado de ser un mito operante.

3

El reinado de Zeus. Personalidad de Zeus. Repartición del Universo. Las consortes de Zeus. Asoman Atenea, Dióniso, Hermes y otros dioses. La Familia Olímpica y sus veleidades.

1. A la vez que un monte de Tesalia, el Olimpo comienza a ser algún vago lugar del cielo, donde reinan, presididos por Zeus, los nuevos dioses. En la concepción homérica, Zeus asume el mando por derecho de sucesión legítima; en la hesiódica, por unánime elección de los dioses, tras el vencimiento de los Titanes. Con el reinado de Zeus comienza el sistema que podemos llamar sistema homérico. Aunque Homero es anterior a Hesíodo, su panorama de los mitos es en cierto modo, mucho más "moderno" que el de éste. Pero en ambos puede apreciarse que, de una manera general, los invasores septentrionales —quienes distan mucho de constituir un solo grupo religioso o político—, insisten en la preeminencia de las deidades varoniles; en tanto que los autóctonos mediterráneos —pueblos, a su vez, ya muy revueltos a lo largo de los milenios prehistóricos— insistieron en la preeminencia de las deidades maternales. El reinado de Zeus dura cuanto dura la vigencia religiosa de la mitología helénica.

2. La personalidad de Zeus es un caso de sincretismo que deja ver los muchos materiales mezclados. Esta mezcla es obra inconsciente de los siglos. No nos extrañen sus manifiestas contradicciones, ni que ellas, a fuerza de convivir, hayan llegado a ser aceptadas sin exigírseles absoluta coherencia. Zeus es una estatua fabricada con distintos metales. Los principales elementos de la fusión son el Zeus del Norte y el Zeus del Sur.

a) El Zeus del Norte es una deidad indoeuropea, etérea y

celeste, parangón del Júpiter itálico, del Dyaus de la India y del Tiau germánico. Acaso sus funciones originales residen en el gobierno de los fenómenos atmosféricos y su inmediata consecuencia sobre la fertilidad terrestre. Tal es la figura más estable de Zeus, si no la más antigua, pues la traían consigo, o acabaron de elaborarla en Grecia, los inmigrantes septentrionales, prendiendo en torno a este sostén los atributos y fábulas seculares de los autóctonos egeos. En los mitos de Zeus queda el rastro de su viaje de norte a sur. Dodona —puertas noroccidentales de Grecia— es su oráculo favorito. Desde allí habla con los mortales, a través de la encina sagrada que agita el viento, cuyo rumor descifran los misteriosos sacerdotes Seles o Heles.

A este Zeus incumbe, en verdad, la consolidación olímpica. Dios de guerreros trashumantes, dios de invasores, por fuerza se lo invoca desde cualquier suelo y no está apegado a un solo territorio, como los genios del lugar que adoran las sedentes sociedades agrícolas; lo cual contribuye a la universalización de la idea divina. La subordinación que Zeus impone a las demás deidades, convirtiéndolas en algo como sus ministros y arcángeles, sin duda fue un paso hacia el futuro monoteísmo.

b) El Zeus del Sur nos devuelve al sistema hesiódico, a los antecedentes prehelénicos, a los embriones de la religión griega. Tras de admirar al Zeus del Norte en pleno vigor, nos encontramos en el Zeus del Sur con el dios naciente, el Zeus Niño. Sustraído, pues, el infante a la ferocidad del padre Cronos, como antes se dijo, había que buscarle un escondite adecuado. Algunos quieren que Zeus haya venido al mundo en Creta, donde los abuelos Gea y Urano aconsejaron a Rea que lo ocultara; otros dicen que, una vez nacida la criatura, fue llevada sigilosamente a la cueva de Egeón (Creta), la cual se encontraba en el monte Dicte o, según tradición posterior, en el monte Ida. Allí los Curetes —demonios turbulentos e inventores de las armas broncíneas— ensordecían los gemidos del niño con sus danzas y el estrépito de sus espadas y escudos, y le proveían alimentos la cabra Amaltea y las abejas silvestres. Sus ayas eran dos ninfas locales: Ida y Adrastea. La tradición calla sobre toda la época de su crecimiento, y nos lo presenta otra vez cuando se encuentra ya en edad de destronar a su padre Cronos. A la muerte de Amaltea, Zeus guarneció su *égida* con la piel de la cabra.

Conviene retener estos rasgos característicos de los cultos egeos: *1)* Los Curetes y sus danzas orgiásticas, tipo ritual común a la historia de Dióniso y sus coros de sátiros. *2)* La imagen del Dios Niño, del Magno Doncel que, según el Himno a Zeus encontrado en las inscripciones de Palecastro (Creta), aparece entre los donceles saltantes, embriagados por la música de las flautas, para estimular la fertilidad y la vida. *3)* La religión del "entusiasmo", la enajenación, el éxtasis, que admite la comunión con la naturaleza divina mediante la carne y la sangre del toro sacrificado, símbolo de fecundidad. *4)* Rasgo el más singular y más cargado de porvenir, la noción del Dios Niño que, como todos los espíritus de la vegetación, muere y resucita. Pues Creta se jactaba de guardar en su territorio, no sólo la cuna, también la tumba de este Zeus mediterráneo, por mucho que fuera inmortal; incoherencia de que sólo habrán de burlarse los poetas alejandrinos, en quienes se ha extinguido ya el calor del misticismo vetusto.

c) Algunos rasgos orientales han podido deslizarse también en el mito de Zeus. La Titanomaquia muestra ciertas semejanzas (¿fortuitas?) con la epopeya babilónica de Cumarbi. También tienen paralelos babilónicos los motivos de la castración paterna de Urano y, especialmente, la sustitución del hijo por una piedra.

Naturalmente que Zeus, en sus peregrinaciones y residencias, se contamina con algunas vejeces locales. En el norte, el Zeus Lafistio, y en el sur, el Zeus Liceo o Licayo, aún aceptan algún salvaje sacrificio humano en tiempos históricos o al menos aún se lo recuerda. En el monte Lafistión (Beocia), ello parece una modalidad del rito arcaico sobre la occisión del rey viejo. En el monte Licaón (Arcadia), ello se mezcla enigmáticamente con las simbolizaciones del Lobo Hombre y las prácticas de iniciación por escondite o *criptía*. También se pretende que Zeus nació junto a la fuente Clepsidra (Mesenia). Señalamos simplemente estos casos, sin poder aquí discutirlos.

3. El Zeus del Norte y el Zeus del Sur se conciertan, sumariamente, en la fábula de la Titanomaquia y en los sacro

matrimonios del indoeuropeo con las autóctonas. Este concierto, ingenioso esfuerzo de la imaginación clásica, se aplica más o menos a toda la Familia Olímpica, cada uno de cuyos miembros parece, a la vez que un último enfoque, una composición de varias fotografías superpuestas.

El Zeus definitivo que de aquí resulta, por lo mismo que suma en sí todas las funciones celestes, terrestres y subterráneas, visibles e invisibles, físicas y morales, extrahumanas, sobrehumanas y humanas, es adorado bajo mil nombres, según el caso y el lugar, como lo explicamos en la Introducción.

Ser majestuoso y de poder máximo, se lo representa en juvenil madurez, armado del cetro de rayos y acompañado de su águila favorita. Suele asociársele la encina, tan abundante en las regiones predilectas de su culto, Dodona y Arcadia. El cetro es figurado como un objeto bicónico, arma arrojadiza que despide las chispas eléctricas en zigzag y, a veces lleva un par de alas. La Égida es también uno de sus principales atributos, a un tiempo escudo y arma ofensiva que aterroriza y desbarata a aquellos sobre quienes se la sacude. Mera piel de cabra en el origen (*aigís*, así como la nébride, *nebrís*, era una piel de venado), ella conserva el recuerdo inconsciente de la magia atribuida al cuero animal. En Homero, la Égida es ya de oro, como casi todos los objetos divinos; la revisten el Espanto, el Valor, la Discordia y la Persecución, y lleva incrustada la horripilante cabeza de la Gorgona. El escudero natural de Zeus es Atenea (excepcionalmente, Apolo), quien tiene también la facultad de embrazar la Égida para salir con ella a la guerra.

4. Zeus, una vez que ha vencido a los antiguos Titanes, procede a organizar su mando. Sus primeras medidas son la repartición del Universo y la elección de una consorte divina.

La repartición del Universo se limitó por ahora a tres grandes zonas tradicionales y se llevó a cabo sin contratiempo: Zeus se reservó el cielo, entregó los mares a Posidón, y el mundo subterráneo a Hades. El Olimpo y la Tierra quedaron como dominio comunal de los tres hermanos, siempre bajo el poder eminente de Zeus. Los principios institucionales de Grecia —y en general, de Europa— respecto al hogar patriarcal, la exclusión de las hermanas (Hestia, Deméter, Hera), etc., encuentra aquí su reflejo.

5. Los simples amoríos de Zeus no nos importan de momento. Cuando las amantes son mortales, la historia revela el esfuerzo de alguna familia noble o reinante por emparentarse con los dioses; esfuerzo que no siempre tuvo éxito: toda Grecia, por ejemplo, hacía mofa del supuesto hijo de Zeus, Corinto, epónimo de la ciudad así llamada. Pero el caso de las esposas de Zeus tiene ya alta la trascendencia mítica y lleva, como era de esperar, a examinar ciertas contradicciones. Como dios celeste, Zeus tiene que adoptar por compañera a una diosa terrestre, una diosa "cereal". Y aquí aparece una serie de pretendientes.

El griego es monógamo, pero cierra los ojos ante el concubinato y las aventuras secundarias. El conflicto entre las pretendientes se resuelve atribuyendo a Zeus varias nupcias sucesivas, o bien varias relaciones extramatrimoniales. Algunas de sus compañeras, rebajadas luego a la categoría de amantes mortales, han comenzado por ser númenes de la fertilidad, como Semele; otras (Metis, Temis, Mnemósine) se diluyen en símbolos; éstas (Dione, Maya) se van encaminando al olvido; aquéllas (Deméter, Perséfone) se desenvuelven en mitos independientes y se desvinculan de Zeus. Hera finalmente, viene a ser su consorte clásica y la Primera Dama del Cielo. Las examinaremos una por una.

a) Metis es la primera esposa de Zeus. Significa la sabiduría y el buen consejo. Estaba predestinada a dar a luz dos hijos: Atenea primero, y luego algún dios más poderoso que todos. ¡Siempre la amenaza del hijo usurpador, suspendida sobre la cabeza del padre! Esquilo, en la profecía de su *Prometeo encadenado*, transporta esta idea a mayor altura, y anuncia que a Zeus, dios inicuo y cruel, ha de suceder algún día una divinidad de sumo poder y justicia. Zeus acautelándose a tiempo, decide, según el ejemplo de su progenitor tragarse a Metis antes de que nazca Atenea. Y Metis desaparece de la mitología en el vientre de su divino esposo, lo que sin remedio da una proyección alegórica: Zeus absorbe la Sabiduría en su propio ser. En cuanto a Atenea, cuyo germen bullía ya en las entrañas de su madre, acabará por nacer como un brote de la frente de Zeus, abierta de un oportuno hachazo por Prometeo, Hefesto o alguno de sus oficiales de fragua.

Atenea, diosa prehelénica y egea, es así acogida por la nueva Familia Olímpica de la única manera posible: como hija de Zeus; pues las diosas vetustas o se resisten a aceptar un marido, o sólo aceptan un compañero secundario y humilde. Además, Atenea no puede tener madre: su categoría impide que se la subordine a otra diosa. "Interesante capítulo de la diplomacia primitiva y de la política religiosa", comentan los modernos mitólogos.

b) La segunda esposa de Zeus es Temis, conocida como alegoría de la Justicia, pero originariamente diosa terrestre. De esta pareja han nacido las Estaciones (Horas) que, si bien con escaso culto y mitología escasa, tienden desde los días de Hesíodo a convertirse en númenes morales, bajo los nombres de Eunomía o Buena Ley, Dicea o Justicia e Irene o Paz. De esta pareja nacieron asimismo las Moiras, cuyo sentido ya conocemos y que antes hemos encontrado como unas hijas de la Noche, en el sistema hesiódico (tipo de confusión a que debemos acostumbrarnos, pena de no entender la auténtica mitología griega); y después, nació Eurínome (que, en Hesíodo, es hija de Océano y Tethys), quien, a su vez, concibió a las tres Cárites o Gracias, espíritus de la belleza asociados generalmente a Afrodita, dos de las cuales por lo menos —Auxo y Hegemone— disfrutaron en Atenas de un culto agrario. Pues, a poco investigar, todas las antiguas deidades han servido o sirven para abonar el suelo.

c) La tercera esposa de Zeus fue Deméter, indiscutible representación de la tierra fértil, en quien el celeste esposo engendró a Kora o Perséfone, la que viene a ser el grano cereal, amén de las implicaciones que se le han buscado con los enigmas de la periodicidad femenina. Según la fábula órfica, fábula de remota raíz tracia o frigia, Zeus se unió también a su hija Perséfone, futura esposa de Hades.

d) Aunque no sea del todo legítimo situar a Perséfone entre las consortes de Zeus, esta unión esporádica, recogida por el orfismo, tampoco puede relegarse al montón de los simples amoríos de Zeus con heroínas mortales, tanto por la categoría divina de la amante como por las consecuencias de este ayuntamiento. Perséfone, en efecto, tuvo de Zeus un hijo, que fue nada menos que el Dióniso Sagreo, niño cornúpeta que murió a manos de los Titanes, cuyo germen quedó

389

vivo y fue recobrado y absorbido por Zeus, quien de nuevo lo ensayó en Semele. Muerta Semele antes de darlo a luz, Zeus volvió a rescatar el embrión, y esta vez acabó de criarlo en uno de sus muslos. Más tarde explicaremos con detención el mito de Dióniso. Por ahora observemos que hemos visto brotar del cuerpo de Zeus dos deidades privadas de seno materno: Atenea y Dióniso.

e) Mnemósine, la Memoria, es la cuarta esposa de Zeus. Ella dio nacimiento a las Musas, madrinas de las artes y de las ciencias. No es el momento de tratar a fondo este mito de innegable tinte alegórico.

f) En quinto lugar (sexto, si se cuenta a Perséfone) Zeus se unió a Latona y tuvo de ella a Ártemis y a Apolo, gemelos de primera categoría que exigirán capítulo aparte (II: 6, § 5, pp. 450-451).

g) Finalmente, Zeus se desposó con Hera, a quien Homero presenta como su consorte de la primera hora, desde los días del reinado de Cronos. Diosa territorial de Argos, su misma jerarquía obligó sin duda a desposarla cuanto antes con el Dios Máximo de los invasores aqueos o preaqueos, convirtiéndola además en hermana de su regio marido. Era el medio más fácil para conciliar las disidencias étnico-religiosas con los antiguos micenios de la región.

A reserva de dar a Hera toda la consideración que merece y a reserva de referirnos a su descendencia, que es algo complicada, falta todavía descubrir en el pasado nebuloso de Zeus algunas asociaciones matrimoniales más remotas que las hasta aquí enumeradas.

h) Hesíodo no incluye en su lista a la Oceánida Dione. Los mitólogos aseguran que Dione es la más antigua compañera de Zeus y, por decirlo así, su esposa etimológica: el genitivo de *Zeus* es *Dios*, y *Dione* el femenino. Homero hace a Afrodita hija de Zeus y Dione, y por raro caso, nos presenta a Dione como habitante pacífica del Olimpo, a pesar de la celosa Hera. Sea que Dione haya venido a Grecia en compañía del Zeus del Norte, o que lo haya recibido a las puertas de Grecia como una diosa local, participa excepcionalmente del culto de Zeus en Dodona. Pero la figura de Hera acabó por borrarla de la conciencia religiosa. Es una diosa evanescente; aun se la confunde con su hija Afrodita (como a Hiperión con su hijo Helios, como a Erictonio con su descendiente Erecteo).

i) También Maya es una diosa evanescente. Hija de Atlas el Titán, visitada secretamente por Zeus, dio a luz a Hermes, un verdadero dios menor, por lo demás de intensa y simpática personalidad y más bien amigo de los hombres. Era Maya una de las Pléyades, es decir, hermana de Taigeta, Electra (no Océanida ni la Agamemnónida), Alcione, Astérope, Celeno (no la Arpía) y Mérope.

Adviértase que, de las tres hermanas de Zeus —Hera, Deméter y Hestia—, sólo Hestia es ajena a toda relación matrimonial con el dios.

6. Según Hesíodo, de Zeus y Hera nacieron Hebe, la escanciadora olímpica que se desposará al fin con Héracles, cuando éste sea deificado; Ares, que parece ente de origen tracio, genio de la guerra mañosamente acogido en la casa real de los Olímpicos; e Ilitia (a veces, Ilitias, en plural), madrina de los partos, parangón de la Lucina romana y que tiene traza de cretense. Ilitia dio a luz un niño, Sosípolis, Salvador del Estado, quien ayudó a los elidenses contra los arcadios, atemorizando a éstos al asumir forma de serpiente.

Así como Dióniso y Atenea son solamente hijos de Zeus —salvo la prehistoria de los gérmenes—, así Hera engendró por sí sola a Hefesto, deidad de raíz asiática.

Como se ve, la casa real de los Olímpicos está hecha de subterfugios, tendentes a organizar en casta y genealogía un puñado de nociones que proceden de distintos rumbos. Algunas autoridades aun niegan a Hebe, a Ares, a Ilitia, el derecho a la prosapia olímpica. Poco a poco, se irá configurando el canon de los Doce Dioses, lo que no dejó de provocar competencias y componendas.

7. Ni la primera repartición del Universo ni la elección de Hera como definitiva esposa de Zeus agotan las empresas preparatorias del régimen olímpico. Todavía tendrá Zeus que reprimir las veleidades de su propia familia, y luego, establecer su relación pacífica con los hombres.

Limitándonos por ahora al primer punto, diremos que Hera, Atenea y Posidón se levantaron un día contra Zeus y lograron encadenarlo. La Nereida Tetis trajo en su auxilio al centímano que los Dioses llaman Briareo, y los mortales,

Egeón. Éste, cuenta Homero, rompió las cadenas de Zeus, se sentó a los pies de su trono y atemorizó a los sublevados.

Podemos ver aquí un eco poético de las efervescencias y hasta las mezclas explosivas ocasionadas por las primeras amalgamas religiosas del mestizaje helénico.

4

La creación del hombre. Erictonio-Erecteo. Los mitos de Prometeo. Epimeteo. Pandora. Tetis y Peleo.

1. Imposible fijar la era de la creación del hombre. No exijamos cronología al mito, que escapa a la serie del tiempo, ni esperemos secuencia lógica entre las versiones inconexas. Sólo importa representarse las imágenes de la mitología. El hombre puede haber sido creado en dos épocas: o bien en la edad áurea de Cronos, o bien, más tarde, bajo el reinado de Zeus. Éste, en todo caso, tendrá que reorganizar y reconstituir la raza humana, para el aseguramiento de su poder.

Algunos sospechaban que el hombre, como los árboles, había sido un brote del mismo suelo después cultivado por sus descendientes. Los atenienses se decían autóctonos porque su antecesor común, Erictonio, era un terrígena. Erictonio fue padre del rey Penteo, que a su vez lo fue de Erecteo. Pero es frecuente confundir el nieto con el abuelo, como ya lo hace la *Ilíada*. Y tal es la sutileza de las investigaciones mitológicas, que aun en lo imaginario establecen categorías de mayor y menor validez, de modo que algunas autoridades legitiman la confusión de Erecteo con Erictonio y niegan toda consistencia a esa vaga sombra de Penteo que se interpone como para dividirlos en dos entidades diferentes.

Otros suponían que el hombre era un fruto de los árboles o un desprendimiento de las rocas. Pero según los órficos, la secta más dada a la sistematización, el primer hombre fue amasado con las cenizas de los Titanes a quienes Zeus fulminó después que ellos hubieron devorado los restos del Dióniso Zagreo: lo cual explicaría, como lo hemos adelantado en la Introducción, la doble y contradictoria naturaleza del hombre, ya titánica y ya divina por los dos principios que se juntaron en su elaboración. La leyenda de Prometeo hace sospechar que la creación del hombre fue ajena a la voluntad de Zeus.

3. La tradición principal considera a Prometeo como el creador directo de nuestra especie, aunque hay quien sólo le conceda el haber sido su primer guardián o tutor. Prometeo, dice pues la voz general, modeló al hombre con el barro de Panopea (Beocia), donde los viajeros admiraban las agregaciones de la materia original, petrificada por los siglos. Y que aún despedía un olor de carne humana. Atenea, una vez hecho el muñeco, le comunicó el soplo de vida.

4. Prometeo mal podría escapar a la fatalidad común de los mitos. Su estatuto familiar se presta a controversias. ¿Es hijo de Japeto y Clímene, de Japeto y Temis, de Hera? ¿Fue su padre Eurimedonte el gigante o el propio Urano? ¿Fue su madre Asia, o bien Asopis? Ya se le da por esposa a alguna de sus posibles madres —Clímene, Asia—, ya a Pandora, a Celeno (acaso la Pléyade, no la Arpía), a Pirra (que más bien es su nuera), a Primea, a Hesione (no naturalmente la princesa troyana, hija de Laomedonte, que es muy posterior), o bien a Ariotea: esta última, singularmente, en el culto de los Cabiros.

En todo caso, es Prometeo un arcaico genio del fuego, pura cepa helénica, a quien su rival asiático, Hefesto, vino a relevar de sus funciones. Contaba con algunos sagrarios; y como varias ciudades se enorgullecían de poseer su tumba, es evidente que el dios de antaño había degenerado en héroe mortal para los días de la Grecia histórica. Según el alejandrino Apolodoro,* Prometeo sólo alcanzó la inmortalidad por gracia del centauro Quirón quien, afligido de cierta herida incurable, le cedió su propio privilegio y solicitó la muerte. Pero estas transferencias privadas de las virtudes divinas son, cuando menos, muy dudosas.

5. Prometeo —"el previsor"— y Epimeteo —"el que lo piensa después"— eran hermanos. Encargados ambos de los seres terrestres, Epimeteo, no muy avisado, distribuyó entre los animales todas las excelencias. Poco quedaba a Prometeo para su criatura preferida, la más noble, la única que ostenta postura erecta y levanta la frente al cielo.

Para poder dotar al hombre, Prometeo comenzó por co-

---

* *La Biblioteca*, falsamente atribuida a Apolodoro de Atenas, es realmente posterior a él en varios siglos. Por comodidad, como suele hacerse, seguimos hablando de "Apolodoro" para referirnos a esta recopilación mítica.

municarle algunas virtudes, escogidas en el patrimonio de los animales; después, para hacerlo superior a todos, discurrió una osadía que había de pagar con larguísimos sufrimientos, por cuanto violaba las normas originales de la Creación o, al menos, la voluntad de Zeus, no muy interesado entonces por la suerte de los humanos.

La postración de éstos era extrema, pues con el espíritu que conoce y discierne, se les había dado la desgracia de saberse mortales. Además, según cierto moderno exégeta, mal soportaban el desamparo, la intemperie, el frío de las glaciaciones prehistóricas, privados de la vestidura y resguardos que protegen a los animales superiores, eterna lamentación de Segismundo. Y he aquí que Prometeo decidió robar una chispa del fuego celeste y comunicarla a la humanidad. Base de las artes y las industrias, el fuego vino a suplir nuestra deficiencia, preparándonos para las hazañas de la historia.

El mayor encanto de los mitos está en su plétora de significaciones latentes. Un hombre de hoy puede, si le place, —a condición de no atribuir a los antiguos sus propias imaginaciones—, figurase que la transgresión de Prometeo afectaba fundamentalmente los sentimientos religiosos, al proporcionar a la criatura nuevas posibilidades prácticas de inmediata aplicación para dominar el mundo que la rodea, las cuales, como la magia o como el bíblico Árbol de la Ciencia, prescinden en mucho del intermediario divino. Por otra parte, el dón prometeico, industrial, conduce directamente al urbanismo, y aleja hasta cierto punto del campo, donde siempre se han cunado las religiones primitivas. El paso de la agricultura a la artesanía es un paso hacia el descreimiento.

Finalmente —explica Platón en el *Protágoras*—, el desarrollo de las técnicas, si no es guiado por el sentido político y moral, hará que los hombres se aniquilen con sus propios inventos: harto lo hemos visto. De aquí —sigue discurriendo Platón por boca de su protagonista— que, tras el peligroso presente de Prometeo, Zeus considerara indispensable atajar el daño, enviando a su mensajero Hermes entre los hombres. a fin de que predicase y enseñase a los pueblos las artes de la recta y justa convivencia. Este pasaje platónico es ejemplo de los mitos que inventa el filósofo para mejor explicarse.

y muestra la utilidad de la fábula como apoyo del pensamiento abstracto.

6. ¿Cómo robó Prometeo el fuego celeste? Si todavía consultamos a Platón, averiguaremos que lo sustrajo a la fragua del dios Hefesto; si a la poetisa Safo, que encendió subrepticiamente una tea en las ruedas del carro del Sol; si a Esquilo —quien, a más de poeta trágico, era lo que hoy llamaríamos un teólogo—, que Prometeo transportó el fuego a la tierra en un cañuto hueco, *nártheex* o *ferula communis*.

Por lo pronto, Zeus no pudo ya destruir al género humano (Esquilo asegura que tal fue su primer propósito) y, encolerizado, quiso castigar la desmesura o *hybris*, pecado capital de los griegos, en que había incurrido el titán, redentor prehistórico de los hombres.

7. No fue ésta la única transgresión de Prometeo. Recordemos que, según lo ha explicado la Introducción, cuando la disputa sobre la res sacrificada, quiso hacer sentir a los nuevos dioses, a los mozalbetes olímpicos, la superioridad y la experiencia de la vieja casta titánica, y engañó a Zeus —pesada burla—, forzándolo a aceptar la peor parte. Zeus consideró indigno de su grandeza el rectificarse y dejó instituido su error, dictando así el principio de los "grandes rotativos" modernos; pero de él podemos decir, como del rey en Homero: "Hoy cela su ira, mañana la ejecuta." Tenía que sobrevenir el castigo.

7. Por si fuere poco, Prometeo era poseedor de un secreto terrible, verdadero nubarrón en los horizontes del cielo, y se negaba a revelarlo. Como en el caso de Metis, el Destino tenía previsto que, si Zeus llegaba a unirse con *cierta* diosa, engendraría un hijo capaz de destronarlo: el irritante amago que perturbaba incesantemente a todos los amos del Universo. Pero ¿quien podía ser esta diosa? Sólo Prometeo y su madre Temis sabían que era la Nereida Tetis. Y aunque tanto Posidón como Zeus aspiraban a los favores de Tetis —lo que ya era de por sí un peligro para la olímpica paz y el porvenir del régimen—, Prometeo se obstinaba en callar.

8. Hay más aún: el historiador Duris de Samos, un discípulo de Teofrasto, ha recogido en alguna parte la especie de que Prometeo pretendió hacer suya a Atenea, insolencia patente. Ignoramos los fundamentos de esta última acusación.

Cualquiera de los anteriores cargos bastaba para el enojo de Zeus, aunque cada uno procede de tradición distinta.

9. Si Prometeo acumuló los agravios, también Zeus multiplicó sus castigos. Ante todo, encargó a Hefesto, su artífice, rival siempre mal avenido con el antiguo genio del fuego, que hiciera una mujer de barro. Atenea le infundió vida, y se encargó de vestirla y ataviarla. Las Gracias y Peitho —el espíritu de la Persuasión— la cubrieron de vistosas joyas. Las Horas o Estaciones la adornaron con las flores de la primavera. Afrodita le prestó sus encantos. Hermes la instruyó en ardides y astucias. Tal fue Pandora, "la de Todos los Dones", la hembra fatal que había de seducir y perder al ingobernable Prometeo e invalidar para siempre a sus ridículos juguetes humanos.

Pero Prometeo vivía sobre aviso, y los dioses tuvieron por mejor que Pandora no lo afrontara directamente, sino que antes se presentara al incauto de Epimeteo. Pandora traía consigo una ánfora cargada con todos los males del mundo. Y aunque Prometeo había prevenido a su hermano que desconfiara de los presentes de Zeus, tarde se le hizo a Epimeteo para destapar el ánfora nefasta, de donde escaparon al punto cuantas calamidades hoy nos afligen. Sólo la Esperanza quedó en el fondo, preciosa ironía del cuento.

10. No paró en esto la venganza de Zeus. A una orden suya, Hefesto, asistido por los hijos de Éstix —es decir, por Cratos y Bía: la Fuerza y la Violencia—, condujo a Prometeo hasta una cumbre lejana, al parecer en lo alto del Cáucaso, y allí lo encadenó y lo clavó en una roca. Un águila enorme, hija de Tifón y de Equidna, le devoraba día a día las entrañas, especialmente el hígado, centro de las pasiones, que por la noche se rehacía para que el tormento fuera inacabable.

Así pasaron treinta mil años, nada menos; hasta que Héracles, de camino para el Jardín de las Hespérides, o en busca de las manadas de Gerión, rompió las cadenas de Prometeo, sea por propio impulso o por mandato de Zeus. Pues parece que Prometeo al fin se dejó doblegar, y entregó su secreto a cambio de su liberación. Como los griegos nunca se han de poner de acuerdo, siempre hay por ahí quien afirme que la revelación del secreto fue cosa de su madre Temis. Zeus había jurado por la Éstix (juramento inviolable) que

Prometeo permanecería eternamente atado a la roca: para conciliar el conflicto, se lo hizo llevar en adelante un anillo con un fragmento de la roca engarzado.

Inútil añadir que Zeus, y aun Posidón por las dudas, renunciaron al cortejo de Tetis. Ésta, para mayor seguridad, tuvo que casarse con el mortal Peleo, rey de los mirmidones, matrimonio de que nacerá, tras otros hijos malogrados, —porque Tetis, no deseando prole mortal, los echaba al fuego conforme los daba a luz—, el héroe Aquiles.

Por lo demás, la murmuración mitológica pretende que ya Tetis, de suyo, había rechazado las proposiciones de Zeus, por lealtad y gratitud a Hera, de quien había recibido crianza. Pero las pretensiones de Zeus y de Posidón respecto a Tetis ¿pudieron mantenerse en suspenso durante los trescientos siglos que duró el silencio de Prometeo? Las medidas no son iguales para dioses y para hombres y, como solían decir los griegos, el desliz del pie de un gigante es carrera para un enano.

5

Las Edades Hesiódicas: Oro, Plata, Bronce, Hierro, y paréntesis de la Edad Heroica. Los Diluvios. Deucalión y Pirra; Ogigos.

1. La humanidad, entretanto, venía cruzando varias etapas de su remota evolución. Suelen llamarse las Edades Hesiódicas por el nombre del poeta que las describe. Estos pasajes de Hesíodo son el primer intento de una filosofía de la historia y admiten largas interpretaciones sociológicas, políticas y económicas. Aquí sólo nos incumbe su valor en la mitología.

2. Primero fue la *Edad de Oro*, "dichosa edad y siglos dichosos" inmortalizados en una página de Cervantes. Se la sitúa bajo el reinado de Cronos: incompatibilidad ya señalada con el mito de Prometeo, que asigna la creación del hombre a una época posterior.

Tregua transitoria y feliz de los elementos, imagen de la inocencia primitiva, en la Edad de Oro no había leyes ni legisladores, y todo era paz y ventura. Se ignoraba el mal y no existían las enfermedades. La Tierra ofrecía gratuitamente sus frutos, los árboles destilaban miel, los ríos manaban vino y leche. Nadie necesitaba trabajar para el sustento y se vivía en comunidad de bienes. No había armas ni guerras, ni hacía falta la navegación porque todo se encontraba en casa. Los hombres alcanzaban una larga vejez, y luego eran transportados en sueños al reino de los espíritus, desde donde hacían de invisibles guardianes para los supervivientes.

3. *La Edad de Plata* vino después, sin que los griegos nos expliquen, como lo explican los hebreos, a qué pudo deberse este menoscabo o primera degradación de la naturaleza humana. Los hombres aún eran vigorosos, la infancia duraba cien años, pero la seguían una efímera juventud y una muerte pronta. Los espectros de los muertos todavía podían rondar el mundo en calidad de demonios. La existencia se hizo más breve, porque Zeus acortó los veranos y extremó el rigor de los inviernos. Era menester buscar abrigo en las cuevas y era ya fuerza trabajar para sustentarse. La mala intención y la indolencia se iban extendiendo, se olvidaban los deberes piadosos. Dioses y hombres se disputaban sus respectivos privilegios. Aquí, como queda dicho, los hombres se vieron respaldados por Prometeo; o si se prefiere, aquí podemos insertar sin violencia las tradiciones sobre el robo del fuego y la definición de los sacrificios. Los funestos dones de Pandora comenzaron a obrar sus esperados efectos; y Zeus, finalmente, ordenó que la Tierra se tragara a la estirpe de la Edad de Plata.

4. *La Edad de Bronce* no se hizo esperar, y en proceso de decadencia creciente, condujo a la edad todavía más miserable que había de seguirla. Los frutos de la tierra ya no eran apreciados, y se prefería el alimento animal, con su horror de humores y sangre. Todos vestían de bronce y llevaban vida de combatientes, y el resultado fue que se aniquilaron entre sí en mutuas contiendas.

5. *La Edad de Hierro*, que sobreviene a continuación, ve desaparecer todas las bendiciones de antaño. La perversidad se ha enseñoreado del mundo. De aquí el "problema social" que provoca las lamentaciones de Hesíodo, quien no se consuela de vivir en época tan menguada. Ya era común destruir los bosques y cortar los árboles, para fabricar navíos y lanzarse a los mares en busca de locas aventuras. El suelo se repartió en propiedades privadas y fue codiciosamente

escarbado, a objeto de arrebatarle el oro de las minas y el hierro que requerían las armas. La tierra era profanada con la sangre del crimen. Los dioses no querían ya frecuentarla, y uno a uno se habían ido encaminando a sus divinas mansiones. La última en emprender el vuelo fue Astrea, la Dama Estrella identificada con la Justicia, hija de Zeus y Temis, que aún vemos lucir en la constelación de Virgo durante las noches despejadas. —Tal vez —suspiraban los griegos—, tal vez vuelva un día, trayéndonos de nuevo las delicias de la Edad de Oro.

6. "Históricamente", puede decirse que la *Edad Heroica*, la Edad Media griega que abarca desde el derrumbe de la cultura egea hasta la invasión doria, cabalga entre el Bronce y el Hierro. El hierro, esta maldición de la historia que decía Esquilo, apenas fue usado entre los guerreros de la *Ilíada*, y más bien se lo consideraba entonces como rareza y como material de labranza; pero será el arma por excelencia de los dorios, llamada, en virtud de su condición y baratura, a dominar el bronce de los magnánimos caballeros aqueos. Los hombres de esta edad, los héroes, representan un inesperado progreso: eran una raza más justa que las precedentes, si se exceptúa la inolvidable Edad de Oro; eran verdaderos semidioses. ¡Ay, perecieron en los sucesivos asaltos de Tebas y de Troya! Unos cuantos gozaron después de eterno reposo en las Islas Bienaventuradas.

7. Allá por las postrimerías de la Edad de Bronce —hasta donde cabe la precisión en lo impreciso—, Zeus, disgustado de los hombres,* juntó en consejo a los Olímpicos para proponerles la completa destrucción de tan miserables criaturas, las cuales —dice Nietzsche— no pasan de ser unos animales enfermos. Fulminarlas a fuerza de rayos parecía imprudente. Este recurso, comparable a nuestra bomba atómica, orillaba al peligro de quemar el eje del Universo. Zeus optó por desatar lluvias torrenciales e inundar a la humanidad en un diluvio. El Noto o Viento Sur amontonó entonces sus negras nubes. Posidón azuzó sus legiones pluviales y encabritó las aguas.

Fue imposible evitar la destrucción de los pueblos. Pro-

* Sobre una de las posibles causas de este disgusto, ver el caso de Licaón, en II, cap. 3, § 4.

meteo no podía permanecer indiferente. Quiso asegurar la perpetuación de la raza humana. Y como al fin y a la postre había admitido por esposa a Pandora, una vez que el mal de su aparición estaba consumado, tenía de ella un hijo, Deucalión, cuya consorte era Pirra. Aconsejó a Deucalión que fabricase un arca donde ambos pudieran refugiarse. El arca resistió las tormentas y, cuando bajaron las aguas, vino a quedar depositada sobre la cumbre del Parnaso. Haga el lector todas las reflexiones que guste respecto al Diluvio griego y el Diluvio que los hebreos heredaron de los babilonios, y respecto a las semejanzas entre Deucalión y Noé.

Por lo demás, Deucalión y Pirra eran virtuosos y merecían salvarse. Así lo reconoció el propio Zeus, y resolvió protegerlos. Ordenó al Bóreas o Viento Norte que barriera presurosamente las nubes, mientras Posidón, con su tridente, pastoreaba mares y ríos para reducirlos a su cauce y límites anteriores. La Tierra fue recobrando su fisonomía, y otra vez resultó habitable.

La pareja humana, solitaria en mitad del mundo, imploraba a Temis. La voz de un oráculo se escuchó de pronto. Deucalión y Pirra recibieron orden de echar a andar desnudos, velado el rostro para ignorar lo que aconteciera, y arrojando por sobre sus hombros "los huesos de su madre", es decir, las piedras de la Tierra. Prometeo, detrás de ellos y con una tea encendida, iba sollamando las piedras que sus hijos lanzaban. Las de Deucalión se transformaban en hombres; la de Pirra, en mujeres. El advenimiento de esta raza pétrea equivale a una segunda creación de la humanidad.

8. Nos queda la tradición de otro Noé griego y de otro Diluvio anterior al de Deucalión. Una de las puertas de la Tebas beocia se llamaba Ogigia, en memoria de Ogigos, esposo de Teba, que había reinado en la región antes de la llegada de Cadmo. Durante su tiempo, se supone que aconteció un primer Diluvio. Ogigos pudo salvarse por los presagios de la Estrella del Sur, que cambió de pronto de color, tamaño y ruta. Pero este Diluvio no alcanza, en la fábula, validez panhelénica, y las noticias son tan confusas que Ogigos pasa, a veces, por rey de Licia, o de la Tebas egipcia, o "de los Titanes". Se cuenta que llegó al Ática más de mil años antes de la primera Olimpíada, o sea por el siglo XVIII.

Este episodio tan incierto también se confunde con el de Deucalión.

9. Hemos presenciado, pues, varios intentos de acabar con el hombre o de rehacerlo: *1)* La Tierra se tragó a los hombres de la Edad de Hierro; *2)* los hombres de la Edad de Bronce se destruyeron a sí mismos; *3)* durante la Edad Heroica, buena parte de los hombres desapareció en las dos guerras de Tebas y en la guerra de Troya. Según la saga troyana, Zeus resolvió provocar el conflicto de Troya ante las quejas de la Tierra, que no soportaba ya la sobrepoblación del mundo. Añadamos que, según Esquilo, Zeus meditaba ya en aniquilar a la raza humana, y sólo se detuvo porque Prometeo la robusteció con el singular presente del fuego. Así representa el folklore griego la terrible noción del arrepentimiento divino, común a muchos pueblos.

10. Al cabo de tantos azares y titubeos, se ha logrado la relación pacífica entre Zeus y los mortales. Pero ¿hemos acabado ya con la consolidación olímpica? Aún quedaban por delante nuevas empresas. Hay que presentarlas en algún orden. Guardémonos, sin embargo —insisto— de buscar aquí el encadenamiento de causas y efectos, o siquiera de antecedentes y consecuentes. Esta maraña de fábulas no obedece a las perspectivas racionales. Al contrario, el suceder mítico se desvirtúa conforme se enreda en la trampa del suceder histórico; no admite continuidad ni fechas. "Helena no tiene edad", decía Goethe.

6

La Gigantomaquia. Sublevación de Tifeo. Alzamiento de los Aloades. Áloeo e Isimedia. Personalidad y hazañas de los Aloades Oto y Efialtes, niños gigantescos.

1. Zeus había extremado su crueldad para con los antiguos poderes. Gea, la Tierra, se manifestaba inquieta, se sentía agraviada. ¿Pretendía vengar a Urano, ella que había provocado su derrocamiento? ¿Le indignó el encarcelamiento de los Titanes sus hijos? ¿O el que Atenea hubiese dado muerte a Egis, uno de sus espantables engendros, por quien sentía piedad maternal? ¿O le ofendía que los Olímpicos diesen en burlarse de ella y del Tártaro? ¿O que prefirie-

sen los cielos y se alejasen cada vez más de la terrestre mansión? De todo hubo seguramente. Gea decidió dar de sí algunos monstruos que castigaran la dureza de Zeus. Estos monstruos fueron los Gigantes. Lo mismo podemos verlos como recién nacidos, o como recién libertados de su prisión subterránea y engendrados anteriormente por la sangre que derramó el mutilado Urano. Por ser producto de la Tierra, también se los llama Gegeneis.

2. El origen de los Gigantes es muy oscuro. O son fuerzas volcánicas o son los espíritus que las animan. Más que malvados, se muestran violentos, pues Grecia nunca conoció un verdadero Diablo o Genio del Mal. Por su carácter, recuerdan el salvajismo de los Cíclopes. En cuanto a su figura, además de su desmedida talla y su fuerza ingente, tenían haces de culebras en vez de pies humanos. Sus nombres son de estirpe griega: Agrios es "el Silvestre"; Feto, "el que echa a andar"; Ton, "el Veloz"; Hipólito, "el que da rienda a los caballos"; Efialtes, "el pesadilla", etc. Parecen, pues, unas contrafiguras ya helénicas de los prehelénicos Titanes, salvo que éstos a veces fueron objeto de culto, como vetustos dioses nativos, y los Gigantes no pasan de ser imágenes míticas. Su rebelión es un movimiento reaccionario contra el nuevo régimen, o —racionalizándolo— un eco de las luchas entre los primeros ocupantes de Grecia y los invasores aqueos. Los Gigantes no eran inmortales, pero sólo podían morir bajo los golpes combinados de un dios y de un hombre.

3. La Gigantomaquia tuvo por campo de operaciones el incierto suelo de Flegra, no sabemos si en el istmo de Tracia, si en Arcadia, en los Campos Flegrios junto al Vesubio, o hasta en España según hipótesis posteriores. A fin de hacer invencibles a sus aliados, Gea hizo brotar cierta planta mágica. No contaba con que Zeus ordenaría al Sol, a la Luna y a la Aurora que la ocultasen cuidadosamente a la vista de sus enemigos; no contaba con que esta vez los dioses reclutarían el refuerzo de los humanos, todo lo cual les daba ventaja. Por lo pronto, Zeus llamó en su auxilio a Héracles, su portentoso hijo, cifra del vigor físico y de la paciente abnegación. Además, el nuevo régimen demostró una incontrastable superioridad estratégica, y los Olímpicos hicieron alardes de heroicidad y valor que han deleitado a los poetas.

La intervención de Héracles (que derribaba con sus flechas a un gigante para que lo rematara Zeus con el rayo, Atenea con *égida* y lanza o Dióniso con el tirso) es un anacronismo y revela el carácter artificial y reciente de la Gigantomaquia, pues el nacimiento de Héracles es posterior a la creación de los hombres y al Diluvio de Deucalión.

Los Gigantes avanzaron arrojando peñascos e incendiándolo todo. Tras ardua lucha, quedaron definitivamente derrotados; a menos que entendamos las ulteriores erupciones volcánicas como últimas muestras de su rebelión, y el Paricutín sería, entonces, un Gigante no del todo vencido. Varios Gigantes yacen aplastados bajo las montañas y las islas. Atenea cubrió el cuerpo de Encélado con el territorio de Sicilia, por donde el insolente resuella la llamarada del Etna. Posidón desmembró la isla de Cos y con el fragmento que vino a ser el islote de Nísiro, enterró a Políbotes.

4. La Gigantomaquia muchas veces se confundió con la Titanomaquia, en parte porque duplica su tema, y en parte por la fortuna que gozó como asunto artístico. Es más atractiva y obvia la figura de un Gigante que la de un Titán, y el nuevo motivo ofuscó al motivo anterior.

5. Otro contratiempo más esperaba a Zeus, y tal fue la sublevación de Tifón o Tifeo. No es ella un mero incidente de la Gigantomaquia, aunque acomoda en la campaña de inconformismo suscitada por Gea. La sublevación de Tifeo, en efecto, se diferencia por dos rasgos característicos: el hecho de que Tifeo combatió a los dioses solo y sin aliados, y el que logró por mucho tiempo sostener una victoria ofensiva. Aun hubo rumores de que, en lo más recio de la brega, la corte olímpica, salvo Atenea, tuvo que refugiarse en Egipto, donde Zeus se disfrazó de carnero, Apolo de cuervo, Dióniso de chivo, Hera de vaca, Ártemis de gata, Afrodita de pez, Hermes de ibis. Lo cual no pasa de ser una "calumnia" inspirada en el afán de equiparar a los dioses griegos con los egipcios Amón, Hator, Tot, Isis, etc. (así como suele identificarse a Tifeo con Set, el enemigo de Osiris), o una patraña provocada por el deseo de explicar los atributos animales de ciertos dioses. Queda vivo el hecho de que Tifeo efectivamente supo amedrentar a los Olímpicos, como sola-

ménte lo harán Héracles en sus arrebatos irascibles, Atenea
en naciendo, y Apolo en su primer mostración.

6. Conocemos ya a Tifón o Tifeo como hijo del Tártaro y
de Gea, como esposo de la anguiforme Equidna, y padre de
algunos monstruos zoológicos. Un himno homérico lo da por
brote espontáneo de Hera, lo que mal se aviene con su función mítica, y tampoco cuadra con la exorbitante figura de
Tifeo, impregnada de olor asiático.

Era Tifeo industrioso y hábil de manos, de pies infati-
gables, fortísimo y también gigantesco. Su cabeza, un racimo de cien cabezas de serpientes. Su voz, horrísona y atro-
nadora. Ya hablaba la lengua de los dioses, ya mugía como
un toro, o ladraba como una jauría, o bien lanzaba agudos
silbos que repercutían en el eco de las montañas. Propias
condiciones de un espíritu del viento, y que corresponden a
su parentesco sísmico y volcánico, pues cierta teoría helénica atribuía las erupciones y los terremotos a los vientos
encerrados bajo la corteza terrestre.

7. Los rayos olímpicos alejaron por algún tiempo al
monstruo. Pero éste volvió a la carga y se fortificó en el monte Casio (Siria). Más aún, se atrevió a luchar con Zeus cuerpo
a cuerpo. Usando de un arma cortante (*hárpee*), tal vez dotada de virtud mágica, como la que esgrimió Cronos contra
Urano y la que esgrimió el héroe Perseo contra la Gorgona,
Tifeo trozó a Zeus los tendones de pies y manos y lo encerró en la caverna Coricia (Cilicia). Delfina, otra mujer
serpiente, puso a buen seguro los tendones de Zeus, que así
se vio reducido a la impotencia. Al fin Hermes y Egipán
(una hipóstasis de Pan el caprípedo), descubrieron el escondite y lograron sustraer los preciosos miembros, mientras
el héroe Cadmo, bajo la inocente traza de pastor, distraía a
Tifeo con los aires de su flauta silvestre.

Una vez restaurado, Zeus se remontó al cielo en su carro
volador y comenzó a descargar sobre Tifeo las baterías de
rayos, obligándolo a replegarse hasta el monte Nisa. Allí
las Moiras lo cercaron solícitamente y le dieron a comer
carne humana, alimento impropio para el monstruo que,
sometido a esta dieta antinatural, se debilitaba por instantes. Pero todavía resistió con bravura, internándose por
los vericuetos de Tracia. La sangre que vertía a cho-

rros dio su nombre al monte Haimos (*háima*), macizo balcánico.

Los griegos occidentales de Italia (que, por lo demás, siguen aquí a Píndaro), empeñados en transportar a su nuevo hogar las leyendas de la metrópoli, lo hacen acabar sus días en Sicilia, donde, por contaminación con el mito del gigante Encélado, lo suponen sofocado bajo el peso del Etna. Así lo entendieron Juan de Mena y Góngora, siguiendo a Ovidio. Pero la tradición ortodoxa toma otros dos rumbos: o lo sotierra bajo los montes Arimos, cuyo sitio se ignora y que falsamente se identifican con la isla Inarima (Enaria o Isquia, frente a Campania), o más generalmente se conforma con hundirlo en el Tártaro. Allí Tifeo se mantiene vivo y goza de cierta libertad, puesto que allí engendra, en el seno de Equidna, a su repugnante prole animal y a los vientos tempestuosos. No al Noto y al Céfiro, por supuesto, que son vientos de ascendencia divina.

8. La última amenaza seria contra Zeus fue el alzamiento de los Aloades o hijos de Aloeo (¿"el Disco", "el Trillador"?) aunque su madre Ifimedia se jactaba de que el verdadero padre de estos gallardos mozos no era Aloeo, sino Posidón. Poco sabemos de Aloeo. En cuanto a Ifimedia, la imaginación de los comentaristas ha adornado su historia. Se le atribuye el haber dado los primeros pasos para seducir a Posidón, asomándose diariamente por las playas y echándose agua en el seno a fin de llamar la atención del dios marino. O se asegura que su verdadero amor era el río Enipeo, cuya apariencia asumió Posidón para obtener sus favores (lo que también se cuenta de Tiro, madre de Pelias y Neleo). Otros mantienen que los Aloades eran hijos de Gea, donde las autoridades modernas creen ver la relación de este mito con alguna Madre terrestre de Anatolia. En todo caso, la Tierra los crió y los hizo gigantes.

9. Los Aloades eran dos gemelos, Oto y Efialtes, los mayores y más hermosos hombres que vio el mundo si se exceptúa al cazador Orión, pues a los nueve años medían nueve codos de ancho y nueve brazas de altura. Crecían nueve pulgadas por mes y siete pies por año. Cuando decidieron dar la batalla a los dioses, pensaron que lo más acertado era escalar el cielo. Para esto les hubiera bastado encaramar so-

bre el monte Olimpo el monte Osa, y encima todavía el monte Pelión, contando con la ventaja de su estatura en incesante progreso. Era menester atajarlos antes de que llegaran a edad adulta. Apolo los acribilló con sus flechas cuando aún no criaban el bozo.

Pero ya habían mostrado de lo que eran capaces, pues ataron al propio Ares y lo encerraron en un jarro de bronce durante trece meses, al cabo de los cuales el dios estaba ya extenuado. Fue menester toda la astucia de Hermes para librarlo de este trance. Hermes rompió las ataduras y lo sustrajo sigilosamente de la prisión, a ruegos de Eribea, la segunda esposa de Aloeo y madrastra de la pareja.

10. Tal es la esencia de la historia. Pero los aditamentos de los antiguos mitólogos merecen recordarse. Según ellos, la animadversión de Oto y Efialtes contra los dioses proviene de que los muy gigantones querían desposarse nada menos que con Hera y con Ártemis, lo que da idea de su osadía y su precocidad; y su animadversión contra Ares proviene especialmente de que Ares, en forma de jabalí, dio muerte a Adonis, confiado por Afrodita a la guarda de los gemelos: variante al parecer muy tardía.

Unos aceptan que ambos murieron a manos de Apolo; unos aseguran que a manos de Apolo y Ártemis. Quiénes afirman que Ártemis, bajo la forma de una cierva, pasó entre ellos a todo correr y, como ambos dispararon a la vez sus arcos, se mataron el uno al otro, pues de otro modo no podían morir. Enviados al Tártaro, se les ató de espaldas a una columna, y no con cadenas ni lazos, sino con serpientes, y se les sometió a mil torturas. Pues el Tártaro era una prefiguración del Infierno, destinado, mucho más que a los pecadores comunes, a los que agraviaban o desacataban a los dioses.

Como Efialtes se llama también el Titán de la Pesadilla, y como la pareja de los Aloades muestra resabios de divinidad desvanecida, ciertos mitólogos quieren ver aquí un caso más de dioses vetustos rebajados por la religión vencedora a la categoría de demonios.

Oto y Efialtes, en efecto, disimulan, bajo el mito de su rebelión, algunos borrosos rasgos de genios benéficos, fundadores de ciudades, amigos y adoradores de las Musas, a las que erigieron varios altares. Sus tumbas eran veneradas en Antedón (Beocia), aunque Creta pretendía guardar los restos de Oto. Naxos les consagró un culto heroico. Sus hazañas se extienden por Tesalia, Beocia y Naxos, donde recobraron a su madre Ifimedia y a su hermana Pancratis, que habían sido víctimas de un rapto. Ifimedia era adorada entre los carios, y ella y Pancratis son conocidas como ayas del niño Dióniso, que por cierto era una devoción especial de Naxos.

11. Vencido el último alzamiento, la historia ulterior de Zeus se reduce a sus intervenciones en pro o en contra de tal o cual dios, de este o del otro mortal.

Hemos visto, pues, sucederse a Urano, a Cronos y a Zeus. Más tarde, hemos visto consolidarse el poder de Zeus a través de varios episodios: *1)* la Titanomaquia; *2)* las veleidades de la Familia Olímpica; *3)* las reyertas con el género humano, sus destrucciones o mermas sucesivas (catástrofe de la Edad de Plata, guerras del Bronce, los Diluvios, dos guerras tebanas y una guerra troyana); *4)* la Gigantomaquia; *5)* el levantamiento de Tifón, y *6)* la rebeldía de Oto y Efialtes. Con esto damos término a la descripción de los orígenes. Corresponde ahora examinar la gradual definición de la Familia Olímpica, llamada a gloria imperecedera.

II. LA FAMILIA OLÍMPICA: PRIMER GENERACIÓN

1

Los doce dioses. Grandeza y bajeza de Posidón. Su rencor a los troyanos. Su consorte Anfitrite. Su descendencia legítima. Tritón. Los amores de Posidón. Los caballos sobrenaturales: Pegaso y Arión. Mito de Escila. El bastardo Anteo. Quione y Eumolpo. Disputas de Posidón con Atenea y con Hera. El primer caballo, Escifio. El toro de Minos y otros monstruos. Posidón y el muro de los aqueos.

1. Forman la Familia Olímpica los Doce Dioses principales, suerte de canon que se define poco a poco en los siglos históricos. Estos dioses son generalmente: Zeus, Hera, Posidón, Deméter, Apolo, Ártemis, Ares, Afrodita, Hermes, Atenea, Hefesto, Hestia. Consta en Aristófanes que se solía jurar "por los Doce". O este número tuvo algún sentido sagrado, o corresponde a la dedacópolis o conjunto de doce ciudades jonias del Asia Menor, o a los doce meses del año; o bien, según las nociones caldeas que Platón heredó de Eudoxo, la cifra se inspira en los doce signos del zodíaco.

En Olimpia se agrupó a estos dioses por parejas, y a cada pareja se consagró un templo. En Ática, se los adoró en el templo de Pisístrato, plantado en el ágora, y que se usaba como punto de arranque para medir las distancias. En el friso oriental del Partenón aparece un grupo de los Doce que, en cierto modo, presidía las fiestas Panatenaicas; pero Hestia —acostumbrada, como diosa hogareña, a quedarse en casa mientras los demás concurrían a sus celebraciones—, ha cedido el puesto a Dióniso, a quien parecía indispensable darle sitio por el desarrollo de la tragedia que él aposentaba en su teatro vecino.

Según el matiz de los cultos locales, la lista canónica de Eudoxo sufre algunas alteraciones de lugar en lugar. Así, en Olimpia, los titanes Cronos y Rea, y Alfeo, el dios fluvial, sustituyen a Hefesto, a Deméter y a Hestia. Platón, reformista teórico, propone dedicar un mes a cada una de las tribus de su Estado ideal, y asigna a Plutón (Hades) el último mes, incorporándolo en los Doce, para que, junto a los dioses celestes, haya también una deidad subterránea, de modo que el culto abarque el Universo. Alejandro, como símbolo y síntesis de los ideales helénicos, erigió un sagrario a los Doce en la India, al extremo más oriental de sus expediciones conquistadoras.

2. En el gobierno olímpico de los Crónidas, después de Zeus toca el turno al dios Posidón. La etimología lo llama "el Señor de la Humedad"; la poesía, "el Amo del Terremoto", pues si una teoría explicaba el sismo por las sacudidas del viento subterráneo, otra lo explicaba como efecto de las corrientes de agua interiores.

Cuenta Pausanias que, así como Rea hizo tragar a Cronos una piedra en lugar del Zeus recién nacido, al que ocultó en un antro, igualmente ocultó al recién nacido Posidón entre una manada de carneros que pacían junto a la surgente Arne, verdadera Fuente-Ovejuna de la mitología clásica, y en su lugar hizo tragar un potrillo al artero Cronos. Lo que de una vez relaciona a Posidón con ambos animales. Veremos las consecuencias de esta relación al tratar de los Argonautas y el Vellocino de Oro.

La mitología y el arte representan a este dios armado siempre del tridente, a cuyos envites solía estremecer la tierra, y le prestan una apariencia levemente menos majestuosa que la de Zeus. Su edad es la plenitud viril, la *acmé*. Su fábula lo denomina *hippios*, Dueño de las Caballerías, como si quisiera referir los galopes al rodar y al tumbo de las olas, ya que su dominio es el mar; pero, en realidad, a causa del culto especial que mereció entre los caballistas tésalos. A veces, se le sacrificaban caballos; a veces, asume la forma del caballo en sus múltiples aventuras, o él mismo engendra corceles de condición sobrenatural.

En su persona se funden algunas deidades marítimas de procedencia extranjera —como aquella que vino a ser el Osogos cario— con los rasgos de alguna deidad más bien terrestre, deidad de los vientos, los torrentes y los terremotos.

Es de creer que esta deidad acompañaba a los invasores del norte, quienes entraron por Grecia a pie enjuto y no traían consigo un dios de los mares.

A diferencia del ecuóreo Nereo, que parece la serenidad misma, Posidón es irascible, hasta vengativo y enconado, y muestra alguna semejanza con los Titanes; con Briareo, por ejemplo, que de repente pasa por su yerno o su hijo.

Dotado de incontrastable vigor, cuando, en la escaramuza de los dioses provocada por la guerra de Troya, desciende precipitadamente del cielo, Hades teme que rompa la bóveda de la tierra, el techo de su profunda mansión. Dotado de agilidad única, recorre de cuatro zancadas la distancia entre Samotracia y Egea o Egas, lugar ignoto donde tiene su submarino alcázar.

Es agente plástico de la tierra, y en la geología queda el rastro de sus caprichos, ora benéficos o perjudiciales. Modela la cara de Grecia con su tridente, como un escultor con su cincel. Si en la Gigantomaquia desmiembra la isla de Cos para sepultar a Políbotes bajo la roca de Nísiro, lo mismo desahoga el valle de Tesalia, abriendo por entre el Osa y el Olimpo el paso del río Peneo, o mueve las inundaciones a su albedrío.

Los romanos, que carecían originariamente de un dios marítimo y apenas comenzaron a fabricar navíos hacia el siglo III, vísperas de la primer Guerra Púnica, lo identificaron, no sin violencia, con Neptuno, su oscuro geniecillo acuático.

3. En Homero, la fisonomía de Posidón es ya inconfundible, conocida y de relieve cabal, y el dios aparece como partidario de los aqueos, aunque refrenado por el temor de desagradar a su augusto hermano. Algunas razones tendría su parcialidad por los aqueos, pues la conducta de Posidón es previsible como la de una catapulta. No cuesta mucho averiguarlas:

Laomedonte, padre del rey Príamo que aparece en la *Ilíada*, había contado antaño con la ayuda de Posidón y de Apolo para levantar los muros de Troya; pues, a causa de cierta infracción —ya conocemos las pasadas veleidades de la Familia Olímpica—, Zeus impuso a ambos dioses como castigo el servir a las órdenes de un mortal. (Por cierto que, según Píndaro, parte de la obra quedó en manos del héroe

Caco, abuelo de Aquiles, y fue naturalmente el punto más endeble de la fortaleza, que un día derribarán los aqueos.) Pero Laomedonte, poco puntual en sus contratos —como lo averiguamos también por su incumplimiento para con Héracles, a quien defraudó más tarde—, se negó a pagar a los dioses el salario debido, lo que explicaremos al contar la saga de Troya. Apolo se olvidó del agravio y, ya cuando la Guerra Troyana, es un decidido protector de los sitiados y del caudillo Héctor. Pero Posidón, en cambio, guardó su inquina contra toda la descendencia de Laomedonte.

La saña con que, en el poema homérico, persigue a Odiseo y a sus compañeros, acaba de darnos la medida de su carácter vindicativo e iracundo.

4. La consorte de Posidón es Anfitrite (nombre minoico o anatolio), pálida diosa que recibió un culto ocasional semejante al de las Nereidas, de quienes suele considerársela hermana o madre. ¿Por qué no imaginarla como una "mamita", hermana mayor que ha tomado cuenta de la casa y enseña a peinarse a las pequeñas?

Esta pareja olímpica es un paralelo algo atenuado de la pareja que forman Zeus y Hera: él es mujeriego, ella celosa. Dudamos de que Anfitrite haya sido feliz en su matrimonio, dado el mal genio y los deslices de su marido, a lo que debe añadirse que se casó forzada. El incontenible Posidón la perseguía, y ella se refugió al lado de Océano o de Atlas. No faltó quien la descubriera, y fue el Delfín en que cabalgaba Posidón, al cual éste recompensó después transformándolo en la constelación que se ve lucir junto al Águila, preciosa miniatura estelar.

5. Los hijos de Posidón y Anfitrite fueron Tritón, Bentecime (Ola de Altura) y Roda o Rodos, ninfa de Rodas a quien otras versiones presentan como hija de Helios y Afrodita, de Helios y Anfitrite, o de Posidón y Afrodita. Cimopolia, otra hija de Posidón, la que se desposó con Briareo, ¿era legítima o bastarda? No averigüemos demasiado. Con excepción del primero, estos vástagos resultaron gente muy secundaria.

Tritón es un ser bien caracterizado, hombre hasta la cintura, y pez de la cintura abajo. Estos híbridos tienen singular destino mitológico: a veces se habla de uno, a veces de varios, en que se incluyen varones y hembras. El nombre de Tritón recuerda el nombre de su madre, y su figura nos hace pensar en el Dagón del Antiguo Testamento. Se lo confunde con Nereo y con Proteo. El arte aprovechó con frecuencia su alto valor decorativo, y lo representa soplando su caracola marina.

Lo que sobre él pudieron contar los navegantes griegos por desgracia se ha perdido para nosotros. Pero los poetas han salvado tal o cual episodio. Sabemos así que, cuando los Argonautas partían de Libia, en aquel su derrotero laberintoso, Tritón recogió del suelo un terrón y lo puso en manos de Eufemo, dándole a entender que los Eufémides serían los futuros amos y pobladores de la región. O Eufemo arrojó el terrón al mar, o se le cayó en la travesía. Entonces se vio brotar la isla de Tera, la cual, en efecto, fue más tarde colonizada por Teras, descendiente de Eufemo, y se desarrolló de tal suerte que a su vez envió una colonia a Cirene, costa de África. Este Tritón, a quien también llaman Eurípilo, pudo ser un dios local de Libia, adorado por los alrededores del lago Tritonis.

Otra leyenda de Tritón es de sabor helénico indiscutible y ha sido recogida en Tanagra: Un grupo de mujeres se purificaba en el mar para los ritos dionisíacos. Hijo de tal padre Tritón se lanzó de pronto sobre ellas. Díoniso en persona tuvo que sujetarlo, o bien las mujeres mismas lograron embriagarlo y lo degollaron.

No era buen sujeto. Virgilio cuenta que ahogó a Miseno sólo porque éste se atrevió a proponerle una competencia de trompeta. El gran tañedor de caracola lo consideró un agravio mortal.

6. Fuera de la vida conyugal, Posidón tuvo sus escarceos. Ya hemos visto que cortejó a Tetis, sin dársele un ardite que su rival fuera el propio Zeus. Ya hemos visto que los niños gigantescos Oto y Efialtes bien pudieron ser sus bastardos. También tuvo amores con Tiro, hija de Salmoneo el Mago, en quien engendró a Pelias —usurpador de su hermano Esón en el trono de Yaolcos— y a Neleo, el padre de Néstor.

Una vez lanzado, Posidón no reparaba en menudencias y sus aventuras lo llevan a aliarse aun con el mundo de lo monstruos. Desde luego, engendró, en la horripilante Medusa, a Pegaso, el caballo alado, y a Crisaor, el de la espada de oro. Se discute si no fue el verdadero padre de las Arpías. En todo caso, en una de las Arpías engendró a Arión —el Veloz—, otro caballo alígero. Arión permitió a Adrasto escapar indemne, cuando sus fuerzas quedaron derrotadas a las puertas de la Tebas beocia, y había sido montado antes, sucesivamente, por Copreo, rey de Haliarto (¿genio agrícola, abono del suelo según su nombre?) y por el infatigable Héracles. Los arqueólogos objetan que por aquel tiempo en Grecia el caballo sólo se usaba como bestia de tiro, y que el cabalgar vino después, por imitación de los guerreros asiáticos. Pero ¿cuándo la mitología hizo caso de los arqueólogos?

El relato más aceptable quiere que la madre de Arión haya sido Deméter, a quien Posidón, como solía, hizo suya por la violencia. Por aquellos días, en efecto, Deméter es la Deméter Erinis, la Furiosa. Llorosa y desesperada, recorría la tierra en busca de su hija Perséfone, raptada por Hades (luego era el invierno, según la racionalización del mito), y no estaba para requiebros. Asediada por el dios, se convirtió en yegua y echó a correr por las llanuras de Arcadia. Posidón le dio alcance muy fácilmente, a su vez mudado en garañón. ¿Qué mucho si su hijo salió caballo? ¿No hemos visto que pasó otro tanto a Cronos con Fílira? Pero el fruto de la unión entre el dios marítimo y la diosa terrestre no resultó un hijo, sino una pareja, salvo que no podemos revelar el nombre de la melliza por ser un secreto de los iniciados en los Misterios de Deméter.

Así lo contaban los de Telfusa. En Figalia hay otra variante: Una Deméter con cabeza de yegua negra —propia exorbitancia, caso único en la mítica griega, nada aficionada al zoomorfismo permanente de los dioses mayores, a diferencia de lo que acontecía en Egipto—, tuvo de Posidón una hija llamada Despoina, "el Ama", nombre que también se aplica a la reina del mundo inferior, Kora o Perséfone.

Otra vez, Posidón se encaprichó por Escila, hija de Forcis y Hécate (o de Forcis y Cratáis). Y aquí encontramos una manifestación de los celos de Anfitrite, no menos feroces que los de Hera. Anfitrite, para vengarse, envenenó con ciertas

413

yerbas el baño de Escila, la cual quedó metamorfoseada en un ser espantoso, rodeado por un collar de cabezas de perro. La pobre se refugió en una cueva, tal vez situada por el estrecho de Mesina, donde se consolaba filosóficamente de su desgracia devorando a cuantos navegantes se le acercaban. Dicen que era un escollo, que era un remolino o algún otro obstáculo del mar. Odiseo, en su viaje de regreso, escapó a sus garras a fuerza de proezas y sacrificios.

7. Se atribuyen a Posidón muchos bastardos, la mayoría de tan mala índole como el padre, a menos que el ilustre Teseo y el cazador Orión figuren también en la cuenta. Uno de los más notables fue sin duda el gigante Anteo, hijo de Gea. Pues aunque Posidón, combatiente destacado contra los Gigantes, no siempre estaba a bien con su abuela y la trataba a empellones —al fin Señor del Terremoto—, otras veces, como Señor de la Humedad, también la acariciaba y fertilizaba, de donde se lo llamó "Fitalmio", el que hace crecer las plantas. (Según cierta hipótesis, el nombre mismo de "Posidón" significa "esposo de la Tierra", *posis Das*.) Era Anteo un ser invencible, y cobraba multiplicado vigor a cada contacto con la Tierra su madre, cada vez que caía al suelo. Héracles, que lo advirtió, opuso el ingenio a la resistencia material de su contrincante, y logró levantarlo en vilo y estrangularlo.

Alcione, una de las Pléyades, dio varios hijos a Posidón, colonizadores de los litorales: los héroes marítimos Hirieo o Urieo —fundador de Hiria o Uria, costa beocia— Hiperenor, Hiperes y Antas; además, Etusa, la que por obra de Apolo concibió a Eleutero, el poblador de Eleutera. Celeno, hermana de Alcione, tuvo de Posidón tres hijos: Nicteo, Liceo y Eurípilo. (Adviértase la confusión con "Eurípilo", el Tritón libio.) Como la salida y puesta de las Pléyades interesan al calendario naval, estos amores de Posidón con Alcione y Celeno han sido objeto de obvias interpretaciones.

Recordemos, por último, la triste historia de Quiones —la Muchacha Nieve—, hija de Bóreas y de Oritia. Quione se dejó seducir por Posidón y, avergonzada de su falta, arrojó al mar al recién nacido. Es decir, que el propio Posidón pudo rescatarlo, puesto que lo recibió en sus brazos. Tal fue el héroe Eumolpo, de quien se jactaba de descender la familia sacerdotal de los Eumólpidas, en Atenas.

Los amores de Posidón con Teofane serán referidos a propósito de los Argonautas.

8. No es ésta la única relación ateniense de Posidón, lo que nos lleva a otro aspecto de su mito. Recordemos que Posidón y Atenea se disputaron un día el padrinazgo del Ática. Como unos oficiales de arte que se presentan a la prueba, cada uno creó un portento. Posidón, a un golpe de su poderoso tridente, abrió la roca del Acrópolis e hizo surgir el primer caballo conocido, Escifio. Otros aseguran que simplemente hizo brotar una salina. Como el Tajo de Rolando se admira en las montañas de Roncesvalles, así los viajeros admiraban, bajo el pórtico del Erectión, la huella de esta hazaña. Por su parte, Atenea, de un bote de lanza, dio nacimiento al primer olivo, tan fundamental e importante para la economía de Atenas, pueblo de aceiteros. El dictamen recayó en favor de Atenea.

Posidón no se resignó, y manifestó su disgusto inundando el valle de Triasia. Los dioses lograron reconciliarlo con Atenea. Y ésta, siempre generosa, no tuvo reparo en que el Ática también venerara a su rival, aunque de cierta manera accesoria y confundiéndolo más o menos con Erecteo. Cuando los persas saquearon a Atenas, quemaron el sacro olivo del Acrópolis. Recobrada la ciudad por los atenienses, el olivo volvió a crecer con rapidez maravillosa —dos codos en el primer día—, y todavía se mantenía floreciente en tiempos del emperador Adriano, siglo II de nuestra Era.

9. Posidón se manifestaba frecuentemente inconforme con la repartición de los cultos. También disputó a Atenea la devoción de los trezenios. Zeus tuvo que dividir entre ambos la jurisdicción espiritual de Trezena. Posidón ganó el culto de Basileo o Rey; Atenea fue honrada como *Sthenias* o Poderosa, y como *Polías* o Señora de la Ciudad. Pero, en tanto que se decidía la querella, Posidón esterilizó los campos con sus aguas saladas, y sólo les devolvió la fertilidad cuando se le concedieron los honores que reclamaba. Los trezenios, para halagarlo, lo llamaron en adelante "Fialmio" o Fertilizador.

En Petra, operó su sortilegio habitual, que era hacer

brotar caballos de las rocas, y se lo veneró como "el Pétreo", a cambio de lo cual concedió la feracidad a los antiguos eriales del contorno.

10. También entabló controversia para arrebatar a la propia Hera la advocación de la Argólide. Ínaco y sus jueces fallaron en favor de la diosa nativa, pues Hera estaba allí en sus dominios prehelénicos. Entonces Posidón, como lo sospecha el lector, inundó las tierras. Hera consiguió apaciguarlo. Y los argivos, para desarmar su rencor, le alzaron el templo de Posidón Proclistio, o Señor de las Inundaciones. Como arrebataba las hembras, así se adueñaba el dios de los cultos que le convenían. En lo que puede verse un rastro más de la lucha entre los antiguos cultos locales y la nueva religión importada.

11. Adelantaremos una referencia sobre el más extraordinario de los cultos cretenses, para que se vea cómo Posidón no sólo era capaz de engendrar caballos. Minos le pidió manifestarse de algún modo en favor de sus pretensiones al trono de Creta, y al punto Posidón hizo brotar de las aguas un estupendo toro. El rey Minos no quiso sacrificar el toro a su hacedor. La venganza de Posidón fue abominable: enloqueció a la reina Pasifae o Pasife, la hizo enamorarse del toro, y de aquí nació el Minotauro, el hombre cornúpeta cuya fábula, relacionada con Teseo, conoceremos más tarde.

Por lo demás, Posidón comparte con los otros dioses la facultad de suscitar monstruos a su albedrío, y cuando riñó con Laomedonte por las razones que ya sabemos, lanzó sobre Troya un monstruo con encargo de apoderarse de la princesa Hesione, al que Héracles tuvo que dar muerte; así como Ártemis, en su agravio, lanzó sobre los campos del rey Eneo al Jabalí de Calidón.

12. Por si las anteriores historias no bastaran para conocer el carácter envidioso y descontentadizo de Posidón, veámoslo, en la *Ilíada*, contemplar con desconfianza y resquemores el muro defensivo que los aqueos alzaron para protección de sus flotas, con ser los aqueos sus preferidos. ¡No fuera ese muro a competir, a ojos de la posteridad, con los muros de Troya, antaño levantados por él mismo y por el dios Apolo! Semejantes sentimientos —le recriminó Zeus con harta razón— son indignos de todo un dios; y para de

jarlo conforme, y para mayor desesperación de los arqueó-logos futuros, le dio permiso de derribar y barrer el muro aqueo en cuanto acabara la campaña.

2

Hades, su persona y su imperio de sombras. El rapto de Perséfone-Kora, su consorte. Pasión de Deméter. Demo-fonte. El ciclo de las Estaciones. Triptólemo. Yasión y De-méter. Los Misterios. La trinidad eleusina y Yaco.

1. Hades, Aidoneo o Plutón es el dios subterráneo por exce-lencia. No habita el Olimpo, sino algún lugar indefinido que también llegó a llamarse el Hades (nunca en los tiempos clá-sicos), donde reina entre los espectros de los difuntos. Te-nido como inexorable —no como malvado, pues es siempre justo, aunque severo—, se lo nombra con eufemismos: "Ha-des" o "Aidoneo" viene a ser "el Invisible"; y "Plutón", "el Rico", acaso por los tesoros que la tierra esconde en su seno. También lo llamaron "Zeus Infernal", "Polidegmón" u "Hospitalario", "Eubuleo" o "el del Sabio Consejo", y con otros términos adulatorios. El griego se vale de ro-deos para hablar de la muerte; mejor que "el difunto", dice "el desaparecido", "el que se nos fue"; y en los testamentos, emplea fórmulas atenuantes: "Todo va bien, pero he aquí mi última voluntad *por si algo acontece.*" Así los romanos dirán, en sus epitafios: *Migravit ad plures,* fórmula de ele-gante elisión.

El arte representó a Hades pocas veces, siempre bajo la apariencia de un Zeus siniestro. Hades sólo tuvo culto en la Élide, donde era "Clímenos" o "el Famoso".

Los romanos, que no tenían dios de la muerte o lo tenían olvidado, adoptaron al Plutón griego, y a veces lo llamaron simplemente *Dis,* abreviatura de *Dives.*

2. El episodio principal de su mito es su matrimonio con Perséfone o Kora, también llamada Persefata o Persefasa, que es la Proserpina de los romanos y que reúne en sí los carac-teres de una diosa de los muertos y una diosa de la fertili-dad. En esta última función, es doble figura, rejuvenecida, de su madre Deméter; si bien la galantería artística de los griegos las distingue, en la pintura y en la escultura, más

por la talla que por la edad. (Por lo demás, el arte griego comenzó representando a los niños como adultos pequeños: en general, los niños sólo adquieren rasgos infantiles con el arte helenístico.) El divino matrimonio fácilmente concilió las nociones de la mortalidad (Hades: Perséfone) y del renacimiento perpetuo (Plutón: Kora).

3. Kora, virgen de singular belleza, vivía escondida en Sicilia, centro del culto consagrado a ella y a su madre (las Venerables por antonomasia), donde ésta creía tenerla a salvo de acechanzas. Pero Hades decidió tomarla por esposa, y obtuvo el consentimiento de su hermano Zeus, padre de la muchacha. Como a Deméter, en cambio, no le contentaba un yerno tan sombrío y adusto, Hades echó mano de la maña y la fuerza. Sobrevino el caso según el tipo antropológico del matrimonio por rapto, tan frecuente en los mitos. Veamos cómo aconteció:

Hena, remota sede de la diosa cereal, se preciaba de haber dado cuna a Deméter y a Kora, y pretendía que aquélla había hecho crecer en su suelo las primeras espigas. Y seguramente que en Sicilia,

> de cuyas siempre fértiles espigas
> las provincias de Europa son hormigas,

—como dijo Góngora— existía de antiguo el culto de alguna diosa de la vegetación. La infancia de Kora discurrió en Hena. Cierta vez que la muchacha jugaba en el campo con unas doncellas o ninfas, y se divertía cortando rosas, azafranes, violetas, lirios, jacintos y narcisos, Hades hizo brotar del suelo una flor maravillosa, "el narciso de cien cabezas". Kora la arrancó. Al instante se abrió la tierra bajo sus plantas, y en lo hondo la recibió Hades en su carro ya uncido y dispuesto para emprender la carrera. A pesar de su resistencia, fue así arrebatada hasta el mundo inferior. Al desaparecer, Kora lanzó un grito desgarrador.

Deméter, que había oído el grito de su hija, la buscaba en vano. Encendió dos teas en el fuego del Etna (de donde puede proceder la costumbre nupcial de que la madre acompañe con dos teas encendidas a su hija recién casada hasta el hogar de su esposo), y se puso a recorrer el mundo; pero Kora no aparecía. Los dioses, por orden de Zeus, callaban ante los lamentos de aquella *mater dolorosa*. La Tierra compartió su duelo; la vegetación se marchitó, y el hambre cundía por todas partes: de aquí el invierno.

Ante el silencio de los dioses, Deméter, indignada, abandonó el Olimpo y siguió sus peregrinaciones. En su dolor, olvidó el cuidado de su persona y hasta se dejó envejecer. Al cabo de nueve días, el Sol, Helios, testigo ocular de cuanto sucede en el mundo, reveló a la afligida Deméter quién era el raptor de su hija y dónde la había ocultado. (Apolodoro dice que la delación se debe a los vecinos de Hermione; Ovidio dice que al río Alfeo.) Por su parte, Hécate había escuchado los gritos de la raptada, pero no había presenciado el caso.

4. Andaba Deméter en traza de anciana menesterosa por los alrededores de Eleusis, y descansaba junto al pozo Partenio (o de las Vírgenes), cuando las hijas del rey Celeo (o Eleusio), movidas de compasión y sin reconocer en ella a una diosa, se le acercaron y la llevaron consigo a su palacio. La reina Metanira la recibió como nodriza de Demofonte, su hijo.

Yambe (o Bambo), una sirvienta de palacio, logró que Deméter olvidara un poco sus aflicciones, a fuerza de chistes y jugarretas un tanto obscenas (de donde "Yambo", el verso satírico); y la diosa poco a poco recobró la sonrisa y el buen humor. (El tema de las travesuras pasó luego al ritual de los Misterios Eleusinos. El uso de los chistes inconvenientes inspira la comedia desde sus remotos orígenes y aparecen también en la fábula de Héracles y los Cércopes.) Aunque Deméter rechazaba siempre el vino que le ofrecían, al fin aceptó unos tragos de cierta bebida, el *kykeón*, aderezada de poleo y harina, que vendrá asimismo a ser la bebida ritual de los Misterios. Ya se ve que estas fabulaciones *a posteriori* tienen por fin explicar las prácticas hereditarias cuyo significado original se ha perdido.

Consagrada ahora a la crianza de Demofonte, Deméter decidió comunicar a éste algunos privilegios divinos. Lo untaba de ambrosía y, por la noche, lo acrisolaba al fuego para darle la inmortalidad. Los padres la sorprendieron. Metanira, aterrorizada, lanzaba gritos de espanto. No queriendo pasar por una vulgar hechicera, Deméter abandonó en el suelo al niño y, reasumiendo su aspecto propio, reveló su identidad de diosa. Parece que el niño, en el tumulto, fue consumido por las llamas. Deméter ordenó entonces que Eleusis instituyera un simulacro anual en memoria de Demofonte, y un culto especial consagrado a ella misma, a cambio de lo cual ofreció transmitir sus secretos místicos a quienes se iniciaran en sus Misterios y proteger siempre a la población.

5. Al fin fue posible reconciliar a Hades y a Deméter. Pero, en adelante, Kora sólo pudo permanecer al lado de su madre una parte del año (una mitad, o un tercio), y el resto del año debió regresar al lado de su infernal esposo; pues había comido ya a la mesa de Hades algunas pepitas de granada, lo que creaba un vínculo indisoluble con el mundo inferior. Y así se explica el ciclo de las estaciones: cuando Kora se aleja y se recluye en el reino de sombras sobreviene el invierno; con el retorno a la compañía materna, vuelve la alegría al mundo de los vivos, y el suelo nuevamente florece.

6. Fiel a su promesa, Deméter, en tanto, restauró la fertilidad en tierras de Eleusis y, además, enseñó las artes de la siembra a Triptólemo, otro hijo de Celeo y de Metanira (quien pasa también por hijo de Eleusio, el héroe epónimo).

La tradición homérica dice que el cereal ya estaba descubierto, pero es creencia general que Deméter lo creó en ese instante, y los atenienses disputan a los sicilianos el haber sido los primeros beneficiarios de aquel nuevo favor divino.

Triptólemo, sin duda antiguo dios local hecho servidor de los Olímpicos, y singularmente, "viajante comercial" de la diosa, adquiere ahora importancia con el auge de los Misterios de Eleusis bajo la protección de Atenas. Aun suele mencionárselo entre los Jueces de los Muertos. El arte lo figura en una carroza de dragones alados, desde donde distribuye a los pueblos la bendición de la semilla. Un cuento tardío asegura que Linco, rey escita, quiso matarlo para hacerse pasar por el donador de los cereales. Deméter llegó a tiempo para salvarlo, y transformó en lince al atrevido.

7. Eleusis vino, pues, a ser, la principal sede religiosa de Deméter. Y el mito de ésta, en adelante, casi se reduce a la historia de sus peregrinaciones y a la fundación de sedes secundarias. Deméter va dejando por todas partes la huella

le su paso, lo que provoca otras tantas variantes, de que citaremos las más conocidas:

Ática: Cansada de buscar a su hija, Deméter fue acogida cierta vez por una vecina llamada Misme, que le dio a beber el *kykeón.* El hijo de Misme, Ascábalo, muchacho de malas maneras, se soltó riendo al ver la sed de la diosa. Deméter le arrojó a la cara las heces de la bebida y lo transformó en lagartija, animal en cuya piel manchada se aprecia el origen de la metamorfosis.

Argos: Cuando, en el siglo III, Pirro, el rey de los epirotas, al regreso de su infructuosa campaña en Italia, atacó a la ciudad, la diosa lo hizo morir de un golpe. Los descreídos aseguraban que fue una simple mujer quien le arrojó una teja encima, al ver que su hijo estaba a punto de perecer a manos de Pirro.

Feneo (Arcadia): En este pueblo corría el rumor de que allí mismo la tierra se había tragado a Perséfone, y de que, al instante, el caso había sido comunicado a Deméter quien, en recompensa, hizo a Feneo el dón de los cereales y concedió a la ciudad, como presente, el que nunca perdiera más de cien hombres en un combate.

Lebedea (Beocia): Esta ciudad disputa a Hena el tema de los juegos infantiles de Kora y, por consiguiente, la residencia de ésta y de Deméter su madre, antes del rapto. Kora, pretende la versión local, jugaba con la ninfa Herquina, quien dejó escapar un ganso. Kora lo encontró escondido en una cueva cubierta por una losa, de donde al punto brotó una fuente que recibió el nombre de Herquina.

Tesalia: Erisictón, hijo de Mirmidón o de Tropias, tuvo la mala idea de cortar los árboles de un bosque consagrado a Deméter para fabricar un templo. Deméter, bajo la apariencia de una sacerdotisa, lo previno contra el peligro de semejante impiedad, pero él la desoyó: —Sigue, pues, con tu obra —dijo la diosa—, que muy pronto te hará falta una sala para tus banquetes—. Y, en efecto, Erisictón se vio afligido de hambre insaciable. Aunque comía incesantemente, enflaquecía a ojos vistas. Agotó así todos sus recursos, y o bien se vio reducido a la mendicidad, o tuvo que vivir a cargo de su hija Mestra, una "ilusionista" que sabía cambiar de forma a voluntad. Ovidio comunicó nuevo sentido a la his-

421

toria, explicando la ira de Deméter por la muerte de la ninfa
que habitaba uno de los árboles derribados.

8. Ya hemos referido la aventura equina de Posidón y
Deméter. Se atribuye a ésta otro encuentro amoroso sin duda
de mayor dignidad. En un campo barbechado que se había
labrado tres veces, Deméter se unió a Yasión, algún antiguo
genio agrícola. Yasión pasa por hijo de Zeus y de Electra la
Pléyade. Era, pues, hermano carnal de Dárdano, el antecesor
de Troya. No sabemos si nació en Creta o en Samotracia.

Tal nupcia divina o "hierogamia" se interpreta como caso
de magia simpática para comunicar la fertilidad al suelo mediante la virtud del amor. De este ayuntamiento nació Pluto,
el Rico por antonomasia. Homero cuenta que Yasión fue fulminado por Zeus; otros dicen que alcanzó la vejez y murió
de muerte natural; unos afirman que obtuvo por merecimiento
legítimo el amor de la diosa, y los de más allá se figuran que
lo sorprendió de algún modo.

Hay cierta inclinación a suponer que toda diosa poseída
por un mortal ha sido forzada. No lo creamos: la imposición
puede venir de más arriba, como en el matrimonio de Peleo y
Tetis, matrimonio político decretado por Zeus. A veces, el
mortal queda simplemente burlado, como en el caso de Ixión
y la "nube Hera", que pronto vamos a conocer, aunque hay
mitólogos suspicaces que consideran esta fábula como una invención para salvar el buen nombre de Hera, lo que no pasa
de una chocarrería. Otras veces la iniciativa corresponde a
la diosa, como en Eos y los raptos de sus amantes humanos,
o como en el episodio de Afrodita y Anquises, padres de
Eneas, donde vemos a Anquises aterrorizado al descubrir lo
que ha hecho, pues teme que tamaña proeza lo esterilice en
adelante.

9. Pero ¿qué eran, en suma, los misterios Eleusinios,
hasta donde es dable averiguarlo? Algo como una miniatura
de drama teológico parecida a los "misterios" teatrales de la
Edad Media. Los candidatos eran iniciados después de una
serie de fáciles pruebas y purificaciones que acababan con un
ritual: decir ciertas palabras, tocar ciertos objetos, ejecutar
ciertos actos elementales. Los Misterios prometían la comunicación mística con la divinidad, al menos en los momentos
de trance, y ofrecían la salvación eterna. En el drama de los

422

Misterios figuraba una trinidad: Deméter y Kora, cuya separación y nuevo encuentro seguramente se representaba, y además, una confusa y oscura apariencia de Dióniso que recibe el nombre de Yaco. A éste se atribuye la invención del arado; ya es hijo o ya esposo de Deméter, ya más bien es hijo de Kora o del propio Dióniso, o hasta un muchacho criado por Bambo, la sirvienta de Metanira. La trinidad eleusinia corresponde a la trinidad romana de Ceres, Libera y Líber.

Poco antes de la batalla de Salamina —refiere la tradición vulgar— los griegos desleales que combatían al lado del invasor persa fueron testigos de un portento. La región había sido totalmente abandonada por sus habitantes. De pronto, se vio venir por el camino de Eleusis una inmensa nube de polvo hacia el campamento de los griegos leales. Se creyó que era un ejército de sombras encabezados por Yaco, pues se oían los ecos del himno con que se lo saludaba en los Misterios. Mal augurio para los invasores que, en efecto, fueron derrotados.

10. Tal es el ambiente que rodea la figura de Hades, aunque éste no participa en los Misterios de las diosas, sino que se limita a sus funciones en la morada de los muertos. Descendamos, pues, a esta penumbrosa morada. Conoceremos, así, las esperanzas del griego respecto a la vida ultraterrestre y al destino ulterior del alma.

3

Las mansiones de Ultratumba: I) El tártaro y sus huéspedes principales: Titio, Tántalo, Sísifo, Ixión. Penitentes secundarios: las Danaides, Ocnos el Soguero, Teseo, Pirítoo, Salmoneo el Mago. II) El Elíseo, Campos Elíseos o Islas Bienaventuradas. III) Descripción de la Casa de los Muertos, y requisitos para su acceso. Caronte y Cerbero. La condición de los muertos. Jueces de los Muertos: Minos, Eaco y Radamantis. Los ejecutores de los castigos: Quimera; Erinies, personalidad de estas diosas, su relación con las Euménides, las Arpías y las Ménades. Referencia al castigo de Orestes.

1. El capítulo de la vida futura y cuanto los teólogos han llamado "escatología" obliga a algunas explicaciones previas respecto a las nociones ético-religiosas.

Desde muy pronto se nota la tendencia a combinar las imágenes de lo subterráneo y lo infernal. La muerte parece un retorno al seno de la tierra, y es muy comprensible que las deidades de la muerte asuman un aspecto siniestro. Por otra parte, el anhelo humano exige una compensación a las penalidades terrestres, y de algún modo quiere asegurarse una suerte de inmortalidad y una futura salvación. Pero la necesidad de otorgar a las almas premios y castigos, concepto de la justicia distributiva en el "ultramundo", no aparece de una sola vez. Se fue esclareciendo poco a poco merced a las promesas de los Misterios (Deméter, Kora, Dióniso), a las doctrinas de las sectas místicas (orfismo, pitagorismo en uno de sus aspectos) y a las prédicas de los poetas y filósofos dotados de genio religioso (Píndaro, Platón). Al fin se llegó a unos como bocetos de los que más tarde serán el Infierno y el Cielo de los medievales. No puede decirse que estos lugares corresponden exacta y distintamente a los lugares míticos de los griegos. Hubo siempre una indecisión de fronteras y algo como una falta de enfoque.

2. Aunque los tres sitios tienden a confundirse un tanto, hay que distinguir entre el Tártaro (cuya región menos profunda es el Érebo), las Islas Bienaventuradas (Campos Elíseos o Elíseo) y la Casa de Hades o Casa de los Muertos.

El Tártaro corresponde a lo que hemos llamado el régimen hesiódico, a la etapa vetusta. Es una noción prehelénica que se incorpora en la mentalidad griega a modo de proemio, de asepsia previa para poder instaurar el orden olímpico; es una cárcel para los antiguos dioses derrotados. La imaginación homérica presta al Tártaro un vestíbulo de bronce y lo cierra con puertas de hierro. O el Tártaro está en las honduras de la Tierra, o en algún abismo muy lejano. Pero de repente aparece como un anexo de la Casa de Hades, una suerte de crujía penitenciaria. Según Homero, se encuentra situado en un punto que dista de la Tierra cuanto ésta dista del Cielo; sin embargo, en otro pasaje, lo confunde un poco con la Casa de Hades, pues hace que Odiseo encuentre aquí, al lado de los espectros comunes, a algunos reclusos del Tártaro. No esperemos, pues, una repartición muy estricta de los penados. Tampoco una descripción muy precisa de estos lugares fantásticos: si, para Homero, el Tártaro es una región sin luz y sin aire, para Hesíodo es una región tempestuosa.

En principio, el Tártaro no está destinado al castigo sobrenatural de los hombres, sino de los personajes míticos que han agraviado a los dioses. La mente helénica no se conformó con encerrar allí a los Titanes en categoría de poderes ya destronados, sino que dibujó con nuevos toques la figura de algunos, atribuyéndoles determinadas ofensas particulares. Así sucede con Titio, Tántalo, Sísifo, Ixión. Ya sabemos que también Tifeo y los Aloades purgan su condena en el Tártaro, y ya sabemos que Prometeo, pecador aparte, mereció también un castigo excepcional, un infierno *ad hoc* en el Cáucaso.

3. El gigante Titio habitó, en vida, la isla de Eubea, donde alguna vez lo visitó "el rubio Radamantis", futuro juez de los infiernos. Titio pretendió adueñarse de la diosa Latona, y los hijos de ésta, Apolo y Ártemis, le dieron muerte, pues así acostumbraban vengar siempre los agravios de la familia. Ahora, derribado en el suelo, el cuerpo de Titio cubría no menos de nueve yugadas. Como a Prometeo, dos buitres le devoraban el hígado, centro de la concupiscencia según ya lo hemos dicho. El castigo era adecuado a su falta.

4. Tántalo, un riquísimo rey de Lidia, padre de Pélope y de Niobe, antecesor de Agamemnón y de Orestes, a quienes transmite la maldición de su raza, es generalmente acusado de haber servido a los dioses, para probar su sabiduría, la carne de su propio hijo. Los dioses se percataron al instante, salvo Deméter, quien distraída con el dolor de haber perdido el rastro de Kora, devoró descuidadamente el hombro de Pélope. Devuelto a la vida por Zeus, Pélope llevó en adelante un hombro de marfil, y su padre Tántalo fue precipitado en el abismo infernal.

(Algún delito muy parecido se atribuye a Licaón, rey de Arcadia e hijo de Pelasgo, cuya piedad lo movió a fundar el culto del Zeus Liceo o Licayo, pero cuya locura lo arrastró a sacrificar a Zeus sus cincuenta hijos, una de las causas del Diluvio en ciertas versiones.)

El delito de Tántalo se cuenta también de otras maneras: *a*) Se dice que robó el néctar y la ambrosía de los dioses para brindarlo a sus amigos; *b*) que reclamó para sí la inmortalidad o algún otro privilegio divino; *c*) que divulgó ciertos secretos celestes; *d*) que encubrió a Pandáreo y no quiso revelar a Hermes dónde había ocultado aquél los bienes que sustrajo del sagrario de Zeus, y especialmente un perro de oro; *e*) que fue él, y no Zeus ni los dioses por orden de éste, quien robó a Ganimedes, el hijo de Tros, fábula tardía que no explicaría su castigo, puesto que Zeus aprovechó este rapto y convirtió a Ganimedes en copero de sus festines olímpicos; *f*) que, adelantándose a ciertos filósofos, declaró que el Sol no era un dios, sino una masa incandescente, versión igualmente tardía.

Su castigo —que en alguna tradición de última hora se reduce a haber sido aplastado, como un Gigante, bajo el monte Sípilo— es proverbialmente conocido como una tortura constante de hambre y sed. Sumergido hasta el cuello en un pozo de agua, el agua huye de su boca cuando quiere beber un trago. Sobre su cabeza, los árboles suspenden sus frutos; pero, si llega a alargar la mano, un viento aleja las ramas y las pone fuera de su alcance.

5. Sísifo, legendario rey de Corinto, fue famoso por su ingenio y su astucia. Se explica que una tradición tardía quiera hacerlo padre de Odiseo, quitando su lugar legítimo a Laertes, pues Sísifo pertenece a la misma casta de los maestros en ardides que el sutil personaje homérico ha bautizado con su nombre. Autólico, abuelo materno de Odiseo e hijo de Hermes —dios que es, en mucho, un verdadero patrono de los ladrones—, había recibido de éste el dón de hacer invisibles los objetos que hurtaba, o bien de mudarlos de aspecto. Un día robó las reses de sus vecinos y, desde luego, las transformó hasta hacerlas incognoscibles. Pero Sísifo pudo rescatar las suyas fácilmente, gracias a cierta marca secreta que les había hecho bajo las pezuñas.

Si, por una parte, Sísifo arranca del tema del Ladrón Simpático, por otra se relaciona con el tema del Diablo Burlado. Por haber delatado sus amoríos con Egina, Zeus ordenó a la Muerte que cargara con aquel indiscreto. Pero Sísifo logró encadenar a la Muerte. Libertada por Ares, la Muerte intentó un nuevo ataque. Sísifo, ya agonizante, tuvo tiempo de recomendar a su esposa, la Pléyade Mérope, que abandonara su cuerpo sin sepultura. Ante tan impía transgresión, Hades no podía darle cabida entre los muertos, y otra vez lo mandó a la tierra para que castigara la negligencia de Mérope. Sísifo volvió, en efecto, pero nunca se cuidó de castigar a su esposa, y murió de viejo, habiéndose reído de los dioses a su sabor. Sin duda se dejó llevar de su ingenio y no midió las consecuencias. Por lo cual lo encontramos ahora, en el Tártaro, obligado a encaramar incesantemente una pesadísima roca hasta una eminencia. En llegando a la cima, la roca rueda otra vez barranca abajo, y Sísifo vuelve a la faena.

Este castigo se ha prestado a interpretaciones. Ya se lo ve como alegoría de los vanos esfuerzos para contener los embates de las olas contra las peñas del istmo de Corinto; ya se lo refiere a ciertas imágenes artísticas que representan a Sísifo acarreando piedras para edificar la muralla del Acrocorinto.

6. Finalmente, Ixión, un nativo de Tesalia, era esposo de Día, hija de Eioneo. Cuando éste, según la antigua costumbre, fue a cobrar el precio de su hija, Ixión lo precipitó en un pozo de carbón ardiente. Zeus, sin embargo, le concedió purificarse del crimen. Ixión le pagó con la ingratitud, pues osó poner los ojos en Hera. Zeus formó una nube, Nefele, a la que dio el aspecto de Hera. Ixión, creyendo poseer a Hera, engendró en la nube la raza salvaje de los Centauros, cuyo primer ejemplar, Quirón, ya sabemos que fue hijo de Cronos y de Fílira. Ixión recibió por castigo el girar eternamente, atado a una rueda.

7. En los ejemplos anteriores, al lado de las torturas físicas hay una tortura moral que podemos reducir a la decepción de los empeños frustrados o imposibles, a la repetición incesante de un acto inútil. Esto nos recuerda a otros penintentes: a las Danaides, obligadas a llenar un tonel sin fondo, y a su contrafigura humorística, Ocnos el Soguero, el que trenza pacientemente una cuerda, mientras por el otro cabo su asno se la va comiendo. Pero este Ocnos más bien es personaje folklórico (motivo semejante a la tela que Penélope teje de día y desteje de noche), aunque la tremenda sistematización de los mitólogos lo haga pasar después por un pecador castigado.

8. Por supuesto que los distintos autores mandan al Tártaro a quien les place, con la misma libertad que Dante usó

en su *Infierno*. No falta quien nos pinte allí a Teseo y a Pirítoo sujetos mágicamente en sendas sillas, por haber intentado rescatar a Kora. Pero la historia se dulcifica explicando que el castigo de Teseo fue pasajero; y la veneración de los atenienses por su héroe nacional los lleva a decir que Teseo se ofreció como víctima voluntaria, sea para salvar a su compañero Pirítoo o bien para compartir su suerte.

9. Según Virgilio, también está enclaustrado en el Tártaro cierto hijo de Éolo, es decir hermano de Sísifo, que se llamaba Salmoneo. Fue padre de Tiro, reina amada por Posidón, y, en concecuencia, fue antecesor del héroe minio Jasón, capitán de los Argonautas. El rey Salmoneo parece haber sido originariamente un mago, un evocador del rayo y la lluvia: aquello, para amedrentar al enemigo; esto, para el provecho de su tierra. Y si imitaba el trueno de Zeus con el estrépito de su carro de bronce, y las centellas de Zeus arrojando teas encendidas, tal vez no lo hacía para emular al dios, sino en la función misma de su oficio. Zeus lo fulminó con una descarga, lo que prueba que murió cumpliendo satisfactoriamente su deber, puesto que, efectivamente, provocó y atrajo el meteoro. Homero lo trata todavía con respeto. Pero luego se lo hizo pasar por un desorbitado cuyas extra-limitaciones tuvo que castigar el cielo. Vestigio de antiguas hechicerías y de la profesión de mago que nunca prosperó en Grecia —pues los evocadores de lluvias, en tiempos históricos, tenían siempre buen cuidado de implorar la voluntad de Zeus, convirtiendo así en sentido religioso lo que antes pudo ser una acción de magia directa—, sin duda Salmoneo proviene de una tradición muy remota, y la radicación de su fábula en tierras septentrionales y extremadas acusa ya el contagio de la barbarie prehelénica. Conviene recordar, además, que la fulminación por el rayo se entendió más de una vez como una consagración divina.

10. Nos hemos asomado al Tártaro. Asomémonos ahora a la segunda mansión de ultratumba: el Elíseo o Campos Elíseos, especie de paraíso minoico que los griegos identificaron con sus Islas Bienaventuradas. Frente al espantable Tártaro y a la penumbrosa mansión de Hades, el Elíseo es un lugar placentero. Lo gobierna Radamantis, solo o en compañía de Cronos. Allí son trasplantados en cuerpo y alma ciertos

mortales amados de los dioses, como Menelao, para gozar de una dicha imperecedera. No es todavía un lugar de premios, sino de favores divinos, aunque ha de llegar a serlo. Los griegos acaban por enviar al Elíseo, como si dijéramos de propia autoridad, y también a consecuencia de la evolución en las ideas ético-religiosas, a sus héroes predilectos, ora mitológicos (Diomedes, Aquiles), ora históricos (los tiranicidas, como Harmodio y Aristogitón, etc.). Podemos decir que si Hades rige directamente la Casa de los Muertos e interviene en los negocios del Tártaro, el Elíseo escapa prácticamente a su poderío.

Píndaro describe el Elíseo como lugar acariciado por las brisas oceánicas, poblado de áureas flores, terrestres y acuáticas, prados aromosos y opulentos trigales. Los bienaventurados, ceñida la frente de guirnaldas, llevan la existencia propia de los caballeros helénicos, entregados a los deportes y a las artes. En los altares de los dioses, arden inciensos que dan a la región un olor balsámico. Y, desde luego, los bienaventurados no necesitan trabajar, pues la tierra les da el sustento espontáneo: añoranza de la Edad de Oro. Cronos, ya destronado, se llevó consigo sus normas al reino subsidiario que Zeus dejó bajo su guarda.

11. Llegamos a la tercera región, la Casa de los Muertos, su verdadera morada, el refugio para las almas ordinarias, el recinto subterráneo de Hades, que bien podemos imaginar como situado entre la Tierra y el Tártaro.

La entrada al reino de los sombras se halla, según tradiciones locales, en el Tenaro (Esparta). Pero la tradición homérica lo envía al país caliginoso y septentrional de los cimerios (que tampoco es la Cimeria o Crimea histórica), allende el Océano, en un sitio donde crecen los sauces y álamos sacros de Perséfone, junto a las Puertas del Sol y a la Mansión de los Sueños, más allá de las Rocas Blancas, en la confluencia de dos grandes ríos interiores. Allí, en la Pradera de Asfódelos, los espectros, tristes y atenuadas imágenes de los vivientes, arrastran un remedo de existencia mil veces peor que el aniquilamiento.

12. Una descripción sintética de la morada de los sombras, combinando a Homero y a otros autores, nos permite imaginarla como un territorio inferior, separado del resto del

mundo por alguno de los cinco ríos infernales: Éstix (la Horripilante), Aqueronte (el Funesto), Piriflégeto o Flégeto (el Ardiente, el de la pira fúnebre), Cocito (el Gimiente) y Leteo (el del Olvido). Algunos de estos nombres se aplicaron a ríos reales, lo que crea muchas confusiones. Éstix era también un río de Arcadia; Leteo (el Olvido) y Mnemósine (la Memoria) también eran unas fuentes que brotaban en la caverna oracular de Trofonio (Lebadea, Beocia), y cuyas aguas hacían olvidarlo todo, salvo las órdenes que dictaba el oráculo; Mnemósine fue asimismo un río de Galicia (España). El Aqueronte es río aquí, lago allá, y en otras partes, simple pantano.

13. La frontera del otro mundo suele situarse en el Aqueronte mítico, y más generalmente, en la Éstix. El barquero que transporta a las almas es Caronte (¿dios de los muertos entre los etruscos?), a quien hay que pagar un óbolo por sus servicios. El óbolo o los óbolos para los gastos del viaje se ponían en la boca de los difuntos (a menos que sea una chuscada de Aristófanes). Las puertas están guardadas por el Can Cerbero, al que es fuerza echarle, para que se distraiga y permita la entrada, la torta de harina y miel que solía depositarse en las tumbas. Virgilio todavía complica el tránsito, pues habla de una zona intermediaria, un Limbo entre el Elíseo y el Tártaro, destinado a los que mueren antes de su hora, a los niños, a los suicidas o a los caídos en combate. Pero, para llegar al definitivo aposento de los muertos, era indispensable que el cadáver hubiera sido ritualmente inhumado o, durante la época de las invasiones y guerras heroicas, debidamente incinerado.

14. La existencia de las sombras no pasaba de ser una continuada lamentación, un llorar y suspirar por la vida. Se comprende que la imaginación griega haya reaccionado contra tan doliente perspectiva, y se haya inclinado hacia las tradiciones más edificantes del Elíseo prehelénico, hacia las promesas de los Misterios y las esperanzas místicas del orfismo y el pitagorismo. Aunque la fábula posterior sitúa en el Elíseo al héroe Aquiles, mientras éste —como en Homero— habita el reino de Hades, no hace más que echar de menos la tierra, y declara que preferiría mil veces ser el último esclavo entre los vivientes a seguir de príncipe entre los

muertos. Por este camino, Grecia hubiera podido llegar prematuramente al descreimiento completo. Y así cuando, siglos después, el materialista Lucrecio oponga a esta imagen pavorosa y a los miedos de la superstición la idea de la disolución absoluta, puede decirse que, en verdad, más que una amenaza ofrece un consuelo.

15. Los muertos, en principio, conservan en la mansión de Hades el estado que ocuparon en vida: príncipe el príncipe, rico el rico, pobre el pobre, esclavo el esclavo. Y así, aunque gradualmente se perfilan la figura de unos Jueces de los Muertos, que reparten premios y castigos de acuerdo con la conducta anterior de cada uno, puede creerse que, en el origen, los grandes monarcas, por ejemplo Minos, sencillamente siguen administrado justicia entre sus súbditos y resolviendo sus posibles querellas como lo hacían en vida.

16. Pues, en efecto, habrá un juicio y habrá tormentos para las almas condenadas. Hades ejerce sobre todo ello una autoridad superior, pero sólo excepcionalmente se ocupa en persona de los castigos. Los verdaderos jueces son Minos, Éaco y Radamantis, cuyas funciones se han distribuido de muy diversos modos. Platón las ha sistematizado de manera ingeniosa: Radamantis juzga a los asiáticos, Éaco, a los europeos, y Minos decide en caso de empate.

17. La ejecución misma de las penas queda a cargo de la Quimera y, sobre todo, de las Erinies. Estas diosas, a quienes en la fábula hesiódica vimos nacer de la sangre de Cronos que goteaba sobre la tierra, son mitos de origen muy oscuro. Se las representa con cabelleras de serpientes, teas encendidas y látigos en la mano. Aunque llenas de fiereza, más bien son hermosas, en contraste con los diablos etruscos o medievales. Habitan el reino inferior, y sin duda viajan entre el Tártaro y la mansión de Hades, pero vienen también al mundo para cumplir su misión terrestre. Los romanos las llamaron Furias, o por su oficio o porque las relacionaron con Furina, una deidad harto nebulosa.

a) Las Erinies, por sus funciones, muestran algún vago parentesco original con Deméter y los demás poderes terrestres, depositarios de la venganza. No sólo castigan a los muertos, sino que persiguen a los delincuentes en este mundo, los desmedran hasta convertirlos en sombras, los precipitan en la mansión de Hades, y todavía allí los torturan. No califican el delito, no distinguen entre el dolo y la culpa sin intención: están aún en los albores de la conciencia moral. Sin embargo, representan ya un segundo paso en la evolución de los sentimientos penales, puesto que no castigan ya a los clanes y a las familias, sino sólo a los individuos, aunque todavía las inspira y mueve la ética del clan. En la era prehistórica, los agravios exteriores, entre uno y otro clan, se resolvían por el desquite o la venganza de sangre. Pero ¿qué hacer con los agravios entre individuos del propio clan, cuya sangre no debía derramarse? Había que segregar del grupo a los delincuentes, dejarlos morir de hambre o algún recurso parecido, y entonces entraban en acción las Erinies. Además de que su castigo era eterno, pues continuaba más allá de la tumba.

b) Su remota relación con los poderes terrestres confiere también a las Erinies cierto carácter de divinidades agrícolas, rasgo mitológico el más generalizado y constante, en virtud del cual suele confundírselas con otros espíritus más benévolos, como las Euménides. Siempre andan en compañía de otras deidades, cuyo nombre con frecuencia usurpan para poder merecer algún culto. A veces se mezclan con las Arpías, genios del viento, sin duda porque el espectro de los difuntos, psique o alma, se confunde con el soplo, el resuello. Se las emparienta con las Manías —relación con las Ménades, las mujeres enloquecidas en el culto orgiástico de Dióniso—, porque enfurecen a sus víctimas y las llevan a la enajenación.

c) Se ha querido ver en ellas los espectros mismos de los muertos que vuelven a vengar sus agravios. Pero es más lícito considerarlas como espíritus incorporados de la maldición, que ellas se encargan de cumplir ciegamente, sin atenuantes ni excepciones, y que, como un movimiento de relojería, una vez que se ha echado a andar no podría ya detenerse.

d) Les incumbe remediar toda violación de las normas naturales, y así, se encargan de privar cuanto antes del habla a Janto, el caballo de Aquiles, a quien Hera ha permitido excepcionalmente dirigir a su amo algunas palabras. Y Heráclito, especulando por su cuenta, decía que, si el Sol perdiera su camino, las Erinies se encargarían de imponérselo.

e) De modo especial, vengan los agravios de los hijos o

432

los hermanos menores contra los padres o los mayores, y acaso también escuchan las quejas de los mendigos desairados y de cuantos merecen compasión. Y todavía más especialmente, castigan los crímenes entre gente de la misma sangre. No se ocupan de Clitemnestra, aunque ésta asesinó a su esposo; pero sí atormentan, sin querer atender razones, a Orestes, porque él, en desquite, dio muerte a su madre Clitemnestra.

18. Las Erinies son personajes predilectos de la literatura, como puede verse en la leyenda de Orestes, que tanto ayuda para entender la función punitiva a que estas diosas se consagran:

a) A su regreso de Troya, Agamemnón muere a manos de su esposa Clitemnestra y de Egisto. Orestes, el único hijo varón, sobre quien recae el derecho de la familia, venga a Agamemnón dando la muerte a Clitemnestra. Homero y Sófocles, fieles a la jurídica de los aqueos, lo hallan justo, tanto más cuanto que Orestes ha obrado por consejo de Apolo. La tradición esquiliana, que ignora estas sutilezas, lo somete pura y sencillamente a la persecución de las Erinies, puesto que ha derramado la sangre materna. Orestes sólo podrá ser absuelto por el Areópago ateniense, al que se someten los mismos dioses. Las Erinies acusan a Orestes y lo defiende el mismo Apolo. Los jueces están divididos, y decide el pleito el voto de calidad de Atenea, que favorece al vengador de su padre. Para aplacar a las Erinies, Atenea instituye en el Ática un culto en honor de tales diosas, disimulando su terrible nombre bajo el de Euménides o "Diosas Benévolas". Los sociólogos investigan aquí el paso del vetusto matriarcado al nuevo respeto patriarcal.

b) Según otra fábula, Orestes no resulta absuelto por tribunal alguno, sino que, para alcanzar el perdón, debe antes purificarse de alguna suerte, parece que por diligencia de Apolo, el dios de las purificaciones, y mediante la aspersión ritual de sangre de cerdo, episodio que se sitúa en Megalópolis (Arcadia) donde se adoraba juntamente a las Erinies y a las Gracias.

c) Eurípides —postura sintética— somete a Orestes a una absolución condicional. Su liberación definitiva será el resultado de una penitencia: deberá emprender un viaje expia-

torio a Táuride (Crimea), y allí rescatar la efigie de la diosa
Ártemis, que era hasta entonces objeto de una adoración
bárbara y sanguinaria en aquellas tierras distantes. Recobrada la efigie, se instituye en Hale (Ática) el culto de la Ártemis Taurópolos, donde un rasguño en la garganta del fiel
conserva el recuerdo de los antiguos sacrificios humanos.

d) Pausanias nos da una versión más cruda: para mitigar la ira de las Erinies, Orestes tiene que morderse un
dedo y entregarles la porción de sangre que le reclaman. Las
Erinies, de negras que eran, se emblanquecen al instante y
perdonan.

e) Los racionalistas —y Eurípides el primero— dan a
entender que las Erinies no son más que una figura mítica
del remordimiento.

19. Este paseo por los infiernos helénicos nos ha permitido apreciar las últimas proyecciones del dominio de
Hades, y el contraste entre las visiones desesperadas y las
visiones placenteras de ultratumba; donde comenzaron a elaborarse, de modo inconexo y vacilante, las ideas que el cristianismo medieval dejó en herencia a los modernos.

4

*En torno a la persona de Hera. Condición de las deidades
femeninas. Características de Hera. Su personalidad y sus
incumbencias. Enigma de su cuna. Sus amores y sus nupcias
con Zeus. Mitos y ritos de la hierogamia. Celos y rencillas.
La muñeca Daidale. El Juicio de Paris.*

1. Hemos visto desfilar rápidamente a las consortes de Zeus
hasta llegar a Hera, Señora de la Familia Olímpica. Pero
hay que conocer más de cerca a esta reina entre las reinas del
Cielo. Como corresponde a su majestad, el arte le da traza de
matrona arrogante, casi siempre envuelta hasta los pies en
sus vestiduras, coronada por una diadema o una guirnalda
y con el cetro en la mano. En Italia fue identificada con
Juno, cuyos caracteres son muy semejantes y a quien se atribuían las mismas historias que a su modelo. Para mejor
abarcar los rasgos de Hera, se imponen algunas observaciones
generales sobre el carácter de las diosas.

2. La naturaleza femenina trae consigo ciertas condicio

les comunes a todas las diosas, en virtud de las cuales la miología tiende a confundirlas o a entremezclar sus atributos. Por su parte, los mitólogos ceden a la tentación de relacionar entre sí a todas las diosas, o se empeñan en derivarlas unas de otras; lo cual ni es siempre demostrable ni siempre es necesario para entenderlas.

Como toda diosa se encuentra en potencia o en acto de maternidad, se pretende relacionar a Hera, con la Diosa Madre de los minoicos, cuya vaga imagen, a través de los siglos, sin duda prestaba, consciente o inconscientemente, algunos tintes reflejos a la fisonomía de las hembras olímpicas, sin por eso ser la estricta precursora de todas ellas. En el caso de Hera, la religión clásica perfiló con tal relieve los contornos que, cualesquiera sean los simples de la fábrica original, importa mucho más el resultado definitivo.

La idea de la maternidad y la idea de la fecundidad terrestre son inseparables, y acaso el distinguirlas sea violentar la mente de los antiguos. Pues hasta la época de los sofistas, cuando menos, el hombre fue considerado como una parte de la naturaleza. Los mitos de la femineidad divina no pueden menos de ofrecer semejanzas con dos órdenes de nociones: la fertilidad terrestre y la fertilidad humana:

a) *La fertilidad del suelo,* tipo Deméter-Perséfone: La función agrícola y la ganadera son por igual manifestaciones de la riqueza agraria. Hera muestra cierta relación con los animales y con las plantas:

i) Cuanto a los *animales*: El pavo de Hera, como el gallo de Hermes, es invención tardía. En cambio, el mito de Hera anda siempre en compañía de vacunos. En Argos, Hera es "diosa del yugo" y se la llama "rica en bueyes". Ello corresponde de propio derecho a la diosa *teleía*, "la casada" por antonomasia: en la costumbre vieja, la novia se compraba con bueyes, y aun los padres daban a sus hijas nombres alusivos: Alfesíboya o "ganadora de greyes", Feréboya o "la que trae ganado", Políboya o "la que vale muchas reses". Pero esta generalidad no agota el sentido de las apelaciones ganaderas en el caso de nuestra diosa: uno de sus principales sagrarios se halla en Eubea, isla de los bueyes; en el Hereón de Argos se solían guardar ganados como función propia del recinto; la Vaca Ío, o la Ío transformada en vaca, depende del mito

435

de Hera; el toro, en el pensamiento mítico, es agente de ferti
lidad; Homero llama a Hera "la ojos de novilla", aunque es
cierto que lo mismo dice para toda mujer de ojos grandes.
(Pero la Hera-Vaca que Schliemann creyó encontrar en Mi
cenas está ya desechada.)

ii) Cuanto a los *vegetales*. Hera se asocia frecuentemente
con las flores y las espigas. De la leche que brotó del seno
de Hera y engendró la Vía Láctea (motivos del Tintoretto
y de Rubens) han nacido los lirios.

iii) Ahora bien, cuando se identifica a Hera con la *Tie
rra*, hasta se le achacan los monstruos que más bien fueron
concebidos por Gea: Tifeo, Hidra Lernea, los Gigantes,
etcétera.

b) *La fertilidad del ayuntamiento humano* es concepto
que, a su vez se bifurca:

i) Por una parte, se refiere al *contagio* que la tierra reci
be de las uniones humanas, hierogamias, teogamias o sacras
nupcias de Yasión y Deméter sobre los surcos del sembrado,
o de Zeus y Hera que, cuando se juntan en el Olimpo, hacen
florecer el lecho de sus amores.

ii) Por otra parte, el concepto se refiere *al logro mismo
de los hijos*. Esto lleva a la confusión de Hera con su hija
Ilitia, la comadrona, sea porque la deidad principal absorbe
a la secundaria, sea porque ésta procede de aquella por "epi
clesis" o personificación del epíteto. En Homero, una y otra
persona son ya inconfundibles.

3. El que una deidad sea hembra, lleva a pensar que sólo
se ocupa en los negocios y en los intereses femeninos; y más
si, como en el caso de Hera, el culto sobresaliente está con
fiado a las vírgenes y a las matronas. Y esto, a pesar de que
leyendas tan antiguas como la de Héracles o tan nuevas como
la de Jasón (en la forma que nos ha llegado) indican sufi
cientemente que Hera fue también adorada por los monarcas
y caballeros. De donde derivan dos conceptos o dos interpre
taciones del mito:

a) Sin fundamento suficiente, se quiere ver en Hera una
Diosa-Luna, por haberse supuesto en la antigüedad que la
luna gobernaba los ritmos de la fisiología femenina, o bien
porque, en Lebadea, Hera aparece montada en carro, como
el Sol y la Luna. Esto último, después de todo, es el medio

común de locomoción que le presta Homero, y de aquí nada se concluye.

b) Como Hera es venerada igualmente por las doncellas, las madres y las viudas —en suma, por todas las mujeres, sea cual fuere su estado—, se ha buscado aquí una explicación para los nombres que le da el culto, al llamarla indistintamente Hera Doncella (Páis), Hera Casada (Teleía) y Hera Viuda (Cheéra). Y como esta viudez resulta incomprensible, puesto que su esposo Zeus es inmortal, otros prefieren traducir la última apelación por "Hera Abandonada"; a lo que se presta la falsificación de algunas fábulas etiológicas sobre las infidelidades de Zeus, el más galante de los dioses, y las querellas de la pareja olímpica, como la que se recordaba en Estínfalo.

En estas disenciones, los más prudentes se conforman con ver el eco de los primeros mestizajes religiosos, mal avenidos todavía, y los adeptos de la teoría naturalista quieren ver un símbolo de las perturbaciones atmosféricas, lo que no merece mucho crédito.

4. Finalmente, los sociólogos extremistas hacen de Hera una diosa de los matriarcados primitivos, cuyo compañero pudo ser Héracles según documentos recónditos; y, de Zeus, hacen un dios de los patriarcados supervivientes, cuya compañera fue Dione. En el enlace de Zeus y Hera encuentran entonces la reconciliación de los dos distintos tipos tribales.

5. Para los días clásicos, Hera se ha erigido definitivamente en guardiana del matrimonio, la institución familiar por excelencia. A ella incumbe "la llave de los himeneos", dice expresivamente Aristófanes. Y sus sacras nupcias se celebraban al menos en ocho ciudades. Ática les consagraba el mes Gamelión, mes de los matrimonios (enero), lo que merece la aprobación de Aristóteles, quien considera el invierno como la estación más adecuada en el caso.

6. Hera aparece entonces como nativa de Argos. Pero no olvidemos que "Argos" fue antaño una designación harto general, y aun hay dudas sobre su ubicación primitiva. Homero todavía llama a los sitiadores de Troya "argivos" (o "dánaos" o "aqueos"), tal vez como llamaríamos hoy "ejército inglés" al que trae contingentes de Inglaterra, Irlanda,

Escocia, etc.; y habla del futuro regreso de los sitiadores "a Argos", como pudo decir "a Grecia".

La cuna de Hera es disputada sobre todo entre la Argos histórica (nordeste del Peloponeso), "el hogar de Hera" según Píndaro, y Samos, que posee títulos más antiguos. La leyenda de los Argonautas dice, en cambio, que éstos llevaron el culto de Hera desde Argos a Samos.

La cuna suele confundirse con los lugares en que se crió la diosa —isla de Eubea en una versión, y Témenos en otra—, y con los sitios más eminentes de su culto. Lo que multiplica el enigma: Hera fue adorada, prácticamente, en todas partes. En la *Ilíada*, ella misma declara su predilección por tres ciudades peloponesias: Argos, Micenas y Esparta, y los grandes capitanes aqueos son propiamente sus vasallos.

7. El hecho más importante de su fábula, sus nupcias con Zeus, se sitúa también en varios lugares. En cada uno, el mito respectivo asume una nueva modalidad, y el caso es evocado con distintas ceremonias rituales: ya simulacros matrimoniales, ya simulacros del previo desfloramiento de la novia (haciéndola, por ejemplo, compartir su primer lecho con un niño), etc.

Entre los islotes que despedazan el litoral eubeo, hay uno cuya caverna, según la gente de la región, dio asilo al primer encuentro de Hera y Zeus. Pero otro tanto se decía en Cnoso (Creta), allá a las riberas del Teres, donde se levantó un templo; y Naxos pretendía igual honor.

Homero cuenta que, desde los días de Cronos, Zeus y Hera se unían secretamente en Samos, sede eminente de la diosa. Cada año, los samios llevaban la efigie de Hera hasta la playa, la escondían entre los mimbres y le dejaban algunos alimentos: supuesta conmemoración del milagro que salvó a la efigie, cuando pretendieron robarla los piratas tirrenios; pero, en realidad, vestigio de la ocultación que precede al matrimonio de rapto en muchos pueblos.

En Argos, dicen que Hera vuelve anualmente a las aguas del manantial de Cánato (Nauplia) para recobrar su virginidad.

Los beocios creían que Zeus, tras de raptar a Hera, se había refugiado con ella en el Citerón. Acudió en su busca la nodriza de Hera, una ninfa eubea llamada Macris. Pero

Citerón, el genio del lugar, evitó que Macris la descubriera, contándole que Zeus se refocilaba con Latona. De aquí una confusión tardía entre ambas diosas. Mal podía complacer a Hera que la tomaran por su rival.

En Hermione, hay un cuclillo posado sobre el cetro de Hera: vago recuerdo de las epifanías minoicas y protohelénicas, donde los dioses solían aparecer como aves, y tema socorrido de las metamorfosis heroicas que dio asunto a la *Ornitogonía* de Boio, una sacerdotisa delfia. Zeus mismo, como todos saben, asumió figura de cisne para abordar a Leda. En cuanto al cuclillo, el cuento local lo explica así: Zeus, para seducir a Hera, desató una tormenta y, transformándose en un cuclillo azorado, inspiró la compasión de la diosa, que lo escondió en su seno. Pero el cuclillo bien puede ser símbolo de fertilidad, puesto que anuncia con sus gritos la lluvia.

8. El enamoradizo Zeus provocaba constantemente los celos de Hera, pero sabía reconquistarla y no carecía de sentido humorístico. También contaban los beocios que Hera, harta de su incorregible marido, decidió una vez abandonarlo (referencia al tema de la "viudez"). Zeus, a través del héroe local, Alalcomenio, hizo correr el rumor de que pensaba contraer nuevas nupcias con una tal Daidale ("Criatura de la Astucia"). Hera vino a todo correr, seguida por las mujeres de Platea, e interrumpiendo el desfile nupcial, se arrojó furiosa sobre Daidale. Al arrancarle las vestiduras, descubrió que era una muñeca de palo. Todo acabó en risa, y los dioses se reconciliaron... por algún tiempo. Los plateos conservaron la costumbre de tallar imágenes en el tronco de cierto roble designado por sus adivinos. Cada sesenta años (cada catorce efigies), en ocasión de las Fiestas Dedalias, tras de ofrecer sacrificios a Zeus y a Hera, quemaban las muñecas en lo alto del Citerón.

9. Los celos de Hera son famosos, y queda el rastro de sus venganzas en los mitos de Calisto, Ío, Latona, Semele. Pero las desavenencias domésticas de los dioses no acababan siempre tan felizmente como en el caso de Daidale, ni siempre eran consecuencia de los celos. En Homero, Hera se muestra, además, desobediente y desconfiada. Zeus la maltrata de palabra y de obra, como no lo haría ningún marido aqueo siquiera de educación mediana. La amenaza con ponerle la

mano encima, la atemoriza, y llega a colgarla con un peso atado a los pies. Al pobre de Hefesto, que quiso un día defender a su augusta madre, Zeus lo asió por un tobillo y lo arrojó del Olimpo, de modo que rodó todo el día por los espacios y, desfallecido y maltrecho, fue a caer en la isla de Lemnos, donde los sinties lo auxiliaron y después le erigirían un sagrario. Decía bien Gladstone que el porquerizo Eumeo, personaje de la *Odisea*, tenía mejores maneras que los Olímpicos.

10. Uno de los episodios más conocidos en la vida de Hera es su disputa con Atenea y Afrodita, sobre cuál de ellas debería apropiarse la manzana dedicada "a la más hermosa", manzana que Eris (la Discordia) arrojó en pleno banquete nupcial de Peleo y Tetis. Tal disputa, según la versión más conocida, fue resuelta, de orden de Zeus, por Paris (o Alejandro) el más hermoso de los mortales, quien otorgó el premio a Afrodita. El Juicio de Paris ha sido mencionado, al paso, en la Introducción, y hallará su verdadero sitio al contar la saga troyana. Pero cabe examinarlo un poco desde ahora.

Se ha pretendido ver aquí una alegoría natural, un oculto motivo de la creencia, una explicación de algún rito. Hoy se lo entiende como mero mito folklórico, y tal vez como invención de los poetas cíclicos que completaron a Homero. Éste, en todo caso, no da señales de conocer el Juicio de Paris en su forma definitiva.

El tema se reduce a saber cuál es el mejor de los bienes. Pues las tres diosas, en efecto, pretendieron sobornar a Paris. Hera le ofreció el poder, el mando real; Atenea, la victoria en las guerras, o según Higinio, la sabiduría; Afrodita le apuntó al corazón, comprometiéndose a entregarle a la mujer más bella: Helena, la esposa de Menelao, el rey de Esparta (una Esparta muy anterior a los espartanos históricos).

Adviértase que cada diosa da lo que tiene, lo que corresponde a su cualidad predominante. Esta circunstancia se conserva, a través de las numerosas versiones. Y aquí Hera, como se ve, obra según su naturaleza fundamental. Hera, por encima de todo, a pesar de todo, es la Soberana de Cielo y Tierra, y no entiende que haya otro premio más estimable que el poder.

*Atenea, sus nombres, sus funciones y los episodios princi-
pales de su leyenda. Palas. Erictonio. Aracne.*

1. El nombre de Atenea no ha logrado reducirse al habla
de los griegos. Atenea es diosa de procedencia prehelénica,
aunque finalmente se alzará como cifra de cuanto fue helénico en Grecia. Sus orígenes se refieren a la era minoica
o a la micénica, y aun se le reconocen probables resabios
anatolios.

a) *Minoica.* Con ser virgen por antonomasia, se le concede un sentido maternal; no porque haya sido madre, lo
que está en duda, sino por su espíritu de protección para héroes, príncipes, gobernantes, guerreros, jóvenes que se edu-
can en la virtud, madres, muchachas y esclavas hacendosas,
adictas a las labores domésticas. Y si en Élide la llamaban
"madre", también hoy llamamos a María "virgen y madre",
y también Zeus era "padre", por concepto reverencial, hasta para quienes no fueron sus hijos.

Amén de que andan por ahí esas historias de las lustraciones rituales que devuelven la virginidad, como los baños
de Hera en Nauplia. Asimismo, las mujeres atenienses, en
las fiestas Plinterias, bañaban la efigie de Atenea en el
mar, y las argivas acostumbraban purificarla en la corriente del Ínaco.

Finalmente, Atenea pertenece a la familia de las diosas
minoicas en cuanto no es casada, no vive bajo dependencia
marital. Lo cual, haya o no llegado a ser madre, basta para
llamarla virgen, si prescindimos de nuestras exigencias actuales. Así como Hera la Viuda pudo ser simplemente Hera
la Abandonada, así Atenea la Virgen bien puede ser Atenea la Soltera.

Por lo que a sí misma se refiere, es adversa a las aventuras fáciles, pero no parece juez severo del prójimo, como
sucede con Hera o con Ártemis. No tuvo empacho en abrigar los amores de Posidón y Medusa. Nada le costó acoger
en su culto a las hijas del rey Cécrope, que tienen traza de
mujeres emancipadas, pues una de ellas, Herse la Rocío, fue
amante de Hermes, y otra, Aglauros la Brillante, se le ofreció
en vano y parece que se entendió con Ares.

b) *Micénica.* Basta recordar que Atenea es diosa de espíritu guerrero y madrina de héroes militares, condición de la Edad Heroica. Ella levanta el ánimo de los capitanes y los ayuda a enfrentarse con los mismos dioses, como lo hace para Diomedes, o frena sus temeridades, como lo hace para Tideo y para Aquiles. A Atenea debe sus triunfos Belerofonte, y aunque las peripecias de que salva a Odiseo sean invenciones de la epopeya, ello corresponde al espíritu de su mito. Es la portaescudo de Zeus y tiene derecho a embrazar la Égida. Su lanza es pavor de los enemigos y atemoriza al propio Ares. Su primer vagido infantil fue un alarido de combate. Ha mostrado su valentía en la Gigantomaquia. Homero la llama "árbitro del botín". Entre las diosas relacionadas con su culto, descuella Nike, la Victoria. Se la proclama *Sthenias* (la Poderosa), *Areía* (la Guerrera), *Prómacos* (la Campeona):

i) Acaso por su condición guerrera, se la complica vagamente con la *marinería.* En su gran festival, las Panateneas, hay un juego excepcional de regatas. Ella dirigió la construcción de la nave en que viajaban los Argonautas. Se ha sospechado que su poder político le daba cierta ingerencia en el gobierno de la fuerza naval. Se ha intentado explicar su apodo de "Tritogenia" —que ya Homero no parece entender—, emparentándola con la Anfitrite y el Tritón que ya conocemos, y preguntándose si tendría nacimiento en las aguas, puesto que se la venera en algunos ríos, fuentes y lugares acuáticos: el arroyo Tritonis, cerca de Alifera (Arcadia); el lago Tritonis (África), donde se la identifica con una diosa libia. Eustato entiende el epíteto por referencia a los *tres* (*Tris, Tritón*) puntos de la sabiduría: bien pensar, bien decir, bien obrar. Meras conjeturas. Sin duda Posidón la expulsó muy pronto del imperio acuático y marítimo, suponiendo que alguna vez la diosa lo haya compartido.

ii) La condición bélica de Atenea parece también haber facilitado su trato en la doma de *caballos* y en las artes de los carreros. Desde luego, el carro de guerra es su invención, y ella proporcionó a Belerofonte las riendas que le permitieron sujetar y cabalgar al Pegaso, hijo de la sangre de Medusa.

c) *Anatolia.* Los resabios anatolios de Atenea se reducen a lo que puede haber en ella de diosa de la montaña, tipo de la Dea Cibeles en Didima. Atenea es, en efecto, señora de la Acrópolis ateniense. Pero el montar la ciudadela guerrera en una altura y el ponerla bajo el amparo de la deidad es costumbre tan general que parece violento el referirla solamente al Asia Menor.

2. Como diosa que es, Atenea no puede disimular ciertas connivencias campestres, manifiestas en su relación con los *animales* y con las *plantas*.

a) El que se la llame, poéticamente, *glaucóopis* u "ojos de lechuza", el que se la acompañe de un buho —que la teoría alegórica entiende como un signo del espíritu meditativo, por la expresión habitual de esta ave— no nos lleva muy lejos, ni autoriza a suponer que Atenea proceda de alguna vetusta adoración "teriomórfica", que haya sido antes una diosa-lechuza. *Glaucóopis* es aquí un simple adjetivo para los ojos garzos, color de cielo claro y de mar ligero, como los de la *Athene noctua* que le fue consagrada. Zeus que, en Homero, no disimula su predilección por ella, pese al rencoroso Ares, la llama "mi querida Ojizarca". Además, no es el buho la única ave que se le asocia, y ya sabemos que las aves eran formas frecuentes de las epifanías minoico-micénicas. En la *Ilíada*, asume figura de buitre para contemplar un combate. En la *Odisea*, asiste a la matanza de pretendientes mudada en golondrina.

Pero ya es más significativo que se la asocie con los reptiles, símbolo ctónico por excelencia. Las serpientes —que se enredan en los brazos de la diosa minoica, larva probable de Atenea— son genios protectores del suelo, y ante la invasión de los persas, también abandonan la Acrópolis, como los atenienses abandonaron la ciudad. En el escudo de Atenea, Fidias dibujó una serpiente. Erictonio, su ahijado mítico, es un personaje anguiforme.

b) Respecto a la relación de Atenea con la virtud vegetal y los cultos arbóreos, baste recordar que en su competencia con Posidón, Atenea inventó el olivo, y que el olivo de la Acrópolis era planta sagrada.

3. El solo examen de sus epítetos y nombres canónicos permite apreciar el radio de sus funciones.

a) Atenea es *Polías* o Señora de la Ciudad, *Bulaia* o

443

Señora del Consejo, lo que alude a su concepto político y se enlaza con sus atribuciones militares. Homero la llama "Alalcomenia", o por "protectora", o por algún mito de Alalcomene (Beocia).

b) Como *Kourotrofos* o Ama de Jóvenes (título que también se da a otras diosas), Atenea muestra aquel aspecto maternal a que ya nos hemos referido.

c) No se sabe bien por qué se la llama *Pallas Atenea*, designación más poética que religiosa. *Pallas* es sencillamente "muchacha", como *Kore* o como *Parthenos* ("virgen"), nombres que asimismo se le aplicaron.

A veces nos cuentan que Atenea, en la infancia, vivía con Tritón y tenía por compañera de juego a la hija de éste, Palas. Un día riñeron las dos niñas. Palas quiso matar a Atenea. Zeus interpuso su Égida. El resultado fue que Atenea mató a Palas y, arrepentida, labró una imagen de su amiga en el propio escudo. Tal fue el famoso Paladión, amuleto protector de Troya hasta el día en que Odiseo y Diomedes lograron sustraerlo. (El Paladión aparece después en Roma, capilla sagrada de las Vestales, y es también amparo de la ciudad, tal vez transportado por Eneas.) La historia es confusa y tardía. Quienes la inventaron no respetan el carácter tradicional de Atenea. Si a inventar vamos, mejor fuera figurarse que Atenea adoptó el nombre de Palas en conmemoración de una amiga muerta en la infancia; al menos, es más respetuoso.

d) Como *Ergánee* u Obrera, Atenea es patrona de los oficios; es artífice, no ajena a los menesteres del alfar ni al gremio del oro y de la fragua, pero especialmente afecta a las labores de las mujeres, hilado, bordado y tejido, en que fue maestra consumada.

De aquí parte probablemente la expansión y la espiritualización de su concepto. La *areteé*, por ejemplo, es una noción en marcha. Arranca de la excelencia técnica, calificación aplicable a los trabajos manuales: la *areteé* del carpintero. Pero si se la aplica, como lo hizo la filosofía ateniense, a la profesión general de hombre, a la conducta, *areteé* llega a significar la virtud moral. De parejo modo, la *sophía* de que cuida Atenea comienza por ser una aptitud concreta para tal o cual trabajo o desempeño, y acaba por significar la sabiduría o prudencia humana en general, de que Atenea vino a ser la deidad representativa.

4. Hay nombres que se aplican directamente a Atenea, o que se suman al suyo como el de persona gemela, más bien por simpatía de funciones o por absorción de la deidad secundaria en la superior, de que conocemos ya muchos casos. Hemos mencionado a Nike, la Victoria. Se ignora el nombre de la diosa libia con quien se la identificaba en África. Platón compara a Atenea con la egipcia Neith. Ya se la acompaña de Higia, ya se la llama Higia, sobre todo antes de la introducción de Asclepio en Atenas. Pues Higia, la Salud, encuentra su acomodo mítico aparte como criatura de Asclepio, fue adorada en Titane, y su nombre figura en el juramento hipocrático junto a Panacea y a Licimnio. Lo que nos lleva a ciertas funciones médicas de Atenea, que no llegaron a desarrollarse del todo por haber recaído en otras divinidades especiales, pero que aparecen manifiestas en Minerva, la contrafigura romana de Atenea.

5. Entre las atribuciones bélicas y las atribuciones pacíficas de la diosa, suelen los mitólogos recordar sus ligas con la música. En Argos la llamaron *Salpinx*, diosa-trompeta. Inventó la flauta de dos cañas, *aulos* (tibia u oboe). El *aulos*, según Píndaro, le fue sugerido por los lamentos y el silbar de la cabellera de serpientes que dejaba oír la moribunda Medusa. Pero Atenea abandonó pronto su doble *aulos*, porque, al hinchar los carrillos para tañer, se le deformaba la cara. Marsyas, un sátiro, lo recogió y lo hizo suyo. Lo hizo suyo para su mal, pues lo llevó a su perdición: Marsyas murió al fin desollado, porque se empeñó en oponer su silvestre música a la culta lira de Apolo.

6. Como lo hemos referido antes, Atenea, según el mito helénico, es engendrada por Zeus en el seno de Metis, a quien Zeus devora. La criatura nace de la frente paterna, abierta de un hachazo por Hefesto, Hermes, Prometeo, o por un demonio auxiliar, un tal Palamao. Atenea nace armada, blandiendo su temible lanza, y saluda al mundo con un grito de guerra que estremece todo el Universo. El Sol, espantado, paró su curso, y envió presurosamente a sus hijos Óquimo y Cércafo para que honraran a la nueva deidad. Éstos, en su prisa, se olvidaron de encender el fuego

445

del sacrificio. Pero la diosa aceptó benévolamente las víctimas crudas —el rito se conservaba en Rodas—, y a cambio de su buena intención, concedió a los dos hermanos singulares dones artísticos: las estatuas que ellos labraban parecían figuras animadas.

La fábula del nacimiento de Atenea borra toda imagen de las ternuras infantiles e insiste en la descendencia patrilineal. Atenea no tuvo madre ni fue cunada nunca en pañales. Se anuncia un nuevo orden de dura y masculina adultez. Apolo rechaza el seno de Latona por la ambrosía celeste. Hermes nace presto para la astucia y el hurto de los toros sagrados. Dióniso fracasa en todos los vientres maternos y sólo se logra en el muslo del Señor de las Cumbres. Orestes es absuelto en definitiva, aunque haya dado muerte a su madre.

La época que preparó el reinado de las diosas virginias parece ignorar todas las blanduras femeninas. Así acontece con Atenea, con Ártemis, con Kora. Los robachicas abundan en decoraciones de los vasos de Dipilón. Víctima de ellos, Deméter atraviesa una larga y dolorosa pasión antes de que la escuchen los dioses. Y todavía el castigo que se impone a los raptores es una *poineé* muy llevadera. Manda el hombre. El género femenino aparece tardíamente en las lenguas indoeuropeas; y todavía hoy, en caso de mezcla, impera la concordancia masculina.

7. Genio tutelar de la ciudad y del príncipe, Atenea se refugia en el corazón mismo del pueblo, entre las lechuzas y las serpientes del Acrópolis. Es decir, que Atenea va a vivir junto al monarca Erecteo. La historia es inversa en Homero: ahora es Atenea quien acoge a Erecteo en su propio sagrario, sucesor del real alcázar.

Tampoco este Erecteo (o más propiamente Erictonio) es criatura de madre. Brotó de la tierra, y sus sucesores, los atenienses, como sabemos, se jactan por eso de ser autóctonos. Pero ¿de dónde nació este héroe? Nació precisamente de la cólera virginal de Atenea, quien se rehusó a aceptar las solicitaciones de Hefesto. El dios herrero en vano quiso adueñarse de la virgen, y, en la lucha, derramó la semilla, que la diosa enjugó con un mechón de lana y lo arrojó en tierra. Erictonio se levantó del suelo, como crece una plan-

ta: su nombre quiere decir "lana y tierra": Gea lo entregó
a la diosa guerrera, su madre por el intento y, en adelante,
su protectora y su guardiana.

Atenea lo escondió en un cofre, objeto que en la mítica
suele asumir un valor sagrado como depósito de tesoros. El
cofre quedó confiado a las tres hijas del rey Cécrope, Aglauros la Brillante, Herse la Rocío y Pandrosos la Cencellada,
genios de maternidad vegetal. Atenea les ordenó que no exa-
minaran el contenido del cofre. Dos de ellas no resistieron
la curiosidad y ¿qué vieron? Algo espantoso seguramente,
porque, enloquecidas, se arrojaron por las laderas del Acrópolis. Erictonio tenía serpientes por pies, como aquellos monstruos de antaño. La verdad es que el propio Cécrope era un
rey anguiforme, de modo que sus hijas debieran de estar
habituadas a este *lusus naturae*; pero así es el cuento.

8. La metamorfosis de Aracne nos muestra a una Atenea vengativa, lo que perturba la nítida imagen de la diosa.
En realidad, se trata de un castigo divino contra la insolencia
o *hybris* de Aracne, error que la mente griega no perdona y
que está en la base de todas sus tradiciones trágicas. Hay
siempre un instante en que la grandeza perturba, y entonces
acude la sabiduría a restablecer el equilibrio, por sobre los
dolores del héroe, con aquella su justicia expletiva que parece ser ley fundamental del mundo a la vez que es el verdadero origen de la tragedia. Y lo cierto es que, en el caso
de Aracne, Atenea fue más bien compasiva.

Aracne era una doncella lidia, hábil tejedora si las hay.
Envanecida, se declaró capaz de competir con la misma Atenea en las artes manuales. La diosa obrera se le apareció en
traza de anciana y la aleccionó contra los peligros de su jac-
ancia. Aracne persistió en su error. Atenea aceptó entonces
el desafío y se puso a labrar una tela con la historia de todos
los mortales que han merecido castigos por su pretensión de
emular a los dioses. La muchacha lidia, por su parte, bordó
en su tela todos los escándalos amorosos de las deidades.
Atenea desgarró la tela y golpeó a Aracne con la lanzadera.
Aracne no soportó el ultraje y quiso ahorcarse. Atenea pudo
todavía salvarle la vida, pero la dejó metamorfoseada en la
araña tejedora que ha heredado su nombre.

9. Atenea llega a la edad clásica tan cargada de repre-

447

sentaciones mentales, tantas experiencias del pensamiento concentra en sí, que cada uno de sus atributos y cada uno de sus nombres dan pasto a la investigación y a la reflexión. Y si cabe, en mucho, aplicarle las consideraciones que ya dejamos apuntadas sobre los caracteres comunes de las diosas, en mucho también escapa a ellos, por cierta lealtad nunca desmentida a las normas de la razón, lo cual parece crearle un mundo aparte. Ni los caprichos y las arbitrariedades del mito logran enturbiar su diafanidad.

Parece indudable que cualquier moderno, puesto a escoger su advocación entre los Olímpicos, preferiría, no a Zeus y a Hera, sino a Atenea y a Apolo, los dioses más puramente espirituales. La misma fórmula invocatoria consagrada en los poemas homéricos, y acaso muy antigua, nos anuncia ya tal preferencia secreta. La fórmula nombra siempre a una trinidad, porque un griego no podía prescindir de Zeus, principio de los principios: "¡Ojalá —oh Zeus, Apolo y Atenea— sucediera esto o lo otro!"

El culto y el prestigio de la diosa Atenea apenas pueden considerarse inferiores a los de Hera. "Hembra varonil" en el sentido que solían decirlo los antiguos —o sea, buena camarada y buen amparo de los varones— la magnífica deidad, hermosa y terrible, propia Valkiria mediterránea, ostenta su eterna juventud, vestida hasta los pies como la unidad de una idea perfecta, armada de todas armas —casco, lanza, escudo y coraza—, radiosa en el centelleo de sus ojos garzos, casta y limpia, laboriosa y heroica. Y todavía la adorna el prestigio de su íntima asociación con Atenas, es decir, con la ciudad representativa de "la Grecia griega".

6

Ártemis y las diosas vírgenes. Carácter y mito de Ártemis. Latona y sus mellizos: Ártemis y Apolo. Orión y los mitos estelares. Acteón. Britomartis, Calisto, Taigeta, Opis y las Vírgenes Hiperbóreas, Hécate, Angelos, Ifigenia.

1. Ártemis, aunque incorporada a Grecia como hermana de Apolo, y aunque de antiguo arraigo en Arcadia, es también de origen exótico. Tras ella se esconden la deidad salvaje de los tauros que acepta sacrificios humanos, la Bendis tracia

que también acierta a disfrazarse de Kora y de Hécate, alguna diosa licia venida desde más allá del Ida troyano y que tuvo fieles en Ilión, la Ma capadocia cuyo nombre es un balbuceo, y Fera, una hija de Éolo. En muchos sitios, singularmente en Éfeso, de donde los focenses, unos greco-asiáticos, habrán de llevarla hasta Marsella para luego cederla a Roma, goza Ártemis de culto independiente, extraolímpico, y muestra acentuados rasgos no helénicos. Al modo de las diosas minoicas, es *Agrotera*, señora de las fieras silvestres. Su campo es, en general, agreste y selvático, no el campo ya cultivado que es el imperio de Deméter. La Ártemis *Orthia* (erecta), distinta originariamente de la diosa prehelénica, pudo llegar a Esparta con las inmigraciones dorias, aunque un mito la identifica con la que Orestes trajo de Táuride a Grecia.

Homero, que trata a Afrodita con cierta sorna, lo propio hace con Ártemis —chiquilla malcriada a quien Hera castiga a golpes—, en contraste con la veneración que le merece la materna Latona. En lo cual se adivina el vestigio de cierta animadversión teológica contra un mito de la raza vencida, imperfectamente helenizado.

2. Ártemis es virgen, pero alguna vez resulta madre. Su culto efesio es un culto de franca maternidad, y la muestra dotada de numerosos senos, propia hembra de cría. En la misma Grecia continental, las ninfas de su cortejo han aumentado muchas veces la población de los héroes. Es madrina y nodriza de los alumbramientos: *Kourotrofos, Paidotrofos, Philoméirax, Locheia*. Su trato constante con mujeres la mezcla, como a Hera, con Febe (la Luna) y con la "titanesa" Hécate. Diosa arquera, a sus flechas se atribuye la muerte súbita de las mujeres, cuando no es efecto de la violencia.

Se diría que su condición de virgen recatada y terrible no parte de su prehistoria, sino de su cristalización helénica. Ya sabemos que, si no casada, pudo tener uno que otro amante, al modo de su contrafigura asiática, la siria Cibeles. Por singular ambivalencia, estas diosas fértiles exigen servidores intactos, estériles y hasta mutilados, sean eunucos, sean amazonas. En el *Hipólito* de Eurípides se aprecia la austeridad que Ártemis espera de sus devotos. No tiene piedad

449

de los deslices ajenos. Armígera y reacia al yugo matrimonial, anuncia ya a aquellos hermosos y esquivos marimachos de que es ejemplo Atalanta, la heroína de Calidonia. Su espíritu vengativo hace que se la confunda con Némesis.

3. Es cazadora y maestra de cazadores. Su ley es la veda en la época de cría, y castiga rigurosamente al transgresor, como lo hace con Agamemnón, exigiéndole el sacrificio de su hija Ifigenia, a cambio de la corza abatida. Extiende a todos los cachorros la ternura que le inspiran los niños. Jenofonte, autor cinegético, afirma que era costumbre consagrarle las liebres recién nacidas. La diosa dicta reglas de caballería venatoria: si manda no tocar al ave que incuba, también manda no perseguir nunca a la zorra, que es cazadora, que pertenece al gremio.

4. Para las artes, Ártemis es una saetera campestre y moza. Lleva cuernecillos lunares, arco y aljaba, enagüilla trotona más arriba de las rodillas, antorcha de fertilidad. Se hace acompañar de una corza u otro animal montés; por ejemplo, el oso. Las muchachas de Braurón se visten de oseznas para sus ceremonias rituales. Los romanos la identificaron con Diana, a la que prestan rasgos y atributos semejantes.

5. La historia clásica de Ártemis —si olvidamos la especie de que Deméter haya sido su madre— nos lleva a contar las vicisitudes de Latona. Esta "titanesa" traía en el seno dos mellizos, fruto de sus amores con Zeus. Pero todas las tierras que alumbra el Sol se negaban a recibirla, por orden de Hera. Su hijo Ares, o Iris su comisaria, se encargaron de comunicar la orden al mundo. Para colmo, Latona debía ser perseguida de uno en otro lugar por Pitón, horrible serpiente o dragón de Delfos (antes, Pito). Además, el mundo esperaba ya con pavor a Apolo, uno de los mellizos, que aun no aparecido se anunciaba como un poder extraordinario, y bien podía ocasionar un cataclismo en sus convulsiones natales. Finalmente, Latona logró dar a luz a sus hijos en la isla de Ortigia.

No se sabe dónde caía Ortigia. Dicen que es la Isla de la Codorniz, otra incógnita. Esta ave se asocia a la adoración de Ártemis. Asteria, hermana de Latona, solía transformarse en codorniz para huir del antojadizo Zeus, y al cabo se metamorfoseó en una isla, la isla de Delos, identificada luego on Ortigia. Asteria es una diosa estrella: podemos creer que algún día la isla fue considerada como un meteorito.

Latona, en fatigosas jornadas, había logrado llegar desde el País de los Hiperbóreos hasta Delos, en un viaje de doce días. Para escapar a las persecuciones de Hera, se disfrazó de loba. De aquí que la loba sólo puede parir durante determinados doce días del año. No olvidemos, por otra parte, que Latona es madre de Apolo, dios con veleidades de lobo. Pero todavía hay quien sostenga que, si Apolo nació en Delos, Ártemis nació en Ortigia, dondequiera que se la sitúe.

Ello es que, en la versión sintética, Posidón tuvo piedad de Latona y, para eludir las órdenes de Hera y a fin de que los mellizos pudieran nacer en tierras que el Sol no ilumina, sacó del fondo de los mares la isla de Delos y la envolvió en una oscura bóveda de agua. Delos era una isla errante, mecida en mitad de los mares, y sólo vino a fijarla entre la corona de las Cícladas el nacimiento de Apolo. Y Delos tenía que Apolo la considerara demasiado humilde para su cuna, pues es una roca triste y árida que sólo ascenderá en estimación cuando los jonios la conviertan en su centro político. Ártemis disipó los escrúpulos de la isla, asegurándole que el nuevo dios fundaría allí mismo su sagrario. Y Delos se atrevió a desobedecer el mandato de Hera, y fue sin embargo perdonada, porque Delos no es más que Ortigia-Asteria, la hermana de Latona, a quien se reconocía cierto derecho de solidaridad familiar. Si Ártemis tuvo ocasión de tranquilizar a Delos, es porque nació unos momentos antes que Apolo. Por cierto, se apresuró a prestar a su madre los indispensables auxilios, y aseguró el feliz advenimiento de su hermano. De aquí que las parturientas la invoquen.

A excepción de la contrariada Hera, todas las diosas se juntaron para presenciar el alumbramiento. Ilitia, la comadrona, se resistió un poco, pero al cabo se dejó persuadir y concurrió también al trance. En su angustia, la gigantesca Latona tuvo que recostarse en el monte Cinto, y se agarró a una palmera que después se veneraba en la isla.

6. Las peripecias de Ártemis la mezclan unas veces con su hermano Apolo —lo hemos visto respecto a los Aloades y lo veremos en el caso de Niobe, al tratar de Apolo—, y

otras corren por su cuenta, o bien la asocian con las ninfas de su compañía. El caso de Orión es característico.

Orión fue un gigante, hijo de la Tierra, o hijo de Posidón y Euríale, y a quien su divino padre otorgó el dón de caminar sobre las aguas. Su primera esposa, Side (la Granada), legó su nombre a una ciudad. La granada (recuérdese la fábula de Perséfone) tiene alguna conexión con las moradas subterráneas; y en efecto, Side acaba castigada en la Casa de Hades por pretender rivalizar en hermosura con Hera. Orión se desposó entonces con Mérope (no la mujer de Sísifo), hija de Enopión, héroe vinícola de Quíos. De algún modo incurrió el yerno en la cólera de su suegro. Y Enopión, tras de embriagarlo, le arrancó los ojos y lo echó al mar. Orión volvió a tierra y cargó en hombros a un niño para que lo guiara hacia el oriente (imagen que anuncia a San Cristobalón). Dicen que este niño fue Cedalión, un aprendiz de Hefesto a quien Orión recogió a su paso por la isla de Lemnos. Al llegar al límite oriental, un rayo del Sol devolvió a Orión la vista y Orión regresó presurosamente en busca de Enopión.

Entretanto, Posidón le había obsequiado un alcázar subterráneo, obra de Hefesto. Allí acontecieron los amores de Eos y de Orión. Ártemis lo mató entonces a flechazos (cap. I 1, 9); o bien, provocada por Orión a un desafío de disco, le lanzó el disco encima (compárese más adelante el caso de Apolo y Jacinto: las muertes involuntarias por heridas de disco abundan en las leyendas griegas); o acaso le dio muerte porque Orión quiso violar a Opis, una de las Vírgenes Hiperbóreas veneradas en Delos.

Pero la historia de Orión ofrece variantes tardías, en Quíos y en Beocia:

a) Hirieo, epónimo de la Hiriea beocia, se afligía de no tener descendencia. Pidió un hijo a Zeus, a Posidón y a Hermes, a quienes alguna vez hospedó con suma generosidad. Los dioses, en agradecimiento, tendieron una piel de res, se desaguaron en ella y ordenaron a Hirieo que enterrara la piel durante diez meses lunares. Al cabo de ellos, brotó en aquel sitio el niño Urión (después, Orión).

Orión persiguió con sus deseos a las Pléyades o a su madre Pleyone, fábula de origen astronómico escrita en la ruta de las constelaciones. Madre e hijas iban huyendo del gigante, cuando perseguidas y perseguidor se convirtieron en estrellas.

Tal vez Orión tuvo dos hijas, las Corónidas Metíope y Menipe, heroínas beocias, víctimas voluntarias que se sacrificaron en Orcomenos para librar a la población de una peste, y luego se metamorfosearon en cometas. De sus cenizas nacieron dos divinidades, los Corones, venerados en la Tebas beocia.

Para los beocios, Orión era un gran cazador y un héroe estimable cuando el amor no lo enfurecía. Pero alguna vez tuvieron que encadenar su efigie, donde acaso residía su espíritu, porque el espectro del indomable varón hacía estragos por los campos nocturnos.

b) Según los de Quíos, el gigantesco arquero, contratado para limpiar de animales las heredades de Enopión, se encontró con Ártemis y quiso forzarla. La diosa lo hizo matar por el Escorpión, que gira también en la Vía Láctea.

c) Pero es posible que Orión anduviera más bien de cacería por los campos cretenses, y que Gea haya azuzado en contra suya a un dragón, por haberlo oído jactarse de que era capaz de acabar con todos los animales terrestres.

d) Otra variante: Orión trabajaba para su futuro suegro Enopión, a fin de merecer la mano de Haíro. Acabó con las bestias que asolaban los campos. Los vecinos le obsequiaron ganados. Orión, que ya podía comprar a la novia, formalizó su propuesta. Enopión dilataba siempre las bodas, y Orión tuvo por bueno ejercitar sus derechos maritales antes de tiempo, por lo cual Enopión le arrancó los ojos.

En resumen: Orión es un cazador sobrenatural, y también una constelación; motivos, ambos, conocidos de Homero, aunque no los relaciona nunca, antes parece tratar de dos Oriones, que la posteridad acabó por convertir en uno. A Orión le ha faltado un poeta que modelara y fundiera las dos tradiciones incoherentes. En cuanto a su conexión con Ártemis no es más que el tema del cazador castigado, tema simpático a la diosa.

7. Al mismo espíritu corresponde el caso del cazador Aceón, hijo de Aristeo y Autonoe y nieto materno de Cadmo, a quien Ártemis sorprendió espiándola cuando se bañaba en

453

compañía de sus ninfas. Le echó agua a la cara, lo dejó trans
formado en ciervo, y lo devoró su propia jauría.* Las varian
tes dicen que el delito de Acteón fue el pretender desposarse
con Ártemis, o bien rivalizar con Zeus en el amor de Semele

8. Respecto a la asociación de Ártemis con las ninfas de
su séquito, las historias son muy numerosas. Nos limitaremos
a ciertas entidades reflejas que parecen desprendidas de la
diosa principal o bien absorbidas en su esencia. Tales son
Britomartis, Calisto, Taigeta, Opis, Hécate y la princesa Ifi
genia.

9. Britomartis (la Dulce Virgen) es de prosapia cretense
y tenía su sagrario principal en Cidonia. Comparte con Ár
temis el nombre de Díctina, si bien Britomartis era, origi
nariamente, culto de la Creta oriental, y Díctina fue más bien
adorada en la zona occidental de la isla. Ambas aparecerán
luego asociadas en los ritos del Zeus cretense.

Britomartis era hija de Zeus y de una modestísima Carme
sólo ilustre por su aventura: debe su inmortalidad a su pa
sajero extravío. Britomartis, perseguida por el rey Minos, no
quiso repetir la culpa materna, para que no se dijera: "De
tal madre, tal hija." Huyó y permaneció oculta nueve me
ses. Un día trepó a una roca, resbaló y cayó en el mar. La
salvaron unos pescadores, con sus redes (*díktyna*). O bien
simplemente, ella se escondió un día entre las redes. Prote
gida por Ártemis, escapó a Egina, en la barca pesquera de
un tal Andrómedes, doncel que, por su discreto comporta
miento, corresponde bien al carácter de las diosas virgíneas
Pero Minos acudió en busca de su presa. Ella logró desapa
recer para siempre en una gruta consagrada a Ártemis, donde
los eginetas la veneraron bajo el nombre de Afea.

* La jauría de Acteón es un tema favorito de los antiguos mitógrafos. Higi
nio llega a nombrar cuarenta y seis perros. Ovidio, acaso inspirándose en algún
poema alejandrino y siguiendo la tradición de enumeraciones que ya es mani
fiesta en Homero, nombra treinta y seis perros, sobre todo de los famosos cria
deros de Arcadia, Laconia y Creta, unos célebres por su velocidad, otros por su
sagacidad o su resistencia o su olfato, etc., y los va describiendo con todos sus
pelos y señales en las *Metamorfosis*, III, 206 *ss.*: Melampo, Icnobates, Panfago
Dorceo, Oribasos, Nebrófonos, Terón, Lélape, Pterelas, Agre, Hileo, Nape, Po
menis, Harpía y sus cachorros, Ladón, Dromas, Cánaque, Sticte, Tigris, Alce
Leucón, Asbolo, Aelo, Tous, Lícicse, Ciprio, Harpalo, Melaneo, Lacné, Labros
Agríodos, Hiláctor y otros dos más, hijos de padre dicteo y madre laconia. Todo
los nombres poseen, en griego, algún significado alusivo a las condiciones del
animal.

Su salto de la roca al mar es rito de purificación aérea y acuática, que hoy constantemente y sin saberlo practican los zambullidores. Y la práctica de sus fieles consistía en buscarla por el campo, a cada retorno de la primavera, como hoy, en algunos pueblos, se busca el Árbol de Mayo.

10. Calisto, hija de Licaón, era preferida de Ártemis por ser la más hermosa, y tenía permiso de vestir como su ama. Estaba destinada a la maternidad. Zeus, para seducirla, adoptó la forma de Ártemis, lo que nos recuerda las fábulas de los enamorados que se disfrazan de mujer a fin de lograr su conquista —Leucipo y la ninfa Dafne—, y también la costumbre argiva de las *Hybristika* y otros confusos ritos arcaicos sobre el trueque de vestidura entre los sexos en vísperas del matrimonio, acaso para engañar a los malos espíritus. Sucedió, pues, que, en el baño de sus ninfas —imagen inseparable de toda evocación de Ártemis—, ésta descubrió el estado de Calisto y la expulsó de su compañía. Calisto, con el tiempo, dio a luz al héroe Arcas, epónimo de los arcadios. Hera, en castigo, la transformó en osa, y así anduvo la pobre ninfa vagando durante quince años por los bosques. Su hijo, de cacería, se encontró con ella. Zeus, para evitar que le diera muerte, transportó a ambos hasta el cielo, donde los convirtió respectivamente en las constelaciones de la Osa Mayor y de Arctofílax, su centinela.

Tal es la preciosa síntesis ovidiana, ante la cual deslucen las muchas variantes que la preparan: si Zeus más bien se disfrazó de Apolo y no de Ártemis; si Arcas es más bien hijo de Zeus y de Temisto, la hija de Ínaco; si el convertir en osos a ambas criaturas tuvo por objeto el sustraerlas a la venganza de Hera (como lo hizo Zeus con la vaca Ío); si Hera, aprovechando la metamorfosis incitó a Ártemis contra la osa, obligándola así a matarla: si Ártemis tuvo que matarla de propósito porque, en su ir y venir, la osa traspuso el sacro recinto de Zeus; si Hera, implacable, obtuvo de Posidón que no permitiera a las Osas bañarse en el mar, reduciéndolas a girar en torno al polo, aunque con el transcurso del tiempo y la variación polar, la Osa Mayor, por lo menos, puede ya meter la cola en las aguas, etc.

11. Entre las fábulas relacionadas con el tema de Calisto, por referirse también al origen de los epónimos pelopo-

nesios, merece recordarse la fábula de Lacedemón, hijo de Zeus y de Taigeta, la ninfa del monte Taigeto, a quien otros suponen madre del río Eurotas, lo que viene a significar lo mismo para la ascendencia lacedemonia. Parece que Ártemis transformó a Taigeta en una cierva, por ocultarla a los caprichos de Zeus. Pero ¿qué ninfa podía escapar al amo de los dioses? Ignoramos si se trata de la misma cierva de cuernos de oro que Héracles logró atrapar y que Taigeta sacrificó a la diosa Ártemis. Pausanias todavía encontró en Amiclea un monumento que representaba a Taigeta arrebatada por Zeus, mientras Posidón se apoderaba de Alcione, hermana de Taigeta.

En las variantes, la raza lacedemonia procede de una diosa montaña, o de una de las Pléyades, quien acostumbraba mudarse en animal: tal vez una hipóstasis de Ártemis.

12. Opis, en algunas variantes, se relaciona según queda dicho, con el mito de Orión. Aunque Opis parece también ser una doble de Ártemis o su camarada habitual, es más generalmente conocida como una de las Vírgenes Hiperbóreas. Éstas, según la tradición ortodoxa, acompañaron a Latona, a Apolo y a Ártemis desde su misteriosa tierra (¿septentrional?) hasta el sagrario de Delos. Opis y Arge allí murieron, y fueron enterradas junto al altar de Ártemis. Sus otras dos hermanas, Hipéroque y Laódice, llegaron a Delos poco después, y se enlazan con el cortejo de Ártemis. Y otras dos hermanas más, Loxio y Hecaerge, se deshacen ya en nebulosidades verbales. Más tarde hablaremos del País de los Hiperbóreos, pueblo legendario, justo y feliz, devoto de Apolo, que —según tradiciones hoy muy discutidas, pero aún no definitivamente negadas— puede situarse en alguna parte del norte, más allá de Epiro.

13. Hécate aparece en Hesíodo —aunque Homero la ignora— como personalidad de claro relieve, verdadera diosa arcaica con imperio en tierra, cielo y mar, guerrera, deportista, fértil y dispensadora de riquezas. Su madre generalmente es Asteria, hermana de Latona, y su padre es Perses o es Zeus, por donde es prima y es media hermana de Ártemis. Como a ésta, se le atribuye también el ser hija de Deméter o Fera, de Ceo y de Febe. En aquella oscuridad primitiva, nadie supo a ciencia cierta cómo se entendían los

456

dioses. El Asia Menor la venera como deidad aparte. Grecia comúnmente la hace pareja de Ártemis.

Es diosa subterránea, reina entre los espectros, maga y fantasma, con frecuencia siniestra. Cuida las encrucijadas y los caminos (*Enhodios*, *Trihoditis*), pues encrucijadas y caminos son sitios temerosos, más o menos sobrenaturales. Es triforme (o cuatriforme) para guardar tres (o cuatro) rumbos a un tiempo; y de repente aparece, por las noches, bajo aspecto tan feroz como las Erinies, empuñando un látigo o una tea encendida, y seguida por una jauría infernal. Se la aplaca con ofrendas de desperdicios caseros que se llaman "cenas de Hécate". Tal es la Hécate de las hechiceras, la que invocaba Medea en su desesperación. Luciano, burlescamente, le da unos diez metros de altura y una traílla de perros tan enormes como elefantes.

El ser noctívaga hace que se la confunda con la Luna; y sus tres formas manifiestan sus tres fases lunares, así como los tres órdenes de su imperio: Selene celeste, Ártemis terrestre, Hécate infernal.

Un antiguo comentarista ofrece esta curiosa fábula para explicar las varias funciones de la diosa: Zeus y Hera tuvieron una hija llamada Angelos, la Mensajera (un título subsidiario de Ártemis), quien un día robó la mirra que su madre usaba en el "tocador". Perseguida por Hera, Angelos se refugió sucesivamente en dos lugares impuros, el uno manchado por un reciente alumbramiento y el otro por una reciente defunción. Como Hera no podía acercarse a estos sitios, encargó a los fieles Cabiros que purificasen a su hija. Ellos la bañaron en el Aqueronte, de donde Angelos descendió a los infiernos para convertirse en Hécate. Ésta parece ser, al menos, la conclusión de cierto viejo escoliasta.

Finalmente, Hécate comparte con Deméter, Gea, Atenea, Latona, Ártemis y Hestia, el epíteto de *Kourotrophos* o guardiana de jóvenes.

14. Ifigenia es más bien una heroína épica. Homero ignora todavía su mito, que encontramos por primera vez mencionado en los Poemas Cíclicos. La Ifianasa de Homero no es más que un nombre, junto a sus hermanas Crisótemis y Laódice, y no está probada la ecuación Ifianasa: Ifigenia. Pero ya da en qué pensar la mucha cercanía de Ifigenia con

457

Artemis, de quien es sucesivamente víctima, protegida y sacrificadora. Ártemis suele apropiarse su nombre, que literalmente significa "la de alta cuna", la princesa real, y a esta deidad de doble signo se consagraban algunas ofrendas nupciales.

Ifigenia era hija de Agamemnón, rey de Argos y esposo de Clitemnestra. Por su sangre corría, pues, la maldición recaída sobre el viejo Tántalo. Agamemnón, o bien su hermano Menelao, agravió a Ártemis, jactándose de ser mejor cazador que ella, o dando muerte a una corza sacra de la diosa. Según Eurípides, Agamemnón ofreció a ésta, en desquite, el mejor fruto que diera el año, el cual resultó ser Ifigenia, a quien Ártemis reclamaba como víctima prometida.

Cuando las flotas aliadas de los aqueos, concentradas en Áulide, se diponían a zarpar rumbo a Troya, la diosa detuvo los vientos o azuzó los vientos contrarios. El adivinador Calcas reveló entonces que Ártemis sólo podría ser aplacada mediante el sacrificio de la princesa Ifigenia. Se enviaron mensajeros a Argos. Ifigenia, acompañada de su madre, fue traída hasta el campamento, bajo pretexto de desposarla con Aquiles, quien ignoraba este ardid. A pesar de los lamentos de Clitemnestra —cuya conducta ulterior para con su esposo puede ser una venganza materna—, el sacrificio se dispuso. En el último instante, Ártemis, como el dios de Abraham, se conformó con la intención obediente, y sustituyó a Ifigenia por una corza, que fue degollada en vez de ella.

Las variantes trasladan el episodio a Braurón, centro religioso de la Ártemis osezna, y dicen que Ifigenia quedó transformada en una anciana; la víctima pudo ser una osa o una ternera.

La versión ortodoxa continúa con el traslado milagroso de Ifigenia a Táuride (Crimea), donde Ártemis la consagró a su culto. Este culto sanguinario exigía el sacrificio de todo navegante extranjero que cayera por aquellas costas. Ifigenia desempeñó tristemente su oficio durante varios años. Un día se presentó en Táuride su hermano Orestes, condenado, como parte de su expiación por haber dado muerte a Clitemnestra (esposa desleal y asesina de Agamemnón), a sustraer del templo de Táuride la imagen de la diosa arquera, redimiéndola así del culto de sus adoradores bárbaros. Orestes y su fiel amigo Pílades fueron entregados a Ifigenia para que ésta los hiciera sacrificar. Ifigenia reconoció a su hermano, facilitó el hurto de la Ártemis, y los tres, llevando consigo el precioso fardo, y amparados por Atenea, volvieron a Grecia. Esta imagen de Ártemis es la Ártemis *Taurópolos,* cuyo culto se fundó en Hale (Ática), donde Ifigenia continuó sus funciones sacras. En tiempo de los Antoninos, los romanos creían que Ifigenia, hecha inmortal, se había desposado al fin con Aquiles en Leuce (Euxino o Mar Negro), isla que poseía uno de los numerosos sagrarios en que se veneraba a este héroe, ya deificado como Señor del Mar (*Pontarchées*).

Desde los días de Grecia hasta nuestros días, y hasta nuestro propio país, la historia de Ifigenia ha inspirado a la poesía trágica.

15. El ciclo mítico de Ártemis es, pues, un coro de diosas virginales, en el hecho o en la intención, y cada una de ellas parece una imagen de la divinidad principal, reflejada en distinto espejo y animada luego de vida propia, más o menos definida e intensa. Las contradicciones constantes de estas historias no deben inquietarnos. Los griegos sólo les opusieron reparos cuando comenzaron a abandonar las firmes creencias de sus padres, quienes parecen haber dicho, como Tertuliano, *Credo quia absurdum.*

7

Afrodita. Oriente y Occidente. Ascendencia, nombres y atributos. El esposo Hefesto y el amante Ares. Descendencia. Adonis. Anquises. Las Gracias. Las Horas o Estaciones. Eros.

1. Afrodita es diosa impregnada de sabores asiáticos que revelan su ascendencia oriental, pero fue adorada sin excepción en todo el orbe de la comunión griega. Las diosas del Asia Anterior (ora se las llame con el nombre de Milita, Istar, Axtarté o Cibeles) les ceden sus prácticas cultuales, y singularmente los ritos de la prostitución sagrada. Grecia sólo conoció este uso en el pueblo de los mezclados corintios, cuyas sacerdotisas de amor merecieron, por su espíritu nacional, el ardiente elogio de Píndaro. Los púnicos colonizadores de Érix (Sicilia) llevaron allá esta peculiaridad eró-

tica, entre los demás acarreos de su viejas costumbres étnicas, y allá la dejaron implantada, primero para los griegos occidentales y luego para los romanos.

"Pero los griegos —dice Rose— eran en general gente de limpia vida, y, en la mayoría de sus ciudades, rápidamente depuraron los aspectos menos recomendables del culto." La Afrodita de Atenas es ya una diosa tutelar de los matrimonios, digan lo que quieran sus mitos, levemente risueños cuando llegaron a ser más folklóricos que canónicos.

De igual suerte, la figura de Afrodita, en las artes, asciende desde los grotescos ídolos de Chipre, muñecas desnudas de una sexualidad risiblemente exagerada, hasta las imágenes arcaicas de Grecia, envueltas en mantos y no exentas de cierta rígida dignidad. La estética emancipada de las centurias posteriores hace de Afrodita un paradigma eterno del desnudo femenino y de sus encantos voluptuosos. Su animal es la paloma; su planta, el mirto.

Los romanos la identificaron con Venus —que viene a decir "Gracia"— y la erigieron en símbolo de la belleza, primariamente aplicable al campo "venusto", jardinado y con flores, y después, por extensión, aplicable a toda hermosura. La *gens* Julia —la familia de César— pretendía descender de Venus, a través de la fábula troyana de Eneas, que los poetas transportaron al Lacio tras la caída de la plaza.

2. Afrodita, en Hesíodo, es hija de la sangre de Urano y de la espuma del mar; en Homero, hija de Zeus y Dione. Por los sagrarios de su primera mostración en los alrededores del mundo helénico, fue llamada Cipris (de Chipre) o Citerea (de Citeres). Por sus funciones principales o su jurisdicción en las almas, fue llamada Ambologeéra o que retarda la vejez, Pandemos o señora de todos, Filomedea o de los anhelos, Urania o celeste (como Astarté, Reina de los Cielos, Astral), Hetaíra o cortesana, Pórnee o meretriz, etc. En cuanto a la contraposición de la Urania o espiritual con la Pandemos o material y mercenaria, ella es más bien una elaboración filosófica de Platón, pues la Pandemos ateniense era una divinidad por todo concepto respetable.

Afrodita es, eminentemente, diosa de los amores y, como queda dicho en la Introducción, Diomedes la expulsa del combate como a una entrometida ridícula. Con todo, en Esparta y en Chipre conserva los atributos arcaicos de la diosa armígera; en Chipre, usa barbas de varón (recuerdo del hermafrodita asiático), y la fábula de sus amoríos la enreda con Ares, dios guerrero por excelencia, de quien tuvo algunos hijos como Harmonía y acaso Eros (leyenda muy tardía esta última).

La tradición tebana la emparienta con Cadmo, un extranjero aclimatado, medio fenicio y medio cretense, que vino a ser su yerno por haberse desposado con Harmonía. También, una que otra vez, aparece como diosa marina, protectora de navegantes.

Si en los remotos orígenes se presenta como soltera, según el tipo prehelénico y asiático, en el Olimpo griego viene a ser la esposa de Hefesto, aunque con frecuentes incursiones en terreno vedado.

En Delos, Afrodita sustituyó el antiguo culto de la heroína Ariadna, con quien suele identificársela y a quien conoceremos más adelante.

3. Sus mitos admiten una presentación relativamente cronológica, comenzando por los más acentuadamente orientales y acabando por los más típicos de Grecia.

El primer mito pertenece de modo inequívoco al orbe de las Madres Asiáticas, y nos la muestra acompañada de su amante satélite. Tal fue, para Afrodita, Adonis (El Adón o señor semítico, el Tamuz de Ezequiel).

Mirra (o Esmirna), hija de Tías, rey asirio (o de Ciniras, rey chipriota) se negaba a honrar a Afrodita, quien se vengó de ella infundiéndole un incestuoso amor por su padre. Mediante la complicidad de su nodriza (tema eterno de la nodriza mediadora), y al amparo de la sombra nocturna, Mirra logró satisfacer sus deseos. Descubierta por su padre, estuvo a punto de morir a sus manos. Afrodita acudió a salvarla, convirtiéndola en el árbol de mirra. De este árbol nació con el tiempo un niño, Adonis. Afrodita lo guardó en un cofre y lo confió a Perséfone. Ésta, seducida por la belleza del mancebo, se negó después a devolverlo. Zeus resolvió el pleito, ordenando que el niño quedara en libertad un tercio del año, y los otros dos tercios, con cualquiera de las dos diosas: tema de las Estaciones que encontramos ya en el mito de Deméter y Kora. Adonis pasaba lo más del tiempo al lado

461

de Afrodita. Cierta vez que andaba de cacería, un jabalí le dio muerte.

Y aquí se interpone una segunda versión del cuento: Afrodita encontró por primera vez a Adonis, a quien le trajeron las ninfas, cuando éste iba de caza, y quedó prendada de su apostura. Le previno del peligro que lo amenazaba, pero él la desoyó y lo pagó con su vida. Tal vez el jabalí era un animal portentoso enviado por Ártemis a causa de algún viejo agravio, o enviado por Ares, celoso de Afrodita. El inculpar del caso a Ártemis parece una confusión con el mito del Jabalí Calidonio.

De la sangre de Adonis nació una anémona, o una rosa; o bien estas flores fueron engendradas por las lágrimas que lloraba Afrodita. Las rosas, ayer blancas, se volvieron rojas, al teñirse en la sangre misma de la diosa, que se pinchó con una espina en la prisa de atender a su amado Adonis. En adelante —desde el siglo v cuando menos—, las lamentaciones y el simulacro del cadáver de Adonis pasan a ser actos rituales, así como el cultivo en arriate de aquellos efímeros "jardines de Adonis", que apenas duraban una horas.

4. La historia de Anquises y Afrodita guarda alguna semejanza con la anterior. Afrodita se encontró con el joven Anquises por las laderas del monte Ida, cerca de Troya, donde Anquises solía apacentar sus ganados, y se enamoró de él perdidamente, ya por propio impulso, o bien por designio de Zeus que quería hacerla pagar de algún modo las desazones que causaba en el corazón de dioses y humanos. De esta unión nació Eneas. Cuando Anquises descubrió la identidad de su amante —dice el himno homérico— se sintió atemorizado. No le espantaba tanto la perspectiva de la muerte, como la posible pérdida de su energía viril. Entendamos que fertilizar a la Madre Tierra es tarea agobiadora, donde se puede dejar la vida, o en que hay riesgo de esterilizarse y convertirse en eunuco (referencia al tema de la castración sacra). Se cuenta que, por revelar el secreto de sus amores, Anquises fue fulminado. Pero ya sabemos que tal fulminación es también un modo de tornarse inmortal. En la tradición principal, sin embargo, Anquises vive todavía para los días de la Guerra Troyana, y Eneas se lo lleva consigo al Occidente. Así en Homero, en Virgilio, etc.

5. La diosa, en las tradiciones característicamente helénicas, no es la una ya diosa solitaria, sino que es la esposa de Hefesto, dios herrero también tocado de asiatismo. Pero se la halla asociada algunas veces con el culto de Ares, de donde procede la fábula etiológica que ha dado la vuelta al mundo y que consta en un pasaje de la *Odisea*, muchas veces considerado como interpolación posthomérica:

Ares se entendía secretamente con Afrodita. Helios, siempre alerta, lo reveló a Hefesto. El insigne artífice armó una trampa y apresó en ella a los descuidados amantes. Después, llamó a todos los Olímpicos para que presenciaran aquella ignominia. Los Olímpicos de Homero anuncian ya el *esprit gaulois:* no se privaron de hacer comentarios picarescos. Hefesto, furioso, quiso divorciarse, y reclamó del padre Zeus que le devolviera el precio pagado por la infiel. Pero Posidón intervino —alguna vez había de tener un rasgo de humorismo— y se ofreció como fiador por los daños y perjuicios que Ares resultó obligado a pagar. Verdadera composición poética en que se ve cómo el mito se sale de la religión.

6. Las diosas suelen acompañarse de un cortejo. En torno a Afrodita encontramos a las Chárites o Gracias, a las Horas o Estaciones y, algo tardíamente, a Eros.

a) Las Gracias, en su nombre ya latinizado, son antiguos espíritus de la vegetación, convertidos luego en símbolos de belleza —pues nada hay más bello que la tierra fecundizada—; hacen crecer las rosas, tienen por atributo el mirto y provocan las flores de la primavera. Dos de ellas fueron adoradas en el Ática: Auxo, la que fomenta los brotes, y Hegemone, la que acompaña y guía el retoño. También tuvieron culto en Orcomenos, Pafos y Esparta. Aunque se habla siempre de las Tres Gracias (fórmula canónica de Hesíodo), su número mítico es indefinido: Thaleía era la Floreciente; Kale, la Hermosa; Euphrósyne, el Gozo; Aglaya, la Radiante, que es la menor. Conocemos también a otra llamada Pasitea, a quien Hera, en la *Ilíada*, ofrece como esposa al Sueño, para que éste consienta en adormecer a Zeus, mientras ella auxilia a los aqueos contra los troyanos. Y un poeta helenístico, Hermesianax, convierte en una de las Gracias a Peitho, el espíritu de la Persuasión, vaga hija del Océano en Hesíodo, diosa matrimonial más tarde, y compañera habitual de Afrodita,

463

que también suele convertirse en un mero epíteto de ésta. Siempre se las da por hijas de Zeus, pero los nombres de las madres varían. A veces se les atribuyen maridos, cuya mención complicaría inútilmente nuestro relato. El arte arcaico las representa vestidas. A partir de la era helenística, se populariza la imagen de las tres mujeres desnudas, tomadas de los brazos.

Las Gracias asisten, ungen y bañan a Afrodita; son aficionadas a las fiestas, a la poesía, la danza y la música. Se presentan en los banquetes divinos y, naturalmente, no faltaron a las nupcias de Peleo y Tetis. La imaginación, al apoderarse de este mito risueño, lo hace evolucionar —como el de la misma Afrodita—, desde la mera fertilidad terrestre hasta la idea general de "la sabiduría, la belleza y la gloria" (Píndaro). Las Gracias también significan el favor y el agradecimiento al favor, por el cual todavía "damos las gracias". Aristóteles explica que el santuario de las Gracias se encuentra en un sitio eminente, a fin de que todos lo vean y se acuerden de ayudarse entre sí.

b) Las Horas también estimulan los brotes del suelo y los frutos. Vienen a ser las estaciones del año. En general, los antiguos dividían simplemente el año en verano e invierno. Pero las Horas suelen ser tres, por adición de la primavera. En Hesíodo se las llama Eunomía, Dike, Irene (Orden, Justicia y Paz), lo que revela ya una evolución ética en su concepto. Su mito se reduce a ser servidoras de Afrodita. En Homero, ellas se encargan de correr y descorrer los cortinajes de nubes a la entrada del Olimpo.

c) Eros, que en Hesíodo es una entidad cósmica anterior a los dioses, acabó por considerarse como hijo de Afrodita y Ares. Pero es persona de más viejo abolengo y, por de contado, independiente de la Afrodita clásica. Está llamado a vivir más bien en la teología y la filosofía. Los poetas alejandrinos lo degradan. Si en la Tespias beocia o la misma Parion es casi severo, atlético, señor de las hermosuras juveniles pero más bien duro y terrible, y aun se lo representaba como un tosco peñasco, ahora se lo vuelve un niño apicarado que envenena sus flechas y las dispara al azar, puesto que anda siempre con una venda, pegado a las rodillas de su supuesta madre Afrodita, y hecho un juguetillo romántico

La literatura dará en usarlo como el agente natural de todas las aventuras amorosas. Tal es, en Góngora,

> ...el marinero niño alado
> que sin fanal conduce su venera.

7. Afrodita nace entre los furores orgiásticos de los orientales y gradualmente se redime, a la persuasión excelsa del espíritu griego, como si ella misma hubiera trepado por la escala del pensamiento platónico. A través del goce de todas las bellezas particulares, se encamina hasta la zona del amor ideal. Al comenzar su poema *Sobre la naturaleza de las cosas*, Lucrecio siente la necesidad de invocarla a modo de numen propicio, prueba de la jerarquía filosófica que llegaron a concederle los más altos pensadores de la antigüedad. En vano es negarla o combatirla. Todos nacimos sus esclavos.

III. LA FAMILIA OLÍMPICA: SEGUNDA GENERACIÓN

1

Segunda generación olímpica. Personalidad y origen de Apolo. Su nacimiento y principales sagrarios. La serpiente Pitón. Ritos conmemorativos. La fantástica hiperbórea. Omphalós, Trípode y Pitonisa. Función del oráculo. Las Sibilas y la familia profética. Niobe y sus hijos. Asclepio. Admeto y Alcesta. Leucipo y Dafne. Marpesa e Idas. Casandra. Ion y Creusa. Cirene, Aristeo y Eurídice. Jacinto y Céfiro. Competencias con Marsyas y Pan. Las orejas de Midas. Significación definitiva de Apolo.

1. Zeus, Posidón y Hades aparecen más bien como personajes de edad madura, aunque dotados de eterna juventud. En cambio, Apolo, Hermes, Dióniso, Ares y Hefesto ocupan el sitio de una segunda generación olímpica, cualquiera sea la antigüedad de su acceso al reino de las nociones religiosas. En Apolo y en Dióniso hasta es legítimo ver unas deidades de cara al porvenir, que representan el sentido progresivo de las creencias, sin que empañen la imagen de su mocedad esas efigies de algún temprano Apolo barbudo o del llamado Dióniso Indio, personaje de vellido rostro y grave continente.

2. Apolo es el paradigma de la belleza masculina en plena sazón. Resume los ideales del espíritu helénico. Roma tuvo que aceptarlo sin disfraz y tal como la Grecia clásica acertó a concebirlo, pese a los tímidos intentos por identificarlo con tal cual geniecillo del terruño italiota o de vaga progenie céltica.

Maestro de la medicina, la danza y la música —que se relaciona con íntimas simpatías e influencias—, y sobre todo, la música culta de la lira, no la avena rural; director del coro de las Musas, patrono de la poesía y las artes; arquero por antonomasia a quien, desde la quinta centuria, aun se pretende confundir con el Sol, sin más fundamento que la fulguración y las flechas características de ambos, a lo que corresponde el nombre de Febo; Archegetes o edificador de muros y ciudades, padre de colonias; Nomio o sumo rabadán de ganaderías y pastores; Aguieo, centinela de las puertas y los caminos; Esminteo, guardián de los campos, azote o alivio de las plagas; ejecutor de la muerte súbita para los varones, como para las mujeres lo es su hermana Ártemis; señor de las purificaciones rituales que han de suceder a las sangrientas venganzas, purificaciones a que se sometió él mismo para lavar su culpa tras de haber muerto a la serpiente Pitón; dispensador de la canonización y de la categoría cultual para los héroes deificados; inspirador del dón profético o la comunicación directa de las voluntades divinas, que no ha de confundirse con los augurios ni otras suertes de adivinación: tal es Apolo; y además, portavoz de Zeus a través de los famosos oráculos que tanto contribuyeron a definir la ética religiosa. La fisonomía de Apolo está dibujada con los mejores y más auténticos rasgos de la "Grecia griega", en lo que sólo Atenea puede comparársele.

3. Y con todo, hay pugna abierta sobre el origen y la prehistoria de esta deidad, cuyo nombre mismo es irreducible a las raíces helénicas y que, en sus principales sagrarios, asume la traza de un recién venido, usurpador y sucesor de los ocupantes de antaño.

¿Si habrá llegado del Norte, del Oriente o del Sur? ¿Si es, por esencia, el Hiperbóreo septentrional, el Licio asiático, el hijo de una deidad anatolia o acaso semítica, el hetita Apulunas, el babilonio del calendario lunisolar, el Delfinio cretense o el autóctono insular de Delos? ¿Si pertenece por derecho a los jonios o bien a los dorios? Revolviendo etimologías exóticas y documentos de épocas mezcladas, usando mañosamente iguales razones para el pro y el contra, los partidarios de una y otra teoría no acaban de ponerse de acuerdo, y rechazan con singular terquedad cualquier solución media o conciliatoria.*

* A título de curiosidad, he aquí, en resumen, algunos argumentos de los partidarios del "Apolo asiático":
Apolo es hijo de Latona o Leto, que bien puede ser Lada, la diosa licia, cuyo nombre significa "mujer", o bien puede ser la semítica Al-lat o Alilat La *Ilíada* todavía asigna el mismo santuario a Apolo, a su madre Latona y a su hermana gemela Ártemis, y el mito del nacimiento de los mellizos aparece principalmente en Licia. (A veces, la tradición helénica de Delos sólo habla de que en esta isla nació Apolo, pero acepta que Ártemis haya nacido en Éfeso: contradicciones que ya conocemos y que permiten a los mitólogos combinar los datos a su antojo.) Latona es, para Grecia, una divinidad muy borrosa que nunca subió al panteón olímpico. En Delos, es verdad, se veneraba con

Es innegable, sin embargo, que el Apolo homérico, menos desarrollado que el clásico, parece todavía un decidido defensor de pueblos orientales, baluarte de Troya, dueño de un sagrario en Pérgamo, y devoción especial del licio Pándaro, a pesar de que los helenos, y singularmente Agamemnón, acostumbren invocar a la trinidad de Zeus, Atenea y Apolo. Alguien lo explica —pues la argucia de los mitólogos es realmente pasmosa— como un halago al dios hostil, al que a cada paso encontraban los sitiadores cerrando el camino de sus conquistas. ¿No es Atenea enemiga de Troya, donde sin embargo tiene un sagrario y una imagen (única imagen religiosa de que habla la *Ilíada*), y no le presentan ofrendas las matronas de Troya para aplacar su animadversión?

4. A lo largo de su peregrinación hacia el Olimpo, donde en verdad es recibido con temor por los demás dioses, ha recogido muchos cultos locales, y en su mismo numen hay rastros de facultades tan diferentes como la marítima, la agrícola, la pastoril, la lumínica, la astronómica, y hasta la zoomórfica, la mineral y la dendriforme. Ya es, en Creta,

ciertos himnos a las Vírgenes Hiperbóreas, septentrionales asociadas al culto de Apolo, pero ¿quién era el autor de estos himnos? ¡El licio Olen! (Otros dirán que Olen era hiperbóreo, pues en nada ha de haber acuerdo. También es muy incierta la tradición de la tierra hiperbórea, que en las últimas investigaciones muestra, en efecto, cierta tendencia a trasladarse del norte al este.) En los templos griegos de Apolo —siguen argumentando los partidarios del "Apolo asiático"— siempre se lo ha presentado como un intruso (burda exageración), y los festivales apolíneos son más abundantes en Asia Menor que en la Grecia continental (¿será verdad?), y aun puede añadirse que en el Asia Menor abundan más los sagrarios apolíneos, aquéllos cuyo suelo le prestó su nombre como epíteto: Patara está en Licia; la Dídima Branquídea, famoso oráculo del dios, en Caria, a unas dos horas de Mileto, paso de cabalgadura; más al norte, Claros, está en Jonia; y todavía más al norte aparece Eolia, que se enorgullecía del oráculo de Grinión. Por supuesto, todos estos cultos se encuentran en la franja helenizada de Anatolia, pues sólo así se explica que los griegos —por lo mismo que aceptaron al dios— lo hayan llevado de allí a la península helénica. (Argumento que los adversarios vuelven del revés: los jonios —dicen— son los que llevaron a Anatolia el culto griego de Apolo, a lo que a su vez contestan los asiatistas que esto no se compadece con la antigüedad reconocida de tal culto en Claros y en Dídima.) Cabe notar aún que los templos asiáticos de Apolo más conocidos en Grecia se encuentran en las colonias griegas más antiguas y estables, y que tales templos no se limitan a las regiones dichas, sino que están sembrados también por zonas interiores y alejadas de los focos helénicos: Iconio y Sínada, por ejemplo, donde las inscripciones asocian a Apolo y a Latona. En el Meandro superior, el culto "indiscutiblemente nativo" del Apolo Lerbeno ofrece caracteres propios, como la creencia en la impureza y los castigos temporales que el dios le impone, con la singular práctica antihelénica de la confesión escrita. Los argumentos no nos convencen del todo. Nos dejan en duda.

"el que embarca y el que desembarca", posiblemente para las expediciones coloniales; ya, en Amiclea (Laconia), el "jacinto" que se mustia y renace; ya, en varias otras partes, el que asea y defiende las cosechas; ya, en Feras (Tesalia), el criador de los rebaños de Admeto; ya, en diversas interpretaciones, un emblema de refulgencia y un morador de la Ciudad-Luz o viajero de la Vía Láctea; o bien es el lobo o el domador de lobos; o el amigo de los cuervos y de los cisnes, sus compañeros habituales; y tal vez se lo incorpora en un laurel sagrado o en una columna de piedra.

Seguramente la solución de todo ello no está en la síntesis, pues no admiten síntesis los hacinamientos del azar, sino en la resignada aceptación de todos los elementos dispares. Por suerte, aquí nos importa más Apolo que sus esbozos primitivos.

5. Hijo de Zeus y de Latona, gemelo menor de Ártemis, Apolo nace en Delos, sin duda sacudiendo peligrosamente el pobre islote, entre el pasmo de las deidades reunidas para saludar su advenimiento (cap. II, 6. 5). Al instante se muestra en plena capacidad combativa. Tras de fundar en Delos uno de sus principales sagrarios, recorre varios pueblos para escoger el lugar de su magno Oráculo. Da caza a la monstruosa Pitón, que por orden de Hera había perseguido a su madre, la acribilla a flechazos y le arrebata la posesión de Pito. Este lugar había sido hasta entonces un antiquísimo oráculo de la Tierra, propia condición de sitios cavernosos, culto ctónico o relacionado con la serpiente, de que Pitón es emblema. En la más antigua versión, el monstruo es de naturaleza femenina y carece de nombre. En cuanto a Pito, en adelante se llamará Delfos y será la más conocida sede de Apolo, superior a la misma Delos. Su tercer sagrario importante se encuentra en Dídima, junto a la ciudad de Mileto. Pero no hay que olvidar los Oráculos de Claros (Jonia), Grinión (Eolia), etc.

6. En los ritos de las Stepterias, celebrados de ocho en ocho años, solía quemarse una choza a la que se llamaba "el Palacio de Pitón". Un apuesto joven delfio de escogido linaje encarnaba o representaba a Apolo y, acompañado de ceremonioso cortejo, emprendía por la vía sagrada una larga caminata hasta el valle de Tempe (Tracia), de donde regresaba

purificado y coronado con el laurel del dios, planta mágica contra importunidades y maleficios. Este viaje simulaba el viaje de Apolo en persecución de la serpiente, que huyó hacia el norte muy mal herida, y también recordaba el destierro y la purificación ulterior de Apolo, que esta vez siguió la suerte de los homicidas vulgares. En los concursos de flauta, característicos de las Fiestas Pitias, el motivo sacramental era el combate del dios y el monstruo.

Las Stepterias conservan también la huella de los hábitos errabundos del dios, quien acostumbraba viajar anualmente, conforme al vaivén de las estaciones, entre Delfos y el País de los Hiperbóreos.

7. Pero ni siquiera hay acuerdo sobre el sitio de la legendaria Hiperbórea, mucho tiempo considerada como tierra septentrional. Ya no es posible saber de cierto si queda al Norte o al Nordeste, más allá de ciertos montes balcánicos, más allá de donde sopla el Bóreas, allende los enigmáticos Isadones y los Arimaspos de un solo ojo. Hay etimologías aventureras que vacían el escurridizo término de contenido nacional y traducen, por "Hiporbóreos", simplemente, "los que traen o acarrean" ofrendas, o sea *Perpherées*, como decían en Delos. Sin embargo, la tradición hacía de los Hiperbóreos unos hombres felices, parecidos a la gente de la Edad de Oro, y que la poesía confunde con los beatos de las Islas Bienaventuradas. Algunas veces enviaron sus sacros tributos hasta el templo de Apolo Delio, tributos confiados primeramente a las Vírgenes Hiperbóreas y luego, como éstas no regresaron, fueron transmitidos de pueblo en pueblo. Si de Abaris el Hiperbóreo se aseguraba que había recorrido todo el mundo sin probar bocado y llevando consigo la simbólica flecha áurea de Apolo, así podemos hoy decir que, en las distintas autoridades modernas, aquel fantástico lugar ha viajado por todos los puntos cardinales, sin exceptuar a España, Britania y China. ¿Por qué no añadir el nombre de América a la lista, como se ha hecho para la Atlántida, señores del embeleco erudito?

8. Una vez establecido Apolo en su Oráculo, conozcamos los rasgos sobresalientes de esta institución: el *Omphalós*, el Trípode y la Sacerdotisa.

   a) El *Omphalós*, Punto Central u Ombligo, es un bloque

marmóreo, aproximadamente cónico, un tiempo revestido de estuco, y perforado de arriba a abajo por algo como una daga de hierro, con inscripciones arcaicas que permiten reconocer en él un amuleto de la Tierra y comprueban la hipótesis de una remota relación entre Pito y la religión prehistórica de los cretenses: probable culto pétreo que procede de los tiempos egeos. Allí vinieron a juntarse las dos águilas de Zeus (o los dos cuervos o cisnes de Apolo), partidas de las dos extremidades del mundo. El arte suele representar el *Omphalós* como un monolito al que se enreda la serpiente Pitón, su guardiana de antaño.

b) Junto al *Omphalós*, centro de la geografía mística, se alza el Trípode sagrado, asiento ritual de la sacerdotisa. Pues se suponía que era más fácil recibir el influjo del dios a cierta altura del suelo. Sentada en el Trípode, la sacerdotisa se adormecía poco a poco entre los vapores de la gruta, caía en éxtasis y hablaba la palabra de Apolo. Diodoro, historiador tardío, refiere, en efecto, que las grietas rocosas exhalaban unos vapores embriagantes, los cuales, hace muchos siglos, comunicaron casualmente el enloquecimiento divino a un hato de cabras y a su pastor; de donde llegó a saberse que aquel sitio debía de ser un antiguo Oráculo de Gea. Según Esquilo, Gea cedió este Oráculo a su hija Temis; de ésta pasó "a otro hijo de Ctón", y finalmente, a Apolo. El que los vapores fueran causa de la embriaguez profética, aunque especie muy difundida, no pasa de ser una racionalización del rito.

c) La sacerdotisa delfia nos permite apreciar el caso más eminente del sacerdocio femenino. Ella conservó tradicionalmente el nombre de Pitonisa. Sin prueba ninguna, un moderno quiere considerarla como amante mística de Apolo. Más justo es decir que era su médium. Al principio, este cargo sólo podía recaer en una joven virgen. Ante una violación sacrílega, se prefirió en adelante a una anciana, fuera o no de condición virginal: lo indispensable era evitar que el amor se mezclara con el servicio religioso.

La Pitonisa, pues, dictaba sus advertencias y premoniciones en estado de sonambulismo, y sin duda de buena fe. Sus incoherencias eran reducidas a textos métricos por los sacerdotes, de suerte que siempre quedara a salvo la infalibilidad de Apolo. Más tarde, Aristóteles podrá burlarse, explicando que es un subterfugio socorrido, entre los adivinadores, el subir de la especie al género para dejarlo todo incierto: "¿Pares o nones?". . . Y el ungido, entre misteriosos rodeos, contestaba: "Saldrá un número."

Aunque del siglo v a. c. en adelante se manifiesta la declinación del Oráculo, todavía operaba sus portentos en el siglo iv de nuestra Era, bajo el emperador Juliano. En los tiempos de su apogeo, ejerció influencia preponderante aun sobre los negocios públicos de Grecia, no sólo sobre los asuntos privados: lo mismo en la política —inspirándose generalmente en ciertos ideales "dorios" o aristocráticos—, que en las empresas de colonización o en los arreglos particulares. Los héroes míticos se sometían constantemente a sus consultas. Los sacerdotes delfios, en trato con las más distintas poblaciones y la gente más varia —pues se acudía a ellos como a confesores, por ser los intérpretes de Apolo—, deben de haber atesorado una vasta experiencia. A través del Oráculo, ellos transformaron y depuraron la visión helénica del mundo y la orientación de la conducta. Es muy singular que, sin duda por reverencia al dios de que se creían inspirados, hayan borrado su nombre de la historia. Fueron los Grandes Gobernantes Desconocidos de la antigua Grecia.

9. Desde los días clásicos se dio en confundir a la Pitonisa con la Sibila. Pues ¿qué era o quién era la Sibila? Se pretende que una mujer así llamada, natural de Marpesos (Tróada), de Eritras (Beocia) u otro lugar, que mereció de Apolo la facultad de hacer profecías, *aunque* siempre enigmáticas. Esta reserva es característica del tema: también Casandra —otra troyana— podía dictar vaticinios ciertos, *aunque* desoídos por todos.

Los numerosos oráculos de Sibila alcanzaron gran difusión. "Sibila", nombre de probable origen asiático, se convirtió en nombre común para las mujeres afligidas de dolencia profética. Aparecieron Sibilas por todas partes. Debemos al latino Varrón la lista canónica de las Diez Sibilas: *1)* la de Persia, *2)* la de Libia, *3)* la de Delfos (supuesta hermana de Apolo), *4)* la Cimeria (que parece ser la misma de Cumas), *5)* la de Eritras (Herófila o Fito), *6)* la de Samos (Femone), *7)* la Cumana (Amaltea, autora de los Oráculos Romanos), *8)* la Helespóntica (sea la Eritrea o la Marpesia), *9)* la Frigia (que se confunde también con la Marpesia) y *10)* la Tiburtina (sincretismo del tipo helénico y de la Albunea romana, por quien, sin razón, se ha llamado Templo de la Sibila a una famosa ruina de Tívoli). Y todavía quedan por ahí la Sibila de Sardes (Lidia) y la Judaica o Babilónica (mezclada asimismo con la Marpesia y a quien se atribuyen las apócrifas revelaciones judeo-cristianas).

Estas mujeres inspiradas pertenecen a la familia del Bakis, tan popular durante la Guerra Peloponesia, y del Epiménides Cretense, supuesto reformador religioso de la antigua Atenas. Pertenecen al vetusto cortejo profético de los emisarios de Apolo, que hacían milagros, morían y resucitaban, disfrutaban de ubicuidad. Entre ellos, Hermótimo de Clazómene, Aristeas de Proconeso, el Hiperbóreo Abaris, caballero de la flecha de oro, el Pitágoras falsificado por la fábula, su esclavo Zalmoxis, deificado por los getas. Eran estos pintorescos sujetos algo como unos monjes vagantes al servicio de Apolo, y podemos situarlos entre los siglos VIII y VI. Como fuere, la Pitonisa de Delfos nada tiene de común con ellos ni son las Sibilas.

10. Es tiempo de abordar los mitos de Apolo. Lo hemos visto dar muerte a los Aloades y, en defensa del honor de su madre, al gigante Titio: hazañas y venganza en que ya aparece solo o ya acompañado de Ártemis. Más terrible aún es la venganza de ambos hermanos contra Niobe. Era ésta una hija de Tántalo, madre a su vez de siete hijos y siete hijas. Tan prolífica como satisfecha, tuvo la osadía de menospreciar a Latona, que apenas había dado a luz un par de mellizos. No fue lejos por la respuesta: Apolo asateó a los hijos de Niobe, y Ártemis hizo otro tanto con las hijas. Niobe lloró largamente y el dolor acabó por convertirla en piedra, de donde seguía manando la fuente de sus lágrimas. Siglos después, los viajeros admiraban todavía el monolito legendario, laderas del monte Sípilo (Frigia).

11. El resto de la mitología de Apolo casi se reduce a sus amores y sus desafíos artísticos. Cuanto a los primeros, Apolo fue poco afortunado. Sólo la veneración que merecía explica que el drama satírico no lo haya hecho blanco de sus burlas, como se atrevió a hacerlo con otros dioses y con Héracles especialmente. Sin embargo, en el *Ion* de Eurípides no puede

decirse que represente un papel muy airoso. Entre los amoríos de Apolo, hay dos fábulas que se enlazan con el tema de la resurrección: la de Asclepio, la de Admeto y Alcesta.

12. Apolo amaba a Coronis. Ésta lo enganaba con el arcadio Isquis. Los delató el cuervo doméstico de Apolo, y el dios se apresuró a dar muerte a la infiel, o encargó de ello a Ártemis. Arrepentido, quiso todavía salvar a Coronis. Era ya demasiado tarde: sólo le fue dable salvar al hijo que la infeliz llevaba en el seno. (Recuérdense los casos de Atenea y de Dióniso.) Desesperado, Apolo descargó su ira contra el cuervo, ennegreciendo su plumaje, hasta entonces blanco.

Este hijo de Apolo y Coronis es Asclepio. Antes de la fijación de su fábula, Asclepio pudo haber sido un semidiós o un dios serpiente. Aquí no nos detendremos en este punto controvertido. El niño fue confiado al probo centauro Quirón, maestro y educador de muchos héroes. Por herencia de su padre y por las sabias enseñanzas del preceptor, Asclepio llegó a ser un médico famoso.

Se desposó con Epione, que otros llaman Jante, y parece que ambos vivían en Tike (Tesalia). Dos hijos suyos, Macaón y Podalirio, son, en la *Ilíada*, los cirujanos militares de los aqueos. Pero allí aparecen como simples mortales, al igual de su padre Asclepio; pues éste no ha sido aún deificado en Homero ni en Píndaro. Se le atribuyen, además, varias hijas, que ya pertenecen al mito: Higia (la Salud), Yaso (la Curación), Panacea (la Sánalotodo); y también un hijo, Telesforo (el Consumador), frecuentemente asociado al culto de su padre. Los atenienses le atribuyen otro hijo llamado Aceso (el Remedio).

Conviene recordar de paso que, en tiempos históricos, el culto de Asclepio como patrono y protector de la medicina, cuya sede principal estaba en Epidauro, gozó de prestigio universal. Sus templos, muy numerosos, eran verdaderos sanatorios. Las curas místicas se fundaban en la interpretación de los sueños, lejano antecedente del psicoanálisis. La medicina hipocrática, más directamente científica, también se extendía entonces por toda Grecia, pero sin rivalizar con el hijo de Apolo, al que no regateaba sus fueros. En 293, como recurso contra una epidemia, la devoción de Asclepio fue llevada a Roma, donde el nuevo dios será adoptado bajo el nombre hoy más conocido de Esculapio. Pero volvamos al mito.

13. Cuando murió Hipólito, su diosa protectora, Ártemis, logró, a fuerza de presentes y ruegos, que Asclepio lo resucitara, controvención que indignó a Zeus, quien fulminó a Asclepio con su rayo. Como se generalizara esta práctica, pensó el Olímpico, en poco quedaban las desmesuras de Prometeo. No atreviéndose contra Zeus, Apolo vengó la muerte de su hijo dando muerte a los forjadores del rayo, a los Cíclopes. Zeus le aplicó la sanción de los delincuentes comunes (repitiéndose así el caso de la purificación a que se vio sometido tras haber matado a la serpiente Pitón). Ahora Apolo quedó desterrado del Olimpo durante un año, y obligado, entretanto, a servir a las órdenes de un mortal. Tal fue Admeto, rey de Feras (Tesalia), en quien Apolo encontró un amo benévolo, que dulcificó e hizo llevadera su condena. El dios, agradecido, quiso pagarle de algún modo. Sabedor de que las Moiras tenían ya decretada la próxima muerte de Admeto, las embriagó y obtuvo de ellas que permitieran a Admeto una existencia más prolongada, a condición de que alguien accediera a morir en su lugar y cubrir el turno, haciéndole donativo de los años que aún le quedaran por vivir; idea mágica que, en Ovidio, Jasón propone en vano a Medea, pues ella lo considera imposible. Pero, tratándose de un dios, todo es hacedero. Feres y Clímene, padre y madre de Admeto, se negaron a sacrificarse por su hijo. En cambio, Alcesta, hija de Pelias y esposa de Admeto, lo aceptó de buen grado, plegándose a las nociones del tiempo, según las cuales el varón era más valioso que la mujer.

Admeto lloraba ya la muerte de Alcesta, cuando apareció por su palacio el infatigable Héracles, quien a la sazón se encaminaba en busca de las yeguas de Diomedes el Tracio. Para no quebrantar las leyes de la hospitalidad y recibir a Héracles dignamente, Admeto quiso hacerle creer que la desaparecida no era su esposa, sino alguna amiga de la familia. Héracles descubrió la verdad y, en un hermoso arrebato, montó guardia ante la tumba reciente, luchó a brazo partido con Tánatos, el genio mortal que ya venía en busca de su presa, y lo obligó a abandonarla. Alcesta fue devuelta a los suyos y a la felicidad de su hogar.

14. Estos relatos de dos sucesivas resurrecciones (Hipólito, Alcesta) dejan sentir su carácter puramente folklórico en la crudeza de sus rasgos —embriaguez y soborno de los Destinos, materialidad de la Muerte—, en el asunto mismo —recuperación del amante perdido, tema cuya manifestación más antigua se encuentra en la fábula egipcia de Tamuz e Istar—, y hasta en la multitud de variantes de que citaremos unas cuantas:

a) Que Ártemis trasladó a Arica el espectro de Hipólito, el cual fue adorado allá bajo el nombre de Virbio, servidor de Diana (versión latina).

b) Que Apolo fue condenado a servir a Admeto, no por la muerte de los Cíclopes, sino por la muerte *1)* de la serpiente Pitón, o *2)* de Ífito, la que en general se achaca a Héracles.

c) Que Asclepio resucitó *1)* a las hijas de Preto, *2)* a un anónimo, *3)* a cierto héroe: Tindáreo, Capaneo, Glauco (tal vez el hijo de Minos), Himeneo (versión órfica), Licurgo u Orión, etc.

d) La historia de Héracles y Alcesta fue recogida por Eurípides tal como la hemos contado más o menos; pero Hesíodo la refiere de otra manera: Pelias ofreció la mano de su hija Alcesta a quien fuese capaz de uncir en el mismo carro a "un jabalí" y a un león, y Admeto lo consiguió gracias a la ayuda de Apolo. El día de la boda, Admeto se olvidó de ofrecer un sacrificio a Ártemis, diosa singularmente susceptible a estos desaires, como lo muestra su enojo contra Eneo, cuyas tierras mandó devastar por "un jabalí": el Jabalí de Calidón. Al entrar Admeto en su cámara, se encontró, diríamos, con la tarjeta de visita de la diosa en forma de un montón de serpientes, auncio de su muerte cercana. En cuanto a la resurrección de Alcesta, Hesíodo dice *1)* que Kora la devolvió a la vida, *2)* que Héracles la arrebató a Hades, quien ya la tenía recluída en su mansión.

A pesar del evidente sabor folklórico de esta leyenda, la aberración exegética ha pretendido ver en Admeto un dios de la muerte o un dios solar, manía ésta que llegó al extremo de convertir a Napoleón en mito del Sol y de que afortunadamente ya se ha curado la ciencia. Pero ¿no se ve que, de ser Admeto un antiguo dios, la historia perdería su sentido?

15. Las pretensiones de Apolo sobre la ninfa Dafne, la Virgen Laurel, son objeto de una fábula tardía que ha corrido con singular fortuna. La hemos aludido en la Introducción (§ 7). Era Dafne hija del río Ladón (Arcadia) o del río Peneo (Tesalia), o de Amiclas, el hijo de Lacedemón y Esparta, todos héroes epónimos. Buena discípula de Ártemis, la ninfa rechazaba toda solicitación amorosa. Leucipo, hijo de Enomao, el rey de Pisa, se mezcló entre las ninfas con disfraz de mujer, a fin de poder frecuentarla. Apolo inspiró a Dafne la idea de convidar al baño a sus compañeras. Descubierto el ardid, las feroces cazadoras dieron muerte a Leucipo. Desembarazado ya de su rival, Apolo no disimuló más sus intentos, y Dafne, mientras huía de él a todo correr, pidió amparo a Zeus, o a su padre Peneo, o a la Tierra que algunos consideran como su madre, y quedó al instante metamorfoseada en laurel. El cuento también ha sido referido a Antioquía, junto al Orontes, en cuyo suburbio de Dafne hubo un célebre santuario de Apolo.

16. Marpesa "la de lindos tobillos" —como la llama Homero— era hija de Eveno, hijo a su vez del dios Ares y de una mortal. Idas, el rey más poderoso en su tiempo, logró arrebatarla a su padre. Éste persiguió a la pareja sin poder nunca darle alcance, porque Posidón había prestado a Idas un carro de caballos alados. Desesperado el perseguidor, dio muerte a sus brutos y se arrojó al río que en adelante había de llamarse el Eveno. Idas y Marpesa se refugiaron en el país de los mesenios. Pero Apolo, por propio impulso o por mandato de Zeus, llegó en persecución del raptor, quien, sin temor a su condición divina, lo recibió a flechazos. Sucede que Apolo, prendado de la princesa, la quería para sí. Mucho debe de haber sido, en efecto, el poder de Idas, cuando Zeus consideró prudente intervenir en persona a modo de amigable componedor, y dictaminó que la propia Marpesa escogiera entre los dos pretendientes. Ella tuvo el acierto de preferir al esposo humano, porque —dijo— Apolo, como dios, no envejecería nunca y acabaría por desdeñarla, en tanto que Idas estaba destinado también a envejecer con ella.

17. La triste profetisa Casandra (o Alejandra), hija del rey Príamo, es otra víctima de Apolo. El primero que la menciona como vidente es Píndaro. La princesa troyana, como

lo hemos dicho, recibió de Apolo el dón profético; pero, como se negara a su amor, el dios, no pudiendo retirarle ya un presente divino, la condenó a no ser escuchada nunca: nadie le daba crédito, y en vano anunciaba las catástrofes a su puebo. Es una de las figuras más trágicas y sombrías de la leyenda griega. Se mantuvo en estado de virginidad sagrada hasta el día del saqueo de Troya. Entonces, entre el tumulto y el incendió, fue inicuamente violada por Áyax de Oileo, por lo cual el pueblo de éste —los locrenses de Opunto— se vio condenado a enviar anualmente a Troya algunas vírgenes de las Cien Casas, las familias más linajudas, para servidoras del templo de Atenea, al que se había acogido Casandra y que Áyax desacató en su aturdimiento. Los troyanos tenían derecho de matar a estas doncellas si las sorprendían durante el viaje. Este castigo fue decretado por un término de mil años. Y, en efecto, los testimonios históricos permiten afirmar que el tributo de los locrenses se mantuvo hasta los comienzos de la Era Cristiana. El destino ulterior de Casandra pertenece ya a la sola tradición poética: incorporada al botín de Agamemnón, fue a caer al lado de éste, en llegando a Argos, bajo el cuchillo de Clitemnestra o de Egisto.

18. Como se dejó entender páginas atrás, la fábula de la Sibila de Cumas ha recibido el contagio del episodio de Casandra. Ovidio dice que Apolo ofreció la inmortalidad a la Sibila a cambio de su amor. En todo caso, accedió a concederle el dón que ella pidiera. La Sibila le pidió vivir tantos años como granos había en un puñado de arena. Pero no se cuidó de pedirle, al mismo tiempo, el dón de la juventud inmarcesible, caso semejante al de Titono, el troyano amante de Eos, que ya dejamos mencionado. Y la Sibila, siempre reacia a los requerimientos de Apolo, vivió mil años, habiendo alcanzado una inconcebible vejez que casi la convirtió en insecto, y guardada en una ampolla o frasco donde no hacía más que divertir a los niños: "¿Qué quieres, Sibila?", le preguntaban éstos, y la pobre contestaba invariablemente: "Sólo quiero morir." Singular rasgo folklórico que nos recuerda el juego infantil del campo argentino: "Mamboretá, ¿dónde está Dios?" Y el animalito levanta siempre la cabeza, como si contemplara el cielo, que es su movimiento acostumbrado.

19. Entre las leyendas locales de Grecia, hay dos donde,

por fin, Apolo alcanza sus anhelos. Una es la leyenda de Ion, que expondremos más adelante: según la versión de Eurípides llegada a nosotros, el dios se porta fraudulentamente con su amante Creusa y con su marido, el pobre Juto. Otra es la leyenda de Cirene, que de una vez vamos a contar.

Cirene era nieta del río Peneo e hija de Hipseo y de una Náyade, hija a su vez de la Tierra, que también se llamaba Creusa. Denodada cazadora, Apolo se enamoró de Cirene al verla combatir sin armas y cuerpo a cuerpo con un león. La montó en su carro de oro y la transportó desde el Pelión hasta la tierra africana que había de recibir el nombre de Cirene, donde ella dio a luz un diosecillo silvestre, Aristeo, inventor de labores y pasatiempos rurales.

Aristeo se enamoró de Eurídice, la esposa de Orfeo. Ella, para esquivar sus importunidades, se metió en un soto y murió a consecuencia de la mordedura de una serpiente. En venganza, las Dríadas, hermanas de Eurídice, hicieron perecer todas las abejas que criaba Aristeo. Éste pidió consejo a su madre, quien, a su turno, lo remitió a la sabiduría de Proteo. Ya hemos dicho que este dios no sabía mentir, pero conviene añadir ahora que solía esconderse, cambiando de forma, para no ser interrogado. Así lo hizo un día ante las preguntas de Menelao, y así lo hizo con Aristeo, al cual acabó por explicar la causa de la plaga que había destruido sus enjambres. Aristeo se apresuró a apaciguar a las Dríadas, y de pronto las abejas empezaron a reaparecer en el esqueleto abandonado de un buey: posible confusión entre la abeja y la mosca llamada *Eristalis tenax;* pues parece fatalidad de la abeja el que las fábulas la confundan: La Fontaine, según Fabre, le atribuye las condiciones del grillo. . .

20. Para que nada falte, Apolo tiene que sufrir, no sólo por sus amores sino también por sus amistades. Recordemos el caso de la rivalidad entre Jacinto y Céfiro, que costó la vida al primero y que es sin duda un mito etiológico inventado en Amiclea para explicar la incorporación de Jacinto al culto de Apolo. Céfiro, celoso de la preferencia que Jacinto manifestaba por Apolo, hizo que éste le diera muerte sin querer, soplando sobre el disco que el dios acababa de lanzar al aire, cuando ambos se divertían en su deporte favorito. Apolo hizo entonces deificar a su amigo muerto, el cual fue transforma-

do en la flor que lleva su nombre: sin duda un jacinto diferente del que hoy conocemos, puesto que era de color rojo y estaba marcado por la sangre de la víctima con las palabras lamentosas AI-AI. Por lo demás, el Jacinto de esta fábula es un doncel, y el de la tradición arcaica aparece, en la efigie cultual, como un hombre hecho y barbado.

21. No hemos agotado las fértiles leyendas de Apolo. Corresponde ahora recordar los casos de sus competencias musicales, dejando aparte por ahora la muy dudosa disputa con Eurito, su nieto, sobre el tiro del arco.* Apolo compitió un día con Pan, y otro, con el sátiro Marsyas. Algo dijimos ya de Marsyas (II, 5, 5). Marsyas recogió la doble flauta inventada y luego desdeñada por Atenea, en razón de que le deformaba los carrilos, y llegó a ser tan consumado flautista que se atrevió a desafiar a Apolo. Éste aceptó, pero a condición de que el vencedor dispusiera del vencido a su antojo. Y, declarado triunfante, desolló vivo a Marsyas y colgó su piel de un árbol. La sangre y las lágrimas del sátiro dieron nacimiento al río de su nombre.

Diodoro Sículo sitúa este episodio en Nisa y hace de Marsyas un nativo de Frigia, inventor de la flauta con agujeros y fiel camarada de la diosa siria Cibeles, a quien atribuye la creación de la flauta doble. Según esta versión, Marsyas venció a Apolo en la primer prueba del concurso, pero, en la segunda, Apolo no solamente extremó aún la música de su cítara, sino, que además, cantó como él sabía hacerlo, asegurándose de este modo la victoria. Marsyas alegaba que el desafío era sobre el tañer de los instrumentos únicamente, que no debía tomar en cuenta el canto, y que Apolo había violado las reglas, pues no era legítimo oponer dos artes contra una. Apolo replicó entonces que así como Marsyas se había valido de la boca para emitir el soplo, él también lo había hecho para emitir la voz.

22. Apolo fue otra vez desafiado por el dios Pan. Ambos se sujetaron al fallo de Tmolo, genio epónimo del monte lidio así llamado. El juez dio el triunfo al dios de la lira, pero Midas, el rey frigio, se empeñaba en que el premio se concediese a Pan. Apolo, en castigo, le puso un par de orejas de asno. Midas disimulaba su deformidad con el turbante,

* Ver p. 568, *n*.

pero no tenía más remedio que quitárselo para hacerse el pelo. El barbero, parlachín como todos los de su oficio, guardaba el secreto a duras penas. Un día, para desahogarse de algún modo, cavó un pozo en el campo y ahí se hartó de gritar a voz en cuello: "¡El rey Midas tiene orejas de asno!" Nunca lo hubiera hecho: del pozo brotaron unas cañas que, al silbar con el viento repetían la revelación fatal.

23. Tras el examen anterior, es ya innegable que los mitos van por un camino, y por otro la representación religiosa de las deidades. El divorcio llega a ser muy claro: las chuscadas y las crueldades de la fábula son inconciliables con la majestad y la nobleza simbólica de Apolo. Nadie que sólo conozca los mitos puede sospechar la excelsitud del sumo consejero, perfecto moderador y helenizador de Grecia, de su espíritu, su religión y sus costumbres. Apolo transformó en himno el alarido, el arrebato frenético en serena inspiración divina, la contorsión epiléptica en limpio éxtasis de provechosos efectos, y todavía sustituyó a la salvaje *vendetta* la pena institucional del Estado. Con razón se lo ha entendido como el principio intelectual que, al domesticar y reducir casi a su servicio el culto orgiástico y las dionisíacas exorbitancias, salvó a su pueblo, orientándolo por la recta senda y evitando así que se hundiera prematuramente en una catástrofe de barbarie.

2

Persona, nombre y funciones de Hermes. Su madre Maya. Hermes y Apolo. Batos. Himeneo. Hermes y Hera. Solicitud de Hermes. Sus amores con mujeres, ninfas y diosas. Su progenie: Sísifo, Pan, Dafnis. Hermes, Afrodita, Príapo y Hermafrodito. Hermes y Argos. El simpático Hermes.

1. *Como el dibujante,* después de trazar una figura, suele divertirse en modificarla un poco, cambiar su actitud, añadir esto y quitar aquello, así parece que la imaginación griega se haya dicho: Retoquemos el tipo de Apolo y veamos lo que resulta; rejuvenezcámoslo aún; sea menos musculoso y más ágil; hagámoslo menos imponente y más cercano a los hombres, menos grave y hasta decididamente travieso.

Y el resultado de estos retoques fue Hermes, dios menor en la Familia Olímpica, mediador por excelencia entre cielo y tierra, adicto frecuentador de la morada humana, con quien por eso mismo es fácil tropezar a cualquiera vuelta del camino. Puede ser que Hermes ande por aquí cerca y no lo sepamos. Odiseo, en la gruta de Calipso, ocupa el sitial donde unos minutos antes se hallaba sentado el dios Hermes. Homero lo declara así con pulcra sobriedad poética. Nosotros, al leerlo, sentimos el escalofrío de lo sobrenatural cotidiano. Como hoy decimos que pasó un ángel cuando sobreviene un silencio súbito en la conversación, los griegos solían decir: "Aquí anda Hermes."

Su versión en tierra italiana fue el dios Mercurio, ora sea éste una mera proyección de la deidad griega, ora el patrono indígena de la mercadería o mercería (*merces*), adaptado de cualquier modo a la figura de su modelo, para así alcanzar mayor dignidad poética.

Y quien puso nombre de "mercurio" al azogue (metal conocido ya en los últimos tiempos de Grecia como "hidrargiro" o *argyros chitos*, y del que nos hablan ya Teofrasto y Dioscórides) tuvo una feliz inspiración. Pues hay, en aquel ser divino, el brillo, el dón de la metamorfosis, la vivacidad provocante a risa y aun la facilidad de mezclarse con sustancias más nobles —oro, plata— que también hallamos en el azogue: que a tanto equivale, prácticamente, servir a las órdenes de Zeus o de otros dioses más evolucionados en el orden moral. Los monumentos representan a este patrono de ganaderos con un cordero a la espalda como el Buen Pastor.

2. El nombre de Hermes no es griego; y como se ha supuesto que nació en Arcadia, donde siempre se lo veneró especialmente entre rústicos y pastores, bien puede ser que proceda de alguna adoración vetusta y local, anterior a los arcadios mismos, con preciarse ellos de un abolengo más viejo que la aparición de la Luna.

(Recordemos de paso al llamado Hermes Trismegisto tardía falsificación filosófica, disfraz helenizado del Tot egipcio, a quien se atribuye el origen de toda ciencia y que es, al mismo tiempo, una imagen de la necromancia y un maestro del esoterismo, la astrología, la alquimia y demás conocimientos "herméticos". A este filósofo real e imaginado se debe la singular transformación semántica de lo "hermético" lo incomunicable y cerrado, cuando el auténtico Hermes fue dios de las expresiones, las transacciones y los comercios de todo orden, como ahora vamos a explicarlo.)

3. El concepto de Hermes ofrece variadas facetas, rasgo general que ya conocemos en los demás dioses, pero que aquí se aprecia con especial nitidez. Para describir estas facetas, lo más conveniente es escalonarlas en un proceso que asciende de la piedra hasta el alma, aunque sin atribuir a esta serie un sentido estricto de evolución cronológica, pues los dioses no se fabricaron conforme a método.

a) Hermes, por mucho, es un espíritu de la piedra y se emparienta con el Terminus de los romanos. Está en los montones que señalaban ciertos hitos de los caminos, para marcar zonas peligrosas y sagradas, como está en los característicos monolitos que hartas veces lo representan: las "hermas" a que ha dado su nombre. Eran las hermas una suerte de mojones cuadrangulares, ahusados hacia arriba, coronados por una cabeza humana y que ostentaban generalmente un apéndice fálico, insignia de la fertilidad.

b) Tal fertilidad abraza en uno las ideas de lo agrícola y lo pecuario, y llega hasta la procreación de los hombres. Si las hermas cuidan los campos es porque también los abonan de alguna manera espiritual. Y la relación del dios con los elementos naturales se manifiesta en el hecho de que alguna vez se le haya atribuido la invención del fuego; por donde suelen hacerlo encargado de la cocina olímpica. En su carácter de ganadero —que también nos lleva, generalizando el caso, a considerarlo dispensador de todo "peculio", "pecunia" y riqueza—, percibimos su cercanía con su medio hermano Apolo, en su condición de Apolo Nomio. En cuanto a la incumbencia de Hermes relativa a la fecundidad humana, baste recordar que su más antiguo símbolo y monumento ha sido el atributo viril, y que siempre se le dedicaron cultos fálicos de curiosa apariencia.

c) La riqueza no sólo es agricultura y ganadería: también es tráfico, también obtención de bienes por lícitas o por malas artes, y finalmente, es azar dichoso. Todo ello lo gobierna Hermes: negocios, comercio, hallazgo de tesoros, y aun su poco de ratería y de hurto; que, cuando hay talento y maña, no deja de hallar gracia a los ojos del pueblo griego.

Lo invocaba o le rendía tributos el que salía bien en la venta de un cargamento marítimo, el que encontraba una moneda perdida en la calle, el que se desempeñaba con suerte en cualquier lucro menos limpio.

d) Ahora bien, no hay negocio si no hay buen trato, labia, persuasión y discurso, aun eso que suele llamarse "bernardinas" y antes se llamó "berlandinas" (¿del francés *berlue, berlandier*, "bribonada" y "gente de garito"?). La bernardina no está lejos de ese chorro de palabras sólo encaminado a embaucar y que en México, por referencia a nuestro célebre cómico, llamamos "cantinflada". Luego Hermes será asimismo el distribuidor de las lenguas, genio del buen decir, dios de la elocuencia, amigo de la sociedad y el trato, consejero en las deliberaciones y asambleas, con su miga de charlatán. Y de este arte del buen decir sólo hay un paso hasta la recitación, y de ahí, a la música, que cae también dentro de su imperio. ¡Como que Hermes fue inventor de la lira!

e) Pero ¿qué buen trato, qué arte de palabras, qué pericia en la música donde no hay educación? Por lo cual, si no un pedagogo precisamente, el dios será afecto a los muchachos y efebos, y en todos los gimnasios se veía su imagen o su herma.

f) Sin duda la función más típica de Hermes es ser mensajero de los dioses, y singularmente de Zeus. No es raro que se lo llame por antonomasia el Mensajero. Y, como a heraldo o embajador, se lo representa con el caduceo o *kerykeyon* en la mano. Admirémoslo en el instante crítico, tal como lo esculpió Praxiteles: el dios, todavía sentado, aparece pronto a dar un salto para lanzarse a los espacios en cumplimiento de una orden divina, otros creen que está descansando. Hasta se le ponen alas en las sandalias a fin de facilitar sus viajes. (En las sandalias, no a las espaldas; que los dioses clásicos no tuvieron alas naturales, y se transportaban por los aires mediante la levitación o el tranco gigantesco; y el dotarlos de alas como a las aves es ya una contaminación asiática, llamada sumariamente "persa".) A menos que, en el caso de Hermes, las alas de las sandalias sean una convención para dar a entender la velocidad con que se transporta de uno a otro sitio, o un residuo de las epifanías volátiles que encontramos en la Creta prehistórica. Tal vez Hermes tendrá que ir muy lejos, hasta aquel término de los mares que habita la enamorada Calipso, la golosa y la celosa del viajero Odiseo, lugar tan distante que el mismo dios llega cansado. Por eso también se guarece contra los ardores del sol con un *pétasos* o sombrero de caminante.

g) Al servicio de peón caminero, que hemos señalado ya como el más elemental de sus rasgos, se refiere igualmente su encargo de cuidar al viajero y guiarlo por los pasos difíciles. De que nos da muestra la temerosa jornada nocturna del anciano Príamo hasta la tienda de Aquiles, a procura del cadáver de Héctor. La *Ilíada* no podía encontrar mejor carrero que Hermes para que el viejo, en trance apurado, sorteas las dificultades de su aventura. En la *Odisea*, Hermes proporciona al héroe una planta mágica y lo instruye sobre la manera de usarla para resguardarse contra los accidentes del viaje.

h) Pero este servicio no se limita a las cosas terrenas, y aquí es donde Hermes revela su más alto oficio trascendental. Puesto que va y viene entre cielo y tierra, puesto que conoce todos los caminos como la palma de su mano y gusta de conducir a los hombres, ni en la muerte los abandona: es el Psicopompo, el que cuida de llevar las almas hasta su mansión ultraterrestre. Y así, sobre el chico de la casa, sobre el dios juvenil, recae la tarea de ir hasta la estación para acarrear a los huéspedes. Y también es posible que lo califiquen para este encargo sus relaciones subterráneas con la fertilidad, su parentesco ctónico, su aptitud para hacer de correo entre todas las regiones celestes, terrestres e inferiores. De donde se lo confunde con Kasmilos o Kadmilos, uno de los Cabiros que conoceremos más adelante.

4. Es hijo de Zeus y de Maya, aquella diosa evanescente, hija de Atlas, a quien hemos mencionado ya al hablar de las consortes de Zeus. El himno Homérico traza la aparición de Hermes con una magistral pincelada: "Nació al amanecer, a medio día ya estaba tañendo la cítara, y al caer la tarde robaba las vacas del Flechador Apolo." Y continúa el himno: "Esto aconteció el cuarto día del mes, cuando lo dio a luz Maya la venerable. Apenas surgido de las inmortales entrañas, en vez de quedarse recogido en la sagrada cuna, se lanzó

485

en busca de las boyadas de Apolo." A la salida de la cueva, halló una tortuga, le dio muerte y, con su carapacho, unas cañas, una tira de cuero de buey y unas cuerdas de tripa de oveja, fabricó la primera cítara o lira.

Cuando se cansó de su juguete, decidió encaminarse a Pieria, donde sustrajo cincuenta reses de los ganados de Apolo, y las obligó a andar hacia atrás, haciendo él lo propio y calzándose unas como "raquetas" o ramas vegetales para más confundir las huellas. (El hacer recular a los animales tirándolos por la cola es tema folklórico sin ninguna significación religiosa.) Al pasar por Onquesto, encontró a un viejo viñador y le recomendó que no lo delatara. En la Pilos Trifilia dejó reposar el ganado y lo ocultó. Hizo fuego frotando un leño y sacrificó dos reses conforme a los ritos; tiró sus sandalias al Alfeo, apagó las brasas, estuvo esparciendo las cenizas a la luz de la luna, continuó su viaje y amaneció en las alturas de Cilene, donde volvió a acurrucarse inocentemente en la cuna.

Maya, espantada, lo esperaba. Él le dijo, aunque en términos más poéticos: Yo sé mi cuento. Déjame hacer que, gracias a mis industrias, en vez de vivir aquí olvidados hemos de alternar con los Olímpicos y gozaremos de bienestar y respeto. Seré tan venerado como lo es el propio Apolo; y si él se atreve a reclamarme, entonces violentaré su morada de Pito y le arrebataré sus tesoros.

Al día siguiente, en efecto, apareció Apolo, prevenido por el viejo de Onquesto. Hermes se defendía de su cólera: —¿Yo, una criatura, haber robado tus reses? ¡Si todavía no sé lo que es una res!— Apolo tomó en brazos a Hermes; pero éste, para librarse, "dejó escapar un augurio, obrero atrevido del vientre, nuncio abominable", y luego estornudó estrepitosamente. Apolo, alarmado, lo dejó en el suelo al instante, y el niño lo siguió, sumiso, atándose los pañales a las orejas. —¿Adónde me llevas? —¡A presencia del padre Zeus para que él nos juzgue!

Los ardides y tretas con que el niño se defendía hicieron reír a Zeus, quien, sin embargo, le obligó a devolver el hurto. Pero parece que, entretanto, Hermes se las había arreglado para sustraer el arco y la aljaba de Apolo, sin duda a modo de precaución.

486

Apolo no volvía de su asombro, y más cuando, al llegar ambos a Pilos, vio, por los cueros tendidos, que una criatura en pañales había sido capaz de abatir y desollar dos vacas. Hermes se aprovechó de ese instante propicio, sacó su cítara y entonó sus cantos. Después, la ofreció como presente al deleitado Apolo y sobrevino la reconciliación.

Ambos pactaron amistad leal; Apolo obtuvo para su medio hermano menor —"que había recibido de Zeus la honra de hacer permutables los trabajos de los hombres", es decir, el dón del comercio— algo como el privilegio olímpico e infinitas mercedes. Le dio un hermoso látigo, lo encargó de cuidar sus vacas, le otorgó imperio sobre animales y fieras (propia función del guardián del campo), y aun le concedió cierto limitado poder de adivinación. Efectivamente, en el oráculo de Fares, el fiel invocaba a Hermes, se taponaba las orejas mientras atravesaba el mercado, y después, la primera palabra o frase que oía era su augurio: *kleedoón* o adivinación por las expresiones casualmente escuchadas, de que viene a ser una moderna transformación poética la página de Mallarmé a propósito de *la penultième*.

—Por la buena —decía Hermes— todo se puede obtener de mí. —Y ofrecía a Apolo garantizarle la proliferación de sus manadas y la riqueza de sus tierras. Y Apolo, embobado, le hizo todavía presente del caduceo, insignia de mensajero divino que la poesía tiende luego a transformar en varita mágica, y en que algunos han querido ver una rama florecida, símbolo de fertilidad. Hermes arrojó un día su vara sagrada entre dos serpientes que peleaban, y éstas se enredaron en la vara, lo que dio su forma definitiva al caduceo. Así conformado, el caduceo vino a ser insignia del comercio.

5. Las variantes de este cuento nos dicen que Apolo era tan aficionado al joven Himeneo que se pasaba el día en su casa. Hermes, viendo distraído a Apolo, adormeció con una droga a los perros y logró robar el ganado. Cuando ya escapaba con él, lo sorprendió un viejo campesino, Batos (el Parlanchín: ¿es ya el Bato de las "Pastorelas" modernas?), quien se obligó a callar a cambio de una vaca que le obsequió Hermes. Pero éste, no muy seguro de la discreción del viejo, se disfrazó y vino en persona a pedir informes sobre el hurto, ofreciendo a Batos una recompensa por la delación. Batos le

contó lo que había visto, y Hermes lo castigó dejándolo transformado en roca, venganza a que era aficionado por el recuerdo de su primitiva condición pétrea.

6. Como apenas mencionaremos en adelante a este Himeneo, es preferible que de una vez conozcamos lo poco que sobre él debe aquí referirse. Era hijo de Magnes, el héroe epónimo de Magnesia, de modo que era nieto de Argos el hijo de Frixo. Ya sabemos que su historia se confunde a veces con la de Hipólito, en cuanto al episodio de su resurrección por obra de Asclepio. Pero no pasa de ser una vaga figura, engendrada acaso por el grito nupcial, como queda dicho en la Introducción. El mito de Himeneo nunca llegó a definirse. Éstos suponen a Himeneo hijo de Apolo y de una Musa; aquéllos lo asocian con Lino o Yalemo, otras personificaciones de gritos rituales. Yalemo era un canto fúnebre, y Lino, un canto melancólico que, al parecer, lloraba la muerte de los racimos de uvas. (*Véase* "Lino" en la Segunda Parte.) Quienes tienen a Himeneo por hijo de Dióniso y Afrodita lo relacionan con la fertilidad.

El Himeneo de la leyenda ateniense persiguió a su enamorada, disfrazado de mujer, en una procesión eleusinia y salvó a todos los peregrinos de un asalto de los piratas. Se le concedió la mano de su novia y fue tan feliz en su matrimonio que quedó la costumbre de invocarlo siempre en las bodas. Los cantos ceremoniales que acompañaban el traslado de la novia desde la casa paterna hasta el nuevo hogar solían nombrarlo después de cada estrofa o fragmento.

La variante lo hace morir el mismo día de sus nupcias bajo el derrumbe de un techo, y el sentido de la invocación sería entonces algo como un exorcismo contra las desgracias posibles del matrimonio.

El arte lo representa como un joven de aire afeminado que, dotado de un par de alas, vuela cubierto por un velo nupcial y blandiendo una tea encendida.

7. Volviendo ahora a nuestro Hermes, y aunque las distintas fábulas carecen de conexión entre sí, podemos figurarnos que, si bien Apolo le ofreció incorporarlo en la tropa de los Olímpicos, todavía el diosecillo tuvo que aguzar su ingenio para ser admitido. A este fin, según cierta tradición recogida por Nono, se disfrazó bajo los rasgos de Ares, hizo

que Hera lo tomara por su propio hijo y acabó por lograr que ella misma reclamara el derecho de adoptarlo como su criatura; no pequeño triunfo, si se considera la inquina con que la reina del Olimpo perseguía siempre a los bastardos de Zeus. En cuanto empieza la carrera olímpica de Hermes, ascendido desde la categoría de dios menor gracias a su simpatía y a su astucia, Maya desaparece, confundida entre las sombras de los orígenes.

8. Hermes sabía ayudarse a sí mismo, pero también a los demás; cumple puntualmente los mensajes olímpicos, enriquece a los humanos y conduce a los muertos. Con muchas de las condiciones ya descritas —el ser mediador, algo zurcidor de voluntades, persona para las confidencias y los encargos secretos, agente solícito y providente, rico en ardides y recursos, a quien sólo faltaría haber sido peluquero y rapabarbas para más parecerse a "Fígaro"—, con todas estas fases de su amena fisonomía se relacionan varias fábulas en que lo vemos prestar eminentes servicios a dioses y a héroes. Amén de los ya citados casos de Príamo y de Odiseo, auxilia a Perseo en sus portentosas hazañas, ya proporcionándole el filoso acero (*hárpee*) con que ha de vencer a la Gorgona, ya las aladas sandalias que han de permitir al héroe revolotear por los aires. (A menos que las sandalias fueran propiedad de las Ninfas, y Hermes se haya limitado a devolverlas en cuanto Perseo cumplió su empresa.) Hermes se encargó de vender a Héracles como esclavo, para ponerlo a los pies de la reina Onfale, y de amarrar a Ixión en su rueda, y no fue ajeno al encadenamiento de Prometeo en el Cáucaso, todo en cumplimiento de órdenes superiores. Condujo a las tres diosas rivales hasta la cabaña en que había de juzgarlas el pastor Paris. Dio muerte a Argos Panoptes para aliviar a Ío, por mandato de Zeus, como luego vamos a referirlo. Logró rescatar el germen de Dióniso cuando el incendio que consumió a Semele y a su palacio. Libertó subrepticiamente a Ares del jarro de bronce en que los gigantescos Aloades lo tenían maniatado y preso. Posible es que haya auxiliado a Zeus cuando el extemporáneo nacimiento de Atenea. Se asoció a Zeus y a Posidón para conceder un hijo a Hirieo. Acudió en socorro de Zeus cuando Tifeo lo tenía cautivo y desjarretado, etc.

9. Si Hermes conquistaba tan fácilmente la voluntad de los dioses máximos, si por otra parte era tan servicial y útil a los vivos y a los muertos, ¿cómo había de ser indiferente a las mujeres? En efecto, el mito de Hermes abunda en historias amorosas. Desde luego, las Ninfas le eran aficionadas. Una le dio a Sísifo, otra a Pan —si al cabo eran realmente hijos de Hermes— y otra al pastor siciliano Dafnis, aquel a quien su enamorada arrancó los ojos. En cuanto a las heroínas, la leyenda rodia le atribuye enredos con Apemósine, hermana de Altemenes, el cual la mató de un puntapié por no haber creído que su seductor fuera el dios Hermes. Y ya dijimos que, de las tres hijas de Cécrope, una por lo menos, Herse, se le entregó, y Aglauros lo solicitó en vano. Ésta, celosa de su hermana, quiso un día estorbar la entrevista de los amantes, atravesándose al paso de Hermes: —De aquí no me moveré —exclamó—. Así sea —le dijo el dios, y con un toque del caduceo la dejó convertida en piedra, como a Batos.

10. Se atribuyen a Hermes relaciones ocasionales con Ártemis, Hécate y Brimo. La tradición relativa a Ártemis puede proceder de un simple sincretismo entre deidades de orden semejante o que tienen todas ellas trato con fieras y cazadores, o bien puede proceder de la prehistoria de la diosa, cuando —allá junto al lago Bebeis (Tesalia)— aún adquiría ella su definitiva imagen virgínea. En el caso de Hécate, hay una mera asociación entre dos genios de la fertilidad, de la buena suerte o de los caminos; y la superstición popular atribuye tanto a Hermes como a Hécate el paralizar los miembros, la lengua y la mente de los que han recibido una maldición; en suma, como en dos casos lo hemos visto, de petrificarlos: la idea que todavía tiene nuestro pueblo de lo que es "quedar encantado", como la Bella Durmiente y otros motivos del folklore. En cuanto a Brimo, cuyo nombre se hace derivar de los gruñidos coléricos (*brm*, *brm*) con que ella se defendía contra las importunidades del dios, no pasa de ser una ráfaga que cruza la escena de los Misterios Eleusinios.

11. Pero la más insigne aventura de Hermes lo asocia nada menos que con Afrodita. De tales amores nació probablemente Príapo, de quien hemos de seguir hablando más

adelante, y también nació el bisexual Hermafrodito, figura oriental que recuerda al terrible Agdistis, aquel personaje mezclado en la fábula de Cibeles, la Dea Siria. Sailmacis, una Ninfa de Halicarnaso, se enamoró del hermoso mancebo Hermafrodito. Lo más que éste quiso concederle fue bañarse un día en la fuente donde ella moraba. En cuanto lo tuvo a su lado, la Ninfa se asió a él con todas sus fuerzas y pidió a los dioses que los juntaran para siempre en un solo ser. De donde proviene la doble naturaleza de la extraña y turbadora criatura, motivo favorito de las artes a partir del siglo IV, cuando las morbideces usurpan el sitio de las austeridades antiguas, y de quien cantaba nuestro Amado Nervo:

> . . .tenías las supremas aristocracias:
> sangre azul, alma huraña, vientre infecundo.

> (*Andrógino*)

Las aguas de la fuente Salmacis tenían fama de adormir y debilitar al que osaba bañarse en ellas.

12. Mas ¿por qué Homero llama a Hermes "el Mensajero Argifonte", es decir: el matador de Argos? "Argos" es, en Grecia, un nombre de múltiple sentido. En la *Ilíada*, designa una región de Grecia, o ya toda Grecia, cuyos habitantes son por eso "argivos", lo mismo que "aqueos" o "dánaos". En la *Odisea*, "Argos" es el perro que Odiseo dejó en su casa al partir a Troya y que a su regreso, después de veinte años de ausencia, y al reconocer a su amo, menea la cola, mueve las orejas, quiere saltar a su encuentro y perece agobiado por la vejez. *Argo* se llamó la nave de los Argonautas, y "Argos" el que la construyó bajo las inspiraciones de Atenea, "Argos" el hijo de Frixo con el que suele confundírselo, "Argos" un hijo de Zeus y Niobe que gobernó en Argólide, se casó con Evadne, la hija de Estrimón y Neera (o de la Oceánida Peitho), y a quien se atribuye la invención de la labranza y la siembra del trigo.

"Argos", finalmente, biznieto del anterior, es aquel pastor cuyo cuerpo estaba cubierto de ojos —Argos Panoptes, Argos el Todo Ojos—, a quien Hera encargó que espiara y siguiera por todas partes a Ío, la desdichada amante de Zeus. Hermes dio muerte a Argos, tratando de librar a Ío de esta tortura, y de aquí el epíteto homérico. Hera, entonces, convirtió a Argos en el pavo real que luce cien ojos con el abanico de sus plumas caudales. (Unos dicen que Argos sólo tenía un ojo; otros, que tenía un par de ojos en la frente y otro par en la nuca. En todo caso, nunca dormía con todos sus ojos a la vez, por lo que era un guardián único. Dotado de fuerza prodigiosa, libertó a Arcadia de un toro que asolaba los campos y dio muerte a un sátiro que acosaba a los arcadios y robaba los ganados. Habiendo logrado sorprenderla dormida, mató a Equidna, hija monstruosa de Tártaro y Gea que en algunas versiones, se apoderaba de cuantos pasaban junto a ella. Para acabar con él, Hermes tuvo que lanzarle de lejos un peñasco, o tuvo que adormecerlo con su vara mágica o con la flauta de Pan.)

Aunque Hermes no había hecho más que obedecer órdenes de Zeus, todos los dioses reunidos en tribunal juzgaron a Hermes, y dictaron su voto, que resultó absolutorio, arrojando una piedrecita blanca a los pies del dios, fábula inventada para explicar la identificación tradicional de Hermes con el montón de pedruscos, límite de las propiedades o señal del camino. Examinando la costumbre del viajero que consiste en añadir otra piedra más al montón, Frazer cree que se trata de un acto mágico para transferir a la piedra la fatiga de la jornada. Otros juzgan que es un acto ceremonial destinado a unirse con el espíritu que guardaba las rutas. Como a los lados de las sendas se apilaban también los túmulos de las sepulturas, volvemos así, por otro desvío, a la interpretación de Hermes como guía de los muertos.

13. En Hermes no hay violencia, cólera ni exorbitancias de vigor físico, según acontece con los demás dioses: sólo hay agilidad, rapidez e ingenio, ingenio inagotable. Hermes al servicio de Zeus más parece un joven filósofo de la decadencia griega al servicio de un grave capitán romano.

3

I. Preliminares. *Dióniso, personaje mezclado. Sus dos apariencias en el arte. Su aparición en la mitología. Origen y nombres. Sincretismo. El cortejo dionisíaco: Sátiros, Silenos, Ninfas, Bacantes, Ménades o Lenas, Basárides. Midas y el Sileno. Múltiple función religiosa de Dióniso.*

II. Nacimiento y crianza de Dióniso. *Semele y las Ninfas del Nisa. Atamas, Ino-Leucotea, Melicertes-Palemón y Learco. Mito intermedio de Temisto. El caldero. El cofre. Dióniso y los Titanes en el mito órfico. Licurgo y las Ninfas Niseas. Boútes y Corone.*

III. Dióniso adulto. *Hera y la locura de Dióniso. Andanzas del dios por Egipto y Siria. Iniciación en los Misterios de Cibeles. Licurgo, las Bacantes y Driante. Dióniso y Orfeo. La India. Dióniso y Alejandro.*

IV. El retorno. *Regreso a Grecia y estrategia de Dióniso. Penteo y las Tebanas. Las hijas de Minias. Las hijas de Eleutero. Las hijas de Preto. Perseo y Dióniso. Dióniso en los infiernos. Semele-Tione, Prósimos. Acrisio. Los piratas Tirrenos. Icario y Erígone.*

V. Dióniso sube al cielo. *Dióniso y los Gigantes. Historias de amor: Ariadna, Ampelos, la Amazona Nicea, Afrodita. Posibles hijos de Dióniso: Enopión, Evantes, Estáfilo; Príapo, Himeneo, Hermes Ctonio.*

VI. Consideraciones generales. *Caracteres de estos mitos y su sentido. Novedad, exotismo, hondura. Dióniso y Apolo. Dióniso y los tiranos. Dignificación del culto y consecuencias de su importación. La religión emocional. Vida, muerte, resurrección y panteísmo. Integración apolíneodionisíaca.*

I. *Preliminares*

1. *Una y otra vez,* con cierta cómica frecuencia, confiesan y admiten los maestros de la prehistoria que prácticamente todos o casi todos los pueblos "vinieron de otra parte". Y, cuando se ofrece el caso de razas mezcladas —¿y dónde está la nación químicamente pura?—, entonces hay que pasar a otro extremo, y es el deslindar a los primeros ocupantes y a los invasores del día siguiente. Para la historia de las religiones y de los mitos, ello se refleja en la heterogeneidad de creencias, celebraciones y entes del culto. El personaje divino registra en su naturaleza las vicisitudes del pueblo que lo adora, sus luchas, injertos y contagios. Las deidades no pueden reducirse a esos contornos fijos que hoy quisiéramos exigirles y que les prestan las artes plásticas. Tendemos a considerar la mitología como una creación sistemática, olvidando que ella es efecto de precipitaciones secu-

493

lares, inconscientes y anónimas, guiadas —o amontonadas más bien— por la caprichosa mano del azar.

Al abordar a los dioses griegos, nos vemos en trance de reconocer muchas veces su origen y nombre no helénicos, y el incierto sincretismo de que ha resultado su figura. El caso es singularmente agudo para el dios desconcertante de que ahora vamos a tratar. La apariencia misma que le dan las artes figurativas delata ya una paulatina mudanza en la concepción de este dios. Su función sacra es una revoltura de helenismo y barbarie. Y entre las evoluciones de su figura y de su sentido religioso ni siquiera se ha establecido una relación explicativa.

2. Una vez superadas las figuraciones anicónicas (piedras o troncos en bruto o apenas elaborados), el arte, hasta el siglo v, representó a este dios como un personaje adusto y barbado, de edad madura, tal vez un vetusto numen de la viña, aunque a veces se diría que la viña sólo se le asoció más tarde. Es el *Poogoonítees* arcaico de las monedas (Tasos, Naxos y aun Atenas); el que también aparece en los vasos más antiguos: cabellera larga enredada en pámpanos, barba sedosa y puntiaguda, la túnica o "himación" hasta los pies, un cántaro o un tirso en la mano. Así pudo ser también la imagen crisoelefantina de Alcamenes, que Pausanias encontró en cierto sagrario de Atenas. Con todo, ya se siente al dios extraño e inquieto: en el Vaso Francisco, por ejemplo, contrasta su agitación con la impasibilidad de las otras divinidades.

Nos falta el tránsito. De pronto, la figura asume un aire juvenil, vulnerable, afeminado y travieso: rosto imberbe, frente coronada de rizos, y aquellos característicos bucles que caen por los hombros; y mientras llega a la madurez completa, la *bassara* o túnica corta de las mujeres orientales, prendas del Dióniso *Bassareus*. A veces, la nébride o piel de venado, o bien la pardálide o piel de pantera, flojamente atadas al busto; y los delicados pies, protegidos por las botas altas o endrómides. Penteo, en Eurípides, le dice: "La larga y flotante cabellera que rodea graciosamente tu rostro no corresponde a un luchador; ese tinte blanco y desvanecido, hijo de la sombra, no parece hecho a los ardores del sol." Pero, en el llamado Dióniso Indio, ya mencionado y que no puede ser anterior a Alejandro, reaparece inesperadamente el personaje venerable y barbado, vestido con la larga túnica y revestido de majestad como un monarca asiático.

Algunos documentos recuerdan la relación de Dióniso con el mar, de que hablan Filóstrato y el retórico Arístides (siglo II d. c.). El vaso ateniense de Acragas (Museo Británico) lo muestra a bordo de un barco de ruedas, seguido de una procesión que arrastra a un toro, sin duda para sacrificarlo. Por lo demás, es frecuente, en las representaciones gráficas y acaso por una convención artística, que los dioses se acerquen en un barco o carro de parecido aspecto. Sobre Dióniso y el mar algo diremos adelante.

3. Respecto a su aparición en la mitología, podemos imaginar a Dióniso como un principio o elemento extraño que avanza sobre Grecia dispuesto a acaparar en sí cuantas figuras afines encuentre al paso; o también como un cordón de fuego que invade y consume triunfalmente a los pueblos por donde cruza; o como un huracán venido del Asia Menor y que envuelve en truenos la península griega. "Dejé las campiñas de Lidia rica en oro, y la Frigia —lo hace decir Eurípides—; atravesé los ardientes llanos de Parsia, las fortalezas de Bactria, la Media azotada de lluvias, la Arabia Feliz, toda el Asia bañada en amargas ondas, donde son las torreadas y populosas cuidades en que los griegos se confunden con la bárbara gente." ¿Dónde se engendró esta tempestad? Pronto lo diremos.

Ya se comprende que el culto real e histórico de este dios se manifiesta en forma muy atenuada y dista mucho de los excesos que alcanzó en días remotos o de las monstruosidades con que lo revistió la fábula, fantaseando a su sabor. Potnia, un tiempo, sacrificó anualmente un niño como víctima dionisíaca, para conjurar el hambre con que el dios castigó el asesinato de su sacerdote, acontecido en un frenesí de orgía colectiva. Parece que, alguna vez, Quíos, Ténedos y Lesbos conocieron prácticas semejantes. Todo esto es cosa del pasado, de la Grecia anterior a Grecia, y se lo recordaba con horror en la edad clásica. Pero sin duda quedaban por ahí algunas supervivencias feroces. En Orcomenos, Beocia, cuando las fiestas Agrinoia que se celebraban anualmente, el sacerdote de Dióniso perseguía a las supuestas "Ménades", princesas de la sangre que representaban a las hijas de Minias, y tenía derecho a darles muerte: Plutarco asegura que en sus días se dio un sacrificio semejante (siglo I d. c.). En Alea, Arcadia, asegura Pausanias que azotaba a las mujeres cuando las Dionisíacas bienales (siglo II d. c.).

4. Los antiguos no ignoraban la complejidad de esta figura, amasada con diferentes arcillas. Cicerón creía ver en Dióniso la suma o la yuxtaposición de cinco tipos originales: el Dióniso cretense, el egipcio, el frigio, el tebano y cierto hijo de Niso y Tione que parece un doble del precedente. Muchos modernos se han inclinado a distinguir en Dióniso el dios de Tracia y Beocia, el de Eleutera, el de Creta, el de Egipto, etc. Las viejas teorías que, por una semejanza fortuita, pretendían derivar a Dióniso directamente del Osiris egipcio (Heródoto, Diodoro Sículo, etc.), aunque todavía inficionaron a Jane Harrison, han caído por tierra, junto con las hipótesis sobre otros supuestos antecedentes egipcios de las cosas griegas, antecedentes que más legítimamente han de buscarse en el Asia Menor o en Creta.

Las religiones naturalistas, en efecto, presentan aspectos parecidos. Es fácil encontrarlos entre Dióniso, Zalmoxis, Sabacios, Atis, Adonis, Tamuz, Osiris, como entre las prácticas de la orgía mística griega y la "macumba" africana. No por eso hay que buscar entre lo uno y lo otro parentescos artificiales. Por la semejanza específica, las sociedades primitivas, poco diferenciadas aún y más dóciles al ambiente que las sociedades superiores, reaccionan de análoga manera ante los mismos estímulos. Sectas más o menos extremosas y desorbitadas se han dado en todas partes. Ni siquiera hay una conexión necesaria entre los extravíos místicos que, a distancia de varios siglos, puedan aparecer en una misma región. Que en la antigua Anatolia hayan prosperado, a fines del siglo II d. c., el montañismo a que se afilió el propio Tertuliano, y en el siglo XIII d. c. la secta de los derviches giratorios, son meras curiosidades históricas que nada demuestran, aunque así lo crea cierto tratadista. Pero tampoco hacía falta acudir a estas pretendidas demostraciones. Parece bien averiguado, en efecto, que el foco original de la religión dionisíaca se encuentra situado por el Asia Menor, y que este meteoro divino brotó entre los frigios y sus hermanos y vecinos de Europa, los pueblos tracios. Los etimologistas nos hablan del Diounsis frigio, guardián de tumbas que dormía el invierno y despertaba por primavera; nos hablan asimismo de Dios y Zemelo, Cielo y Tierra en las adoraciones frigias y correspondientes del Zeus y la Semele griegos, padres de Dióniso. La leyenda cuenta de una invasión tracia, por fines del primer milenio a. c., que pudo traer consigo a Dióniso. Una vez llegado el culto a Grecia, sus principales sedes han de establecerse en Beocia y en Ática, aunque según veremos tampoco escasean sus manifestaciones en el Peloponeso. Tal culto se extenderá luego al Occidente, por las colonias helénicas de la Magna Grecia y Sicilia, y al fin ascenderá por Etruria hasta Roma. "Dióniso —decía Sófocles— es el dios que reina sobre Italia." Hasta hubo que prohibir un día en Roma los excesos de las Bacanales.

Que Dióniso tenga alguna relación con el mundo subterráneo y las tumbas, con la fertilidad del suelo y de las familias humanas —según los emblemas fálicos que acompañan sus procesiones y sus fábulas—, con tal o cual rasgo del Niño Dios Minoico, con imágenes orientales de mayor o menor relieve, son cosas que no pueden ya sorprendernos: estamos hechos a esta mixtura de caracteres y a estas confusiones entre divinos rostros.

5. A este dios, como al himno con que se lo honra, se llamó Ditirambo, término puerilmente explicado por los lexicógrafos. Como las demás deidades, Dióniso admite diversos nombres según la función especial en que se lo contempla o invoca, o la fábula a que se lo refiere (Intr., III, 14). Su otra apelación ritual, Baco (el Retoño), es palabra de origen lidio; y Yaco parece su doble, o su sombra y atenuación. Esta sombra pasea entre los penumbrosos Misterios Eleusinios —como aquella imprecisa Brimo que encontramos en el capítulo anterior— completando la trinidad sacra al lado de Deméter y Kora (II, 2, 2,). Frecuentemente, Dióniso es llamado Bromios o el Estrepitoso. La poesía lo dice Erísbomos o el Bullicioso, Mainómenos o Delirante, Irafiota o el de los Cabritos, Kissonómenos o Coronado de Yedra, Polystáphylos o el de Muchos Racimos, *Chárma Brotóisi* o

"alegría de los mortales", etc. Es también el Lysios o Lyaios, el que desamarra los nudos; el Nyktelios de los festejos nocturnos, el Mystes o Iniciado por excelencia, el Eves o Evios que responde al grito de "¡Evoé!" Se lo apellida Ortos o Erecto, y Enorches o El Testicular, por referencia a su energía viril. Lo extraño es que también se lo haya apodado Pseudanor o el del Falso Sexo, Gymnis o el Afeminado, Arsenóthelys o el Hombre-Mujer, Dyalos o el Híbrido. Añádanse a estas calificaciones el Zagreo o Cazador Salvaje, el Omestes y Omadios o Comedor de Carne Cruda, el Ériphos, que alude al cabrito sacrificado en su honor, el Aigóbolos o Matador de Chivos, el Melanaigis, por la piel de chivo negro con que suele cubrirse, el Anthroporraistos o Matador de Hombres. El título de Isodaítees sólo se le aplicó en ciertos medios de mujeres equívocas que, del siglo V en adelante según Plutarco, practicaban en Atenas algunas ritos poco recomendables.

Todas estas denominaciones corresponden a otras tantas fases teóricamente anteriores o distintas al menos de sus manifestaciones vegetales. En su era subterránea y las fases que con ella se relacionan, se lo asocia más naturalmente con las plantas. Los epítetos Dendreus, Dendrites, Endendros aluden a su condición de deidad arbórea, así como Phleón, Phleus o Phloios a su feracidad vegetal. Y aquí el hibridismo o bisexualidad que ya señalábamos es más explicable, como forma de reproducción más antigua y generalizada que la diferenciación de los animales en machos y hembras. Durante su paso por los Infiernos, Dióniso es Yedra, o Sykites-Sykeotes, Dios-Higuera. Como Omphákites, es el dios de los racimos verdes.

A pesar de que la era subterránea "vegetaliza" al dios, el laurel, que entonces le pertenecía, no se mienta entre sus sobrenombres y más bien quedó consagrado a Apolo. Adviértase que la cercanía y aun identidad de estos dos hermanos divinos en el Inframundo es un secreto que los iniciados no debían revelar. El simbolismo de esta intimidad es diáfano: intimidad entre la razón y la locura, como en las palabras que Santayana presta a Demócrito (*Diálogos en el Limbo*).

Otras apelaciones de Dióniso se refieren ya a lo que llamaríamos "dialectos míticos". Los órficos, por ejemplo, juntaron en una varias fábulas paralelas, y de ello resulta que

Dióniso tuvo dos madres y tres sucesivos nacimientos, de donde se lo llamó Dimétor y Trígonos. Originariamente, Dióniso más bien se asocia a un personaje femenino de dos caras: ya Perséfone-Afrodita, ya Semele-Tione, o bien Ariadna-Aridela. Pero nos conviene enfocar los rasgos principales, y sólo darnos por entendidos de que existen otros, sin concederles demasiada atención.

Finalmente, Roma identificará a Dióniso con el italiota Liber Pater.

6. El sincretismo de Dióniso no sólo se aprecia en sus muertes y resurrecciones, aspecto común a muchos cultos naturalistas como acabamos de recordarlo, cultos que podrán o no tener relación directa con el culto dionisíaco. Tal sincretismo se aprecia también en otros rasgos como, por una parte, el acompañamiento de figuras maternas (Semele, Ino, las Ninfas Niseas) y, por otra, el acompañamiento de un cortejo extático y tumultuoso (Ménades, Bacantes, Silenos, Sátiros). Circunstancias que nos recuerdan respectivamente a la pareja Atis-Cibeles y sus Coribantes, y también a la pareja Rea-Zeus y sus Curetes. Los griegos del tiempo de Eurípides confundían fácilmente a Curetes y Coribantes en el cortejo de Dióniso. Aun la adoración del toro y la "omofagia" —el comer carne cruda— son motivos comunes al culto de Dióniso y al del arcaico Zeus Cretense. La semejanza llega a términos tales que se ha podido decir: Zeus es un Dióniso de los varones; Dióniso, un Zeus de las Mujeres.

7. El dios se presenta siempre en carrera, de preferencia por la noche, al son de flautas, címbalos y tambores, acompañado de su vertiginoso cortejo medio divino y medio humano, que adelanta agitando antorchas y gritando. En el cortejo hay Sátiros, Silenos, Ninfas, Bacantes, Ménades o Lenas ("locas"), y adoradoras mortales llamadas Basárides, acaso por las pieles de zorro con que solían cubrirse. Entre todos, ejecutan milagros; hacen saltar fuentes de vino, leche y miel; despedazan cabras, toros y hombres en un verdadero alarde de vigor sólo propio de enajenados; se entran por las llamas sin quemarse, son indemnes a los ataques de cualquier arma; se enredan entre serpientes; ya persiguen a los animales silvestres hechos unos cazadores implacables, ya acarician maternalmente a los cachorros de las fieras, al punto que las

499

mujeres les dan el seno. Cuando el vino, las danzas y las contorsiones (el hechar la cabeza hacia atrás es un movimiento característico) los han puesto en posesión del dios, todos se han convertido en Bacos. El destrozar animales vivos y devorar la carne cruda es un modo de asimilarse al dios, suerte de comunión salvaje. El dios, que a veces asume forma humana, se ofrece en sacrificio bajo la apariencia de un toro, de un macho cabrío, y en ocasiones se presenta como una serpiente.

8. Los Sátiros son los espíritus de la vida silvestre y simbolizan la fertilidad incontenible. Siempre se los figura como unos machos grotescos y libidinosos, híbridos de hombre y bestia, con colas de caballo en el arte ático primitivo —lo que los acerca a los Centauros—, y después mezclados de chivos, dotados de cuernos, orejas puntiagudas, patas peludas, pesuñas hendidas, al modo de Pan, el muy popular y muy pintoresco dios menor. Los Sátiros han dado ocasión a muchas historias divertidas, en que se revelan su temperamento salaz y su naturaleza casi siempre asustadiza, salvo cuando Dióniso los posee. Aunque acompañan a este dios, no son un brote de su culto, sino una creación independiente de la imaginación griega. Todos saben ya, por lo demás, que la asociación entre Dióniso y los caprípedos tuvo como resultado la creación del teatro helénico. Por su parte, Italia identificará a los Sátiros con sus Faunos. Al conocido Sátiro de Praxiteles se lo llama todavía "el Fauno Danzante".

9. En punto a Silenos, la documentación artística abunda más que la literaria. Junto a los Sátiros se colocan siempre los Silenos —o el Sileno: ya conocemos estas disyuntivas de la entidad única o múltiple. Los Silenos son como unos Sátiros viejos. Se los llama Papasilenos. El vino, que simplemente alegra a los otros, a ellos los emborracha y aduerme. A veces aparecen como ayos en las mocedades de Dióniso (*Los Cíclopes* de Eurípides). Son expertos músicos y aun buenos genios domésticos. Píndaro nos habla de un Sileno que da a Olimpo cuerdos consejos sobre los engaños de la riqueza.

Hubo un Sileno que logró alcanzar culto propio. Pausanias encontró su sagrario en Elis. Y en Atenas, vago rastro de semejante culto, quedaba una piedra en el Acrópolis donde, según voz general, el Sileno por excelencia se había sentado a descansar cuando llegó a la comarca en el cotejo de su amo.

Un cuento muy difundido refiere que el rey Midas —cuyas imprudencias ya conocemos— logró atrapar a un Sileno echándole vino en la fuente donde acostumbraba beber. La fuente estaba por Macedonia o sus cercanías, aunque otros la ponen en el Asia Menor. En todo caso, el asunto pertenece a la misma raza, sea la rama tracia o la frigia. Midas obligó a hablar al Sileno: "¿Qué es lo mejor para el ser humano?", le preguntó. El Sileno, tras mucho hacerse de rogar, contestó al fin: "Lo mejor para el hombre sería no haber nacido; y si ha nacido, morir al punto o morir cuanto antes."

En otra leyenda, Midas fue hospitalario para el Sileno, que andaba perdido de su tropa. Lo recibió en su palacio y se lo devolvió a Dióniso. En recompensa, se le concedió el dón que pidiera. El muy torpe solicitó que se transformara en oro cuanto él tocase. Como aun la bebida y la comida se le volvían oro, estuvo a punto de perecer y rogó que se anulase el funesto dón. Se le aconsejó entonces lavarse en el Pactolo, con que el dón desapareció. Pero las arenas del Pactolo acarrean oro eternamente.

Ya hemos contado el caso de las orejas de Midas, a propósito de la competencia entre Apolo y Pan.

(La tradición de estos temas, en la égloga VI de Virgilio: Sileno canta el origen del mundo para que le devuelvan su libertad unos pastores que lo han atado entre guirnaldas.)

10. Lo cierto es que el culto de Dióniso contiene una inabarcable riqueza de significados. De aquí que el dios tienda a convertirse en algo como un símbolo abierto; de aquí que aun en nuestros días ejerza una fascinación singular (es el dios que más nos inquieta), y de aquí que todas las descripciones de la religión dionisíaca resulten mezquinas y parciales. La adoración de Dióniso nunca será cabalmente explicada. Ya nos encontramos con el espectáculo de las celebraciones primaverales en campos y en urbes, o con los festejos invernales de cada dos años (extraño ciclo que recuerda el de Sabacios en Tracia), cuyo escenario son las áridas cimas; ya con ceremonias diurnas o bien correrías nocturnas al fuego tembloroso de los hachones; ya con estallidos de gozo o dolor exasperante, pues el mismo ser que otorga los dones bené-

ficos es también el salvaje devorador de carne cruda y despedazador de hombres. Ora nos aparece la deidad en encarnaciones animales, humanas, o incorporada en el árbol místico; lo mismo reina entonces en los pinares, los vergeles y los jardines. A veces gobierna adoraciones marítimas entre gente de vela y remo, o el entusiasmo y la honda unión espiritual de las poblaciones silvestres. En ocasiones, para mayor desconcierto de sus adversarios (pues es dios combatiente), hace alarde de una serenidad casi pavorosa, calma que sólo anuncia tormentas y que suele infundir también a sus secuaces. Pero de pronto se muestra en estado de completa locura, como si de tiempo en tiempo la diosa Hera, que ya una vez le arrebató el juicio, se propusiera de nuevo enajenarlo. Y el marcado tono sexual de sus orgías —que en vano han negado algunos— no podía realmente recomendarlo a la simpatía de la que fue, por excelencia, la Dama de los Matrimonios.

Junto a estos caracteres sobresalientes, tan cambiantes y abigarrados, crueles o terriblemente festivos, Dióniso comparte con todos los dioses griegos, en grado mayor o menor, la función agraria. En el país de los bisaltas (Crastonia), poesía, según Aristóteles, un hermoso templo donde, al recibir los sacrificios periódicos, anunciaba con grandes llamaradas las buenas cosechas, y, con la oscuridad persistente presagiaba los malos años. Diodoro asegura que el Dióniso-Sabacios enseñó a uncir los bueyes al yugo. Dióniso posee también, como otros dioses, algunas virtudes proféticas: así en el oráculo de Satres, que se encontraba en medio del bosque sobre un macizo de Pangea. La tribu de los Beses era la dueña de este oráculo, y una mujer inspirada respondía las consultas todavía en tiempos del dominio romano. En su célebre oráculo de Anficlea (Fócide), cuyos ritos cuenta Pausanias, Dióniso mezclaba las profecías y las curaciones por la incubación del sueño, como Asclepio. Cuando, en Delfos, Apolo le dé asilo en su sagrario durante los tres meses de invierno, Dióniso se abstendrá prudentemente de entrometerse en las profecías, sin duda por respeto al amo de la casa. Finalmente, aunque en contados casos, Dióniso se atreve con la función política y aparece como protector de ciudades: en Teos, Naxos, en Patras. Aquí es el dios Aysimnetes, representativo del sinecismo o junta de las tres ciudades primitivas que la integraron: Mesateos, Anteos y Aroeus.

Tres aspectos de la religión dionisíaca merecen especial mención: *1)* En ningún otro culto la vida religiosa conserva un carácter colectivo más acentuado: este culto progresa por propaganda y proselitismo de masas; *2)* Dióniso no tiene relación alguna con realezas o principados, ni se lo asocia en general a la fundación de ciudades, ni es abuelo de familias nobles; *3)* el tema del Dios Niño, en otros casos explotado por la religión de tipo feudal, aquí es rasgo propio de una creencia de labriegos y campesinos; la cuna misma del dios es la criba o *líknon* en que se cierne el trigo, y la adoración del dios, que encuentra en el campo su natural terreno, avanza sobre las ciudades a viva fuerza.

La religión dionisíaca se difundirá tanto entre el pueblo y será tan propicia a la igualación de las castas que no es de extrañar si el aristocrático Homero apenas menciona a Dióniso a propósito de Licurgo el tracio, de Ariadna o de la urna fúnebre de Patroclo y Aquiles, como menciona apenas a la Dolorosa Deméter, otra deidad de los humildes. (Recordemos que los llamados Himnos Homéricos no se consideran todos obra de Homero, al contrario de la *Ilíada* y la *Odisea*.)

II. *Nacimiento y crianza de Dióniso*

A diferencia de lo que acontece con los demás Olímpicos, Dióniso ofrece una leyenda de relativa coherencia, una suerte de biografía desde el nacimiento a la apoteósis. Es evidente que esta leyenda tiene otros orígenes que las precedentes y se impuso a los helenos cuando ya estaba formada. Todas las leyendas de su Infancia tienen como punto de partida el ritual; los episodios de la conquista del mundo guardan el vivo recuerdo de la invasión del culto a través de Tracia y de las resistencias que hallaba al paso. Tras este "evangelio" —como dice Grimal— se adivina toda una religión, lo que da a este dios una fisonomía singular y distinta. Antes de afirmar su poderío, pasa por una serie de sufrimientos (*páthee*). Con los primeros latidos del germen, comienza la Pasión de Dióniso.

Su nacimiento se cuenta de muchos modos y aun se le

asignan diversas madres. No sólo se disputan su cuna el Asia Menor y la Grecia Continental, sino también las islas egeas que se hallan a medio camino, como Naxos y Samos. Y de una vez conviene advertir que Naxos tiene singular importancia en los mitos dionisíacos y que Plutarco, por considerarla la tierra más relacionada con el dios, la llama Dionisia.

Según la fábula general, Zeus, bajo apariencia humana, engendró a Dióniso en Semele, hija de Cadmo y nieta del héroe Agenor, dinastía tebana. Los frigios del Asia menor y los tracios, sus hermanos de Europa, consideran a Semele como su deidad ctónica o subterránea por excelencia, y en Asia Menor se pretendía que los amores de Zeus y Semele habían tenido por escenario el Monte Sípilo, lugar de tradiciones míticas. Los griegos, en cambio, creen ver este escenario en Tebas, allá donde las carbonizadas ruinas del palacio de Cadmo, junto al recinto de Deméter. Semele tiene otro nombre, o un doble auténticamente griego, que es Tione; y una vez que Dióniso la hubo rescatado de los Infiernos, ascendió al Olimpo bajo este segundo nombre y tuvo culto en Tebas.

Cuando Hera supo que Semele estaba encinta de Dióniso por obra de Zeus, siempre celosa, se disfrazó bajo los rasgos de Beroe, una criada vieja nativa de Epidauro, y felicitó a Semele por sus amores con el dios máximo, no sin manifestar ciertas dudas: ¡Hay por ahí tanto impostor dispuesto a abusar de las doncellas! ¿Por qué no poner a prueba al amante? ¿Por qué no pedirle que se mostrara a Semele en su verdadera apariencia, en todo su divino esplendor, como si Semele fuese su legítima esposa, para que también ella supiera lo que es el abrazo de un dios? Semele se dejó tentar. Si Elsa de Brabante perdió a Lohengrin por una curiosidad de orden parecido, Semele se perdió a sí misma. Comenzó por arrancar a Zeus, en nombre de la terrible Éstix que fía sin remedio los juramentos de los dioses, la promesa de que le concedería el primer favor que ella pidiera. Zeus, adivinando lo que iba a venir y temiendo las consecuencias, quiso taparle la boca, pero ella había hablado ya y él ya había comprometido su palabra. Muy a su pesar, se dispuso, pues, a cumplirla y a presentarse ante la desventurada princesa en su verdadera forma divina.

504

Subió al cielo y, aunque se revistió de sus armas y poderes, todavía procuró no usar esta vez los más incontrastables, sino los más atenuados, aquellos que los Inmortales llaman su "segunda panoplia". Con todo, ni así pudo resistir la humana flaqueza de Semele tan terrorífica presencia, que podemos imaginar como la presencia del rayo. Se incendió el palacio. Semele cayó fulminada. Entre las cenizas, Zeus, tal vez con ayuda de Hermes, logró rescatar el embrión que la princesa llevaba en el seno, y lo alojó en uno de sus muslos, de donde Dióniso había de nacer a su debido tiempo. Aquí, como en el nacimiento de Atenea por la frente de Zeus, ven los antropólogos un eco de la "covada" primitiva o ficción de un alumbramiento paterno. Este motivo es bárbaro, y mal disimularíamos su origen exótico y tal vez tracio. El motivo aparece asimismo entre los mongoles y otros pueblos distantes, como en el folklore de los indios norteamericanos. De tamaña extravagancia habrá de burlarse un día Luciano, allá en las postrimerías de Grecia y en los días del descreimiento.

El recién nacido fue entregado por Hermes a la guarda de unas nodrizas. El tema de las nodrizas, ya conocido de Homero, trae resabios cretenses y nos transporta al vetusto mito del Niño Zeus que ya hemos encontrado antes. Es un tema muy socorrido. Recordemos a las nodrizas de Erictonio. Las de Zeus unas veces son mujeres, otras son animales. Para Dióniso, siempre se nos habla de Ninfas, y desde luego, de las Ninfas del Monte Nisa o Niseo, que ya son tres o ya son cuatro. Sus nombres mismos dejan ver la confusión entre las muchas variantes de la leyenda: una de las nodrizas es Nisa, la Ninfa epónima del monte; otra es Ino, hermana de Semele a quien pronto vamos a conocer; la tercera, Tione, verdadera doble de Semele. Ya veremos que en la isla de Naxos se habla de la Ninfa Corone, la virgen corneja. Los relieves las presentan amamantando al niño, y preparando o recogiendo su baño, mientras las contempla un hombre que puede ser ya el ayo Sileno.

En agradecimiento a los cuidados de sus nodrizas, Dióniso, según la versión ordinaria, obtuvo de Medea el filtro que había de rejuvenecerlas. Las nodrizas se metamorfosearon más tarde en estrellas y lucen en la constelación de las Híadas.

La mención del Monte Nisa es muy equívoca. No creamos haberlo entendido. Hesiquio nos desengaña. ¿El Monte Nisa o Niseo? Lo hay en Arabia, Etiopía, Egipto, Babilonia, Eritrea, Tracia, Tesalia, Cilicia, India, Libia, Lidia, Macedonia, Naxos, en la Pangea y en Siria... Se dice que hay una Nisa dondequiera que Dióniso puso su planta.

En Naxos se daban por nodrizas del dios a Ifimedia y a su hija Pancratis, madre y hermana respectivamente de los niños gigantescos Oto y Efialtes.

12. Aquí se interpola una de las más curiosas variantes sobre la crianza de Dióniso. Según tal variante, Dióniso no tuvo más que una sola nodriza, y fue Ino, hermana de Semele. Ino es la primer conductora de los cortejos báquicos, a creer cierta inscripción magnesia del Meandro, la cual considera a las Ménades originarias de Tebas y pertenecientes a "la raza de la Ino Cadmea". En Hesíodo, Semele, Ino y Agave son las hijas de Harmonía y de Cadmo. Después aparece una cuarta hija, Autonoe, la esposa de Aristeo y madre de Acteón. La historia de Ino es algo tardía y contradictoria. Cuando Ino recibió el encargo de cuidar a Dióniso, tenía ya dos hijos de su esposo el rey Atamas. Tales eran Learco y Melicertes. Éste nada tiene de común con el fenicio Melkart, como se pretendió en otro tiempo. Atamas era hijo de Éolo (hijo de Héleno y no el vago dios de los vientos) y de la ninfa Orsis, y por consecuencia era hermano de Sísifo, Creteo y Salmoneo.

Hera quiso vengarse de Ino, como de todos los que en alguna forma habían ayudado a su rival o al divino bastardo, y enloqueció a Ino y a Atamas. Ino escapó del palacio, enajenada como las mujeres a quienes más tarde poseería Dióniso. (Atamas, que la dio por muerta, se desposó entonces con Temisto, hija de Hipseo, de quien tuvo otros dos hijos. Pero, al descubrir que Ino aún vivía y había recobrado la razón, la trajo secretamente a su lado. Temisto entonces quiso dar muerte a las criaturas de Ino, y ordenó que se las vistiera de negro, y de blanco a sus propias hijos, para, durante la noche, distinguirlos fácilmente. Pero Ino trocó las vestiduras, y Temisto asesinó a sus propios retoños; después de lo cual, horrorizada, se suicidó. El tema de la confusión entre las telas de dos colores reaparece en el cuento de Teseo y Egeo.)

El episodio de Temisto interrumpe la continuidad de la historia. Volvamos al instante en que Era enloquece a Ino y a Atamas, y olvidemos resueltamente a Temisto. Atamas, en su extravío, mata a su hijo Learco, tomándolo por un gamo o un león al que quiere cazar de lejos o aplastándole la cabeza. Ino huye, entonces, llevando en brazos a Melicertes y, perseguida por Atamas, trepa a una roca y se arroja al mar. En la mente mítica, este salto al mar es una ablución que consagra y rejuvenece como un verdadero bautismo, arranque de una nueva vida. (Recuérdese a la Díctina-Britomartis cretense, II, 6, 9.) Zeus en persona salva entonces al abandonado Dióniso. En tanto, Afrodita, que se apiada de Ino, la convierte en Leucotea, "Diosa Blanca" o "Fugitiva sobre la Espuma". Esta diosa habrá de auxiliar más tarde al náufrago Odiseo, prestándole su velo para que se lo enrede al pecho, nade hasta la lejana costa y luego lo arroje otra vez al mar. El velo resulta ser el amuleto contra los peligros del mar en los Misterios de los Cabiros Samotracios.

Melicertes, por su parte, ha sido también metamorfoseado en el dios marino Palemón. Vivo o muerto, llega a Corinto a lomos de un delfín (como también se dijo de Arión, el legendario lírico que dio su forma al "ditirambo"), y allí quedará asociado a los juegos Ístmicos y hará figura de un segundo Dióniso. También se lo llama entonces Taras, patrono de la colonia que llevará su nombre en el sur de Italia (Tarento), donde a su turno hará figura de un segundo Apolo o Jacinto.

Resistamos a la tentación de analizar estos peregrinos mitos bilingües (Ino-Leucotea, Melicertes-Palemón). Conformémonos con saber que son unos dioses terrestres transformados en dioses marinos, de posible origen cretense modificado bajo las influencias carias, y transportados al escenario minio de la Grecia Nor-oriental.

Apolodoro, tratando de conciliar versiones, nos dice que, tras la desaparición de Ino, Hermes, por orden de Zeus, entregó a Dióniso en manos de las Ninfas Niseas. Y añade que Ino, para librar a la criatura de la venganza de Hera, la había conservado siempre bajo la forma de una niña. Aunque al pasar a los brazos de Hermes recobró su verdadera forma de varón, Dióniso fue pronto convertido en cabrito, siempre para ocultarlo, y como cabrito lo recibieron las nodrizas.

13. Nuevamente nos vemos perturbados aquí por otra variante: Atamas e Ino, en su locura, matan a uno de sus hijos, tal vez Learco, y meten al otro en un caldero hirviente. ¿Canibalismo? ¿Sacrificio infantil como el de los cartagineses al monstruoso Moloch? No: el caldero o *lebes* es un objeto sacro y benéfico. Medea lo usó para rejuvenecer a Esón. Cloto y Rea resucitaron a Pélope juntando sus miembros en un caldero. Y el empleo del fuego es un modo de inmortalizar. (Recuérdese el caso de Deméter y Demofonte, II, 2, 4. *Véase* adelante la historia de Isis en Biblos.)

En otros pasajes de su historia, Ino se relaciona con la saga de los Argonautas, que a su tiempo referiremos.

En todo caso, percatémonos de que estas apariciones de Ino vinieron tardíamente a entretejerse en la fábula de Dióniso, la cual se podría contar sin aludirlas y pasando directamente de Semele a las Ninfas del Nisa.

14. Las luchas que Dióniso habrá de vencer para inculcar su adoración a los pueblos de Grecia comienzan desde su mismo nacimiento. En Prasiai o Brasiai, aldea costera de Laconia, se decía que Semele logró dar a luz a Dióniso. Cadmo la encerró con su criatura en un cofre y arrojó el cofre al mar. En cuanto al motivo del cofre, lo encontraremos de nuevo a propósito de Arsinoe la Arcadia y También de Dánae y Perseo, y ya sabemos lo que significa, en el pensar mítico, la inmersión en el mar. El cofre de Semele llegó, pues, hasta las costas de Prasiai. Al abrirlo, Dióniso apareció sano y salvo; Semele había muerto y fue sepultada. Ino, vagando de tierra en tierra, empujada por su locura (o tal vez en compañía de los inmigrantes minios, si queremos dar otro valor a la fábula), aparece de nuevo a punto y se ofrece a criar al niño. El lugar en que lo crió se llamó el Jardín de Dióniso.

Pausanias refiere una historia paralela. A Patras llegó Eurípilo, uno de los sitiadores de Troya, llevando consigo un cofre que había pertenecido a Eneas o a Casandra. Al abrir el cofre, apareció dentro una imagen de Dióniso tallada por el propio dios Hefesto. De sólo verla, Eurípilo perdió la razón. Se instituyó entonces un culto a Dióniso, que vino a sustituir al culto bárbaro de Ártemis, la cual exigía sacrificios humanos. En las fiestas dionisíacas llamadas de los Aisymnetai, el sacerdote, durante la noche, sacaba del templo un cofre sagrado, que sin duda pasaba por ser el de Eurípilo o servía para evocarlo.

15. El nacimiento de Dióniso todavía se complica más en el sistema órfico; sistema que, por lo demás, y como ya lo sabemos, es una elaboración independiente, no sujeta a la mitología ortodoxa, mezclada de símbolos filosóficos, y que pretende dar nuevo sentido, o simplemente dar sentido a las viejas fábulas, zurciéndolas caprichosamente y completándolas con intención alegórica.

Según los órficos, Zeus engendró a Dióniso en Perséfone, o en Deméter. (Originariamente, Perséfone es hija de Zeus y de su madre Rea, y Deméter aparece después como figura media entre Rea y Perséfone. A veces, en fin, Deméter es identificada con Perséfone. Prescindamos por ahora de estas arborescencias confusas. Cada fábula nos tiende una trampa con el solo objeto, se diría, de perdernos.)

En la tardía versión poética, la más regular y conocida, Deméter llegó de Creta a Sicilia y dio a luz a Perséfone en la cueva de Kyane, donde la puso bajo la guarda de las dos serpientes que más tarde arrastrarán su carro. Como buena niña, Perséfone, en su cueva, pasaba los días bordando para su madre o su padre un manto que había de representar la imagen del mundo.

Entonces sucedió el encuentro con Zeus, no a hurtos de Deméter, sino de acuerdo con ella y acaso a instigaciones de ella: rasgo de decisión materna en que los intérpretes creen descifrar un estado social más remoto aún que la institución de la autoridad paterna sobre la hija, de que es ejemplo, en cambio, el rapto de Perséfone por Hades, con el paternal consentimiento de Zeus.

Y, a propósito: si Perséfone será, en definitiva, la esposa de Hades, ¿qué significa esta previa intromisión de Zeus? Aquí de los medios exegéticos que ya hemos aprendido en nuestra excursión por el peregrino reino de los mitos: significa que Zeus, en su condición de Catactonios o subterráneo, también puede identificarse con Hades. Zeus, pues, bajo forma de serpiente, entró en la cueva, se acercó a la doncella y tuvo de ella al primer Dióniso o Dióniso de primera instancia.

Hemos hablado de la cueva de Kyane, pero la herejía de los órficos nos dice que el encuentro pudo acontecer también en la cueva de Fanes y las Tres Diosas de la Noche. Si nos entregamos a explicar los entes órficos, abandonaremos la verdadera mitología clásica para exponer la mitología especial de aquella secta. Sólo de paso, y a título de curiosidad, diremos que Fanes es un pretendido dios de la cosmogonía órfica, surgido del huevo fabricado por Cronos en el Éter, y que se llamó también el Protógonos o primer nacido. De él procede ya la Creación. Es ente bisexual, radiante de luz, dotado de doradas alas y que posee múltiples cabezas animales. Su hija es la Noche, de quien hubo a Gea y a Urano. También se lo llama Eros, Metis y Erikapios. Para muestra de lo que pueden ser las teogonías órficas, basta y sobra.

El fruto de la unión entre el Zeus-Serpiente y Perséfone fue el Dióniso Zagreo (Cazador), niño cornúpeta que trepaba al trono de su padre y se divertía en lanzar rayos. Un viejo marfil nos hace ver cómo fue entronizado en la misma cueva de Sicilia: Dos Coribantes o Curetes danzan en torno a él, espada en mano, mientras una mujer arodillada le acerca un espejo, en que él se contempla con deleite. Sus juguetes son los símbolos órficos: dados, pelota, trompo, unas manzanas de oro, una zambomba (o mejor, una bramadera), y una madeja de lana. Estos dos últimos objetos figuran en las iniciaciones.

Contra este Dióniso Zagreo conspiran los Titanes. Dos de ellos, al menos, se cubren la cara de yeso para disfrazarse, y vienen desde el mundo inferior, espíritus de la muerte, a luchar contra el nuevo dios, el heredero de Zeus, "el futuro quinto amo del mundo". Pero otros testimonios nos dicen que los agresores no fueron los Titanes, sino unos terrígenas innominados, dos de los cuales, los mayores, siempre habían sido hostiles al hermano menor. (Véase más adelante la historia del Dáctilo Kelmis.) "No son los terrígenas —pretenden algunos—, son los Curetes." "Unos y otros juntos" —aseguran los de más allá.

Atengámonos a lo esencial y digamos que se trata de los Titanes. Hera los había instigado contra Dióniso. Éste, sorprendido en sus juegos, se defendió cuanto pudo, asumiendo sucesivamente la semejanza de Zeus, de Cronos, de un muchacho, de un león, de un caballo y de una serpiente; y al fin cayó bajo los cuchillos enemigos en forma de toro. Desde aquí se incorpora el toro al culto dionisíaco.

El relato se completa con el descuartizamiento del niño, partido en siete trozos que fueron hervidos en un caldero puesto sobre un trípode, y luego asados en siete estacas; y como el niño tenía cuernos, según cuadra a un auténtico hijo de Perséfone, los más piadosos pretenden que aquí no se trata de una criatura humana, sino de un cabrito que ocupó su lugar. El olor atrajo a Zeus, quien nuevamente precipitó a los Titanes en el Tártaro con una descarga de rayos. Zeus dio los trozos de la criatura a Apolo, el cual primero los llevó al Parnaso y luego los depositó junto a su trípode en Delfos. El número siete, el fuego, el caldero, el trípode, todo tiene aquí sabor mágico. Si, como algunos quieren, Deméter juntó y enterró los miembros del niño, de aquí pudo brotar la vid, creación o perfeccionamiento de Dióniso-Oinos, Dios-Vino.

Para que la historia pueda continuar, hay que seguirla por otra vereda y aceptar que, cuando Zeus intervino, ya los Titanes habían devorado al niño, con excepción de un miembro. El rayo de Zeus dejó cenizas, de que más tarde, como sabemos, había de fabricarse el primer hombre, según una de las leeyndas corrientes. (*Ver* la fábula de Prometeo.)

En el festín de los Titanes estaba presente una diosa, que luego resulta ser Atenea. Ésta pudo salvar el único miembro de la criatura no devorado por los Titanes, y que, por equívocos de palabras difíciles de explicar aquí, ya puede ser el atributo sexual o ya el corazón de Dióniso. Zeus lo recibió de Atenea y lo entregó a la diosa Hipta (una Rea del Asia Menor), quien había de trasportarlo en un cesto, sobre la cabeza, como se hace en las procesiones. Este cesto era un *líknon* o criba de trigo. El dios *Líknites*, el Dióniso del *líknon*, será así llevado al Parnaso y cunado en la criba como criatura de campesino, donde las Tíades se encargarán de "despertarlo": otra vez el juego de palabras, y otra vez el tema de las nodrizas.

Para reducir el cuento a los contornos que permiten contarlo, pues de otra suerte se nos deshace en un reguero de especies inconexas, digamos, con la mejor versión, que Zeus tragó el corazón vivo del niño Dióniso, salvado por Atenea cuando el banquete de los Titanes. De este modo, Zeus podrá engendrar nuevamente al dios en el seno de Semele. Y aún se nos quedaba en el tintero otra versión, conforme a la cual no hubo verdadero encuentro amoroso entre Zeus y Semele, sino que Zeus preparó una poción en que disolvió el corazón (o lo que sea) de Dióniso y lo dio a beber a Semele, quien pudo así concebir por segunda vez a la criatura. Tal es el Dióniso de segunda instancia. El tercero es el que aparecerá brotado del muslo de Zeus según ya antes se ha contado. Dióniso, desde los tanteos iniciales, es, como se ve, un dios que muere y resucita, condición de numen agrícola o, si se prefiere generalizar el concepto, de numen vital.

Respecto a la relación del Zagreo con el mundo subterráneo, ella es tan importante que Heráclito, dado siempre a las conclusiones extremas, dice rotundamente: "Hades y Dióniso son idénticos." De este parentesco subterráneo pudo traer Dióniso ese poco de dón profético que ya hemos visto en sus oráculos.

16. La historia del dios, en adelante, lleva dos caminos: o el de las persecuciones que padece, o el de las conquistas que logra, por vía pacífica o violenta. Pues la religión dionisíaca es una religión combatiente, y trae consigo un elemento revolucionario y un sentido bárbaro que se oponen al sentido helénico. Cuando alcance su culminación, se dejará persuadir, afortunadamente, por la influencia de Apolo y tomará el paso de andadura.

Uno de los primeros contratiempos de Dióniso ha sido narrado en la *Ilíada*. Licurgo, rey de los edones, pueblo tracio, atacó a Dióniso y a sus nodrizas en el Monte Niseo, armado de la aguijada con que conducía sus bueyes. Las Ninfas huyeron, arrojando sus simbólicos tirsos, insignias de su función sacra. Dióniso saltó al mar —otra vez el tema de la inmersión— y, espantado y tembloroso, fue acogido por la Nereida Tetis. Zeus, en castigo, arrebató la vista a Licurgo, y éste vivió poco, "por haberse hecho odioso a los Inmortales", como dice Diomedes. Se asegura que Dióniso empujó a Licurgo desde la altura del Ródope e hizo que lo devoraran las fieras.

17. Otra versión hace a Licurgo hijo de Bóreas y hermano de Boútes. En la fábula que cuenta Diodoro, Boútes

y Licurgo se disputaban el gobierno. Boútes, el menor, descubierto en conspiración, fue desterrado. Embarcó en compañía de los tracios con él comprometidos y paró en Naxos. A fin de reclutar mujeres, que los desterrados no llevaban consigo, recorrieron la isla y la costa firme. En la Acaya Ftiotis (Tesalia), encontraron a las nodrizas de Dióniso entregadas a sus habituales orgías. Boútes y los suyos se lanzaron sobre las Ninfas, que huyeron arrojando sus tirsos (rasgo que nuca falta). Algunas saltaron al mar, y otras treparon al Monte Dríos. Boútes dio alcance a Corone y la hizo suya. Ella imploró la ayuda del dios. Boútes perdió la razón y se suicidó echándose a un pozo.

III. *Dióniso adulto*

18. *Demos ya al Dios* por criado y maduro, antes de que nos perdamos en la selva de invenciones que quieren contarnos su crianza y sus mocedades cada una de distinto modo. Para dar cierta continuidad al relato, impondremos a las fábulas un orden arbitrario.

19. No bien Dióniso había descubierto la vid, Hera le arrebató la razón. Unos lo explican como efecto de la primera embriaguez (también el bíblico Noé hizo algunas extravagancias), y otros como un acto voluntario de Hera, para vengarse del bastardo. Acaso sea más cuerdo, como arriba lo dejamos dicho (§ 8), el ver en este castigo de Hera un intento de la patrona de hogares para detener las manifestaciones licenciosas de aquel dios hasta entonces tan desenfrenado. Recuérdese que, según Plutarco, la vid, atributo dionisíaco, quedó para siempre proscrita de los templos de Hera, y que los sacerdotes de uno y otro culto fingían ignorarse entre sí.

En su locura, el dios viajaba por Egipto y por Siria. Ha de haber sido tremebundo encontrarse con un dios loco: es lástima que falten noticias. Ascendiendo el litoral asiático, el dios llegó a Frigia, donde (nueva fase del sincretismo) Cibeles lo inició en sus Misterios. Es de creer que, para entonces, Dióniso había recobrado la razón.

20. El errabundo siguió su viaje. En Tracia, según otra versión del caso que ya conocemos, Licurgo, quien reinaba

por las riberas del Estrimón, quiso aprisionarlo. El dios se ocultó en la mansión de Tetis. Licurgo logró apoderarse de las Bacantes que lo acompañaban. Éstas quedaron milagrosamente en libertad, obra del Dióniso Lyaios, el que desamarra los nudos. Ante esta manifestación sobrenatural, Licurgo enloquece: creyendo abatir la viña del dios, se troncha una pierna y cercena las extremidades de su hijo Driante. Vuelto en sí, se encuentra con que el hambre asuela a su pueblo. El oráculo ordena, para contentar al dios, el sacrificio de Licurgo, el cual es descuartizado entre cuatro caballos.

21. La muerte de Orfeo es otro ejemplo de la tendencia a mezclar los mitos. Se dice, entre otras cosas, que Orfeo pereció a manos de las mujeres tracias, pero se explica de varios modos. En *Las Basárides*, Esquilo afirma que Orfeo provocó la ira de Dióniso por haber preferido el culto del Sol, aquí identificado con Apolo. En Virgilio, el furor de las mujeres contra Orfeo es movido por el desdén que Orfeo les demostraba desde el día en que perdió a su Eurídice. El tema del desdén, a su vez, se interpreta de distintas maneras: o significa que Orfeo predicaba a los maridos el abandono de sus esposas, o que negaba sus Misterios a la población femenina, o que el encanto de su música fascinaba a los hombres en términos tales que causaba los celos de sus compañeras.

Por supuesto, estos episodios no admiten orden cronológico verdadero. También podemos imaginar que el encuentro con Orfeo aconteció cuando Dióniso regresaba del viaje a la India que luego vamos a referir. En todo caso, cabe observar que algunos ven aquí un eco de las primeras escaramuzas entre el sentido apolíneo, tan claramente representado por el cultísimo Orfeo, y el sentido dionisíaco, silvestre y bronco. Otros se limitan a considerar esta lucha como el eco de una posible pugna histórica: el muy helénico Orfeo, en la Tracia misma, quiso en vano disputar sus fueros al terrible dios tracio.

22. Desde Tracia, Dióniso se transporta a la India, ya seguido por numeroso ejército que se le ha venido juntando. Aquí comienza a organizar su cortejo ritual, y se le une algún dios menor como Príapo de Lámpsaco, que suele darse

por su hijo. Aparece el ostentoso carro ornado de pámpanos y tirado por panteras en que ha de seguir sus peregrinaciones. También aparece el modesto asno, que a veces montará Dióniso y a veces el borracho Sileno y que, muerto por Príapo, se convertirá en constelación. En el culto priapense del Helesponto, donde el ridículo diosecillo más bien se limita a cuidar los huertos en calidad de espantapájaros, el asno es la víctima de sus sacrificios.

So pretexto de las campañas de Dióniso por Asia —ya conocidas de Eurípides—, la época alejandrina, tan dada a adular al poderoso, quiso prestar al dios los rasgos de Alejandro el Grande y viceversa. El tedioso e inacabable poema de Nono que tales patrañas nos cuenta —fruto del mal gusto y la política de su tiempo— recoge un sinfín de tradiciones adulteradas. Según esto Dióniso emprendió una victoriosa expedición militar ayudado hasta por las fieras y por la naturaleza toda; venció al gigantesco Dríades, rey de la India; llegó hasta el Ganges; levantó unas columnas destinadas a señalar el fin del mundo oriental; fundó ciudades; enseñó el uso del arado, el cultivo de la vid, los frutos y la apicultura. Algo hay en la personalidad de Dióniso que incita a llevarlo por todas las tierras y regiones. Nuestro Rubén Darío, que poseía el sentido de los mitos antiguos, quiso también traerlo a América:

Mas la América nuestra, que tenía poetas
desde los viejos tiempos de Netzahualcoyotl,
que ha guardado las huellas de los pies del gran Baco...

(*A Roosevelt*)

En todo caso, Dióniso fue la deidad griega mejor conocida fuera de Grecia y hasta en las tierras más distantes; y, como dice Tarn, si algún dios helénico estuvo a pique de conquistar el mundo, el único que reunió las condiciones posibles fue Dióniso.

IV. *El retorno*

23. *Al fin* vuelve Dióniso a Grecia y entra por Tebas, la tierra de su madre Semele. La penetración de su culto se desarrolla en una serie de calamidades que pueden reducirse al siguiente esquema, del cual la lucha contra Orfeo nos

dio ya una muestra expresiva: Dióniso comienza por enloquecer a las mujeres de la región cuya autoridad se le resiste; después, el jefe de la resistencia cae bajo el furor femenino, y es despedazado como las víctimas que se ofrecen al dios en las orgías propiciatorias. Otras veces, el castigo se aplica directamente a las mujeres reacias.

Es ésta una nueva suerte de combate que moviliza, en vez de las armas de los varones, las energías emocionales de las mujeres. Ellas, sometidas a un verdadero encierro doméstico, son las primeras en entregarse, como unas sufragistas de antaño, al que les trae los derechos de que carecían y al que desata los lazos de todo orden. El contagio del frenesí dionisíaco hace pensar a Rohde en las epidemias nerviosas que aparecieron al fin de la Edad Media. Los fieles se organizan en grupos delirantes —*orgeones, teíasos*— y se extienden por el territorio griego como una mancha de aceite.

24. La epidemia comienza en Tebas. La lucha contra el rey Penteo, inmortalizada en *Las Bacantes* de Eurípides, es trágica y accidentada. Era Penteo hijo de Agave, una de las hijas de Cadmo y hermanas de Semele. Penteo había heredado el trono y tenía a Dióniso por un embaucador peligroso e "indeseable". Quiso detener a las mujeres que, en masa, acudían al Monte Citerón para celebrar el nuevo culto. Hizo encerrar en una mazmorra de su palacio a cierto misterioso extranjero, heraldo de Dióniso y quién sabe si el mismo Dióniso, que sus guardias habían logrado capturar entre la muchedumbre nocturna agolpada en el Citerón. El prisionero quedó inexplicablemente libertado, al modo que ya conocemos, y además, con acompañamiento de terremotos, truenos y estragos. Penteo, aunque todavía receloso, se dejó aconsejar por el extraño emisario, ante aquella inesperada prueba del poder dionisíaco. El emisario le aconsejó que, vestido de mujer para poder asomarse impunemente a la ceremonia orgiástica, presenciara por sí mismo las celebraciones y ritos del nuevo dios. Penteo se ocultó, disfrazado, en la copa de un árbol, como el suegro de Eurípides en la parodia aristofánica y como el bobo en el cuento folklórico del Domingo Siete. Fácilmente lo descubrieron las secuaces de Baco y, enfurecidas, lo destrozaron sin piedad, entre ellas su propia madre que, en su extravío, lo tomó por un león. El caso ha

sido narrado por Esquilo, Eurípides, Pacuvio, Ovidio y Nono.

25. En Beocia, las hijas de Minias —Alcítoo, Leucipe y Arispe, llamada también Arístipe o Arsinoe— se negaban a participar en los ritos dionisíacos y preferían quedarse bordando en casa, mientras toda Orcómeno celebraba al dios. Éste, en persona, disfrazado de muchacha, les aconsejó inútilmente que se unieran a los cortejos báquicos. Ellas desoyeron el consejo. Si hemos entendido bien a Ovidio, eran pudibundas y remilgosas. El resultado no se hizo esperar: la morada se pobló de fieras fantasmales, las telas en que las princesas labraban se convirtieron en vides, se dejaron oír músicas y cantos, gritos orgiásticos y gemidos extraños. Las hijas de Minias, ya medio enajenadas, echaron suertes para saber a cuál de ellas tocaría ofrecer el sacrificio que calmase al terrible dios. La designada fue Leucipe, y ella misma entregó a su hijo Hipasos, que despedazaron entre las tres... De allí salieron a todo correr, sea para unirse a los cortejos báquicos o para buscar un refugio, y se vieron metamorfoseadas, la una en murciélago, la otra en lechuza y la tercera en cuervo.

26. En Eleutera, al norte de Ática —por donde Dióniso llegó a Atenas— las hijas de Eleutero vieron en sueños al Dióniso de la cabra negra, el Melanaigis que tanto se parece ya al Diablo de los aquelarres. Como despertasen maldiciendo de su visión, el dios las enloqueció según solía. Para aplacarlo, y por instrucciones del oráculo, Eleutero tuvo que instituir honores públicos al Dióniso Melanaigis.

27. En Argos, indignado el dios por la resistencia que su culto encontraba, enloqueció a las hijas del rey Preto y a las mujeres argivas en general, quienes se entregaron a los peores excesos y daban muerte a sus propios hijos. Las hijas de Preto —Lísipa, Ifianasa y otra cuyo nombre se olvida— alcanzaban entonces su madurez o, como diría la Lozana Andaluza, acababan de perder su primera sangre, lo que algunos exégetas relacionan con el posible rapto de histeria.

En lección disidente, la locura de las hijas de Preto se debió a Hera que, agraviada de algún modo por las princesas, las convirtió en vacas, su animal predilecto, o las hizo

517

creerse vacas. Otros atribuyen la venganza a Afrodita, que no perdona desaires y que provocó en ellas una insaciable sed de amor. Con el cuerpo cubierto de manchas blancas —o por vacas pintas o por leprosas—, iban en pos del toro Dióniso. El curandero Melampo, el Pies Negros, se ofreció a volverles la salud a cambio de un tercio del reino. Como Preto se negara, la locura femenina arreció en términos insufribles. Preto nuevamente acudió a Melampo, que ahora le pidió dos tercios del reino, lo que obtuvo sin regateo. Una de las princesas murió en el tratamiento, y las otras dos se curaron: exacta correspondencia de la división del reino en dos tercios y un tercio. Se dice que Melampo purificó a las princesas en el río Minyaios, después Anigros, donde se curaban los leprosos. Otros aseguran que las trató mediante la magia homeopática o imitativa de su propia locura, haciéndolas perseguir por una banda de muchachos que gritaban y remedaban las danzas inspiradas, de suerte que provocó así una *Kátharsis* báquica. Acaso una experiencia religiosa de este orden sugirió a Aristóteles su extraña teoría sobre la *Kátharsis* de la tragedia.

Melampo fue en la Grecia heroica lo que fue Epiménides en la Atenas del siglo VI a. c. Se lo suponía descendiente de Dióniso por la rama minia. Alcanzó algún culto: en el periodo prehistórico, el solo poder sacerdotal podía conducir al culto heroico.

27. Perseo, en Argos, no sólo se opuso a Dióniso, sino que, según cierta fábula, le dio muerte. Dióniso llegó a aquellas costas con una banda de mujeres, las Mujeres del Mar. Perseo les presentó batalla y las venció. Sus tumbas aún se mostraban en Argos durante los tiempos históricos. Dióniso, muerto en el combate, fue sepultado en Delfos (referencia a la tradición que lo supone enterrado en el propio templo de Apolo), o bien fue arrojado por Perseo al lago Lerne (referencia al rito agrario que lo evoca, junto a los pantanos, al son de trompetas).

Según Pausanias, Dióniso no pereció en el combate, antes se reconcilió con Perseo y fue honrado en Argos. Él mismo se sumergió en el lago Alcióneo, deseoso de rescatar a su madre Semele, que yacía en el reino de las sombras. Esta historia huele ya a falsificación alejandrina, aunque San

Agustín le conceda la honra de citarla. Entramos aquí en la habitual maraña de mitos, a que tanto se fue aficionando la mente griega.

28. El descenso de Dióniso a los Infiernos a través del Lerne —que así lo dice la versión más establecida— merece, sin embargo, contarse, por algunas circunstancias del cuento que dan luz sobre los más oscuros aspectos del culto dionisíaco. El lago se consideraba sin fondo, y por eso se lo suponía el camino más directo para el mundo inferior. Dióniso consultó su itinerario con un experto de la región, el campesino Polyhymnos o Prósimos. Éste, a cambio de sus servicios, le pidió el poder saciar todos sus antojos amorosos, y Dióniso le ofreció otorgárselo cuando regresara a la tierra. Llegado al reino de Hades, obtuvo de éste la devolución de Semele, a trueque de algún presente que le fuese muy caro, y Dióniso le ofreció el mirto. Desde entonces, el mirto corona las sienes de los iniciados en sus Misterios. Semele volvió al mundo y fue hecha inmortal bajo el nuevo nombre de Tione (la del rapto extático). En tanto, Prósimos había muerto. Para de algún modo cumplir su oferta, Dióniso plantó en su tumba un falo de higuera tallado por él mismo y se entregó a un ridículo simulacro. Acaso debemos prescindir de estas fealdades, hijas de la imaginación rústica, e interpretar el palo de higuera en la tumba como emblema de resurrección en el otro mundo, de que hay numerosos ejemplos tracio-frigios, órficos, folklóricos en general.

29. Acrisio, rey de Argos y padre de Dánae, también fue enemigo de Dióniso y también tuvo que lamentarlo. Pero la historia de esta enemistad es algo desteñida, y lo que de ella sabemos se reduce a dos rápidas alusiones de Ovidio.

30. El Himno Homérico dedicado a Dióniso se refiere a una curiosa aventura, y explica la costumbre (o la alude) de enredar vides en los palos de las embarcaciones. Dióniso, hermoso mancebo de cabellera rizada, se presenta junto al mar. Unos piratas tirrenos, considerándolo como hermosa presa, esclavo de alto precio o príncipe de valioso rescate, se apoderan de él, lo conducen a la nave atado y ponen la proa rumbo al Asia. De pronto, los lazos que ataban a Dióniso se aflojan y caen como de costumbre: obra del Dióniso

Lyaios o Lysios a quien tantas veces hemos encontrado en esta "prestidigitación". El dios se sienta "y sonríe en sus ojos negros". El piloto (por los estragos del manuscrito no sabemos si se llamaba Icario o Akoites) en vano advierte a sus compañeros que han cometido un grave error y sin duda traen a bordo un dios. Nadie le hace caso, y el capitán le manda ocuparse de lo que entiende.

Y aquí empezaron los prodigios: la nave se inundaba de vino "dulce y perfumado"; una parra cargada de racimos se extendía por el velamen; una yedra se enroscaba en el mástil; los escálamos aparecieron coronados; Dióniso, convertido en león, lanzó un rugido; un oso de erizado cuello saltó por la proa. Todos se replegaron a popa. El león atrapó al capitán. Los demás se dejaron caer al agua y se transformaron en delfines, salvo el prudente piloto que fue protegido por el dios. De aquí que los delfines se muestren tan amigos del hombre: son unos pobres piratas arrepentidos. Ovidio, Higinio y Nono repiten la historia con variantes.

Este relato nos muestra el aspecto menos conocido de Dióniso, que es su relación con el mar. El Himno Homérico parece una respuesta a la conocida frase de Homero: "El mar donde no hay cosecha de vino". . . Un antiguo vaso nos muestra a Dióniso, figura barbada, navegando solo en un barco cuyas velas están cubiertas de parras con racimos y seguido por unos delfines. (*Ver* el final del § 2).

31. Entre las historias pacíficas sobre la propagación del culto dionisíaco —no por eso exenta de desgracias, pues por donde pasa el dios deja un reguero de cadáveres—, ocupa lugar eminente la leyenda ática de Icario. Era éste un contemporáneo del rey Pandión, y se mostró hospitalario para con el dios recién venido. Ni así pudo eludir la fatalidad que parece haber acompañado a Dióniso mientras habitaba la tierra. El dios, en efecto, concedió a Icario la merced del vino, que él se apresuró a comunicar a su pueblo como invento maravilloso. La gente, al sentir los efectos de la embriaguez, se creyó envenenada y dio muerte al infeliz Icario: para que aprendan de él quienes dan perlas margaritas a los cerdos o buenos licores a los adeptos de la coca-cola.

Erígone, la hija de Icario —a quien, según otras versiones el propio Dióniso enamoraba—, buscó a su padre por todas partes, acompañada de Maira, su perro. Al encontrar el cadáver, transida de dolor, se colgó de un árbol. Entonces, a influjos del dios, se produjo alguna extraña epidemia, no sé si una terrible sequía canicular o una racha de suicidios entre las jovencitas. Aristeo o algún otro vecino imploró el consejo de Apolo, y éste ordenó instituir un culto público en honor de Icario y de Erígone, donde manifiestamente se ve que comienza ya una colaboración entre las dos deidades, Apolo y Dióniso. La furia de éste se aplacó, y Zeus, en pleno verano, como para dar la aprobación a la obra de sus lugartenientes, mandó sobre la comarca una onda fresca que duró hasta cuarenta días. El culto recién fundado exigía, entre otras cosas, colgar muñecas de los árboles (festival de las Ayora), en recordación del suicidio de Erígone. Estas imágenes al columpio también poseen sentido ritual, de fertilidad y purificación, y así se interpretan los muchos suicidios de heroínas que perecen ahorcadas, como la inolvidable Fedra.

Según Higinio, Icario se convirtió en la constelación de Bootes o Arturo, Erígone en la de Virgo, y el perro Maira en la estrella del Perro. Icario y Erígone tienen traza de divinidades locales.

El amor de Dióniso por la joven Erígone es tema de otra leyenda y consta en las *Metamorfosis* de Ovidio: el dios logró seducir a Erígone asumiendo la apariencia de una vid en racimos.

Erígone es también llamada Aletis o la Errabunda, lo que crea cierta confusión con la fábula que ahora vamos a referir, por figurar en ella un Aletes, hermano de una Erígone diferente.

(Esta otra Erígone, en efecto, nada tiene de común con la que aparece en el ciclo de Dióniso, aunque algunos quieren confundirla con ella. Era hija de Egisto y de Clitemnestra, habida durante la ausencia del esposo Agamemnón en Troya, o durante la época que media entre el regreso y muerte de Agamemnón y el asesinato de Egisto y de Clitemnestra a manos del agamemnónida Orestes. Esta Erígone tenía un hermano llamado Aletes, y por lo visto, ambos resultaron medio hermanos de Orestes. No contento con haberse vengado del adulterio de su madre matando a ésta y a su amante Egis-

521

to, Orestes mata igualmente a Aletes, y ya se disponía a acabar también en Erígone, cuanto Ártemis, como lo hizo para Ifigenia, la salva en el último instante y la hace su sacerdotisa. Más que una doble de la primera Erígone, esta segunda Erígone parece una doble de Ifigenia. Y todavía en versión disidente, esta segunda Erígone ha dado a Orestes un hijo llamado Pentilo.)

V. *Dióniso sube al cielo*

32. *Ha terminado la* Pasión de Dióniso. Cuando el dios considera acabada su campaña terrestre y su culto suficientemente establecido, sube al cielo. Pero no olvidemos que ha combatido ya al lado de los Dioses y contra los Gigantes. Allí dio muerte al Gigante Eurípilo con un golpe de su tirso ritual que, por lo visto, poseía la fuerza del rayo, herencia de sus infancias de Zagreo. También es fama que Hefesto y Dióniso se presentaron en aquel combate montados en sendos asnos, y Dióniso, además, asistido por su cortejo guerrero. Por cierto que los rebuznos de los asnos (cuyo eco sería la bramadera de los Misterios) pusieron en fuga a los Gigantes.

33. Ya en su condición de dios celeste, Dióniso tuvo amores con Ariadna, la princesa minoica, después que la abandonó Teseo. Los habitantes de Naxos mostraban la cueva en que, según ellos, había acontecido el encuentro del dios y la heroína. Posibles hijos de esta pareja fueron Enopión (el Hombre-Vino), Evantes (el Florecedor) y Estáfilo (el Racimo). Volveremos sobre esta aventura de Dióniso al tratar de Teseo.

34. Entre sus vagas historias de amor, se le atribuye no sé qué cuento del Sátiro Ampelos (no es más que una representación de la Viña), y se habla de los desdenes con que lo torturaba la Amazona Nicea. Finalmente, la imaginación mítica se las arregla de algún modo para desposarlo con Afrodita. De esta unión pudieron nacer Príapo, Himeneo... y aun el Hermes Ctonio: notable enredo. Sabemos ya que Príapo también es considerado como hijo de Hermes y de Afrodita.

(Así como en otros capítulos, y según se ofrecía, hemos

mencionado ya varios incidentes del mito de Dióniso —que el índice alfabético agrupa—, así dejaremos ahora para otros lugares aquellos episodios en que el peso de la narración recae sobre alguna otra figura y no tiene por centro al dios.)

VI. *Consideraciones generales*

35. *Seguramente*, de todos los mitos enumerados, lo que más nos impresiona es la resistencia contra Dióniso y la pugnacidad del dios. En las historias del ciclo dionisíaco se repiten monótonamente los motivos de la *manía* o furor, el *entusiasmo* o compenetración mística y el *sparagmós* o descuartizamiento, el cual conduce derechamente a la comunión por absorción física. Acaso los muchos héroes despedazados en aras de Dióniso sean rastros de la occisión perpetrada en víctimas humanas que algún día representaron al dios, como luego lo representó el toro. En cuanto al sentimiento de la resistencia constante, bien podemos interpretarlo, no sólo como una lucha entre el helenismo y la barbarie, sino ahondando más, también como la defensa que opone siempre nuestra razón a abdicar de sus fueros, y el miedo con que se asoma a la renuncia. De aquí el significado eterno de *Las Bacantes*, de Eurípides.

36. Aunque es absurdo el dar valor de testimonios históricos a estas leyendas y el pretender trazar por ellas el progreso de la campaña dionisíaca a través de Grecia, conviene reparar en que la introducción del culto debe de haber sido relativamente cercana, como ya lo afirma Heródoto (¿acaso del siglo VII a. c.?) para que aún quede huella en el folklore de varias ciudades como Tebas, Orcómeno, Eleutera, Atenas, Argos y las costas laconias. Y conviene advertir asimismo que este culto quedó siempre en la mente griega como una incursión terrorífica desencadenada desde tierras extrañas. El intérprete moderno pudiera añadir: venida del Asia Menor, sí; pero venida también desde los fondos de la insobornable subsconsciencia.

Aquella onda de fuego tracio sólo pudo aclimatarse en Grecia mediante pacto y transacción, y bajo la omnipresente vigilancia del espíritu olímpico. Delfos recomendará entonces el culto de Dióniso, y Apolo gustará entonces de hacerse llamar, como si luciera una nueva túnica, el Diony-sódotos.

37. Por de contado, estas abstracciones sólo se escriben en la historia mediante el suceder de los hechos. Queda viva la observación de Jaeger: el auge de Dióniso y su acceso al favor público acontecen con el advenimiento de los tiranos (no entendamos esta palabra al modo de hoy); con el desalojamiento de Adrasto, antiguo héroe de Sición, por Dióniso, bajo Clístenes, y con la institución de las fiestas Dionisíacas en Corinto, bajo Periandro, y en Atenas, bajo Pisístrato. La orgía nocturna vendrá entonces a ser un sacrificio municipal, a la luz del día y sin feos extremos, las licencias de antaño se volverán Comedia festiva, y los furores y arrebatos de otros días hallarán dignísimo cauce en la Tragedia.

38. Entretanto, la sacudida dionisíaca no habrá sido estéril para Grecia. Deja, en los siglos v a iv, una contribución más al sentimiento del misterio divino, y una concepción más profunda del alma humana y sus definitivos anhelos. "Porque los dioses nuevos no vienen a luchar con los antiguos, sino a acrecer el sentido religioso de la tierra" (Pedro Henríquez Ureña, El nacimiento de Dionisos, 1909). El Dióniso que llega a amistarse con Apolo, como con un sabio tutor, no es ya el mancebo desorbitado que llegó de Asia. Dióniso maduró, y aprendió muchas cosas en estos nuevos suelos benéficos. El que era dios de placer y desenfrenos ha venido a ser un protector de la poesía y la música, un maestro del Teatro.

39. Más que de una supuesta religión del vino —aunque del vino haga su patrimonio por lo mismo que no se lo habían adjudicado otras deidades agrícolas como Deméter—, Dióniso ha de considerarse como el dios de una religión emocional, y por eso en la antigua semántica, que confunde la emoción con el sentimiento de lo fluido y lo líquido —en que, por otra parte, reside también la fertilidad—, el divino mancebo, con la palabra de Plutarco, representa "el elemento húmedo": savia, sangre y esperma, y algo como un vino filosófico o vimun mundi, que viene a ser para el vino propiamente tal lo que para la materia palpable a los sentidos es la sustancia prima de los estupendos físicos jonios.

Sustento común de las formas y flujo interior de la vida, el impulso dionisíaco fácilmente transporta al ser de una en otra apariencia, de modo que trasciende su actual estado transitorio. Este trascender de las formas tiene dos manifestaciones supremas: una es el entusiasmo, donde el creyente se proyecta hacia el dios y se confunde momentáneamente con él en mística compenetración; otra es el poder de cruzar la muerte y resucitar en un nuevo ciclo. Las pretendidas tumbas de Dióniso en Tebas, en Delfos, en Argos, pasan a la condición de moradas provisionales y sin consecuencia final.

Este carácter no es exclusivo del sentimiento dionisíaco, puesto que Dióniso lo comparte con otras varias divinidades mediterráneas. Los ciclos de resurrección, explícitos para el dios, y también para la naturaleza a través del Drama del Año, no han sido "explicitados" para el fiel en su condición humana, ni acaso sería ello posible, puesto que precisamente Dióniso ofrece al hombre una disolución panteísta y difusa en el seno de las energías naturales: Nos confundiremos con el dios, saltaremos sobre la muerte, pero no en nuestra condición actual, sino trocados en aire, luz, fuego y temblor vital.

Sin embargo es innegable que esta idea de la inmortalidad inmediata ronda la mente de los adeptos, y que tal idea era, en principio, tan inusitada para el griego como lo dejan sentir Heródoto y Sócrates al referirse respectivamente a los getas adoradores de Zalmoxis (este Pitágoras exótico) y a las creencias de los médicos tracios.

40. Las últimas consecuencias de estas corrientes mentales han sido popularizadas por Nietzsche en su interpretación de lo dionisíaco y lo apolíneo, considerados como los dos polos de la emoción griega: aquello, la sumersión en el todo, la contorsión epiléptica que es un salirse de las formas; esto, la ley de la forma y el principio de individuación. Y si Wilamowitz-Möllendorf se opuso, en su día, a la postura nietzscheana, sólo es porque el guardián de los documentos siempre ve con explicable recelo al que los descifra. Siguen siendo válidas, en general, las tesis de Nietzsche. Y sólo cabe insistir, como lo hemos hecho a cada paso, en que fue una suerte si el orden intelectual de Apolo pudo, a tiempo, domesticar y reducir el irresponsable culto orgiástico y las exorbitancias del dios enloquecido, salvando así a Grecia de hundirse pre-

maturamente en un desastre que le hubiera impedido surgir al plano de la Historia.

4

A) *Ares: Su función guerrera y destructora. Su escasa helenización. Lo humillan dioses y héroes. Su falsedad y su crueldad. Afición de Afrodita por Ares. Es hijo de Hera ¿y de Zeus? Su origen tracio. Su culto. Su figura y sus atributos. Sus acompañantes: Enialio, Enío, Eris, Fuga y Terror* (Deimos y Fobos). *Episodios ridículos: la trampa de Hefesto, la urna de los Aloades. Encuentros con Héracles. Los hijos, además de* Deimos y Fobos: *Ascálafo y Yálmeno, una amazona, Harmonía, ¿Eros y Anteros?, Cicno, Diomedes Tracio, Flegias, ¿Meleagro?, Alcipe (y la historia de Halirrothios), Licaón, Melanipo. Sus amores con Eos.*

B) *Hefesto, dios oriental del fuego y de las artes del fuego. Su culto. Su relación con los herreros: Cíclopes. ¿Dáctilos y Telquines? Su cojera. Obras principales. Su acceso al Olimpo y su posición entre los dioses. Hijo de Hera ¿y de Zeus? Agravis. Sus esposas: una Gracia y Afrodita. El trono de Hera. Hefesto y Diónoso. Atenea y Erictonio.*

C) *Los mellizos: Aloades, Dióscuros, Afáridas, Actoríones-Molíones, Anfión y Zetos, ¿Hefesto y Prometeo? ¿Hefesto y Ares?*

D) *Inviolabilidad y "Maternidades" de Hera. Casos de Ixión, Eurimedonte y los Sátiros. Tifeo, Hefesto, Ares. La flor de marzo.*

E) *Conclusiones sobre la familia olímpica.*

1. Respecto a los dos últimos brotes de la Familia Olímpica que ahora vamos a conocer —Ares y Hefesto—, nos permitiremos, conforme al criterio expuesto en la Introducción, girar levemente el calidoscopio, a fin de que la pedacería de vidrios coloridos se agrupe con un equilibrio más seguro, cuando menos por un instante.

A

2. *Ares ha venido* a ser, si no propiamente el dios de la guerra, sí el espíritu de la matanza y de los estragos sangrientos. Se ha dicho que fue, mucho antes de su verdadera adop-

ción helénica, el dios de la tempestad, el dios de la luz, el dios ctónico que preside a la fecundidad (según Kern): aunque esta última definición admite un distingo singular: el dispensador de la bonanza y la ruina acabó por aficionarse más bien a provocar la ruina, por donde resulta un numen de la destrucción. El VIII Himno Homérico, único documento helénico que le es francamente favorable, lo asocia con Temis (la Justicia) y lo hace enemigo de los tiranos y protector de los justos. Pero nótese —circunstancia y síntoma sospechosos— que aquí se confunde a Ares con el planeta Marte, aunque por supuesto sin darle este nombre latino. Percíbese en este y en otros Himnos Homéricos una influencia órfica; y ya sabemos que el orfismo es una falsificación, una herejía o disidencia.

3. Apenas insistir en la eterna nota: A semejanza de muchos otros Olímpicos, Ares tiene traza de forastero, no obstante la hipótesis de Kern sobre su nombre ctónico y su arraigo vernáculo. Pero, en el caso de Ares, se agrava el pecado original, pues Ares nunca parece haberse asimilado del todo a su nuevo ambiente. Cualesquiera hayan sido sus caracteres y atribuciones antes de aparecer en Grecia, y si prescindimos del anómalo Himno ya mencionado, Ares, en la mitología griega propiamente tal, no posee el menor sentido ético, social, teológico; ni, a diferencia de los demás dioses, la menor relación agrícola.

No puede decirse lo mismo de Marte, su parangón romano; el cual, amén de ser una figura mucho más digna, grave, respetable, se emparienta de alguna manera con los ritos del campo; y el Marte Ultor, en el culto augustano, aun llega a significar la recta venganza, siendo así que en el Ares griego falta la noción de rectitud.

4. Por lo pronto, Ares nunca fue popular. Los helenos eran bravos y combativos; pero, en principio, abominaban de la discordia, que era la característica de este dios y se complacían en presentarlo vencido. Las demás deidades, salvo Afrodita, no parecen sentir por él ninguna simpatía. El propio Zeus lo aborrece sin disimulo, según el testimonio de Homero. Si examinamos la conducta de Ares en la *Ilíada*, lo encontramos falso, puesto que viola sus promesas y habiendo ofrecido a su misma madre apoyar a los aqueos se pasa a los

troyanos: rasgo antihelénico, cual lo es su futura alianza con las Amazonas; lo encontramos, además, inútil, puesto que para el ímpetu bélico se bastan Zeus, Atenea y los grandes héroes; y por momentos, lo encontramos también ridículo, puesto que no sólo Atenea lo humilla más de una vez, sino Diomedes, un mortal; y lo propio le acontecerá en sus encuentros con los Aloades y con Héracles. Acaso debemos agradecer a Homero el tener escasas noticias sobre los horrores de Ares.

4. Aparte de sus apariciones en la *Ilíada* para provocar o para enconar las peleas y refocilarse en charcas de sangre, este *miles gloriosus* a lo divino casi no tiene mitología; como si la imaginación griega no hubiera querido concederle su gracia, o sólo se acercase a él para censurar sus equívocas proezas o para pintarlo en trances cómicos y comprometidos. Pero como el amor sí se da de gracia (y no sería ésta la primera vez que la más hermosa abriga una inclinación secreta por el más repugnante), Afrodita resulta ser la única que lo estima. Ella, en la *Ilíada*, acude a Ares como a persona de su confianza cuando necesita regresar al Olimpo, ella asimismo le ayuda a levantarse del polvo y lo acompaña cariñosamente cuando Atenea lo derriba de una pedrada. ¿Habrá que cargarlo todo a cuenta de las algo oscuras concomitancias guerreras de Afrodita, la Afrodita Areía o Armígera, la Afrodita varonil y barbada? En todo caso, ambos se asocian como amantes o copartícipes en los cultos.

5. En la mitología definitiva de Grecia, Ares se presenta como hijo de Zeus y de Hera, o solamente hijo de Hera según veremos, aunque considerado familiarmente como hijo de Zeus, al igual de Hefesto. Y, si bien su nombre es de auténtica contextura griega, su etimología es desconocida. Se pretende derivarlo de "Ara": ¿"maldición, plegaria, guerra"? Los mitos de su infancia prácticamente se han perdido; sólo los etruscos lo veían niño, como luego se referirá. Queda la vaga especie de que Hera le dio por tutor a Príapo, quien en Bitinia (Asia Menor) aparece como uno de los Titanes o de los Dáctilos Ideos y, en Lámpsaco (Helesponto), casi como guardián de jardines y mero espantapájaros. No es ésta la única relación de Ares con los Titanes. Príapo, en todo caso, lo enseñó de niño a danzar a la perfección antes de usar las

armas. ¿Y no se precia Héctor, en la *Ilíada*, de ser diestro en "la danza de Ares" para decir que es diestro en la lucha?

Por los días de Homero, Ares se nos muestra como una divinidad regular y reconocida en el círculo olímpico; pero, a poco que investiguemos, comenzamos a averiguar que viene de muy lejos. La tendencia helénica manda a la misteriosa Hiperbórea, al Septentrión, cuanto es oscuro y borrascoso. Homero hospeda a Ares en Tracia, donde tuvo culto. Heródoto habla de cierto dios de la guerra que adoraban tracios y escitas y, recordando la colonia tracia de que hay rastro en la Grecia prehistórica (¿será la que introdujo a Dióniso?), afirma que aquel dios guerrero vino a transformarse en el griego Ares.

Cuando, en la *Ilíada*, Zeus lo amenaza con enviarlo castigado al Tártaro, donde tiene presos a los Titanes, nos da lugar a preguntarnos si no hay aquí un vago eco de la naturaleza titánica que a Ares corresponde; y por Titanes y aun Gigantes bien cabe entender, como lo explica Farnell, toda divinidad prehistórica que aún asoma las narices en el Panteón de la Grecia griega. Desde luego, Ares es gigantesco. Su grito, en el poema homérico, es el grito de diez mil hombres; su cuerpo, derrumbado en el suelo, cubre no menos de siete yugadas, lo que podría arar una yunta en siete días.

6. Su culto no fue muy difundido. En Escitia le sacrificaban anualmente reses, caballos y, en algún tiempo, prisioneros de guerra, como acaso se hizo un día en Esparta. Aquí, bajo el nombre de *Theritas*, se le inmolaban perros, víctima purificatoria que también conviene a ritos temerosos como el de Hécate.

Además del perro, se le ofrecían como víctimas los buitres: animales ambos que se anuncian devorando cadáveres desde el primer grito de la poesía helénica, en el proemio de la *Ilíada*.

En el culto de Geronthrai (Laconia) las mujeres eran *tabú*, por cuanto la presencia femenina puede mermar el ardor guerrero. Pero en Tegea, Ares, bajo el nombre de Gynaikothoínas, era adorado exclusivamente por mujeres, cuya participación en la magia guerrera tampoco es desconocida, lo que acaso provenga de la tradición que emparienta al dios con las Amazonas. Algún culto parecido hubo en Argos, referido a la heroína local, Telesila. Se dice que los Dióscuros llevaron la efigie de Ares desde Esparta hasta Therapne.

Los atenienses pretendían que, cuando Ares dio muerte a Halirrothios de quien luego hablaremos fue juzgado en el templo donde se custodiaba su estatua labrada por Alcamenes. Aparte de Atenas, el culto de Ares tuvo alguna importancia en Tebas y, entre las comunidades del norte, y del occidente en Etolia y en Tesalia.

7. Antes del siglo V, el arte lo representa barbado y provisto de todas armas. Más tarde, acaso por influencia de los escultores atenienses, asume el aire de un joven guerrero ideal, figura a que corresponden sin duda sus asociaciones con Afrodita y Eros. Poco a poco, se nos convierte en un varón vigoroso, siempre imberbe, de pelo rizado, calzón corto y pesado espadón, yelmo y clámide. Finalmente, la influencia macedonia otra vez lo hace barbado, insistiendo siempre en su aire potente y dominante. Tuvo pocas estatuas: menos que el Marte de los romanos.

En Escitia lo representaban como un viejo machete de hierro, al que ofrecían los sacrificios. Sus atributos suelen ser la lanza y la tea ardiente (sangre y fuego). Agitar antorchas o arrojar la antorcha encendida al campo enemigo, posible rito mágico, era la señal de ataque, el comienzo de las hostilidades.

8. Se consideran asociados a Ares dos personajes menores que van con el culto de la guerra: Enialio y Enío, figuras masculina y femenina respectivamente, que carecen de mito. "Enialio", en Homero, es ya un simple epíteto de Ares que sirve también para calificar a los bravos, como al cretense Meríones. Suele identificárselo con el romano Quirino, dios guerrero de los sabinos con sede en el Quirinal. Enío es también diosa guerrera, que corresponde a la Belona latina. No es del todo cierto que Eris, la Discordia, deba considerarse como hermana de Ares. La verdad es que Eris vaga ya por esa periferia en que el orbe mítico empieza a mezclarse con el símbolo poético. Otro tanto puede decirse del Terror y la Fuga (*Deimos* y *Fobos*), llamados también "hijos de Ares".

8. Son bien conocidos los episodios ridículos de su mitología, amén de su expulsión del campo de batalla troyano por la lanzada que le asesta Diomedes, y de su ominosa de-

rrota por la pedrada que le lanzó Atenea. Uno de estos episodios, ya referido a propósito de Afrodita, es el haber caído en la trampa que Hefesto le puso para descubrir su adulterio. Verdad que este episodio, con ser chusco, admite la atenuación que Hermes proponía a Apolo: —Aunque me viese y me vieseis todos en este trance, bien valdría la pena de hallarse enlazado con Afrodita (*Odisea*, VIII).

Otro episodio ridículo, también mencionado ya, es el haber sido encerrado durante trece meses en una urna de hierro, por obra de los Aloades, los niños enormes (nueva relación de Ares con los Gigantes), de donde tuvo que librarlo la astucia de Hermes cuando ya casi se ahogaba. Los Aloades habían recibido de Afrodita el encargo de guardar a Adonis, a quien Ares, enamorado de la diosa, dio muerte en un arrebato de celos, convertido en jabalí. Hemos visto ya que los Aloades muestran rasgos de entes benévolos y protectores de la agricultura y las artes. Y hay quien interprete el encierro de Ares como una manifestación de su poder ctónico o subterráneo, el cual sale una vez al año para fertilizar el suelo. Otros ven simplemente en el encierro de Ares la prisión de las influencias maléficas, como en el ánfora de Pandora, o un motivo semejante al encadenamiento de la Muerte por Sísifo.

En las pinturas etruscas, los Aloades aparecen sentados en los bordes de una urna llameante: referencia al fuego sacro de las iniciaciones. Y si es lícito suponer que, cuando se dio el caso, Ares era niño aún como los propios hijos de Aloeo, tendríamos aquí un singularísimo documento sobre las mocedades del dios.

Un escoliasta de Virgilio da una versión muy diferente, y afirma que Ares, en la isla de Naxos, se ocultó dentro de un crisol o piedra de fundir el hierro (como se ocultó Euristeo en el jarro de bronce al ver a Héracles cargado con los despojos del León Nemeo): historia que recuerda a Kelmis, niño Dáctilo, atormentado y purificado al mazo y al yunque por sus dos hermanos.

9. Ares está condenado a sufrir derrotas. Cuando es herido, se queja con poca dignidad y grita como un desaforado. Dos veces pelea con Héracles para vengar la muerte de su hijo Cicno, el bandido que despojaba a los que traían diezmos

a Delfos. La primera vez, Zeus los separa con su rayo; la segunda, asistido Héracles por Atenea, hiere a Ares gravemente en el muslo. (Combinamos aquí el cuento de Hesíodo y la versión tardía de Apolodoro.)

10. Sin contar con que el lenguaje homérico suele llamar "vástagos o brotes de Ares", por ponderación, a los guerreros esforzados, Ares tuvo, en efecto, numerosos hijos que, a veces, heredan su carácter violento. En la *Ilíada*, por ejemplo, se nombra a los caudillos minios Ascálafo y Yálmeno, hijos de Astíoque, quien se unió secretamente al dios en el palacio paterno de Áctor Azida. El escoliasta de la *Etiópida* cita a "la Amazona, hija del magnánimo Ares, el matador de hombres".

Son hijos de Ares y Afrodita, según lo hemos dicho, Harmonía y, menos seguramente, Eros; pues a éste se lo da también por hijo de Hefesto y Afrodita, Hermes y Afrodita o Hermes y Ártemis. Pero Eros es ciertamente un principio cosmogónico mucho más antiguo, aunque muy transformado luego. Otros (Cicerón) añaden a Anteros, que se completa con Eros como se completan el Amor y la Correspondencia. En cuanto a la heroína Harmonía, mujer de Cadmo, viene a ser una Afrodita, o una de tantas hipóstasis terrestres de la diosa Afrodita. *Deimos* y *Fobos*, el Terror y la Fuga, también son hijos de Afrodita y de Ares. El mismo Dragón a que dio muerte Cadmo, y de cuyos colmillos brotaron los Espartos, es, para algunos, hijo de Ares.

Tritaia —forma abreviada de "Tritogenia"—, sacerdotisa de Atenea, hija del dios Tritón, concibió de Ares al héroe Melanipo, "el garañón negro", que no ha de confundirse con el Esparto tebano de igual nombre, uno de los defensores de su ciudad contra el sitio de los Siete jefes aliados.

También se le atribuyen la paternidad de Flegias, el epónimo de los flegios —pueblo de feroces jinetes— padre de Ixión y de Coronis (la madre de Asclepio); y, en ocasiones, la paternidad de Meleagro.

Tres hijos de Ares y de Pirene (o Cirene) murieron a manos de Héracles: el salteador Cicno, ya citado; el horripilante Diomedes el Tracio, rey de los bistonios que alimentaba sus caballos con carne humana, y Licaón, que se atrevió a desafiar a Héracles cuando éste iba en busca de las Hespérides.

En Aglauros, la hija de Cécrope el monarca ateniense, Ares engendró a Alcipe, la cual fue violada por Halirrothios, hijo de Posidón. Ares dio muerte al violador, y fue juzgado por el Areópago, que por primera vez se reunía, y condenado a un año de servidumbre, como lo fue Apolo por la muerte de la serpiente Pitón. Pero una variante nos dice que fue directamente juzgado y absuelto por los Olímpicos.

Aunque Ares tuvo amores con Eos, esta unión fue estéril. Afrodita, celosa de Eos, le impuso un castigo a que solía ser aficionada y que, para Eos, vino a ser como el castigo que impusieron las gallinas al pato: echarlo al agua. En efecto, la venganza de Afrodita consistió en encender a Eos en un insaciable fuego erótico. Como lo hemos visto, esta Villana de Vallecas o del Guadarrama no tenía reparo en atacar ella misma a los varones de su elección. Viene a ser como una Afrodita exacerbada.

B

11. *Hefesto, figura de cuna oriental,* es un dios del fuego; de donde pasa a ser entendido como un dios de las "industrias pesadas", la metalurgia, las artes de la herrería, etc. Ya hemos dicho que su destino parece ser el sustituir las funciones análogas del Titán Prometeo, el derrotado, entidad de pura cepa helénica a quien de cierta manera se contrapone. Las autoridades observan que el culto de Hefesto parece más fácilmente explicable si se lo refiere al Olimpio licio, donde abundan las emanaciones del gas natural. La adoración de Hefesto se derrama por las zonas carias, continentales e insulares. Se le asigna una sede en la isla de Lemnos, donde el Mósiclo, de origen volcánico, aún humeaba en pasados siglos. Más tarde, de etapa en etapa, el dios va extendiendo su imperio hacia el occidente, buscando siempre como puntos de apoyo los suelos que respiran llamas: las islas Lípari, Sicilia, Campania. Al otro extremo, los Argonautas escuchan el trueno de su fragua caucásica por los litorales que cierran el fondo al Ponto Euxino. Dondequiera que la tierra da señales de ignición interior puede Hefesto poseer algún taller subterráneo. En remotos días, dicen los mitólogos, y cuando aún los grie-

gos entendían poco en las artes de los metales, estas artes, tocadas de cierta superstición mágica, eran propias de los bárbaros mediterráneos, entre los cuales brotó el culto de Hefesto. A veces, aunque no en Homero, Hefesto aparece asistido por los Cíclopes, herreros sobrenaturales. Y, aunque de raíz independiente, ciertos curiosos seres menores de quienes hablaremos después —Dáctilos y Telquines, gigantes y enanos— tienen traza de refracciones o multiplicaciones de Hefesto en algunos de sus perfiles: la extravagancia de su figura, sus menesteres habituales de yunque y mazo, el aura temerosa que rodea su oficio. Cierto que, moralmente, Hefesto los supera por su extrema bondad, así como ellos poseen otras habilidades y hechicerías que Hefesto nunca conoció. Como Atenea, Hefesto será el patrono de artesanos y obreros, y las fraguas del Cerámico ateniense trabajaban bajo su amparo.

Con notoria violencia, los latinos identificaron a Hefesto con Vulcano, al cual asignan rasgos físicos semejantes. Pero si Hefesto es artífice y sabe emplear provechosamente las artes planetarias del fuego, Vulcano es un incendiario de profesión, que sólo destruye y consume, y de quien ninguna creación efectiva puede esperarse.

12. Se figura a Hefesto como un cojo, y su designación habitual es "el cojo Hefesto", aunque algunos hayan pretendido traducir la frase homérica en que se lo nombra por "el de fornidos brazos" o "el de anchas espaldas". Y la verdad es que las dos condiciones son propias del lisiado de ambos pies o piernas, que escoge el oficio de herrero para andar poco y en quien especialmente se desarrollan los biceps y el busto. Así lo entendió Velázquez en su conocido cuadro *Las fraguas de Vulcano,* donde el dios recibe la orden de fabricar una armadura nueva para el guerrero Aquiles. Curioso es notar que el védico Agni carece de pies, y Wieland el Herrero, paralelo teutónico de Hefesto y del ingenioso Dédalo, es también cojo. Artífice por antonomasia, Hefesto es el auténtico precursor de los grandes lisiados que dejan obras inmortales: desquite de la voluntad y la mente contra la desordenada naturaleza. Pensemos, entre otros, en el Aleijadinho de Vila Rica, en el leproso Gaugin, en el Renoir de la última época que se hacía atar los pinceles.

13. Entre las principales obras de Hefesto, hay que recor-

dar la Égida de Zeus, impenetrable al mismo rayo, arma defensiva y ofensiva que el sumo dios solía prestar a Atenea (su escudero por antonomasia), y en ocasiones, a Apolo; singular objeto mágico, floqueado, según Homero, de cien áureos y labrados borlones, cada uno de los cuales valía cien bueyes, coronado por el Espanto y ornado por el Valor, la Discordia, la tenaz Persecución —"hielo de corazones"— y la ingente y horripilante cabeza de la Gorgona. También salieron de las manos de Hefesto los rayos de Zeus, que después siguieron fabricando los Cíclopes; los alcázares de los dioses y sus tronos de piedra en las asambleas olímpicas; la casa subterránea que el dios marítimo obsequió al gigantesco Orión; el cetro que Hefesto dio a Zeus, éste a Hermes, éste a Pélope, éste a Atreo y Atreo a Tiestes, por donde llegó a Agamemnón, rey de Micenas y de las islas y jefe de los sitiadores de Troya; la coraza de Diomedes; las segundas armas de Aquiles, que sustituyeron a las que Patroclo perdió en su lucha con Héctor; la silla en que Hera quedó aprisionada, según pronto vamos a averiguarlo; la trampa invisible en que cayeron los adúlteros Afrodita y Ares, delatados por Helios, y de que ya tenemos noticia; la crátera que Menelao obsequia a Telémaco; la imagen de Dióniso que un día hará enloquecer a Eurípilo; los perros de plata y oro en la mansión feacia del rey Alcínoo; el funesto collar de Harmonía (saga tebana); el cuerpo de Pandora al que Atenea comunicó aliento, etc.

14. ¿Cómo fue que este oriental pudo deslizarse en el Panteón griego? En el Olimpo se fueron juntando poco a poco, bajo la autoridad paternal de Zeus y de Hera, la hija Atenea, Latona y sus dos cachorros Ártemis y Apolo, Ares y aun Dióniso... No podemos averiguar en qué instante alcanzaron el honor olímpico Hermes y Hefesto. Pero Hefesto ocupará siempre una situación algo extraña, situación de extranjería que su imagen y sus mitos dejan sentir. Farnell advierte: "Su posición en el círculo olímpico es forzada y precaria: Zeus se rehusa a reconocerlo, y él aparece misteriosamente afiliado a Hera, una madre no natural. Se lo siente incómodo en el cielo."

Hefesto, en Hesíodo, sólo es hijo de Hera; en Homero, hijo de Hera y sólo probable hijo de Zeus. En las disidencias paternas, se esfuerza por ser conciliador, aun a costa suya y haciendo el bufón, por tal de convertir en risa el mal humor reinante, como se aprecia al final del canto primero de la *Ilíada*. Alguna vez quiso defender a su madre en contra de Zeus, pero éste, asiéndolo por un tobillo, lo lanzó tan lejos del Olimpo que el cuitado, tras de rodar todo un día, fue a caer en la isla de Lemnos casi extenuado, donde lo acogieron los sinties, como llama Homero a los naturales de aquella isla, la cual quedará consagrada al culto de Hefesto.

Conviene saber que esta brutalidad de Zeus no es causa de la tradicional cojera de Hefesto, aunque será más tarde una de las explicaciones intentadas al caso. El III Himno Homérico nos dice, efectivamente, que Hefesto nació ya con los pies deformes, y su madre, horrorizada, lo arrojó al mar, donde dos Oceánidas lo recogieron: Eurínome y la piadosa Tetis, a quien también hemos visto ya amparar al niño Dióniso cuando lo atacó el rey Licurgo. Hefesto vivió nueve años al lado de las Oceánidas. Tal vez lo hizo regresar al Olimpo el arrepentimiento de Hera, o tal vez la conveniencia de poner a contribución sus buenos servicios de artífice.

15. En la *Ilíada*, Hefesto aparece casado con una de las Gracias; en la *Odisea* —y es la versión más recibida, sin duda a causa del cuento del adulterio—, con la diosa Afrodita: motivo del Ogro y la Bella.

Hay una vieja fábula que procura explicar la razón de este matrimonio, relacionándolo con los desmanes y malos tratos que Hefesto ha sufrido por parte de la Suprema Pareja. Nos cuenta esa fábula que Hefesto decidió un día hacer una mala pasada a la propia Hera, la madre desnaturalizada, como lo haría después con los adúlteros Ares y Afrodita: astucias de los dioses comparables al hurto de los toros de Apolo por el niño Hermes; astucias que parecen trasladarnos (si aquí fuera lícito establecer etapas) a los días en que los Olímpicos, sometidos ya a Zeus y a Hera, aún no parecen plenamente domesticados. (Ya se ha advertido que, en este orden, hay un sensible progreso de la *Ilíada* a la *Odisea*.)

He aquí, pues, cómo sucedieron las cosas. Hera, avergonzada de su monstruosa criatura, quiso ocultarla o rechazarla según se ha visto. Hefesto, que no olvidaba el agravio, recibió un día el encargo de fabricar los sitiales para los dioses. El trono que construyó para Hera, magnífico en apariencia, preparaba una desagradable sorpresa. No bien la diosa se sentó, cuando quedó colgada en el espacio por unas cadenas y presa como en una jaula. Los dioses, consternados, no sabían cómo librarla. En vano rogaron a Hefesto, sospechando de él, que socorriera a su madre: —Yo no tengo madre —dijo Hefesto, palabras que parecen el eco de alguna especie olvidada sobre la inexplicable aparición del dios en el Olimpo.

Se encargó a Ares que, por la fuerza, hiciera comparecer a Hefesto ante el tribunal de Zeus. Pero Ares, espantado con los cohetes y llamas que Hefesto le echó por delante a guisa de bienvenida, volvió con las manos vacías. Sobre este incidente queda, en los motivos de un vaso griego, el rastro de algún drama satírico que no ha llegado hasta nosotros. Allí Ares-Enialio esgrime su lanza, y Hefesto-Dédalo (el Dédalo artífice que de cierto modo espiritual se emparienta con Hefesto y con Prometeo) lo ahuyenta con sus alardes de fuego.

Según las pinturas y las letras, fue Dióniso quien logró al fin apoderarse de Hefesto y traerlo a que diese cuenta de sus desmanes. A este fin, tuvo que embriagarlo —Hefesto aún ignoraba el vino— y lo condujo hasta el Olimpo a lomo de mula, en una procesión triunfal. Es de creer, con todo, que Hefesto no estaba tan fuera de sí como pudiera creerse, pues, aunque consintió en libertar a Hera, lo hizo a cambio de que ésta le concediese a alguna de las principales diosas, Atenea o Afrodita.

Fue esta última la escogida, como sabemos, no hizo feliz a Hefesto. De su afición por Atenea sólo queda un vestigio en la historia ya mencionada sobre el involuntario nacimiento de Erictonio. Por lo demás, Hefesto y Atenas no se mantendrán distanciados: ambos participan en el régimen de los oficios manuales y se asocian en ciertos ritos y celebraciones.

C

16. *A fin de mejor* percibir la fisonomía de Hefesto y de Ares, y aun a riesgo de incurrir en la ilusión de las falsas estrellas dobles, que sólo de lejos lo parecen, conviene considerar al dios herrero contrapuesto a las figuras que, en la final y definitiva cristalización de su fábula, y dejando

aparte las indecisiones de origen, vinieron a emparejársele o a oponérsele, lo cual para el caso da lo mismo. Sin duda Hefesto absorbió rasgos ajenos y también prestó a otras imágenes algunos de sus propios rasgos. Ofrece afinidades con otros dioses, ya por simpatía o por rivalidad: nuevo ejemplo de aquella geminación mítica que es uno de los temas predilectos en la fantasía popular.

Esa extrañeza natural que son los gemelos sugería ideas de milagro, las cuales fácilmente engendraban una suerte de culto. La situación de los gemelos es, además, tan pintoresca de suyo, que no podía menos de atraer la imaginación, como mero asunto de amenidad. La mente mítica cruza, a su modo, la corriente del conocimiento, usando los vados de las circunstancias divertidas, que le van sirviendo de ayuda.

El tema de los gemelos es frecuente en la fábula griega. Conocemos ya a los Aloades, los niños enormes. Todos saben algo de los hermanos de Helena, los Dióscuros o muchachos de Zeus, Cástor y Polideuces, hijos de Leda, que alternan en la inmortalidad. La saga heroica, multiplicando todavía los reflejos, los opone a los Afáridas, otros dos mellizos llamados Idas y Linceo que participaron en la expedición de los Argonautas. Y aún queda por ahí el vetusto par de los Actoríones-Molíones, otros personajes heroicos de nombres Ctéato y Eurito, cuyos hijos combaten entre los sitiadores de Troya, probables hermanos siameses pegados por el pecho, nacidos de un huevo de plata como Helena, según cierto fragmento de Íbico, a quienes Héracles logró dar muerte en una emboscada y a quienes logró vengar su madre, haciendo que se prohibiese a los elidanos participar en los Juegos Ístmicos. Por otro rumbo de la fábula, encontramos todavía los que podemos llamar Dióscuros Tebanos, es decir: Anfión y Zetos, hijos de Zeus y Antíope, los que vengaron a su madre de la cautividad a que había sido sometida, dando muerte a su tío abuelo Lico y a su esposa Dircea.

17. Pues bien, en el caso de Hefesto, se diría que hay como una tentación, como un proceso atajado y que poco a poco se encaminaba a emparejarlo, sea con su contrafigura helénica, el Titán Prometeo, sea con su vecino oriental, el dios Ares.

Respecto a Prometeo, ya sabemos que Hefesto, su posible

sustituto en la industria del fuego, su rival en suma, es quien se encarga de encadenarlo en el Cáucaso; y cuando el nacimiento de Atenea, el célebre hachazo que alivia la frente de Zeus es atribuido por unos a Hefesto y por otros a Prometeo.

La misma función de civilizador material que el *Protágoras* de Platón asigna a Prometeo, la misma viene a corresponder a Hefesto, asociado con Atenea como maestro de los ingeniosos artesanos, en ciertas palabras de Solón. En una de las versiones, Prometeo roba el fuego de las fraguas de Hefesto. Ambos aparecen muchas veces asociados en los cultos y ceremonias; y el altar de Prometeo en la Academia era igualmente un ara de Hefesto.

Rivalidad, sustitución de funciones, asociación de cultos: ¿hace falta más para fundir en uno o para mezclar en doble hipóstasis dos figuras del mito? Además, hay entre uno y otro personaje cierta confusa relación a través de la materna Hera. Ella, en algunas versiones, es también la madre de Prometeo: esta Hera prematrimonial, raptada y poseída por el Gigante Eurimedonte y que ejercía un dominio matriarcal sobre los misteriosos Dáctilos, seres del fuego, resulta así madre de los dos herreros divinos.

18. Mucho más expresivo es el connato de emparejar a Hefesto con Ares. Lástima que George Thomson se deje decir todavía: "... originariamente, puesto que uno es tracio y pelasgo el otro, nada tienen de común entre sí" (*Studies in Ancient Greek Society: The Prehistoric Aegean*, pp. 286-7). De común tienen, desde luego, el ser orientales, y sus cultos son mucho más próximos de lo que Thomson parece admitir; de común tienen, además, el ser hijos de Hera y el relacionarse a través de dos figuras femeninas: la propia Hera, y Afrodita, que con ambos han compartido el lecho. Si Ares ha llegado a ser simbólicamente interpretado como el espíritu mismo de la riña y la constante disputa en que vivían el infiel Zeus y la celosa Hera, su pseudo-gemelo, Hefesto, se distingue en la postura antitética, reflejo invertido, por el empeño de reconciliar a los padres: nueva condición que los acerca. Finalmente, el pensamiento no puede menos de enlazarlos como el anverso y el reverso —pues tal es la ambivalencia del pensar mítico—: aquí, Ares, el robusto, el gigante, el temible, el furioso; y allá, Hefesto, el casi-enano, el bufonesco, el

contrahecho, el cojitranco, el burlado, el sufrido. Y por bajo de este contraste, se adivina una leve mueca de desdén para ambos dioses por parte de los demás Olímpicos, no obstante la irresistible pujanza del dios Ares que lo hacía temible a los hombres, no obstante la operosa ingeniosidad del dios Hefesto que tanto lo honraba a ojos de los mortales.

D

19. *Pero no podemos despedirnos* de la Familia Olímpica sin examinar más de cerca el punto escabroso de las "maternidades de Hera", hasta aquí apenas soslayado; es decir: los actos de alumbramiento espontáneo con que Hera de tiempo en tiempo nos sorprende y nos desazona.

Esta diosa de la castidad, entiéndase bien, nunca incurre en adulterio voluntario, al revés de su divino esposo, quien derrama generosamente su virtud de varón por todos los cielos y los suelos. Pues ciertamente la murmuración maliciosa a que se ha prestado el caso de Ixión y la Nube no logra empañar la fama de la diosa. Y lo propio puede decirse respecto a los cuentos sobre el rapto de Eurimedonte, ya mencionado; lo propio sobre los probables ataques que Hera sufrió por parte de los Sátiros allá en los días de su visita a las divinidades vetustas como el Océano, cuando andaba separada de Zeus, aunque de tales ataques hayan quedado curiosos rastros en los vasos pintados o en las decoraciones de Paestum, la antigua Posidonia.

No: la correcta interpretación, una vez establecida la figura de la madre Hera en el mito ortodoxo, más bien admite que la diosa daba a luz de por sí alguna criatura fabulosa, como venganza y desquite por los "alumbramientos" que Zeus se permitía a solas y por su cuenta y riesgo, como sucedió para Atenea o Dióniso.

Ya hemos aludido, por ejemplo, a aquel Himno Homérico según el cual la Dragona de Crisa (la Pitón de Delfos), a la que daría muerte Apolo, recibió de Hera el encargo de criar a Tifeo, monstruo que ella trajo al mundo por rabia y despecho contra su divino esposo, cuando éste dio el ser a Atenea. Hera se lastimaba de que Atenea, la hija exclusiva de Zeus, gozara de singular favor, siendo así que Hefesto, hijo exclusivo de Hera resultaba ser el más endeble y desdeñable entre los Olímpicos. Para concebir a Tifeo en su soledad, Hera se había apartado de Zeus durante todo un año. Pero, según lo que aquí dice Hera, algunos entienden que Hefesto no carecía de padre, sino que era mal nacido, tal vez prematuro: posible disimulo homérico.

Veamos el caso de Ares. Según la versión que recoge Ovidio en sus *Fastos*, Hera, empeñada en concebir un hijo sin la cooperación de Zeus, y también para desquitarse del nacimiento de Atenea, iba en pos de consejo a visitar al viejo Océano. De paso, se detuvo en la mansión de Flora quien, aunque de mala gana, por temor a Zeus, acabó tocándola con una flor crecida en los campos de Oleno, única de aquella especie que la Ninfa poseía en su jardín, Hera quedó encinta al instante, y fue a dar el ser a Ares en tierras de Tracia (Festo el Gramático, siglo II de nuestra Era, sustituye la flor por una yerba de igual virtud).

Esta tradición tardía, en que sin duda se deja sentir la mano de Ovidio, al menos permite apreciar que los latinos conservan la especie sobre la maternidad exclusiva de Hera. El caso de Hera con la flor recuerda el nacimiento de Hebe causado por una lechuga (es una de tantas historias) y pertenece a un orden folklórico harto conocido: la disculpa ante el embarazo de ayuntamiento inconfesable. Para mejor explicar la fábula romana, los exégetas nos recuerdan que Marte (Marzo) trae siempre las primeras flores en la primavera italiana, y que las Matronalia de Juno (la Hera romana) se celebraban en Italia el día primero de Marzo.

E

20. *Tras de haber* pasado en revista a la Familia Olímpica, podemos, siguiendo el ejemplo de Rose, llegar a algunas conclusiones:

a) Bajo el politeísmo y el antropomorfismo de la mitología griega, laten y se encaminan poco a poco hacia las alturas de la filosofía ciertas vislumbres inconscientes, instintivas, cierto presentimeinto de que hay una deidad superior, única, cuya esencia es toda espiritual. (*Véase* la Introducción, I, 4, g.)

b) Los dioses no son creadores, sino creados, como el hombre, y algo existía ya antes de ellos.

c) Los dioses son inmortales. Fuera de esto, su naturaleza no es más que un abultamiento general de la naturaleza humana, en poderes y en capacidades.

d) Los dioses no son omnipotentes, omnipresentes ni omniscientes, aun cuando pueden más que los hombres, se transportan con mucha mayor facilidad y saben y ven más que los hombres. Fuera de Zeus y de Apolo, apenas poseen atisbos sobre el porvenir; y aun Zeus —de quien Apolo deriva el dón profético— consulta alguna vez las decisiones del Destino, superior a su sabiduría y a sus designios.

e) De cierto modo caprichoso, y para mejor entenderlos, podemos imaginar a los dioses como unos ministros e intermediarios entre la deidad superior e innominada y los hombres, pero obligados a pasar siempre, a su vez, por la mediación de Zeus.

f) Aunque justos y misericordiosos en principio, los dioses incurren en extravíos de pasión (amores y celos, codicia y venganza), y su misma inmortalidad parece comunicarles cierta indiferencia moral. Por momentos, ella los hace aparecer menos nobles que los héroes y aun los simples mortales, a quienes dignifica la muerte.

g) Los dioses griegos, aunque relacionados en el culto con ciertos animales simbólicos —según testimonio bien conocido del arte plástico—, ni puede decirse que procedan de primitivas figuras animales (teriomorfismo), ni menos que hayan sido originariamente un *totem* animal. En mera condición de compañías o atributos, corresponden respectivamente: a Zeus, el águila; a Hera, la vaca, y más tarde, el pavo; a Ares, hasta cierto punto, el jabalí; a Apolo, el cuervo y el cisne; a Ártemis, el ciervo y el oso; a Afrodita, el gorrión y la paloma; a Dióniso, toros, carneros, leones, serpientes, etc.; a Hermes, tardíamente, el gallo, sólo conocido en Grecia por los días históricos y muy posterior a Homero. A Deméter y a Perséfone se las asocia, a veces con la yegua y el cerdo. Posidón y Hades se acompañan con los caballos, y el primero, también con los toros. El ave de Atenea es la lechuza, lo que no quita que pueda disimularse bajo la forma de un buitre o de una golondrina, etc. Ocasionalmente, el dios puede asumir cualquier forma animal. Sólo las entidades inferiores —Pan, Sátiros, Sirenas, Arpías, etc.— poseen rasgos animales permanentes. Las Musas son de forma humana pero sus rivales, las Piérides, que suelen confundirse con ellas, se metaforfosearon en cornejas. Las metamorfosis definitivas corresponden a los semidioses o héroes.

h) Ningún hombre, históricamente, se ha transformado en dios (salvo las falsificaciones de la adulación y el despotismo en los días de la decadencia). Algunos semidioses —Héracles, Anfiarao— alcanzan, como premio excepcional, la categoría de dioses. Pero entre la esfera divina y la humana —y aunque el dios puede disfrazarse de hombre cuando le plazca— la mente griega ha establecido una barrera infranqueable para los mortales.

IV. DEIDADES MENORES Y FORASTERAS

Dáctilos del Ida. Telquines. Hestia. Pan (Dafnis y Nar-
ciso). Cibeles y Atis. Curetes. Coribantes. Cabiros. Ninfas
de diversas denominaciones. Musas y Piérides. Sirenas.
Príapo. Morfeo. ¿Demógorgon? Isis.

1. *Hefesto acaba de dejarnos* con la atención fija en el fuego
y en las artes de la metalurgia. Comencemos, pues, el examen
de las divinidades menores por ciertas figuras que se refieren a lo uno y a lo otro. Tales son, en cuanto al fuego industrial, los Dáctilos y los Telquines, y en cuanto al fuego de los
hogares, la diosa Hestia.

2. Los Dáctilos, por antonomasia, son los Dáctilos (los
"Dedos") del Ida. Les afecta el consabido equívoco geográfico: ya se los sitúa en el monte Ida de Creta, ya en el monte
Ida de Frigia, de donde pasaron a Europa con el rey Migdón,
aquél a quien Uríamo ayudó en la guerra contra las Amazonas. Áptera (Berecinto) les concedió honores excepcionales
por haber descubierto la mezcla del hierro y del cobre.

Parece que les dio el ser la Diosa Madre, Rea, en Creta
o Cibeles en Frigia, a quien aquí se llama Adrastea (como
la ninfa guardiana de Zeus), o bien se la disimula como la
ninfa Anquíale. Pero la etiología de la fábula, jugando con
el nombre mismo de "Dáctilos", quiere que la Madre, ten-
dida en su cueva y en trance de alumbramiento (que sería, en
el caso de Rea, el alumbramiento de Zeus), haya clavado los
dedos en el suelo o, tras de arañar el suelo con los dedos,
haya lanzado al aire montones de polvo, de donde brotaron
estos singulares engendros que la auxiliaron en su angustia.

Innominados en un principio, como suelen serlo estos demonios que andan en grupo, después reciben algunos nombres alusivos a sus funciones. Así, los tres Dáctilos Ideos que
rodean y asisten a la Madre Adrastea se llaman Kelmis
(¿"Cuchillo"?), Damnameneo (¿"Martillo"?) y Akmón
("Yunque"). En otros relatos, se nombra además a Peoneo,
Epimedes y Yasio, términos del arte curativo, y a Idas, que

es mera toponimia: y se da por su jefe a Héracles, el cual no debe confundirse con el celebérrimo hijo de Zeus y Alcmena. A este Héracles Dáctilo se atribuye la institución de los juegos y la corona de olivo silvestre que dieron celebridad a Olimpia, los Juegos Olímpicos. Estos juegos surgieron de la competencia entre cuatro corredores Dáctilos a una parte, y cuatro a otra. La elección del olivo silvestre se debe a la abundancia de este árbol en la región, cuyas ramas servían de lecho a los Dáctilos. Diodoro explica que los amuletos encantatorios de Héracles —uso femenino—, aunque se los tenga por pertenecientes al gran Héracles, en verdad son supersticiones referentes al Dáctilo.

A Kelmis —Cuchillo— tocó la peor parte: el ser torturado entre sus hermanos el Martillo y el Yunque; pues, aunque buen camarada del Zeus Niño, faltó al respeto a su madre y, en castigo, se lo transformó en acero, que así acontece al cuchillo de hierro en el trabajo de fragua si ha de llegar a ser un verdadero buen cuchillo. (Esta conjuración de varios hermanos contra otro anda también como tema de los llamados Coribantes y en numerosos motivos del folklore.)

En cuanto a Titias y a Kyllenos, otros dos Dáctilos que figuran como "conductores de las Moiras" y que comparten el trono del monte Ideo con su madre, sus nombres más bien parecen aludir al carácter fálico y al aspecto que se les asigna.

El número mismo de los hermanos varía constantemente, sin que se borre nunca cierta tendencia a dividirlos en dos bandos, correspondientes a los dedos de una y otra mano, y a suponer en cada bando contrapuestas virtudes, ya el maleficio o ya el conjuro. Ora son dos, ora tres, número que asume singular importancia; o bien seis, ayudados por cinco hermanos suplementarios. En ocasiones, su número asciende a dieciséis, y aun a treinta y dos más otros veinte. Por último, llegan al centenar. Aquéllos son magos; éstos, herreros; todos curanderos, ensalmadores, músicos en la tradición de Quirón.

Se los confunde a cada paso con los Cabiros, Coribantes, Curetes y Telquines, en esas tropas del entusiasmo báquico que danzan agitando tumultuosamente las armas y haciendo estrépito con címbalos, tímpanos, flautas y alaridos. Los Curetes o "muchachos" suelen pasar por hijos suyos, herederos de su pericia en las armas metálicas y expertos en tirar el arco y en la domesticación de animales.

Ya se figura a los Dáctilos como gigantes, ya como enanos; y Pausanias afirma haber visto en Megalópolis, junto a la estatua de Deméter, la efigie enana del Héracles Dáctilo, que apenas mediría un codo.

Si queremos una idea de lo que eran los Dáctilos en acción, tenemos que remitirnos al fragmento de *Los Curetes*, drama de Eurípides mencionado en las páginas de Porfirio (*De abstinentia*, IV, 19). En el palacio de Minos, acaba de nacer el monstruoso Minotauro. Minos desea purificar el palacio y averiguar el sentido de aquel portento. (De paso: la escena recuerda otro fragmento de Eurípides en *La sabia Melanipe*, cuando acaban de nacer los mellizos, y Melanipe, según la genuina filosofía del trágico, explica que no puede haber portentos y que el orden de las cosas se gobierna por leyes fijas.) Minos decide, pues, acudir a los médicos sacerdotes, o sea a los Dáctilos Ideos. Éstos, abandonando su santuario secreto del monte Ida, que describen como lugar inusitado y extraño, se presentan arropados en túnicas blancas y, ante el pavoroso silencio de los palaciegos, entre solemnes anapestos, nos cuentan algo de su vida y costumbres, y de las iniciaciones que les han permitido adquirir el dón de purificar gentes y lugares y de interpretar el sentido oculto de las cosas.

> Discurren mis días —dicen más o menos— en la pureza. Soy el iniciado del Zeus Ideo. Cuando sale a vagar el Zagreo de la media noche, yo también me echo a vagar. Yo he resistido su voz de trueno, yo lo he asistido en sus rojos y sangrientos festines; he atizado la llama en la montaña de la Gran Madre: yo el santificado, que me nombro por nombre un Baco entre los sacerdotes armados. De cándida túnica revestido, me he mantenido limpio de contagios ante las vilezas de los nacimientos humanos o el fango sepulcral, alejando siempre de mis labios todo contacto con carne donde acaso alentó la vida.

Es fama que los Dáctilos asombraron a los samotracios con sus prodigios, instruyeron en sus Misterios a Orfeo. Según el mismo Porfirio, uno de los Dáctilos inició a Pitágoras en sus ritos, comenzando por purificarlo con la piedra de rayo y ciertas ceremonias en la cueva del Zeus Ideo. Y el indeciso numen romano Picus (ave, rey, augur), de quien cuenta Ovidio en sus *Fastos*, y hacedor del trueno y del buen tiempo en compañía de Fauno, resulta ser algo como un lejano pariente italiota de los Dáctilos.

3. A la misma especie de gnomos o *kobolds* mediterráneos pertenecen los Telquines, igualmente confundidos con todos los herreros mágicos de la antigüedad, sin exceptuar a los mismos Cíclopes, por lo cual su historia es una verdadera maraña de lecciones diversas e inconciliables; de suerte que nada puede saberse a punto fijo respecto a su ascendencia, su número, sus nombres, los mil episodios en que aparecen mezclados: verdaderos duendes que se muestran y se ocultan por veces, y de quienes apenas puede apurarse que eran habilísimos médicos, expertos en la fragua, inagotables en la perversidad y en la travesura, y que vivieron sobre todo en una isla —al parecer Rodas— hasta que un día fueron expulsados o extinguidos: hazaña tal vez atribuible a los hijos de Helios, si es que no fue Apolo, en forma de lobo, quien les dio muerte, o si no fue el propio Zeus quien los hundió en las aguas del mar. A ellos o a los Cíclopes —no acaba de averiguarse a punto fijo— se atribuye el haber forjado el tridente de Posidón. Se pregunta Suidas si eran demonios u hombres envidiosos y despechados, que solían causar el mal de ojo.

Diodoro dice que la madre de los Telquines es Talata (el Mar) y que, entre todos ellos, ayudados por Cafira (referencia a los Cabiros), una hija de Océano, criaron a Posidón por especial encargo de Rea. Cuando Posidón llegó a la edad viril, se enamoró de Halia, hermana de los Telquines, y tuvo de ella seis hijos y una hija llamada Rodos, la que dio su nombre a la isla. Afrodita, en su viaje de Citeres a Chipre, quiso detenerse en Rodas, pero se lo impidieron los hijos de Posidón y Halia, que eran arrogantes e insolentes. Posidón, horrorizado, los escondió bajo tierra y los hombres los llamaron "los demonios del Este". Halia se arrojó al mar, para convertirse en Leucotea y enlazarse con otra fábula que ya conocemos.

Más tarde —continúa Diodoro—, los Telquines, previendo el Diluvio, escaparon a tiempo, como las ratas cuando se acerca el terremoto, y se dispersaron por varias partes. Lico, por ejemplo, fue a dar a Licia, y allí, junto a las riberas del Janto, consagró un templo a Apolo Licio.

Nono hace aparecer también a este Lico blandiendo su gigantesca lanza y acuartelándose contra otros Telquines en las comarcas marítimas, para concurrir a la Guerra India, que es asunto de sus *Dionysiaca*. Allí encontramos a Kelmis y a Damnameneo, los Dáctilos, ahora trocados en Telquines e hijos de Posidón, "furiosos demonios de las aguas, expulsados ha tiempo de la tierra de Tlepólemo (Rodas) por Trínax y Macareo y el glorioso Auges, los hijos del Sol, y que, arrojados de su suelo materno, cogieron agua de la Éstix con sus odiosas manos y esterilizaron los fructíferos campos de Rodas, llenando los surcos con las ondas del Tártaro". Pero ésta es la historia de los errores, y sólo hemos querido citar a Nono como muestra de las confusiones mitológicas más desenfrenadas.

Diodoro añade que los Telquines fueron los inventores de las estatuas de los dioses, y que así se explica el nombre del Apolo Telquino de los lindíes, de la Hera y las ninfas llamadas Telquinias entre los yalisios, y, entre los camiranos, la Hera Telquinia. En general, les reconoce poderes sobre el viento, la nieve y la lluvia, artes muy semejantes a las de los Magos de Persia, y el cambiar de aspecto a voluntad, cosas todas cuyo secreto escondían celosamente: nota ésta —dice Jane Harrison— que anuncia ya la existencia de las sociedades esotéricas.

La exageración antropológica quiere ver en estas tropas demoníacas, cualquiera sea su nombre, algo como el recuerdo de los primeros habitantes de aquellas zonas, aborígenes supersticiosos y mágicos.

4. En contraste con las extravagantes figuras anteriores, Hestia es una diosa seria y respetable, encargada de sostener la validez de la ecuación entre el fuego y la vida y, desde luego, la única Olímpica, sin exceptuar a Atenea o Ártemis, de quien no se conozcan desvíos pintorescos ni anécdotas equívocas; la única, además, entre las hermanas de Zeus, que nunca compartió el lecho de éste. Ella representa la inviolabilidad de la llama, y también lo que Stevenson hubiera llamado "la fe en la decencia última de las cosas". Como las mujeres honradas, no tiene historia: su mito es escaso. Ape-

nas sabemos que es hija de Cronos y Rea (según el Himno Homérico, la más antigua, aunque se conserva la más joven por voluntad de Zeus); que, tras la victoria sobre los Titanes, juró, tocando la cabeza de su augusto hermano, consagrarse a la virginidad (la llama es virgen), y que rechazó las solicitaciones de Apolo y de Posidón, tal vez del deforme Príapo. Corresponde con exactitud a la romana Vesta, la cual, por lo demás, alcanzó un desarrollo mucho más extenso.

No es la virginidad el único privilegio que Zeus concedió a Hestia. Otro Himno Homérico nos recuerda que sin ella ni siquiera puede haber banquetes, pues que a ella han de ofrecerse siempre las primeras y las últimas libaciones de vino y miel, o sea que han de arrojarse al fuego. Es decir: se la invoca antes que a los demás dioses (Zeus inclusive), y todavía al final se le rinde el postrer tributo, como si a ella incumbiera abrir y cerrar el influjo místico de la ceremonia. (Los romanos Lares recibían también su porción en cada comida.) Los sacrificios públicos o privados se iniciaban con una ofrenda a Hestia. Las aves de Aristófanes comienzan su plegaria con una invocación a la Hestia-Pájara. En cuanto a los sacrificios especialmente dedicados a Hestia (la víctima era generalmente un lechoncito), se consumían íntegros en el fuego, o bien la familia daba cuenta de ellos a solas, de donde se dijo: "Sacrificar a Hestia", por lo que hoy decimos: "La caridad por la casa empieza."

Finalmente, otro Himno Homérico nos dice que "de sus trenzas fluye siempre el húmedo aceite". No hay que remontarse, creo yo, a las piedras ungidas del remoto aniconismo. Esto ha de entenderse por la función y la simbología del fuego, el cual requiere aceite.

La perpetuación de la llama tiene todavía un sentido mágico. No era entonces tan fácil como hoy encender los leños. La guarda del fuego constante corresponde, en la ciudad (hogar cívico), al príncipe o a sus delegados, los Pritanos o Senadores; y en la casa (hogar doméstico) el jefe de familia, ayudado por las mujeres, particularmente las hijas doncellas, doncellas como la misma diosa. (Se prefigura, así, la institución de las Vestales romanas.)

De suerte que Hestia tanto es el fuego del hogar como la divinidad invisible que lo preside. Y recuérdese que el fuego no sólo sirve para cocinar —función, como el comer, no exenta de calidad religiosa—, sino también para ciertas purificaciones a la sollama y para la admisión del recién nacido, al que se mostraba y paseaba al quinto día en torno al fogón, *amphidromía* indispensable, sin la cual la criatura era, por decirlo así, bien mostrenco. Además, del hogar público se tomaba el fuego para la fundación de colonias y poblaciones filiales.

El hogar tanto representa al Estado como a la familia. Heródoto cuenta el número de familias por el número de los hogares. El suplicante (Odiseo o Telefo en la fábula, Temístocles en la historia) se ampara junto al hogar; la gente jura por el hogar.

La importancia de Hestia es suma: "Estar con Hestia" significaba "estar del buen lado". Ciertas especulaciones semifilosóficas, a que tanto se prestaba el concepto de Hestia, nos dicen que ella ocupa un trono en el centro del Universo, como el hogar en el centro de la casa. Al hablar de los Doce Dioses, hicimos ver que Hestia, a diferencia de los demás, se mantiene quieta en su mansión: su inmovilidad —consecuencia de su nombre que designa un objeto estático, el fogón, pues del nombre depende en mucho la carrera mítica de una deidad— resulta en su ausencia de episodios y de peripecias legendarias.

Es de notar que los referidos Himnos Homéricos, aunque así llamados, se consideran obras de distintas épocas y distintos autores; pero que ni en la *Ilíada* ni en la *Odisea*, los poemas homéricos por antonomasia, asoma todavía la menor referencia a la diosa de los hogares, como si el poeta ignorara o pretendiera ignorar sus ritos. Por otra parte, se asegura que este culto es griego y no minoico —en suma, reciente—, puesto que los ritos del fogón, lugar fijo, mal podían —no obstante ciertos vagos vestigios— aplicarse a los braserillos de la cultura prehelénica.

Hestia nunca llegó a ser del todo antropomórfica, nunca llegó desprenderse completamente del fuego hogareño, vetusto resabio anímístico. Cuando el fuego chisporroteaba, lo mismo se decía: "Se está riendo Hefesto" o "se está riendo Hestia"; lo que no autoriza a relacionar entre sí ambos mitos. La identificación de Hestia con Perséfone es mero capricho poético de Eurípides. Las imágenes de Hestia son invenciones artísticas, no estatuas cultuales. El hogar era cosa sacra por sí misma, no por conferimiento de alguna virtud trascendente. No daba ocasión a plegarias ni admitía efigies. La divinidad no concedía su consagración al sitio; antes éste, por ser sagrado, invitaba a la divinidad. Y si allí se aderezaban y comían los alimentos, cosa prosaica y profana a nuestros ojos, es porque ello se consideraba entonces —insistamos— como un acto religioso, a semejanza de muchos otros actos hoy indiferentes al cielo.

Hestia más parece un numen que una deidad, más parece pertenecer a la religión embrionaria que no a la religión madura. Pero no es menos cierto que esa figura etérea, transparente como las primeras crestas del fuego, irisa con su halo una multitud de escenas místicas y, a lo largo de la vida helénica, les comunica su definitivo prestigio.

5. Amable diosecillo en caricatura este Pan, cuya singularidad consiste en mantenerse a medio camino entre la bestia y el hombre, dando así el modelo a los Sátiros, con mayor razón a los diminutos Paniscos que de él derivan, y dando un feliz asunto a las artes con sus patas de chivo, sus pesuñas hendidas, sus cuernecillos, sus orejas puntiagudas y su mentón barbudo, su rostro entre tristón y burlesco. Parece que su nombre lo hace originariamente pastor de hatos, y seguramente nació en Arcadia. El nombre de "Egipán" lo refiere a su simple condición de chivo; los nombres de "Titanopán", "Diopán" y "Hermopán", al padre que se le atribuye en cada caso, según vamos a verlo. A veces se habla de varios Panes, repitiéndose aquí la multiplicación de entes que ya conocemos por los Silenos, los Tritones, etc. O bien la idea de los varios Panes procede de varios cultos locales imperfectamente fundidos. A menos que sólo sea efecto del primitivismo de sus fieles, lerdos pastores y campesinos que defendían la superioridad de su. tosco ídolo contra los de otras regiones, como los gremios populares de Sevilla ponen el Cristo o la Virgen María de su barrio por sobre las demás imágenes. Roma identificó a Pan con Fauno o con Silvano.

Las aficiones de Pan se confunden con las de los pastores en la libidinosidad y la bestialidad, el gusto por los escondrijos del monte, los sitios frescos y sombríos, las carreras y desenfrenados galopes por las laderas, las sorpresas y susto al caminante o a la ninfas. Sus atributos ordinarios son la siringa o flauta de varias cañas, el cayado, la corona o rama de pino.

Es difícil establecer el parentesco olímpico de un dios tan modesto y silvestre. Ya se lo supone hijo de Rea y se atribuye la paternidad a Zeus, Hermes, Apolo o Cronos; ya hijo de Gea, por obra de Urano, o de Éter y la ninfa Enoé. A veces la fantasía mística se desborda y lo dice hijo de abstracciones como Hybris (la Desmesura); o se quiere darlo por hijo de Penélope y de Hermes, o de Penélope y uno de los Pretendientes, Antínoo o Anfínomo, o de Penélope y *Todos* (*Pan*) sus Pretendientes a un tiempo, los barones de las islas jónicas; o ya de Penélope y de Odiseo, o bien de Arcas (epónimo de Arcadia, que en otras versiones es su gemelo), o de un pastor Krathis y de una cabra. En ocasiones se le da por madre a una ninfa, generalmente Calisto, a menos que la citada Penélope sea también otra oscura ninfa sin relación alguna con el cielo de la *Odisea,* en el cual vino tardíamente a incrustarse el mito por mera coincidencia onomástica y con manifiesto disparate. Pero, si queremos ser prudentes, nos conformaremos con tener a Pan por hijo del dios Hermes y de una ninfa hija de Dríope. Hermes, en todo caso, es suprogenitor más probable.

En cuanto a su carácter travieso, fálico y lascivo, tampoco es justo que nos impresione como si fuera la única faceta de su compleja personalidad, pues merece la dignidad de dios ganadero (para Esquilo, Pan es un vengador de los animales maltratados), maestro de la flauta —su célebre flauta de siete cañas que, todavía en tiempos de Pausanias, se dejaba oír por las campiñas arcádicas—, poeta bucólico, capaz de la melancolía y la exasperación amorosas, capaz de influir en los animales y en los hombres el miedo de la soledad y esas inexplicables ondas de pavor que llamamos "pánico", y —a creer las fantasías de los teólogos, hoy ya tan popularizadas, aunque parten de un equívoco gramatical—, capaz asimismo de tan ancha respiración mística que sencillamente puede abarcar el "todo" del Universo físico en su pecho. Pues por su nombre, "Pan", se lo relaciona arbitrariamente con las doctrinas del "panteísmo".

Pan es dado a sestear a mediodía, como las liebres, y conviene entonces no hacer ruido, por miedo a despertarlo y a enfrentarse con su cólera. Aunque, a veces, su presencia es más bien benéfica, como cuando apareció en persona para devolver la salud a un tal Higino.

El Himno Homérico lo presenta como errabundo, cazador, encantador de valles y cumbres, fiesta de ninfas a quienes deleita con su música o importuna y hace huir con sus exigencias amorosas, director de sus danzas y su coros nocturnos, donde suele presentarse cubierto con una rojiza piel de lince. Nos dice también que su madre, la hija de Dríope, lo abandonó al darlo a luz, de verlo tan monstruoso, pero Hermes lo acogió en sus brazos, lo acarició y lo festejó, lo arropó en pieles de liebre montés y lo llevó a los demás Olímpicos, quienes lo hallaron muy de su gusto, al gusto de "todos" (*páasin*), y singularmente de Dióniso, de quien parece una emanación en cierto modo.

Poco después de la invasión persa, Pan emprendió el camino de Atenas, y sin duda la difusión de su culto se debe a la influencia de los atenienses y a la leyenda que lo hizo aparecer como protector de los ejércitos griegos en la batalla de Maratón. Sucede, en efecto, que, al aproximarse el combate, los atenienses enviaron al corredor Filípides a solicitar la ayuda de Esparta. Al pasar por el monte Partenio, rumbo a Tegea, Pan lo llamó por su nombre, se le apareció y le encargó dijera de su parte a los atenienses que era su amigo y partidario, que le rindiesen honores especiales, que varias veces los había ayudado y que lo mismo se proponía hacer en el presente conflicto. Después de la victoria, Atenas le consagró un templo en el Acrópolis.

Aunque se lo encuentra por mil partes, Pan se queda modestamente aislado en las cuevas y los sitios rústicos, sin alcanzar nunca la frecuentación de la alta sociedad, ni menos los cultos cívicos. Su religión se resuelve en una serie de pintorescas supersticiones, perpetuadas entre los cabreros. Y, en Trecena, sólo se atrevió a presentarse en sueños a los magistrados, para enseñarles el modo de ahuyentar una plaga. Sus ritos más importantes corresponden a Arcadia, su terruño natal, donde se codea con Zeus, preside los juegos religiosos, tiene sacerdote. Tal o cual función curativa o caverna de incubación (terapéutica por el sueño), tal o cual oráculo de poco momento, como en Licosura, es lo más a que el dios se atreve. Si el tiempo es malo y escasean las crías y las provisiones de boca, dice Teócrito, los muchachos de Arcadia azotan el ídolo de Pan con manojos de cebolla albarrana, lo que parece castigo al santo y bien puede ser comunicación mágica de la virtud vegetal. Este castigo al dios, si lo es, puede en algún modo relacionarse con los ritos del "dios perseguido" por sus mismos adoradores, que aparece excepcionalmente, pero no con los casos míticos de dioses condenados por Zeus a cumplir sentencias transitorias, generalmente de servidumbre en la tierra (Apolo, Posidón, Ares).

¿Hasta dónde cabe hablar también del culto orgíastico de Pan, aludido en la *Lisístrata* de Aristófanes, grato a las mujeres, más o menos asociado a los ritos de la Madre Tierra, en danza de chivos, en símbolos fálicos como los de Hermes su padre?

Como fuere, el dios llegó demasiado tarde, venía del campo, y no tuvo tiempo de subir hasta los niveles de la religión ética y política. Pero Sócrates, al final del *Fedro*, no se avergüenza de pedirle "las excelencias del alma" y la armonía "entre el hombre exterior y el interior".

Pan aparece como el amigo y preceptor de su medio hermano en Hermes, el pastor siciliano Dafnis. La historia de este infortunado se cuenta de dos modos distintos. Según la tradición de Diodoro, o fue infiel o se negó al amor de cierta ninfa local que, en venganza, lo privó de la vista, y Hermes al fin lo transportó al cielo y lo convirtió en un río que corre por el territorio en que vino a morir. Según la tradición de Teócrito, Afrodita lo castigó por haber rehusado el amor, comunicándole una pasión desordenada y nunca correspondida que le causó la muerte.

En torno a Pan se agrupan los motivos del amor desairado, pues a ello se reducen casi los mitos conocidos del dios, si prescindimos de las historias ya referidas sobre su cooperación con Hermes, bajo la figura de Egipán, para recobrar los tendones arrancados por Tifón a Zeus; su competencia musical con Apolo (duelo de la flauta y la lira), que hasta cierto punto se confunde con la competencia entre Apolo y Marsyas y que dio origen a la desgracia de Midas; o su ayuda a Zeus en la guerra contra los Titanes, a quienes ahuyentó con los bufidos de su cuerno (terror pánico), como los rebuznos de los asnos de Hefesto y Dióniso amedrentaron a los Gigantes. Mucho más características son sus peripecias pasionales. Verdad es que una vaga alusión de Virgilio, fundada en Nicandro, le atribuye algún éxito con Selene-Luna, a quien Pan logró atraer hasta sus numerosos reductos escondiéndose bajo un vellón vaporoso o brindándoselo como ofrenda, episodio que sabe a invención de los palurdos arcadios y que el propio poeta relata con cierta reserva: *Si credere dignum est*. Pero, en general, las persecuciones eróticas de Pan resultan, por lo menos, tan poco afortunadas como las de Apolo.

Y, desde luego, la fábula de Pan y la ninfa Siringa evoca la fábula de Apolo y Dafne. Era Siringa una hamadríada poseída por *la peur de l'amour*, que dice el poeta francés. Perseguida por el ardoroso Pan, acudió a sus compañeras o al auxilio de la Madre Tierra y quedó transformada en un racimo de cañas. Pan cortó las cañas, y con ellas fabricó la primera flauta o siringa: probable invención etiológica, y aun diremos etimológica, de algún ingenioso poeta alejandrino, que Ovidio se encarga de transmitir a la posteridad. Se dice que Hermes, compadecido de su hijo, lo enseñó a consolarse de sus ausencias con algún alivio solitario.

Otra vez, este habitante de los pinos se enamoró de la ninfa Pitys, la cual —aunque Teócrito pretende que llegó a corresponderle— escapó a tiempo de sus brazos y se convirtió en el pino a que ha legado su nombre. (Y siguen los equívocos léxicos.)

Igual sesgo tiene la fábula de sus relaciones con la ninfa Eco, que alcanza todavía un carácter más sugestivo y trágico. Pan, exasperado con los desvíos de Eco, enloqueció a los pastores, quienes la despedazaron, dejándola reducida a una voz, a un grito. Algún erudito bizantino afirma que Pan llegó a engendrar en Eco a Iynix, muchacha a quien Hera transformó en pájaro: el turcecuello de los encantamientos eróticos. Pero también se asegura que la hija de Pan y Eco fue Yambe, notoria referencia al pie métrico llamado "yambo", cuya paternidad se atribuye al dios.

La historia tiene variantes. Una de ellas nos hace saber

que Eco se hizo ingrata a Hera porque la distrajo con su charla cuando la diosa se proponía sorprender las aventuras de Zeus y alguna o algunas de las otras ninfas. En castigo, Hera arrebató a Eco el habla, o más bien la redujo a repetir la última palabra de cada frase que se le dirigía. Afligida ya de este mal (y aquí el eco acústico se nos vuelve, por singular metáfora mítica, un eco óptico), Eco se empeñó en seducir al bello Narciso, hijo del río beocio llamado Cefiso y de la ninfa Leiríope. Narciso rechazó a Eco, porque era frígido; ella, despechada, se escondió para siempre y se fue consumiendo de manera que sólo sobrevivió en la voz. Narciso pronto fue castigado, como antes vimos que lo fue Dafnis, pues Afrodita nunca perdona: habiéndose asomado a una fuente para beber, vio su imagen reflejada en las aguas (eco óptico, pero también referencia a la magia diabólica del espejo), se enamoró de ella y se quedó allí fascinado hasta la consunción completa, queriendo en vano atrapar su propio reflejo, o bien murió ahogado. En todo caso, se metamorfoseó en la flor que lleva su nombre, dejando su mito como emblema para uno de los más frecuentes y funestos errores: el engreimiento y el excesivo amor de sí mismo. Acaso la relación entre Eco y Narciso sea una invención de Ovidio —y confesemos que es una feliz invención—, porque otros nos dicen que, según los tespios, Narciso fue castigado por haber causado el suicidio de su adorador Aminias, a quien, tras de haber agobiado con sus desprecios, envió como presente una daga (singular historia que parece un caso de la ofensa y el *harakiri* japonés).

Según Pausanias, Narciso estaba enamorado de su hermana melliza y, a la muerte de ésta, buscaba el parecido y el recuerdo de la difunta en su propia imagen reflejada en las aguas. Una oscura tradición pretende todavía que Narciso era originario de Eretria (Eubea), que murió a manos de un tal Epops o Eupo y entonces se transformó en flor. La metamorfosis nos recuerda a Jacinto. El nombre del "narciso" parece derivado de *nárkee:* "estupor", el estupor que produce la contemplación del rostro en el espejo.

Según la fantasía de Anatole France (*La révolte des anges*), Pan, bajo el nombre de Neftario, llega hasta nuestros días, vive por los alrededores de París, y un día, a los acentos de su flauta, nos cuenta la historia del mundo a través de los sueños de la religión, recordando el episodio del Sileno en la égloga IV de Virgilio. Pero no debemos engañarnos: Pan ha dejado de existir hace siglos. En los días de Tiberio, a bordo de un barco que se dirigía de Grecia a Italia y se hallaba encalmado junto a las islas de Paxos y Propaxos, se oyó venir de la costa una extraña voz que, dirigiéndose al piloto, un egipcio llamado Tamuz, exclamaba melancólicamente: "¡Tamuz, Tamuz, Tamuz! ¡El gran Pan ha muerto!" Tamuz repitió la infausta nueva al abordar el desembarcadero de Palades, y a sus gritos contestó una confusa muchedumbre de lamentaciones. Pero, en llegando a Italia, los eruditos convocados por Tiberio opinaron que la noticia no podía referirse al "gran Pan", sino a algún demonio que llevaba igual nombre. Salomon Reinach ha propuesto otra explicación, fundada en un error acústico: A su ver, la frase griega fue mal oída y mal interpretada (*Pán mégas*, por *pammégas*), y pudo significar simplemente: "¡Tamuz, Tamuz, Tamuz el muy grande ha muerto!"; y, en consecuencia, el grito pudo ser parte del ritual con que se conmemoraba en la costa la muerte de Tamuz o Adonis.

6. La diosa Cibeles (o Cibebe) y su compañero Atis aparecen, como dice Rose, "en las fronteras de la creencia clásica" y representan la contaminación asiática más importante que tal creencia haya padecido. Cibeles es, por antonomasia, la diosa frigia o la Dea Siria, que los griegos hasta cierto punto identificaron con Rea, la madre de los dioses. La historia de Cibeles se cuenta de muchos modos, se mezcla con todas las fábulas semejantes en que aparece la pareja erótica de una diosa maternal y un doncel: Afrodita-Adonis, Deméter-Triptólemo, Selene-Endimión, Istar-Tamuz, Isis-Osiris, acaso la Madre cretense y su innominado paredro. Se mezcla también con las diosas domadoras de fieras, como Ártemis, y es asimismo objeto de racionalizaciones o explicaciones que pretenden darle un sentido racional o supuestas bases históricas, como en las páginas de Diodoro. Aquí Cibeles se relaciona con Marsyas el frigio y con la invención de la flauta de agujeros.

Purgada de tales elementos y reducida, por decirlo así, a su núcleo mítico, la fábula dice que Cibeles, bajo el nombre de Agdistis —monstruo hermafrodita y destrozón, sanguinario e incontenible— surgió de la simiente de Zeus derramada en sueños, o derramada en sus esfuerzos por poseer la piedra que representaba ya a la deidad anicónica y preexistente. Este ser terrible se llamó Agdistis por haber nacido cerca del monte Agdos. Los dioses capturaron al monstruo (tal vez Dióniso, convirtiendo en vino la fuente donde solía abrevar después de sus cacerías, como lo hizo Midas con el Sileno), y lo privaron de los atributos viriles, atándolos con una fina cuerda de cabellos a un árbol, de modo que Agdistis se mutiló solo —o sola al despertar y emprender la fuga. (Sistema rústico de la castración de garañones.) Los Olimpos se han adelantado a la cirugía sexual de nuestro tiempo. Aquí los mitólogos ven la lucha entre la afición asiática a la ambivalencia divina y la preferencia griega por un sexo normal. La porción masculina, enterrada, dio nacimiento a un almendro. Nana, ninfa hija del río Sangario, recibió en su seno las almendras o una flor del almendro, y así concibió al niño Atis; el cual, expuesto en el monte, fue nutrido por una cabra (tema de la Amaltea cretense). Entre tanto, Cibeles, ya deidad femenina, se enamoró del doncel Atis. Cuando éste se encontraba a punto de desposarse o enredarse con alguna otra ninfa, la celosa Cibeles lo enloqueció con los aires de su flauta y lo hizo mutilarse a su vez. Atis murió. Cibeles, arrepentida, pidió a Zeus que el cuerpo de Atis nunca se corrompiera. Dos rasgos de este prodigio son singularmente extravagantes: Atis mueve incesantemente el dedo meñique de una mano, y su cabellera crece sin término.

Otras versiones traen la metamorfosis de Atis en pino, y de su sangre, en un manto de violetas. La fábula, además de su sentido agrícola, tiene un sentido etiológico, para explicar la castración sagrada de los sacerdotes de Cibeles (*galli*), y después, se ahoga materialmente entre variantes y se enlaza en mil referencias seudohistóricas.

El culto orgiástico, estrepitoso y cruel de Cibeles, de que tenemos una larga memoria por Luciano, se extendió al mundo grecolatino, y sus atroces costumbres se volvieron más o menos simbólicas o atenuadas.

7. La confusión, sin duda violenta, entre Cibeles y Rea, trasciende a la confusión constante entre los servidores de una

y la otra, a saber: los Coribantes y los Curetes. En los últimos tiempos del paganismo, hasta se advierten confusiones entre Curetes, Coribantes y Dióscuros o Dioses Gemelos. Como ya lo sabemos, los Curetes corresponden propiamente a la pareja Rea-Zeus, y los Coribantes a la pareja Cibeles-Atis. Unos y otros se mezclan por obvia afinidad en los cortejos de Diónisio.

Hubo una tribu de los curetes a que se ha referido Homero: aquellos que asedian a los etolos de Calidón en la historia de Meleagro y del famoso Jabalí. De otra tribu de curetes nos habla Estrabón, quien los da por habitantes de Calcis. Ni lo uno ni lo otro interesa a la mitología. Porfirio y Hesiquio aseguran que hubo todavía otros curetes más vetustos, nativos de Creta, quienes ofrecían sacrificios a Cronos, lo que más parece una racionalización de un mito demoníaco. Por último, en un fragmento de Hesíodo, encontramos ya a nuestros Curetes auténticos, los *daímones* o hijos sobrehumanos de las cinco hijas de Hecatero o la hija de Foroneo, las cuales asimismo vinieron a ser las madres de las Ninfas del monte y de los perversos Sátiros cerriles. Según esto, Curetes, Ninfas y Sátiros son hermanos y son entidades inferiores a los dioses. El número de Curetes varía, de tres a nueve.

Ya hemos visto cómo ocultan y acompañan al Niño Zeus cretense o Zeus Kouros, que tal vez presidirá pronto sus rondas extáticas. ¿Hay, bajo estas fábulas, algún residuo de costumbres reales o algún rastro de los ritos juveniles de Creta? En todo caso, los Curetes se relacionan con el sentido ritual de la armería y la metalurgia y con las danzas mágicas y agrícolas. El documento principal para la interpretación de estos coros místicos acompañados del fragor de lanzas y escudos en que se invoca al dios y se procura despertar las fuerzas latentes de la tierra, es el famoso Himno de los Curetes descubierto en Palecastro, Creta Oriental, y dedicado a conmemorar el nacimiento de Zeus. Éste se presenta allí como el Gran Kouros o doncel por excelencia, el más poderoso entre los Curetes.

Dice Estrabón que, así como los Curetes ayudaron a Rea en el oculto nacimiento de Zeus, también ayudaron a Latona en el casi oculto nacimiento de Apolo. Suele atribuírseles el dón de la profecía y se nos dice que Minos obtuvo de ellos la revelación del medio que permitiría resucitar a su hijo Glauco, de quien hablaremos más adelante. Otros afirman que, a petición de Hera, los Curetes hicieron desaparecer a Épafo, hijo de Zeus y de Ío, ocultándolo de tal modo que se lo pudo dar por muerto. Zeus, indignado, los fulminó con sus rayos, e Ío continuó buscando a su hijo, que al fin apareció en Biblos (Siria), donde también Isis encontrará el cadáver de Osiris.

8. Para los Coribantes, parangones frigios o asiáticos de los Curetes, conviene también deslindarlos de las sectas o *thíasos* que perpetuaron su nombre hasta los días históricos, y cuyas marchas, pases e iniciaciones todavía presenció Platón. Los Coribantes, servidores de Cibeles, son de ascendencia muy confusa, si bien algunos los tienen por hijos de Coribas, una criatura engendrada por Kora sin ayuntamiento de varón. Se los asocia con las danzas rituales y las curaciones mágicas, que sólo podían ser enseñadas a las mujeres. En esta apariencia de médicos y saludadores primitivos recuerdan a los Salios de los romanos, también sacerdotes armados. Su carácter de servidores en un culto asiático y orgiástico resulta muy claro, por ejemplo, del verbo que, derivándolo de su nombre, fabricaron los griegos: *korubantian* ("coribantear") era encontrarse en trace de divina locura, propicia a la alucinación. Los escritos médicos de Grecia conocían bien esta condición patológica. Eurípides, en *Las Bacantes*, habla de los Coribantes, "de triple penacho", pero combina en uno la imagen de Coribantes, Curetes, Sátiros, etc.

9. Confundidos con todos los demonios anteriores, y asimismo con los Dióscuros, acaso por habérseles aplicado también el título de Grandes Dioses, aparecen los misteriosos Cabiros, misteriosos y mal conocidos aun para los mismos griegos, al menos hasta los días del apogeo ateniense. Se les asigna una vetustez egeo-fenicia; se los radica en Samotracia, donde se celebraban sus ritos para la protección de sus iniciados contra los peligros del mar. Se supone que su cuna original fuera Frigia, de donde su relación con Dióniso. Se los adoró en Macedonia, en la Grecia Septentrional y Central y, especialmente, en Beocia, la tierra de Cadmo, a quien se llamó "el fenicio", casi diríamos que por apodo. Hoy se niega que haya en su culto rasgo alguno que pueda considerarse semí-

tico, aun cuando su nombre mismo de *qabirim* parezca indicar otra cosa, y aun cuando sus escasos mitos tengan poco de helénicos. Por supuesto que, junto a sus funciones de protectores marítimos, asoma en ellos el rasgo común de demonios de la fertilidad. Se afirma que eran dos seres masculinos: Axiokersos y su servidor Kasmilos o Kadmilos, a quien vimos identificado con Hermes; y dos seres femeninos todavía más vagos: Axieros y Axiokersa. Acaso hubo originalmente tres hermanos, uno de los cuales fue muerto por los otros dos junto al Monte Olimpo (versión al parecer de Tesalia), lo que vuelve sobre el tema folklórico del "Pita, pita, cedacero". De la sangre del victimado brotó un bancal de perejil, planta tabú o prohibida entre los iniciados por estar contaminada de muerte. Los matadores habían decapitado a su hermano, cuya cabeza, envuelta en un manto purpurino, coronada y transportada en un escudo de bronce, fue enterrada al pie de un cerro.

Por su relación con la isla de Lemnos, a veces se considera a los Cabiros como hijos de Hefesto y de Cabira (hipóstasis de Hécate o Deméter, o hija de Proteo y de Anquiones). Otras veces se habla de tres ninfas Cabírides, hijas de Caribo y de la Gran Diosa (así, sin especificación), las cuales, en compañía de sus tres hermanos, pudieron formar las primeras tres parejas humanas. También se habla de siete Cabiros, hijos del fenicio Sydyk, hermanos de Asclepio. Pero casi es más cuerdo ignorar las muchas permutaciones y cambiaciones de estas figuras escurridizas, cuya fábula tiene siempre aire de falsificación.

10. Tras estas imágenes exóticas, turbias y sólo helénicas por adopción, volvemos, con las Ninfas, al puro espíritu de Grecia. De tal modo están las Ninfas compenetradas con aquel suelo y presentes en todas partes que, puede afirmarse, sobreviven a la caída de los grandes dioses paganos, transformadas y transportadas en el folklore hasta nuestros días, bajo distintos nombres o bajo distintos disfraces. Son tan persistentes como antiguas. Ellas representan la más graciosa prosopopeya del remoto animismo naturalista.

Ante todo, "ninfa" quiere decir "novia" o bien "muchacha casadera", franca indicación del significado oculto en el mito. Espíritus silvestres —no necesariamente salvajes— que sostienen las energías risueñas de la fertilidad y la vida, el brillo y la humedad de las cosas animadas, las Ninfas esperan al griego con los brazos abiertos, como otras tantas dulces atracciones, en todos los sitios donde la naturaleza se renueva, canta, tiembla o promete esparcimiento y reposo. Por supuesto —de una vez confesémoslo— que no todo es "vida y dulzura", pues en el variado carácter de las Ninfas, como en todas las provocaciones de los sentidos, caben también aquellas crueldades, castigos y horrores que han hecho inolvidables sus fábulas. Huelga decir que las Ninfas son generalmente bellas y de figura humana normal, porque todos más o menos lo saben. Sólo por excepción, allá en un rincón de Sicilia (Termas Himeras), se hallará una Ninfa que ha heredado del río su padre la cornamenta habitual de los poderes acuáticos.

Las Ninfas, en suma, a las que podemos imaginar como unas hadas helénicas, son personificaciones femeninas o espíritus de los ríos y fuentes, árboles, bosques, grutas, montañas y hasta aldeas, ciudades y Estados; vagas criaturas de juventud y encanto, siempre dadas a cantar y danzar; cortejos de las diosas maternas y virginales como Ártemis, los dioses pastores como Hermes y Apolo. Algunas alcanzaron categoría superior, como Calipso o Circe. Son también algo Ilitias o comadronas, puesto que suelen invocarlas en el trance las mujeres del pueblo, y algo curanderas en sus asociaciones con el divino Asclepio. Son longevas, pero no inmortales; benévolas en general, y en contados casos, terribles, sea que la venganza las arrebate o que pierdan más o menos el juicio en la compañía de Pan, de los Sátiros y los Silenos, o bien en los *thíasos* dionisíacos. A veces poseen el dón profético, lo bastante para aconsejar o perder a los humanos. Se muestran capaces de muchos actos sobrenaturales y prodigios vedados a las heroínas, aunque nunca tan poderosas como las deidades mayores. Ocupan un lugar intermedio entre las mujeres y las diosas, si bien la frontera es tan indecisa como los reflejos en el agua. Maya es la única Ninfa que llegó a ser madre de un Olímpico, Hermes. La Nereida Tetis, madre de Aquiles, acaso la única que alcanzara cierta dignidad de diosa menor.

Como estas criaturas, que son muchedumbre, suelen denominarse por la región que habitan o por las principales funciones que desempeñan, se las llama con multitud de nombres: Alseidas, Napeas y Dríadas pertenecen a los bosques y sotos; y entre Dríadas y Hamadríadas hay una diferencia sutil: que mientras aquéllas simplemente habitan en los árboles, éstas conviven con su árbol y con él perecen. Las Dríadas comenzaron por ser Ninfas de los robles, y luego extendieron su dominio a todas las espesuras vegetales. Las Melíadas viven en los fresnos. Las Oréadas corresponden a las montañas; las Limoníadas, a los pantanos. En las aguas moran las Náyades, las Potámides, las Creneidas y las Hidríadas. Las Pléyades, las Híadas, son de naturaleza estelar. Las Hespérides son jardineras. Las Epimélides eran pastoras de corderos, etc.

Estas Ninfas de los *elementos* o *funciones* no han de confundirse con las Ninfas de las *localidades*. Ejemplos: las Aqueloides, hijas del río Aquelóo; las Asópidas, hijas del río Asopo; las Nisíadas, del monte Nisa, ayas de Dióniso.

Si, cuando se habla de las ninfas en general, se entiende que son las hijas de Zeus habidas en distintos lechos, cada familia tiene su especial genealogía. De algunas ninfas se dice que proceden de Urano y Gea; de otras, que son brotes de Océano y Tethys: las Oceánidas; las de más allá son las Nereidas, hijas de Nereo y Doris; las Pléyades tienen por padres a Atlas y a Pleyone.

Entre las Nereidas, además de Tetis, la *Ilíada*, en un pasaje tal vez interpolado y al tipo de las enumeraciones hesiódicas, nombra a Glauce, Talía, Cimódoce, Nesea, Espio, Toe, Halia la ojos-de-novilla, Cimótoe, Actea, Limnorea, Melita, Yera, Anfítoe, Agave, Doto, Proto, Ferusa, Dinámene, Dexámene, Anfínome, Calianira, Doris, Pánope, la célebre Galatea, Nemertes, Apseudes, Calianasa, Climene, Yanira, Tanasa, Mera, Oritía, Amatía la de lindas trenzas.

Huchas diosas locales, decaídas de su grandeza prehistórica, bajan al nivel de ninfas políticas o de la región y se casan voluntariamente o por la fuerza con los héroes epónimos o fundadores de ciudades: Egina y Éaco, Tetis y Peleo, etcétera. Excepcionalmente, algunas muestran arrestos bélicos: las ninfas del Citerón ayudaron a la victoria de Platea. En ocasiones, como Eos, raptan a los héroes de su gusto, como a Hilas o a Bormos. Castigan a los infieles, caso de Dafnis.

Hay ninfas para todos los usos: fundaciones de templos, consagraciones de santuarios y campos, enredos de amor, violaciones, alumbramientos más o menos heterodoxos, crianza de héroes y dioses niños, voces oraculares del viento, los follajes y los regatos, presencias indecisas y fantasmales, imprevistos auxilios, metamorfosis salvadoras, y en fin, todos los innumerables servicios del cuento y la fantasía populares cuando hacen falta las artes de algún ser femenino. El mortal que llega a contemplarlas queda como embrujado, poseído por las ninfas: *nymphóleeptes* para los griegos, *lymphaticus* para los romanos (donde *lympha* vale "ninfa ácuea") y casi diríamos "lunáticos" en nuestra habla vulgar.

Un fragmento hesiódico (n° 171) nos permite calcular más o menos lo que vive una ninfa:

> La gárrula corneja, nueve vidas humanas:
> como cuatro cornejas puede vivir el ciervo;
> y como cuatro ciervos llega a vivir el cuervo;
> pero el fénix abarca nueve vidas de cuervos,
> y nosotras, las ninfas de las hermosas trenzas,
> hijas del magno Zeus, del sumo Porta-Égida,
> podemos resistir diez veces más que el fénix.

En total, más de veinte siglos.

Originariamente, las ninfas, guiadas por Hermes, respondían al esquema de la trinidad, lo que se presta a confundirlas con las Gracias o con las Horas o Estaciones. A veces, la compañía masculina del terceto era el dios Pan, o bien un Sileno, o los Silenos, o los Sátiros. Tres fueron, en general, las amas de Dióniso. Poco a poco las familias de las ninfas van apareciendo en número muy variable. Las Nereidas suelen ser cincuenta; las Océanidas pueden haber sido hasta tres mil.

Alguna vez se dijo que, antes de la creación de Pandora, los hombres se desposaban con las ninfas de antaño. De la sangre del mutilado Urano, al caer por tierra, en el seno de Gea, habían nacido, según esto, junto con las Erinies y los Gigantes, las ninfas del fresno o Melíadas; y de éstas vinieron a nacer los hombres de la Edad del Bronce, quienes, según el escoliasta hesiódico, caían como frutos de los árboles.

Pero no nos conviene asomarnos mucho a este abismo de las tradiciones extravagantes, lo que perturbaría del todo nuestro viaje por la mitología griega: seguimos las sendas y aun los principales atajos, y dejamos a uno y a otro lado las peligrosas y confusas veredas, por muy seductoras que aparezcan a primera vista. Sólo hemos mencionado el escolio hesiódico para complementar lo dicho sobre la creación del hombre (I, 4, 2).

El culto de las ninfas, culto sobre todo aunque no exclusivamente rústico y pastoral, era tierno, cercano y constante, se manifestaba por lo común en ofrendas cereales como las que se obsequiaban a las diosas, inscripciones casi amatorias en las cuevas y en las cortezas de los árboles, canciones e improvisadas plegarias, que el lector, como los hombres de ayer, bien puede ensayar por su cuenta.

11. El mito de las Musas, como antes lo hemos advertido, padece por su manifiesta tendencia a la alegoría, cuyas intenciones conceptuales a cada paso lo asaltan y lo contaminan. Las Piérides, junto a ellas, pálidas contrafiguras que difícilmente inspiran simpatía, parecen un desdoblamiento inventado para dar alguna razón anecdótica a lo que amenaza siempre convertirse en escueto símbolo.

El caso corriente, el caso de las Musas propiamente tales, las pone muy cerca de las ninfas fluviales y acuáticas, las hace hijas de Zeus y de Mnemósine (Memoria), cuyo jeroglifo perpetúan en su nombre, pues "las Musas" significa algo así como "las Conmemorantes"; les asigna el número orquéstico, el número nueve, y nos permite, como a Homero, llamarlas diosas —no sólo por su inmenso poder de evocación hacia atrás y de inspiración hacia adelante—, sino porque no son hijas de un pasajero desvío celeste, antes concebidas por una de las vetustas y remotas consortes del Sumo Dios, aunque ella se adelgace y desaparezca poco a poco en su consistencia mítica hasta convertirse en un vocativo ornamental. Apolo dirige su coro, pues son danzantes y cantoras; y son de hermosa figura humana, a diferencia de las Piérides, que acabarán en una triste metamorfosis. Sus sedes se encuentran en la Pieria, junto al monte Olimpo (Tesalia), y en el monte Helicón (Beocia). De aquí que también se las haya llamado "Piérides" o "Pierias" (como se las llama "Heliconias"), creándose así la confusión que aún se advierte en Góngora. Su culto, no muy importante, ha sido sin embargo muy extendido, y sobresalía en Pieria y en Ascra, la áspera tierra de Hesíodo. Los romanos las identificaron con unas oscuras deidades nativas que llamaban Comenas.

Su definitivo significado suele explicarse mediante una cadena de asociaciones en sorites, tipo de los paralogismos que han dado motivo a la proliferación de las fábulas. Fueron las Musas, en el origen, unos espíritus del agua. El agua murmura y canturrea, luego profetiza. Y la prueba es que, en varios oráculos, el inspirado comienza por beber un trago en la próxima fuente sacra, como la Pitonisa en la sugerente Casotis. También el oráculo de Trofonio tenía cerca una fuente, llamada la Fuente de la Memoria, y las Musas mismas rondan y cantan en torno a la fuente Hipocrene, cuyas aguas son prestigiosas. Ahora bien, profeta es poeta, más o menos. Y el poeta habla y compone en pies métricos, hace versos. Los versos comenzaron por proponer enseñanzas y contar hazañas de ayer: de donde la literatura. Y, de paso, las demás artes, que son, como bien lo sabemos, el patrimonio de las Musas.

Las prácticas administrativas de hoy nos inclinan a ver en Apolo algo como un Ministro de las Artes y de las Ciencias, y en las Musas, algo como los jefes de los respectivos departamentos. Lamentamos que la elasticidad de la mente griega, aquí como en todos los empeños de clasificación mítica, no satisfaga nuestras exigencias burocráticas. La verdad es que cada musa se entromete donde mejor le place, y unas y otras se dan la mano y, como suele decirse, "la manita", porque entre sí se ayudan. Hay por ahí mil pedantescas y sandias atribuciones, todas tardías y, por de contado, alegóricas, referentes al carácter y a las funciones de cada musa. Los más cuerdos investigadores se cansan ya de decirnos que ninguna de estas hipótesis está documentada en textos antiguos y autorizados. Y sólo de cierta manera aproximada y con ánimo de tolerancia podemos, casi, afirmar, que Calíope, la musa más ilustre según Hesíodo, rige la epopeya: Clío, la historia o la lira (la lírica); Euterpe, la tragedia y la flauta o música áulica; Melpómene, la lira y la elegía o la tragedia; Terpsícore, la danza y la flauta; Erato, los himnos sagrados y acaso la poesía amatoria, y también la lira; Polimnia, la danza y la pantomima; Urania, la astronomía; Talía, la comedia, aunque en sentido tan amplio que permite a Góngora (*Polifemo*) —inspirado en sus autores antiguos— poner bajo su amparo una égloga campestre y dar a entender que tal musa se relaciona con las cosas del campo y con toda poesía que no sea de carácter épico o sagrado. Hesíodo atribuye a las divinas hermanas la virtud de la persuasión, de las palabras que apaciguan, del olvido para las penas y el recuerdo de las proezas.

A estas funciones principales todavía se añaden otros servicios accesorios. Desde luego, las Musas son las concertistas y cantantes obligadas en las grandes fiestas nupciales: Cadmo y Harmonía, Peleo y Tetis. Sin duda su canto más antiguo fue el canto de triunfo que entonaron a la victoria de los Olímpicos sobre los Titanes, el origen del nuevo orden. A veces son árbitros de las competencias artísticas y aun amorosas: así Calíope cuando Perséfone y Afrodita se disputan a Adonis; así cuando todas ellas asisten al desafío de Marsyas y Apolo. Aristeo, hijo de Apolo y de la ninfa Cirene, nieto del río Peneo, aprendió de ellas la medicina y la adivinación, y finalmente aprendió a pastorear los ganados de las Musas en Ptía y en Tesalia. Los sarcófagos de Chigi parecen relacionar a las Musas de algún modo con los cultos fúnebres.

Como detalles y rasgos curiosos relativos a la "biografía" corriente de las Musas, recordemos que, al decir de los indiscretos, Zeus visitó a Mnemósine durante nueve noches consecutivas, y de aquí, al cabo de diez meses, la aparición de los nueve brotes; y recordemos también que las especulaciones sobre la primacía de la música en el orden del Universo lleva a algunos a suponer que las Musas son hijas de Harmonía (lo que parece un mero juego verbal), o directamente hijas de Urano y Gea.

Las Musas son consideradas como doncellas, aunque alguien supone a Himeneo hijo de una musa. Pero ¿existió Himeneo, grito con pretensiones de mito? (y conste que sólo nos referimos a la existencia *sui generis* del mito). También se dice que Calíope aceptó a Apolo o al rey local Eagro para dar nacimiento a Orfeo, y se pretende que Reso, el héroe tracio muerto por Odiseo y Diomedes en la inolvidable noche de la *Ilíada*, fue hijo de una de las Musas, tal vez Talía, por obra de Estrimón; o que Talía es la propia Pimplea, amante de Dafnis (caso de homonimia). Según otros, los Coribantes son hijos de Apolo y de Talía; hay quien atribuya a Apolo y a Urania la paternidad de los músicos Lino y Orfeo. La muerte de Lino, a manos del celoso Apolo, es llorada por las Musas y perpetuada en un rito anual de Helicón. Para Pausanias, estas maternidades deben atribuirse a las Piérides, en mala hora confundidas aquí con sus rivales las Musas. Platón recuerda la leyenda —si no la inventó él mismo como solía, para más de prisa expresarse— conforme a la cual Polimnia pudo ser madre del Amor, lo que sabe a pasajera metáfora literaria. Por último, se dice que Aquelóo y Melpómene engendraron a las Sirenas, o bien Aquelóo y Terpsícore, o ésta y el marítimo Forcis.

En alguna parte nos han asegurado que la nodriza de las Musas se llamó Eufeme; que ésta fue madre de Crotos por obra del travieso Pan, que Crotos inventó el aplauso para celebrar los cantos de sus hermanas de leche, y que éstas, agradecidas, obtuvieron de Zeus que lo transformara en constelación. Pirineo, rey de Daulis, ofreció refugio a las Musas durante una noche de tempestad y, como pretendiera a agraviarlas, fue precipitado entre las rocas de las montañas.

Las Musas eran celosas y, al modo habitual de las deidades no se contentaban con derrocar a sus desafiantes, sino que les imponían tremendos castigos. Así el tracio Támiris osó igualarse a ellas, nos dice Homero, y ellas, al salir el cantor del palacio de Eurito, en Escalia, lo atajaron al paso, le arrancaron los ojos, lo privaron de la voz y lo hicieron olvidar el arte de la cítara.* (Lo cual nos recuerda, de paso, que, en cambio, las Musas concedieron el dón del canto al bardo Demódoco, poeta ciego que encontramos en la *Odisea*; lo cual unido a la referencia del Himno Homérico a Apolo sobre el ciego cantor de Quíos, ha dado la tradición sobre la ceguera de Homero.)

---

* Contaminación del tema, deslizamiento de la *hybris* entre el invitado Támiris, y su anfitrión, Eurito, a quien ya vimos que se atribuye el querer equipararse a Apolo en el tiro del arco.

568

En otra ocasión, las Sirenas se atrevieron a desafiar a las Musas. Dolidas de su derrota, las Sirenas se arrojaron al mar y se transformaron en las mujeres peces que todavía siguen tentándonos. Las Musas, tras de vencerlas, las desplumaron cuidadosamente y se adornaron con sus despojos.

El más grave desafío a las Musas fue el reto de las Piérides, unas mortales hijas de Pieros de Pella (Macedonia) y de Euhippe de Peonia, unas falsas Musas cuyos cantos sólo producían oscuridades y paraban los ríos. Las Piérides también eran nueve, sin duda para que la posteridad se confunda. Según el alejandrino Nicandro, se llamaban Colymbas, Iynix, Cencris, Cisa, Cloris, Ascalantis, Nesa, Pipo y Dracontis. Cantaron lo mejor que sabían; pero cuando tocó el turno a las Musas, el monte Helicón, deleitado, comenzó a hincharse hasta el cielo y fue preciso que, por orden de Zeus, el Pegaso lo detuviera de una patada. Allí nació la fuente Hipocrene, en torno a cuyas prestigiosas aguas juegan las Musas. En tanto, las Piérides, que durante el concurso se mostraron rudas e insolentes, fueron vencidas por las Musas ante el tribunal de las Ninfas; y en castigo, las Musas las metamorfosearon en urracas o en cornejas, que imitan melancólicamente la voz humana. Cabe preguntarse si hay bajo este asunto algún rastro de la primitiva lucha entre Apolo y Diónisio: las Piérides proceden de Tracia, tierra del dios orgiástico. Las Musas, residentes del Helicón, son de pura cepa apolínea.

Pero he aquí que las tradiciones excéntricas ni siquiera están de acuerdo sobre el número de las Musas. En Delfos y en Sicione, las Musas son tres como las Gracias, vuelven al esquema de la trinidad. Sus nombres poéticos son Melete, Mneme y Aoide. En Lesbos, son siete. Allí se dijo que la princesa Megaclo, tomó a su servicio a las siete Musas, y ella misma las enseñó a cantar y a tañer la lira, para que dulcificaran con su música el áspero carácter del rey Macar, su padre, quien en adelante dejó de maltratar a la reina su esposa. Cicerón recoge la singular versión de que Neda, ninfa arcádica, es la madre de las cuatro Musas más antiguas: Telxíone, Aiodea, Arquea, Meletea, todas engendradas por Zeus. Andamos ya aquí muy lejos de nuestras Musas conocidas.

Cum grano salis, recordemos que en la fachada del Teatro Juárez (Guanajuato) no cupieron más que ocho musas, por alguna falla arquitectónica. Ignoramos si la sacrificada habrá tomado alguna venganza contra los antes riquísimos mineros de la región. Pues ¿no sabemos que Apolo hizo que se agotara en breve tiempo el oro de Sifnos?

12. Las Sirenas pueden ser hijas del ilustre río Aquelóo, uno de cuyos cuernos fue roto por Héracles. La sangre derramada en la Madre Tierra dio nacimiento a las Sirenas (analogía con una fábula de las Erinies). También se da por su madre a Estérope o a una de las Musas. Otras versiones dicen que las Sirenas son hijas de Ctón o de Forcis, y que Perséfone, de quien eran acompañantes, las envió a la tierra. Antes de que el arte las embelleciera bajo forma de mujeres peces —¿hacia el siglo VII d. c.?—, aparecen como aves con cabezas barbudas de hombres, o ya con cabeza, brazos y busto de mujer como las Arpías, aunque no así en Homero. Estos demonios marítimos bien pueden ser, en efecto, aves infernales; ellas cantan las melodías de los muertos, como para amenizar su triste prueba, y asimismo habitan la tenebrosa mansión de Hades. Se dice que acompañan al espectro del difunto en su viaje de ultratumba, tal vez en el cortejo de Hermes el Psicopompo. Su poderoso talón casi es una pesuña, o bien una garra de león como en la Esfinge. El cuerpo suele asumir la forma de un huevo. Su naturaleza de monstruos las acerca un tanto a las Greas. Su cualidad característica, una vez que adoptan su forma clásica, está en la belleza; su virtud, en la fascinación de sus cantos, que ejercían sobre los navegantes una funesta atracción magnética, pues ellas devoraban invariablemente a los incautos que caían en sus seducciones. Tañían la lira y la doble flauta. Higinio afirma que, cuando algún mortal resiste a sus canciones, la Sirena debe morir. Se les reconoce el dón de apaciguar a los vientos, tal vez con la magia de sus trinos; y un fragmento de Eurípides (911) dice que transportan al cielo, en doradas alas, los anhelos de los humanos. La comedia ática les atribuye burlescamente una incontenible agresividad erótica.

El mito de las Sirenas halla su acomodo en las leyendas de los marinos, como el mito de la monstruosa Escila. Homero hace hablar a Odiseo de dos Sirenas cuyo nombre no menciona. Una de ellas puede ser Himeropa, representada en antiguos vasos. Más tarde se nos cuenta de dos trinidades de Sirenas, entre las que bien puede andar la otra que calla Homero. Los nombres de estas Sirenas son algo variables: En la primera trinidad, Thelexiépeia, Thelxione o Telxíope, es "la encantadora"; Aglaope, Aglaóphonos o Aglaopheme, "la de voz arrebatadora"; Peisinoe o Pasinoe, tal vez "la seductora". En la segunda trinidad —las Sirenas adoradas en la Magna Grecia y que recibían un culto brumoso entre los navegantes tirrenos, por Nápoles, Sorrento y Sicilia—, encontramos a Parténope, "la virginal"; Leucosia, "la blanca", y Ligia, "la de timbrada voz". Estas tres Sirenas habitaban la isla que se halla entre Escila y Caribdis, donde blanqueaban las osamentas de sus víctimas, o bien la Isla Antemoesa, "isla rica en flores" mencionada por el poeta Hesíodo. Éstas fueron a dar con su cuerpo en las costas de Nápoles, algún día llamada Parténope, cuando, desesperadas por su fracaso con Odiseo y sus compañeros, se arrojaron al mar, según la práctica que nos cuenta Higinio y que parece haber sido su terrible compromiso de honor. También fracasaron las Sirenas con los Argonautas, quienes, sin prestarles atención, pasaron junto a ellas a su regreso de Cólquide, distraídos por los acentos de Orfeo. Uno de ellos, Butes, no pudo resistir y saltó por la borda, pero Afrodita lo recogió en el mar.

13. En Lámpsaco, su tierra natal, y en el culto helespóntico, era Príapo, sin duda, un dios de la fertilidad que no carecía de importancia y que obraba en los vergeles y setos por algo como una magia simpática. Se lo tuvo por hijo de Dióniso y de una ninfa, una tal Quione, que no es nuestra conocida, y también por hijo de Dióniso, Zeus, Hermes o Adonis y de Afrodita; de suerte que alguna genealogía lo emparienta con el bisexual Hermafrodito. Y Afrodita viene aquí a ser, nada menos, la Gran Madre Oriental disfrazada con nombre helénico. Con ser de tan ilustre prosapia, su fama de estúpido y su figura ridícula lo hacen risible a los ojos del griego, quien más bien lo usa como espantapájaros en los huertos, o como amuleto contra el mal de ojo y los ladrones, que se ponía a las puertas de las casas. Se

lo imagina bajo forma itifálica, dotado de monstruosos atributos viriles en erección, y se dice que esta deformidad fue causada por la celosa Hera, que tocó el vientre de Afrodita y produjo tal embrujamiento. Se dice también que Afrodita, horrorizada de su monstruosidad, lo abandonó en el monte, donde vino a ser deidad rústica adorada por los pastores: así Pan fue rechazado por su madre. A pesar del daño que Hera le causó, parece que lo dio por tutor a Ares, de suerte que podemos decir *Arcades ambo* o de tal tutor tal pupilo. En Bitinia se lo confunde entre los Dáctilo Ideos; más allá, lo toman por un Titán.

Llegó tarde a Grecia, tras unirse al cortejo de Dióniso en la India. En ese cortejo andaba también la ninfa Lotis, a quien Príapo solicitaba en vano. Cierta vez estuvo a punto de soprenderla dormida, pero el asno favorito de Dióniso la despertó con sus rebuznos, y ella logró huir, entre la hilaridad general, para refugiarse como es de rigor en la metamorfosis, transformándose en flor de loto. Los romanos aseguraban que también Vesta había despertado a tiempo gracias a los rebuznos de un asno y se había salvado así de caer en manos del torpe y absurdo personaje. De donde, en las fiestas de la diosa, era costumbre coronar a los asnos.

Las relaciones entre Príapo y el asno de Dióniso no podían ser ya amistosas. Cuando Dióniso se dirigía a Dodona en busca de un remedio o consejo del célebre oráculo de Zeus contra la locura con que Hera lo tenía afligido, el asno —a quien su divino amo había concedido el uso de la palabra— se enfrascó en una disputa con Príapo, quien acabó dándole muerte. Dióniso lo convirtió en constelación. Los Asnos del Cáncer conservan el recuerdo de Príapo. El asno es su víctima propiciatoria.

El evhemerismo quiere ver en él un pobre ciudadano de Lámpsaco, deforme y repugnante al punto que su ciudad acabó por desterrarlo, y a quien recogieron por misericordia los dioses. Diodoro lo entiende como la deificación del miembro cercenado de Osiris, deificación obtenida por la mucha piedad de Isis.

Los griegos le consagraban poemas. En Roma ha quedado una colección de ochenta "priapeas" reunidas en la época de Augusto, de las cuales algunas han sido atribuidas a

Tibulo, y con más verosimilitud a Virgilio, a Ovidio. Repugnantes por el sentido, son impecables por la versificación y, a veces, de estilo ingenioso. Parece que Usener ha probado la posible supervivencia del pobre Príapo bajo el disfraz de un santo cristiano. Quien quiera evocarlo de un rasgo, sustituya la palabra del caso en aquel verso de Quevedo: "Érase un hombre a una nariz pegado", y ya tendrá a Príapo de cuerpo entero.

14. Entre los espíritus más modestos aparece algo tardíamente una figura más bien poética que cultual: Morfeo, no dios del sueño como todavía lo sugiere nuestra palabra "morfina" y hasta el uso de nuestro tiempo, sino dios de las figuras, objetos, seres que aparecen durante el sueño. Su mismo nombre "Morfeo" quiere decir casi "el conformador, el de las formas".

Los sueños son hijos de la Noche, en Hesíodo. En Homero, los augurales o verídicos entran por las puertas de cuerno, y los engañosos o falsos, por las de marfil. Pero ni en este discrimen ni en las profecías oníricas se toma aún en cuenta a Morfeo. Cuando Morfeo cobra personalidad, más bien gracias a los poetas, se presenta como hijo de Hypnos (el Sueño, que tuvo un millar de criaturas), como se presentan Icelo, Phobetor el Terrífico y Phantasios, quien más bien gobierna la pesadilla. Morfeo es alado como casi todos los genios afines, rápido y silencioso. Don Alberto Lista lo cantó con poca fortuna ("Desciende a mí, consolador Morfeo"), y con mejor acento exclamó Fernando de Herrera:

Suave Sueño, tú que en tardo vuelo
las alas perezosas blandamente
bates, de adormideras coronado,
por el puro, adormido y vago cielo...

15. Sobre Demógorgon, cantado por los poetas ingleses tal vez debido al mero atractivo de su nombre, y con escaso fundamento en flacas y no autorizadas noticias, diremos desde luego que hoy se lo considera como una falsa transcripción de "Demiurgo", el Hacedor. Dice el Br. Juan Pérez de Moya, autor del siglo XVI, acaso inspirado en la *Genealogia Deorum* de Boccaccio:

Otrosí, viendo salir o levantarse de la tierra vapores y exhalaciones, de que engendran cometas o lumbres encendidas, vinieron a creer locamente haberse della formado el Sol y la Luna y Estrellas, a quien los antiguos llamaron dioses; y procediendo más adelante los que después destos vinieron, considerando un poco más alto, no llamaron a la tierra simplemente autora destas cosas, mas imaginaron estar conjunta con ella una mente o ser divino, por cuya voluntad se obrase lo que se ha dicho, la cual mente creyeron tener estancia debajo de tierra; y a éste que hacía producir a la tierra tantas cosas llamaron Demógorgon. . . (*Philosophia secreta*).

16. Entre las divinidades extranjeras que merecen siquiera una mención rápida y respetuosa, hay que recordar a la egipcia Isis, madre de Horus, que palpita apenas en el cielo de Grecia según las constancias de Plutarco, donde se nota la influencia que ha recibido de Deméter; y también aparece en aquella extravagante versión del Éxodo, zurcida con retales del Pentateuco, que no es explicable cómo pudo impresionar a Estrabón y a Tácito, y que ya exasperaba a Josefo.

Isis, a quien se ha dicho que el cuerpo de su victimado esposo Osiris se halla oculto en Biblos, allá se dirige en su busca, y allá se establece como nodriza de los reyes Malcandros y Astartea. A ésta se la llama también Saosis o Nemanous y que, de cierto modo, corresponde a nuestra Atenea. El niño se amamantaba chupando, no el seno, sino un dedo de Isis; e Isis, como Deméter en Metanira, lo acrisolaba de noche al fuego. Sorprendida por la reina, reveló ser la diosa Isis y explicó el objeto de su presencia en Biblos. Cuando logró la devolución del cadáver de Osiris, encerrado ocultamente en la viga maestra que sostenía el techo del real palacio, lanzó tales alaridos que el menor de los príncipes cayó muerto. Partió después con el féretro a cuestas y acompañada del príncipe a quien había criado, pero éste también falleció a poco, por haberla sorprendido cuando se lamentaba sobre los despojos de Osiris.

Bajo el nombre de Isis, Egipto adoró a la vaca Ío. La edad helenística identifica a Isis con Hator, Afrodita, Arsinoe la esposa de Tolomeo II. El culto de Isis alcanzará especial desarrollo en Roma, y en torno a esta diosa se organizará el sincretismo religioso del siglo II d. C.

ÍNDICES

ÍNDICE DE NOMBRES

577

582

583

588

589

591

594

595

597

599

ÍNDICE GENERAL

II

MITOLOGÍA GRIEGA

Obras Completas de Alfonso Reyes

Este tomo XVI se acabó de imprimir el día 15 de
mayo de 1964 en los talleres de Gráfica Paname-
ricana, S. de R. L., Parroquia, 911, México 12,
D. F. En su composición se emplearon tipos Bo-
doni de 14, 12, 10 y 8 puntos. La edición estuvo al cuidado de *Ernesto Mejía Sánchez* y *José
C. Vázquez* y consta de 104 ejemplares en forma-
to mayor, a la rústica, numerados del I al CIV,
impresos en papel Corsican de 110 grs.; 400 ejemplares, numerados del 1 al 400, en Offset crema
de 100 grs., encuadernados a la holandesa en los
talleres Arte, y 4 000 en Ledger crema de 80 grs.,
encuadernados en tela por Encuadernación El
Progreso.